KB093793

소설 독서문화 맥락을 활용한
고소설 읽기 교육 연구

A Study of Korean Classical Novel-Reading Education Using the Context of Novel-Reading Culture

소설 독서문화 맥락을 활용한
고소설 읽기 교육 연구

A Study of Korean Classical Novel-Reading Education Using the Context of Novel-Reading Culture

김미정 지음

소설을 읽는 재미,
소설 독서문화 맥락 읽기가 주는 가치에 대하여

소설은 다양하게 정의되지만 재미있는 이야기란 점에서 이견이 없다. 글을 모르는 어린아이들도 누군가 들려주는 이야기를 즐긴다. 그것이 실제 일어난 일이든 가상의 이야기든 다양한 인물들이 살면서 경험하는 갈등과 그것을 해결해 나가는 여정은 그 속에 담긴 깊은 뜻을 모르더라도 재미있다. 그렇게 재미있는 이야기가 교과서 지문으로 실려 배움의 대상이 되는 순간부터 흥미를 잃는다. 생경한 어휘로 가득한 고소설의 경우 더욱 심하다. 이 책은 재미있는 고소설 독서를 독자에게 돌려주는 방법에 대한 고민에서 시작되었다.

소설은 사람이 살아가는 이야기 중에서도 가장 속 쓰리고 마주하기 힘든 삶의 모습을 담는다. 사람들이 처한 시공간적 맥락이나 사회문화적 맥락, 경험이나 행동 방식이 달라도 사람들은 삶을 살아가는 보편적인 경험을 한다. 태어난 사람이라면 누구나 타인과 소통하며 인간관계를 맺고 그 속에서 성장하고 갈등하고, 역경으로 절망하면서도 희망을 품는다. 죽기 전까지 살아 있다면 누구든지 주어진 조건 속에서 삶을 살아야 한다. 소설은 사람이 무엇으로, 왜, 어떻게 살아야 하는가를 핍진하게 그려내는 삶의 거울이다. 그래서 마주하면 즐겁고, 슬프고, 화나고, 무섭다. 그렇지만 들여다보아야 무한한 재미와 감동, 깨달음의 순간을 만날 수 있다. 소설은 재미로 읽는 가벼운 이야기로 시작되었지만, 읽은 후에는 결코 가볍지 않은 삶에 대한 통찰로 우리를 이끈다. 그 매력이 지금까지 소설을 쓰고 읽게 만들었고 그것이 문화현상으로 이어졌다. 그래서 소설을 읽는다는 것은 문화를 읽는 것이고, 그 문화를 향유한 사람들의 삶을 이해하는 것이다. 또한 그 문화를 둘러싼 삶의 조건을 읽어내는 것이기도 하다.

별을 보며 길을 찾고, 자연현상에서 삶의 이치를 읽어내던 고대의 독서는 김시습의 『금오신화』가 창작·유통된 시대와 달랐고, 『금오신화』를 읽던 독자의 취향이나 독서 목적은 『사씨남정기』의 독자 취향이나 독서 목적과 다르다. 「이생규장전」과 「춘향전」은 남녀 간의 사랑을 공통 주제로 삼았지만 각 소설의 창작 배경이나 유통 방식, 독자층이 다르기에 사랑의 의미가 다르게 해석된다. 소설 독서를 둘러싼 여러 조건을 작품 읽기에 적용하면 작품을 둘러싼 작가, 독자, 시대, 작품 속 인물이나 작품의 의미가 생생한 삶의 현장으로 다가오게 된다.

그런데 고소설 교육 장면에서는 재미와 삶의 의미를 경험하는 살아있는 이야기가 학생들에게 전해지지 않는다. 작가의 삶의 연대기, 작품의 갈래, 사회문화적 맥락을 다루지만 그것은 삶의 이야기가 아니라 외워야 할 지식으로 전달된다. 그래서 수업이나 시험을 떠나면 고소설 읽기는 학생들의 관심에서 멀어진다. 고소설 교육에서 학생들의 능동적이고 자발적인 소통 참여나 새로운 의미의 구성은 현실적으로 어려운 일로 여겨진다. 그런 인식은 고소설 속 삶에 대한 이해나 자발적인 고소설 독서 문화 향유를 더욱 어렵게 만든다.

소설 독서 문화를 향유한다는 것은 그것을 직접 읽고 그것에 대한 생각을 말과 글로 표현하며 소통에 참여하는 것이다. 그 과정이 의미 있고 재미있다고 느낄 때 적극적인 참여를 이끌어 낼 수 있다. 지금 여기에 있는 나의 삶과 동떨어진 그 시대 속 사람들의 문화를 이해하기 위해 우리는 그들이 무엇을 왜 쓰고 어떻게 읽었는지 그 조건들에 관심을 가질 필요가 있다.

따라서 작품이 창작·유통·향유된 실상을 당대 문화적 맥락으로 이해할 수 있는 교육 방안이 필요하다. 이 글은 시대별로 존재했던 소설 독서문화에 대한 맥락지식의 활용을 그 방법으로 제시한다. 고소설을 읽는 독자가 시대별 소설 독서문화에 작용하는 여러 맥락적 지식을 활용하여 작품을 살필 수 있다면 보다 깊이 있는 이해가 가능해질 것이다.

이 책은 고소설에 흥미를 갖는 독자뿐 아니라 예비 국어교사나 현직 국어교사들을 독자로 상정했다. 특히 고소설을 가르치는 교사가 학습자에게 시대별 소설 독서문화의 전변 양상을 구체적 작품 이해에 적용할 수 있는 원리를 제시해준다면, 학습자의 이해에 도움이 될 것으로 보았다. 그러기 위해서 교사는 시대별로 존재했던 소설 독서문화를 통시적인 관점에서 이해해야 한다. 그리고 작품을 읽은 후 작품 이해에 도움이 될 만한 작품 외적 맥락 자료나 탐구적 질문을 단계적으로 제시함으로써 학습자의 의미구성에 필요한 정보를 제공해주어야 한다. 이 점에 주목하여 이 책에서는 고소설 교육에서 교사가 알아야 할 맥락 지식으로서의 소설 독서문화의 전변 양상을 체계적으로 살피고, 맥락 중심 교육 방법을 활용하여 작품 읽기에 적용해 본다.

제1부는 맥락을 활용한 고소설 읽기 교육 방법을 구안하기 위한 이론적 배경을 다룬다. 구체적으로 맥락의 개념적 의미와 소설 독서문화를 구성하는 맥락 요소—소설 향유층의 독서 취향(목적), 독서

내용을 결정짓는 사회제도, 독자층의 문자 해독 능력, 출판·유통과 관련된 사회 경제적 환경—를 파악하고 맥락 중심 문학 교육이 학습자의 문화론적 시각 및 문학사적 안목 형성에 효과적임을 밝힌다.

또 맥락에 대한 교육적 접근을 위해 2015개정 교육과정에 따른 고등학교 교과서 수록 작품이 각 교과서별로 어떤 학습 목표와 학습활동을 제시하고 있는지 분석한다. 고소설과 관련된 목표는 대부분 텍스트 이해와 감상을 문학사적 전개 과정, 작가·사회·문화·역사적 배경, 상호 텍스트성 등 다양한 맥락과의 연관 속에서 진행되도록 목표를 설정하고 있다. 또 작품 자체의 분석이나 어구풀이의 단계에서 벗어나 고소설 작품을 사회문화적 맥락과 문학사적 시각에서 해석하고자 하는 방향성을 엿볼 수 있다.

그러나 실제로 교수−학습이 전개되는 상황은 교사와 학생의 역량에 달려 있다. 구체적으로 어떻게 맥락을 연관지을 수 있는지에 대한 안내가 없기 때문에, 각각의 학습활동은 개별 지식을 확인하는 수준에서 마무리될 가능성이 있다. 또 작품 전문이 수록되지 않아서 개별 작품의 특성을 사회문화적 맥락 차원에서 거시적으로 파악하지 못하는 한계가 있다. 따라서 학습자가 작품 외적 맥락지식을 활용하여 고소설 작품을 읽을 수 있는 '맥락 중심 고소설 읽기'의 실제적 방안이 요구된다.

제2부에서는 맥락 지식으로 활용될 소설 독서문화의 전변 양상을 15~16세기, 17세기, 18세기, 19세기의 네 시기로 나누어 살핀다.

소설 독서문화의 형성기인 15~16세기 소설의 창작과 향유는 상업적·대중적 성격과는 무관하게 비공식적이고 개인적으로 전개되었다. 유교적 지식사회 구축 과정에서 중국으로부터 들어온 서적에 대한 이론적 탐독과 민간 이야기에 대한 관심을 기록하는 과정에서 비판적 지식인들은 새로운 글쓰기를 실험했고, 그 결과 창작된 소설이 『금오신화』, 『기재기이』, 「수성지」와 같은 작품이다. 한글이 창제되어 사용자가 늘면서 일부 상층 여성에 한해서 조선의 이념 전파와 교화의 목적으로 소설 독서가 실현되었다. 이 시기는 소설 독서문화의 기반이 다져지는 시기라 할 수 있다. 따라서 이 시대의 작품을 읽을 때는 작가이자 독자인 상층 남성 문인의 취향, 소설의 주된 갈래와 특성 등에 중점을 두어 작품을 살피는 것이 중요하다.

전후 복구 시기인 17세기에 들어 조선 사회는 이전과는 다른 독서 문화적 환경을 조성했다. 상층 남성 문인이 한문뿐 아니라 국문으로 소설을 창작하고, 여성이 소설 향유의 주체로 등장했다. 17세기 소설 독서는 사회재건과 국민통합이라는 시대적 과제를 반영하며 전개되었고 와해된 사회 구성원들을 협력 공동체로 인식할 수 있는 매개적 기능을 담당했다. 전란 이후 혼란의 시대에서 창작·유통된 가정·가문소설은 와해된 사회질서를 회복하고 정서적 공감대 형성을 도모하는 등 공동체적 독서문화를 조성하는 데 기여했다. 상층 남성 문인들은 가문의 부활, 사회질서 회복이라는 욕망을 소설 창작에 반영했다.

이 시기 국문소설의 관심은 '사회질서의 재구축'에, 한문소설은 '역사적 사건'에 집중된다. 상층 문인과 사대부가 여성에 한해서 제한적으로 소설 독서 문화를 향유하는 한계가 존재했지만 가족단위의 여가문화 공동체가 소설을 중심으로 나타났으며 소설 유통의 장(場)이 형성되었다는 점에서 문학사적 의의를 찾을 수 있다. 17세기 작품을 교육할 때는 국문소설과 여성독자의 등장, 가족단위의 소집단 독서, 필사와 낭독에 의한 소설 유통, 전란의 사회적 의미와 전후 복구과정에서 나타난 사회변화에 주목하여 작품을 이해할 필요가 있다.

18세기는 민간 출판이 성행하고 서울을 중심으로 도시가 발달하면서 소비 지향적 여가문화가 소설을 중심으로 활성화되었다. 소설독서 문화의 중심 세력은 신흥 부르주아 계층인 중인과 여성이었다. 이들 소비 지향의 계층을 겨냥하여 가문소설과 창작·역사군담소설, 영웅소설이 창작되었고 세책집과 전기수를 통해 대거 유통되었다. 필사·낭독에 의한 공간 제한적 상업 유통이라는 한계가 있지만 18세기 소설독서는 대중의 여가문화로 자리했고, 독서문화를 소비하는 시대를 열었다는 점에서 문학사적 의의를 찾을 수 있다. 한편 상업적·소비적 독서와는 무관하게 상층 남성 문인들 사이에서도 야담계 소설이 창작, 향유되었는데 박지원의 「허생전」, 「호질」 등이 대표적이다. 18세기 소설 교육에서는 이러한 소비적·유흥적 도시문화를 고려해야 하며, 특히 언어표기에 따라 작품 내용이나 작가, 독자, 독서 방식이 어떻게 달라지는지에 주목하여 작품을 이해하도록 안내해야 한다.

19세기는 소설을 매개로 조선의 독서문화가 상하층으로 공유되고 확산되는 시기이다. 소설에 대한 대중의 관심이 높아졌고, 세책소설, 방각소설, 한문장편소설, 판소리계 소설, 세태소설, 우화소설 등 각 계각층의 취향과 환경적 조건을 고려한 다양한 유형의 소설이 유통·향유되었다. 상층 남성 문인의 야담집의 저술과 한문장편소설의 창작, 세책소설과 특히 인쇄에 의한 방각본 소설의 대량 유통은 19세기에 이르러 상·하층 모두가 문자문화를 향유하는 시대가 전개되었음을 보여준다. 상업자본의 침투가 강해지면서 국문소설에서 통속화경향이 짙어졌지만 상하층의 문화가 소설독서를 매개로 상호교섭하는 현상이 나타나 문화적 대중화를 이끌어낸 시기가 19세기이다.

19세기 작품을 교육할 때는 신분제의 붕괴, 비판적 세태 풍자 소설의 등장 배경, 출판·유통 환경 변화에 초점을 두어 지도해야 한다.

제3부에서는 지금까지 살핀 맥락지식을 실제 읽기에 적용하기 위해 중·고등학교 교과서에 수록된 고소설 작품을 중심으로 창작 시기, 작가와 독자, 언어표기, 갈래, 출판·유통, 독서 방식 등의 맥락요소를 고려하여 이를 선행조직자로 활용할 것을 제안했다. 또 고소설 읽기의 단계를 6단계로 설정하고 맥락 중심 교수−학습 모형과 연관지어 제시했다. 읽기의 각 단계에서 선행조직자나 소설 독서문화의 전변 양상과 관련된 지식을 작품 이해에 적용하도록 탐구적 질문의 중요성을 강조했다.

작품의 사회문화적 맥락과 관련된 선행조직자나 탐구적 질문을 적절히 활용하여 맥락 중심 교수−학습을 「이생규장전」, 「춘향전」 읽기에 적용한 결과 작품 내용에 대한 심층적 이해가 가능해짐을 확인할 수 있었다. 또 고소설에 대한 배경지식 활성화, 문학사적 지식 학습, 과거 사회에 대한 문화적 이해에도 도움이 됨을 확인할 수 있었다. 나아가 「춘향전」을 새롭게 창작해 보는 활동을 통해 삶의 다양한 맥락을 살필 수 있었다. 또 고소설에 대한 배경지식 활성화, 문학사적 지식 학습, 과거 사회에 대한 문화적 이해에도 도움이 되었다.

학습자가 읽어야 할 고소설은 개별적으로 존재하는 산물이 아니라 당대의 사회문화적 관점, 현상과의 유기적 관련 속에 존재한다. 따라서 작품이 창작·유통·향유된 실상을 당대 문화적 맥락으로 이해할 수 있다면 개별 작품의 의미가 다채롭게 다가올 뿐 아니라 그것이 향유된 사회문화에 대한 이해를 높일 수 있다. 또한 시대별 독서문화의 변화과정에 대한 통시적 이해는 문학사 교육·비평교육의 일환이 될 수 있다. 그것은 과거의 삶과 지금의 삶을 연결시키는 작업이며 결국 나와 다른 시대를 살았던 사람과 삶을 이해하는 여정이 될 것이다.

2022년 9월
김 미 정

차 례

제3부 소설 독서문화 이해를 바탕으로 한 고소설 교육의 실제

부록

제1부 소설 독서문화 맥락의 이론적 기초

제1장 맥락을 활용한 고소설 교육의 필요성

1. 논의의 목적과 필요성

이 글은 조선시대의 소설 형성과 발전과정을 통시적으로 살핌으로써 소설 독서문화의 전변 양상을 이해하고, 이것을 고소설 교육에 적용하는 데 관심을 둔다. 소설 독서를 문화현상으로 이해하고 사적 전개 과정을 살피는 것이 궁극적으로 고소설 교육에 도움이 된다고 생각하기 때문이다. 고소설을 당대 사람들의 문화적 산물로 인식하고 당시의 창작−유통−향유의 소통 맥락 속에서 읽을 수 있다면 고소설이 담지하고 있는 의미나 가치뿐 아니라 그것이 향유된 문화에 대한 이해도 높일 수 있다.

고소설 작품을 당대의 소통 맥락 속에서 이해하기 위해서는 고소설이 출판 보급되는 유통구조와 독서문화의 관련성을 살펴야 한다.

독자가 어떤 책을 접하고 독서 행위를 하기 위해서는 독서가 가능한 물리적·정신적 환경이 마련되어야 하기 때문이다. 기본적으로 작품의 창작과 제작의 동인은 작가와 제작층의 목적의식에서 나온 것이지만 그것의 근원적 바탕은 수용층의 요구나 독서욕구에 있다. 소설에 대한 독자층의 수용과 향유의 문제는 소설사 연구에서 매우 중요한 부분이며, 이것을 가능케 하는 사회문화적 환경 역시 주목할 문제임에도 불구하고 지금까지 소설 내지 소설사의 연구는 주로 작품과 작자를 중심으로 이루어져 왔다.

고소설 교육도 이와 다르지 않다. 기존의 고소설 교육은 중요 작가나 작품 자체에 대한 해석에 중점을 두어, 학습자의 자발적 독서와는 무관한 지식교육으로 인식되어 왔다. 고소설이 창작·향유되던 시대에 대한 이해는 교사 주도의 설명식 수업으로 전개되어 학습자의 주도적 읽기를 기대하기 어려웠다. 문학교육에서 이러한 형식주의, 구조주의적 접근 방식은 학습자의 주체적 문학향유를 어렵게 한다는 비판으로 이어졌고 최근에는 학습자 중심의 능동적 의미구성이나 창조적 재구성 역량이 주목되면서 문학교육에서도 변화가 나타나고 있다.

2015개정 교육과정의 선택과목인 문학에서는 문학의 수용과 생산 원리에 대한 이해를 바탕으로 학습자가 문학을 적극적으로 수용하고 창조적으로 재구성하며, 주체적인 관점에서 창작하는 능력을 기르는 것에 중점을 두고 있다.[1] 학습자가 문학의 수용과 생산과정에서 다양한 문학 활동을 즐기고 작품을 매개로 자유롭게 소통하는 것이 문학교육이 나아가야 할 방향임을 강조한 것이다. 고소설이

---

1) 교육인적자원부 고시 제2015-74호, 127쪽.

문학의 하위 영역임을 생각할 때 고소설 교육 방향도 여기에 방점을 두고 전개해야 한다.

그러나 우리는 누구나 어떤 시대, 지역, 사회집단에 속하여 삶을 살아간다. 그 위치 지어진 삶의 조건이 우리의 생각과 감정, 취향, 살아가는 방식을 결정한다. 문학교육에서 학습자 중심의 능동적 의미구성이나 창조적 재구성을 강조하고, 독자의 독서 욕구에 관심을 둔다고 해서 문학작품의 생산과 수용에 영향을 미치는 제반 조건의 중요도가 떨어지는 것은 아니다. 오히려 그것을 독자의 수용 맥락에 적극 반영할 때 작품의 의미를 더 깊이 있게 파악할 수 있다. 대부분의 사람들은 자기가 속한 사회집단의 주된 가치를 수용하고 그에 기반하여 생각하고, 무엇인가를 선택하는 경향이 있다. 소설에 대한 독자층의 수용과 향유의 문제는 사회적 조건과 무관하지 않다. 따라서 어떤 작품이 당대인들에게 인기가 있고, 많이 읽혔다면 그 지점의 복잡한 독서의 사회문화적 맥락을 함께 살펴야 한다.

읽기는 작품을 매개로 작가와 독자가 의미를 구성하고 소통하는 행위이다. 그런 점에서 고소설 읽기는 과거와 현재 사이의 대화 과정이다. 그러나 고소설의 창작 맥락은 현대 학습 독자의 수용 맥락과 거리가 멀다. 따라서 고소설 읽기 교육에서는 작품을 통해 창작 당시의 맥락을 추론하여 작품의 의미를 해석하는 활동이 우선되어야 한다. 작가가 작품을 통해 전달하고자 하는 의미를 이해해야 학습자의 입장에서 그것을 주체적으로 수용할 수 있기 때문이다. 작가의 생각에 공감하거나 비판하는 활동 혹은 창조적 재구성은 작품에 대한 이해가 선행될 때 가능하다.

그런데 고소설을 읽는 학생들은 지금과는 다른 표기법과 생소한 어휘, 문체나 가치관의 차이로 인해 고소설 읽기에 부담을 느낀다.

작품이 창작된 시대와 현대의 시공간적 거리·사회문화적 배경 차이는 작품 해석을 더욱 어렵게 하는 요소이다. 작품을 해독하는 데 에너지가 많이 필요하기 때문에 사실적 수준의 읽기 단계에서 감상적·비판적·창의적 수준의 읽기까지 나아가는 데 어려움이 있다. 그러다 보니 고소설 교육은 교사에 의한 자구해석, 사회문화·문학사적 배경에 대한 지식전달 위주로 전개되었다. 혹 학습자가 주체적으로 작품을 읽는다고 해도 고소설을 읽는 학습자들은 현재 자신이 속한 사회문화적 맥락을 바탕으로 작품을 이해할 수밖에 없다. 문제는 작품 자체의 내적 맥락이나 학습자 자신의 맥락만으로 글을 읽게 되면 창작 당시의 사회문화적 맥락과는 다른 방향에서 작품을 이해할 가능성이 있다는 것이다. 그것도 의미가 있지만 좀 더 다양한 관점에서 심화된 이해에 이르기 위해서는 창작 당대의 사회문화적 맥락을 고려할 필요가 있다.

예컨대 사회문화적 맥락에 대한 고려 없이 「이생규장전」이나 「춘향전」을 읽을 경우 두 작품은 '남녀 간의 사랑'을 형상화한 유사한 작품으로 이해될 수 있다. 그러나 작품 외적 맥락을 고려하여 읽을 경우 「이생규장전」의 사랑과 「춘향전」의 사랑이 다르다는 것을 이해할 수 있게 된다. 15세기 작품인 「이생규장전」의 사랑이 비현실적 공간에서라도 이루고 싶은 절대적 신의라는 상층 남성 지식인의 이념적·추상적 욕망의 반영이라면, 19세기에 유행한 「춘향전」의 사랑은 현실적 시공간을 배경으로 당시 민중의 신분해방, 부정 관리 척결 등의 이상이 반영된 것이었다. 또 「이생규장전」의 작가나 독자가 한문해독이 가능한 상층 남성 문인이었다면, 「춘향전」의 작가나 독자는 이본에 따라 다양했다. 그래서 「춘향전」에는 상하층의 언어와 문화가 혼효되어 있고, 등장인물의 신분이나 작품 내용도 독자에 따라 차이가 난다. 비공식적이고 사(私)적인 방식으로 창작, 유포된 「이생규장전」은 이본이 따로 존재하지 않고, 아주 제한된 문인층에서만 읽혔다. 반면 「춘향전」의 이본[2]은 100여 종이 넘는데다 한문본, 국문본이 각기 존재하고, 필사본, 방각본, 활판본으로도 유통되어 대중의 사랑을 받았다. 게다가 판소리로도 불러서 상하층 모두에게 향유되었다. 작품 향유자의 취향이나 당대의 문학적 관습도 소설 창작에 반영되어 「이생규장전」에는 인물의 섬세한 감정과 낭만적 분위기를 묘사한 한시가 다수 삽입되어 있다. 반면에 「춘향전」에는 한시뿐 아니라 당대 유행하던 잡가가 삽입되어 있고, 상층의 고상한 한문투와 하층의 비속어가 섞이고, 열거·반어·대구 등 다양한 표현법이 사용되었다. 청중이나 독자의 이해를 돕기 위한 편집자적 논평도 빈번히 등장한다. 「이생규장전」과 다른 「춘향전」의 다채로운 언어와 표현 방식은 대중의 흥미를 자극하려는 상업적 목적이 개입된 것임을 함께 읽을 수 있어야 한다.

「이생규장전」과 「춘향전」의 차이는 독서문화 환경의 차이에서 기인한 것이다. 작품 외적 맥락을 함께 읽지 않으면 이 두 작품은 외부 시련에 굴복하지 않는 남녀 간의 사랑이라는 같은 주제로만 읽힌다. 그러나 맥락을 통해 작품을 보면 「이생규장전」 사랑 속에 내포된 김시습이라는 지식인의 고뇌와 시대적 한계, 작가의 실험정신과 삶의 가치를 함께 읽을 수 있다. 또 「춘향전」의 사랑을 통해 정절을

---

2) 춘향전 이본에 대한 연구는 이윤석, 『춘향전 연구』, 보고사, 2019; 설성경, 『춘향전 연구의 과제와 방향』, 국학자료원, 2004; 설성경, 『춘향전의 형성과 계통』, 정음사, 1986; 김석배, 「춘향전 이본의 생성과 변모 양상 연구」, 경북대학교 박사논문, 1992; 김석배, 『춘향전의 지평과 미학』, 박이정, 2010; 김석배, 「춘향전의 이본 생성과 변모」, 『국어교육연구』 22, 국어교육학회, 1990; 전혜숙, 유혜정, 「춘향전 각 이본에 표현된 춘향의 외양묘사 비교연구」, 『생활과학연구 논문집』, 동아대학교 부설 생활과학연구소, 2002 등을 참고할 수 있다.

강조하는 유교적 이념, 봉건사회에서의 인간 해방을 추구하는 움직임, 부패한 관료에 대한 응징, 신분제도의 타파 등 유교사회의 질서와 민중의 각성, 신분제도의 붕괴, 도시향락 문화 등 다양하게 얽혀 있는 사회 현상이 함께 읽힐 수 있다.[3]

　따라서 고소설 읽기에서는 작품이 창작·유통·향유된 실상을 당대 문화적 맥락으로 바라볼 수 있는 교육 방안이 필요하다. 교사는 학습자에게 시대별 소설 독서문화의 전변 양상을 구체적 작품 이해에 적용할 수 있는 원리를 제시해주어야 한다. 그러기 위해서 먼저 교사가 시대별로 존재했던 소설 독서문화를 통시적인 관점에서 이해하고 있어야 한다. 그리고 작품을 읽은 후 작품 이해에 도움이 될 만한 작품 외적 맥락 자료나 질문을 단계적으로 제시함으로써 학습자의

---

3) 물론 『금오신화』와 「춘향전」의 독서 문화적 맥락을 비교 대상으로 삼는 것은 문제가 있다. 두 작품은 작자의 유무, 독서 문화적 환경, 언어 표기, 유통·독서 방식 등에서 큰 차이가 있기 때문이다. 따라서 『금오신화』와 「춘향전」은 다른 방식으로 교육되고 감상하는 것이 당연하다. 이 글에서 두 작품을 다루는 이유는 그동안 교과서에서 가장 많은 수록 빈도를 보이는 작품이고, 각각 소설의 형성기와 흥성기의 작품을 대변한다고 생각했기 때문이다. 맥락적 요소를 활용한 작품 읽기의 실제에서도 두 작품은 비교 대상이 아니다. 그럼에도 불구하고 두 작품을 비교하여 서술한 이유는 학습자들이 두 작품을 처음 접했을 때 느끼는 반응이 유사했기 때문이다. 시대나 작품 배경에 대한 맥락이 제거된 상태에서 작품을 읽고 각 작품에 대한 내용이나 감상을 나누는 과정에서 학습자들은 두 작품의 차이보다 공통점, 즉 '시련에 굴복하지 않는 남녀 간의 영원한 사랑'이라는 공통된 주제로만 작품을 이해하는 경향이 있었다. 이러한 반응은 비단 두 작품에서만 나타나는 것은 아니다. 박지원의 「허생전」과 작자미상의 「유충렬전」을 읽은 학생들은 두 작품의 독서 문화적 맥락이 다름에도 불구하고 무능하고 부도덕한 지배층과 영웅적 인물인 허생·유충렬을 대조하며 결과적으로 주인공의 영웅적 활약에 초점을 두고 작품을 이해하기도 한다. 그러다 고전소설의 특징으로 알려진 '재자가인인 주인공, 비현실적·우연적 사건 전개, 일대기 구성, 행복한 결말'이라는 공식에 끼워 맞춰 작품을 이해하곤 한다. 그 중에 '「이생규장전」이 행복한 결말인가?'라고 의문을 품은 학생이 있다고 해도 그 의문을 해소하기 위해 질문을 하거나 또래 학습자와 토의하는 경우는 매우 드물다. 작품을 둘러싼 맥락을 배제하여 읽을 경우 고소설을 통해 새롭고 다양한 의미를 이해하는 것이 어렵다는 것을 보여주는 사례이다. 따라서 두 작품을 비교하여 서술한 이유는 고소설 작품 읽기에서 '맥락'을 고려하는 것이 필요한 일임을 강조하기 위함임을 밝힌다.

의미구성에 필요한 정보를 제공해주어야 한다.

작품 외적 맥락 자료란 소설 독서문화의 형성·발전과정에 영향을 미치는 소설 향유층의 독서목적과 문자해독 능력, 서적과 관련된 법적제도, 출판·유통과 관련된 사회경제적 환경, 시대적 특성과 갈래 등 작품의 생산과 수용에 관여하는 요소들을 의미한다. 소설의 언어표기를 기준으로 고소설 작품을 바라보면 표기문자(한자, 한글)에 따라 작가와 독자, 창작 시기, 갈래적 특성, 유통 방식을 짐작해 볼 수 있다. 또 소설 향유층에 따라 같은 주제나 제재를 다룬 작품도 다른 특성을 보이기도 한다. 작가나 독자의 독서목적과 취향이 작품에 반영되기 때문이다. 출판과 유통 방식을 바탕으로 소설 향유층과 그들의 독서목적, 취향, 독서 태도 등을 추론할 수 있다. 시대에 따른 소설 갈래의 변천과 갈래 간의 차이를 파악하는 것도 작품에 대한 문학사적 안목을 함양할 수 있다는 점에서 작품 이해에 중요한 요소이다. 고소설 교육은 개별 작품론이나 작가론을 넘어 향유된 상황이나 사회문화적 맥락 속에서 이해될 때 학생들에게 보다 의미 있는 교육적 접근이 된다.

독서는 텍스트의 세계와 독자 세계의 만남, 그리고 그 안에서 벌어지는 의미의 전유(appropriation) 과정이다.[4] 따라서 독자가 텍스트를 받아들여 자기 것으로 만드는 향유의 형식 및 상황에 따라 텍스트의 의미가 어떻게 좌우되는지 살피는 것은 매우 중요하다. 동일한 책도 어떤 독자가 어떤 환경에서 어떤 방식으로 읽느냐에 따라 그 의미가 다르게 읽힐 수 있기 때문이다.[5] 학습자가 고소설을 읽고 현재 자신

---

4) 로제샤르티에 굴리엘모카발로, 이종삼 옮김, 『읽는다는 것의 역사』, 한국출판마케팅연구소, 2006.

5) 예컨대 『구운몽』은 한문본과 국문본이 모두 존재했고, 구연되기도 하고 필사, 인쇄 등

의 삶 속에서 적극적으로 그 의미를 향유하기 위해서는 작품 내적 특성뿐 아니라 작품의 형식, 작품 외적 맥락이 어떠한지를 살펴야 한다. 동일한 작품도 작품을 둘러싼 사회문화적 맥락과의 관련 속에서 읽을 때와 그렇지 않을 때의 차이를 학습자 스스로 이해할 수 있다면 주체적인 관점에서 작품을 해석하고 평가하며 고소설 읽기를 즐기는 태도를 기를 수 있을 것이다.

이 점에 주목하여 이 글 1부에서는 먼저 '맥락'의 개념과 고소설 읽기에 작용하는 맥락 요소에 대해 살핀다. 제2부에서는 고소설 교육에서 교사가 갖추고 있어야 할 교육적 지식으로서의 소설 독서문화의 전변 양상을 통시적으로 고찰한다. 제3부에서는 이렇게 정리된 배경지식을 바탕으로 맥락 중심 모형을 고소설 읽기에 적용하여 소설 독서문화의 맥락을 고려한 교육 방식이 고소설 읽기에 유용한 전략임을 밝히고자 한다.

여러 방법으로 유통되었다. 각각의 향유방법은 계층에 따라, 언어 능력에 따라 달랐으며 그 의미 역시 각자의 입장에 따라 달리 해석되었음은 추정 가능하다. 한편 레에나르트는 독서사회학의 연구서인 『독서를 읽기』라는 책을 발간하는데 이 연구에서 실시한 독서 앙케이트 조사를 통해 다양한 층위의 독서 집단별로 일관된 이데올로기적 입장이 존재함을 밝혔다. 이를테면 고급기술자와 주변지식인, 회사원집단에서는 분석 및 종합적 독서 양식과 자기 동일화 및 감정적 독서양식의 혼재가 두드러지며, 단순기술자 집단에서는 사실 위주의 현상적 독서양식이 두드러지게 나타난다. 또 소상인과 단순 노동자 집단에서는 사실 위주의 현상적 독서양식이 지배적인데, 집단에 따른 이런 차이는 연령이나 교육수준, 사회적 지위 등의 차별적 특성이 독서과정에서 작품을 변화시키기 때문이라고 하였다. "우리는 동일한 소설들이 여러 가지 다른 방식으로 읽힌다는 것을 확인하기에 이르렀다. 그것은 독자 자신들이 어떤 면에서 '읽은 소설'을 고유의 방식대로 다시 '쓰거나' '재창조 한다'는 것을 증명한다. 이는 그들의 소설 읽기가 소설 텍스트 그 자체에 달려 있다기보다 독자들의 고유의 정신적, 이데올로기적 구조에 기인한다는 것을 증명한다. (…중략…) 이처럼 우리는 앙케이트의 자료로부터 독자들의 의식을 지배하는 이데올로기 체계의 고유한 특징들과 사회 전체를 구성하는 집단과 계급 속에서의 이와 같은 체계의 기능을 도출할 수 있었다."(허경은, 「독서사회학의 관점에서 본 독자」, 『프랑스학 연구』, 프랑스학회, 2000, 207쪽에서 재인용)

2. 선행 연구들

이 글은 소설 독서문화를 살펴 고소설 작품을 둘러싼 맥락 요소를 추출하고 이를 고려하여 고소설 읽기에 적용하는 실천적 방법에 관심을 둔다. 따라서 소설 독서 문화 혹은 고소설을 작품 외적 요소와 연관지은 논의와 사회문화적 맥락을 교육과의 관련 속에서 살핀 논의를 중심으로 선행 연구를 살펴보면 다음과 같다.

고소설을 둘러싼 독서문화의 역사는 우리나라에서 독립된 관심영역이나 연구 분야로 자리 잡지 못하고 몇몇 학자들에 의하여 미시적으로 연구되어 오다가 근래 서지학이나 문학사회학 분야의 연구가 활발해지면서 주목받기 시작했다. 고소설 혹은 고소설사에 대한 선행 연구 중 대다수는 작품의 창작자와 작품에 관한 것이며, 소설의 형성에 대한 논의는 거론하기 어려울 정도로 매우 많지만 소설 독서 문화에 대한 연구는 찾아보기 어려웠다. 그러나 최근에는 고소설의 발달 원인을 작품 외적인 요소, 즉 소설을 산출한 시대 및 사회에 주목하되 그 중에서도 소설의 생산과 유통·소비의 문제와 연결시켜 이해하려는 연구들이 늘어나고 있다.

먼저 독서문화라는 용어를 핵심어로 다룬 것으로 육영수의 연구[6]를 주목할 수 있다. 저자는 서양의 독서 문화사를 사회 문화사 기술의 방식과 구도로 접근하면서 출판현상과 책의 영향론을 중점으로 이들의 문화사적 의의를 구명하였다. 책의 저술-인쇄-출판-보급-소비에 관한 학문적 논의의 중요성을 알렸다는 점에서 의의가 있다.

강명관은 조선의 책과 인쇄-출판문화가 형성되는 과정과 배경을

---

6) 육영수, 『책과 독서의 문화사』, 책세상, 2010.

밝히고 금속활자가 조선에서 갖는 의미를 조명했다. 그리고 한글 탄생이 조선의 책에 미친 영향과, 책의 출판에서 국가의 역할과 서울과 각 지방의 인쇄−출판 기관에서의 출판문화를 살폈다. 또 조선시대 책의 탄생 과정과 인쇄를 담당했던 사람들, 책값의 책정과, 책의 유통경로, 도서관을 비롯하여 책의 수출입 과정, 전쟁으로 인한 책의 운명 등 조선의 독서문화에 대한 폭넓은 정보를 제공하고 있다.[7] 배우성은 조선 후기 지식인들은 무엇을 어떻게 읽고, 쓰고, 공유했으며, 지방 지식인들은 어떻게 지식을 공유했는지, 또 학계 내부의 간극은 어떠했는지 살폈다. 또한 지식의 위계 문제와 다르게 읽기의 가능성을 제시하고 있다.[8]

한편 독서문화의 개념을 제시한 논의로 박인기의 연구를 주목할 수 있다.[9] 연구자는 독서문화의 개념을 독서 행위 앞뒤에 놓이는 가시적 불가시적 범주들을 고려하고, 문화 현상에 개입하는 제도, 소통, 의식, 가치 차원 등의 요소를 고려하여 설정할 것을 주장했다. 그리하여 독서문화란 독서 현상을 만들어내는 연속적 범주들(저술, 출판, 읽기 행위, 독서 소통, 텍스트의 전이, 텍스트의 정전화, 텍스트의 이데올로기화 등)에 걸쳐서 나타나는 사회 일반(또는 특정의 공동체)이 공유하는 체제와 제도, 공유된 의식, 그리고 이들 독서 현상을 의미 있다고 인식하는 공유된 가치체계를 의미한다고 정의했다.[10]

고소설 독서와 관련된 최근의 논의는 김균태,[11] 이승수,[12] 조윤

---

7) 강명관, 『조선시대 책과 지식의 역사』, 천년의상상, 2014.

8) 배우성, 『독서와 지식의 풍경』, 돌베개, 2015.

9) 박인기, 「독서문화의 형성과 비평의 작용」, 『독서연구』 24, 한국독서학회, 2010.

10) 박인기, 앞의 글, 12쪽.

11) 김균태, 「현대의 독자와 과거의 문학」, 『고전문학과 교육』 16, 한국고전문학교육학회, 2008.

형,13) 김현주,14) 박형우,15) 신재홍16)의 연구가 있다. 한편 독서문화를 거론하지는 않았지만 고소설을 문학사회학적 시각에서 논의한 연구는 조동일,17) 장효현18) 등에 의해 깊이 있게 진행되었다. 이들은 사회 경제적 현실과 문학의 관련 양상을 문학사 저술을 통해 보여 주었다.

또한 대중문학에 대한 관심에서 문학사회학적 접근을 시도한 강현두,19) 정수복20) 등은 문학사회학의 개념과 방법론 등에 대한 논의와 그것의 한국적 적용 가능성을 제시하기도 했다. 이들은 소설이 사회적 산물이라는 전제에서 소설이 당대 사회의 행위 유형이나 가치관을 반영한다고 보고, 소설 속에 표출된 사회 현실을 분석하였다. 그러나 이들은 주로 근대 이후의 특정 시기만을 고찰하거나 현대의 산업사회 변화를 문학현상이나 문학사의 흐름을 통해 연구된 것이 대부분이다. 따라서 고소설 독서 문화의 연구는 각 시대별 특성뿐 아니라 통시적 변화과정을 고려하여 사회문화적 변동과의 관계를 통해 고찰할 필요가 있다.

고소설의 유통과 수용에 대한 문제는 다양한 관점에서 논의되어

---

12) 이승수, 「「호질」과 「허생전」의 독법 하나: 김성탄 서사론의 적용」, 『고소설 연구』 20, 월인, 2005.

13) 조윤형, 「고소설의 독자 연구」, 『독서연구』 17, 한국독서학회, 2007.

14) 김현주, 「고소설의 문화론적 독법」, 『시학과 언어학』 4, 시학과언어학회, 2002.

15) 박형우, 「고전 자료와 독서 교육」, 『독서연구』 11, 한국독서학회, 2004.

16) 신재홍, 「고전문학 읽기자료의 몇 가지 문제점」, 『독서연구』 2, 한국독서학회, 1997.

17) 조동일, 『한국문학통사』 권1~권5(제4판), 지식산업사, 2005.

18) 장효현, 『한국고전소설사연구』, 고려대학교 출판부, 2002.

19) 강현두, 『현대사회와 대중문화』, 나남, 2000; 강현두, 「미래사회의 여가생활과 문화향수」, 『문화정책논총』 4, 한국문화정책개발원, 1992.

20) 정수복, 「뤼시앙 골드만의 문학 사회학의 불연속성」, 『현상과인식』 5(1), 한국인문사회과학회, 1981.

왔다. 그 중에서도 이윤석, 정병설, 이민희의 저서가 대표적이다. 이 윤석은 조선시대 상업출판에 주목하여 18세기 중반부터 상업출판물이 나타나 19세기에 활발히 간행되었으며 이 상업출판물의 주된 독자가 서민이었음을 강조했다. 조선시대 서적 문화를 이해하기 위해서는 서민들이 주된 독자였던 상업출판물인 세책본, 방각본에 대한 지식이 필요함을 역설했다. 특히 조선시대 한글소설의 작자를 알수 없다는 점이나 조선시대 한글소설 독자들이 작자에 대해 관심이 없었다는 점을 한글 고소설의 중요한 특징으로 이해하고, 한글소설의 유행을 지식과 오락의 측면에서 고찰했다.[21]

정병설은 조선시대 소설을 대상으로 한국 매체의 역사를 살폈다. 조선시대 소설 유통의 전체상을 배경과 역사로 나누어 살폈으며 소설 유통의 배경을 파악하기 위해 경제적 측면은 물론 정치적·제도적 측면까지 고려하여 서술을 전개했다. 조선시대 유통의 정점인 1800년을 기준으로 인구와 문해율을 살펴 당시 수십만 책 이상의 소설이 전국에 유통되었고, 단형의 한글소설은 전국 천여 개의 시장과 연결망을 통해 유통되었음을 밝혔다. 그러나 소설의 유통은 초보적인 검열체제조차 없이 자의적인 기준에 의해 처벌 받을 수 있는 정치적 상황 속에서 이루어졌기 때문에 표현제약이 심했고, 지배이념의 테두리를 벗어나지 못하는 이야기가 활발히 생산·향유되었다고 했다. 소설의 매체적 특성을 고려하여 필사소설, 세책소설, 출판소설로 분류하여 제시하고, 결과적으로 근대로 전환하는 시기에 소설은 큰 파급력을 지녔고 중요한 역할을 했음을 강조했다.[22] 이민희는 서적

---

21) 이윤석, 『조선시대 상업출판: 서민의 독서, 지식과 오락의 대중화』, 민속원, 2016.
22) 정병설, 『조선시대 소설의 생산과 유통』, 서울대학교 출판문화원, 2016.

중개상과 서적의 유통문제를 다루면서 서적중개상의 성격과 역할, 이들이 서적 및 소설 유통과 발달에 끼친 영향에 대해 논의를 전개하였다. 또 세책업과 관련된 소설 독서 문화를 살펴 출판·유통과 독서의 영향관계를 논하고, 국가별 세책문화를 비교하기도 하였다.23)

이 밖에 소설의 유통과 수용의 문제는 주로 개별 작품을 위주로 하여 유통 전반의 문제를 다룬 논의가 있는가 하면, 구비유통과 문헌유통을 세분하여 논의하기도 하고 그것의 교육적인 효용을 밝힌 연구도 있다. 뿐만 아니라 유통과정에서 구비유통(낭독)의 문제 및 이웃한 장르와의 관계도 거론되었으며 자본과 경제를 중심으로 고소설의 유통에 관심을 둔 연구도 있다. 한편 소설 독자에 대한 연구 및 문헌전승과 소설 수용의 문제를 살핀 연구들이 존재하는데 이들은 대체로 중국 서적의 유입과 천주교 서적과의 관계를 거론하였다.

유탁일은 고소설의 문헌 전승과 수용에 관한 다양한 논의를 진척시켜 고소설의 서지학 내지 문헌학적인 측면을 부각시켰다.24) 사재동은 소설 목판본의 시기적 상한선을 삼국시대로 끌어올리고 지역도 서울, 전주, 안성 이외에 방각소가 설치된 전국으로 광역화하고 그 주체를 통시적 공시적으로 확장시키는 논의를 전개하였다.25) 이창헌은 경판을 중심으로 그 판본과 이본 출현에 대한 논의를 전개하여 상당한 성과를 거두었으며, 나아가 이들이 영리적으로 유통된 양상을 고찰하여 고소설의 상업적 특성까지도 해명하고자 하였

23) 이민희, 『16~19세기 서적중개상과 소설, 서적 유통 관계 연구』, 역락, 2007; 이민희, 『조선의 베스트셀러: 조선 후기 세책업의 발달과 소설의 유행』, 프로네시스, 2007; 이민희, 『세책, 도서 대여의 역사』, 커뮤니케이션북스, 2017.

24) 류탁일, 「고소설의 유통구조」, 『한국고소설론』, 아세아문화사, 1991.

25) 사재동, 『한국문학유통사의 연구』, 중앙인문사, 1999; 사재동, 「고전소설 판본의 형성·유통」, 『고소설의 저작과 전파』, 아세아문화사, 1994.

다.26) 개별 작품들의 사본이나 방각본 등 유통에 관한 논의가 진척되면서 활자본에 대한 논의도 다양한 관점에서 논의되고 있다. 우쾌제는 고소설의 구활자본을 집성하면서 구활자본 고소설의 연구 현황과 앞으로의 과제를 제시하고 있으며,27) 이주영은 구활자본 고소설의 출판 양상과 배경, 생산과 수용 및 텍스트의 측면에서 그 특성을 파악한 후 그 성쇠의 추이 및 의의와 한계 등을 포괄적으로 다루었다.28)

고소설 향유과정에서 낭독의 문제를 거론한 것은 임형택,29) 권미숙·서인석,30) 김진영31)의 연구에서 확인할 수 있다. 이들의 선행 연구를 통해 낭독자와 청자, 낭독 작품 및 낭독 방법에 대한 다각적인 접근이 가능해졌다. 특히 임형택은 소설을 청중에게 구연해주는 이야기꾼을 강담사·강독사·강창사 등으로 구분하여 소설 유통의 구비적 전승을 체계화하는 성과를 거두었다.

한편 고소설이 전승되는 과정에서 인접 장르와의 관계를 다룬 논의가 있다. 조도현은 조선 후기 고소설이 변개될 수 있는 환경적 요인을 살핀 후 문헌, 구비, 매체적 변개로 나누어 장르적 교섭양상을 살핌으로써 그것의 문학사적 의의를 밝히고자 하였다. 그리하여 고소설의 변개양상은 변이와 개작을 요구하는 다양한 층위의 노력을 통해 다양한 방식으로 수용되었음을 논한 바 있다.32)

---

26) 이창헌, 「경판방각소설 판본 연구」, 서울대학교 박사논문, 1995.
27) 우쾌제, 「구활자본 고소설의 연구 현황」, 『고소설의 연구방향』, 새문사, 1990.
28) 이주영, 『구활자본 고전소설 연구』, 월인, 1998.
29) 임형택, 「18~19세기 이야기꾼과 소설의 발달」, 『고전문학을 찾아서』, 문학과지성사, 1976.
30) 권미숙·서인석, 「경북 북부 지역의 고전소설 유통과 글패」, 『고전문학과 교육』 17, 한국고전문학교육학회, 2009.
31) 김진영, 「고소설의 낭송과 유통에 대하여」, 『고소설연구』 1, 한국고소설학회, 1995.

자본과 경제를 중심으로 고소설의 유통에 관심을 둔 논의로 이민희, 김진영, 최호석, 사재동 등의 연구가 있다. 이민희는 17세기 이후 소설 작품에서 화폐경제를 바라보는 시각을 분석한 후 화폐경제의 사회상을 매점매석, 고리대금업, 납속책 및 각종 상거래 문화로 정리하였다.33) 김진영은 고소설의 경제적 유통을 구연에 의한 생업적 유통과 문헌에 의한 상업적 유통으로 나누어 그 의미를 살피고자 하였다. 그리하여 경제적 유통은 수용층의 기호를 수렴하여 고소설이 작자 중심의 문학이기보다 수용자 중심의 문학이었음을 밝혔다. 따라서 고소설은 민중문학·통속문학적 성격이 강화될 수밖에 없었으며, 민중의 기층문학으로 유통되어 대중 문화예술로 변용되었다고 주장하였다.34) 또 최호석은 방각본의 경제성을 방각본 출판의 문화적 입지와 마케팅 전략을 통해 밝혔으며 방각업자들이 출판에 앞서 경제성에 대해 상당한 분석과 고려를 했음을 논의하였다.35)

소설의 독자층에 관한 연구에는 오오타니 모리시게(大谷森繁)의 논의가 대표적이다. 그는 조선조의 소설 독자 연구에 목적을 두고 조선 시대에 창작된 소설과 외국에서 수용되어 번역 번안된 작품을 총망라하여 독자층의 형성문제를 통시적으로 살폈다. 그리고 소설과 관련된 출판문화의 실태와 외국소설의 수용, 인근 중국과 일본과의 비교문제에 중점을 두어 기술했다.36)

다음으로 문헌전승과 수용의 문제를 다룬 논의를 살펴보면 다음

---

32) 조도현, 「고전소설의 변개 양상」, 충남대학교 박사논문, 2001.
33) 이민희, 「17~18세기 고소설에 나타난 화폐경제의 사회상」, 『정신문화연구』 114, 한국학 중앙연구원, 2009.
34) 김진영, 「고전소설의 경제적 유통과 그 의미」, 『어문연구』 72, 어문연구학회, 2012.
35) 최호석, 「방각본 출현의 경제성 시론」, 『우리어문연구』 15, 우리어문학회, 2004.
36) 大谷森繁, 『조선 후기 소설독자 연구』, 고려대학교 민족문화연구소, 1985.

과 같다. 먼저 중국 문헌의 전승과 수용 관련한 논의는 상당히 많다. 그러나 대부분 개별 작품의 전파와 수용 문제를 다룬 것들이므로 이 책에서는 거시적 측면의 연구인 윤세순과 유승현·민관동의 논의만을 대표적으로 살폈다. 윤세순은 문헌 기록을 바탕으로 15세기부터 19세기까지 중국소설류가 국내에 유입된 상황을 정리했다. 15세기 『전등신화』를 시작으로 19세기까지 다양한 종류의 소설책들—연의소설, 공안소설, 필기소설, 재자가인소설 등—이 조선에 유입되었으며, 18세기 이후에 가장 활발히 수용되었음을 밝혔다.37) 유입된 중국소설의 종류와 유입 주체 및 시기에 관한 정보전달 측면에서 유용한 연구를 진행하였다. 또한 16세기에 초점을 두고 중국소설이 유입되어 향유되면서 하나의 독서물로 자리 잡아 가는 과정을 살핀 논의도 있다. 16세기는 중국 명대소설의 홍성과 서책무역의 변화, 그리고 조선사회 내부의 소설적 욕구와 필요성이라는 요소가 맞물리면서 중국소설의 독자층이 확대되고, 고소설이 발전하는 환경적 조건이 조성되었음을 밝혔다.

유승현·민관동은 시대에 따라 중국소설의 수용과 전파의 양상이 달랐음을 밝혔다. 조선 전기는 정부 주도로 소설을 직접 수입하였으며 임금과 관료들이 소설의 수용 주체였다. 또 역관들은 중국에서 각종 서적과 소설의 수입을 담당하고 원문 수용의 매개 역할을 해왔다. 조선 후기로 갈수록 중국소설의 번역이 진행되면서 수용과 전파 역시 사회 각계각층으로 확대되었으며 역관과 지식인들에 의해 소설이 수입되고 책쾌에 의해 소설이 전파되었다. 원문 위주의

---

37) 윤세순, 「16세기 중국소설의 국내 유입과 향유 양상」, 『민족문학사연구』 25, 민족문학사학회, 2004; 윤세순, 「조선시대 중국소설류의 국내 유입에 대하여」, 『동방한문학』 66, 동방한문학회, 2016.

소설 수용 단계를 넘어 한글 번역서가 유통되었고, 대부분 장편이라 출판이 어려울 경우 필사에 의해 전파되는데 세책업자들이 그 담당 주체로 떠오르고, 수용자도 여성들로 확대되기에 이른다. 그리고 19세기에 들어 방각본 중국소설이 등장하면서 소설이 상업출판에 들어섰음을 주장했다. 19세기에 들면 문헌 수용과 전파뿐 아니라 구두 전파에 의해 조선의 거의 모든 계층이 소설의 수용과 전파의 주체가 되었음을 밝혔다.[38]

외래 서적과 소설과의 관련성을 살핀 논의 두 번째는 천주교 서적의 전파와 관련된 논의가 있다. 천주교 서적의 전파와 수용, 출판의 문제 역시 다양하게 논의되어 왔다. 그러나 주로 천주교회의 성립과 관련된 연구가 주류이며, 서지학과 언어학에 관한 논의가 있기도 하다. 이 글에서는 천주교 서적의 독자 수용과 소설 관련 논의에 한해서 일부만 살펴보았다. 정병설은 천주교가 박해에도 불구하고 교세를 확장한 이유를 천주교 서적의 한글 번역과 출판의 영향으로 보았다. 매체의 변화가 사회 변혁의 주요 원인이라는 주장은 독자를 염두에 두었음을 짐작할 수 있다.[39] 이민희는 천주교 서적의 유통과 국문 독서문화의 상관성을 연구하였다. 연구자는 천주교 서적의 유통과 국문 독서 환경이 국문 소설과 유사하게 발전하고 있음을 밝히고, 국문본 천주교 서적이 여성 및 하층 독자층을 형성하는 밑거름이 되었다고 주장하였다.[40]

---

38) 유승현·민관동, 「조선의 중국고전소설 수용과 전파의 주체들」, 『중국소설논총』 33, 한국중국소설학회, 2011.

39) 정병설, 「조선 후기 한글 출판 성행의 매체사적 의미」, 『진단학보』 106, 진단학회, 2008.

40) 이민희, 「18세기 말~19세기 천주교 서적 유통과 국문독서문화의 상관성 연구」, 『인문논총』, 서울대학교 인문학연구원, 2014.

이상에서와 같이 고소설의 형성·발달을 시대 및 사회경제사적 측면과 관련짓고, 그 중에서도 소설의 생산과 유통 소비의 문제와 연결시켜 이해하려는 연구에 대한 관심이 늘어나고 다양한 방향에서 논의되고 있음을 알 수 있다. 그러나 기존 논의의 대다수는 조선 후기 즉 17~18세기를 자본주의의 맹아기로 보고 경제와 자본이 소설 향유 방식에 미친 영향을 논하고 있다. 이러한 배경에는 근대성이나 자본주의 맹아론41)의 영향을 받아 조선 후기를 부각시키기 위한 것과 함께 사회 경제발전이나 소설의 발달을 분야사적으로 보는 시각이 존재한다. 그러다 보니 15~16세기 소설 독서문화에 대한 논의가 부족하다. 게다가 19세기는 18세기 혹은 20세기와 묶여서 통합적으로 논의하는 경향이 있었는데, 19세기에 창작된 한문 장편소설, 판소리계 소설, 애정 전기소설 등을 중심으로 한 논의가 있어 주목된다.42)

한편 이 책의 주제의식과 상응하는 사회문화적 맥락을 교육 혹은 문화적 실천과 관련한 논의가 있다. 김상욱은 리얼리즘 소설을 분석하면서 주체 형성으로서의 소설교육에 대해 논했다.43) 또 최인자는

---

41) 우리 문학에서 근대성의 개념은 근대가 왜곡된 자본주의와 제국주의의 논리에 의해 시작된 이래 꾸준히 논란의 문제라 할 수 있다. 이 글은 조선 후기 사회경제의 발달과 자본주의의 성장을 조선 전기의 연장선상에서 이해하고자 한다. 따라서 소설의 발달과 향유의 문제 역시 발달사적 과정으로 이해하려 하였다.

42) 김경미, 「19세기 소설사의 쟁점과 전망」, 『한국고전연구』 23, 한국고전연구학회, 2011; 김경미, 「19세기 한문소설의 새로운 모색과 그 의미」, 『한국문학연구』 창간호, 고려대학교 민족문화연구원 한국문학연구소, 1995; 이기대, 「19세기 한문장편소설 연구」, 고려대학교 박사논문, 2003; 장효현, 「19세기 한문장편소설의 창작 기반과 작가의식」, 『한국고전소설사연구』, 고려대학교 출판부, 2002; 주형예, 「19세기 판소리계 소설 「심청전」의 여성 재현」, 『한국고전여성문학연구』 14, 한국고전여성문학회, 2007.

43) 김상욱, 「소설 담론의 이데올로기와 소설교육」, 『소설교육의 방법연구』, 서울대학교 출판부, 1996.

문학 독서의 본질은 특정한 사회문화적 위치 속에 놓인 독자가 자신의 삶에서 형성한 사회문화적 지식 혹은 실천 능력을 형성 혹은 재구성하는 사회적 과정이라 하였다. 따라서 사회문화적 맥락 중심 교육을 통해 독서의 맥락을 사회문화적 맥락으로 확장하고, 학습자들의 사회문화적 맥락을 교육적 자원으로 활용하여 학습의 주체성을 살릴 수 있다고 주장했다.44) 박인기는 문학교육의 문화교육적 성격을 논하고, 학생들 스스로 자신이 속한 사회문화적 맥락과 대화하는 과정에서 자신의 정체성과 문화적 능력 향상을 기를 수 있도록 문화적 문식성을 길러야 한다고 주장했다.45) 김미선은 문학 맥락의 개념과 특성, 범주를 폭넓게 분석하고 문학텍스트 의미구성과 맥락 작용 관계를 살폈다. 이를 통해 맥락 중심 문학교육의 원리를 학습자의 맥락화에 대한 탐구, 학습자와 맥락 간의 상호작용, 학습자 수용 맥락의 개방성, 학습자 삶의 맥락과의 연계로 구성하여 맥락 중심 문학 수업 모형을 제시하였다.46)

이들 연구는 텍스트 해석에서 독자의 사회문화적 맥락에 초점을 두고 이러한 맥락이 어떻게 의미 구성에 작용하는지에 대해 논하였다는 점에서 의미가 있다. 그러나 실제적 지도 차원에서 학습자에게 어떻게 사회문화적 맥락을 읽을 수 있도록 할 것인가 하는 방법을 제시하고 있지 못하다.

이를 보완할 만한 맥락과 관련한 문학 교육 연구는 이재기, 최광석, 김미선, 안재란, 임주탁 등을 참고할 수 있다. 이재기는 맥락 중심

---

44) 최인자, 「문학 독서의 사회·문화적 모델과 '맥락' 중심 문학교육의 원리」, 『문학교육학』 25, 문학교육학회, 2008.
45) 박인기, 『문학을 통한 교육』, 삼지사, 2005.
46) 김미선, 「맥락 중심 문학 교육 방법 연구」, 부경대학교 박사논문, 2010.

의 문식성 교육을 제안하고 맥락의 개념을 텍스트 생산·수용 과정에 작용하는 물리적·정신적 요소로 정의하였다. 그리고 맥락 중심의 문식성 교육 원리로 '다양한 맥락을 도입할 수 있는 활동의 제공, 텍스트 생산·수용 과정에 작용하는 맥락의 성찰, 주체 간의 맥락 교섭·경쟁의 강화'를 제안하고 이를 구현할 수 있는 맥락 중심 문식성 교육 모형을 '맥락 작용 단계—맥락 교섭 단계—맥락 성찰 단계'로 구안하였다.[47]

최광석은 맥락에 초점을 두어 고전문학 교육의 전 단계에 걸쳐 맥락을 텍스트 이해에 어떻게 활용할 수 있는지에 대해 논한 바 있다. 구체적인 교수−학습의 단계를 4단계(1단계: 맥락 최소화를 통한 상황 최대치 파악하기와 파악한 상황을 토대로 맥락 추론하기 활동을 전개한다. 2단계: 고전문학 텍스트 당대의 맥락에서 텍스트를 이해하고 그 맥락을 텍스트와 관련 짓는 활동을 한다. 1단계에서 최소화되었던 맥락이 탐구와 구성의 대상이 된다. 이 단계에서 맥락을 최대한 활용하기 위해 맥락 치환하기, 맥락 조작하기 활동을 한다. 3단계: 학습자 동시대의 맥락과 고전문학 텍스트의 맥락을 대비하여 고전문학 텍스트의 현재적 의미를 파악한다. 4단계: 고전문학 텍스트 및 그 맥락에 대한 비판적 접근을 통해 '나(우리)'의 문학 텍스트를 생산한다.)로 설정하여 각 단계에서 전개되는 구체적인 활동을 안내하고 있다는 점에서 의의가 있다.[48]

김미선은 문학교육에서 읽기를 둘러싼 맥락을 충분히 고려하지 못한다는 비판의식을 바탕으로 학습자의 맥락적 의미구성 능력을

---

47) 이재기, 「맥락 중심 문식성 교육방법론 고찰」, 『청람어문교육』 34, 청람어문교육학회, 2006.
48) 최광석, 「맥락을 활용한 고문학 교수·학습 방법론」, 『문학교육학』 30, 한국문학교육학회, 2009.

신장시키기 위한 문학교육 방법을 모색하였다. 이를 위해 문학 영역에 작용하는 맥락의 개념을 규명하고 이를 바탕으로 맥락 중심 문학교육의 원리를 추출하여 맥락 중심 문학수업 모형을 구안하였다. 그러나 실제 현장에 적용하지 못하고 이론적 논의에 그쳤다는 한계가 있다.49)

안재란은 2007개정 교육과정의 사회 문화적 맥락에 주목하여 의미구성 과정을 수용자의 맥락화, 텍스트의 맥락화, 맥락적 의미구성의 3단계로 제시하고 소설 「눈길」 읽기에 적용하였다.50) 임주탁은 문학교육에서 맥락의 중요성을 강조하고, 맥락을 고려한 문학 작품의 이해와 감상의 실천적 방법을 모색하였다. 문학 텍스트 수용에서의 핵심은 맥락을 통한 텍스트의 의미해석이라는 것을 「다정가」, 「오우가」, 「이생규장전」, 「홍길동전」의 맥락을 분석하는 구체적 과정을 통해 보여주었다. 나아가 그것이 궁극적으로 비판적 문학교육의 토대가 된다는 점을 보여주었다.51)

이상에서 살펴본 바와 같이 문학교육에서 맥락을 중시하고, 이를 교육과 연관지은 연구가 늘어나고 있다. 기존 연구는 공통적으로 맥락적 소통의 관점에서 문학교육의 가능성을 논하고, 텍스트와 맥락, 텍스트와 텍스트, 독자와 맥락의 상호작용을 강조하고 있다.

이 글에서는 작품 이해의 중요 요소인 맥락과 관련한 기존 연구 결과를 수용하면서 소설 독서문화와 연관된 맥락을 고소설 읽기 교

---

49) 김미선, 「맥락 중심 문학교육 방법」, 부경대학교 박사논문, 2010.

50) 안재란, 「사회 문화적 맥락을 반영한 소설 읽기 지도」, 『독서연구』 22, 한국독서학회, 2009.

51) 임주탁, 「맥락 중심 문학교육과 비판적 문학교육」, 『문학교육학』 40, 한국문학교육학회, 2013.

육에 적용할 수 있는 방안을 모색해 보려고 한다. 그동안의 축적된 맥락에 관한 논의와 고소설 작품론, 고소설 독서문화의 전반 양상에 관한 지식을 바탕으로 고소설 읽기에서 맥락을 추론하는 교수-학습을 전개한다면 고소설에 대한 학습자의 흥미를 유발하고, 다양한 관점에서 작품을 이해할 수 있는 경험을 제공할 수 있을 것이다. 나아가 작품 이해와 감상의 수준을 넘어 학습자 자신의 맥락에 의거하여 새로운 의미를 비판적·창조적으로 재생산하는 표현교육도 가능할 것으로 기대한다.

3. 논의의 방법

이 글에서 다루는 소설 독서문화는 소설의 형성과 발전과정은 물론 그것을 향유하고 공유하는 전 과정을 포괄하는 넓은 의미로 사용한다. 소설 독서문화에 대한 논의에서는 기본적으로 작가와 독자, 출판과 유통 체계, 매체(언어) 문제를 고려해야 한다. 이것은 소설 작품의 생산과 유통, 수용에 관여하는 맥락을 고려하는 것과 같은 의미이다. 그러나 맥락이라는 개념이 매우 포괄적이고 다양한 관점에서 사용되기 때문에 맥락의 의미를 명확히 규정하기 어렵다.[52] 그래서 고소설 독서와 관련되는 맥락요인에 초점을 두어 살필 필요가 있다. 제1부 2장은 소설 독서문화적 맥락을 고려한 고소설 읽기 교육 방법을 구안하기 위한 이론적 배경을 마련하는 장이다. 따라서 맥락에 대한 개념적 의미와 소설 독서문화를 구성하는 맥락에 대해

---

52) 이재기, 앞의 논문, 101~102쪽.

살펴볼 것이다.

소설 독서문화를 구성하는 요소는 크게 소설 향유의 주체인 작가와 독자, 텍스트, 시대 사회적 환경 등으로 나누어 생각해 볼 수 있다. 그러나 소설 독서문화를 형성하는 데 관여하는 요소를 추출하는 것은 간단치 않다. 거기에는 작가와 독자의 의식적·문화적 조건뿐 아니라 서적 유통과 관련된 물적 기반, 이념적·행정적·제도적·경제적 조건들까지 포함되기 때문이다. 이 글에서 이들 요인들의 작용과 영향을 모두 체계화하여 다루는 데는 어려움이 따른다. 따라서 제요인 중에서 소설의 형성과 분화에 큰 영향을 미쳤다고 판단되는 요인인, 소설 향유층의 독서 취향(목적), 독서 내용을 결정짓는 사회제도, 독자층의 문자 해독 능력, 출판·유통과 관련된 사회 경제적 환경에 초점을 맞춰 논의를 전개하고자 한다. 맥락의 개념과 맥락요소의 검토는 고소설 독서 문화를 형성·발전하게 한 제반 여건을 검토하는 것으로 소설 독서문화를 이해하는 이론적 틀을 마련해줄 것이다.

다음으로 맥락에 대한 교육적 접근을 위해 2015개정 교육과정에 따른 교과서에 어떤 작품이 수록되어 있는지를 살펴보고, 동일한 작품이 각 교과서별로 어떻게 구현되었는지 분석해 보기로 한다. 이를 통해 현행 교과서에서 다루고 있는 학습활동 분석을 통해 작품분석과 작가, 시대에 대해 분절된 지식으로 학습하는 기존 방식보다, 맥락지식을 활용한 읽기 방식이 학습자의 작품 이해에 더 유용한 방식임을 드러내고자 한다. 그 다음 소설 독서 문화적 맥락을 활용한 고소설 읽기 교육을 위해 학습자가 어느 고소설 작품이든 작품 이해를 위해 알아야 할 요소를 쉽게 활용할 수 있도록 고소설 읽기의 원리를 선행조직자와 맥락 요소로 나누어 읽기 단계에 적용해 보겠다.

맥락을 활용한 고소설 교육은 문화론적 시각 및 문학사적 안목을 형성하는 데 기여할 수 있다. 고소설 교육에 대한 문화론적 시각은 맥락을 통해 소설을 이해하는 추론적 학습에 도움이 된다. 또한 학습자는 문화론적 접근을 통해 다양한 문화의 가치를 이해하고 내면화함으로써 바람직한 문학문화 형성에 참여할 수 있을 것이다. 또 문학사적 시각에서 작품의 의미를 종합적으로 평가할 수 있도록 고소설 교육이 맥락 중심으로 전개된다면 고소설 교육뿐 아니라 문학사교육, 비평교육의 일환이 될 수 있다. 그러나 이러한 시도가 또 지식교육에 머물지 않게 하기 위해서는 작품 이해에 학습자 반응을 적극 활용할 수 있는 교수—학습 방안이 요구된다. 따라서 맥락 중심 교수—학습 방법에 대해 구체적으로 살펴 고소설 교육에 어떻게 적용할 것인가를 살핀다.

한편 소설의 형성과 향유의 문제를 논하기 위해서는 소설에 대한 개념과 발생 시기에 대한 정리도 필요하다. 고소설의 형성 및 전개 양상에 관한 논의는 소설의 개념을 어떻게 규정하는가에 따라 달라지기 때문이다. 그러자면 소설의 개념과 범위 그리고 특징을 밝히는 것에서 논의가 시작되어야 하지만 이 글에서 이 문제를 논하기는 어렵다. 이에 대한 논의는 이미 여러 선행 연구에 의해 제시되었지만 연구자에 따라 견해가 다르고 아직도 논란거리가 많기 때문이다.[53] 게다가 이 문제는 이 글의 문제의식과는 초점이 다르므로 기존 선행 연구에 기대어 논의를 이어가려 한다.

따라서 여기서는 조동일의 견해를 받아들여 '소설을 자아와 세계가 상호 우위에 입각해 대결하는 서사문학'이라는 전제에서 출발한

---

53) 대표적인 성과로 한국고소설학회 편, 『다시 보는 고소설사』, 보고사, 2007을 들 수 있다.

다.54) 이러한 개념으로 보면 소설은 중세에서 근대로의 이행기의 문학이며, 한국에서는 조선시대에 해당하는 시기의 산물이다. 그리고 소설의 첫 작품은 15세기에 등장한 김시습의 『금오신화』가 된다. 필자는 이 작품이 『전등신화』를 읽은 독서경험을 바탕으로 작가가 시대와의 갈등을 염두에 두고 자신의 욕구를 실현한 결과이며, 독자를 고려한 창작물이라는 점에서 최초의 창작 소설로 생각한다. 그러므로 이 글은 김시습의 『금오신화』가 나오게 된 사회문화사적 맥락과 『금오신화』 저술에 영향을 미친 서적의 유통에 대한 논의에서 출발한다. 그리하여 19세기까지 소설의 생산·유통·수용의 사회적 상관관계를 분석하겠다. 즉 제2부에서 맥락지식에 해당하는 소설 독서문화의 전변 양상 및 그 특징을 살펴 시대별로 중점적으로 살펴야 하는 맥락 요소를 파악한다.

그 다음 제3부에서는 「이생규장전」과 「춘향전」을 대상으로 맥락 중심 교수-학습 방법을 적용해 본다. 「이생규장전」과 「춘향전」은 꾸준히 교과서에 수록된 작품으로 각각 15~16세기와 19세기를 대표하는 작품이다. 또 창작 당시의 사회문화적 맥락을 고려하여 읽을 때 깊이 있는 이해가 가능하다. 각 작품을 이해할 때 작품 외적 맥락 요소를 바탕으로 작품을 읽을 때와 그렇지 않을 때를 비교하는 교수-학습을 통해 소설 독서문화의 전변 양상을 이해하는 것이 작품을 흥미롭고 깊이 있게 이해하는 방법임을 이해하게 될 것이다.

이 글의 시대구분은 15~16세기, 17세기, 18세기, 19세기로 하며 그 이유는 다음과 같다. 15~16세기는 한글 창제와 언해사업, 국가의 서적수입 및 간행이 활발히 진행되었던 시기이다. 또한 전기소설이

---

54) 조동일, 『소설의 사회사 비교론』 1~3, 지식산업사, 2001.

등장하고 국문으로 번역한 소설이 나타나 소설에 대한 사회적 문제가 대두되기도 했다. 이때는 국가의 질서 확립을 위해 필요한 성리학 서적들이 중국으로부터 대거 유입되었다. 그 과정에서 중국에서 소설이라 불리는 책들이 함께 들어와 읽히고, 간행되었다. 중국은 소설의 시작을 당나라 때 전기(傳奇)로 보면서 앞 시대의 신선고사나 지괴(志怪)와 다르게 작품화된 것을 그 근거로 보았다. 그래서 소설의 의미를 매우 넓게 보고 설화를 기록한 것까지 소설로 보는 경향이 있었다. 그러나 중국의 관점을 그대로 받아들여 그 명칭을 사용하기 어려운 점이 있어, 이 시기에 유입된 중국 소설류의 작품을 전기문학55) 혹은 서사문학으로 통칭하여 사용한다.

17세기는 고소설사에서 중요한 전환기이다. 전란의 체험으로 인한 급격한 사회경제적 변화, 중국 연의류 소설이나 전기소설의 국문 번역 및 국문소설의 창작, 독자층의 확대 등이 그 증거이다. 따라서 17세기는 전란의 체험과 국문소설, 여성 독자와 관련하여 소설 창작과 향유의 문제를 따로 파악할 필요가 있다.

18세기는 세책 및 방각본 소설의 출현, 전문적인 전기수가 등장하면서 서민 독자층이 대두되고 실학사상에 의한 문예의식의 변화 등이 일었던 시기이다. 박지원의 한문단편과 국문소설 및 번역소설이 대거 유행하여 소설 독서문화의 융성기라 할 수 있다. 이를 이은 19세기는 방각본 소설의 본격적 출판과 대량유통, 세책문화의 전파와 통속화, 한문 장편소설과 판소리소설의 창작 등 이전 시기부터 이어온 독서문화의 물적 바탕이 축적되어 소설 독서문화가 시공간을 넘어 대중화된 시기이다. 소설의 발전과 독서문화변동을 고려해

---

55) 전기문학은 傳奇·志怪를 총칭하는 용어로 사용한다.

볼 때 이와 같은 시대 구분은 큰 무리가 없다고 생각한다.

마지막으로 기존의 연구 성과를 바탕으로 다음과 같은 방법을 염두에 두고 논의를 전개하려 한다.

첫째, 소설의 발전과 관련된 조선의 사회문화적·경제적 맥락을 바탕에 두고, 통시적이고 거시적인 시각에서 조선시대 전체의 사회상과 연관지어 소설 독서 문화의 변천과정을 조명한다.

둘째, 독서문화의 자료로 소설이 생산되고 유통된 배경에 중점을 두기에, 개별 작가나 작품 자체에 대한 분석보다는 소설을 둘러싼 시대, 사회문화적 요소들을 중점으로 검토한다. 이를 위해 도시와 시장의 형성과정이나 상업 유통의 변화, 출판업의 변천과 서적상들의 활동, 독자층의 성격과 독서양상, 작가의 계층이나 소설 양식의 변화 등을 종합적으로 따져볼 것이다.

셋째, 소설 발달에 영향을 미친 서적들, 특히 외국으로부터 수용되어 널리 읽혀진 작품이나, 번역·번안된 것들의 간행이나 유통에 대해서도 중요하게 다룰 것이다.

넷째, 독자층의 형성이나 독서의 구체적 실천 양상에 대한 기록을 살펴 시대별 독서환경에 따라 독서 조건이나 기회 혹은 작품 내용이 어떻게 달라지는지를 향유자의 특성과 관련지어 이해한다.

다섯째, 소설 독서문화에 대한 사회문화적 측면에서의 접근이 오늘날 고소설 교육에서 갖는 의미는 무엇이며 교육에서 어떻게 적용될 수 있는 지 살핀다. 시대별 소설 독서문화의 전변 양상을 구체적인 작품을 중심으로 정리하여 이를 고소설 교육을 위한 선행조직자로 활용한다면 작품 이해를 위한 맥락 지식 형성이나 거시적 시각에서 작품을 이해할 수 있는 역량을 기르는 데 도움이 될 수 있다.

궁극적으로 작품 외적 환경의 변화와 소설 독서문화와의 관계를 문화변동의 일환으로 이해하고, 이를 문학 사회사적 측면에서 종합적으로 이해할 수 있으리라 기대한다.

제2장 고소설 교육을 위한
소설 독서문화 맥락의 이해

1. 맥락의 의미와 소설 독서문화 구성 맥락

1) 맥락의 개념적 의미

맥락에 대한 의미는 여러 연구자들에 의해 다양하게 정의되어 왔
다. 맥락의 사전적 의미는 발화의 표현과 해석에 관여하는 정보 또는
그러한 정보를 제공하는 언어적, 물리적, 사회문화적 요소로 정의된
다.56) 김재봉은 맥락을 텍스트의 표현과 해석에 관여하여 의미를
명확하게 하고 나아가 새롭게 텍스트의 의미를 형성하는 데 관여하
는 이론적이고 심리적이며 활성화된 지식으로 정의했다.57) 진선희

---

56) 서울대학교 국어교육연구소, 『국어교육학사전』, 대교출판, 1999, 231쪽.

는 주체가 활용할 수 있는 물리적 환경에 대한 정보, 언어적, 사회적, 문화적, 역사적 지식이나 요소의 관계에 대한 정보로,[58] 황은숙은 텍스트의 생산과 수용 과정에 작용하는 물리적, 사회문화적 요소와 이들 요소에 제공되는 해석에 관여하는 정보라 정의했다.[59]

이재기는 맥락을 텍스트 생산·수용 과정에 작용하는 물리적, 정신적 요소로 규정하고 구체적인 예로 ① 어떤 상황[상황 맥락, 사회문화 맥락]에서 ② 어떤 화자[주체 맥락]가 ③ 어떤 청자[주체 맥락]에게 ④ 어떤 주제[주제 맥락]에 대해 ⑤ 어떤 형식[형식 맥락]으로 ⑥ 무엇[텍스트]이라고 표현[양식 맥락]한다고 할 때 무엇(쓰기의 경우 생산된 텍스트, 읽기의 경우 해석 텍스트)을 제외한 ①~⑤가 맥락에 속한다고 보았다.[60] 임주탁은 맥락을 텍스트 내적 요소들과 외적 요소들의 결합으로 형성되는 총체적인 개념으로 이해하고, 언어 텍스트 내적 맥락과 (언어 텍스트 외적) 상황 맥락, 문화 맥락으로 구분하였다.

학자들마다 맥락을 정의하는 개념어나 시각의 차이가 있지만 대체로 맥락을 작품 내적 요소와 작품 이해에 관여하는 작품 외적 요소 간의 관계를 중심으로 설명하고 있다.

외국 학자들이 정의한 맥락의 개념도 크게 다르지 않다. 라이온스(Lyons)는 맥락을 언어 사건의 참여자에게 영향을 미치고 발화의 형식, 적절성, 의미를 체계적으로 결정하는 모든 요인들로 정의하였고, 메

57) 김재봉, 「2007년 개정 국어과 교육과정과 맥락의 수용 문제」, 『새국어교육』 77, 한국국어 교육학회, 75쪽.
58) 진선희, 「개정교육과정(2007) 국어과 교육 내용 「맥락」의 교재화 방향」, 『학습자중심교 과교육연구』 7(2), 학습자중심교과교육학회, 2007, 223쪽.
59) 황은숙, 「텍스트 맥락화를 통한 고전소설 교육연구: 「박씨전」을 중심으로」, 인천대학교 석사논문, 2012.
60) 이재기, 앞의 논문, 103쪽.

이(Mey)는 의사소통 과정에 참여한 사람들이 상호작용할 수 있게 하며, 이 상호작용의 언어적 표현들을 이해할 수 있게 해주는 가장 넓은 의미의 환경으로 이해했다. 의사소통 과정에서 관여하는 맥락의 구성 요소를 구체적으로 열거하는 방식으로 개념을 파악하고자 한 연구도 있다. 대표적으로 하임즈(Hymes), 할리데이와 하산(Halliday & Hasan), 홈메즈(Holmes), 누난(Nunan), 할리데이(Halliday), 헤윙스와 헤윙스(Hewings & Hewings) 등이 있다. 이들에 의해 제시된 맥락적 요소들은 할리데이와 하산에 의해 종합적으로 범주화되어 이후 맥락 범주화 논의의 기반이 된다.[61]

할리데이와 하산은 텍스트와 맥락의 상호 작용의 순환 단계를 밝히고 언어적 요인, 상황적 요인, 사회·문화적 요인 등의 층위에 따라 맥락요인을 '상황 맥락, 문화 맥락, 텍스트 간 맥락, 텍스트 내 맥락'으로 제시했다.[62]

언어적 요인은 '언어의 문맥에서부터 다른 텍스트의 형식과 내용 측면까지 관여하는 것'이며, 상황적 요인은 '시간, 장소 등의 물리적 환경뿐만 아니라 언어 참여자의 나이, 성별, 지위 등의 추상적 환경, 언어 전달 매체 등 그 언어를 둘러싼 전반적인 상황에 영향을 주는 것'이다. 사회·문화적 요인은 '담화공동체의 사회, 문화, 정치 등의 현상이 언어에 반영되는 것'을 의미한다.[63] 할리데이는 '텍스트 내 맥락과 텍스트 간 맥락을 언어적 맥락으로, 상황 맥락과 문화 맥락을 언어외적 맥락에 해당하는 것'으로 설명했고, 같은 범주를 '텍스트

---

61) 유민애, 「맥락 중심의 한국어 담화문법 교육 연구: 중국인 학습자의 내러티브 분석을 중심으로」, 서울대학교 박사논문, 2017, 26~33쪽.
62) 이재기, 앞의 논문, 104쪽.
63) 유민애, 앞의 논문, 28쪽.

간 맥락, 상황 맥락, 문화 맥락을 언어외적 맥락'으로 범주화하는 학자도 있다.[64)]

맥락은 텍스트 내적 요소들과 외적 요소들의 결합으로 형성되는 총체적인 것이지만 이것을 개념화하거나 범주화하는 것은 매우 어렵다. 그래서 넓은 시각에서 언어 텍스트 내적 맥락, 언어 텍스트 외적 맥락으로 구분하는 경향이 있다. 또 언어 텍스트 외적 맥락을 '상황 맥락, 문화 맥락'으로 세분화하기도 한다. 언어 텍스트 외적 맥락에 대한 고려는 언어 텍스트 내적 맥락을 정확하게 읽어내는 데 기여하고, 역으로 언어 텍스트 외적 맥락은 내적 맥락에 의해 타당성을 확보[65)]하기 때문에 둘의 관계를 파악하는 것은 텍스트 읽기의 필수이다. 즉 상황 맥락과 문화 맥락이라는 언어 텍스트 외적 맥락을 고려하여 언어 텍스트 내적 맥락을 추론하여 작품의 의미를 이해하는 것이 맥락 중심 문학교육에서 중요시해야 할 부분이다.

국어교육에서 맥락을 중요 요소로 반영한 것은 2007개정 교육과정부터이다. 2007개정 교육과정에서 '맥락'을 내용체계의 독립적 범주로 설정하여 의사소통의 중요 요소로 강조하였다. 2007개정 교육과정 내용체계에 포함된 맥락은 '상황 맥락과 사회·문화적 맥락, 문학사적 맥락'이다. 교육과정에 따르면 상황 맥락은 담화와 글의 수용, 생산 활동에 직접적으로 개입하는 맥락으로 언어 행위 주체(화자, 필자, 청자, 독자), 주제, 목적 등을 포함한다. 사회·문화적 맥락은 담화와 글의 수용, 생산 활동에 간접적으로 작용하는 맥락으로 역사적·사회적 상황, 이데올로기, 공동체의 가치·신념 등을 포함한다.[66)] 그

---

64) 이재기, 앞의 논문, 104쪽.

65) 임주탁, 앞의 논문, 92쪽.

66) 이대규, 『국어교육론』, 교육과학사, 2001, 35~60쪽 참조.

런데 2007개정 교육과정에서는 언어 텍스트 내적 맥락이 제외되어 있고, 사회·문화적 맥락 역시 역사적·사회적 상황만 제한적으로 다루고 있다는 한계가 있다. 그마저도 내용체계에 명시되었던 '맥락'은 이후 교육과정부터는 내용체계에서 빠지고 지식 영역에 포함되어 나타난다.

2009개정 교육과정과 2011개정 교육과정에서도 맥락에 대한 내용을 다루면서도 개념에 대한 구체적인 언급은 하지 않았다. 2012개정 교육과정에서는 맥락을 '상황 맥락, 사회·문화적 맥락'으로 제시하였고,[67] 2015개정 교육과정은 '작품을 작가, 사회·문화적 배경, 상호 텍스트성 등 다양한 맥락에서 이해하고 감상한다'[68]는 성취 기준으로 제시할 뿐 맥락의 개념이나 맥락 요소가 모호하게 서술되어 있다. 그 이유는 텍스트 의미 구성에 미치는 맥락 요소의 의미가 매우 포괄적이고 복잡한 특성을 갖고 있기 때문이다. 그래서 맥락 요소를 찾아 창작과 수용 맥락을 구성하거나 재구성하는 일은 현실적으로 어려운 일이다.[69]

교육과정에서 제시하고 있는 '상황 맥락, 사회·문화적 맥락, 상호 텍스트적 맥락'은 독자가 글을 읽는 것을 둘러싸고 있는 환경으로 글과 독자를 제외하고 읽기에 영향을 미치는 모든 요소를 뜻한다. 상황 맥락은 '독해 장면에 가변적으로 적용되는 물리적이고 심리적인 조건 맥락'을 말한다. 독자가 글을 읽는 상황에서의 '독해 과제나 독해 목적, 글에 대한 흥미와 같은 정신적 조건, 읽는 공간이나 시간과 같은 물리적 조건'이 여기에 해당된다. 사회·문화적 맥락은 '필자

---

67) 교육과학기술부, 『국어과교육과정』, 교육과학기술부 고시 제2012-14호[별책 5], 57쪽.
68) 교육과학기술부, 『국어과교육과정』, 교육과학기술부 고시 제2015-74호, 125쪽.
69) 임주탁, 앞의 논문, 101쪽.

나 독자가 가지고 있는 지식과 가치 기반'을 말한다. 따라서 글을 일을 때는 필자나 독자가 어떤 상황, 사회·문화적 맥락 속에 존재하는지를 고려해야 한다.[70] 이러한 맥락 요인은 독자가 글을 통해 의미를 소통하는 데 영향을 미친다. 독서의 기본 목적은 독자가 글의 의미를 이해하는 것이다. 그것은 작가 혹은 작가 시대와의 대화이기도 하다.

따라서 고소설 교육에서 작품을 통해 작가가 고려한 맥락을 추론하여 의미를 해석하는 활동이 가장 먼저 요구된다.[71] 나아가 각자가 추론한 결과를 사회적 소통 과정을 거쳐 더 합리적인 해석으로 조정해 나가는 과정을 경험하고, 학습자 자신의 맥락에서 새롭게 의미를 창조하는 활동이 전개되어야 한다.

이 글은 기존의 논의 되었던 맥락에 대한 정의에 기대어 맥락을 '텍스트 내적 요소들과 외적 요소들의 결합으로 형성되는 총체적인 개념 혹은 텍스트 생산·수용 과정에 작용하는 물리적, 정신적 요소라는 관점'을 취한다. 또 고소설 교육에서 학습자가 작품의 의미를 주체적으로 해석하고, 사회적 소통을 통한 합의를 거쳐 궁극적으로 학습자 자신의 맥락에서 새로운 작품을 생산해 내는 수업 모형을 구안하고자 한다.

이 글에서 다룰 '맥락을 활용한 고소설 읽기'는 소설 독서문화적 맥락에 초점을 두고 이에 대한 지식을 바탕으로 작품을 이해하는 것이다. 소설 독서문화적 맥락은 소설의 형성·발전·변화 과정에 영향을 미치는 다양한 요인들을 포괄한다. 고소설 작품을 작품 자체에

---

70) 최미숙 외, 『국어 교육의 이해』(3판), 사회평론, 2017, 227~228쪽.
71) 임주탁, 앞의 논문, 103쪽.

대한 해석을 넘어 독서문화 혹은 소설사라는 거시적인 틀에 비추어 이해하고자 하는 것이다. 그러려면 소설 독서문화를 구성하는 맥락 요소에 무엇이 포함되는지 파악할 필요가 있다.

2) 소설 독서문화의 구성 맥락

문학 사회학은 특정한 사회 내에서 문학생산의 수단, 분배 및 교환 같은 문제들, 다시 말해서 책이 출판되는 과정과 작가와 독자의 사회적 성분, 글을 읽고 쓰는 능력의 정도, '취미'를 결정짓는 사회적 요인 등에 대해 주로 관심을 갖는다. 이 글은 소설 향유 주체의 의식이나 취향뿐 아니라 당대에 향유되었던 개별 작품은 사회문화적 맥락에 의해 구성된다고 보기 때문에 소설 독서의 문제를 사회문화적 관점에서 파악하고자 하였다. 그래야 사회적 맥락에 의해 구성되는 소설 독서 문화의 변화를 논리적으로 설명할 수 있다고 본다.

어느 특정한 시대나 사회에서 책을 누가, 어떻게 소유하고, 어떤 책을 어떤 방식으로 읽고 향유했는가 하는 전반적인 양상을 가리켜 '독서문화'라 할 수 있다. 독서문화 진흥법에서는 독서 문화란 문자를 사용하여 표현된 것을 읽고 쓰는 활동을 중심으로 하여 이루어지는 정신적인 문화 활동과 그 문화적 소산으로 정의하고 있다.[72] 그런데 이와 같은 정의는 독서 행위를 문자 문화로만 한정하여 구술 문화를 소홀히 다룰 수 있는 한계가 있다.

박인기는 독서문화의 개념을 독서 행위 앞뒤에 놓이는 가시적 불가시적 범주들을 고려하고, 문화 현상에 개입하는 제도와 소통, 의

---

72) 문화체육관광부, 『2013년 독서 진흥에 관한 연차 보고서』, 문화체육관광부, 2013.

식, 가치 차원의 요소를 고려하여 설정해야 한다고 주장했다. 그리하여 '독서문화란 독서 현상을 만들어내는 연속적 범주들(저술, 출판, 읽기 행위, 독서 소통, 텍스트의 전이, 텍스트의 정전화, 텍스트의 이데올로기화 등)에 걸쳐서 나타나는 사회 일반(또는 특정의 공동체)이 공유하는 체제와 제도, 공유된 의식, 그리고 이들 독서 현상을 의미 있다고 인식하는 공유된 가치체계를 의미한다'73)고 정의했다.

이 글에서는 기존 논의에서 다뤄온 독서문화의 개념을 바탕에 두고, 특정 장르인 '소설'을 중심으로 나타난 독서 현상에 주목하였다. 독서의 대상이 '소설'이기 때문에 여타의 텍스트 읽기와는 다른 사회문화적 요인들이 작용했으며 그에 따라 소설의 의미나 특징이 시대에 따라 달라졌음을 강조하기 위해서이다.

이를테면, 조선시대 독서의 중심에는 유가경전이나 성리학서가 있었고 주류의 글쓰기 양식은 시문학이었지 소설은 비주류의 텍스트였다. 그렇기에 저술이나 읽기 행위는 비공식적으로 이뤄졌고 출판이나 유통에도 제약이 따랐다. 따라서 조선의 소설 독서문화는 특정 계층 안에서도 비주류의 인물들이 비공식적으로 향유했던 것이 점차 독자층이 넓어지고, 상업성이 개입되면서 대중에게 확장되었으며 이것이 소설의 유통과 향유 방식에도 영향을 미쳤다. 소설을 중심으로 한 독서문화는 시대별로 독특한 양상으로 변화했고 그 과정을 살펴 고소설 교육에 적용하는 것이 이 책의 핵심이다.

인간은 특정 시·공간 속에서 자신이 속한 사회 구조와 이데올로기, 공동체의 가치나 신념 등에 영향을 받는다. 소설의 생산과 수용 주체는 모두 사회적인 존재이기 때문에 소설 텍스트도 사회·문화적

---

73) 박인기, 『문학을 통한 교육』, 삼지사, 2005, 12쪽.

맥락 속에 존재하게 된다. 따라서 맥락을 고려하여 작품을 읽을 때 창작과 수용 맥락의 간극이 큰 고소설 작품의 의미를 효과적으로 파악할 수 있다.

고소설 읽기를 사회·문화적 맥락을 반영하여 이해한다고 할 때 크게 세 가지 차원을 고려해야 한다.

첫째는 '생산 주체'의 사회·문화적 맥락이다. 생산 주체는 특정한 시·공간 속에서 존재하며 자신이 인식한 삶을 주체적으로 구성하여 텍스트를 생산하게 된다. 텍스트는 작가의 사회·문화적 상황의 결정체이다. 그러나 고소설의 생산 주체는 창작자이면서 동시에 수용자이고, 때로 유통업자의 역할을 하기도 했기에 그 특성이 한가지로 정리되지 않는다는 것을 고려해야 한다.

둘째는 '수용 주체'의 사회·문화적 맥락이다. 수용 주체는 자신이 아는 만큼, 그리고 자신을 둘러싼 사회·문화적 배경 중에서 텍스트와의 연관되어 있다고 생각되는 요소들을 주체적으로 선별한다. 결국 생산자와 텍스트, 그리고 수용자는 전면적인 소통이 아닌 수용자의 의미 구성 능력에 따라 제한적으로 소통된다. 따라서 특정 시기별 소설 수용 주체들의 사회경제적 지위나 문식력을 세밀히 따져 읽어야 한다. 특이하게 고소설의 수용자는 소설의 확산 과정에서 능동적인 재창조자의 역할을 하기도 하고, 유통의 주체가 되기도 하였다. 한편 소설의 독자 중에는 글을 모르면서도 타인이 읽어주는 것을 수용한 청중들이 있음을 간과해선 안 된다.

셋째는 생산과 수용의 매개인 '사회문화적 환경'이다. 생산과 수용의 물적·정신적 조건은 소설 독서문화의 전파를 지연시키거나 확산하는데 영향을 미치기 때문이다.

대상이 소설이든 무엇이든 간에 독서 행위가 일어나고 그것이 문화로 정착하기 위해서는 독서 행위의 주체가 있어야 한다. 따라서 소설 독서문화 이해에서 가장 중요한 맥락요소는 독서주체인 작가와 독자라 할 수 있다. 소설 독서에는 소설 향유 주체인 작가와 독자의 독서 목적 혹은 취향이 중요한 영향을 미친다. 작가나 독자의 사회 문화적 위치는 독서의 취향과 목적을 결정하는 데 중요 요소이다.

도서의 성향이나 독서 목적은 출판과 생산의 주체가 누구인지에 따라 달라질 수도 있다. 그렇다면 독서 목적이나 취향을 고려하여 작품을 읽는다면 작가나 독자의 사회문화적 위치나 출판·생산의 주체를 추정해 볼 수 있을 것이다. 독서 취향의 변화는 소설 독서문화 변천에 영향을 미치는 주된 요소로서 누가 어떤 목적으로 소설을 생산·소비하는지 주로 읽힌 작품이 무엇이며 어떤 내용을 담지하고 있는지 그 내용이나 취향이 변하는 지점이 어디인지를 살핀다면 당대의 소설 독서문화를 제대로 이해할 수 있다. 따라서 단순히 작가와 독자가 누구인지를 살피는 것보다 그들의 독서 목적이나 취향을 중요하게 다룰 필요가 있다.

또 서적과 관련된 법적 제도는 독서향유자들의 독서내용이나 취향에 영향을 미치거나, 사상이나 가치관, 교육, 금서의 문제와도 연결되기 때문에 중요한 문제이다.

작가와 독자를 둘러싼 언어 환경 역시 중요한데, 독자의 문자해독 능력은 독서 행위와 직결되며 독자층을 변별하는 가장 중요한 요소가 될 수 있다. 사회경제적 환경 요인을 정리해야 하는 이유는 그것이 서적의 출판과 유통 환경이라는 물리적 기반을 조성하기 때문이다. 책을 생산하는 산업적 기반과 이것을 체계적으로 공급할 수 있는 유통망의 구비 여부와 활성화 정도에 따라 소설 독서문화의 풍경이 달라질 수 있다.

그러므로 소설 독서문화의 맥락요소라 판단되는 '독서 목적을 결정하는 독서 취향, 독서의 내용을 결정하는 제도, 독자층을 구분 짓는 데 관여하는 독자의 문자 해독 능력, 출판과 유통을 변화시킬 수 있는 사회경제적 환경'에 대해 살펴보자.

(1) 독서 목적과 취향

소설 독서에 영향력을 미치는 가장 중요한 요소는 소설 향유의 주체인 작가와 독자(청자)의 독서 목적과 취향이다. 혹자는 교훈이나 계몽, 지식이나 정보획득 등의 이유로 또 다른 누군가는 여가나 오락, 교양을 목적으로 소설을 대한다. 이러한 독서 취향은 소설에 대한 그들의 태도나 가치, 신념을 반영한다. 그런데 어떤 작가나 독자 개인의 삶의 방식이나 태도, 가치, 신념 등은 그들의 사회적 실천과 삶 속에서 형성된 것이라 할 수 있다. 따라서 독서 취향은 각 개인이 몸담고 있는 계층이나 학력수준 혹은 경제적 여건에 따라 달라질 수 있다. 가족, 직업, 교육수준, 계층, 성별 등의 준거들은 어떤 작품에 대한 가치 판단이나 선호에 영향을 미치는 요소이며, 독서에 대한 인식 혹은 관습을 사회화함으로써 문화공동체를 형성한다.

독자 혹은 작가는 개인이기도 하지만 특정의 사회 문화적 위치를 지니고 있는 집단의 구성원이기도 하다. 그들은 자신이 처한 위치에서 삶을 실천하고 경험을 형성하면서 그 집단 특유의 관심과 가치를 공유하게 된다. 독서 과정에서 투사하는 배경지식은 그들 특유의 사회 문화적 실천과 경험에 의해 만들어진, 위치 지워진 의미들이라 할 수 있다.[74] 따라서 작가·독자의 사회 문화적 위치에 따라 혹은 그들의 사회적 기대나 관계에 따라 소설을 대하는 반응이 달라진다.

예컨대 조선의 지배층이나 상층 문인 남성들은 독서를 통해 얻은 지식을 바탕으로 사회적 지위를 획득하고 유지하였으며, 독서를 지적 향유의 전유물 혹은 권력의 수단으로 인식했다. 따라서 그들은 상층의 질서를 구현하거나 세교에 도움이 되는 독서를 선호하는 반면 여성이나 서민들은 정신적 위안을 얻거나 오락을 위한 흥미 위주의 독서 혹은 실생활에 도움이 되는 실용성을 선호하는 경향이 있었다. 조동일은 고소설 작품 중 이본 총수가 50종 이상인 작품을 골라 필사본·목판본·활자본으로 구분하고 국문본·한문본 이본의 비중에 따라 작품을 정리하여 각 작품의 인기 순위를 따진 결과 독자의 의식이나 취향이 작품 선호에 영향을 미쳤음을 밝힌 바 있다. 예를 들어 활자본 시대에 이르면 필사본 시대에 가장 인기가 있던『창선감의록』대신『옥루몽』이 인기를 얻게 되는데 이것은 상층의 질서를 구현하는 작품 대신 하층의 인물을 긍정적으로 그린 작품을 선호하는 독자층이 많아졌음을 의미한다.75)

또 낭독을 통해 소설을 접할 경우에도 청자의 성별에 따라 선호하던 작품에 차이가 있었다. 여성 청자들의 경우「심청전」과 같이 슬픈 내용이 전개되는 작품을 즐겨 들으려 한 반면 남성 청자들은 군담류의 작품을 선호하였다.76) 이렇게 독자의 사회적 위치, 성별, 취향에 따라 선호하거나 요구하는 작품이 달라지고 이것은 다시 작품을 공급하는 작가나 출판에 영향을 미친다. 그러므로 작가나 독자의 사회

---

74) 박인자, 「문학 독서의 사회·문화적 모델과 맥락 중심 문학교육의 원리」, 『문학교육학』 25, 문학교육학회, 2008, 431쪽.

75) 조동일, 『소설의 사회사 비교론』 2, 지식산업사, 2011, 119~125쪽.

76) 이기대, 「고전소설 낭독의 관련 기록과 현재적 전승 양상」, 『어문연구』 79, 어문연구학회, 2014, 298쪽.

문화적 위치는 독서의 취향과 목적을 결정하는 중요한 요소라 할 수 있다.

도서의 성향과 독서의 목적은 출판·생산의 주체가 누구냐에 따라 달라지기도 한다. 즉 출판·생산의 주체는 독서 목적과 취향을 변화시키는 주된 담당층이라 할 수 있다. 예컨대 관(官) 주도로 간행된 소설들은 대부분 신지식에 대한 요구와 풍속 교화 및 교육적 목적, 계몽 등의 목적에 적합한 내용을 담지하고 있었다. 한편 민간출판업자들이 담당한 사각본(私刻本), 특히 방각본의 경우 영리목적의 상업성에 따라 출판 여부가 결정되었으며, 수험서나 실용서를 제외하고는 대부분 오락적 성향을 띠었다.

독서 취향의 변화는 소설 독서문화 변천에 영향을 미치는 주된 요소로서 누가 어떤 목적으로 소설을 생산·소비하는지, 주로 읽힌 작품이 무엇이며 어떤 내용을 담지하고 있는지 그 내용이나 취향이 변하는 지점이 어디인지를 살펴야 당대의 소설 독서문화를 제대로 이해할 수 있다.

조선의 출판정책은 관(官) 주도로 전개되었기 때문에 소설이 공식적으로 간행된 예가 없다. 김시습의 『금오신화』나 신광한의 『기재기이』와 같은 작품집이 간행된 사례가 있지만 이들 소설집과 17세기에 창작된 「사씨남정기」 혹은 18세기에 유행한 「유충렬전」은 같은 목적으로 창작·수용된 것이 아니다. 또 이들 소설집은 공식적으로 간행되었다기보다는 출판을 관장하는 교서관 개인의 취향과 의도에 따라 간행된 것이었다. 따라서 소설 출판·생산·수용의 주체가 누구인지 그들이 추구하는 독서목적과 취향을 파악하는 것은 시대별 소설 독서문화를 이해하는 데 중요한 요소라 할 수 있다.

한편 사회문화적 실천으로서의 독서는 개인의 취향 형성에 영향력을 끼친다. 독서 행위는 개인에게 문화적 가치를 체득케 하고 나아가 인격이나 가치관을 변화시키는 효과가 있다. 독서를 통해 삶의 영역을 무한히 확장시킬 수 있고, 현실적으로 제한되어 있는 영역을 벗어나 관념의 세계로 들어감으로써 세계관의 확장을 경험케 한다. 또한 독서를 통해 체험하게 되는 타인의 삶과 다양한 사회적 현실은 자아의 각성은 물론 자기성찰의 매개가 되기도 한다. 따라서 특정 시기에 유행한 책, 사상, 소설의 유형을 파악하는 것은 당대인의 취향을 파악하는 중요한 지표가 될 수 있다.

마지막으로 독서목적과 취향에는 당대의 종교·사상적 배경이 영향을 미쳤다. 고소설 작품에는 불교·유교·도교·민간신앙과 관련된 내용이 반영되어 있다. 소설의 창작자들은 불교소설의 유포에서 알 수 있듯이 특정 종교나 사상의 전파를 위해 소설을 활용하기도 했고, 수용자들은 고소설을 읽으면서 이들 사상을 자연스럽게 내면화하기도 했다. 조선 전기까지 소설들은 불교적 성격이 강한 반면 조선 후기로 올수록 불교·유교·도교·민간신앙·실학사상 등이 복합적으로 담겨 있다. 고소설에 반영된 종교·사상은 내면화를 통해 신앙심을 고취하거나 독특한 사상을 전파하는 데 기여했고, 소설 독서문화 확산에도 영향을 미쳤다. 나아가 그것은 소설 향유 주체인 작가와 독자(청자)의 독서 취향과 목적을 결정짓는 데 중요한 요인으로 작용했을 것이다.

(2) 독서 내용과 사회제도

사회제도란 '개인과 집단의 욕구를 충족하기 위한 관습이나 절차'를 말하며, 가족, 교육, 경제, 정치, 종교 등이 포함된다. 사회학자들은 '제도는 가치기준, 규범, 지위, 역할, 집단이 안정적으로 합쳐진 것으로 기본적인 사회의 수요에 의하여 형성되어 일종의 고정된 생각과 행동 패러다임을 제공하며, 반복적으로 나타나는 문제를 해결하고 사회생활의 수요를 만족시킬 수 있는 방법을 제시한다'77)고 했다. 그런데 여기에는 그 사회 조직 안에 있는 인간들의 사고방식을 지배하는 특정 이데올로기가 반영되어 있다. 조선시대는 국가가 서적 정책을 통제하고 관리했다. 조선의 지배층과 지식인은 책을 통해 특정 관념과 성리학적 이데올로기를 전파하려 했고, 그것을 생활 문화로 실천하도록 의도했다.

조선 전기는 중앙집권적인 통치체제를 위해 과거제를 실시하여 관료체계를 수립하고, 성균관과 향교를 통한 이념 교육을 실천했다. 또 소학과 같은 교화류의 발행과 보급을 통해 유교적 이념의 사회적 정착에도 노력을 기울였다. 국가가 교화의 대상으로 한 계층은 평민층까지 포함되었겠지만 실제로 서적의 유통범위는 넓지 않았다. 조선조의 치자(治者) 집단은 백성들의 지지를 받아야 왕권체제를 유지할 수 있다는 것을 인지하고 있었고, 교화서의 활발한 유통은 피지배 집단을 교육하는 효과적인 도구 역할을 했다.

조선의 서적정책은 국가주도로 이뤄졌다. 서적의 검열과 편집업무를 담당하는 국립 출판기관인 비서성(秘書省)·서적포(書籍鋪)·집현전(集賢殿)·교서관(校書館)·규장각(奎章閣)·간경도감(刊經都監) 등이 있었고, 제작 업무를 담당하는 주자소(鑄字所) 등이 법적제도 아래 관리·운영되고 있었다. 특히 교서관은 조선왕조 전시대에 걸쳐 서적정책의 중심에 있었다. 이는 비록 주자소 등 임시기관들에서 주조된

---

77) 우수여, 「출판 제도 문화에 관한 연구」, 『한국출판학연구』 73, 한국출판학회, 2016.

활자라 하더라도, 모든 활자와 목판들이 교서관의 관리 하에 있었고, 교서관의 조직에서 인쇄·출판의 실제 업무와 관련된 잡직이 성종대 『경국대전』에서 제도화됨으로써 모든 관찬서적은 교서관에 소속된 감교관·감인관 등의 전문관료 및 인쇄·출판의 전문 장인들에 의해 인출되는 것으로 정해져 있었기 때문이다.[78]

조선의 서적 보급은 주로 반사(頒賜)제도를 통해 이루어졌다.[79] 그러나 이 제도는 관청과 고급관리를 대상으로 한 것이어서 서적을 접할 기회가 거의 없는 일반인에게는 다른 정책적인 방안이 필요하였다. 정부는 개인이 원하여 종이를 가져올 경우 주자소의 책판으로 인쇄해주기도 하고, 개인소장의 판본을 교서관에서 인쇄해주기도 하였다. 또 인쇄비용을 어염세로 지원함으로써 책값을 낮추고, 교서관에서 재정관리를 전적하게도 하였다. 그리하여 관찬서뿐 아니라 개인의 시문집까지 간행되기도 하였다. 중앙관청에서 지방에 반사하는 서적은 주로 관청이나 교육기관 또는 지역적으로 외딴 벽지에 보내졌고, 서적의 종류에 따라 그 대상을 달리하여 경서류는 교육기관에, 농서는 전국에, 의학 등의 전문서적은 해당 관청에 반사했다. 조선 초·중기에 보급된 책들은 대부분 역사·법전·사회교훈서·농업·의약·병서·유학류 등이었다. 이 책들은 전국에 보급되어 유교이념을 기반으로 한 중앙집권적 지배체제를 강화하고 민생안정에 기여하게 되었다.[80]

---

78) 김성수, 「조선시대 국가 중앙인쇄기관의 조직·기능 및 업무활동에 관한 연구」, 『서지학연구』 42, 한국서지학회, 2009.
79) 1439년 세종 21년에 반사제도가 정해진 이후 『경국대전』에서 그 규정이 제시되었다.
80) 신양선, 「조선초 국내의 서적보급정책」, 『역사와 실학』 17~18, 역사실학회, 2000, 152~153쪽.

그러나 사회에서 요구하는 규범과 지식은 제도에 의해 지향해야 할 것과 금해야 할 것으로 나뉘어서 검열, 금서의 문제를 낳기도 한다. 또 이것은 저자의 창작 행위와 책의 출판과 유통에 영향을 미치기도 한다.

조선왕조는 유교이념이나 통치 질서에 어긋나는 서적이나 그러한 류(類)의 글쓰기를 통제하고 금서 조치를 내렸다. 대표적인 금서 사례가 채수의 「설공찬전」이다. 「설공찬전」은 그 내용이 문제되어 분서조치 되었다. 작품이 윤회화복 및 중종반정을 비판하는 발언이나 여성의 관료사회 진출을 허용해야 한다는 등의 내용을 담고 있고 한글로 번역되어 전파된 것이 문제가 되었다. 한편 『금오신화』처럼 당시 사회적 분위기를 인식한 작가의 '자기검열'에 의해 감춰진 작품도 있었다.

금서나 검열의 문제는 각 시대의 사회문화적 배경과 정책 방향에 따라 달라진다. 같은 작품을 두고서 세교에 도움이 되는 부분이 있어 읽어도 좋다는 사람이 있는가 하면 내용이 불순하고 사람을 미혹한다며 읽어선 안 된다고 주장하는 사람도 있었다. 소설에 대한 이러한 논의는 조정에서 공론화되기도 했는데, 논의의 대상이 되는 작품은 『열녀전』, 『태평광기』, 『태평통재』, 『전등신화』, 『삼국지』와 같은 것이 있었다. 17세기 이후부터 점차 소설의 문학적 효용에 주목하였으나, 사대부나 집권 문인층은 사회적으로 중국통속소설의 대량유입과 국문소설의 발달로 인한 부정적 측면을 우려의 시각으로 바라보았다.

영조가 쓴 「제문원사륜」이라는 시문에서 확인되듯 숙종과 영조 때에는 소설을 긍정적으로 평가하고, 왕이 소설 독서를 즐겼기 때문에 비교적 자유롭게 많은 중국소설들이 수입되어 궁중과 민간에 유포되기도 했다. 그러나 정조대에는 사회질서나 유교적인 윤리도덕과 생활규범에 도전한다는 이유로 한역 서양서적을 모두 불사르고, 천주교를 법으로 금했다. 또 중국소설과 명말 소품문의 영향으로 통속적이고 가벼운 논조로 글을 쓰는 것에 대해 대대적인 비판운동인 문체반정을 일으켰다.[81] 문체반정의 주요 대상에는 소설이 포함되어 있었으며 중국에서 수입되는 서적에서 비롯된 문제라하여 중국에서 서적을 반입하지 못하도록 통제하기도 했다.[82]

중국에서 유입된 소설이나 『금오신화』, 『기재기이』 같은 작품이 관찬으로 인쇄·유포되기도 하고 반대로 「설공찬전」처럼 금서조치되는 사례가 있는 것을 보면 검열주체의 관점에 따라 금서의 대상도 달라졌음을 알 수 있다. 따라서 각 시대별 서적 정책이나 교육·사상·검열주체 등의 변화와 흐름을 면밀히 따져 보아야 할 것이다.

(3) 독자와 문자해독 능력

소설 작품의 선택은 개개의 독자의 권한이지만 동시에 다양한 외부적 요인이 변수로 작용한 결과이기도 하다. 소설의 독자는 특정 계층에 국한되는 것은 아니지만 모든 작품이 모든 독자에게 제약 없이 전달되는 것은 아니다. 작품과 독자의 접촉을 방해하는 요인 중에는 앞서 언급한 소설에 대한 독자의 관심 유무와 취향, 책을 구매할 수 있는 경제적 여건, 독서 시간을 확보할 수 있는 여가의 유무, 소설책을 읽을 수 있는 문자 해득력 구비 여부 등이 있다.

---

81) 최용철, 「중국 금서소설의 국내전파와 영향」, 『동방문학비교연구총서』 3, 한국동방문학비교연구회, 1997, 546쪽.

82) 譚妮如, 「원명청시기 금서 소설·희곡 연구」, 전남대학교 박사논문, 2009, 180쪽.

고소설의 표기 형식은 어떠한 문자로 기록하는가에 따라 독자층이 달라질 수 있다는 점에서 매우 중요한 문제이다. 조선의 문자생활은 한문과 국문이라는 이중의 형식으로 존재했다. 따라서 어떤 문자로 표기하였는가에 따라 한글본과 한문본 소설책으로 구분할 수 있다. 한글본 혹은 국문본 소설은 순전히 한글만을 사용하여 기록한 소설책이다. 고전소설 특히 대부분의 장편소설은 모두 이에 속한다. 처음 작가가 작품을 창작할 때는 한글로 표기하는 것이 보편적이나 경우에 따라 한문본 등을 번역하여 한글본으로 전사한 경우도 있는데 이를 한글 번역본이라 한다. 한문본은 순전히 한자만을 사용하여 한문 어법에 따라 기록한 소설책이다.

처음 작가가 작품을 창작할 때 한문으로 쓰는 것이 일반적이며 경우에 따라 한글본 등을 번역하여 한문본으로 전사한 경우도 있는데 이를 한문 번역본이라 한다. 작가가 소설을 창작함에 있어서 어떤 문자로 표기할 것인가의 문제는 독자의 범위를 어떻게 고려했는가를 짐작할 수 있는 부분이다. 그러나 그보다 중요한 것은 이렇게 창작된 소설 작품의 선택은 독자의 문자(한문, 한글)해독 능력에 따라 달라졌다는 것이다. 문자해독 능력이란 글을 읽고 쓸 수 있는 기본 능력을 의미하며 이것은 독서의 기본 조건이라 할 수 있다.

조선시대의 문자생활은 상층 남성 문인과 문자 해독이 가능한 일부 관원, 극소수의 평민들 정도에 한해서 가능한 것이었다. 출판된 책의 양과 종수도 극히 적었기 때문에 독서생활도 제한된 사람들의 것이었다. 문자해독 능력이 없는 대다수의 백성은 음성언어생활(입말 생활)을 했는데 소설 독서로 한정해 보자면 이들은 타인이 들려주는 이야기를 듣는 청자로서 간접독자라 할 수 있다.

따라서 고소설의 독자를 문자해독 능력에 따라 구분하면 크게 한문과 국문을 아는 남성/여성 독자, 국문만 아는 남성/여성 독자, 문자를 모르는 남성/여성 청자로 나누어 볼 수 있다.[83] 한문을 아는 식자층이 한글소설을 얼마나 많이 읽었을지는 알 수 없지만 세종의 한글 창제 후 보급 정책 과정을 살펴볼 때 국문을 읽고 쓸 수 있었음은 짐작할 수 있다.

조선시대의 공식적인 문자인 한자교육은 상층 지식인과 역관과 같은 중인에게 해당되어 하층민과 여성들에게까지 제공되지 않았기에 한문 읽기와 쓰기를 배운 사람들은 제한되어 있었다. 세종대왕의 한글창제와 보급으로 인해 일반 백성도 한글을 통한 문자 생활에 참여하게 되었으나, 한글 사용의 보편화는 창제 후 오랜 시간이 지나서야 가능해졌다. 조선에서 읽고 쓰는 능력은 혜택 받은 집단의 것이었으며 권력의 상징이었다. 그리고 한문 해득자는 상층 남성 문인층이었다.

이들은 선진 문명국인 중국으로부터 들어오는 서적을 가장 먼저 원문으로 읽을 수 있는 사람들이었고, 서적의 번역과 검열, 인쇄와 출판, 편저자의 역할을 담당했던 사람들이었다. 과거 시험의 답안 작성은 물론 국가의 공적 기록이나 개인 문예물 창작 등 문자 생활의 대부분이 한문으로 이루어졌다.[84] 남성 문인들은 시조나 가사를 지을 때 혹은 부인에게 보내는 서신 등에 한해서 한글을 사용했다. 따라서 이들 계층에 의해 쓰인 한문 소설, 국문 소설은 희소하기도 하면서 독자층에게 어떻게 수용되었는가를 파악하는 것은 소설 독서문화를 이해하는 데 중요한 일이다.

---

83) 최운식, 『한국 고소설 연구』, 보고사, 2004.

84) 장은정, 「조선시대 생활사를 반영한 국어사 내용 구성 방안」, 경북대학교 석사논문, 2010.

훈민정음의 창제와 반포는 한자문화에서 소외되었던 여성과 하층민까지도 문자생활을 가능케 했다는 점에서 획기적인 일이었으나, 한글은 국가의 공용문자가 되지 못하였다. 훈민정음 반포 후에도 국가의 공적 기록은 계속 한문으로 이루어졌고, 한글로 작성한 문서는 그 법률적 효력을 인정받지 못하기도 했다.[85] 실용과 학습적 차원에서 한글을 적극 활용한 것은 여성들이다. 당시 대중을 현혹한다고 천대를 받던 소설에서 국문을 표기수단으로 받아들인 것은 매우 주목할 일인데, 국문의 주요 사용층인 여성을 중심으로 국문소설이 널리 읽히고 확대된 것은 당연한 일이었다. 또 국문을 읽고 쓸 줄 아는 여성 독자가 확대되면서 이들의 욕구와 취향을 충족시킬 만한 소설 창작이 가속화되기도 했을 것이다.

한편 문자를 해독할 능력이 없는 계층의 사람들은 누군가가 읽어 주는 것을 듣는 청자의 입장에서 소설을 접했다. 고소설의 낭독은 전문적인 낭독뿐 아니라 가족이나 지인, 마을공동체에서 자생적으로 발생한 낭독이 존재했다. 낭독은 소설책이 귀한 데다 문맹 등의 이유로 책을 직접 대하기 어려운 사람들도 소설 독서 문화를 향유하게 했던 방식이었으므로 소설 독서문화 이해에 중요한 요소라 할 수 있다.

각 시대별 독자층의 문자해독 능력을 살피는 것은 주된 독서물의 내용과 독자층의 성향을 파악할 수 있다는 점에서 관심을 요한다.

---

85) 『속대전』 戶典 徵債항에 "언문으로 되었거나 증필이 없는 사적 문서는 소성을 수리하지 않는다"라는 조문이 있다. 백두현, 「한국을 중심으로 본 조선시대 사람들의 문자생활」, 『서강인문논총』 22, 서강대학교 인문과학연구소, 2007, 171쪽, 주석 5번 재인용.

(4) 사회경제적 환경과 출판

서적은 지식과 정보를 집약해 놓은 대표적인 결과물이다. 책은 지식정보 습득의 정수이자 소통의 도구이며 권력의 상징으로 조선사회에서는 소수 특권계급의 전유물이었다. 우리나라에서 간본으로 서책을 간행한 역사는 오래지만, 소설을 간본의 형태로 출판한 것은 뒤늦은 현상이다. 명종(1546~1567) 때에 김시습의 『금오신화』나, 중국 소설인 『전등신화』를 구해하여 간행한 것이 있기는 하지만 소설을 본격적으로 간행한 것은 18세기에 들어서의 일이다. 이전까지 대부분의 고소설은 필사본으로 제작·유통되었다.

서적의 출판과 유통이 활성화되기 위해서는 책을 생산하는 산업적 기반이 조성되어야 하고, 이를 체계적으로 공급할 수 있는 유통망이 있어야 한다. 그러나 조선사회는 서적의 간행과 유통을 관(官)에서 관리하는 시스템이었고, 상업분야 역시 국가 통제 하에 이루어졌기 때문에 민간의 출판과 서적의 상업적 유통망이 발달하지 못했다.

그렇다고 서적의 수요가 없었던 것이 아니었음은 중종조에 있었던 서사 설치에 관한 논의를 통해 짐작해 볼 수 있다.[86) 유생들이 책을 손쉽게 열람하거나 구매하도록 해야 한다는 어득강의 주장은 기득권을 지닌 사대부에 의해 저지되었다. 조선의 출판과 서적의 유통이 매우 폐쇄적이고 제한적이었음을 보여주는 사례이다.

유통은 상업경제를 기반으로 활성화되는데 조선 전기의 서적 유통은 상업성이 배제된 교육·사상의 전파와 교화를 위한 공적인 목적에 한해서 허용되었다. 따라서 공적인 영역에 들지 못했던 소설이

---

86) 『중종실록』 중종 14(1519, 경오)년 6월 8일과 중종 14(1519)년 갑오 7월 3일.

출판·유통되는 일은 매우 드문 일이었다. 『금오신화』, 『전등신화구해』 등이 간행된 것은 그것이 소설이지만 전자는 김시습이라는 문인의 문학적 성과물로, 후자는 선진 문화에 대한 지식과 정보를 얻고자 하는 학문적 목적에서 간행되었을 것으로 생각된다.

상업경제가 활성화되지 않았던 조선 전기는 주로 개인적 차원에서 필사의 방식으로 소설이 전파되었다. 대표적인 경우로 다른 사람이 가지고 있는 소설을 개인이 필요에 따라 개별적 접촉을 통해 비용을 지불하지 않고 빌려서 보는 차람(借覽)이 있다. 소설의 상업적 유통 전 단계이므로 개인이 소장하고 있는 소설은 주로 필사본의 형태였을 것이다. 이를 소장하게 된 것은 소장자 스스로 창작하고 생산한 소설이거나 소장자 자신의 필요에 의해 다른 소장자에게 빌려서 이를 필사한 것이다. 이런 방식으로 소설은 매우 사적이며 제한된 범위 안에서만 유통되었다. 이때 다른 사람이 소장하고 있던 소설책을 빌려 보던 사람이 이를 다시 필사한다고 하면, 동일한 내용을 담은 또 한 권의 소설이 생산된다. 이 필사의 과정에는 의식적 혹은 무의식적 변용이 이루어져 다양한 이본을 낳게도 하였다.

책을 어디서 만들었는가에 따라 관청에서 만든 책을 관판본, 지방 감영에서 만든 책을 감영본, 절에서 만든 책을 사찰본, 개인에게 주문받아 생산한 책을 사간본, 판매를 위해 만든 책을 방각본이라 한다. 이들 중 방각본을 제외한 판본은 시장 거래를 전제로 한 것이 아니므로 비상업적 유통의 방식으로 독자에게 수용되었다. 소설의 상업적 유통 직전 단계에 해당하는 것으로 임사라는 방식이 있다. 이는 일정한 삯을 받고 의뢰자가 필요로 하는 소설을 구하여 대신 필사해주는 것이다. 이는 일종의 주문 생산에 의한 유통 방식으로 세책가 출현 직전 단계에 속한다.

17세기 이후 일정한 대가를 지불하고 소설을 빌리거나 소설을 구입하여 보는 독자층과 그 사이에서 경제적 이익을 취하려는 매개층이 형성되면서 소설의 상업적 유통이 나타났다. 매개층의 대표적인 경우가 책쾌, 전기수, 세책가와 방각업자들이다. 책쾌는 서책 매매를 전문적으로 담당하는 거간꾼을 가리키는데, 이들은 어느 정도 지식을 갖춘 사람들이었을 것이다. 이들은 주로 서책이 필요한 사람들에게 서적을 매개해주었으며, 그 과정에서 소설책의 매매도 개인적으로 이루어진 것으로 보인다. 조선 전기에도 이들 서적상의 활동이 있지만 본격적인 활약은 조선 후기에 들어 나타난다.

세책가는 인판이나 사본들을 독자에게 일정한 요금을 받고 빌려주는 영리 목적의 가게이다. 많은 소설 작품을 수집, 보존, 개작하여 유통시켰으며 직업적 작가의 성립에 기여했고, 대중적 흥미에 맞는 소설의 대량 창작을 자극했다. 소설의 대중적 확산은 방각업자들에 의해 가속화되었다.

상품화하여 시장 거래를 하기 위해 출판된 서책이 방각본이다. 방각소설의 출현은 필사본만으로는 소설 독자층의 서적 수요를 충족할 수 없게 된 문화 환경을 보여준다. 그동안 여러 형태로 상업 자본을 축적해왔던 영리에 밝은 상인 계층이 방각업자로 나서게 된 것이다. 이들은 독자들에게 널리 알려져 잘 팔릴 수 있는 작품을 구해다가 간행하기에 적절하게 편집하여 비교적 선명하고 짧은 흥미로운 사건을 중심으로 재구성했다.

방각이 이루어지기 위해서는 방각에 필요한 재료인 종이가 원활히 공급되고, 전문업자인 각수 및 인출장 등이 있어야 한다. 그러나 무엇보다도 일정한 규모 이상의 시장이 있어야 가능했고 이 시장의 성격이나 여건에 따라 방각본의 형태가 달라졌다.[87] 이들 방각소설은 상설시장에서 매매되었을 뿐 아니라, 보부상과 같은 이들에 의해 정기시장 및 비정기 시장에서 독자에게 공급되었다. 이들이 등장할 수 있었던 것은 조선 사회의 경제적 기반이 이전과 달라졌기 때문이다. 조선 후기에 들어 상품경제가 활성화되면서 도시가 형성되고, 더불어 인구의 집중현상과 자본의 유통이 활발히 전개되었다. 도시 뿐 아니라 지방 곳곳에 장시가 활성화되면서 상업적인 유통망이 만들어졌고 사회변화와 더불어 고소설이 상품화되었다.

소설을 중심으로 한 독서문화가 도시를 중심으로 조성된 배경에는 사회경제적 환경과 출판·유통 방식의 변화가 있었다. 소설을 여가 상품으로 소비하고자 하는 독자층이 두텁게 형성된 원인도 경제적 부흥으로 여가시간이 늘어난 데서 찾을 수 있다. 소설의 생산과 유통을 둘러싼 경제적 여건의 변화는 소설의 출판과 유통 방식에 영향을 미쳤다. 즉 생산에 따른 소비가 가능하게 되어 소설의 판본화 및 유통이 촉진될 수 있었던 것이다.

상업자본이 출판시장에 침투하면서 세책가가 점차 쇠퇴하고 방각소설은 권당 장수가 축소되거나 통속화되는 현상이 나타났다. 세책가의 몰락은 소설이 하나의 상품으로만 거래되는 결과를 가져왔다. 또 방각소설은 납활자를 이용한 활판 인쇄라는 새로운 인쇄 방법의 도입과, 1909년 시행된 출판법으로 인해 타격을 받는다. 활판 인쇄술의 도입은 방각으로는 불가능했던 장편물까지도 출판할 수 있게 하였으며 단위 시간당 생산해 내는 책의 양을 증가시켜 급격히 팽창하는 독자의 수요를 충족시킬 수 있었다. 그러나 20세기에 등장한 활판

---

87) 이창헌, 「한국 고전소설의 표기 형식과 유통 방식」, 이상택 외, 『한국 고전소설의 세계』, 돌베개, 2005, 243~244쪽.

인쇄본 소설도 경제 여건의 변화로 인해 지속적으로 분량을 줄이기 위한 노력을 하게 되었고 이러한 방식으로 이윤을 창출했다. 활판본의 보급은 싼 값으로 독자에게 소설을 보급하고 소설 독자층을 확장하는 데 기여했지만 소설 내용의 통속화 저급화 현상이 강해졌다.

한편 소설의 상업적 유통 가운데 구비 유통도 있었는데 이야기꾼인 전기수나 이야기를 창으로 구연하는 판소리 광대가 대표적이다. 전기수는 소설을 청중에게 낭독하는 일을 직업으로 삼은 이들로, 요전법을 사용하여 정기적인 흥행을 지속한 사례가 남아 있다. 이들은 문자해득력이 없는 사람들에게 소설을 알리고 접할 수 있게 한 매개자들이라 할 수 있다.

이처럼 출판과 유통 방식이 변화되는 주 원인인 사회 경제적 환경의 변화—소설의 생산·유통·소비의 물적 토대 구축과 상업경제의 발달, 도시와 유흥 문화의 형성, 대중의 물질 중심적 사고와 소비 심리, 부(富)의 축적 현상 등—를 살피는 것은 각 시대별 소설 독서 문화의 특징을 파악하는 데 꼭 필요한 일이다.

3) 맥락 중심 문학교육의 관점

맥락을 중심에 둔 문학 교육은 문화론적 시각과 문학사적 시각으로 고소설 교육을 바라보는 안목을 형성한다. 고소설이 지금·현재를 살고 있는 독자의 삶에 의미 있는 내용으로 이해되려면 당대의 문화적 코드와 문학사적 전개과정 속에서 작품을 읽어야 하기 때문이다. 여기서는 고소설 교육을 위한 문화론적 관점과 문학사적 관점의 필요성에 대해 살펴보고자 한다.

(1) 문화론적 관점과 고소설 교육

현재 우리 문학교육에서 고전(古典)은 옛것(古)이라는 가치를 넘어 전범(典範)으로 받아들여지지 못하는 것이 현실이다. 문학 교육에서 고전은 작품 해석과 역사적 지식의 습득을 넘어 학생들의 문학적 이해와 감상, 나아가 문화적 성장에 의미 있는 요소로서 체험되지 못하고 있다.[88]

고전문학이 실질적 중요성을 가지면서도 교육에서 소외되는 문제를 해결하기 위해서는 문화론적 접근 방식으로의 전환이 필요하다. 물론 고전을 그 당대의 문화적 코드 속에서 이해하도록 가르치면서 동시에 현재의 관점에서 수용하길 요구하는 것이 쉬운 일은 아니다. 그러나 그렇다 하더라도 고전문학의 경우 과거 당대의 문화적 코드로 이해할 필요가 있다. 우리가 살지 못한 삶, 우리와 같고 다른 삶, 미처 생각지 못한 영역과 차원에 대한 사유, 그 발상과 표현의 의미에 대해 고민하는 교육으로 나아가야 한다. 사물을 바라보는 우리 선조들의 독특한 관점과 글쓰기 방식, 발상과 표현의 관습과 개성, 언어와 문자 문화의 중요성에 대한 인식, 효용성과 미학을 동시에 중시하는 태도 등에 주목하게 된다면[89] 고전문학 교육에 새로운 지평이 열릴 것이다. 모든 문학작품은 그 당대의 것으로만 존재하다 사라지는 것이 아니라 독자가 있는 한 항상 살아있다. 그 다음 시대 독자가 해석하고 감동을 느끼는 바에 따라 새로운 의의를 가질 수도 있고, 그 반대의 것이 될 수도 있다. 이런 성질 때문에 문학의 특질(본

---

88) 배순향, 「고전텍스트를 활용한 언어·문화 통합교육 방안: 현대 문화어휘와 접목하여」, 한성대학교 석사논문, 2012.
89) 정재찬, 『문학교육의 현상과 인식』, 역락, 2004, 22~23쪽.

질)을 역동적, 항구적이라고 할 수 있다. 그러므로 지속적인 생명을 지니고 있는 모든 작품은 그 당대의 것이면서 현대의 것이라고 할 수 있고, 문학 교육에서는 당대 가치와 현대 가치의 합일점을 찾는 것이 마땅하다.[90]

고소설 작품 읽기를 통해 당대인들은 어떤 의미를 공유했고, 공유의 과정을 통해 독서문화를 향유했다. 의미의 공유에는 경험 세계의 인식이 전제되어 있으며, 이를 이해하기 위해서는 인간 삶의 방식, 즉 문화에 대한 이해가 필요하다. 이것이 고소설 교육에 문화론적 접근이 필요한 이유이다. 우리는 고소설 교육을 통해 그 작품의 사회적 의미를 읽어낼 수 있어야 한다.

당대의 문화를 교육으로 가져와, 각각의 문화 속에 함축되어 있는 이데올로기를 비판적으로 성찰하고 나아가 각각의 문화 체험에서 느끼는 즐거움을 적극적으로 수용함으로써 궁극적으로 학생들이 문화적 능력을 기를 수 있도록 독서환경을 마련해야 한다. 그것은 시·공을 초월한 대화 과정이며, 학생들은 단순한 수용자가 아닌 지식의 생산자가 되는 것을 의미한다.[91] 그러기 위해서는 비판적, 창조적 사고가 가능한 수업, 질문과 토론이 학습자 주도로 진행 될 수 있는 수업 환경이 조성되어야 한다.

소설 작품을 깊이 있게 이해하고 감상하기 위해서는 학습자 스스로 작품의 의미를 구성하는 경험이 필요하다. 이를 위해서는 사회·문화적 맥락을 활용한 독서교육이 필수적이다. 2015 개정 교육과정에서는 '문학교육을 통해 학습자가 다양한 사회·문화·역사적 맥락

---

90) 조동일, 『문학연구의 방법』, 지식산업사, 2000, 251쪽.
91) 김진향, 「TV드라마를 통한 쓰기 교육 방안 연구」, 경희대학교 석사논문, 2002.

속에서 생산된 문학의 제반 양상을 이해하고 향유하며 평생 독자로 성장하는 기초를 다지며, 이를 위해 문학의 갈래, 문학의 역사, 작품의 수용과 생산 원리를 학습하는 한편 문학의 가치와 미를 느끼고 자신의 삶과 관련하여 감상·창작하는 활동을 함'을 밝히고 있다. 나아가 '문학을 통해 인간과 세계를 총체적으로 이해하고, 공동체 문화 발전에 기여하는 태도를 기르는 것'[92]을 목표로 제시하였다.[93]

문학의 하위 갈래인 고소설을 교육하는 목적도 여기에 있다. 고소설 교육의 궁극적 목표는 학습자들이 다양한 사회·문화·역사적 맥락 속에서 생산된 고소설의 전개 양상을 이해하고 향유하며 주체적으로 고소설 작품을 찾아 읽고 가치를 내면화하는 것이다.

그렇다면 학습자들이 작품 내용과 사적 전개 양상을 이해하고 향유하며, 주체적으로 작품을 찾아 읽고 가치를 내면화하기 위한 전제 조건은 무엇일까. 그것은 학습자의 읽기 역량, 즉 읽기 능력이다. 따라서 고소설 교육을 통해 학습자 스스로 해독하고 내용을 이해할 수 있는 읽기 능력을 기르는 데 초점을 맞춰야 한다.

그러나 고소설을 접하는 학생들은 지금과는 다른 표기법과 생소한 어휘, 문체나 가치관의 차이로 인해 고소설 읽기에 부담을 느낀다. 작품이 창작된 시대와 현대의 시공간적 거리·사회문화적 배경의 차이는 작품 해석을 더욱 어렵게 하는 요소이다. 문학 작품은 다양한 내적 요소들의 결합체로 다양한 사회·문화, 문학사, 상호 텍스트적 맥락과 연관을 맺는다.[94] 고전문학은 독해과정에서 맥락적 요소의 지식을 더 많이 필요로 한다.

---

92) 2015 개정 교육과정 문학 영역의 성격 참조.
93) 2015 개정 교육과정 목표 참조.
94) 2015 개정 교육과정 참조.

'지금, 여기'에 존재하는 독자는 과거의 가치관과 이데올로기, 사회문화적 배경과는 다른 배경을 가지고 있기 때문에 당대의 독서문화에 대한 선행지식이 필요하다. 맥락적 지식의 도움 없이는 작품 속에 존재하는 모순된 내용이나 문맥 등 작품 내적 요소를 온전히 이해할 수 없다. 맥락적 지식은 학습자가 단순히 작품 당대의 소설 독서문화나 소설사 지식 자체를 파악하는 데서 나아가 그것을 활용하여 소설의 의미를 심층적으로 이해하게 한다. 요컨대 소설사나 소설 독서문화와 같은 지식은 학습자가 소설 속 인물과 사건을 이해하고 해석하는 데 활용할 수 있는 근거 역할을 하고 이것이 바로 작품 읽기에 영향을 미치는 맥락지식 요소가 된다.

주의할 것은 시대별로 고소설 작품을 일렬로 나열하고 작가나 작품 내용을 사실적으로 파악하는 수준에 머문다면 또 다시 학습자의 삶과는 동떨어진 지식교육으로 전락할 우려가 있다는 것이다. 따라서 작품이 창작되고 유통·향유된 실상을 당대 문화적 맥락으로 이해할 수 있는 방안이 필요하다. 또 시대별 소설 독서문화의 전변 양상을 구체적 작품 이해에 적용할 수 있는 원리를 제시해주어야 한다. 이를 위해 교사는 적절한 자료 제공과 탐구적 질문을 통해 고소설 작품을 파악하는 데 필요한 학습자의 배경지식을 활성화하도록 안내해야 한다.

고소설 읽기의 경험은 대부분 교과서를 중심으로 전개된다. 또 학교 교육을 떠나서는 고소설 독서를 적극적으로 향유할 기회가 현저히 줄어든다는 점을 생각해 보면 교과서를 통해 배운 고소설 읽기의 방법이나 원리는 향후 학습자가 다른 작품을 이해하는 데 중요한 배경지식 혹은 읽기 동기가 될 수 있다. 고소설만의 생소한 표기법, 낯선 어휘, 문체, 독특한 가치관을 이해하는 것이 단지 교과서 학습을 위한 활동에 그친다면 학습자에게 의미 있게 내면화되지 못한다. 과거의 작품이지만 당대인에게 유의미한 독서물이었으며, 소설을 매개로 독특한 독서문화가 존재했다는 사실을 작품읽기에 적용한다면 좀 더 흥미롭게 작품을 이해할 수 있을 것이다.

고소설 교육에 대한 문화론적 시각은 맥락을 활용한 고소설 교육을 전개하기 위한 인식의 전환을 의미한다. 학습자는 문화론적 접근을 통해 다양한 문화의 가치를 이해하고 내면화함으로써 바람직한 문학 문화 형성에 참여할 수 있을 것이다.

(2) 문학사적 관점과 고소설 교육

모든 문학작품은 개별적으로 존재하는 것이 아니라 많은 다른 작품들과 연관되어 있다. 개별 작품들의 문학적 인과관계를 찾아 체계적인 질서를 세우고 작품과 작가 및 독자와의 관계를 적립하여 그 시대적 삶에 대한 가치판단의 결과를 문학사라 할 수 있다.[95] 문학사 교육은 문학 사상의 흐름을 통해 각 시대 변화에 따른 삶의 표현 양식과 향유 방식 그리고 향유의 결과가 삶에 미치는 영향을 이해하는 공부이며, 개별적으로 배운 작품들을 한국문학이라는 큰 틀 속에서 이해하는 과정이다. 문학사 교육은 과거에 존재한 문학작품에 대한 지식을 쌓고 나아가 작품을 통해 그 시대의 삶의 방식과 가치를 이해하고 민족문화의 역사적 전개과정을 파악하는 것이다.

구체적인 작품들의 전변 양상에서 문학사의 흐름을 이해하고, 다시 문학사의 거시적인 틀에 비추어 구체적인 작품이 어떻게 연관되

---

95) 김진백, 「고등학교 문학사 교육 내용에 관한 연구」, 경상대학교 박사논문, 2007.

는 지를 탐구하는 것이 문학사의 실상을 파악하는 것이며, 단순히 암기해야 할 지식이 아니라 현재 진행형인 역사적 실체로서의 문학사를 이해하는 것이다. 작품을 매개로 과거를 돌아보고 현재의 삶을 인식하며, 앞으로의 문학이 나아가야 할 방향을 성찰하는 것이 문학사 교육의 본질적 목표다.[96)]

고소설은 문학의 하위 갈래이므로 고소설 교육 역시 문학사적 시각으로 접근해야 한다. 그러나 오늘날 고소설은 학습자의 삶과 동떨어진 영역으로 존재하며 교수-학습 역시 가르치고 배워야 할 지식의 전달과 수용에 머물러 있다. 고전(古典, classics)이라는 명목으로 민족문화의 고유성과 특질을 드러내는 내용으로 선정되어 교과서에 수록된 작품을 그 어떤 의문이나 문제제기 없이 가르치고 배우는 것이 현실이다. 그 결과 고소설은 현대소설과 대비되어 질적으로 떨어지는 것, 천편일률적인 권선징악, 충, 효, 열의 내용을 다루고 있는 평면적 인물들의 일대기적 이야기로 받아들여지고 있다.

현대를 사는 학생들의 문학이나 문화 환경은 예측하기 어려운 속도로 변화되고 있고, 텍스트의 소통 공간도 다양해지고 있다. 따라서 고소설 작품을 학습자의 삶 속에서 향유하게 하려면 선정된 작품 자체를 이해하는 데 머물러서는 안 된다. 그것을 읽고 이해하며, 가치판단을 내릴 수 있는 독서 행위가 중요하며, 한 걸음 더 나아가 새로움 작품을 창작함으로써 문학문화를 생활 속에서 실천할 때 가치가 있다. 고소설 교육은 문학사적 시각에서 작품의 의미를 종합적으로 평가할 수 있도록 전개해야 한다.

문학사적 맥락을 고려한 읽기는 상호텍스트성을 활용함으로써 실

---

96) 김진백, 위의 논문 참고.

현될 수 있다. 고소설의 경우 이본이나 영웅의 일생과 같은 서사구조, 전기(傳奇)소설 같은 특정 갈래, 향유층의 이동에 따라 달라져온 판소리계 소설처럼 문학사적 맥락에서 접근해야 그 실체적 진실을 규명할 수 있는 경우가 많다.[97] 기본적으로 맥락 중심 고소설 읽기 교육은 문화론적·문학사적 관점을 지향한다.

(3) 맥락 중심 교수-학습 모형

고소설 교육에 대한 문화론적·문학사적 접근은 고소설에 담긴 삶의 가치를 이해하고 내면화하는 데 도움이 될 뿐 아니라 작품을 매개로 과거와 현재의 소통이 가능해진다는 점에서 의의가 있다. 그러나 자칫 이러한 접근이 교사 주도의 설명식 수업, 지식 교육이 될 수 있다는 점에서 주의가 요구된다. 그렇다고 해도 고소설이 창작되고 향유된 시대와 그것을 읽는 학생들 사이의 거리감으로 인해 작품 이해와 관련된 배경지식과 사회문화적 맥락 정보가 많이 필요한 것은 사실이다. 그러다보니 학습자 중심의 이해 학습을 목적으로 수업을 시작했어도 텍스트 위주의 어휘풀이나 문장 분석, 표현 방식에 대한 설명식 수업으로 진행되는 경우가 많다.

따라서 그 거리감을 메우면서도 학습자의 자발적 참여를 높일 수 있는 교수-학습 방안이 필요하다. 여기서는 작품 이해의 과정에서 학습자 개개인의 반응을 유도하면서 학습자 간, 교사-학생 상호간의 의사소통이 활발히 전개될 수 있는 맥락 중심 읽기 모형에 대해

---

97) 최광석, 「맥락을 활용한 고전문학 교수-학습 방법론」, 『문학교육학』 30, 한국문학교육학회, 2009 참고.

살피고자 한다.98) 이 모형에 대한 이해는 학습자의 개인 내적 대화와 공동체적 대화 과정을 통해 궁극적으로 문학 사회사적 맥락을 고려한 작품 읽기에 도움이 될 것이다. 맥락 중심 문학교육은 작품 내적 맥락과 외적 맥락을 적극 활용하여 작품의 의미를 감상하도록 하는 이론으로, 이 글의 논의와 연관된다.

맥락 중심 교육의 원리는 다음 몇 가지로 요약할 수 있다.

첫째, 학습자가 다양한 맥락을 활용할 수 있도록 학습 기회를 제공해야 한다. 그러기 위해 텍스트 생산, 해석 과정에 맥락을 활용할 수 있는 학습활동을 조직하고, 다양한 맥락 정보를 찾거나 제공할 필요가 있다. 또 학습자 간, 교사−학생 간의 협력적 의사소통이 구현될 수 있는 토의·토론식 활동, 소그룹 협동학습을 적극 활용한다.

둘째, 텍스트 생산과 수용 과정에 작용하는 맥락을 성찰하도록 해야 한다. 해석텍스트 쓰기, 고쳐 쓰기 활동 등을 활용할 수 있다.

셋째, 주체 간의 맥락 교섭을 통해 맥락화 전략을 익힐 수 있는 학습 환경을 마련해주어야 한다.99)

맥락 중심 교수−학습 모형은 작품의 이해와 감상에서 맥락을 중시하는 모형이다. 이재기는 맥락 중심 문식성 교육 모형을 구안하였는데, 이 모형은 해석을 둘러싸고 전개되는 학습 주체 간의 대화(토의, 토론)를 기본 구조로 한다. 맥락을 대상으로 내적 대화와 외적 대화를 통해 맥락의 교섭, 성찰로 나아가는 교수−학습 모형이라 할 수 있다. 맥락 중심 모형은 크게 맥락 작용 단계, 맥락 교섭 단계, 맥락 성찰

---

98) 맥락을 활용한 교육(읽기, 문학)모형은 한민경, 「맥락 중심 읽기 교육 방법」, 한국교원대학교 석사논문, 2008; 안재란, 「사회·문학적 맥락을 반영한 소설 읽기 지도」, 『독서연구』 22, 한국독서학회, 2009; 최광석, 앞의 논문; 임주탁, 앞의 논문 등에서 제시되었다.
99) 이재기, 앞의 논문, 119쪽.

단계가 있다. 모든 단계는 읽기, 쓰기의 활동을 포함한다. 맥락 작용 단계는 다양한 맥락이 주체(독자, 필자)의 읽기, 쓰기 활동에 관여하는 단계이다. 맥락 교섭 단계는 주체 간의 맥락이 서로 경쟁하고 교섭하는 단계이다. 맥락 성찰 단계는 자신의 텍스트 생산·수용 고정에서 작용한 맥락을 성찰하면서 읽기, 쓰기 활동을 재점검하고 조정하는 단계이다. 이 모형을 의사소통 구조 측면에서 보면 '내적 대화(주체 내면에서 이루어지는 맥락 간의 상호작용)→외적 대화(맥락을 중심에 두고 전개되는 교사와 학생, 학생과 학생 간의 대화)'의 순환 구조를 갖는다. 그 과정에서 학습자들은 작품 외적 맥락—상황 맥락, 사회문화적 맥락—과 상호작용하는 경험을 하게 되는 것이다.100)

최광석은 텍스트와 맥락의 관련짓기를 통한 고전문학 교수—학습 방법을 4단계로 제시하였다. 1단계는 텍스트 그 자체로 접근(각자 읽기)하여 상황을 파악하고 맥락을 추론하는 단계이다. 학습자들은 어떤 제한이나 전제 없이 '각자 읽기'를 통해 자율적으로 작품을 읽은 후 맥락 최소화 전략을 통해 상황의 최대치를 파악한다. 이렇게 파악한 의미를 기본으로 텍스트 밖의 맥락을 추론하는 활동으로 나아간다. 그리고 '함께 읽기' 과정에서 토의·토론을 거쳐 상황의 최대치와 맥락 정보의 최대치의 합의를 도출한다. 2단계는 '그때 거기, 그(들)'의 맥락으로 고전문학 텍스트를 이해하는 단계이다. 이 단계에서는 학습자가 맥락을 탐구하거나 교사가 맥락을 제공함으로써 '그때 거기', '그(들)'의 맥락에서 고전문학 텍스트를 이해한다. 3단계는 '지금 여기, 나[우리]와 그때 거기, 그(들)'의 텍스트 및 맥락 대비하기 단계이다. 4단계는 '나[우리]'의 맥락에서 고전문학 텍스트 비판을

---

100) 이재기, 앞의 논문, 120~122쪽.

통한 '나[우리]'의 텍스트 생산하기 단계이다. 이것은 고전문학 텍스트 읽기에서 가장 핵심적인 부분이다. 중요한 것은 고전문학 텍스트의 문제의식을 '나[우리]'가 생산할 텍스트의 문제의식으로 수용, 전환하는 것이다. 문학 텍스트 생산 전후에 비평적 문학 텍스트 쓰기 활동을 첨가할 수도 있다. 최광석이 제시한 맥락 중심 읽기의 단계는 '학습자의 출발점 행동 진단, 합의할 수 있는 최선의 읽기 도출, 수업 참여자의 공동체적 읽기, 과거와 현대의 텍스트 및 맥락 대비, 학습자의 텍스트 생산으로 이어지는 과정'을 거친다. 전체적으로 읽기의 다양성을 존중하는 확산적 읽기에서 수업 참여자가 동의하는 최선의 이야기를 짐작하는 수렴적 읽기로 나아간다. 그리고 또 다시 수업 참여자의 다양한 활동을 존중하는 확산적 활동으로 전개한다는 특징이 있다.101)

김미선은 문학경험을 학습자의 삶의 맥락과 연계할 수 있도록 '맥락 중심의 문학 수업 모형'을 다음과 같이 구안했다.

〈표 1〉 맥락 중심 문학 수업 모형

계획 단계	→	진단 단계	→	교수·학습활동 단계	→	평가 단계

수업단계		맥락 적용단계
계획 단계	수업준비	맥락 요인 분석 및 확인
진단 단계	수업진단	
교수·학습 활동 단계	도입	맥락 요인 설정
	텍스트 읽기를 통한 이해	맥락 작용
	해석을 통한 구성	맥락 교섭
	조망과 비평을 통한 재구성	맥락 성찰
평가 단계	평가	맥락 평가

---

101) 최광석, 앞의 논문, 214~237쪽.

이 모형은 Glaser의 교수-학습 모형을 기본 틀로 삼고 각 단계마다 맥락을 활용하도록 체계화하였다. 김미선이 제시한 교수·학습활동 단계는 이재기의 '맥락 중심의 문식성 교육 모형'을 참고하였다. 계획 단계는 맥락 중심 문학수업을 개관하고 전체적인 계획을 세우는 단계이다. '학습 목표 설정, 학습 내용 구체화, 수업 방법과 전략구안 및 학습자료 준비, 교수·학습안 작성, 평가 계획'이 필수 활동내용에 포함된다. 계획 단계의 맥락 적용은 읽기 수업에 활용될 텍스트선정 및 관련되는 맥락 요인 분석, 매체, 활동지 등을 준비하는 것이다. 또 각 교수학습 단계에서 교사가 제시할 질문과 학습자가 고려해야 할 맥락 요소, 활용할 수 있는 자료를 구체화한다. 평가는 수업의계획과 실행에 대한 평가 및 학습자의 활동 과정에 대한 평가 계획을 수립하는 것이다.

진단 단계는 수업에 들어가기 전 학습자의 상황, 인지적 능력(배경지식 유무, 선행학습정도 등), 학습 동기 수준 등 현재의 능력과 상황을 점검한다.

교수·학습 활동 단계는 학습자들이 텍스트를 통해 맥락적 의미를 구성해 나가는 핵심 과정이다. 학습자의 맥락 요인 분석 및 확인, 텍스트 의미구성에 맥락 적용, 맥락끼리 상호교섭·성찰의 단계로 진행된다.

마지막으로 평가 단계는 교수·학습 과정과 결과에 대해 평가하고 정리하는 것이다. 연구자에 따르면 평가는 수업 활동의 모든 단계에 관여한다. 즉 '맥락 요인 확인 단계에서는 다양한 맥락을 탐구하는 과정을 평가할 수 있고, 맥락 요인 설정 단계에서는 핵심적인 맥락을 초점화하는 과정을, 맥락 작용 단계에서는 맥락이 주체의 텍스트 해석 과정에 개입하여 의미를 구성하는 데 관여하는 과정을, 맥락 교섭은 주체들이 구성한 맥락끼리 경쟁하고 교섭하는 과정을, 맥락 성찰 단계는 주체 내면에서 의도적이고 복잡한 맥락 간의 상호작용이 일어나는 과정을 평가한다'.[102]

맥락 중심 읽기의 단계를 꼭 어떤 틀로 고정시켜 생각할 필요는 없다. 중요한 것은 학습자 자신의 맥락에서 작품 내적 맥락을 고려하여 작품을 읽는 경험과 작품 외적 맥락—상황 맥락, 사회문화적 맥락, 문학사적 맥락, 상호텍스트성 등—을 연관지어 작품의 의미를 총체적으로 이해하는 활동을 경험하게 하는 것이다. 즉 모형을 '실제 맥락 읽기 과정에 적용하는 실천적 방법을 구현'할 때 의미가 있다.[103]

이 글에서 바라보는 작품 외적 맥락은 소설 독서문화 맥락을 의미하고, 그 안에는 소설 독서문화적 맥락을 구성하는 작가의 시대적 상황이나, 독서 취향, 언어 환경, 출판·유통 방식과 같은 요인이 포함된다. 앞서 제시한 연구자들의 교수·학습 모형을 기반으로 소설 독서문화적 맥락을 학습자가 추론한 작품 내적 맥락과 연관짓고, 사회적 소통 과정을 거쳐 새로운 의미를 생산해 내는 교수–학습을 구현하고자 한다.

소설 독서문화 맥락을 활용한 고소설 읽기의 단계는 2015개정 교육과정에서 제시하고 있는 읽기 단계와 「읽기」, 「독서」 과목의 성취 과목을 살펴 구조화하였다. 독서의 본질은 글에 나타난 정보와 독자의 배경지식을 활용하여 문제를 해결하는 과정이며 읽기를 통해 서로 영향을 주고받으며 소통하는 사회적 상호작용 과정이다. 글을 읽을 때 작품의 내적 맥락을 독자가 가진 배경지식(독자 맥락)을 바탕

---

102) 김미선, 앞의 논문, 90~108쪽 참조.
103) 임주탁, 앞의 논문, 104쪽.

으로 추론하는 읽기가 필요하며, 그것은 사회적 소통의 과정을 거쳐 타당한 해석으로 받아들여질 때 의미가 있음을 밝히고 있다. 고소설 읽기 역시 학습자가 맥락을 적용하여 텍스트의 의미구성에 활용하고 사회적 상호작용의 과정을 거쳐 맥락끼리 교섭하고 성찰하는 단계까지 진행된다면 학습자의 능동적 읽기 참여가 가능할 것이다.

〈표 2〉 2015 개정 교육과정 「국어」, 「독서」 교육과정 성취 기준과 읽기의 단계

읽기 단계			성취 기준	교수–학습활동
맥락 분석	읽기 전		[09국-02-02] 독자의 배경지식, 읽기 맥락 등을 활용하여 글의 내용을 예측한다.	배경지식 활성화 질문하기, 예측하기
작품 내적 맥락 추론	읽는 중	사실적 독해	[12독서-02-01] 글에 드러난 정보를 바탕으로 중심내용, 주제, 글의 구조와 전개방식 등 사실적 내용을 파악하며 읽는다.	• 작품읽기(각자읽기) • 줄거리 파악하기 • 작품의 내용, 형식, 표현상의 특징 파악하기 • 핵심내용 정리하기 • 기억에 남는 장면과 이유 정리하기 • 소집단 토의·토론 활동 • 작품 내적 맥락의 정교화 • 작품 내용 정리
			[9국-02-03] 읽기 목적이나 글의 특성을 고려하여 글 내용을 요약한다.	
외적 맥락 추론 하기	읽는 중	추론적 독해	[12독서-02-02] 글에 드러나지 않은 정보를 예측하여 필자의 의도나 글의 목적, 숨겨진 주제, 생략된 내용을 추론하며 읽는다.	'지금 여기', '나[우리]'와 '그때 거기', '그(들)'의 텍스트 및 맥락 비교하며 읽기 • 표기언어, 작가와 독자 추론하기 • 시대·갈래 특성 파악하기 • 유통 방식(매체)·독서태도 파악하기 • 소설 독서 문화적 맥락과 작품의 관련성 파악하기 • 전체 주제(목적, 의도, 숨겨진 주제) 및 문학사적 의의 파악하기
		비판적 독해	[12독서-02-03] 글에 드러난 관점이나 내용, 글에 쓰인 표현 방법, 필자의 숨겨진 의도나 사회·문화적 이념을 비판하며 읽는다.	
			[09국-02-07] 매체에 드러난 다양한 표현 방법과 의도를 평가하며 읽는다.	
			[10국-02-02] 매체에 드러난 필자의 관점이나 표현 방법의 적절성을 평가하며 읽는다.	
		감상적 독해	[12독서-02-04] 글에서 공감하거나 감동적인 부분을 찾고 이를 바탕으로 글이 주는 즐거움과 깨달음을 수용하며 감상적으로 읽는다.	

창조적 재구성	읽는 중	창조적 독해	[12독서-02-05] 글에서 자신과 사회의 문제를 해결하는 방법이나 필자의 생각에 대한 대안을 찾으며 창의적으로 읽는다.	감상문, 비평문 쓰기, 장르 바꿔 쓰기, 이본 쓰기 등
			[10국-02-03] 삶의 문제에 대한 해결 방안이나 필자의 생각에 대한 대안을 찾으며 읽는다.	
평가	읽은 후	상호 텍스트	[12독서-01-02] 동일한 화제의 글이라도 서로 다른 관점과 형식으로 표현됨을 이해하고 다양한 글을 주제 통합적으로 읽는다.	• 주제 통합적 독서 • 동일한 화제의 글 비교하며 읽기 • 과정 점검하기
			[09국-02-06] 동일한 화제를 다룬 여러 글을 읽으며 관점과 형식의 차이를 파악한다.	
		점검 및 조정	[10국-02-04] 읽기 목적을 고려하여 자신의 읽기 방법을 점검하고 조정하며 읽는다.	
			[09국-02-09] 자신의 읽기 과정을 점검하고 효과적으로 조정하며 읽는다.	

출처: 인적자원부 고시 제2015-74호

　　사실적 읽기 단계는 작품 내적 맥락을 추론하며 읽는 단계로 학습자 각자가 갖고 있는 배경지식이나 읽기능력을 바탕으로 '각자 읽기' 활동을 진행한다. 여기서는 텍스트 내적 맥락(언어적 맥락)을 바탕으로 작가가 전달하고자 하는 의미를 추론하는 것을 목적으로 한다. 작품을 읽고 난 뒤의 생각이나 느낌을 반응 일지 등에 간단히 정리하거나 줄거리를 간추리는 활동, 내용·표현·형식상의 특징을 파악하는 활동이 포함된다. 교사는 글에 드러난 정보를 종합하여 글의 표면적 의도를 파악하는 데 중점을 두고 지도한다. 예를 들어 핵심어를 찾기, 인물관계도 그리기, 대화와 행동을 통해 드러나는 인물의 성격 파악하기, 갈등-해결구조 파악하기 등의 활동을 할 수 있다.

　　각자 읽기와 활동이 끝난 후 소집단 토의·토론 활동을 통해 각자가 파악한 내용과 감상을 또래 학습자와 공유하는 활동을 전개한다.

학습자는 이 과정에서 자신이 추론한 작품 내적 맥락을 더 정교하게 정리할 수 있다. 각자 정리한 내용을 공유하면서 오독한 부분을 수정할 수 있고, 미처 생각하지 못한 작품의 의미를 깨달을 수도 있다. 이것은 텍스트 자체의 의미와 학습자 자신의 사회문화적 맥락이 서로 다르기 때문에 작품에 대한 이해와 감상이 학습자에 따라 달라질 수 있다는 점을 고려한 것이다. 작품에 대한 개인적 해석을 나누면서 서로의 관점 차이를 인식하고, 타인의 삶과 생각을 이해하는 경험을 하게 된다. 따라서 교사는 학생들이 고소설 작품을 읽고 작품에 대한 느낌을 표현하고, 글에 대한 다양한 경험과 반응을 공유할 수 있도록 교수-학습을 전개해야 한다.

작품의 내적 맥락을 바탕으로 한 작품의 의미를 파악했다면 이것을 작품 외적 맥락에 비추어 읽는 단계로 나아간다. 이것은 이재기에서 제시한 '고전문학을 고전문학답게 읽는 단계'로 고전문학 텍스트 당대의 맥락에서 텍스트를 이해하고 그 맥락을 텍스트와 관련짓는 활동을 한다. 이 단계는 추론·비판·감상하며 읽기의 통합 단계로 소설 독서문화 맥락을 활용하며 읽는 핵심 단계라고 할 수 있다. 여기서는 '지금 여기', '나[우리]'와 '그때 거기', '그(들)'의 텍스트 및 맥락을 대비하는 활동이 포함된다. 먼저 작품이 생산된 당대의 맥락을 파악하는 과정에서 소설 독서문화 맥락을 적극적으로 탐구하고 구성한다.

학습자 스스로 맥락을 탐구·조사하거나 교사가 탐구적 질문을 통해 맥락을 제공함으로써 당대의 맥락에 비추어 작품의 의미를 추론해 보는 것이다. 학습자는 작품이 생산·수용되던 당대의 맥락에서 작품을 이해할 수 있어야 한다. 따라서 맥락을 최대한 활용할 수 있는 탐구적 질문을 제시하여 작품의 의미 해석이 달라지는 양상을 탐구하거나 맥락을 바꿔 작품을 재해석 하면서 텍스트 맥락화 능력을 기를 수 있다. 작품의 다양한 이본자료를 활용하는 것도 도움이 된다. 주의할 것은 작품의 이해와 수용 과정에서 작품 외적 맥락을 적용하는 것이 지식학습이 되어서는 안 된다. 또 작품 자체의 내적 맥락과의 적합성이 고려되어야 할 것이다.[104] 작품 자체의 내적 질서와 논리를 바탕으로 맥락을 수용할 때 오류가 최소화될 수 있기 때문이다.

필자의 의도나 목적, 숨겨지거나 생략된 내용, 숨은 주제를 맥락을 통해 추론하는 활동, 글에 드러난 관점이나 내용, 글에 쓰인 표현 방법의 적절성, 숨겨진 의도나 사회문화적 이념에 대해 판단하며 읽는 활동, 글에서 공감하거나 감동, 교훈이 되는 부분을 찾아 내면화하는 활동이 포함된다.

작품 외적 맥락을 통한 추론의 결과 새롭게 발견된 의미를 학습자가 살고 있는 '지금 여기―나[우리]'의 시각과 대비함으로써 고전문학 텍스트의 현재적 의미를 찾을 수 있다. 이 활동을 통해 학습자는 자기 시대에 대한 이해를 심화하고, 텍스트 비평능력을 함양할 수 있다. 또 맥락 변화에 따라 작품에 대한 이해와 평가가 달라질 수 있음을 깨닫게 된다.

창조적 재구성 단계는 작품 내용을 단순히 수용하는 것이 아니라 주제, 관점 등에 대해 새로운 측면에서 접근해봄으로써 자신만의 독창적인 생각을 구성하는 단계이다. 감상문이나 비평문 쓰기, 장르 바꿔 쓰기, 이본 창작하기 등의 생산(표현)활동을 한다. 이 과정을 통해 학습자는 소극적 독자가 아닌 의미의 창조자로서 적극적으로

---

104) 임주탁, 앞의 논문, 92쪽.

문학을 향유하는 경험을 하게 된다.

　마지막으로 평가 단계는 상호 텍스트적 맥락을 고려하여 동일한 화제에 대해 서로 다른 관점을 지닌 글을 대조하며 읽거나 비슷한 주제를 담고 있는 다양한 형식의 글을 비교하며 읽는 단계이다. 학습한 내용을 적용함으로써 작품 이해와 감상 능력을 심화하는 데 목적이 있다. 교사는 다양한 읽기 자료를 준비하여 학습자에게 제공하여 학습자 스스로 다양한 관점과 형식의 글을 종합하여 자신만의 생각으로 재구성할 수 있도록 안내자가 되어야 한다.

　제한된 수업시간 내에서 고소설 작품 이해를 위한 맥락 요소를 어떻게 하면 주입식이 아닌 학생 반응 중심 수업으로 전개할 수 있을까? 작품을 읽고 이해하는 수준을 넘어 학습자 자신의 입장에서 가치 판단을 내리고, 작품의 의미를 문학사적 시각에서 종합적으로 해석함으로써 궁극적으로 그것을 내면화하기 위해서는 교사의 안내가 필수적이다. 또 탐구적 질문을 읽기의 각 단계마다 적절히 제시하여 사회문화적 맥락과 관련지어 작품을 이해할 수 있도록 유도해야 한다. 이를 위해 교사는 소설 독서문화의 형성·발전과정에 대한 종합적이고 전체적인 내용을 숙지하고 있어야 한다. 이에 대해서는 제2부에서 구체적으로 살피기로 한다. 그에 앞서 고소설 작품의 교과서 수록 현황과 학습활동 분석을 통해 기존의 고소설 교육 방법보다 맥락을 활용한 교육 방법이 효과적일 수 있음을 확인해 보겠다.

2. 고소설 작품의 교과서 수록 현황과 학습활동 분석

여기서는 2015개정 교육과정에 따른 교과서에 어떤 작품이 수록되어 있는지를 살펴보고, 동일한 작품이 각 교과서별로 어떻게 구현되었는지 분석해 보기로 한다. 현행 교과서에서 다루고 있는 학습활동 분석을 통해 작품분석과 작가, 시대에 대해 분절된 지식으로 학습하는 기존 방식보다, 맥락지식을 활용한 읽기 방식이 학습자의 작품 이해에 더 유용한 방식임을 드러내고자 한다.

학습자가 소설 사회사적 맥락을 활용해서 작품을 읽도록 하기 위해서 적어도 교사는 작품의 배경지식이 되는 요소들을 꿰고 있어야 한다. 작품 외적 맥락과 관련된 핵심 요소를 뽑아 시각자료로 제시하면, 그것을 활용하여 작품 이해를 위해 탐구적 질문을 제공할 수 있고, 적절한 배경지식을 제공할 수 있을 것이다. 교사가 작품 해석에 관여하는 다양한 요소를 작품 읽기에 적용하도록 안내한다면 고소설에 대한 학습자의 배경지식 활성화, 문학사적 지식 학습, 작품 내용에 대한 심층적 이해가 가능해질 것이다.

1) 교과서 수록 고소설 작품 현황

2015개정 교육과정[105]에서는 공통 교육과정과 선택중심 교육과정으로, 선택중심 교육과정을 다시 일반선택과 진로선택으로 나누어 교육내용을 제시하고 있다. 공통교육과정에는 국어 과목을, 일반선택 과목으로 화법과 작문, 독서, 언어와 매체, 문학을, 진로선택

---

105) 교육인적자원부 고시 제2015-74호.

과목에는 실용국어, 심화국어, 고전읽기를 설정하였다. 여기서는 공통 교육과정과 일반선택 교육과정의 '문학' 영역의 내용을 중심으로 교과서 구현 양상을 정리해 본다.

2015개정 교육과정에서는 '국어'의 문학 영역의 성격을 '문학 작품을 수용하거나 생산하면서 인간의 다양한 삶을 이해하고 정서를 함양하는 활동으로 내용을 구성'하는 것으로 밝히고 있다. 또 영역별

〈표 3〉 고등학교 '국어'의 문학 영역 내용체계와 성취 기준

가. 내용체계

핵심 개념	일반화된 지식	학년(군)별 내용 요소 고등학교 1학년	기능
▶ 문학의 본질	문학은 인간의 삶을 언어로 형상화한 작품을 통해 즐거움과 깨달음을 얻고 타자와 소통하는 행위이다.	• 유기적 구조	• 몰입하기 • 이해·해석하기
▶ 문학의 갈래와 역사 • 서정 • 서사 • 극 • 교술 • 문학과 매체	문학은 서정, 서사, 극, 교술의 기본 갈래를 중심으로 하여 언어, 문자, 매체의 변화와 함께 시대에 따라 변화해 왔다.	• 서정 • 서사 • 극 • 교술 • 문학 갈래의 역사	• 감상·비평하기 • 성찰·향유하기 • 모방·창작하기 • 공유·소통하기 • 점검·조정하기
▶ 문학의 수용과 생산 • 작품의 내용·형식·표현 • 작품의 맥락 • 작가와 독자	문학은 다양한 맥락을 바탕으로 하여 작가와 독자가 창의적으로 작품을 생산하고 수용하는 활동이다.	• 갈래 특성에 따른 형상화 방법 • 다양한 사회·문화적 가치 • 시대별 대표작	
▶ 문학에 대한 태도 • 자아 성찰 • 타자의 이해와 소통 • 문학의 생활화	문학의 가치를 인식하고 인간과 세계를 성찰하며 문학을 생활화할 때 문학 능력이 효과적으로 신장된다.	• 문학의 주체적 수용과 생활화	

나. 성취 기준

[10국05-01] 문학 작품은 구성 요소들과 전체가 유기적 관계를 맺고 있는 구조물임을 이해하고 문학 활동을 한다.
[10국05-02] 갈래의 특성에 따른 형상화 방법을 중심으로 작품을 감상한다.
[10국05-03] 문학사의 흐름을 고려하여 대표적인 한국문학 작품을 감상한다.
[10국05-04] 문학의 수용과 생산 활동을 통해 다양한 사회·문화적 가치를 이해하고 평가한다.
[10국05-05] 주체적인 관점에서 작품을 해석하고 평가하며 문학을 생활화하는 태도를 지닌다.

하위 범주로 핵심개념, 일반화된 지식을 바탕으로 학년군별 내용 요소로 전개하고 이를 통해 각 영역이 추구하는 통합적 기능을 신장하도록 하였다. 문학 영역의 성취 기준은 문학이 언어 예술이자 사회·문화적 소통 활동이라는 점을 이해하고 교양인으로서의 문학 능력을 갖추는 데 중점을 두어 설정하고 있다. 2015개정 교육과정에서 제시하고 있는 문학 영역의 내용체계와 성취 기준은 〈표 3〉과 같다.

'문학' 영역의 주된 학습 요소는 작품 전체와 구성 요소의 관계, 갈래의 개념과 특징, 문학적 형상화 방법, 문학사의 흐름(시대별 대표작), 작품에 담긴 사회·문화적 가치 평가하기, 주체적 수용, 문학 활동을 생활화하기이다. 이를 고소설 교육에 적용하면 교사는 대표적인 고소설 작품 읽기를 통해 갈래적 특성과 형상화 방법을 이해하도록 안내해야 하며, 문학사적 흐름을 고려하여 작품을 감상할 수 있도록 교수-학습 방법을 전개해야 한다. 이를 통해 학습자가 사회·문화적 가치에 대해 관심을 기울이고 그에 대해 주체적으로 평가할 수 있는 안목을 길러 문학을 생활화하는 것이 '문학' 교육의 목표이자 방향임을 알 수 있다.

일반선택 과목인 '문학'에서는 내용체계를 '문학의 본질', '문학의 수용과 생산', '한국문학의 성격과 역사', '문학에 대한 태도'로 나누어 제시하고 〈표 4〉와 같은 성취 기준을 설정하고 있다.

'문학' 과목에서도 작품 이해에서 작품 외적 맥락 요소인 '작가, 사회·문화적 배경, 상호 텍스트성'을 중요하게 다루고 학습자의 주체적인 수용능력을 길러줄 것을 강조하고 있음을 알 수 있다. 문학 교육을 통해 학습자는 자신의 삶을 성찰하고 작품의 가치를 자신의 것으로 수용하고 내면화할 수 있어야 한다. 고전문학의 경우 창작 및 향유 시점이 학습자들과 삶과 거리가 있기 때문에 작품에 사용된

〈표 4〉 일반선택과목 문학의 내용체계와 성취 기준

가. 내용체계

영역	핵심 개념	일반화된 지식	내용 요소	기능
문학의 본질	• 언어 예술 • 진·선·미	문학은 언어를 매재로 한 예술로서 인식적·윤리적·미적 기능이 있다.	• 인간과 세계의 이해 • 삶의 의미 성찰 • 정서적·미적 고양	• 작품 선택하기 • 맥락 이해하기 • 몰입하기 • 보조·참고 자료 활용하기 • 이해·해석하기 • 감상·비평하기 • 성찰·향유하기 • 모방·개작·변용하기 • 창작하기 • 공유·소통하기 • 점검·조정하기
문학의 수용과 생산	• 문학 능력 • 문학문화 • 작가와 독자 • 작품의 내재적·외재적 요소 • 문학의 확장	문학 활동은 다양한 맥락에서 작품을 수용·생산하며 문학문화를 향유하는 행위이다.	• 작품의 내용과 형식 • 작품의 맥락 • 문학과 인접 분야 • 작품의 수용과 소통 • 작품의 재구성과 창작 • 문학과 매체	
한국 문학의 성격과 역사	• 한국문학 • 문학사와 역사적 갈래 • 문학과 사회·문화	한국문학은 공동체의 삶과 시대 상황을 담고 있는 민족 문화이다.	• 개념과 범위 • 전통과 특질 • 갈래별 전개와 구현 양상 • 문학과 시대 상황 • 한국문학과 외국 문학 • 한국문학의 발전상	
문학에 대한 태도	• 자아 성찰 • 타자의 이해와 소통 • 문학의 생활화	문학을 통해 삶의 다양한 문제의식을 타인과 공유하고 소통할 때 문학 능력이 효과적으로 신장된다.	• 자아 성찰, 타자 이해 • 공동체의 문화 발전	

나. 성취 기준

[12문학01-01] 문학이 인간과 세계에 대한 이해를 돕고, 삶의 의미를 깨닫게 하며, 정서적·미적으로 삶을 고양함을 이해한다.

[12문학02-01] 문학 작품은 내용과 형식이 긴밀하게 연관되어 이루어짐을 이해하고 작품을 감상한다.

[12문학02-02] 작품을 작가, 사회·문화적 배경, 상호 텍스트성 등 다양한 맥락에서 이해하고 감상한다.

[12문학02-03] 문학과 인접 분야의 관계를 바탕으로 작품을 이해하고 감상하며 평가한다.

[12문학02-04] 작품을 공감적, 비판적, 창의적으로 수용하고 그 결과를 바탕으로 상호 소통한다.

[12문학02-05] 작품을 읽고 다양한 시각에서 재구성하거나 주체적인 관점에서 창작한다.

[12문학02-06] 다양한 매체로 구현된 작품의 창의적 표현 방법과 심미적 가치를 문학적 관점에서 수용하고 소통한다.

어휘, 고사, 가치관 등이 낯설고 어렵게 느껴지는 한계가 있다. 그래서 고전문학 교육에서는 해독을 위한 자구 해석, 어휘 설명에 많은 시간을 보내느라 작품의 사회문화적 의미나 문학사적 의의, 창조적 재생산 및 내면화하는 데 어려움을 겪었다. 2015개정 교육과정에서는 이러한 교육에 변화가 필요함을 강조하고 있다. 작품 이해와 해석에서 나아가 다양한 맥락과 보조 자료를 활용하여 자기 주도적으로 작품을 이해·평가하고, 타인과 의견을 나누며 나아가 작품을 창조적으로 재생산하여 능동적으로 문학문화를 향유하는 역량을 기르는 데 교육의 목표가 있음을 제시하고 있다.

2015개정 교육과정 '국어' 과목에서 제시하는 내용 선정 기준은 '삶의 방식이나 이념, 문화 등의 차이에서 오는 갈등과 해결을 담고 있는 글이나 문학작품', '갈래의 특성이 선명히 드러난 문학작품', '문학사적으로 주요한 위상을 가지며 학습자에게 감동을 줄 수 있는 한국문학 작품', '학습자 수준에 맞는 적절한 길이의 작품', '독창성과 미적 감수성이 뛰어난, 학습자가 즐겁게 읽을 수 있는 문학작품', '보편적인 정서와 다양한 경험이 드러난 작품'으로 제시하고 있다. '문학' 과목에서는 '이론적 배경보다는 문학사에서 중요하게 평가되어 온 작품', '시대 상황이 직·간접적으로 반영된 작품이나 사회적 반향을 불러일으킨 작품'을 제재로 선정하도록 안내하고 있다.

이러한 기준에 의해 선정되어 2015개정 교육과정에 따른 국어 및 문학 교과서에 수록된 고소설 작품을 〈표 5〉로 정리해 보았다. 고소설 수록 양상과 변화 내용을 한눈에 파악하기 위해 1차 교육과정부터 2015개정 교육과정을 바탕으로 고등학교 교과서에 수록된 고소설 작품을 정리한 것이다.[106]

---

106) 교과서 작품 수록 현황에 대한 내용은 백녹희, 「고등학교 고전소설 교육 연구」, 단국대학교 석사논문, 2005; 홍정원, 「구조 분석을 통한 국문장편소설의 교육적 활용 방안 연구」, 강원대학교 박사논문, 2017; 김광석, 「고등학교 고전소설 교육의 효과적인 지도 방안 연구: 춘향전을 중심으로」, 대진대학교 석사논문, 2013을 참조하였고 2015개정 교육과정에 따른 『국어』, 『문학』 교과서 작품을 추가하였다.

구분 \ 작품명	1차		2차		3차		4차		5차		6차		7차		2009 개정		2011 개정		2015 개정		계
	국어	문학	국어	문학	국어	문학	국어	문학	국어	문학	국어	문학	국어	문학	국어	문학	국어	문학	국어	문학	
까치전															1						1
광문자전														1	1	1		2		1	6
구운몽		4		13	5	1	3					10	1	5	2	1	1	1		3	50
금오신화						2		4		7				13							26
만복사저포기														1		1		2			4
박씨전	1											2		5	1	1					10
배비장전				1																	1
보은기우록				1																	1
사씨남정기		4		5				1				1	5	1		7		6		1	31
서동지전														1							1
성진사전												1									1
소대성전																1		1			2
숙향전															1						1
심생전															1		1				2
심청전	6			7	4			2		1		11	4	1					1		37
양반전				2		2		3		6		11	8	2	1						35
예덕선생전														1		1		2		1	6
열녀함양박씨전																1					
왕랑반혼전		3		8																	11
옥단춘전																1					1
옥루몽																1					1
용궁부연록																		1			1
운영전										1		1		1		3	1	1		2	10
원생몽유록						1															1
유충렬전										2		3	3	2	1	1	1			1	14
이생규장전														12		10		8		4	34
이춘풍전				1														2		1	4
인현왕후전	2			10	4		2							2							20
임경업전						1														1	2
임진록	1			4	2		2		2			3		2		2	1	1			20
장끼전	1			1								1		2		1					6

작품명	1차 국어	1차 문학	2차 국어	2차 문학	3차 국어	3차 문학	4차 국어	4차 문학	5차 국어	5차 문학	6차 국어	6차 문학	7차 국어	7차 문학	2009개정 국어	2009개정 문학	2011개정 국어	2011개정 문학	2015개정 국어	2015개정 문학	계
전우치전														1							1
조웅전												1			1	1	1			1	5
창선감의록															1						1
채봉감별곡																1					1
춘향전	1	7	1	16	1	3	1	1	1	4	1	6	11	5	4	2	6	1			77
최척전																2			1	1	4
콩쥐팥쥐전																2					2
토끼전	1	6	1	3	1	1				1				1							15
허생전						1	1	1	1	1	2	1	1	3	1	2	3	1	1	1	18
호질															2	1	3			2	9
홍계월전																1	3	5	1	1	11
홍길동전	1	7	1	12	1	2	1	3		4		10		4	2	1					49
흥부전(흥보전)		5		11		4		4		6		29		12	1	1	4	2		2	81

　　<표 5>에서 알 수 있듯이 1차부터 「흥부전」, 「춘향전」, 「구운몽」, 「홍길동전」은 꾸준히 교과서에 수록되었다. 국문소설은 판소리계 소설과 영웅소설 위주, 한문소설은 김만중, 박지원과 같이 특정 작가에 한정된 수록 양상을 보인다. 2009개정 교육과정에서는 이전부터 수록된 작품 외에도 「최척전」, 「소대성전」, 「심생전」, 「이춘풍전」, 「조웅전」과 같은 작품이 수록되어 이전보다 다양한 고소설 작품을 접할 기회가 생겼다. 그러나 2011개정 교육과정에서는 2009개정 교육과정에 비해 성취 기준의 수가 축소되고 국어와 문학 교과서의 검인정 개발 교과서 수도 줄어들면서 「양반전」, 「예덕선생전」, 「열녀함양박씨전」, 「옥단춘전」, 「옥루몽」, 「이춘풍전」, 「장끼전」, 「창선감의록」, 「채봉감별곡」, 「최척전」, 「콩쥐팥쥐전」이 제외되었다. 이는 학생들이 다양한 작품을 접할 수 있는 기회가 줄어들었다는 점에

서 아쉬운 면이 있다.

2015개정 교육과정의 국어와 문학 교과서에 수록된 작품을 살펴보면, 여전히 「춘향전」, 「흥부전」, 「심청전」 같은 판소리계 소설이 많이 수록되어 있고, 「구운몽」, 「이생규장전」도 높은 빈도수를 보이고 있다. 2011개정 교육과정과 비교할 때 2015개정 교육과정에는 조선 후기에 창작된 작품이 많이 수록되었다는 특징이 보인다. 또 「만복사저포기」, 「용궁부연록」과 그 밖에 「심생전」, 「소대성전」, 「임진록」이 제외되었다. 대신에 18세기 이후 창작물인 「예덕선생전」, 「이춘풍전」, 「임경업전」, 「조웅전」이 수록된 것을 알 수 있다. 창작 시기별로 15세기 작품은 「이생규장전」 1편, 17세기 「구운몽」, 「운영전」, 「사씨남정기」, 「최척전」 4편, 나머지 12편이 모두 18~19세기에 창작된 작품이다.

고소설의 역사적 전개 과정을 보면 18세기 이후에 소설 독서문화가 활성화되고, 그에 따라 다양한 유형의 작품이 창작되었으므로 18세기 이후 작품의 수록 빈도가 높은 것은 이해할 수 있는 현상이다. 그러나 17세기 이전의 작품이나 국문 장편소설, 한문 장편소설에 대해서는 학습자들이 배울 기회가 부족하다는 점을 고려한다면 작품 수록의 균형성을 고려할 필요가 있다. 그 동안 고소설 교육의 방향을 논하는 연구에서는 고소설 작품을 다양하게 제시할 필요성을 제기해 왔다.107) 그러나 교과서 지면의 한계와 다른 문학 갈래와의 균형의 문제를 고려하지 않을 수도 없는 것이 현실이다. 또 각

---

107) 김광은, 「고등학교 고전 소설 교육의 효율적 지도 방안」, 이화여자대학교 석사논문, 2004, 66쪽; 백선화, 「고등학교 고전소설 교육의 문제점」, 경상대학교 석사논문, 2007, 24쪽; 홍정원, 「구조분석을 통한 국문장편소설의 교육적 활용 방안 연구」, 강원대학교 박사논문, 2017, 35쪽.

교과서별로 다양한 작품이 수록되어 있다고 해도 실제적으로 학습자가 접하게 되는 작품은 각자가 배우는 교과서에 한정된다는 문제가 있다. 따라서 한 작품을 배우더라도 학습자의 흥미를 유발하고, 그 작품에 대한 이해의 방식이 다른 작품에 대한 이해로 전이될 수 있도록 하는 교수-학습 방안이 요구된다.

교과서에 수록되지 않은 작품은 학생들이 배울 기회가 줄어들기 때문에 교사는 교과서 밖 고소설 작품을 폭넓게 이해하고 있어야 한다. 그러나 모든 문학작품을 꿰고 있는 것이 현실적으로 어렵다면 교과서나 참고서에 수록된 적이 있는 작품 정도는 알고 있어야 유사한 갈래나, 같은 시대의 작품을 다룰 때 생각해 볼 작품으로 안내하거나 비교 작품으로 활용할 수 있을 것이다.

학습자들의 고소설 독서는 주로 학교 수업을 통해 이뤄진다는 점을 감안하여 위의 자료에 중학교 교과서에 실린 작품과 현재까지 수능에 출제되었거나, EBS 수능 교재에 실린 작품을 첨부하여 정리해 보았다.

〈표 6〉 수능 출제, EBS 수능 교재 수록 작품 추가 현황

까치전	곽해룡적	광문자전	구운몽	금령전
금방울전	김원전	낙성비룡	남염부주지	남윤전
남정팔난기	만복사저포기	박씨전	배비장전	보은기우록
사씨남정기	상사동기	서동지전	성진사전	소대성전
수성지	숙향전	심생전	심청전	양반전
예덕선생전	열녀함양박씨전	왕랑반혼전	어룡전	옥낭자전
옥단춘전	옥루몽	옹고집전	완월회맹연	용궁부연록
운영전	원생몽유록	위경천전	유광억전	유연전
유충렬전	육미당기	은애전	이생규장전	이춘풍전
인현왕후전	임경업전	임진록	장끼전	장풍운전
장화홍련전	적성의전	전우치전	조웅전	주생전

창선감의록	채봉감별곡	춘향전	최고운전	최척전
콩쥐팥쥐전	토끼전	하생기우전	허생전	호질
홍계월전	화산중봉기	홍길동전	흥부전(흥보전)	–

※ 1994년부터 2018년까지 출제된 작품과 2015년부터 2018년까지 EBS 교재에 수록된 문학 작품 목록을
정리했으며, 작품 배열은 '가나다'순으로 정리했다.

〈표 6〉에서는 16세기 작품인 「하생기우전」, 「수성지」가 추가 되
고, 한문 중·장편소설인 「육미당기」, 국문 장편소설 「완월회맹연」,
「낙성비룡」 같은 작품이 포함되었다. 문학사적 연관관계를 고려하
여 16세기 작품을 추가하고, 18~19세기 국문장편소설과 19세기 한
문장편소설을 추가함으로써 15세기부터 19세기까지의 소설 존재 양
상을 한눈에 파악할 수 있다. 그러나 이 밖에 교과서에 수록되지
않은 자료는 교사나 학습자의 관심과 선택에 의해 수용 여부가 결정
되기 때문에 학생들이 좀 더 다양한 작품을 교과 수업을 통해 접할
수 있도록 고소설 작품에 대한 정보를 담은 표를 제시한다면 교사가
고소설 교육을 할 때 활용할 수 있을 것이다.

2) 교과서 속 고소설 학습활동 분석 및 문제점

여기서는 2015개정 교육과정에 따른 고등학교 「국어」, 「문학」 교
과서에서 고소설 작품이 각 교과서별로 어떤 단원에서 어떤 학습
목표와 학습활동으로 제시되어 있는 지를 분석하겠다.

2015개정 교육과정에 따른 고등학교 「국어」, 「문학」 교과서에는
「춘향전」 8종(「국어」 교과서 6종, 「문학」 교과서 2종), 「심청전」 미래엔
1종, 「허생전」 천재(박), 지학사 2종, 「홍계월전」 비상(영), 천재(김)
2종, 「최척전」 신사고 1종, 「임경업전」 비상 1종, 「구운몽」 금성, 지

학사, 천재(정) 2종, 「운영전」 금성, 해냄 2종, 「흥부전」 금성 외 5종, 「이생규장전」 금성 외 4종, 「조웅전」 동아 1종, 「광문자전」 동아 1종, 「이춘풍전」 신사고 1종, 「유충렬전」 신사고 1종, 「사씨남정기」 신사고 1종, 「예덕선생전」 창비 1종, 「호질」 해냄 1종으로 총 17개의 소설 작품이 실려 있다.108)

각 교과서에서 제시하고 있는 고소설 단원의 학습 목표를 분석해 보면 한국문학의 전통과 특질, 문학사의 흐름을 고려한 작품 감상을 목표로 교과서가 구성되어 있음을 알 수 있다. 고소설이라는 하위 갈래보다는 문학이라는 상위 갈래에 초점을 두어 작품의 내용과 형식, 작가·사회·문화·역사적 배경, 상호 텍스트성 등 다양한 맥락과의 연관 속에서 이해와 감상을 목표로 제시하기도 하였다. 또 한국문학의 전통과 특질, 한국문학의 보편성과 특수성에 중점을 두고, 다양한 시각과 주체적 관점에서의 수용과 소통을 강조하고 있음을 알 수 있다. 작품 자체의 분석이나 어구풀이의 단계에서 벗어나 고소설 작품을 사회문화적 맥락과 문학사적 시각에서 해석하고, 학습자의 주체적 감상능력을 기르고자 하는 방향성을 엿볼 수 있다.

이 글에서 교수−학습의 대상 작품인 「이생규장전」, 「춘향전」을 수록한 미래엔 「문학」 교과서와 해냄 「국어」 교과서, 비상 「문학」 교과서를 대표적으로 살펴보기로 한다. 이들 교과서의 경우 본고의 핵심 논의와 유사한 방향에서 학습 내용을 제시하고 있었다.

[미래엔 「문학」 교과서]
2. 문학의 수용과 생산

---

108) 〈부록〉 참고.

[대단원 학습 목표]

• 문학 작품과 관련된 작가의 맥락을 고려하여 작품을 이해하고 감상한다.

• 문학 작품과 관련된 사회·문화적 맥락을 고려하여 작품을 이해하고 감상한다.

• 문학 작품과 관련된 상호 텍스트성의 맥락을 고려하여 작품을 이해하고 감상한다.

(1) 문학 감상의 맥락: ❶ 이생규장전/김시습

[소단원 학습 목표]

• 문학 작품과 관련된 작가의 맥락을 고려하여 작품을 이해하고 감상한다.

• 문학 작품과 관련된 사회·문화적 맥락을 고려하여 작품을 이해하고 감상한다.

• 문학 작품과 관련된 상호 텍스트성의 맥락을 고려하여 작품을 이해하고 감상한다.

(2) 문학 활동의 이해

(3) 문학의 인접 분야와 매체

[창의적 감상] 호질(박지원)

4. 한국문학의 갈래와 흐름

[대단원 학습 목표]

• 중세에서 근대로의 이행기의 대표적인 문학 작품을 감상하면서 한국문학의 전통과 특질을 이해한다.

• 중세에서 근대로의 이행기의 주요 문학작품을 통해 갈래별 전개와 구현 양상을 탐구한다.

• 한국문학 작품에 반영된 시대 상황을 이해하고 문학과 역사의 상호
  영향 관계를 탐구한다.

(1) 고대 문학

(2) 중세 문학

(3) 중세에서 근대로의 이행기 문학 ❷흥보전/작가 미상

[소단원 학습 목표] 대단원 학습 목표와 동일

(4) 근현대 문학

[창의적 감상] 소대성전(작가 미상)

[해냄 「국어」 교과서]

6. 우리 문학의 숨과 결

[대단원 학습 목표]

• 문학사의 흐름을 고려하여 대표적인 한국문학 작품을 감상할 수 있다.

• 주체적인 관점에서 작품을 해석하고 평가하며 문학을 생활화하는
  태도를 지닌다.

• 문학의 수용과 생산 활동을 통해 다양한 사회·문화적 가치를 이해하
  고 평가할 수 있다.

(1) 노래 문학이 걸어온 길

(2) 이야기 문학이 걸어온 길 ❷춘향전

[소단원 학습 목표]

• 이야기 문학의 흐름을 고려하여 대표적인 한국문학 작품을 감상할
  수 있다.

• 작품을 감상하며 한국 이야기 문학의 고유한 특징을 이해할 수 있다.

• 주체적인 관점에서 작품을 해석하고 평가하며 문학을 생활화하는
  태도를 지닌다.

(3) 문학에 담긴 다양한 가치

[비상 「문학」 교과서]

3. 한국문학의 성격

[대단원 학습 목표]

• 한국문학의 개념과 범위, 전통과 특질, 보편성과 특수성을 살피고, 한국문학의 성격을 이해함으로써 한국문학을 계승 발전시키려는 태도를 기른다.

(1) 한국문학의 개념과 범위

(2) 한국문학의 전통과 특징

(3) 한국문학의 보편성과 특수성 ❶ 춘향전/작자미상 ❷ 로미오와 줄리엣

[소단원 학습 목표] 대단원 학습 목표와 동일

(4) 광복 이후의 문학

(5) 한국문학의 발전상

4. 한국문학의 역사

[대단원 학습 목표]

• 상고시대부터 광복 이후에 이르는 시기까지 각 시대의 주요 작품을 중심으로 한국문학의 갈래별 전개와 구현양상을 탐구하고 감상한다.

• 작품에 반영된 시대 상황을 이해하고 문학과 역사의 상호 영향 관계를 탐구한다.

(1) 상고 시대~고려 시대의 문학

(2) 조선시대의 문학 ❶ 이생규장전/김시습 ❹임경업전/작자미상

[소단원 학습 목표] 대단원 학습 목표와 동일

(3) 개화기~일제 강정기의 문학

(4) 광복 이후의 문학

(5) 한국문학의 발전상

「이생규장전」은 미래엔 「문학」 교과서에서 대단원 2. 문학의 수용과 생산의 소단원 (1) 문학 감상의 맥락의 학습제재로 수록되어 있다. 비상 「문학」 교과서에서는 대단원 4. 한국문학의 역사 소단원 (2) 조선시대의 문학의 학습제재이다. 문학의 수용과 생산 단원의 학습 목표는 '작가, 사회·문화적 맥락, 상호 텍스트적 맥락'을 고려한 작품의 감상과 이해 능력의 함양을 강조한다. 한국문학의 역사 단원 학습에서는 문학의 갈래별 전개와 구현양상을 탐구하고 작품을 당대의 시대상황과 역사와 관련지어 이해하는 능력을 지향하는 것이다. 즉 고소설 교육에서 '맥락 중심 소설 교육'을 지향하고 있음을 알 수 있다.

「흥보전」은 대단원 4. 한국문학의 갈래와 흐름의 소단원 (3) 중세에서 근대로의 이행기 문학에서, 「임경업전」은 대단원 4. 한국문학의 역사의 소단원 (2) 조선시대의 문학의 학습제재이다. 이 또한 고소설 작품을 작품 자체로만 이해하는 것이 아니라 한국문학의 역사적 전개과정 속에서 작품을 이해하려는 문학사적 관점이 소단원 구성에 반영되어 있다.

「춘향전」은 해냄 「국어」 교과서 대단원 6. 우리 문학의 숨과 결 (2) 이야기 문학이 걸어온 길의 학습제재로, 비상 「문학」 교과서 대단원 3. 한국문학의 성격 (3) 한국문학의 보편성과 특수성 소단원의 학습제재로 수록되었다. '우리 문학의 숨과 결' 단원에서는 문학사적 맥락을 고려한 작품 이해뿐 아니라 주체적인 해석, 비평 능력의 함양을 강조한다. '한국문학의 성격' 단원은 민족사적 관점에서 한국문학의 개념과 전통의 특질을 파악하고 보편성과 특수성을 살펴 계승, 발전하는 태도를 기르는 데 목표가 있다. 이는 과거의 전통을 현대적으로 계승하고자 하는 것으로 창조적 재생산과 관련이 있다.

대표적으로 세 교과서를 대상으로 살폈으나 대부분의 교과서가 고소설 교육에 문학사적 관점과 작품 외적 맥락—작가, 사회·문화적 맥락, 상호 텍스트적 맥락—을 강조한다는 점에서 본고의 논의와 지향성이 유사함을 확인하였다.

그렇다면 각 단원에서 학습 목표 달성을 위해 어떤 활동을 전개하는지를 파악하기 위해 가장 많이 실려 있는 「춘향전」과 「이생규장전」을 대표적으로 살펴보기로 하겠다. 교과서별 학습활동을 정리한 표는 분량을 고려하여 「부록」으로 제시하기로 한다.

각 교과서에서 다루고 있는 「춘향전」의 학습 목표는 크게 4가지로 분류할 수 있다. 하나는 작품을 문학사의 흐름을 고려하여 감상하는 것이며, 둘째는 작품에 담긴 삶과 세계(사회·문화적 상황)와 관련지어 작품을 감상하는 것, 셋째는 작품에 드러난 한국문학의 전통과 특질(보편성과 특수성)을 이해하는 것, 마지막은 작품을 주체적으로 해석·평가하고 문학의 사회·문화적 가치를 이해하며 문학 활동을 생활화하는 태도를 지니는 것이다. 각 교과서 별로 제시한 소단원 학습 목표에 따른 학습활동 역시 대동소이한데, 주된 학습 활동은 다음과 같다.

- 인물 간의 관계에서 드러나는 사건 전개나 갈등 해결 양상, 주제를 파악하는 활동
- 인물의 상황과 심리 파악하는 활동
- 판소리계 소설의 표현, 서술상의 특징을 파악하는 활동

- 전승 과정을 중심으로 조선 후기의 소설 향유 방식을 탐구하는 활동
- 고전 소설의 특징과 계승양상, 전승 과정을 파악하는 활동
- 현대에 와서도 꾸준히 재창작 되는 이유 파악하는 활동
- 한국문학의 특수성과 보편성을 파악하는 활동
- 당시 사회·문화적 상황과 관련지어 작품을 이해하는 활동
- 상호 택스트적 맥락에서 다른 작품과 표현상의 특징, 인물의 성격, 사회상황을 비교하는 활동
- 작품의 내용을 새롭게 재구성 하는 활동

등장인물의 관계, 심리, 사건 전개 과정이나 갈등−해결구조를 파악함으로써 전체 작품 내용을 이해한 후, 판소리계 소설의 개념과 표현상의 특징을 작품을 통해 파악하고, 작품이 유통된 사회 문화적 상황을 살핌으로써 한국문학의 특수성과 전승 과정, 향유 방식을 탐구 하는 활동, 외국 작품이나 현대소설과의 비교 활동으로 전개되고 있다. 그러나 이들 학습활동은 문학사적 흐름이라는 거시적인 틀 속에서 이뤄지기보다는 특정 시대·갈래의 특징과 문학사적 의의를 살피는데 중점을 두고 있다.

「춘향전」의 경우 완판본 판소리계 소설을 수록한 비상 교과서와 판소리 사설을 수록한 신사고 교과서의 학습활동이 큰 차이가 없으며, 단지 판소리계 소설과 공연예술로서 판소리가 갖고 있는 특징을 파악하는 활동이 각각 첨부되어 있을 뿐이다. 교과서별 「춘향전」의 학습활동은 주로 작품 내용을 이해한 후 판소리계 소설의 특징을 파악하거나 사회·문화적 상황과 관련지어 작품의 주제를 파악하는 활동에 초점을 맞추고 있다. 금성 교과서에서는 「춘향전」의 전승 과정을 설화, 판소리와의 연관과 언어, 향유 방식과 관련짓는 활동을

제시하였는데 향유 주체나 이러한 향유가 가능하게 된 사회적 상황과의 연관성이 부족해 보이는 한계가 있다. 그 밖에 「태평천하」, 「로미오와 줄리엣」과 상호 텍스트적 맥락을 고려한 감상을 제시하는 교과서도 있지만 이들 활동 역시 소설의 사적 전개 상황 속에서 작품을 감상하기에는 지엽적인 수준이라 할 수 있다.

또 교과서 학습활동은 학습 목표를 달성하기 위해 [내용 학습]—[목표 학습]—[적용학습]의 구성을 갖추고 있지만 이들 학습활동을 해결하는 것만으로는 작품을 다양한 사회문화적 맥락 속에서 이해할 수 있게 되었는지 확인하기 어렵다. 「춘향전」을 문학사적 맥락이나 한국문학의 전통과 특질과의 연관성 속에서 이해하기보다는 판소리계 소설의 갈래적 특징, 조선 후기 사회, 시대적 배경지식 학습에 중점을 두어 전개될 가능성이 높다.

「이생규장전」의 경우도 교과서 별로 제시하는 소단원 학습 목표는 「춘향전」에서 제시한 것과 거의 유사하다. 만남과 이별의 서사구조를 통해 작품 내용을 이해하고, 이를 바탕으로 설화와 소설의 특성을 비교하거나 문학사에 따른 갈래별 전개 양상 파악하기, 작품에 반영된 역사와 사회·시대 상황 이해하기, 작가·사회·문화적 맥락, 상호 텍스트성의 맥락을 고려하여 작품 감상하기, 조선시대 문학의 보편성과 특수성 탐구하기 등의 학습 목표를 제시하고 있다. 이에 따른 학습활동은 작품의 사건 전개 과정, 인물의 성격, 인물의 삶의 대응 방식 파악하기, 설화와 소설의 차이 비교하기, 전기(傳奇)소설의 특징 파악하기, 삽입시의 기능(효과) 알기, 갈등과 해결 방식 파악하기, 사회·문화적 상황을 작가, 당시의 가치관, 역사적 배경과 관련지어 추론하기 등의 활동을 제시하고 있다.

「이생규장전」의 학습활동은 대부분 '인물의 성격, 태도 파악, 시련

및 대응 방식 정리, 삽입시의 기능, 설화나 가전체와 비교, 전기소설의 특징'을 파악하게 구성되어 있다. 그러나 주된 활동은 인물과 사건에 초점을 맞추고 전기소설의 주된 특징으로 '전기성'과 '삽입시'를 다루는 데서 그치고 있다. 앞선 시대나 다른 서사문학과의 관련성을 묻는 활동에서도 작품을 제공하지 않거나 간단히 공통점과 차이점을 묻는 활동으로 구성되어 있다. 따라서 학생들이 교과서를 통해 배운 갈래적 지식, 예컨대 전기소설의 특성을 당대의 미학적 가치나 세계관, 문화적 특성과 연관짓지 못하는 한계가 있다. 작품을 사회문화적 상황 맥락과의 연계 속에서 이해하도록 방향을 잡고 안내하고 있으나 실제로 교수-학습이 전개되는 상황은 교사와 학생의 역량에 달려 있다. 구체적으로 어떻게 맥락을 연관지을 수 있는지에 대한 안내가 없기 때문에, 각각의 학습활동은 개별 지식을 확인하는 수준에서 마무리될 가능성이 있다.

비상 교과서의 경우 개별 작품을 소설의 사적 전개와 연관지어 감상하는 활동을 유도하고 있어 주목된다. 문학의 갈래별 전개와 구현양상을 탐구하고 감상하기 위해 「이생규장전」의 서사구조와 인물의 특징, 삽입시의 기능, 전기(傳奇)적 요소를 파악하는 활동을 전개한다. 그리고 설화문학과 비교를 통해 소설의 갈래상 특성을 유추하고 나아가 애정전기소설의 계보를 잇는 「운영전」, 「채봉감별곡」을 읽어볼 것을 안내하고 있다. 이는 설화에서 출발한 소설 양식의 특성을 파악하고, '애정 전기소설'을 대상으로 특정 갈래가 시대별로 어떻게 변화·발전되는지를 파악해 볼 수 있다는 점에서 의의가 있다. 그러나 애정전기소설의 계보를 잇는 「운영전」, 「채봉감별곡」을 읽어 보기를 안내하는 데서 활동이 마무리되어 이 부분의 활동 역시 교사나 학습자의 역량과 관심에 좌우된다는 한계가 있다. 그렇다면 앞에서 전개된 본문학습이나 학습활동은 작품 외적 맥락과의 연관 속에서 실현되기보다는 개별 지식 확인 수준에서 정리될 가능성이 높다.

미래엔 교과서의 경우도 작품과 작가·사회·문화적 맥락·상호텍스트성의 맥락을 고려하여 작품을 감상한다는 학습 목표를 두고 이를 도달하기 위해 서사전개과정 파악하기, 전기(傳奇)적 요소 파악하기, 사회·문화적 상황을 정리하고 인물의 성격과 연관짓기, 「최척전」과 비교하여 공통점·차이점 정리하기, 「만복사저포기」, 「운영전」 찾아 읽기 활동을 제시하였다. 미래엔 교과서에서 제시하는 학습활동은 비상 교과서에 비해 전기(傳奇)소설의 갈래 특성을 파악하고 다른 작품과 상호 텍스트성의 맥락을 고려하여 작품을 감상하는 목표에 초점을 두고 학습활동을 전개하는 제한이 있다.

금성 교과서도 작품의 내용을 이해한 후 설화문학과 관련지어 소설의 갈래적 특성을 묻는 활동을 제시하고 있고, 동아 교과서에서는 사건과 인물을 이해한 후 전기 소설적 요소를 찾고, 상호 텍스트적 맥락과 관련지어 전통문학의 특수성과 보편성을 파악하는 활동을 제시하고 있다. 나아가 「운영전」, 「숙영낭자전」, 「만복사저포기」를 더 찾아 읽도록 안내함으로써 애정전기소설에 대한 정보를 제공하고 있다.

창비 교과서는 주요 서사구조 파악, 삽입시의 역할, 인물의 성격을 파악하고, 이러한 작품의 내용을 작가적 맥락과 연관짓는 활동을 전개한다. 나아가 전기소설의 '전기(傳奇)'적 요소가 오늘날 문학이나 다양한 영역의 소재로 다루어지는 이유를 추론해 보도록 하고 있다. 이러한 활동들은 작품 자체에 대한 이해를 넘어 작가·사회·문화적 맥락·상호 텍스트성의 맥락을 고려하여 폭넓은 감상을 유도한다는 점에서 의의가 있다.

그러나 「이생규장전」의 경우 일반 선택과목인 '문학'에만 실려 있는 작품으로 많은 학생들이 접할 기회가 충분하지 않으며 학습활동도 전기소설이라는 특정 갈래에 대한 지식 학습에 치우친 점이 있다. 혹 전기소설의 특성을 파악하는 것이 목표라도 15~16세기에 집중적으로 전기소설이 창작된 배경을 앞뒤 역사적 갈래와의 관계나 당대의 시대적 특성, 독서문화 현상 속에서 파악하도록 해야 한다.

예를 들어 『금오신화』의 배경으로 남원을 비롯하여 경주 개성 평양 등 우리나라의 산천과 명승고적을 설정한 이유를 작품을 통해서 우리나라의 풍속과 사상·정서를 표현하고자 했던 김시습의 창작 의도와 관련지어 설명할 수 있다. 혹은 『금오신화』의 다른 작품이 「만복사저포기」와 관련지어 전기소설의 특징을 가르칠 수도 있고, 당시 전기소설이 창작되게 된 독서 문화적 맥락을 학습활동에서 다룰 수도 있을 것이다. 또 문자해독 능력과 연관지어 『금오신화』를 읽은 독자 취향, 『금오신화』의 유통 경로를 추론하여 당대 독서인에게 이 작품이 어떤 의미로 받아들여졌는지 「설공찬전」 사건과 관련지어 살피는 활동도 시도할 만 하다.

그러나 교과서에서 제시한 학습활동만으로는 개별 작품의 특성을 사회문화적 맥락 차원에서 거시적으로 파악하지 못하는 한계가 있다. 게다가 「만복사저포기」, 「운영전」 찾아 읽기 등의 활동은 안내 차원에서 그칠 확률이 높고, 학습자의 적극성을 요한다는 점에서 어려움이 예상된다.

한편 「춘향전」의 경우 판소리와 판소리계 소설의 구분이 교과서에서 큰 의미가 없다. 판소리계 소설을 수록한 교과서와 그렇지 않은 교과서의 학습활동의 차이가 없는데, 그 이유는 「춘향전」의 유통 맥락을 제대로 이해하지 못하기 때문이다. 혹은 유통맥락과 상관없이 학습활동은 작품 자체에 대한 이해나, 판소리계 소설의 특성이라는 지식을 정리하는 수준에서 마무리되기 때문이다.

「춘향전」은 19세기 상업도시가 발달한 지역에서 오락물로 향유되던 통속소설이었다. 고소설의 대표 작품인 「춘향전」은 교과서에서 매우 중요한 작품으로 다뤄왔고, 작품의 주제 같은 '미적 형상화'를 중심으로 학습활동이 전개되었다. 「춘향전」은 소설 시장에 나온 이래 독자 대중의 구미에 맞게 끊임없이 변화해왔는데, 이런 변화의 중심에는 이 소설을 유통시킨 상업출판물의 제작자들이 있었다. 서울의 세책집에서 창작한 「춘향전」이 인기를 끌자 세책을 축약한 서울의 방각본 「춘향전」이 나왔다. 경판 「춘향전」은 세책의 분량을 약 30% 정도로 축약한 것에서부터 20% 정도로 축약한 것까지 다양한 버전이 있다. 그리고 전라도 전주에서도 완판 방각본이 나오는데 완판 「춘향전」은 경판과 달리 단순 축약이 아니라 개작의 양상을 띤다. 완판 「춘향전」 가운데 1900년대 초에 나온 완판 84장본 「열녀춘향수절가」는 이본 가운데 가장 성공적인 작품으로 세책의 약 반 정도 분량이다.

현재 중·고등학교에서 배우는 「춘향전」은 주로 완판 84장본이고 이것이 사람들에게 가장 많이 알려진 이본이다. 또 지금 부르고 있는 판소리 「춘향가」의 내용이 완판 84장본과 대체로 같기 때문에 완판 84장본이 「춘향전」의 원형에 가깝다고 생각하거나, 가장 많이 읽힌 「춘향전」으로 믿는 경향이 있다. 그러나 춘향전은 서울의 세책과 방각본, 전주의 방각본, 활판본으로 유통·향유 되었고, 수많은 이본이 있는 오락적 독서물이었다는 것을 이해해야 「춘향전」을 올바로 교육할 수 있다.

'근원설화 → 판소리 → 판소리계 소설'의 도식만으로는 판소리계 소설의 형성을 설명할 수 없다. 또 판소리계 소설은 애초에 작가가 없이 광대가 작가라든가, 적층문학이라고 보는 관점은 「춘향전」을 소설이 아닌 판소리로 보려는 시각 때문이다. 「춘향전」은 다른 한글 고소설과 마찬가지로 세책집에서 창작했고, 이를 축약한 경판 방각본이 나온 뒤, 이것을 저본으로 완판 방각본이 나온 것이다. 그리고 판소리 「춘향가」는 소설 「춘향전」의 한 대목을 노래로 부른 것이다.109) 이러한 유통 맥락이나 당시 사회문화적 상황을 모르면 작품의 내용을 올바로 이해할 수 없게 된다.

한편, 고소설 교육의 경우 주어진 제재에 교육과정의 성취 기준을 대입하거나 교과서 학습 목표와 관련지어 작품을 설명하기보다는 제재 자체로서 고소설에 중점을 두어 가르치는 경향이 있다. 교과서에 수록된 작품을 읽고 분석하는 것을 최우선 과제로 삼는다. 교사들은 교과서를 교육과정의 목표와 내용을 체계적으로 조직한 대상으로 다루기보다는 단지 문학 작품을 수록한 책으로 이해하고 작품 읽기와 분석에 매진한다. 교과서의 활용정도와 범위, 방법은 교사의 판단에 의해 정해질 수 있다. 그러나 교사들은 교과서를 유일한 교재로 생각하고 그것에 의존하면서도 그것을 읽기 자료 이상으로는 활용하지 않는다.110) 고소설 텍스트는 완결된 작품으로 제시되지 못하고 교과서 체제상 분량이 짧은 작품을 제외하고는 전문이 수록되지 않는 것도 문제이다. 학생들에게 미리 전문 읽기를 요구하기도 하지만 실천 여부는 학생 각자의 역량과 관심에 따라 달라지며 확인하기

---

109) 이윤석, 앞의 책, 167~181쪽 참고.
110) 박수진, 「고전소설 교수 행위에 대한 연구」, 한국교원대학교 박사논문, 2018, 66쪽.

도 어렵다. 이런 문제는 교사가 보완하는 수밖에 없다.

이 책은 맥락 중심 고소설 교육을 지도하는 교사를 주 독자로 설정하였다. 작품 외적 맥락지식을 확인할 수도 있고, 본고에서 적용한 읽기 방법이 하나의 실천 사례가 되어 고소설 읽기 수업에 도움이 되기를 기대한다.

고소설 읽기에 앞서 교사가 어느 고소설 작품이든 작품 이해를 위해 알아야 할 요소를 쉽게 뽑아 활용할 수 있도록 선행조직자와 맥락 요소로 나누어 읽기의 단계에 적용해 보는 방안을 제안하고자 한다. 작품 외적 맥락과 관련된 핵심 요소를 뽑아 시각자료로 제시하면, 교사는 고소설 교육에서 학습자가 알아야 할 작품 해석에 관여하는 다양한 요소를 선별할 수 있을 것이다. 이를 활용하여 학생들의 배경지식 활성화, 문학사적 지식 학습, 작품 내용에 대한 심층적 이해를 위한 수업설계가 가능해질 것이다. 시대별 소설 독서문화의 전변 양상을 구체적 작품 이해에 적용하는 수업을 제공한다면 학습자가 고소설을 더 깊이, 흥미롭게 이해할 수 있을 것이다.

제2부에서는 교사가 알아야 할 맥락적 지식인 '소설 독서문화의 전변 양상'을 살펴 조선시대 소설 독서문화의 형성·발전과정에 대한 종합적이고 전체적인 내용을 살펴보자.

제2부 맥락지식으로서 소설 독서문화의 전변 양상

제2부에서는 조선 사회의 소설 독서문화를 시대별로 살펴본다. 15~16세기는 비판적 지식인인 상층 남성들을 중심으로 전기소설과 몽유록계 소설이 창작되었다. 한문으로 창작되었기 때문에 별다른 비판 없이 상층 남성들 사이에서 필사를 통해 유포, 향유되었다. 15~16세기 소설 독서문화에 대한 이해는 교과서에 빈번히 실리는 「이생규장전」이나 「운영전」 등의 작품을 교육하는 데 도움이 될 수 있다. 15~16세기 소설은 당시 작가이자 독자였던 상층 남성 문인의 취향이나 독서 목적, 한문표기, 필사유통과 같은 요소를 고려해서 읽어야 올바로 이해할 수 있다. 또한 전기(傳奇)나 몽유록에 대한 이해가 작품 해석에 도움을 줄 수 있다.

17세기는 소설사에서 여성 독자가 등장하고, 국문소설이 창작되었던 사회문화적 환경을 고려해야 한다. 이 시기 소설을 이해하기 위한 키워드는 시대의 특성, 작가와 독자라 할 수 있다. 한문소설과 국문소설의 창작 주체는 상층 남성 문인으로 남성을 중심으로 한 유교적 이데올로기가 작품에 반영되었다. 전란으로 인해 무너진 사회질서를 재구축하는 과정에서 가문중심주의가 나타났고, 가족공동체를 중심으로 유교적 질서를 강화하는 움직임이 나타났다. 17세기 소설은 독자에게 전란으로 인해 발생한 상처를 치유, 위로하는 매개로 기능했으며, 사회 통합과 가족공동체 질서를 재구축하는 데 영향을 미쳤다. 여성이 독자로 등장하면서 소설 작품의 내용이 이전 시기와 비교하여 어떻게 달라지는지 확인하며 읽는 작업이 필요하다.

18~19세기 소설은 상업 출판·유통·소비라는 경제적 요소를 고려하여 이해해야 한다. 특히 18세기는 상업도시 서울을 중심으로 세책본이 성행하여 국문장편소설, 영웅소설이 널리 읽혔고, 전기수와 같은 직업인이 등장해 소설이 여가문화로 소비되었다. 상업출판과 별개로 상층 남성을 중심으로 야담계 소설이 다수 창작되어 상층 남성 문인들의 문제의식을 엿볼 수 있다. 이 시기부터 소설의 언어 표기는 작가와 독자를 구분할 뿐 아니라 소설의 내용, 출판과 유통 방식의 차이로 연결되기 때문에 소설 이해의 핵심 요소라 할 수 있다.

19세기는 세책과 더불어 방각본이 활발히 유통되어 상·하층 남녀 모두가 서울이라는 공간을 넘어 소설 독서를 즐기는 시대가 되었음을 이해해야 한다. 일부 상층 남성 문인을 제외하고 소설 독서는 대중의 오락물로 기능했다. 이러한 현상을 바탕으로 작품을 본다면 당대 문화적 자장 안에서 작품을 이해하는 데 도움이 될 것이다.

제1장 엘리트 지식인 중심의 15~16세기 소설 독서문화의 형성

조선 전기는 전부터 내려오는 우리 민족 고유의 서사문학적 전통과 중국 소설의 영향 아래에서 한문소설이 창작되고 상층 남성 문인들을 중심으로 향유되었다. 대표적인 작품으로는 『금오신화』, 「설공찬전」, 『기재기이』와 같은 전기 소설, 몽유록계 소설, 「수성지」, 「천군연의」처럼 마음을 의인화한 천군소설 등이 있다. 한편 「오륜전전」, 「설공찬전」은 한글로 필사·유통되어 당시 한글소설 독자들의 존재를 짐작케 한다. 여기서는 15~16세기에 창작된 소설을 대상으로 독서문화의 형성·발전 과정과, 문학사적 의의를 살펴보고자 한다.[1] 고소설 작품을 읽을 때 고려해야 할 맥락 요소인 시대와 갈래, 언어,

---

[1] 15~16세기 소설 독서문화와 관련된 내용은 필자(김미정)가 쓴 「문학 사회사적 측면에서 본 15~16세기 소설 독서문화 연구」, 『문학교육학』 57, 문학교육학회, 2017 참조.

작가와 독자, 출판·유통과 독서 방식에 초점을 두어 내용을 파악해 보겠다.

1. 유교적 지식사회 구축과 시대적 배경

조선 전기는 유학을 기반으로 한 국가체제를 조성하던 시기이다. 조선의 개국은 신흥사대부와 신흥무인세력, 농민, 천민 등 각계각층 연합의 결과였기에 조선 초 집권층은 이들의 이해를 조정하고 사회 통합을 위한 국가체제 수립의 과제를 안고 있었다. 정치적으로 중앙집권 강화와 관료체제 정비를 통해 공권력을 강화시켰고 중국으로부터 신문물을 받아들여 사회 안정을 도모하고자 했다. 조선정부는 중앙집권적 국가체제를 수립하고 유교적 이데올로기를 전파하기 위해 토지제도나 상업뿐 아니라 교육, 서적 분야의 정책까지 모두 통제했다. 이념적 지배를 위해 과거제를 실시하고 국가 교육기관을 통해 유학 교육을 전개했다. 또한 각종 교화류의 발행과 보급을 통해 향촌민에게도 이데올로기를 보급하고자 했다.

정치와 학문은 민생안정과 부국강병을 위해 실용적이고 실천적 성향을 띠었다. 조선 중기까지 지방에 반사한 책은 유교 경전, 역사서, 교훈서, 농업이나 의약서 등이 대다수였다. 그러나 이들 책도 상층 남성이나 관(官)에 몸담고 있는 관인(官人)들 사이에서만 제한적으로 접할 수 있는 것들이었다.

경제적으로도 공전제에 입각한 토지 국유제, 민간상업의 억제와 시전중심의 관상제, 공장(工匠)을 중심으로 한 관장제 등 철저히 국가 주도적인 체제를 지향했다. 지나친 사상과 정치, 경제의 통제로 인해 국가 발전이 저해되었다는 평가가 있지만 중앙집권체제를 수립한 목적은 소수 특권층의 부의 독점, 횡포를 방지하여 사회적 안정을 꾀하는 데 있었다. 사회적으로도 양천제의 신분제도를 통해 양인의 수를 확대하였고, 유향소를 혁파하는 등 관(官) 주도의 지방 지배를 강화함으로써 지방 유력자의 세력을 견제하여 양인농민층의 이익을 증진시키고자 하였다.2)

문화에 있어서도 기층문화를 흡수하면서 국가 주도적인 관료문화가 형성되어 상하층 문화의 거리가 가까웠다고 할 수 있다. 조선 전기 사대부들 중심으로 필기·잡기류가 유행하였는데 서거정의『동인시화』와『필원잡기』, 성현의『용재총화』, 이륙의『청파극담』, 어숙권의『패관잡기』등이 대표적이다. 이들 작품집에는 당시 문학과 사회의 풍습, 구전되는 이야기, 음담패설 등 당시 백성들의 삶과 친숙한 이야기들이 다수 포함되어 있다. 한문으로 쓴 책을 백성들이 읽지는 않았지만 지배층이 기층민의 문화와 이야기에 귀를 기울였다는 것은 상하층의 문화적 소통이 가능했음을 반증한다. 또 상대의 문화와 민심을 살펴 사회통합을 이루려는 작자층의 목적의식이 글쓰기에 반영된 것으로 이해된다.

한편 조선 초기에는 유교적 사회질서를 강조하고 불교나 도교, 무속을 배격하였는데 이중적이게도 이들 사상·종교에 대해 허용적 태도를 견지하기도 했다. 불교는 왕실을 중심으로 여전히 신봉되었으며, 도교에 대해서는 국가통제 아래 소격서를 두고 하늘에 대한 제사를 담당하게 하거나, 무속을 국가의례에 포함시켜 기존의 음사와 병행한 것이 그 근거이다.

---

2) 김성우, 『조선 중기 국가와 사족』, 역사비평사, 2001.

15세기 조선사회의 이러한 이중성은 유교 사상이나 성리학적 질서가 당시 기층민이나 향촌사회의 여러 계층 모두에게 수용된 것이 아니었음을 의미한다. 이식은 16세기 이언적에 와서야 성리학이 본격적으로 연구되기 시작했고 이황에 이르러 학문적 성과가 이루어졌다고 하였다.3) 또 지배층의 위치를 독점한 유학자들은 승려를 방외인이라 하고, 그들의 문학을 방외인 문학으로 취급했다. 방외인 문학 쪽에서는 도가적·불가적인 내용을 다루고, 지배체제에 불만을 토로하는 작품을 쓰기도 했다.4) 김시습의『금오신화』는 이러한 배경에서 창작될 수 있었다.

중앙집권적 유교국가의 통치규범은 세조 즉위부터 탄력을 받은『경국대전』편찬 사업이 성종대에 이르러 완성됨으로써 이른바 조종지법(祖宗之法)의 법적 근거가 마련되었다. 여러 차례 수정을 거쳐 1485년 시행된 이 법전의 반포는 왕권중심의 중앙집권적 관료제를 뒷받침하는 통치체계의 확립을 의미했다. 성종은 유학을 장려하고 역사, 문학, 음악 등과 관련된 서적을 편찬하는 등 조선왕조의 통치기반을 완성하였다. 또 성종 23(1492)년에는 도첩제를 완전히 폐지하여 유교적 질서를 강화하고 불교를 억압했으며 홍문관을 통해 학문이 정치를 이끄는 사회가 되었다. 그러나 이 시기 이후부터 조선은 상층과 기층, 남성과 여성이 뚜렷이 구분되고 사회는 더 보수화되었다.

조선왕조를 건국한 주체세력은 민본정치를 표방하고 훈민을 과제로 삼았으나 사대부 신분 이하 세력의 사회적 성장은 현실적으로 어려웠다. 개국공신들의 토지는 몰수 대상에서 제외되었고, 공신전

---

3) 안세현, 「15세기 후반~17세기 전반 성리학적 사유의 우언적 표현 양상과 그 의미」,『민족문화연구』51, 고려대학교 민족문화연구원, 2009, 217쪽.

4) 조동일,『한국문학통사』권2(제4판), 지식산업사, 2005, 453쪽.

등의 명목으로 집권층이 소유하는 사전은 계속 늘어났다. 그 결과 사대부는 권력과 토지를 차지한 개국공신 및 개국 후의 공신, 그 후예인 훈구파와 지방 중소지주이면서 중앙 정계 진출을 염원하고 왕조 창건의 명분을 철저히 지킬 것을 요구하는 사림파로 대립하게 된다. 훈구파를 견제하기 위해 세조대에 사림이 중앙정계에 진출하기는 하지만 기득권을 수호하려는 훈구파에 의해 여러 차례 사화를 겪게 되었다.[5]

기묘사화 이후 사림들은 당시 중국에서 유행하던 양명학뿐 아니라 북송의 성리학부터 남송의 주자성리학, 불교에 이르기까지 심도 있는 연구를 진행했고, 그 결과 조선 전기의 성리학이 지나치게 제도와 문물, 또는 사장에 치우친 점을 비판하면서 성리학적 질서를 재편하기 시작한다. 관학이 쇠퇴하고 15세기 말 평민들이 군역을 피해 향교로 몰려들자 지방 사족들은 서원을 설립했고 이후 이황에 의해 사액을 받으면서 서원은 학문과 교육의 중심지로 향촌질서를 세우고 향촌사회의 사족인 사림세력을 결집하는 기능을 수행하며 확산되었다.

조광조를 비롯한 사림들은 여씨향약 보급운동을 통해 16세기 유망에 노출되었던 소농민들을 안정시키고 자신들이 교화의 주체가 되어 지배계급으로서의 정체성을 확보하게 되었다. 16세기 사림의 중앙정계 진출과 세력의 확장, 성리학의 변화는 사회·경제적 변동과 맞물린 현상이었다. 15세기까지 조선의 풍습은 남자가 여자 집에 장가가서 생활하는 모습이 일반적이었다. 또 모계 혈연도 부계 혈연과 같은 비중으로 중시되었으며 양반 사이에서 재산상속을 할 때도

---

5) 조동일, 위의 책, 357~361쪽 참조.

남녀 균분상속이 이뤄졌다. 그러나 16세기로 접어들면서 사족집단이 중소 지주적 성향으로 변화되면서 점차 양반계층 내에서 남자, 그 중 장자를 우대하는 상속 제도를 만든다. 결혼 이후 거주도 부계 위주로 변했으며 부계에 따른 혈연관계가 중시되면서 동족의 결합이 이전보다 강화된다. 족보와 동족마을의 출현은 이런 배경에서 나타났다.[6]

16세기 조선 집권층의 교체와 사회경제적 변화[7], 중국소설의 유입 등으로 인해 소설에 대한 효용성과 감화적 파급력에 대한 인식 변화가 나타났다. 성리학서와 달리 소설류의 작품은 친숙하게 수용되었는데, 이러한 배경에서 창작된 소설이 「수성지」, 「천군연의」 같은 작품이다.

세조 집권기부터 『경국대전』이 반포되어 중앙집권적 관료제를 뒷받침하는 통치규범의 확립되는 시기를 기준으로 이전 사회와 이후 사회는 상당한 변화가 나타난다. 이전 시기가 사회 안정과 국가 통치 체제 확립을 위해 상하층을 모두 아우르는 정책을 폈다면, 이후부터는 상하층이 엄격히 구분되는 사회로 변모했다. 15세기는 중국으로부터 다양한 서적의 수용, 민간 이야기의 수집 및 기록, 교화서의 보급 등 서적의 유통과 수용, 창작 면에서 비교적 자유로운 분위기를 짐작할 수 있다. 유교를 통치 이념으로 두되 불교와 도교를 제한적으로 허용하고 있다는 점에서 사상 면에서도 포용적이었음을 알 수 있다.

이런 사정은 16세기 사림의 중앙 정계진출과 몇 차례의 사화를

---

6) 정재훈, 「조선 중기 사족의 위상」, 『조선시대학보』 73, 조선시대사학회, 2015, 56~58쪽.
7) 박평식, 「성종조의 시전정비와 관·상갈등」, 『조선 전기 교환경제와 상인연구』, 지식산업사, 2001, 66~67쪽.

경험하면서 보수적 성향으로 변모한다. 기존 학문에 대한 탐구 결과 학문은 이론과 관념에 치우치게 되었고, 사대부는 교화의 주체가 되어 신분질서를 공고히 하였다. 그 결과 그나마 소통과 이동이 가능 했던 통로가 막히고 부계중심의 보수적 지배체제가 확립되었다. 『금 오신화』는 가치체계가 변화하는 이행기의 경험 속에서 창작되었고, 「설공찬전」은 보수적 지배체제가 확립된 시기에 창작되어 몰매를 맞았다. 「수성지」, 「천군전」의 경우 학문적 탐구 과정 속에서 창작되 었으며, 『기재기이』는 사화가 반복되는 불안한 시대에서의 사대부 의 처세와 삶의 지향을 몽유록과 가전, 전기(傳奇)의 형식을 빌어 우의적으로 표현한 작품이다.

15세기 『금오신화』를 거쳐 이룩된 우리의 고소설은 기존에 존재 했던 다양한 서사장르를 기반하고, 여기에 중국 소설의 영향을 받아 내용과 형식면의 발전이 심화되었다. 소설이라는 양식이 확립되고 소설 독서문화의 형성 기반이 조성된 시기가 바로 15~16세기라 할 수 있다.

2. 상층 남성 문인의 한문 소설 향유

조선 전기 고소설은 한문으로 창작되었다. 한문으로 쓰였다는 것 은 공식적 문자 문화로 수용될 수 있는 가능성이 있다는 것이다. 이때의 소설은 판매나 상업적 동인보다는 작가의 창작 욕구가 작용 했으며 주로 동류 모임에서 수용되었다. 다소 허황된 이야기가 담겨 있어도 상층 남성 문인이 주체였기 때문에 세교에 도움이 된다고 생각되면 혹은 세태를 이해하는데 도움이 된다면 문제 삼지 않았다.

한문소설은 작가의 문예활동의 결과물로 수용되었고 독서토론의 대상이 되었다.

이 시기 소설 향유층 중심에는 한문을 읽고 이해할 수 있는 상층 남성 문인인 사대부가 있었다. 이들은 선진 문명국인 중국으로부터 들어오는 서적을 가장 먼저 원문으로 읽을 수 있는 사람들이었고, 서적의 출판과 유통, 번역의 역할을 담당했던 사람들이었다. 당시 문자 생활의 전반이 대부분 한문으로 이루어졌다. 이들의 독서는 한문으로 쓰여진 모든 서적을 망라했다. 당시 엘리트 지식인들의 독서 목적은 치국에 필요한 지식과 교양을 쌓는 일에 집중되었기 때문이다. 15~16세기에 창작된 소설은 작가가 알려져 있는데, 그것이 가능했던 이유를 독서 문화의 향유 맥락을 통해 짐작할 수 있다.

작품과 작가가 알려진 경우는 『금오신화』의 김시습(1434~1493), 「설공찬전」을 지은 채수(1449~1515), 『기재기이』의 작가 신광한(1484~1555), 「천군전」을 지은 김우옹(1540~1587), 「화사」, 「수성지」, 「원생몽유록」의 작가 임제(1549~1587) 등이 있다. 여기서는 이들을 중심으로 15~16세기 소설 독서문화의 향유 주체의 특성과 독서사례, 주로 향유된 소설의 유형, 내용 등을 살펴 이 시기 소설 교육에서 중점적으로 다뤄야 할 내용이 무엇인지 살펴보고자 한다.

1) 한문소설 향유 주체와 지적 탐구의 소설 독서

15세기 유일한 소설은 『금오신화』가 있는데 김시습의 시대에는 『금오신화』를 읽고 공감해줄 소설 독자층이 많지 않았던 것으로 보인다. 그래서 김시습은 『금오신화』를 창작한 후 석실에 감추고 후대에 자기를 알아줄 사람이 있을 것이라 하였다. 김시습의 방외인적 성향이나 「남염부주지」 등에서 다루고 있는 불온적 성향이 작품에 표현되었기 때문일 수도 있다.

한문을 배운 식자층 혹은 지배층은 소설 창작의 주체이자 문어체 중국소설과 한문소설의 직접적인 독자였다. 또 이들에 의해 소설의 국문 번역이 가능했을 것이므로 이들은 국문소설의 독자이기도 하다.

성종은 『유양잡조』와 같은 서적의 독자이면서 그런 류의 서적 간행을 지시했고, 연산군은 『전등신화』, 『전등여화』, 『서상기』 등을 사오라 명할 정도로 소설 독서를 즐겼다. 또 조선시대 서적 인출의 담당 기관인 교서관에서는 『세설신어(世說新語)』, 『전등신화구해(剪燈新話句解)』, 『삼국연의』 등을 출판했다. 한편 조정에서 논의가 오가거나 임금에게 의견을 제안할 때 중국소설을 전거로 드는 사례가 빈번한데, 이는 당시 조정대신은 물론 임금들도 이 책들의 독자였으며, 개방적 태도를 지니고 있었다는 것을 보여준다. 그것은 이들 책을 선진 문물과 정보를 전달하는 지식·정보의 매개체로 여겼기 때문이다.

조선 전기 중앙집권적 국가체계와 유교사회 구축을 위해 선진 중국으로부터 수입된 다양한 서적은 상층 남성들에게 수용되었다. 상층 남성 문인들은 수입된 다양한 서적을 통해 신문물과 정보를 수집했고, 그렇게 쌓은 지식을 통해 수기치인(修己治人)의 목적을 이루고자 했다. 그 틈에 섞인 전기(傳奇)도 지식과 교양을 쌓는 목적에서 독서되었을 것이다.

이들 작품에 대한 효용성과 지식으로서의 적합성이 논의된 것은 16세기 성리학에 대한 연구가 체계화되면서부터이다. 기대승(1527~1572)은 당시 유행하는 소설을 읽고 선조 임금에게 '『삼국지연의』, 『초한연의』와 같은 부류의 책이 하나 둘이 아니며 모두가 의리를

해치는 것'이라며 그 폐단을 논한 바 있다. 또『전등신화』,『전등여화』,
『태평광기』등의 독서 폐해를 거론하며 경계해야 할 것을 언급했다.
'『삼국지연의』의 경우 나온 지가 오래지 않아 자신은 아직 읽어보지
못했으나 벗들에게 들으니 허망하고 터무니없다는 말을 들었다'[8]는
데서 기대승이 소설 독서에 부정적 인식을 갖고 있었다는 정보와
함께, 그 자신을 비롯한 동료 문사들이 소설의 독자였음을 알려준다.
이들은 전기(傳奇)소설의 장르적 특성을 일부 자각하고 있었고, 그것
이 사회에 미칠 폐단을 고려하여 이를 문제 삼았다.

조선 전기의 관료들은 책의 출판, 서적의 수입과 수용의 주체였다.
출판과 관련된 직무를 수행하는 교서관의 담당자나 번역 일을 담당
하던 역관도 소설을 읽을 수 있었다.

위로는 왕으로부터 상층 사대부, 양반 관료나 재지사족, 역관에
이르기까지 한문 문해자들은 당시 지식과 문자문화의 향유층이었
다. 그리고 그들은 독서·지식의 공동체로 묶여 있었다. 그들에게 책
은 지식과 정보의 보고였으며 학습과 탐구의 대상이었다. 새로운
서적이나 타인의 작품을 읽은 후에는 작품에 대한 감상이나 비평을
시나 산문으로 표현하였고 그것을 동료와 공유했다. 나아가 김시습
처럼 창의성을 가미하여 새로운 작품을 창작하기도 했다.

김시습(1434~1493)은『전등신화』를 읽고「제전등신화후」라는 한
시로『전등신화』에 대한 감상을 적었다.[9]『전등신화』에 대한 열독
경험은 불우한 자신의 처지, 현실에 대한 비판의식과 함께『금오신
화』의 창작 동인이 되었다. 이 시를 보면 김시습이『전등신화』뿐

---

8)『선조실록』권3 선조 2(1568)년 6월 20일.
9) 무악고소설자료연구회 편,『한국고소설관련자료집』I, 태학사, 2001, 243~245쪽.

아니라『태평광기』,『진서(晉書)』등 다양한 서적을 읽었으며 이를 인용하고 비교할 정도로 내용을 숙지하고 있었음을 알 수 있다. 김시습도 처음에는 믿을 것이 없다고 했으나, 허구적 표현 이면의 진실이 있음을 독해하였고, 이전에 읽은 서적과 비교를 통해『전등신화』에 대한 비평문을 시로 남겼다.

「제전등신화후」는『전등신화』에 대한 독후 활동으로 문인들 사이에서 '시'를 통해 감상을 표현하는 일은 익숙한 문화였다. 그러나『금오신화』는 「제전등신화후」와 달리『전등신화』의 갈래적 지식을 활용하여 표현 기법의 변화를 실험한 창작물이다. 그것은 공식적으로 드러낼 수 없는 욕망을 허구적으로 형상화한 창작물로 김시습 개인의 욕망을 은밀히 표출한 실험작이었다. 시대상황으로 미루어 볼 때 비주류의 소설 장르를 통해 내면의 갈등과 욕망을 표현한 것은, 당시 사회를 비판적으로 인식했던 작가 성향과 연관된다.

『금오신화』속에는 다수의 '시'가 삽입되어 있다. 일반적으로 삽입시는 작중 인물의 심리를 묘사하거나 낭만적 분위기를 형성하는 역할을 하는 것으로 이해된다. 조선 전기는 서정문학이 주된 소통의 갈래였기 때문에, '한시'를 쓰고 '한시'로 소통하는 문학적 관습이 지식인들에게 익숙한 것이었다. 김시습은 현실에서 경험한 모순된 사건과 그것에 대한 인식을 허구적 세계로 형상화하기 위한 실험적 쓰기를 시도하면서도 내면의 정서나 분위기를 표현하는 부분에서는 자기에게 익숙한 '시' 쓰기를 활용했다. 한시와 관련된 맥락요소를 분석하여 당시 문인들의 문화적 배경을 이해하는 것도 교수-학습에서 다루어야 할 내용이 된다.

『금오신화』가 등장한 시기는 전기(傳奇)라는 글쓰기가 활발히 창작, 향유되었다. 따라서『금오신화』에 수록된 작품을 제대로 이해하기 위해서는 전기(傳奇)소설의 글쓰기 특징을 고려하는 것이 필요하다. 전기(傳奇)소설은 재자가인형 인물, 비현실세계의 묘사, 한문문어체의 서술 등을 특징으로 한다. 이들은 전기(傳奇)에 대한 거부감없이 받아들일 수 있는 문화 환경에 노출되어 있었다. 중국에서 들어온『태평광기』,『전등신화』와 같은 전기(傳奇) 문학집을 다수의 지식인들이 공유했고, 동일한 종류의 글쓰기를 추구한 결과『금오신화』와 같은 작품이 탄생할 수 있었다. 교사는『금오신화』가 창작될 수있었던 문화적 배경을 교육해야 한다. 또 나말려초 전기(傳奇)「최치원」,「김현감호」,「조신전」같은 작품을 최초의 소설로 보는 시각과『금오신화』를 최초의 소설로 보는 시각이 존재함을 알려주고 구체적 작품 비교를 통해 왜『금오신화』를 최초의 소설로 보는지, 소설의갈래적 특성은 무엇인지 등에 대한 탐구적 학습을 전개할 수도 있다. 전기(傳奇)라는 관습도 중요하게 다뤄야 할 요소이다. 귀신과의 만남이나 비현실적인 세계를 다뤘다고 하더라도 문학성이 떨어지는 것이 아니다. 오히려 비현실적 상황의 설정을 통해 끝끝내 욕망을 성취하려는 작가의 바람을 효과적으로 형상화할 수 있었다. 그것을 읽고독자 역시 위로와 감동을 받았을 것이다. 또 이러한 욕망과 바람이남녀 간의 사랑 혹은 이계 체험으로 형상화되어 '상상을 통한 재미'라는 또 다른 즐거움을 제공하기도 했을 것이다.

　『금오신화』는 명종 년간(1546~1567)에 윤춘년이 간행하였다. 소설인『금오신화』가 출판될 수 있었던 것은 김시습이 뛰어난 학문적역량을 지닌 상층 지식인이었기 때문이었다. 또 사람의 마음을 감동시키고 변화시킬 수 있는 글이면 가치가 있다는 인식이 문인들 사이에서 공감대를 형성했을 것이다. 그 공감대 형성 배경에는 민간에서떠돌아다니는 흥미로운 이야기에 대한 관심과 독서가 있었으며 중국서적이 영향을 미쳤다. 관인문학의 입장에서 규범적 글쓰기를 강조했던 서거정도 『태평한화골계전』을 지어 파한으로 삼은 것을 보면 사적인 영역에서 소설을 대상으로 하는 여가적 독서나 글쓰기 문화가 문인들 사이에 조성되어 있었음을 알 수 있다.

채수(1449~1515)는 「설공찬전」을 지었다. 『중종실록』의 기사10)를 보면 「설공찬전」은 한문본은 물론 국문번역본이 여항의 널리 필사 유통되었고, 작품 내용이 불온하여 국가에서 환수하여 불태웠다. 채수는 그저 한가로운 노년에 소일삼아 보고 들은 내용을 바탕으로 소설을 지은 것으로 보인다.11) 혹은 당시 우연히 듣게 된 기이한 개인의 체험이 흥미로운 창작 소재라고 생각했을 수도 있다.

채수는 1476년 이후 사가독서의 경험이 있는데, 이 때 함께 공부한 양희지는 김시습의 친구로서 그의 출사를 권유한 사람이었다. 따라서 채수와 김시습도 양희지를 통해 서로 아는 사이였을 가능성이 있다.12) 또 성현, 조위와 일찍부터 관직생활을 같이 하고 학문적 교유관계도 돈독했다. 개성과 금강산 등지를 함께 유람하며 우정을 과시하기도 하였다. 그리고 『용천담적기』를 쓴 김안로와 『음애일기』를 저술한 이자는 채수의 사위들이다. 채수와 그 주변이 '필기의 창작군'으로 형성되어 있었으며, 이들은 '산경(山經), 지지(地誌), 패관소설 등에도 해박한 사람들이었다.13) 자연히 교유하던 사람들의 문집

---

10) 『중종실록』권14 중종 6(1511)년 9월 2일; 『중종실록』권14 중종 6(1511)년 9월 5일; 『중종실록』권14 중종 6(1511)년 9월 20일; 『중종실록』권14 중종 6(1511)년 12월 13일.

11) 조현설, 「조선 전기 귀신이야기에 나타난 신이 인식의 의미」, 『고전문학연구』, 한국고전문학회, 2003.

12) 大谷森繁, 『조선 후기 소설독자 연구』, 고려대학교 민족문화연구소, 1995, 27쪽.

13) 정환국, 「「설공찬전」 파동과 16세기 소설인식의 추이」, 『민족문학사연구』 25, 민족문학사학회, 2004, 44쪽.

이나 『태평광기』, 『전등신화』, 『태평한화골계전』과 같은 류의 책을 읽으며 당대 유행하는 서사의 내용과 형식에 익숙해졌고. 그러한 배경지식과 자신이 보고 들은 경험 내용이 「설공찬전」 창작 동인으로 작동했을 것이다.

「설공찬전」은 소설이 흥미성이나 파한(破閑)의 목적 외에도 사회적 파급력이 있음을 일깨우는 사건이었다. 또 국문으로 필사·유포되었다는 점에서 독자의 범위가 확대될 수 있는 가능성을 내포한다. 「설공찬전」 국문번역본의 독서문제로 한문을 아는 독자 외에 국문소설독자가 존재했음을 짐작할 수 있다. 당시 문단에서는 여러 종류의 필기·패설과 전기소설이 읽히고 있었고, 중국소설이 한글로 번역·번안 되어 유포되고 있었다. 거기에 국가에서 실시한 서적을 통한 교화정책으로 인해 한문뿐 아니라 국문을 해득한 독자들이 나타났다.

채수 역시 이 시기 독서문화의 향유자로 소설을 읽었으며, 이러한 독서 경험으로 터득한 내용과 형식적 지식을 바탕으로 「설공찬전」 같은 작품을 창작할 수 있었을 것이다. 그것이 늘어난 독자층의 흥미와 독서 욕구를 자극하기에 충분했고, 낙서거사의 증언처럼 '여항의 무식쟁이들이 언자를 배워 고로(古老)들이 전하는 이야기를 베껴 밤낮 떠들고 있는'[14] 현상이 「설공찬전」에서도 유사하게 생겨날 수 있었을 것이다.

16세기는 필사본으로 존재하던 『금오신화』, 『기재기이』, 『전등신화』와 같은 전기소설이 출판 전문기관인 교서관에서 목판본으로 간

---

14) "余觀閭巷無識之人, 習傳諺字, 謄書古老相傳之語, 日夜談論……", 낙서거사, 「오류전전」 序, 1531.

행되었다. 필사본으로만 존재 했던 이들 소설집의 간행으로 좀 더 많은 문인들이 이 소설들을 읽었으리란 건 짐작할 수 있다.

신광한(1484~1555)은 『기재기이』를 썼다. 이 작품집에는 「안빙몽 유록」, 「서재야회록」, 「최생우진기」, 「하생기우전」이 실려 있으며, 작품들은 주로 몽유, 가전, 전기 등 당시 유행하던 서사문학의 형식 을 차용하여 창작되었다. 신광한 역시 당시 유행하던 필기·패설 혹 은 소설의 독자였기 유사한 방식을 활용하여 소설을 창작했던 것으 로 보인다.

신호가 쓴 『기재기이』의 발문을 보면 『기재기이』는 간행되기 이 전에 이미 문인들 사이에서 필사·유통되고 있었다.15) 그 내용이 세 교에 도움이 될 만한 데다, 신광한이 교서관을 맡고 있었기에 간행이 가능했던 것으로 보인다. 작품 자체의 서술 방식이나 주제의식면에 서 『금오신화』와 견주어 볼 때 『기재기이』의 소설문학사적 의의가 낮게 평가되는 경향이 있다. 그러나 신광한의 시대는 김시습의 시대 보다 성리학적 규범과 질서가 법제화되어 사회적으로 엄격히 적용 되는 사회였다. 게다가 신광한이 서적정책과 검열의 중심인 교서관 의 자리에 있었다는 것을 생각해 보면, 『기재기이』에 대한 가치 평가 가 달라질 수 있는 가능성이 있다. 사상, 문체, 내용면에서 검열을 고려하고 당대 보편적으로 받아들여졌던 담화관습을 충실히 담은 작품이 『기재기이』라 할 수 있다.

신광한은 훈구파 가문의 인물이면서 동시에 사림파인 조광조와 절친한 사이였다. 주변인들이 연루된 정치적 사건들을 경험하면서 신광한도 적잖은 내적 갈등을 겪었으리라 짐작되는데, 그러한 갈등

---

15) 무악고소설자료연구회 편, 『한국고소설관련자료집』 I, 태학사, 2001, 114~115쪽.

과 현실에 대한 인식, 태도를 표출하는 데는 소설이 적합하다고 여겼을 것이다. 신광한 역시 익숙한 글쓰기 기법을 활용하여 새로운 형태의 소설을 창작했던 것이 아닌가 싶다.

김우옹(1540~1587)은 남명 조식의 명을 받고 「천군전」을 지었다. 김우옹은 24세부터 33세까지 10년간 남명 문하에서 수학했다. 이소설은 27세 되던 해에 지은 것이다. 그는 남명의 사상과 학문에 영향을 받았으며, 일찍이 심(心), 도(道), 학(學), 치도(治道), 이기(理氣) 등에 대한 관심은 작품 주제에 영향을 미쳤다. 「천군전」은 성리학적이념 중 '심학(心學)'을 소설로 형상화하였으며, 이념의 전파라는 뚜렷한 목적을 갖고 지었다. 그러면서도 창작 기법에서 적강구조나 선악대립구조를 통해 서사적 흥미요소를 고려했다. 이 시기에 이르러 소설의 효용성뿐 아니라 흥미성에 관심을 갖는 독자가 늘어났고, 그러한 관심은 소설이 창작과 소설 독서문화 확대에 기여했을 것이다.

임제(1549~1587)는 대곡선생 성운(成運)에게서 중용을 중심으로 한 성리학을 배웠고, 그 영향으로 절의(節義)를 사상의 중심에 두었으며 문장의 기교를 중시하는 태도를 배격하고 도학파로서 성정을 도야하는 데 학문의 목적을 두었다. 그는 중용의 도를 현실 생활에서 실천하고자 했고, 어느 파당에도 속하기를 거부했다. 「수성지」에는 이러한 중용의 사상이 표현되어 있다. 그것은 오관칠정을 다스리는 천군을 주인공으로 내세워 중화를 이룰 것을 주장하고 있다는 데서 찾을 수 있다. 한편 불교와 도교사상에도 관심을 두었는데 조선의 유명한 산과 누대 사찰을 찾아다니며 승(僧)을 만나 시주(詩酒)를 나누기도 하였으며, 이런 경험에서 현실을 초월한 선(仙) 사상에 경도되기도 하였다.16) 임제는 허봉(許葑), 정철(鄭澈)과도 교류하였으며,

동인, 서인, 고관, 서얼, 천민뿐 아니라 황진이, 한우와 같은 기녀와도 어울렸다.

그의 사상이나 교유관계를 통해 짐작컨대 그는 유가서뿐 아니라 불교, 도교 관련 서적을 읽었을 것이며, 소설 독서에도 관심을 가졌을 것이다. 「원생몽유록」은 주인공 원자허의 꿈을 통해 세조의 왕위 찬탈과 당시 사회의 모순을 비판하는 작품이다. 원자허는 도량이 넓고 기개가 큰 인물이지만 시대에 적응하지 못하는 것으로 묘사된다. 주인공이 시대에 적응하지 못하는 원인을 사회 불합리성에 두고 우회적으로 비판하는 것으로 해석할 수 있다.

임제는 다양한 계층의 사람들과 교류했기 때문에 시대와 사회의 흐름을 여러 시각에서 조망할 수 있었을 것으로 추측된다. 임제는 국내·외로 불안한 시국에서 창작활동을 했다. 여진과 일본의 침략 시도가 있던 때 지배층은 당파 싸움을 벌이고 백성의 생활은 점점 피폐해졌다. 능력 있는 인재들이 당쟁에 휩싸이거나 쓰임을 받지 못하는 현실을 비판적으로 인식한 임제는 그것을 소설을 통해 문제화했다.

지금까지의 내용은 15~16세기의 작품이 전기, 가전, 몽유록 같은 전대부터 내려오는 서사적 갈래를 기반으로 새로운 내용과 형식적 기법을 적용하여 창작되었음을 보여준다. 그리고 소설 향유의 주체들은 지적 탐구의 대상으로 당대 유행하는 서적을 읽고 평가했으며, 공식적이든 비공식적이든 당대 글쓰기 관습에 익숙한 문화공동체로 엮여 있었음을 알 수 있다. 그래서 당파가 달랐어도 당시 문인이 한문으로 쓴 글은 그 성격을 떠나서 관심의 대상이 될 수 있었다.

---

16) 김인아, 「백호 임제의 시문학 연구」, 조선대학교 박사논문, 2004.

김안로도 당시 소설의 독자였다. 『용천담적기』에서 김시습이 『금오신화』를 지어 석실에 숨기며 후대에 자신을 알아줄 독자가 있을 것이라 한 사실을 기록했다. 또 『금오신화』가 『전등신화』의 모방작임을 밝힌 바 있다.

퇴계 이황은 허봉과의 문답 중 김시습의 인물됨을 다음과 같이 평한 바 있다.

> 매월은 일종의 특별한 이인으로 색은행괴하는 무리에 가깝지만 만난 세상이 마침 그러하여 드디어 그 높은 절개를 이루게 된 것일 뿐이오. 유양양에게 보낸 편지나 『금오신화』 같은 것들을 보면 고원한 식견을 크게 인정할 수는 없을 것 같소.17)

퇴계 이황은 『금오신화』의 독자였고 도학자의 관점에서 높지 않은 평가를 내렸다. 여기에서 『금오신화』를 대하는 당시 문인들의 독서태도를 짐작해 볼 수 있다. 퇴계 이황 같은 학자가 『금오신화』나 '유양양에게 보낸 편지' 등 김시습의 글을 보고 그의 사상이나 식견에 대한 평가를 했다. 그것은 『금오신화』를 단순히 소설 작품집이 아닌 김시습의 사상과 가치관이 반영된 문예물로 인식했음을 보여준다.

어숙권의 『패관잡기』, 이수광의 『지봉유설』 동국소설 목록에도 『금오신화』가 보인다. 또 김안국에게서 수학한 김인후는 1531년 성균관에 입학한 뒤 이황과 교우관계를 맺고 함께 학문을 닦았다. 그는

---

17) 『퇴계집』 권33 「答許美叔問目」(무악고소설자료연구회 편, 『한국고소설관련자료집』I, 태학사, 2001, 179쪽).

『하서집』에서 윤예원이라는 이에게『금오신화』를 빌려 읽고, 시[18]를 남기기도 하였다. 어숙권, 이수광, 김인후, 김안국, 윤예원 등의 학자들 사이에서『금오신화』가 전해졌다는 것은 당시 대부분의 지식인들이『금오신화』의 독자였음을 짐작케 한다. 이들 문인들이『금오신화』를 대하는 태도 역시 퇴계 이황과 크게 다르지 않았으리라 생각된다.

신독재 김집(1574~1665)이 쓴 것으로 추정되는『신독재수택본전기집』에는 김시습이 쓴『금오신화』의「만복사저포기」, 「이생규장전」, 「주생전」, 「왕경룡전」, 「최문헌전」, 「옥단춘전」 등의 작품이 수록되어 있다.[19] 그는『신독재수택본전기집』 발문에서 '나는 본래 배우기를 좋아하는데, 잡기는 더욱 좋아한다. 그래서 이 책을 빌려와 정신을 집중하여 자세히 살펴보았는데, 누구의 손에서 나와 전사되었는지 모르겠다'[20]며 이들 책들을 읽게 된 과정을 서술했다. 김집 역시 지식 탐구라는 배움의 목적에서 이들 책을 접하게 되었다는 독서 목적을 밝혔다. 게다가 이들 내용을 파악하기 위해 집중하여 자세히 살피는 '정독'의 방법을 활용하였다. 김집도『금오신화』의 독자임은 물론이고 이 작품은 17세기 전반까지 여러 문인들의 손을 거쳐 필사·유통되고, 읽혔다는 것을 알 수 있다. 물론 인쇄물로도 읽혔기 때문에 독자의 범위는 문인 전반으로 이해할 수 있다. 소설 자체가 허구적 창조물이기에 소설 독서에는 '상상을 통한 재미'라는 즐거움이 따른다. 그러나 이들 작품의 독자들은 재미추구나 즐거움을 위한

---

18)『하서집』 권7「借金鰲新話於尹禮元」(무악고소설자료연구회 편, 『한국고소설관련자료집』 I, 태학사, 2001, 246쪽).

19) 김미정, 앞의 논문, 29쪽.

20)『신독재수택본전기집』 발문(무악고소설자료연구회 편, 위의 책, 135쪽).

목적보다는 작가의 식견, 사상 등에 대한 탐구로서 작품을 읽었던 것으로 보인다.

신광한의 『기재기이』 발문을 쓴 신호나 교서관 담당 조완벽은 당연히 『기재기이』의 독자들이었으며, 그의 주변 문사들은 이 책을 읽었을 것이다. 또 간행 이전에 이미 필사로 유통되고 있는 상황으로 보아 이 작품 역시 한문을 아는 상층 문인들 사이에서 널리 애독되었으리라 짐작된다. 박계현(1524~1580)은 『기재기이』에 대한 감상을 한시[21]로 남긴 바 있다. 한편 『기재기이』가 『금오신화』나 몽유록과 가전의 영향을 받은 작품이라는 점에서 신광한 역시 당대 유행하는 전기소설의 독자이자 작가였음은 물론이다. 감상문은 작품에 대한 느낌, 내용에 대한 비판과 평가가 반영된 글로, 적극적인 독서의 결과물이라 할 수 있다.

소설을 배격했던 택당 이식(1584~1647)은 『택당집』에서 '임제가 「수성지」를 지어 평생 동안 기이하고 큰 일이 많았음을 보였다'[22]고 하였다. 이수광도 『지봉유설』에서 '임제가 「수성지」를 지었다'고 말했다. 또 같은 책에서 '윤계선의 「달천몽유록」의 내용이 기괴하다'[23]고 말한 바 있다. 허균은 엄청난 장서가이자 독서가였는데, 「수성지」를 읽고는 '글자가 생긴 이래로, 하나의 특별한 글이며, 천지간에 이런 문자가 하나쯤 있어야 한다'[24]고 평하였다.

이러한 사례들은 당시 지식인들이 관인문학을 하든, 사림파이든, 방외인에 속했든 간에 당대 문인들의 글을 공유하고 그것을 매개로

---

21) 『낙촌집』 부록(박계현, 「題企齋記異卷後」; 무악고소설자료연구회 편, 위의 책, 247쪽).

22) 『택당집』(무악고소설자료연구회 편, 위의 책, 215쪽).

23) 『지봉유설』 권8(무악고소설자료연구회 편, 위의 책, 198쪽).

24) 「학산초담」(무악고소설자료연구회 편, 위의 책, 186쪽).

학문적 소통을 했음을 보여준다. 의식하든 하지 않았든 15~16세기까지 한문소설의 독자는 대부분이 초기 소설의 독자였으며 지식과 문자문화의 공동체를 이루고 있었다. 이들은 소설 작품을 특정 갈래를 넘어 지적인 욕구를 충족할 수 있는 매개물, 독서 토론의 대상, 글쓴이의 세계관과 지적 수준을 파악하는 자료로 인식했다. 이 시기에 나온 소설은 학문탐구와 지적 향유의 과정에서 실험적으로 기존형식의 변주를 거쳐 창작된 결과물이었다.

15~16세기 소설 작품을 교육할 때는 상층 남성 지식인을 중심으로 한 학문탐구와 지적 향유의 목적으로 전개된 독서문화를 이해해야 하며, 전기(傳奇)소설이나 몽유록계 소설이 주로 창작된 이유를 당시 유행한 서적 혹은 글쓰기 취향과의 관계 속에서 살펴야 한다. 또 몽유록계 소설과 전기소설의 서술상의 차이를 발견함으로써 갈래에 대한 이해를 높일 수도 있다. 혹은 소설을 읽고 문인들이 남긴 한시나 편지를 근거로 당대 문인들의 독서태도를 지금 학습자들의 수용 맥락으로 가져와 독후활동이나 창작활동에 활용하는 것도 유의미한 활동이 될 수 있다.

2) 국문번역 소설의 향유 주체와 독서

15세기가 성리학적 지배질서의 확립과 체제 안정에 총력을 기울인 시대였다면 16세기는 사화와 당쟁의 시대라 할 만큼 불안정한 때였다.[25] 성리학에 대한 연구가 심화되면서 상하층의 경계가 명확하게 분리되었고, 사대부 내에서도 체제 안과 밖 어디에 속하느냐에

---

25) 김미정, 앞의 논문, 31쪽.

따라 사회적 지위가 달라졌다. 네 차례에 걸친 사화의 결과 사회적 혼란이 가중되었고 관료체제는 물론 전제, 세제, 병제 등이 문란해졌다. 국가 재정 및 수입은 감소하고, 농민은 궁핍한 삶 속에서 수탈로 인해 이중의 고통을 겪어야 했다. 유랑 농민들이 늘어나면서 명종 때는 임꺽정 같은 군도가 나타나기도 했다.

그러나 이런 불안정한 시대에서도 소설은 지식인을 중심으로 창작·향유되며 독자층을 넓혀가고 있었다. 또 중국 소설이 대거 유입되어 번역·유통되었고, 교화를 위한 한글정책과 실생활의 필요로 한글 사용자가 늘어났다.

오희문(1593~1613)의 『쇄미록』에 딸이 청해서 『초한연의』를 한글로 번역하였다는 기록이 있다(1593.1.3). 이 기록은 16세기 말이 되면 중국소설이 번역되어 여항에 퍼지던 상황을 보여준다.26) 또 한글 창제 이래 한글을 불교나 유교 전파에 활용하였는데 이를 통해 국문 번역 소설의 독자가 늘어났다. 「오륜전전」의 예처럼 유교적 교화를 위해 국문번역 소설이 간행되어 유포되었을 뿐 아니라 채수의 「설공찬전」이 여항간에 퍼지고 있는 상황은 이를 뒷받침한다.

한글은 창제 후 지배층에게 환영받지 못했지만 유교경전의 번역과 언해사업이 활기를 띠면서 독자층을 넓혔다. 주로 한문 해독을 도와주는 발음부호 표기나 외국어 학습에서 한글이 활용되었고, 경전이나 시문 언해 등에도 쓰였다. 또 「삼강행실」과 같은 윤리서나 농법, 의학 서적을 펴내고, 임금의 교서나 윤음을 알리는데 사용되었다. 『용비어천가』나 『월인천강지곡』은 국문으로 창작되었는데 우리

---

26) 이윤석, 「한글 고소설의 탄생과 유통」, 『인문과학』 105, 연세대학교 인문학연구원, 2015, 15쪽.

말 노래를 적는 일에서 국문이 전달 효과가 높았기 때문이다. 따라서 이황과 같은 문인들도 국문으로 노래를 창작하여 시조와 가사의 성장이 나타났다. 사대부 부녀자들은 국문으로 언간을 짓는 등 일상생활에 널리 활용했다. 연산군 대에 언문벽서가 붙고, 「설공찬전」이 필사 유통된 일로 미루어 볼 때 15세기 말, 16세기 초 한글 해득자가 늘어나 국문번역 소설을 읽었음을 알 수 있다.

훈민정음의 창작 이후 실용서적이나 교화서의 보급으로 16세기에 이르면 한글은 왕실과 사대부가 여성의 일상적인 의사소통 수단으로 자리를 잡게 되었다. 그러나 여전히 백성들은 서적과 문자 문화에서 소외되었다. 따라서 국문만 아는 소설 독자는 일부 상층 여성에 한정될 수밖에 없다. 게다가 왕실 여성이나 사대부가의 여성이 「설공찬전」을 읽었다는 기록도 없어서 그마저도 추측일 뿐이다. 「오륜전전」은 간행 목적으로 미루어 보아, 당시 상층 여성들이 소설 독자였음을 알 수 있다.27) 이들의 소설 독서는 사회에서 지향하는 규범적 지식을 익히고, 내면의 휴식과 위안을 찾는 목적에서 실현되지 않았을까 추측된다.

다음은 궁녀들이 한글을 활용하여 문자 생활을 한 예이다.

시녀(侍女)들 가운데 수강궁(壽康宮)에 머무르는 자가 있었는데, 한 시녀가 언문(諺文)으로 아지(阿之)의 안부를 써서 혜빈(惠嬪)에게 보내니, 혜빈이 내전(內殿)에 상달(上達)하였다. 언문(諺文)을 승정원에 내렸는데, 그 사연에 이르기를, "묘단(卯丹)이 말하기를, '방자(房子)인 자

---

27) 『오륜전전』 序, "故又以諺字飜譯, 雖不識字如婦人輩, 寓目而無不洞曉. 然豈欲傳於衆也? 只與家中妻子輩, 觀之耳".

금(者今)·중비(重非)·가지(加知) 등이 별감(別監)과 사통하고자 한다.'
합니다." 하니, 즉시 의정부 사인(議政府舍人) 이예장(李禮長)을 불러서
당상(堂上)에 의논하게 하였다.28)

단종 1년인 1453년 4월 2일 수강궁의 어느 시녀가 별감과 사통한
사실이 있다고 시녀 '묘단'이 혜빈에게 언문글을 올려 승정원에서
처결한 사건에 대한 기록이다. 또 같은 해 4월 14일에는 관련 당사자
를 조사하는 과정에서 시녀인 '중비', '자금', '가지', '월계'가 방에
모여 언문으로 서신을 써 별감 '부귀'에게 보냈다는 기록이 있다.

　"그 후에 자금·가지 등과 더불어 시녀 월계(月桂)의 방에 모여서 언
문으로 서신을 써 주도록 청하여 부귀에게 보내어 말하기를, '전날 허
락한 붓을 어찌하여 보내지 않는가? 지금과 같이 대궐이 비고 적막한
데 서로 만나 보는 것이 좋지 않겠는가?'고 하였습니다. 자금은 아무
사람[某人]에게, 가지는 아무 사람에게 모두 서신을 썼는데, 자금은 공
초(供招)에 자복하였으나, 가지는 승복(承服)하지 않았습니다. 또 묘단
(卯丹)이 말하기를, (…중략…) 계월이 말하기를, 과연 그 말과 같습니
다. 중비 등이 밤에 내 방에 와서 서신을 써 주도록 청하면서 말하기를,
'전날에 허락한 붓을 어찌하여 보내지 않으며, 또 어느 때에 서로 만날
수 있겠는가?' 하였고, 자금과 가지는 다만 말하기를, '어느 때 서로
만나볼 수 있겠는가?' 하였습니다. 그러나, 모두 서신을 통할 곳은 말
하지 않았습니다."29)

---

28)『단종실록』권6 단종 1년 4월 2일 기축 2번째 기사. "侍女等有留壽康宮者, 一侍女, 以諺文
　書阿之安否, 送于惠嬪, 惠嬪達于內, 下諺文于承政院。其辭云: 卯丹言: '房子者今、重非、加
　知等欲通別監。' 卽召議政府舍人李禮長, 議于堂上。"

세조 11(1465)년 9월 4일에도 덕중이라는 궁인이 연모의 마음을
담은 언문 편지를 환관 최호를 통해 전달했다는 기록도 전한다.

　궁인(宮人) 덕중(德中)이 언문(諺文)으로 편지를 써서 환관 최호(崔
湖)·김중호(金仲湖)에게 주어, 귀성군(龜城君) 이준(李浚)에게 통하여
생각하고 연모(戀慕)하는 뜻을 말하였는데, 이준이 그 아비 임영 대군
(臨瀛大君) 이구(李璆)와 더불어 함께 와서 아뢰었다.[30]

---

29) 『단종실록』권6 단종 1년 4월 14일 신축 1번째 기사. "방자(房子)인 중비가 말하기를,
　'3월 사이에 차비문(差備門)에 이르러 별감(別監) 부귀(富貴)를 보고 붓을 청하니, 부귀가
　이르기를, 「후일에 마땅히 받들어 보내겠다.」하였습니다. 그 후에 자금·가지 등과 더불
　어 시녀 월계(月桂)의 방에 모여서 언문으로 서신을 써 주도록 청하여 부귀에게 보내어
　말하기를, 「전날 허락한 붓을 어찌하여 보내지 않는가? 지금과 같이 대궐이 비고 적막한
　데 서로 만나 보는 것이 좋지 않겠는가?」고 하였습니다. 자금은 아무 사람[某人]에게,
　가지는 아무 사람에게 모두 서신을 썼는데, 자금은 공초(供招)에 자복하였으나, 가지는
　승복(承服)하지 않았습니다. 또 묘단(卯丹)이 말하기를, '당초 감찰(監察)에게 고할 때에
　「중비 등이 별감 등과 간통하였다.」고 말하지 않고 특별히 서로 친하다고 말하였을 뿐입
　니다.' 하니, 모름지기 질문하면 곧 판별될 것입니다. 또 중비 등이 말하기를, '입궁(入宮)
　한 이후로 일찍이 바깥에 나가지 아니하였는데, 어찌 별감과 더불어 간통할 수 있겠습니
　까? 문부(文簿)를 상고한다면 알 수 있을 것입니다' 하므로, 즉시 환관(宦官) 홍득경(洪得
　敬)을 시켜서 수강궁(壽康宮)에 가서 질문하니, 계월이 말하기를, '과연 그 말과 같습니다.
　중비 등이 밤에 내 방에 와서 서신을 써 주도록 청하면서 말하기를, 「전날에 허락한
　붓을 어찌하여 보내지 않으며, 또 어느 때에 서로 만날 수 있겠는가?」하였고, 자금과
　가지는 다만 말하기를, 「어느 때 서로 만나볼 수 있겠는가?」하였습니다. 그러나, 모두
　서신을 통할 곳은 말하지 않았습니다.' 하였습니다(辛丑/義禁府知事李不敏將堂上議啓曰：
　"房子重非言：'三月間，到差備門，見別監富貴請筆，富貴曰：「後日當奉贈。」其後與者今、加知
　等，會于侍女月桂房，請以諺文寫書信，送于富貴云：「前日所諾筆，何不送？如今空闕寂寞，
　可得相見乎？」者今於某人，加知於某人，皆有書信者，今則服招，加知則不承。又卯丹言：'當初
　告監察時，不曰：「重非等與別監通奸。」特言交親耳。'須質問乃辨。且重非等言：'自入宮後，
　未嘗出外，安得與別監通奸？考文簿則可知矣。'卽使宦官洪得敬往壽康宮質問，月桂曰：'果如
　其言。重非等夜到吾房，請寫書信云：「前日所諾筆，何不送？且何時可得相見乎？」者今、加知
　但云：「何時可得相見乎？」然皆不言通信處。'"監察云："卯丹只告，重非等與別監等交親耳。又
　考文簿，自移御壽康宮後，重非等未嘗出外。"得敬回啓，卽傳于義禁府。)."

30) 『세조실록』권37 세조 11년 9월 4일 무신 1번째 기사. "궁인(宮人) 덕중(德中)이 언문(諺
　文)으로 편지를 써서 환관 최호(崔湖)·김중호(金仲湖)에게 주어, 귀성군(龜城君) 이준(李
　浚)에게 통하여 생각하고 연모(戀慕)하는 뜻을 말하였는데, 이준이 그 아비 임영 대군(臨
　瀛大君) 이구(李璆)와 더불어 함께 와서 아뢰었다. 아무것도 모르는 아녀자의 일은 족히

그런가 하면 세조는 기녀 8명에게 언문가사로 쓰인 『월인천강지곡』을 주어 부르게 한 바 있다.

임금이 사정전(思政殿)에 나아가 종친·재신·제장(諸將)과 담론(談論)하며 각각 술을 올리게 하고, 또 영순군(永順君) 이부(李溥)에게 명하여 8기(妓)에게 언문 가사(諺文歌辭)을 주어 부르도록 하니, 곧 세종(世宗)이 지은 『월인천강지곡(月印千江之曲)』이었다.[31]

훈민정음 반포 후 얼마 되지 않는 때에 궁녀들이 한글로 서신을 주고받은 사례나 기생이 한글을 읽었던 사례, 「설공찬전」과 「오륜전

논할 것이 없지마는, 환자(宦者)만은 조금 지식이 있는데 궁녀의 말을 듣고 외인(外人)에게 전하였으니, 죄를 알 수 있는 것이다. 내가 마땅히 밝게 전형(典刑)을 바르게 하여 그 죄를 폭로하겠다. 예전에 이르기를, '교훈할 수 없는 것은 오직 부시(婦寺)라.' 하였는데, 내가 환자를 다스리는 데에 이미 엄하게 하였으나 오히려 이러한 무리가 있어 기강(紀綱)을 어지럽히니, 이것은 가도(家道)가 정제되지 않은 까닭이다(戊申/朝, 急召宰宰承旨等, 傳曰: "有宮人德中, 以諺字成書, 授宦官崔湖、金仲湖, 通於龜城君 浚, 道達恩戀之意, 浚與其父臨瀛大君 璆, 俱來以啓. 無知兒女之事, 不足論, 若如宦者稍有知識, 其聽宮人之言, 傳于外人, 罪可知矣. 予當明正典刑, 以暴其罪. 古云, '匪敎匪誨, 時惟婦寺.' 予於治宦, 旣已嚴矣, 尙有如此等輩, 亂其紀綱, 此家道所以不齊也." 卽召湖及仲湖, 縛而杖訊, 一皆承服. 命曳出二宦于門外, 杖殺之." 又傳曰: "宮人之罪, 亦已極矣. 一以汚宗親, 一以害宦官, 予當殺之, 只以眼前久見之, 故姑寬貸之, 諸宰之意何如?" 僉曰: "可殺." 上曰: "予當殺之. 人君之心, 正大光明, 一誅一賞, 皆以公義斷之, 豈少有憎愛於其間哉!" 召金處善曰: "汝罪不貰, 然罪魁已誅, 卽赦汝輩." 浚在旁, 惶恐無地. 上曰: "汝何惶恐也! 罪在於彼, 不在於汝. 陰雲蔽日, 何損於明? 汝心旣正, 何恤人言? 避嫌之事, 賢者不爲. 汝何若是惶懼也!" 因設酌, 令浚起舞以慰之, 又令宗親起舞, 日中乃罷.)."

31) 『세조실록』 권46 세조 14년 5월 12일 신미 2번째 기사. "임금이 사정전(思政殿)에 나아가 종친·재신·제장(諸將)과 담론(談論)하며 각각 술을 올리게 하고, 또 영순군(永順君) 이부(李溥)에게 명하여 8기(妓)에게 언문 가사(諺文歌辭)을 주어 부르도록 하니, 곧 세종(世宗)이 지은 『월인천강지곡(月印千江之曲)』이었다. 임금이 세종을 사모하여 묵연(默然)히 호조 판서(戶曹判書) 노사신(盧思愼)을 불러 더불어 말하고, 한참 있다가 눈물을 떨구니, 노사신도 또한 부복(俯伏)하여 눈물을 흘리므로 좌우가 모두 안색이 변하였는데, 명하여 위사(衛士)와 기공인(妓工人)을 후하게 먹이게 하였다(上御思政殿, 與宗宰諸將談論, 令各進酒. 又命永順君 溥, 授八妓諺文歌詞, 令唱之, 卽世宗所製『月印千江之曲』. 上慕世宗默然, 呼戶曹判書盧思愼與語, 良久墮淚, 思愼亦伏俯泣下, 左右皆變色. 命厚饋衛士及妓工人.)."

전」의 독서 사례들을 통해 당시 국문으로 쓰인 필사 혹은 번역 소설을 읽은 사람이 좀 더 넓은 계층에 존재하지 않았을까 한다. 그러나 그들의 소설 독서나 필사·유통 사실이 기록되지 않아 일반화시키는 데 한계가 있다. 만약 이들이 소설을 읽었다면, 윤리적 교양을 쌓는 정도의 독서였을 것이다.

3) 15~16세기 소설의 유형과 내용

이 시기 대표적인 소설 갈래는 애정전기(傳奇)소설과 몽유록이다. 특히 애정전기소설은 세상과 화합하지 못하는 지식인의 소외감과 번민의 정서를 기반으로 남녀의 만남과 사랑 그리고 비극적 운명을 형상화한다. 그러한 고독과 번민의 서사세계를 구현하기에는 자아의 정서를 함축적으로 전달하기 위해 한시를 적절히 활용하였다. 애정전기소설이 이 시기에 주로 창작되었던 이유는 전기(傳奇) 양식이 상층 문인들 사이에서 익숙한 글쓰기 방식이었기 때문이다. 꿈이나 비현실계를 빌어 현실의 욕망을 해소하는 서술 방식은 그들의 문화적 관습이었고, 당대 유행한 『전등신화』와 같은 작품을 읽은 경험도 영향을 미쳤던 것 같다.

15~16세기의 소설들은 전기(傳奇), 가전, 몽유록, 필기·패설 등의 서사적 바탕에서 새로운 변화를 통해 창작되었다. 소설에는 방외인들의 저항적·전복적 기질을 자극하는 요소가 내재되어 있었기 때문이라 생각된다. 관료층이 직접 소설을 지어 유포하는 일은 16세기 전반까지는 매우 드문 일이었다. 그러나 점차 현실에서 느끼는 갈등을 기존에 유행하는 표현 양식인 몽유록, 가전, 전기의 변화를 주어 창작하는 일이 많아졌다.

15~16세기 소설 작가들은 전대부터 내려온 장르적 전통을 계승하면서 이 시기 이념적 현실을 환기해 내고 있었으며, 소설의 본성인 흥미성의 형식적 지반을 확장하고 있었다.32) 물론 흥미와 현실의 문제를 적극적으로 활용하기 시작한 것은 17세기에서야 가능했지만, '환상이나 우의성'에 기대었다고 해서 현실적 가치가 떨어진다고 말할 수는 없다. 이 시기 소설 작품에 나타나는 '환상성'은 관(官) 주도의 사회구조와 기존 문학적 관습의 대응적 결과물이었다. 또 '소외되고 주변적인 대상'의 존재 가치에 관심을 표출한 시도이기도 했으며, 기존과는 다른 방식으로 세계를 인식하고자 했던 탐구의 결과였다.

15~16세기에 창작된 소설은 『금오신화』(「만복사저포기」, 「이생규장전」, 「남염부주지」, 「용궁부연록」, 「취유부벽정기」), 『설공찬전』, 『기재기이』(「안빙몽유록」, 「서재야회록」, 「최생우진기」, 「하생기우전」), 「천군전」, 「수성지」, 「원생몽유록」이 있다. 이들 작품의 유형과 공통적 특성을 살피는 것은 당시 소설의 특성을 파악하는 것이면서 소설 향유 주체들의 취향을 이해하는 일이기도 하다. 이들 소설의 유형과 특성을 정리하면 다음과 같다.

『금오신화』의 「만복사저포기」, 「이생규장전」은 귀신과의 사랑을 다룬다는 점에서 명혼소설이고, 「남염부주지」, 「용궁부연록」은 꿈 속에서의 이야기를 다루는 몽유소설이다. 「취유부벽정기」는 명혼소설과 몽유소설의 특성을 모두 갖춘 작품이다. 『금오신화』는 저승, 귀신 등 비현실적인 소재, 초월적 시·공간을 활용하여 현실의 갈등과 욕망을 표현하였다.

---

32) 김현양, 「16세기 소설사의 지형과 위상」, 『묻혀진 문학사의 복원』, 소명출판, 2007, 36쪽.

「만복사저포기」, 「이생규장전」을 통해 죽은 여인과의 사랑을 소망하지만 죽은 여인과의 만남이기에 강한 좌절을 경험한다. 이별과 죽음, 왜적의 침임으로 인한 아픔을 받아들일 수 없다는 의지를 강조하기 위해 명혼소설의 구조를 이용했다. 「취유부벽정기」는 송도의 홍생이 부벽정에서 놀다가 기자조선 마지막 임금의 딸을 만나 나라가 망한 사연을 주고받는 이야기이다. 죽은 여자와 어울렸다는 점에서 명혼소설이며 만남이 꿈속의 일인 것 같다는 설정을 통해 몽유소설의 분위기를 살렸다. 「남염부주지」에서는 주인공 박생이 저승의 통치자 염라대왕과 만나 제왕의 도(道), 천당지옥설, 불교, 유교, 역사 등에 대해 의견을 나누는 이야기이다. 염왕이 군주의 횡포를 비판하는 데 동조하고 저승의 심판을 스스로 부정했다는 불가능한 사건을 꾸며 세속과 초월계 양쪽의 권위를 모두 부정하는 비판적 사상이 반영된 작품이다. 「용궁부연록」의 주인공 한생은 용궁에 가서 글 짓는 재능을 자랑하고 극진한 대우를 받고 돌아온다. 박생이나 한생은 현실에서는 실현하지 못한 자신의 재능과 이상을 저승과 용궁에서 인정받는다. 이러한 설정은 불가능한 상황을 통해서라도 재능을 인정받고 싶은 욕망의 표출이면서, 현실 세계의 부당함을 역설적으로 표출하는 방식으로 이해할 수 있다.

「설공찬전」은 윤회화복지설의 내용을 담고 있어서 금서 조치된 작품이다. 어숙권의 『패관잡기』에서는 그 작품 이름을 「설공찬환혼전」이라 하고 주인공 설공찬이 저승이야기를 전한 내용이라고 했다. 죽은 설공찬의 혼령이 사촌동생 몸에 수시로 왕래하며 기이한 행동을 하고 병이 나게 하다가 저승에 관해 알려주는 이야기이다. 이승에서 한 행실을 가려 저승에서 심판을 받는다고 하고, 여성이라도 글을 알면 저승에서는 소임을 맡는다며 여성을 옹호했다. 또 이승에서 임금이어도 반역자는 처벌받는다는 이야기 뒤에 성화황제와 염라대왕의 대결을 다루어 귀신이 실제로 존재하는 것처럼 꾸몄다. 당시 지배이념과 대립되는 내용을 다루고 통치 질서에 대한 비판이 강해 현실 모순에 대한 저항이 담겨 있다.

신광한이 지은 『기재기이』에는 두 편의 몽유록 「안빙몽유록」, 「서재야회록」이 있다. 「안빙몽유록」은 진사가 되고 급제는 하지 못한 안빙이라는 인물이 꽃나라에 가서 환대를 받고 시 짓는 능력을 인정받은 이야기를 다루고 있다. 「서재야회록」은 어느 선비가 우연히 못쓰게 된 문방사우가 버림받은 것을 토로하는 이야기를 엿듣고 다음날 땅에 묻은 후 제문을 지어 제사 지낸 이야기이다. 못쓰게 된 문방구는 버림받은 선비에 비유되어, 지식인의 욕망과 그들을 향한 연민의 정을 표현한 작품으로 이해된다. 「최생우진기」의 주인공 최생은 선계에 가서 놀고 용궁에서 시를 짓다 돌아와 세속을 떠나 산에서 약을 캐다 사라진 이야기를 다루었다. 「하생기우록」에서는 과거 공부를 하던 하생이 죽은 여자와 사랑하고 그 여자가 재생해 부부가 되었다는 이야기이다.

김우옹은 심성을 의인화한 「천군전」을 지었다. 추상적인 심상의 원리를 이해하기 쉽게 설명하기 위한 목적에서였다. 심성의 본체를 천군으로 의인화하여 왕국의 흥망을 이야기하는 가전체 문학이 이 시기에 다수 창작되는데, 이것은 사대부의 사고방식이 심성의 원리를 탐구하는 방향으로 전환되는 사회적 배경을 반영한 것이었다. 심성을 의인화한 가전체 작품이 소설로 발전한 것이 임제의 「수성지」이다.

「수성지」는 근심의 성 '수성'에서 반란이 일어나 나라가 위태로운 상황을 표현하고 있다. 그러나 반란의 이유가 악인 때문이 아니라 억울하고 원통한 일의 누적 그리고 마땅히 실현되어야 할 도리가 무너졌기 때문이다. 근심 때문에 무극옹은 숨어버리고 주인옹이 천군을 움직여 문제를 해결한다. 무극옹은 현실 대처 능력이 없는 동떨어진 이(理)를 의인화한 것이다. 주인옹은 변화되는 사태에 능수능란하게 대처하고 마음의 평화를 찾는 능력을 보여준다. 악을 물리치고 선을 행한다는 기존의 심성론에 반대하고 제대로 된 현실 인식을 통해 불평을 해소하는 것이 마땅한 도리라면서 마음의 주체를 바꿔야 한다고 했다. 임제가 울분에 찬 생애를 보내면서 번민 속에서 깊이 개달은 것을 새로운 글쓰기 방식으로 표현한 것이라 생각된다.

「원생몽유록」은 임제 작(作)으로 추정되는 이야기이다. 남효온이 「육신전」에서 서술한 내용을 몽유록의 형식을 빌어 당시 금기였던 세조의 왕위 찬탈 문제를 형상화했다. 주인공 원자허가 꿈속에서 낯선 곳으로 가서 단종과 사육신의 억울한 일을 되새기며 시를 짓는 이야기이다. 유학이 헛된 명분을 제공한다는 비판과 신유학에서 강조하는 이념에 대한 불신감을 표출했다.

이들 소설이 다루는 이야기들은 공통적으로 현실에서 이루지 못한 욕망, 이상을 꿈이나 가상의 상황설정을 통해 해소하고자 한다는 것이다. 주인공들은 현실에서 이루지 못한 사랑을 성취하기도 하고, 인정받지 못했던 글재주를 뽐내기도 한다. 현실에서 표현하지 못했던 현실문제에 대한 비판을 과감히 드러내기도 한다. 이들 작품 속 주인공의 갈등상황을 통해 당시 사회가 안고 있는 문제를 확인 할 수 있다. 즉 현실에서 능력이 탁월해도 신분이나 계층 같은 외적 조건으로 인해 한계가 존재했고, 유교질서 내부에 모순과 갈등이 나타나고 있다는 것이다. 현실에 불만이 있거나 내적 갈등을 겪는 지식인들은 현실에서 표출하기 어려운 욕망을 기존에 유행하는 기술 방식인 몽유록, 가전, 전기소설의 형식을 빌어 표현함으로써 현실적 한계에 대한 갈등을 해소하고자 했던 것으로 보인다.

이들 작품에는 주인공들이 시를 지어 재주를 자랑하거나, 상대와 소통하는 장면이 빈번히 등장한다. 시를 지어 생각을 교환하고 어떤 논제에 대해 토론하는 일은 당시 지식인들 사이에서 익숙한 소통행위였고, 그들만의 문화였다. 공식적인 공간에서 거론되기 어려운 현실에 대한 불만이나 내적 갈등은 비공식적·사적인 공간에서 표출되었고, 그 과정에서 새로운 글쓰기가 실험되어 비공식적으로 유포된 것이 이들 소설 작품이라 할 수 있다.

15세기 중반 김시습의 시대에는 그러한 실험작을 함께 읽고 공감해줄 독자층이 지식인 내부에도 많지 않았다. 그러나 16세기 이후부터 소설의 효용성을 인정하는 분위기로 인식의 변화가 일기 시작한다. 『금오신화』나 『기재기이』의 출판은 이러한 시대분위기 속에서 가능할 수 있었다.

3. 개인적 소설 유통

이 시기의 소설은 비상업적인 목적으로 측근 사이에서 암암리에 개인적으로 필사 유통되었다. 인쇄유통 된 사례가 있지만 이 경우도 상층 남성 문인들 사이에서만 전해졌다. 이 시기의 주된 유통 방식인 필사유통과, 인쇄유통에 초점을 두어 살펴보자.

1) 개인적 필사 유통

필사는 기존의 저본을 보고 손으로 베껴서 전승·보급하는 것을 말한다. 작자 유무와 무관하게 처음 소설의 창작자는 손으로 글을 썼고, 소설의 애호가나 주변 동료·가족들 사이에서 읽히면서 필사 유포되었다. 당시 문인들은 지식의 산물과 취향의 반영으로 엮은 문집에 서문을 써주고 돌아가며 읽었는데 이때 서문은 의도치 않게 그 문집을 홍보하며 독서인들의 독서 욕구를 자극하는 요소로 혹은 회자되는 요소로 기능했으리라 짐작된다.

중종 6(1511)년 채수의 「설공찬전」이 한자와 한글로 필사되어 읽혔다. 또 중종 때 낙서거사가 「오륜전전」 서문에서 소설을 필사해서 읽는 모습을 묘사했다. 고소설은 문자가 무엇이든 손으로 필사하여 전파하는 것이 유통의 기본방식이었다.

한문소설의 필사자는 한문을 읽고 해독할 수 있는 사람들이었다. 상층 남성 문인이나 역관, 서리 등 관직(官職)에 있는 사람들이 여기에 포함된다. 소설 필사 이유는 여러 가지가 있겠지만, 파한(破閑)이나 학문적 목적에서 혹은 허구적인 이야기라 하더라도 세교에 도움이 될 만한 가치가 있다고 판단되었기 때문이다.

다음은 『용천담적기』와 『촌중비어』 서문의 일부인데 비록 소설은 아니지만 한문소설의 필사자는 『용천담적기』와 『촌중비어』 같은 작품집의 저술과 같은 목적에서 소설을 필사했으리라고 유추할 수 있다.

'밤낮으로 내내 무료함을 쫓을 수 없어서, 때때로 옛날 동무들 가운데서 얻어들었던 말을 되새겨 붓 가는 대로 기록해 놓아서 교유하고 농담하는 것을 대신하려 하였다. 그리고 새로운 이야기를 얻어 들을 때마다 그 끝에 보충하여 번민을 다스리고 적막함을 위로하는 데 도움으로 삼았다.' (…중략…) 혹자가 이르기를 "패관소설도 또한 두루 아는 데 도움이 되므로, 빠진 것을 모으고 엮어서 다듬는 직책을 맡은 이들이 반드시 취해야 할 것이다."33)

"내 친구 채기지가 한가할 때 평소에 들었거나 동료들과 나눴던 말들이 비록 비리한 이야기라 할지라도 모두 버리지 않고 기록하였습니다. 그 근면히 저술하고 깊이 힘을 쓰는 것은 문학에 노련하지 않으면 어찌 할 수 있겠습니까? 가히 후인들에게 권계가 될 것이요, 재야에 뛰어난 역사가 될 것이며, 노년에 감상하고 한가로울 때에 즐길 만한 것이 될 것입니다."34)

『금오신화』는 한문을 아는 사대부 남성들 사이에서 읽혔고 필사·유통되었다. 그러나 「설공찬전」에서 알 수 있듯이 국문소설이 불특정 계층의 사람들 사이에서 유포되고 있었다. 낙서거사의 발언에서도 나타나듯이 「설공찬전」은 항간의 무지한 사람들까지 독서 대상이 될 수 있었다. 독자의 범위는 당시 사회적 상황과 관련지어 볼 때 양반뿐 아니라 도성에 거주하는 사대부가의 부인, 궁인과 서리들로, 한글해독이 가능한 사람들까지 추정해 볼 수 있다.

조선시대에 부녀자에게는 한글을 가르칠 뿐 한문을 가르치지 않았다. 경서나 사서를 읽을 기회가 없었던 당시 여성들에게 국문으로

---

33) 김안로, 『용천담적기』 자서, 1525.
34) 성현, 『촌중비어』 서, 1496.

번역된 「오륜전전」 같은 소설은 그들의 식견을 넓혀주는 윤리서나 교양서 역할을 했을 것이다. 또 궁인들은 비빈들이 소설을 읽을 수 있도록 필사하기도 했고, 일부 양반들은 가정 간의 소용으로 국문소설을 필사하기도 했다. 대개 윤리적이고 교훈적인 내용들로 교화에 도움이 된다고 여기는 것들을 필사했던 것으로 보인다. 몰락한 양반이나 서리 등도 소설의 필사자로 볼 수 있다.[35]

16세기에도 서적중개상이 존재했는데 이들도 필사 유통에 일정한 역할을 했을 것이다. 필사는 자기가 직접 하기도 하고 남을 시키기도 하였다는 미암의 기록[36]으로 볼 때 몰락양반이나 서리, 서적중개상이 그런 역할을 담당했을 것으로 추정된다.

조선시대에 필사는 소설의 주된 유통방법이었다. 그러나 베껴 쓰는 데 시간이 오래 걸리고 대량생산이 어렵기 때문에 독자의 수나 유통 범위가 제한적이었다. 경제적·시간적 여유가 많은 사람들이 주로 필사에 참여했을 것이다. 게다가 필사 유통은 개인적 필요와 사정으로 이뤄지는 경우가 대부분이라서 16세기까지 소설 독서는 매우 제한된 범위에서 실현되었다고 보는 것이 타당하다.

2) 소설의 인쇄 유통

15~16세기에 국내 소설은 주로 필사 유통되었다. 『금오신화』와 『기재기이』 두 작품이 인쇄 유통된 것을 확인했다. 『금오신화』 원간본은 윤춘년 편집본이며 추정하건대 명종 년간에 간행된 것으로 보

---

35) 최운식, 『한국 고소설 연구』, 보고사, 1990, 155~156쪽.
36) 강명관, 『책벌레들 조선을 만들다』, 푸른역사, 2007 참조.

인다.37) 윤춘년(1514~1567)은 장서가로 이름이 있으며 명종(1546~ 1567 재위) 때에 교서관 제조와 예문관 제학, 이조판서, 예조판서, 대사간, 대사헌 등을 지낸 사람으로 김시습을 조선의 공자로 추앙했던 인물이며 김시습의 시문을 수집하여 정리하여 선조 년간에『매월당집』을 간행하기도 했다.38)

윤춘년은『전등신화구해』발문에서 '『전등신화』의 내용과 의미가 음미할 만한데도 독자가 문장의 의미를 이해하지 못한다'39)고 하였다. 그리고는 이 문제를 해소하기 위해 세밀한 주석을 달고 인간(印刊)한 임기(林芑)의 일을 높이 평가했다.

『기재기이』는 신호가 쓴 발문이 있어 명종 8(1553)년 교서관에서 목판으로 간행된 사실과 간행 경위를 알 수 있다. 신호는 '『기재기이』에는 세상에 모범이나 경계 삼을 만한 내용이 많아 세상에 널리 보급된 것이 당연하다 하였다. 다만 사본들에 잘못된 부분이 있어, 호사자(好事者)들이 아쉽게 생각한다'40)고 하였다.『기재기이』는 간행되기 이전부터 필사되어 읽히고 있었다. 그러나 사본들에 오류가 많아 바로잡을 필요가 있으며, 세상에 모범이 되고 교훈이 되므로 책을 간행한다고 했다. 발문을 통해 소설이 필사·유통되고 있는 상황과 그 과정에서 원작이 수정과 편집을 거치며 재생산 되는 독서 상황을 유추해 볼 수 있다.

---

37) 최용철,「중국 금서소설의 국내전파와 영향」,『동방문학비교연구총서』3, 한국동방문학비교연구회, 1997 참고.

38) 김미정, 앞의 논문, 36쪽.

39) 윤춘년,『제주해전등신화후』(무악고소설자료연구회 편,『한국고소설관련자료집』I, 태학사, 2001, 120쪽).

40) 신호,「기재기이 발문」(무악고소설자료연구회 편,『한국고소설관련자료집』I, 태학사, 2001, 113쪽).

『금오신화』나 『기재기이』 같은 소설집이 관판으로 인쇄되고 유통된 것은 당시 출판 환경에서는 매우 특별하고 예외적인 일이었다. 이들 작품의 출판은 국가에서 인정한 작품이라서가 아니라 교서관 개인의 재량 차원에서 진행되었던 것으로 보인다.

당시 서적을 간행하는 방법은 여러 가지가 있었는데, 그 과정이 번거로워 후대로 갈수록 중앙에서 각 도의 관찰사에게 인쇄본을 내려주어 지방에서 자체적으로 간행하여 보급하도록 하는 일이 흔해졌다. 성종 대는 지방 관아에서의 출판권한은 관찰사에게 있었고 관찰사가 직접 주도하기도 했지만 관찰사와 관련 있는 인물들의 요청에 의해 서적이 출판되기도 했다.41) 이후 관찰사가 직접 간행할 서적을 선정하거나 직접 저술하는 사례는 중종이후가 되면 일상적인 일이 되었다.42)

점차 중앙뿐 아니라 지방에서의 서적 간행이 활발해지고 사림이 정계에 진출하면서 성리학풍이 흥기하자 양계 지역과, 평안도, 강원도 같은 지방에서도 공부하는 유생이 늘어나게 되었고 서적에 대한 요구가 많아지게 되었다. 이러한 분위기에서 중국의 서적들이 대거 유입되었고, 조정을 중심으로 중국뿐 아니라 국내 서적의 수집과 유통에 관심을 기울인 결과 유가서 외에 다양한 전기집과 소설도 간행될 수 있었던 것이다.

한편 성종대의 기사를 보면 소설에 대한 사회적 인식이 변화하고 있음을 확인할 수 있다.43) 소설의 효용성이 주목받으며 이념 전달의

---

41) 강명관, 「조선시대 지방에서의 서적의 출판」, 『제14·15차 콜로키움 발표문』, 영남문화연구원, 2009, 19~22쪽.

42) 김항수, 「16세기 사림의 성리학 이해: 서적의 간행·편찬을 중심으로」, 『한국사론』 7, 효원사학회, 1981, 139쪽에서 재인용.

도구가 되기도 했다.

국가의 서적정책은 서적의 수요가 급증하는 사회적 환경과는 반대로 진행되었다. 여전히 지식을 통제의 대상으로 생각하여 서적정책의 중심을 교서관에 두고 반사제도나 지방 관찰사 주도에 의한 서적 인출과 보급을 진행했다. 현실성 없는 이러한 정책은 서적 유통의 저해요인이었으나 한편으로 민간 주도의 서적유통이나 암묵적 서적 거래방식이 대두되는 배경이 되었다.

그러한 사정은 16세기의 장서가 미암 유희춘이 책을 모으는 과정을 통해서도 추정할 수 있다. 16세기에 들어 늘어나는 서적 수요의 욕구를 충족하기 위해 관료들은 다음과 같은 과정으로 서적을 입수했다. 첫째 필요한 책이 있으면 직접 베껴서 만들거나 혹은 누구를 시켜서 만들기도 하였다. 둘째 지방관의 증여에 의해 책을 구하였다. 당시 전국의 지방관은 생필품과 함께 상당수의 책을 해당관아에서 인출하여 미암에게 보내주었다. 또한 임금이 교서관에서 책을 인쇄하여 신하들한테 나눠줬는데 미암도 가끔씩 그 은혜를 받았다. 셋째 주위사람들이 선물로 책을 주기도 했다. 넷째 책장수에게 물건을 주고 구입하였다. 다섯째 미암은 중국 가는 사람에게 부탁해서 외국 서적을 구입하기도 하였다.44)

이렇게 서적 유통이 반사라는 국가 통제 방식에서 벗어나 다양하게 진로를 개척하면서 좀 더 자유롭게 중국서사물이나 『금오신화』, 『기재기이』 같은 소설이 인쇄될 수 있었던 것으로 보인다.

---

43) 『성종실록』 권285 성종 24년 12월 28일~29일.
44) 정창권, 『홀로 벼슬하며 그대를 생각하노라』, 사계절출판사, 2003, 97~99쪽.

4. 15~16세기 소설 독서문화의 특성과 문학사적 의의

소설 독서문화의 형성기인 15~16세기는 상층 남성 지식인들 사이에서 학문적 탐구와 지식의 확산 과정에서 소설 독서 문화가 조성되었다. 기존의 문학적 관습과 중국에서 유입된 서적의 영향을 받은 일부 지식인은 기존과는 다른 방식의 글쓰기를 통해 숨은 욕망을 표현했다. 그렇게 창작된 소설이 『금오신화』이다.

당시 유행한 전기나 필기류, 『금오신화』, 「설공찬전」과 같은 소설 작품은 당시 사람들의 생각, 관심사, 욕망 등을 표현하고 있다는 점에서 문학사적 가치가 있다. 이 시기 소설 독서문화는 개인적이고 주관적인 독서체험과 실험적 글쓰기에서 출발해 유사한 의식을 지닌 사람들의 공감을 얻으며 비공식적으로 향유되었다.

15~16세기 소설의 창작과 유통은 식자층 내부에서 실현되었다. 소설 독서문화 형성에는 중국 서사문학의 영향과 필기·패설·잡록류의 저술 환경이 영향을 미쳤다. 소설 독서는 당시 문학 담당층의 지적 취향에 부합되고 효용적 가치가 인정되는 선에서 허용되었다.

개인적 욕망이나 사회에 대한 비판의식을 담은 작품은 사회적으로 소통될 수 있는 가능성을 내포한다. 소설 향유자들은 현실에서 해소할 수 없는 갈등을 '환상성, 비현실성'에 빗대어 표현했고, 독서를 통해 대리만족을 느끼면서 소설 독서문화를 퍼뜨렸다.

당시 소설 창작과 수용의 주체들은 주변인이라 하더라도 한문, 국문을 통한 독서가 가능한 사람들이었고, 어느 정도 사회경제적 기반을 소유하고 있었다. 잠재적 소설 독자로 등장한 한글 사용층 중에서 독서문화의 주변인들—예컨대 여성, 평민 등—이 존재했으리라 짐작되지만 그 세력이 미약하고 기록된 바가 없어 추정만 가능하다. 이 시기 소설 독서는 제한된 계층 내에서 개인적 교유 관계를 중심으로 실현되는 한계가 있다. 그럼에도 불구하고 통시적으로 볼 때 소설이 창작·향유될 수 있는 환경적 토대를 마련했다는 점에서 형성기로서의 문학사적 의의를 찾아볼 수 있다.

제2장 통합과 공동체 문화로서의
17세기 소설 독서문화의 발전

17세기는 두 차례의 전란을 경험하며 시작되었다. 임·병 양난을 거치면서 인구가 급격히 줄었으며, 전쟁이라는 각박한 시기를 보내면서 사람들은 세상을 바라보는 인식의 변화를 경험했다. 이러한 인식과 세계관의 변모는 다양한 서사장르로 표출되었는데 대표적인 것이 실기(實記)라 할 수 있다. 임진왜란이라는 민족적 수난의 체험은 각계각층에서 자신들이 직접 보고, 듣고, 느낀 바를 바탕으로 해서 실기로 기록되었다. 전쟁 포로가 되어 피랍된 과정과 포로 생활, 귀환 경로 등이 기술되기도 하였으며, 전투에 직접 참가한 경험을 바탕으로 왜적과의 대치 상황이나 진중 생활을 담기도 했다. 또 전쟁과 피란 과정에서 경험한 참상을 고발하거나 왜적에 대한 적개심, 지배층의 행태 등을 기록한 것도 있다. 실기 작자는 자신들의 체험과 전란의 과정을 기록하여 개인의 삶·가족의 이산·개인과 국가의 운명에 대해 고민하기도 했다.45) 이러한 기록들이 허구적 상상력과 결합되면서 소설의 구도를 형성하거나 소재로 활용되어 소설의 지평을 넓혔다. 전쟁을 통해 조선은 인간현실의 문제를 실제적으로 경험하게 되었으며, 실기류에서 보이는 직접 체험과, 이를 읽은 이들의 간접 체험 속에서 소설적 환경은 점점 구체적인 현실 공간으로 대치되어 갔다.

국토의 대부분이 전쟁으로 훼손되었음에도 불구하고 아이러니하게도 17세기는 문화가 발달하였고, 문학에 있어서도 이전 시기에 비해 소설의 작품 수와 소설 독자층이 확대되는 양상을 보인다. 본격 소설의 시대라 일컬을 만큼, 허균의 전(傳) 작품을 비롯하여 「주생전」, 「영영전」, 「운영전」, 「최척전」 등의 한문소설이 나왔으며, 「사씨남정기」 같은 국문소설도 나왔다. 또 『구운몽』, 「사씨남정기」, 『창선감의록』, 『소현성록』 등 중·장편 소설들이 이 시기에 창작되었다. 중국 서적도 대거 유입되었는데 상당부분 소설이 차지하고 있었던 것도 고소설이 발달하는 데 영향을 미치게 되었다.

17세기는 전후 복구라는 시대적 고민에서 시작되었다. 따라서 이 장에서는 전란을 통한 정치·경제·사회·문화·교육 전반에 걸친 변화가 소설의 발달과 유통에 미친 영향을 살펴보고자 한다. 특히 17세기 소설 교육에서 어떤 사회적 맥락 요소를 중시하며 읽어야 하는지에 초점을 두어 소설 문화적 특성을 살펴보겠다.

---

45) 실기에 대해서는 장경남, 「임진왜란 실기의 소설적 수용 양상 연구」, 『국어국문학』 131, 국어국문학회, 2002 참조.

1. 사회재건과 시대적 배경

전후 복구의 시기인 17세기에 들어 조선의 사회는 이전과는 다른 독서 문화적 환경을 조성한 시기이다. 출판 환경의 변화와 사회경제 구조 및 계층의 재편이 있었으며 그로 인해 상업적 서적 유통망이 형성되면서 이전과는 다른 내용과 형식의 소설이 출현하고, 이를 향유하는 새로운 독자층이 등장하게 된다. 사회 안정을 위해 한글로 된 교화서나 실용서를 간행·유포하여 국문 독서환경이 마련된 결과 독서층이 여성으로까지 확대되었다. 또한 재정 확보를 위해 출판과 도서보급, 유통을 민간에 개방하기 시작하면서, 미미한 수준이지만 유통체계의 변화가 진행된 시기이기도 하다. 그러나 무엇보다 이 시기 소설 독서문화를 이해하기 위해서는 전란의 사회적 의미와 집권층의 갈등 양상을 파악해야 한다. 17세기 조선은 임·병 양난을 거치며 정치·경제·사회·문화 모든 측면에서 급격한 사회변동을 경험했고, 사회 재건 과정에서 집권층의 파벌갈등은 학문과 사상의 변화로 이어졌기 때문이다.

경제적 측면에서 볼 때 17세기 조선사회는 전쟁과 기근, 전염병으로 피폐해진 위기상황을 겪기도 했지만 한편으로 동아시아 경제변동의 영향으로 일부 계층은 경제적 번영을 누리기도 했다. 사회 안정과 경제회복을 위해 조선정부는 권농정책을 실시하였으며 부세제도의 개혁을 포함한 각종 재정개혁을 단행한다. 조선정부의 전후 복구 정책이 추진되면서 농업생산성이 향상되고, 인구도 증가했다. 이앙법 등 농업기술의 진보는 광작 현상을 만들었고, 잉여생산물의 증가는 시장 판매를 위한 상업적 농업으로 이어지게 되었다. 광작의 보급으로 다수의 농민들은 소작농으로 전락하거나 그마저도 여의치 않을 경우 도시로 나가 상공업에 종사하거나 임노동자가 되었다. 특히 이들은 서울과 근기 지역으로 많이 유입되었는데 이로 인해 서울과 근기 지방을 중심으로 상업이 발달하게 된다.46)

게다가 조선은 중국의 비단과 약재, 일본의 은·동을 중개하는 삼각무역을 통해 많은 부를 축적하게 된다. 일본산 은·동의 유입은 화폐 경제시대를 여는 데 기여하였으며, 1678년 상평통보가 발행되기에 이른다. 동전의 발행과 유통으로 물품 거래와 상품 교역이 활기를 띠었으며, 세금의 금납화가 진행되면서 조세경제 영역에서도 변화가 뒤따랐다. 또 호조, 선혜청 같은 재정 담당 부서들은 서울의 시장을 통해 물품을 구입, 왕실과 중앙관청이 필요로 하는 물품들을 공급하기 시작했다. 중앙재정의 분배 과정이 시장에 의존하게 되면서 서울을 중심으로 하는 유통시장이 발달하게 되었다.

17세기 초 경기도 지방에 국한하여 시작된 대동법이 점차 전국적으로 시행되면서 공인이 등장하게 되는데 이들 계층이 자본가로 성장하게 되면서 수공업과 상업발달이 가속화되었다. 또 이러한 상황과 맞물려 5일장 체계가 전국적으로 갖추어지고 각 장시의 상권 강화로 이들 사이를 잇기 위한 교통이 발달하게 되는데, 특히 남해안, 서해안, 경강과 낙동강, 금강 등지를 중심으로 한 해상교통이 발달하게 된다. 그러면서 경강 주변인 마포, 용산, 서강, 뚝섬 등지에 각종 시전이 생겨났고 이로 인해 서울은 상업의 중심도시로 자리매김하게 되었으며, 서울의 상업발달은 예술의 경제화·상품화의 토대를 마련했다.47) 이러한 상업 부문의 변화는 상품유통체계의 변화를 이끌었다. 이러

---

46) 최완기, 「임노동의 발생」, 『한국사』 33, 국사편찬위원회, 1998, 133~134쪽.
47) 전지영, 「조선 후기 사회변동, 음악 '토대'의 변화」, 『다시 보는 조선 후기 음악사』, 북코리아, 2008, 136~137쪽.

한 사회적 변화는 구체적으로 「최척전」, 「숙향전」, 「왕경룡전」 등의 17세기 작품 곳곳에 반영되어 묘사 서술되면서 새로운 인물상을 창조하기 시작했는데, 이것은 소설 향유의 주체, 즉 소설 작가와 독자들의 취향과 관심사가 사회경제적 환경에 따라 달라지고 있으며, 작품 내용과 구조 변화에도 영향을 미친다는 것을 보여준다.

상업 도시 서울을 중심으로 한 경제적 번영과 사회적 활력을 체감한 시기는 1630년대 중반이었다. 사회경제 전반의 다양한 지표들이 크게 호전된 상황에서 서울의 권력층을 중심으로 부를 과시하고 사치와 향연을 즐기는 분위기가 형성되는데 이런 분위기는 1660년대에 이르면 서울 중산층에 확산될 정도로 절정에 이르렀다. 그러나 양반 사대부들의 생활은 전후 10년 이내에 전란 이전 수준으로 회복되었지만, 상대적으로 전후 복구 과정에서 양인과 상인층은 조세부담이 커지고 몰락의 과정을 걷고 있었다. 17세기 중반에 이르면 조선 사회의 양극화는 매우 심화되었으며 피지배층은 광범위하게 몰락했다.[48] 게다가 경기가 침체기에 들면서 부쩍 잦아진 기상이변으로 인해 많은 사람이 죽고 경제는 또 다시 위기상황에 직면한다.[49] 전쟁으로 인한 인권유린, 생존을 위협하는 피폐한 환경과 불평등한 사회 경제적 상황이 심화되면서 사회 재건과 관련된 문제들이 한문소설이나 실기로 지어졌고, 와해된 가족 공동체 질서를 회복하기 위한 욕구가 가정·가문소설에 반영되어 창작됐다.

한편 전쟁을 경험하며 무능력하고 무책임한 지배층에 대한 피지

---

48) 『효종실록』 효종 10년 윤3월 18일; 『승정원일기』 현종 2년 2월 25일.

49) 1650년대 이후 잦아진 기상이변은 1670~1671년에 이르러 조선 사회에 큰 혼란을 야기하게 된다. 이에 대한 내용은 '김성우, 「17세기의 위기와 숙종대 사회상」, 『역사와현실』 25, 한국역사연구회, 1997'을 참고할 것.

배계층의 불신이 증폭되었고, 통치체계가 이완되었으며, 강상윤리의 가치체계가 무너졌다. 국가재건 사업으로 경제적 성장과 사회 안정을 찾았다고는 하지만 빈부격차의 심화로 경제기반을 상실한 농민이 많아지면서 당시 사회에 대한 민간의 비판의식이 강화되었다. 소설 창작자는 와해된 사회 질서와 흩어진 가족 공동체의 회복을 작품에 투영했으리라 짐작된다.

실제로 전후 위기상황을 극복하기 위해 집권 사대부들은 성리학적 사회윤리를 강화시키려 했고, 통치이념에 충실한 민간의 사례를 적극 발굴하여 『동국신속삼강행실』 등을 유포한다. 그 영향이 미치는 범위는 매우 제한적이었다고는 하지만 일반백성을 독자로 한 서적이 국가 주도로 유포되는 과정에서 피지배층의 독서 인구가 확대되었음은 짐작할 수 있다. 게다가 전쟁 후 불타버린 서적을 복원하기 위해 중국에서 많은 서적이 유입되는데 그 과정에서 중국연의소설이 들어와 유통되었다. 국가에서 발행하여 유포하는 서적과 달리 소설은 비공식적 유통경로를 통해 독자에게 전달되었으며 흥미성을 무기로 빠르게 유포되었다. 소설의 창작자는 독자의 취향과 욕구를 고려하여 작품에 반영하였으며, 민간이 서적 유통체계에 개입함에 따라 독자에게 제공할 수 있는 길이 열리게 되었을 것이다.

한글로 번역·번안된 중국 소설이 여성을 비롯한 일반 백성들 사이에 빠르게 유포되는 데는 서당 교육이 영향을 미쳤으리라 생각된다. 16세기에 득세하기 시작한 사림이 서원을 경영하면서 지연과 학파의 결속을 강화하며 정치적 기반을 조성했다. 이 시기 사설 서당 역시 서원본제적 향촌 서당으로 변질되었다. 그래서 서당의 운영이나 설치도 서원이나 향교에서 분리되어 자연발생적이며 독자적인 방법으로 운용되었다. 이 시기 서당은 사(士)·서(庶)의 아동을 대상으로 과거 시험이나 사묘(祠廟)의 문제를 벗어나 인간의 심성 계발이나 민중의 교화에 기여하는 기관으로 변모한다.[50]

한편 17세기에는 한글을 사용한 의사소통이 활발히 진행되었는데, 대표적인 것이 언간이다.[51] 언간은 왕실뿐 아니라 가족, 가문 사이에서 일상의 안부를 묻는 일에 널리 활용되었고 남성 사대부 계층도 가문의 여성들과 의사소통을 목적으로 언간을 쓰는 일이 빈번해졌다. 한글이 상층 남성과 사대부가 여성들 사이에서 일상생활의 의사소통 도구로 정착하면서 한글사용이 확대되고, 여성 독자를 고려한 국문 소설이 창작될 수 있었다.

사대부 지배층은 내부적 결속을 도모하고 무너진 지위를 회복하기 위해 가부장제도의 확립과 부계 중심의 가족구조를 강화하기 위해 한글 독자인 여성을 적극 수용하였다. 즉 여성을 대상으로 제문, 전기, 행장류, 소설을 한글로 쓰기 시작했고, 여성의 한글문자 생활을 인정하면서 교화의 대상으로 포섭했다. 여성 독자들은 독서를 통해 남편 접대, 치가범절, 시부모 봉양, 자식교육, 봉제사, 접빈객과 관련된 덕행을 학습하게 되었을 것이다. 이러한 상황은 「창선감의록」, 「사씨남정기」, 「소현성록」과 같은 가문소설에 반영되어 있다.

17세기 이후 상품화폐경제의 발전에 따라 전국적으로 발달한 상업도시를 중심으로 소비문화가 등장하고,[52] 민의식의 성장 및 독서 대중의 증가로 인해 소설 독서문화도 함께 성장하게 된다. 김만중의

---

50) 정려기, 「17세기 서당교육과 민족의식」, 『교육논총』 1, 동국대학교 교육대학원, 1981, 6~7쪽.

51) 김미선, 「17세기 한글 산문의 발전과 「소현성록」」, 고려대학교 박사논문, 2017.

52) 민유기, 「한국의 도시사 연구 지형도와 향후 전망」, 『도시연구: 역사, 사회, 문화』 창간호, 도시사학회, 2009.

「구운몽」,53) 「사씨남정기」 등의 한글소설의 등장은 이러한 사회적 분위기에 영향을 받은 결과라 할 수 있다.

한편 이들 소설의 등장은 전후 사회체제의 정비과정에서 지배층의 목적의식과도 연결지어 생각해 볼 수 있다. 지배층은 사족 중심의 사회체제 정비를 통해 사족(士族)으로서의 자긍심과 동류의식을 강화시키려 하였다. 기존의 특권과 경제력을 확보하고자 사족 사회 내에서도 치열한 분열이 전개되었으며 특정 가문이나 학맥·당파를 기반으로 하는 벌열들의 파행적 정권다툼이 나타났다.54)

이러한 사회 구조 변화에 따라 재지사족들의 향촌지배체제도 변화를 겪게 되었다. 재지사족들은 향안·향규·향약 등과 같은 일향(一鄕)의 지배구조보다는 혈연적인 족계(族契)나 동계(洞契)·동약(洞約), 혹은 촌락 기반을 매개로 하는 하층민과의 유대 속에 자기방어를 모색하고자 하는 상하합계 형태의 동계(동약)를 발전시키게 되었다. 이 시기 친족 결속력을 강화하려는 일련의 노력, 문중조직이나 문중권위와 상징으로 서원·사우(祠宇)가 함부로 설립되는 현상은 이 같은 향촌 사회구조, 지배구조의 변모를 반영한다.55) 이러한 사회적 맥락에서 17세기 후반 이래 가문·가정을 다룬 소설이 집중적으로 등장하여 사대부층 소설 작가·독자가 증가하게 되었고,56) 이들의 생활문화 풍토가 사회적으로 확산되면서 소설 독자 역시 일반 민중으로까지

---

53) 「구운몽」의 경우 한문본, 한글본의 선·후 논란이 있으나 한글본이 여성의 독서물로 존재했다는 점을 강조하기 위해 한글소설로 서술했다.

54) 김성우, 『조선 중기 국가와 사족』, 역사비평사, 2001, 제7~8장.

55) 강만길 외 편, 「조선 후기 향촌사회구조의 변동」, 『한국사』 9, 한길사, 1999; 최기숙, 「17세기 장편소설 연구」, 연세대학교 박사논문, 1998, 13쪽 재인용.

56) 김종철, 「17세기 소설사의 전환과 '가(家)'의 등장」, 『국어교육』 112, 한국어교육학회, 2003.

확대되었을 것으로 추정된다.

2. 여성독자의 등장과 국문소설 향유

17세기는 「주생전」, 「최척전」, 「운영전」 같은 전기소설과 몽유록이 유통되었고, 「천군기」와 같은 우언소설이나 「유연전」, 「남궁선생전」 같은 전계 소설이 새롭게 등장했다. 또 전란의 영향으로 「삼국지연의」와 같은 역사소설이 향유되었다. 그리고 「사씨남정기」 같은 한글소설이 등장하고, 「구운몽」, 「창선감의록」 같은 중·장편소설 작품이 나와 여성 독자층을 넓히는 등 이전 시기와는 달리 소설 독서가 활성화되었다.

소설 독서문화의 확산 배경은 임병 양난 이후 민의식의 성장과 상·하층의 신분 갈등의 심화, 성리학적 이념의 동요, 상업의 발달과 물질적 욕망의 증대 등 중세에서 근대로 이행하는 과정에서 야기된 사회적 상황 및 가치관의 변모와 맞물려 있다. 17세기 소설 향유의 주체들은 새롭게 변화된 삶의 조건 속에서 현실을 자각하게 되었고, 새로운 삶과 사회를 욕망했으며, 그러한 욕구는 다양한 소설 작품으로 표출되었다.

17세기 소설의 특징은 전대의 전기소설과 달리 낭만적·환상적 성격이 약화되고 보다 현실적 삶의 문제를 핍진하게 다루고 있다는 것이다. 이것은 현실 삶에 대한 작가와 독자의식의 변화를 반영하는 것이었으며 동시에 소설이 일부 식자층을 넘어 보다 넓은 독자층의 공감대를 형성하면서 소설독서문화 확산에 기여할 수 있는 조건이 소설 내부에서 마련되고 있었음을 의미한다. 소설 독서의 사회적 의미는 분열되고 와해되는 조선 사회를 통합하고 공동체적 문화를 조성하는데서 그 빛을 발하기 시작했다.

이 시기에 쓰여진 소설의 경우 독자를 의식하여 창작·유통된 소설이 많아졌으며, 삶의 구체적인 현실인식이 반영되어 있다는 점에서 사변적·관념적 특성을 지닌 앞 시기 소설과는 다른 사회문화적 특성이 표출되고 있다. 독서의 사회적 지배력을 잘 알고 있는 상층 문인이 직접 소설을 짓고 여성의 소설 독서를 지원한 사회적 배경에 초점을 두어 시대를 살펴야 한다. 이에 앞서 17세기 소설 작품을 창작한 작가들 중 이름이 알려진 소설 작가들—조위한, 권필, 허균, 정태제, 김만중, 조성기, 홍세태—위주로 소설 창작의 문제를 살피고자 한다. 그리고 새롭게 등장한 여성 독자의 소설 향유 문제를 알아보겠다.

1) 소설 작가와 소설 생산 맥락

17세기에도 소설은 공식적으로 인정받지 못하거나 폄하되었다. 그것은 창작자가 작품 서문에서 자신을 숨기려 하거나 '누가 지었는지 모르나 전해 들었다'는 식으로 서술하는 태도를 통해 짐작할 수 있다. 그럼에도 불구하고 이 시기에 들어 소설의 효용가치에 대한 긍정적 논의가 진행되면서 지명 작가가 전 시기에 비해 늘어났다.

정태제는 「천군연의」를 지었다. 이 작품은 심성을 의인화해서 국가 흥망에 견주어 성리학적 질서와 명분론적 사고를 다지고 심성을 바르게 갖기를 바라는 권계의 내용이 담겨 있다. 따라서 소설을 배격했던 유학자들에게 소설의 효용성과 가치를 새롭게 인식할 수 있는 계기로 작용했다.[57] 정태제는 「천군연의서」에서 『전등신화』와 『염이편』, 『종리호로』와 『어면순』 등은 귀신이나 남녀 간 이야기로 역사연의와 거리가 멀다고 하면서 소설 유형을 구별하고 독자의 선택 문제를 강조했다.58) 이 자료는 정태제가 소설의 효용성과 가치를 인식하고 있었으며 당시 유통되는 소설의 애독자였음을 보여준다. 정태제는 소설을 흥미나 허구적 산물로 인식하기보다는 역사적 사실 전달에 중점을 두고 그 가치를 파악하려 했던 것으로 보인다. 따라서 다소 허구적인 내용이 있다 하더라도 그것이 세교에 도움이 되거나 지적 효용이 있다면 가치 있는 독서물이라 파악했던 것으로 보인다. 「천군연의」는 그런 연장선에서 창작되었으리라 짐작된다.

「주생전」을 지은 권필은 양촌 권근(1352~1409)의 5대손이고 예조 참의를 지낸 권벽의 다섯번째 아들이다. 그는 송강 정철의 문인으로 당대 문단에서 최고 시인이며 한시의 여러 형식에 능통했던 대가로 알려졌다. 사대부 가문의 출신이었으나 소탈한 성격에 구속받는 것을 싫어하여 벼슬하지 않고 후생 교육에 힘썼다. 33세 되던 1602(선조 34)년 중국 사신을 맞이하는 과정에서 이정구의 추천으로 시를 지을 기회가 있었는데, 이것을 계기로 시로 이름을 떨치게 된다. 광해군의 정치에 대해 비판적 의식을 보였으며 44세에 역옥에 연루되어 장형을 받고 귀양 가는 길에 장독으로 사망하였다.59)

권필 사후 20년 뒤인 1632년에 제자들에 의해 『석주집(石洲集)』이 간행되는데, 이후 두 차례(1674년에 중간, 1742년에 三刊) 더 간행될 정도로 가치가 있었으며, 후대 문인들에게 모범이 되어 이후 문집에

---

57) 김광순, 『천군소설연구』, 형설출판사, 1982, 199쪽.

58) 정태제, 「천군연의서」(1664)(무악고소설자료연구회 편, 『한국고소설관련자료집』I, 태학사, 2001, 139쪽).

59) 권필에 대한 내용은 김순희, 「石洲 權韠의 『石洲集』 考察」, 『서지학연구』 51, 한국서지학회, 2012 참조.

큰 영향을 미쳤다. 『석주집(石洲集)』 간행의 주체는 심기원과 홍보였으며, 교정과 서발에 참여한 인물들은 월사 이정구, 동악 이안눌, 택당 이식, 계곡 장유, 우암 송시열 등 당대 최고의 문장가들이었다.60) 『석주집(石洲集)』 간행 과정에서 당시 서적에 대한 검열기준을 엿볼 수 있는데, 택당 이식과 송시열이 각각 『택당집』, 「석주별집발(石洲別集跋)」에서 밝힌 내용은 다음과 같다.

"석주 선생의 문집은 이제 이미 간추려서 표시를 붙여 신·구본 및 가장난고와 함께 그 아들 항에게 맡겨 보냈습니다. 이른바 신본이라는 것은 청원공 심기원이 선한 것이고 구본은 동악 숙부의 집에서 나온 것인데 누가 선한 것인지는 모릅니다. 구본의 7백여 수는 잡다한 듯하고 중간 중간에 풍자가 너무 심한 것이 있습니다. 신본 4백여 수는 너무 소략하고 산문이 빠져 있습니다. 이제 가장난고에 의거하여 두 집의 본을 참작해서 이 문집을 정하였는데 취사가 가장 어려운 곳은 두 세 분의 종장과 더불어 상의하여 결정하였습니다. 아울러 잡문을 가려 뽑아 그 뒤에 붙인 뒤에야 이 선집이 비로소 완성되었습니다. 어떤 이는 선생의 시가 정수하고 경책으로 삼을 만하여 아낄만 하지 않은 것이 없으므로 이것을 가려 뽑아서는 안 되며 가려 뽑는 것은 망령되다고 말합니다. 이 말이 참으로 훌륭합니다. 하지만 우리나라 사람은 살림이 넉넉지 못해 인출이 어려우니 만일 편질이 많게 되면 간행하여 보급하는 것이 폭넓지 못 할 것입니다. 선생이 선대이신 습재공의 문집을 새길 때는

---

60) 심기원, 「석주집발」, 정민 역, 『석주집(石洲集)』, 태학사, 2009, 655쪽 재인용. "내가 동지 천파 오숙우와 선생의 유고를 취하여 왕복하면서 편차를 정리하고 동악 이안눌과 택당 이식에게 부탁하여 간행하고자 하였다. 마침 풍녕 홍보가 전주의 부윤이 되었으니 선생의 조카 사위로서 간행을 주관하였다. 나도 마침 전라도 관찰사로 있어서 이 일을 마칠 수 있었으니 어찌 다행이 아니겠는가."

열에 한 둘만을 가려 뽑았는데 이제 이 문집은 열에 한 둘만을 버렸으나 또한 몹시 아까움을 면할 수가 없습니다. 하지만 제가 독단으로 재량한 것은 아니니 두 집에 전하던 본이 먼저 있었습니다. 만약 훗날 덧붙이게 된다면 속집의 간행 또한 마땅히 있어야겠지요. 바라건대 영공께서 잠시 이에 따라 잘베껴서 거듭 교정을 더해 속히 새기기를 도모하신다면 몹시 다행이겠습니다. 저는 뒤늦게야 선생의 얼굴을 알아 겨우 동도로 작별한 인연을 얻었을 뿐입니다. 영공께서 도리를 지키는 마음에 감동하여 이 문집에 제 정성을 다 쏟았사오니 다만 영공께서는 헤아리소서 숭정 신미년 5월 정해에 이식은 두 번 절합니다."[61]

원집에서 산삭을 해야 했던 것은 그 말에 부록에 실린 택당 이식의 편지에 자세히 실려 있으므로 살펴보면 알 수가 있다. 그 시의 남은 것이 6백여 수나 되고 문 또한 약간 편이 있다. 그 당시에 택당께서도 또한 흠이 있어 버린 것은 아니었다. 대개 후일을 기다린다고 말했을 뿐이다. 이제 호남 안찰사 이동직공이 장차 가져다가 판목에 새겨 별집으로 만든다고 한다. 선생의 증손인 권수가 이공의 뜻으로 찾아와서 나에게 보여 주며 이렇게 말했다 "이중에서도 또한 취하고 버릴만한 것이 있겠는지요" 내가 말했다. "그렇다네. 옛날에서 지금을 보는 것은 또한 지금에서 훗날을 살피는 것과 다를 것이 없네" 마침내 그 가운데 1백여 수를 가려 뽑아 보내 주었다. 젊은 시절에 장난으로 지은 것과 승려들과 함께 주고받은 허망한 말 및 택당이 말한 풍자가 너무 심한 것 등은 모두 수록하지 않았다. 중국 사신을 접대 할 적에 지은 여러 작품들은 하나도 빠뜨리지 않았는데 그 까닭은 지금 세상에서는 다시

---

61) 김순희, 「石洲 權鞸의 『石洲集』 考察」, 『서지학연구』 51, 한국서지학회, 2012, 321쪽 재인용.

이 같은 일을 볼 수 없기 때문이다.62)

이식은 당시 현실에 대한 풍자, 비판의 내용이 담긴 것은 선별·정리해서 문집에서 제외한다. 송시열 역시 별집에 수록할 시문을 선별하면서 유교적 이념에 어긋나는 작품은 제외하겠다는 기준을 잡고 젊은 시절 장난삼아 지은 희작과 승려들과의 교유시, 풍자가 심한 작품은 모두 수록하지 않았다. 당대 최고의 문장가의 작품도 그 내용이 체제 비판적 성향을 보일 경우 검열을 통해 배제되었다는 것은 소설이 공식적으로 간행되기 어려운 출판환경에 놓여 있었음을 보여준다. 따라서 이 시기 대부분의 소설 작품은 필사를 통해 유포·향유되었는데 그럼으로써 국가의 검열에서 자유로울 수 있기도 했다. 권필은 당대 최고의 문장가들 사이에서 인정받은 문인이었다. 비록 검열을 통해 간행되지 못한 작품이 있다 하더라도 그의 저작은 암암리에 문인들 사이에서 읽혔을 것이고, 「주생전」도 그렇게 유포되어 향유되었다. 「주생전」은 애정전기의 계보를 잇는 작품이지만 비현실적인 내용 대신 현실의 문제에 주목하였으며, 사회적 환경과 운명으로 인한 개인의 불우한 삶의 문제를 다루었다.

이 시기에 창작된 한문소설이나 국문소설은 모두 비공식적으로 유통되었기에 현실의 모순과 체제 비판적 내용을 담을 수 있었으며 소설 독자들이 사회문화적 현실을 자각하게 하는 인식의 전환 계기를 가져왔다.

권필은 신분이나 사회적 지위보다 인물의 능력을 중시하여 서얼

---

62) 宋時烈, 「石洲別集跋」(김순희, 「石洲 權韠의 「石洲集」 考察」, 『서지학연구』 51, 2012, 326쪽 재인용).

인 송희갑을 제자로 들이는 한편 주변의 인물들을 통해 전쟁으로 인한 비극적 사건을 목도하였으며, 민초들의 삶과 민란을 통한 저항, 장성에서 의병을 일으킨 매부와 처남의 의로운 죽음, 장인 송제민의 삶, 충장공 김덕령의 억울한 죽음을 경험하면서 사회의 모순을 깨닫고 현실 비판적 의식을 갖게 되었다.[63]

이런 권필과 교유한 사람이 바로 17세기 문제적 작가 허균이다. 허균(1569~1618)은 당대 문장가로 이름이 높았던 허엽의 아들이며 임진왜란 직전 일본통신사의 서장관으로 일본에 다녀온 성(筬)과 문장으로 이름이 높았던 봉(葑)의 동생이며, 여류시인 난설헌은 그의 누이였다. 선조 27(1594)년에 문과에 급제한 이후 좌참찬까지 이르렀으나, 광해군 10(1618)년 서류(庶流)들의 역모에 가담했다는 죄명으로 처형당했다. 허균은 독서광이자 장서가였으며 중국소설에도 정통하였고, 문언소설뿐 아니라 백화소설까지도 통달하고 있었다.[64] 허균은 유가 경전뿐 아니라 잡록과 소설가류에 속하는 책부터 이단시되었던 불교서적과 도교서적에 이르기까지 다양한 독서경향을 갖고 있었다.

광범위한 분야의 독서체험은 허균에게 당시 현실에 대한 비판적 인식을 갖게 한 원동력이었다. 독서를 삶으로 여겼던 허균은 중국으로부터 많은 서적을 구입하여 읽었는데,[65] 중국에서 온 사신들과의 교유를 통해 중국 서적을 접하거나, 사행길에서 중국어에 능통한 역관을 대동하고 직접 책을 구입하기도 하는 방법을 통했다. 간혹 중국으로 가는 인편을 통해 부탁을 하거나 구할 수 없는 책은 빌려

---

63) 김순희, 앞의 논문, 175~181쪽 참조.
64) 大谷森繁, 앞의 책, 32~33쪽.
65) 강명관, 『조선시대 책과 지식의 역사』, 천년의상상, 340~368쪽 참조.

보는 방법을 취하기도 하면서 새로운 작품을 끊임없이 찾아 읽었다. 그렇게 읽고 깨달은 바를 교유하던 사람들과 토론하고, 공유함으로써 비평의 수준을 높였다는 데서 독서를 사회적인 실천행위로 인식하였음을 짐작할 수 있다.

다음은 허균이 읽었으리라 짐작되는 소설류에 관한 기록이다.

내가 희가(戱家)의 소설 수십종을 얻어보니, 「삼국지연의」와 「수당지전연의」를 제외하고, 「양한지」는 앞뒤가 맞지 않고, 「제위연의」는 졸렬하며, 「잔당오대연의」는 거칠고, 「북송삼수평요전」은 소략하며, 「수호전」은 간사한 속임수에 기교를 부렸다. 이것들은 모두 독자들을 교훈하기에 충분하지 못하며, 한 사람의 손에서 저술된 것으로, 나관중의 자손이 삼대가 벙어리가 된 것은 당연하다. 「서유기」에 이르기를 책은 종번에서 나왔다고 하는데, 이는 현장의 『취경기』를 가지고 부연한 것이다. 이 사실은 『석보』와 『신승전』에 간략하게 보이니, 한편으로는 의심스럽기도 하고 한편으로는 믿을 만하기도 하다.[66]

근래 병으로 휴가를 얻어 두문불출 하는 중에 우연히 유의경·하양준의 「서일전」, 여백공의 『와유록』, 도현경의 『옥호빙』을 열람하게 되었는데, 거기 담긴 서정이 소산하여 내 가슴에 와 닿는 것이 있었다.[67]

새로운 지식과 서적에 관심이 많았던 허균이라면 『전등신화』, 「삼국지연의」를 비롯한 중국소설뿐 아니라 『금오신화』를 비롯한 15~

<hr>

66) 허균, 『성소부부고』 권13(『한국문집총간』 74, 249쪽).
67) 허균, 위의 책, 184쪽.

16세기의 소설도 읽었을 것으로 짐작된다. 게다가 각 작품에 대한 날카로운 비평까지 할 정도로 박식했으며 당시 중국에서 문언소설로부터 백화소설로 소설의 경향이 변화해 가는 추이를 잘 파악하고, 그 이유를 깊이 이해하였기 때문에 한문으로 된 전(傳)을 쓰는 한편, 소설을 지을 수 있었을 것이다.68) 다음은 허균이 「홍길동전」을 지었다는 이식의 기록이다.

세상에 전하기를, '「수호전」을 지은 사람은 3대가 벙어리가 되었는데 그 대가를 받은 것이다'라고 하는데, 도적이 그 책을 좋아했기 때문이다. 허균과 박엽 등이 그 책을 좋아하여 적장의 별명으로 각자 호를 삼아 서로 희롱했으며, 허균은 또한 「홍길동전」을 지어 「수호전」에 견주었다. 그 무리 서양갑·심우영 등은 몸소 그 행위를 좇아 한 마을이 산산조각 났고, 허균은 또한 반란죄로 주살되었으니 이것은 벙어리가 된 대가보다 더욱 심하도다.69)

이 기록을 통해 허균이 「수호전」을 읽었다는 사실과, 함께 교유했던 인물들에 대한 정보를 알 수 있다. 서양갑·심우영은 서인들로

---

68) 大谷森繁, 앞의 책, 34쪽. 허균이 지었다고 하는 「홍길동전」은 우리가 알고 있는 작품과는 거리가 먼 작품이라는 것은 주지의 사실이다. 그동안 허균의 작품으로 알려졌던 「홍길동전」은 작자 논란이 계속 있었다. 최근 이윤석은 「홍길동전」이 허균(1569~1618)이 지은 것이 아니라고 발표했다. 주장에 따르면 한문 「홍길동전」의 이름은 「노혁전」으로 지소 황일호(1588~1641)의 작품이다. 「노혁전」은 황일호가 전주 판관으로 읽하던 1626년 전라감사 종사관 임게에게 이야기를 듣고 적은 것으로 알려졌다. 황일호는 「노혁전」 앞부분에서 "노혁의 본래 성은 홍(洪)이고 이름은 길동이니 실로 우리나라 망족(望族) 명망 있는 집안이다. 불기(不羈 구속을 받지 않음)의 재주를 품었으며 글에 능했다"고 노혁이 홍길동임을 분명히 했다. 또 '한글 「홍길동전」은 세상에 전하는 홍길동 이야기를 바탕으로 1800년 무렵 알 수 없는 어떤 작가가 창작했다'고 하였다(경인일보 기사, 2019.4.24).
69) 『택당집·별집』 권15(『한국문집총간』 88, 530쪽); 무악고소설자료연구회 편, 『한국고소설관련자료집』 I, 태학사, 2001, 216쪽.

신분에 불만을 품고 집단화하여 금품을 강탈하다 체포되어 계축화 옥에 연루된 사람들이다. 교유하던 사람들과의 관계를 통해 당시 사회제도의 모순을 현실적으로 체험할 수 있었으며, 이를 소설화할 수 있었던 것으로 보인다. 허균의 글은 이렇게 교유하던 사람들 사이에서 비밀리에 유포되었을 것이다.

조위한은 「최척전」을 지었다. 「최척전」은 16세기 말 17세기 초 동아시아 각국이 얽히는 전란을 배경으로 주인공 최척과 옥영이 이어가는 간절한 사랑, 가족이 흩어지는 이산과 해후를 섬세하게 표현한 작품이다. 조위한은 실제로 이 시대를 살면서 전란의 고통을 몸소 체험했고, 그것이 작품에 고스란히 반영되었다. 조위한은 전쟁 중 어린 딸과 부인을 잃었으며, 남원에서 피란하던 중 김덕령(1567~1596) 장군 휘하에서 의병활동에 참여하였다. 정유재란 시 봉산으로 피란하였다가 양강으로 돌아온 후인 33세 때 명나라 군사 오명제 등과 사귀게 되어 중국에 들어가 강남지방을 여행하려 했으나 형의 만류로 좌절되었다.

한편 조위한은 광해군 2(1610)년 40세의 나이에 사은사(謝恩使) 서상관으로 중국에 가게 되는데, 그의 문집에는 중국을 다녀온 여정이 자세히 기록되어 있으며, 중국을 여행할 때 실제로 다녔던 곳들이 작품에 나타나기도 하였다. 또 전쟁체험뿐 아니라 「표해록」과 「조완벽전」, 『지봉유설』 등을 읽은 독서체험도 「최척전」 창작에 영향을 미쳤을 것으로 보인다.[70]

김만중과 조성기는 모부인(母夫人)을 위해 각각 「구운몽」, 「창선감의록」을 창작했다. 또 김춘택은 「사씨남정기」를 한역(1709)하면

---

70) 장효현, 「「최척전」의 창작 기반」, 『고전과 해석』 1, 고전문학한문학연구학회, 2006.

서 서포가 이 작품을 국문으로 지은 뜻은 여항 부녀들로 하여금 풍송케 하려던 것이었다고 말한 것으로 보아 17세기 후반으로 오면서 소설의 독자를 고려한 작품이 사대부 계층에서 창작되었으며, 소설 독서를 꺼리는 분위기 속에서도 읽어볼 만한 것으로 권장되었다. 이것은 개인의 사상·학문에 대한 견해나 내적 깨달음의 정서를 표현하고자 했던 15~16세기의 소설 창작과는 다른 목적의식이 나타나는 지점이다.

김만중(1637~1692)의 집안은 광산 김씨 명문거족으로 김장생이 그의 증조할아버지이다. 김장생은 율곡 이이의 제자이며, 우암 송시열의 스승이었다. 김만중은 유교·불교·도교에 대한 식견이 높았고, 국문학뿐 아니라 소설에 대해 긍정적인 인식을 바탕으로 「구운몽」과 「사씨남정기」를 지었다. 김만중 소설관에 영향을 준 인물로 그의 종조(從祖) 신독재 김집이 있다. 김집은 김장생의 아들로 예학의 체계를 세울 정도로 학문에 조예가 깊은 반면, 「우호잡기(尤好雜記)」라 말하며 남에게서 빌려 온 소설집에 구두점을 찍을 정도로 소설류를 즐겼다. 서포가 신독재 집에서 『금오신화』 등의 소설류를 빌어 읽었을 가능성이 높고[71] 이러한 독서 경험은 소설을 창작하게 하는 밑거름이 되었을 것이다.

「창선감의록」의 작자 조성기 역시 명문 집안의 아들로, 서포 김만중, 홍만종 등과 같은 시대를 산 인물이다. 조성기는 질병으로 추측되는 이유로 정계에 진출하지 않고 평생 서적을 가까이하며 지냈다. 경전, 사서를 비롯하여 불도의 서적, 패관기록에까지 두루 고찰한 것으로 보아 상당히 다양한 종류의 책을 섭렵했으며, 독서에 대해서

---

71) 大谷森繁, 앞의 책, 55쪽.

도 개방적인 태도를 갖고 있었다.[72]

17세기 소설의 창작자들은 소설의 효용성과 독자를 의식하고 한문과 한글을 사용하여 작품을 창작했다. 특히 현실의 문제에 주목하였으며, 사회적 환경과 운명으로 인한 인간 삶의 문제를 다룸으로써 독자의 공감을 얻고자 했던 것으로 보인다. 소설은 허구성에 기대어 독자에게 위로와 휴식, 삶의 희망을 전달함으로써 와해된 공동체적 삶의 가치를 환기했으리라 생각된다.

2) 소설 독자와 수용 맥락

17세기에는 전란의 영향으로 「삼국지연의」와 같은 역사소설과, 「사씨남정기」, 「창선감의록」, 「소현성록」 같은 가정, 가문소설이 유행했다. 이 시기에도 소설의 직접적인 독자는 상층 남성 문인이었으며, 새롭게 사대부가 여성이 소설 독자로 등장했다. 특히 이 시기에 들면 사대부의 사랑방 문학으로 발달해 온 패관소설 특히 야담류가 지어졌다. 야담의 저자들 대부분은 당쟁으로 집권 세력에서 소외되었거나 스스로 정계를 물러난 사람들인데, 이 시기에 지어진 야담에는 이전 시기와는 달리 유한(有閑)의 문학이 아니라 사회비평·세태풍자·식자계층의 논리 등을 소설적 허구성을 빌어 표현한 작품들이 있다. 박두세의 『요로원야화기』가 그 대표적인 작품이다.[73] 상층 지식인 내부에서는 한문으로 현실 문제에 관심을 가지고 사회 비판과 사회 통합을 위한 문제의식이 소설로 표현되기 시작했다.

---

72) 김진선, 「창선감의록에 나타난 가족윤리 연구」, 한국외국어대학교 석사논문, 2002, 19쪽 재인용.

73) 大谷森繁, 앞의 책, 44~45쪽.

17세기 소설 독서문화는 상층 여성들을 중심으로 소설 독서가 확산되는 특징을 보이므로 성별을 기준으로 남성 문인과 여성 독자의 소설 독서를 나누어 살펴볼 필요가 있다. 17세기는 한문소설뿐 아니라 한글소설이 창작되고, 한글본으로 번역된 중국소설이 유행했다. 이들 소설은 수용층에서 차이가 있었을 것으로 생각되는데 국문과 한문이라는 언어표기 차이가 소설에 큰 차이를 주지는 않았던 것 같다. 그것은 국문소설이든 한문소설이든 창작의 주체가 상층 남성 지식인이었고, 그들의 이념이나, 취향, 욕망이 작품에 반영되었기 때문이다. 상층 남성 문인과 상층 여성의 독서 취향도 그들 사이의 상호 관계와 교류에 의해 유사하게 형성되었을 것으로 짐작된다.

따라서 17세기 소설 교육에서는 작가와 독자층의 취향과 독서목적에 초점을 두어 작품을 이해하는 것이 중요하다. 이 시기 창작된 우언소설이나 전기소설, 가정·가문소설에는 작가와 독자층의 의식이 반영되어 있다. 또 전대의 작품과 비교할 때 현실에 대한 인식과 묘사가 두드러지는데 그 이유를 전란 후 사회문화의 변화와 관련지어 살필 수 있어야 한다.

(1) 남성 문인의 소설 독서

17세기 초부터 중국의 연의소설이 들어왔는데, 특히 「삼국지연의」는 선조대왕이나 사대부는 물론 번역되어 부인이나 아동에 이르기까지 읽혀졌다. 「삼국지연의」가 다른 소설보다 유행하게 된 원인은 전란 후 영웅을 기리는 민중의 염원이 반영되었기 때문이며 이 작품이 다른 소설보다 백화가 적어 읽기가 수월했기 때문이었다.[74] 그러나 이들 소설을 긍정적으로 생각한 의견은 일부분이었으며, 여전히 소설에 대한 비판적 시각이 지배적이었다. 17세기에 다루어진 소설에 대한 비평은 소설 자체에 관한 전면적 부정에서부터 부분적 허용, 적극적 긍정에 이르기까지 다양한 인식의 편차를 보인다. 이는 당대에 소설이 논쟁적으로 수용되었음을 짐작할 수 있다.[75] 소설에 대한 논의를 주도한 사람들은 소설의 긍정·부정의 견해를 떠나 모두 소설의 독자였다. 15~16세기와 마찬가지로 이 시기의 독자도 단순한 수용자로서만 기능한 것이 아니라 작가와 비평가, 독자의 성격을 아우르는 소설의 향유자로 존재했기에, 앞서 논의한 소설 작가들도 독자에 포함된다.

이식은 연의류를 대상으로 소설 부정론을 폈다. 그는 '서적＝경사'라는 제한된 사고를 갖고 있었으며 소설을 '황당한 말장난, 허드레 이야기'로 인식함으로써 허구성을 전면 부정했다. 또한 『태평광기』에 실린 기이한 이야기의 파한(破閑)적 가치를 일정부분 인정하면서도, 학문하는 사람들이 소설 독서에 빠지는 것을 경계했다.[76] 이식은 소설을 지적 담론의 매체로 인식하였으며, 사상을 보존하고 증식·전파하는 수단으로 이해했던 것 같다. 소설이 허구적인 내용으로 사람들에게 악영향을 미친다고 판단했기에 소설의 저자를 비판함과 동시에 독자의 수용 문제를 민감하게 거부했다.

정태제는 「천군연의서」에서 소설의 가치를 부분적으로 인정했다. 연의류의 황탄함을 비판하면서도 「천군연의」의 교훈성을 인정하여 가치를 긍정하는 서문을 썼다. 그는 '이야기의 허구성은 유가적 교훈을 전달하기 위한 방편임'을 강조함으로써 경전 중심적 사고를 근간

---

74) 大谷森繁, 위의 책, 55쪽.
75) 최기숙, 「17세기 장편소설 연구」, 연세대학교 박사논문, 1998, 18쪽.
76) 이식, 『택당별집』 권15, 22쪽; 최기숙, 위의 논문, 28쪽 재인용.

으로 소설의 가치를 긍정했다.[77]

　김춘택(1670~1717)은『북헌집』에서 소설에 대해 전반적으로 부정적 평을 가하면서도 서포 김만중 소설의 탁월성을 인정함으로써 소설에 대한 긍정적 평가를 내렸다.

　소설은『태평광기』의 우아함과 아름다움이나 「서유기」, 「수호지」의 기이함과 웅대함을 막론하고 「평산냉연」 또한 다양한 운치가 있다하나 무익함에 그칠 뿐이다. 서포는 속언(俗諺)으로 자못 많은 소설을 지었는데, 그 가운데 「남정기」라 하는 것은 대수롭지 않게 여겨 내버리는 글 따위에 비할 수 없다. 그런고로 내가 한문으로 번역했다. 인사(引辭)에 "언어와 문자로 사람을 교화하는 것은 육경에서 시작했는데, 성인이 있은지 이미 오랜 세월이 흘렀다. 저술가들이 간간이 나왔으나 순정함은 적고 허물이 많더니 패관소설에 이르러서는 망탄하지 않으면 부미(浮靡)할 뿐이었다. 그 중 백성의 도리를 돈독히 하고 세교에 보탬이 될 만한 것은 오직 「남정기」뿐이구나!"라 했다.[78]

---

77) 최기숙, 위의 논문 참조.

78) 김춘택, 「서포유사별록」『북헌집』 권16(「논시문」『한국문집총간』 185, 228쪽). "小說。無論廣記之雅麗。西遊水滸之奇變宏博。如平山冷燕。又何等風致。然終於無益而已。西浦頗多以俗諺爲小說。其中所謂南征記者。有非等閒之比。余故翻以文字。而其引辭曰。言語文字以教人。自六經然爾。聖人旣遠。作者間出。少醇多疵。至稗官小記。非荒誕則浮靡。其可以敦民彝裨世教者。惟南征記乎。記本我西浦先生所作。而其事則以人夫婦妻妾之間。然讀之者。無不咨嗟涕泣。豈非感於謝氏處難之節。翰林改過之懿。皆根於天具於性而然者。其慎痛裂眦。又豈不以喬董之惡哉。不惟如是。推類引義。將無往而非教人者。所謂放臣怨妻與所天者。天性民彝。交有所發。則如楚辭所謂感發人之善心。懲創人之逸志。則又庶幾乎詩是烏可與他小說同日道哉。然先生之作之以諺。蓋欲使閭巷婦女。皆得以諷誦觀感。固亦非偶然者。而顧無以列於諸子。愚嘗病焉。會謫居無事。以文字翻出一通。又不自揆。頗增刪而整釐之。然先生特以其性情思致之妙而有是書。故於諺之中。猶見詞采。今愚所翻。反有不及焉者。昔太史公作屈原傳。歐陽子叙王氏婦事。其文與兩人節義爭高。愚誠美之。而自無以稱謝氏之賢。然庶幾仰述先生所爲作書教人。其意非偶然者。是愚之志也。覽者恕焉。"

김춘택 역시 소설의 교화적 성격을 강조하며, 세교에 보탬이 되는 작품이라면 긍정할 수 있다는 태도를 보였다. 이전 작품과의 비교를 통해 이와 같은 비평을 내리는 것으로 보아 기존의 소설 작품도 두루 섭렵하였음을 짐작할 수 있다.

17세기에 작품론 대상이 되는 소설로는 「서유록」, 「최척전」, 「수호전」, 「사씨남정기」, 『어면순』, 『전등신화』 등이 있다. 중국 소설 작품에 관한 비평이 많은 것은 당시 중국 소설이 지식인들 사이에서 폭넓게 읽혀졌음을 반증한다.

김집(1574~1656)의 『신독재수택본전기집』에는 「왕십붕기우기」, 「왕경룡전」, 「최문헌전」, 「만복사저포기」, 「이생규장전」, 「고승전」, 「주생전」, 「사씨남정기」 등의 소설이 실려 있어 김집이 당시 소설 독자였음을 보여준다.

홍만종(1643~1725)은 『순오지』, 「장악위담」에서 『수호전』의 묘사와 인물형상 기법 등에 대해 언급함으로써 형식 비평적 관심을 보여주었다.79) 또한 『순오지』 서문을 쓴 김득신에 따르면 홍만종은 어려서부터 도가적 취향과 방외적 기질이 있었음을 언급하며, 『순오지』 저술 의도는 세교를 돕고 사람들의 기강을 바로잡으며, 착한 일은 높이고 악한 것은 폄하하여 감계를 삼고자 한 것으로 파악했다. 또한 그는 이야기 중에 우스개말이 포함되어 있음을 지적하고 이에 대한 전범을 기존의 역사가의 글쓰기 방식에서 찾아 허담을 교훈을 전달하기 위한 방편으로 이해했다.80) 김득신 역시 소설 작품의 독자였는

---

79) 홍만종, 『순오지』 「장악위담」 (무악고소설자료연구회 편, 『한국고소설관련자료집』 I, 태학사, 2001, 140쪽).

80) 김득신, 「순오지서」 (무악고소설자료연구회 편, 『한국고소설관련자료집』 I, 태학사, 2001, 140쪽).

데, 대체로 이들은 소설을 교훈적 측면에 중점을 두어 효용성 측면에서의 가치를 인정했다.

허균은『성소부부고』중「서유록발」에는 소설의 구성, 문체, 주제와 효용 등에 관한 허균의 주장이 담겨 있다. 소설 독서에 대한 허균의 견해를 살필 수 있는 자료이다.

내가 소설 수십종을 얻어보니「삼국연의」,「수당연의」를 제외하고,「양한지」는 앞뒤가 맞지 않고「제위지」는 옹졸하고,「잔당오대사연의」는 거칠고,「북송연의」는 소략하며,「수호전」은 간사한 속임수에 기교를 부렸다. 이것들은 모두 교훈으로 삼기에는 부족한데 한 사람의 손으로 저술되었으니, 나관중 자손 3대가 벙어리가 되는 것은 마땅하다.「서유기」라는 책은 종번에서 나왔다고 하니, 이는 현장의「취경기」를 부연한 것이다. 이 사실은「석보」와「신승전」에 대략 보이니 의심스럽기도 하고 믿을만하기도 하다. 지금 보건대 이 책은 특별히 수련하는 의미를 가탁한 것이니 (…중략…) 비록 지루하고 늘어져, 그 말들이 바른 말은 아니지만 종종 모두 단결을 가탁하여 말하는 것이므로 폐할 수는 없다. 나는 이 책을 임시로 두었다가 진실한 도리를 수련하는 여가에 피곤하면 잠을 쫓는데 쓰려고 한다.[81]

허균은 소설을 매우 자세히 분석하며 읽고, 유희적 동기로서의 효용적 측면을 인정하고 있다. 소설의 유희적 효용을 인식한 사람 중에는 이민성(1570~1629)이 있다. 그는「제최척전」이라는 시에서

81) 허균,『성소부부고』13「서유록발」(무악고소설자료연구회 편,『한국고소설관련자료집』
   I, 태학사, 2001, 123쪽).

소설의 기괴함과 작자 미상 문제를 거론했는데, 그 과정에서 소설을 유희적 담론으로 이해하는 태도[82]가 관찰된다.

다음은 홍서봉(1572~1645)의 「속어면순 발」의 내용이다.

예전에 취은(醉隱) 송세림이 『어면순』을 저술하였는데 요컨대 한가함을 쫓는 호사가들과 실의하여 적막한 무리들이 이 책을 펴보고 근심을 잊고 웃게 할 수 있으니, 졸음을 쫓는 한 가지 기이한 방법이라 이를 만하다. 근래에 쌍천(雙泉) 성여학은 취은(醉隱)이 미처 기록하지 못한 것들을 모아서 한 책을 만들어 제목을 『속어면순』이라 했다. 대개 또한 비리한 말과 이야기들을 잡다하게 모아 사람들이 손뼉을 치고 밝게 웃으며 자신도 모르는 사이에 졸음을 쫓게 하니 취은의 책과 짝할 만하다. 혹자가 말하기를 "기록한 것이 무례하고 방자한 데 미치니 덕을 상하게 하고 말을 허비한 것이 아니겠는가?"라고 하였다. 내가 말하기를, "그렇지 않다. 『예기』에 이르기를 '한 번 당기기만 하고 늦추지 않는 것은 문왕과 무왕도 하지 않았다'고 하였고, 『시경』에 이르기를 '우스갯소리 잘 하니 지나침이 되지 않도다'라고 하였으니, 성여학의 이 책이 사람으로 하여금 느껴 깨닫게 한다면 어찌 유희와 해학거리에 그칠 뿐이겠는가?"라고 하였다.[83]

홍서봉 역시 소설의 유희적 측면과 파한의 효용성을 들어 작품의 가치를 평가하고 있다. 이밖에도 「졸수재집 행발」을 쓴 조정위(1659~1703) 역시 소설의 독자였다. 이들은 17세기 전반까지도 새로운 지

---

[82] 최기숙, 앞의 논문, 1998.

[83] 홍서봉, 「속어면순발」(무악고소설자료연구회 편, 『한국고소설관련자료집』 I, 태학사, 2001, 134쪽).

식과 서적에 대한 탐구의 목적에서 이들 작품을 읽었던 것 같다. 그러면서 점차 후반으로 갈수록 소설이 갖고 있는 허구성의 효용, 홍미와 유희적 측면의 가치를 인식하면서 소설의 장르적 인식이 심화되었으며, 구체적인 작품 창작으로까지 이어진 것이라 생각된다. 또 새롭게 창작된 작품이 독서물로 유통되면서 비평에서의 관심이 확대되고 이것이 소설 창작과 유통의 대중적 기반을 마련하는 데 기여했다고 판단된다. 이 시기 남성들의 소설 독서는 현실의 문제·사회모순·지배층의 무능함을 직시하고 해결 방안을 모색하거나 정신적 위안을 얻는 것, 혹은 사회 안정기에 들면서 유희와 오락에 목적을 둔 것으로 짐작된다.

(2) 상층 여성의 소설 독서

이만부가 1632년에서 1634년 사이의 일로 기록한 자료에 의하면, 사대부 부녀자가 언문소설을 소리 내서 읽다가 나무람을 당한 일이 있다고 한다.[84] 전술했지만 김만중의 「구운몽」과 조성기의 「창선감의록」의 첫 번째 독자는 어머니, 즉 여성이었으며, 김춘택이 「사씨남정기」를 한역(1709)하면서 서포가 이 작품을 국문으로 지은 뜻은 여항부녀들로 하여금 풍송관감케 하려던 것이었다고 말한 점, 권섭(1671~1759)의 모부인 용인 이씨(1652~1712)가 「소현성록」을 비롯한 국문장편소설들을 여러 질 필사했으며, 권섭이 그 소설들을 남성들은 물론 여성들에게도 골고루 분배한 점[85] 등은 이 시기에 들어

---

84) 권태을, 『식산 이만부 연구』, 오성문화사, 1990; 최운식, 『한국고소설연구』, 보고사, 2006, 216쪽 재인용.
85) 김종철, 앞의 논문, 410쪽.

여성 소설 독자가 증가했음을 보여주는 증거이다. 또한 조정위(1659 ~1703)의 「졸수재집행발」은 「창선감의록」을 지은 작가 졸수재 조성기에 대해 언급하고 있는데 이를 통해 조성기의 어머니도 소설의 애독가였음이 증명된다.[86]

인선왕후(1618~1674)가 딸 숙명공주에게 보낸 편지에 「녹의인전」, 「하북이장군전」, 「수호전」 등을 보내거나 가져가라는 내용이 들어 있는데, 이 편지에서 말한 작품은 한글로 번역한 중국소설이다.[87] 궁중에서 번역한 중국소설이 궁 밖으로 전해지면서, 번역소설이 민간으로 퍼지는 계기가 되었을 것이다.

김만중은 『서포만필』에서 "지금 이제 『삼국지연의』라는 것은 원나라 사람 나관중에게서 나왔는데, 임진 이후에 우리나라에 성행하여, 부녀자나 아이들 모두 외울 수 있게 되었다"[88]고 언급하였는데,

---

86) "만년에 태부인 우일당을 모심에 받드는 예절과 사랑하고 공경하는 도리로 하였으니, 일마다 정성을 다하여 지극하지 않음이 없었다. 비록 몸이 피곤하여 신음하는 가운데에도 반드시 지팡이를 짚고 일어나 내당에 들어가 절하고, 부드러운 소리로 기운을 가라앉히고 기쁜 낯으로 즐겁게 하였으니, 태부인으로 하여금 기쁨과 즐거움에 이르게 하여 걱정하고 아파하는 마음을 잊게 하였다. 먹고 마시고 기거하는 예절에 이르러서는 또한 반드시 조용히 여쭙고 살펴서 기쁘고 두려워하는 뜻을 게을리 하지 않았고 또한 매시절 반드시 일찍이 좋아하셨던 물건을 구해 바쳤다. 태부인은 총명하고 재능과 지혜가 뛰어나 고금의 사적과 전기 중에 널리 듣지 않았거나 모르는 것이 없었다. 만년에는 또한 누워서 소설 듣기를 좋아하여 졸음을 그치고 번민을 쫓는 자료로 삼았고, 항상 그것을 계속하지 못할까 걱정하였다. 부군이 매양 남의 집에 못 본 책이 있다는 말을 들으면 반드시 힘을 다해 구하여 얻은 다음에야 그쳤다. 또한 자신이 옛이야기를 부연하여 여러권의 책을 엮어내 바치기도 하였다. 진실로 태부인을 즐겁게 하는 뜻으로 할 수 있는 것이 있으면, 비록 매우 힘들고 피곤한 일이라도 즐겁게 그것을 하였으니 깊은 병이 몸에 있다는 것도 깨닫지 못하였다."(무악고소설자료연구회 편, 『한국고소설관련자료집』 I, 태학사, 2001, 233~234쪽)

87) 김일근 편주, 『친필언간총람』, 경인문화사, 1974, 자료번호 56, 57, 102 참조. 이윤석, 「한글 고소설의 탄생과 유통」, 『인문과학』 105, 연세대학교 인문학연구원, 2015, 15쪽에서 재인용.

88) 김만중, 『서포만필』, 83쪽(무악고소설자료연구회 편, 『한국고소설관련자료집』 I, 태학사, 2001, 229쪽).

이를 통해 당시 『삼국지연의』 한글본이 이미 존재했으며, 부녀자나 아이들에게 널리 애독되고 있었음을 시사한다.

조태억의 어머니 윤씨(1647~1698)도 소설의 독자였는데, 『서주연의』 필사본이 완질로 갖추어지는 과정을 통해 알 수 있다.

외부 출입이 자유롭지 않았던 여성들의 소설 독서는 주로 규방에서 이뤄졌다. 다음은 조성기 어머니의 독서 장면을 묘사한 부분이다.

태부인은 총명하고 재능과 지혜가 뛰어나 고금의 사적과 전기 중에 널리 듣지 않았거나 모르는 것이 없었다. 만년에는 또한 누워서 소설 듣기를 좋아하여 졸음을 그치고 번민을 쫓는 자료로 삼았고, 항상 그것을 계속하지 못할까 걱정하였다.[89]

이들은 주로 여가시간을 활용하여 소설을 읽었는데 누군가 읽어주는 소설을 듣는 방식으로 소설을 즐겼다. 주로 가족단위 내에서 한 사람의 낭독자가 들려주는 소설을 함께 향유하면서 공감대를 형성했을 것이다. 부녀자의 독서는 자연스럽게 아이들에게도 공유되었으며 소설을 매개로 가족 공동체의 독서문화가 조성되었다.

3) 17세기 소설의 유형과 내용

17세기에 향유된 소설의 유형은 크게 전기소설, 전계 소설, 가정·가문소설이 있다.[90]

---

89) 조정위, 『졸수재집』 12 「졸수재행장」(무악고소설자료연구회 편, 『한국고소설관련자료집』 I, 태학사, 2001, 234쪽).
90) 조동일, 『한국문학통사』 권3(제4판), 지식산업사, 2005.

17세기에 들어 전계 소설이 새롭게 등장하였다. 전계 소설은 역사적 실존인물을 입전한 열전에서 유래하여 발전한 양식으로 허구로서의 실기소설의 성격을 갖는 양식이다.[91] 전계 소설의 대표 작품에는 허균의 작품이 있다. 허균은 일사소설로 분류되는 전을 지어 소외된 인물들에 대한 관심을 표현했다. 일사소설이란 불우한 처지에서 태어난 평범한 듯 보이지만 사실은 비범한 능력이 있음에도 불구하고 세상에 쓰이지 못한 인물에 대한 소설이다. 「엄처사전」의 엄처사는 몰락한 양반으로 가난하여 스스로 나무하고 물 길어야 하는 처지에 있으며, 「장산인전」의 장산인은 중인출신 의원으로 선도를 익혀 귀신을 부리는 사람이다. 「손곡산인전」의 이달은 허균의 스승으로 서출이라 불우한 생을 살았으며, 「장생전」의 장생은 천민인 거지로 바보스럽게 사는 듯 보이나 경복궁 경회루 들보 위 구멍에 본거지를 정한 도적의 무리를 이끌고 때를 기다린다 하였다. 「남궁선생전」의 남궁두는 아전출신의 중인인데 과거를 보아 문명을 떨치다 미움을 사서 부당한 옥사를 겪었고, 아내와 딸은 옥중에서 죽었다. 그 뒤 선도를 얻었으나 신선이 되어 떠나지 않고 평범하게 지내는 것 같은 이면에 반발을 숨겼다. 이들은 모두 비범한 능력이 있음에도 불구하고 당시 사회에서 소외된 삶을 살았다. 비범한 능력을 가지고 있음에도 불구하고 여항에 묻혀 사는 불우한 인물들의 삶을 통해 당시 사회 제도의 모순을 드러내고 바람직한 사회가 되기 위한 조건을 고민한 것으로 보인다.

「유연전」은 실제 있었던 유연의 옥사 사건을 다룬 작품으로 억울

---

91) 윤재민, 「한국 한문소설의 유형론」, 『동아시아문학 속에서의 한국한문소설 연구』, 고려대학교 민족문화연구원, 2002, 80쪽.

하게 누명을 쓰고 처형된 유연의 사건과 누명이 풀리고 신원되는 과정을 자세히 다루고 있다. 당대의 흥미로운 사건이나 인정세태가 전에 적극적으로 수용되기 시작했음을 보여주는 작품이다.[92]

전란으로 인한 공적을 기리는 작품이 몽유록의 형식을 빌어 쓰여 져, 민중에 대한 위로와 공감을 자아내기도 했다. 「달천몽유록」은 호남 사림의 일원인 윤계선이 임진왜란 시 신립이 배수진을 펼치고 싸웠던 달천의 탄금대를 배경으로 한 작품이다. 나라를 위해 목숨 바쳐 싸운 공적을 기리고 있다. 「강도몽유록」은 병자호란 시 강화도 에서 보호받지 못하고 순절한 여인들의 읍소를 그린 작품이다.

한편 이전 시기부터 창작되었던 전기소설은 현실적인 공간에서 개인 삶의 문제를 다루는 방향으로 변화가 나타났다. 「주생전」은 남녀주인공들의 삼각관계를 다룬 소설로 내적 욕망에 충실하고자 했던 주인공의 모습을 통해 이전 시기의 애정전기소설과는 차이점 을 보여준다. 「왕경룡전」은 기녀와 귀족 자제간의 사랑을 다룬 작품 이다. 여주인공 옥단은 기녀임에도 정절을 지키고, 자신의 처지를 벗어나려는 적극적인 모습을 보여준다. 「운영전」은 궁녀 운영과 김 진사의 사랑 이야기를 통해 당대 모순된 사회제도와 개인 자유의 억압문제를 다루고 있다. 「상사동기」는 「운영전」과 유사한 내용이 나 비극적 결말로 끝나는 운영전과는 달리 영영과 김생의 사랑을 행복하게 끝맺은 작품이다. 「위경천전」은 중국 청년이 사랑하는 사 람과 이별하고 명나라 군대의 장군인 아버지를 따라 출전했다가 병 으로 죽은 이야기로 전쟁보다 사랑과 이별을 그리는 데 중점을 둔 소설이다.

---

92) 박희병, 「조선 후기 전의 소설적 성향 연구」, 서울대학교 박사논문, 1991, 84~85쪽.

「최척전」은 주인공 최척이 두 차례의 전란을 겪고 30여년 동안 조선, 중국, 일본, 베트남을 떠돌다 가까스로 가족과 재회하는 이야기를 다룬 작품이다. 최적과 옥영의 결연, 가족의 이산과 재회의 과정을 통해 전쟁으로 인한 인간 삶의 질곡을 표현했다.

또 「사씨남정기」, 「창선감의록」, 「소현성록」과 같은 가정(가문)소설이 국문으로 창작되어 부녀자들 사이에서 널리 읽혔다. 「사씨남정기」는 처첩간의 갈등을 보여주는 최초의 가정소설이다. 현숙한 사씨와 교활한 교씨의 대립을 통해 여성이 지녀야 할 올바른 행실뿐 아니라 악행에 대한 처벌을 강조하고 있다. 「창선감의록」은 사대부 가문 안에서 일어나는 여인들 간의 갈등과 모해, 형제간의 우애를 다룬 가정(가문)소설로, 가문의 화합과 번영을 위한 윤리를 표현했다. 「소현성록」은 가문소설의 선구적 작품으로 소씨 삼대의 이야기를 통해 가부장제 및 가문 수호에 대한 당대 이념적 가치가 반영된 작품이다.

이들 소설의 내용 역시 17세기 시대문제를 고민하고 사회 통합과 공동체적 삶의 방향을 모색하고 있다. 이 시기 소설에는 그동안 관심 두지 않았던 소외 계층—궁녀, 거지, 아전, 여성, 기생, 의원 등—의 삶과 능력을 다루거나, 개인의 삶의 문제를 다루고 있다는 점에서 앞 시대와 차별된다. 전쟁으로 인해 사회질서가 무너지고 계층 간 이동이 빈번해지면서 그동안 묻혀 있던 사람들의 진가가 재발견되기도 하였으며, 무너진 삶을 재구축 하는 데는 무엇보다 다양한 사람들의 아픔을 위로하고 공감대를 형성할 필요가 있었기 때문으로 보인다. 또 사회 재건의 시대적 과제를 앞두고 개개인의 능력 모두가 소중하며, 사회 각계각층의 책무가 중요함을 역설하고자 했던 것 같다.

무엇보다 가족공동체를 중심으로 하나로 모으기 위해서는 여성의 포용과 희생이 요구되었는데 여성이 주된 독자인 국문소설에는 유교중심의 가부장제적 이념이 강화되어 나타나는 것을 확인할 수 있다. 17세기는 소설 독서를 통해 현실 삶의 문제를 고민하기 시작했으며, '욕망'의 문제가 소설에 구체화되기 시작했다. 또 사대부들 사이에 가문이나 학맥·당파를 기반으로 지배구조를 결속하려는 움직임이 나타났는데 가정·가문소설에 이러한 사회적 상황이 반영되어 있다. 따라서 17세기 고소설 교육에서는 사회문화적 환경의 변화와 여성 독자의 등장, 갈래적 특성에 주목하여 작품을 이해해야 한다.

3. 소규모 공동체적 소설 유통과 민간 출판의 장(場) 형성

17세기는 서적 출판과 유통 면에서 의미 있는 정책 변화가 일어난 시기이다. 간행주체뿐 아니라 인쇄 방식, 독자층에서 뚜렷한 변화를 보이기 때문이다. 전란 후 조선의 인쇄환경은 매우 열악한 수준으로 전락했는데 이를 복구하기 위해서는 막대한 비용이 요구되었다. 그래서 금속활자에 비해 제작비용이 적게 들면서 재료의 취용이 용이하며 활자 제작에 드는 시간도 짧은 목활자를 적극적으로 활용하기 시작했다. 조선 전기 목판이나 금속활자에 비해 활용빈도가 높지 않았던 것과 달리 17세기 목활자의 활용은 경제적인 측면에서 그 가치가 발휘되었다.

임진왜란 이후 교서관은 정상적인 인쇄 기능을 수행하기 어려운 환경에 처해있었다.[93] 이러한 시기에 기관 운영의 자급자족을 위해

---

93) 『선조실록』 권162 선조 36년 5월조. "교서관에서 아뢰기를… 해조의 재력이 고갈되었으

서적의 인쇄기능을 적극적으로 담당한 주체가 바로 훈련도감이다. 다음은 『백사집』에 수록된 백사 이항복의 「훈련도감인한창려집발」 의 내용이다.

　도감에서 둔전을 파하고서부터 병사를 먹일 방법이 있으면 반드시 털끝만한 방법이라도 들어서 쓰고 송곳끝 같이 작은 일도 모두 강구하 여 보았다. 그 사이에 여러 가지 책을 인쇄하여 팔아서 군비에 충당하 였다. 뒤에 안평대군이 쓴 인본 몇 책을 얻어 새겨서 활자를 만들어보 니, 글자가 유려하여 사랑스럽다. 먼저 이 책을 인쇄하자, 높은 관직에 있는 사람들 가운데 호사가들이 다투어 이 책을 구하려 하였다. 마침내 방매하여, 시기를 보아 많이 내거나 덜 내거나 해서, 나머지를 저축하 고 이익을 남기니, 곳지기가 넉넉하다고 고하였다. 여러 공인들을 조금 먹여 살리자, 모두 이익을 기대해서, 말리로 넉넉히 살게 하고도 이식 이 남았다. 이것이 어찌 군사 양성에 이익이 되는 데 그칠 뿐이겠는가? 역시 문과 무에 기탁하여 서로 인과를 맺어 서로 발전케 하는 일이다. 다만 그 인쇄한 것들이 과거 공부에 요구되는 권질이 작은 것들로서 팔기에 쉽도록 한 것들이 많고, 옛 위대한 경전들에 대하여는 비기를

니, 이 일에 쓰일 종이 및 일체의 제구와 장인들에게 줄 양료가 그다지 많지는 않지만, 판출할 수 있는지의 여부를 알지 못하겠습니다. … 춘추관이 아뢰기를 교서관이 근래 책을 인출하는 일이 없었으므로 황양목이 매무 부족한데 갑자기 준비하기가 어렵습니 다."라는 기록을 통해 재력의 고갈로 인해 교서관이 정상적인 인쇄 기능을 상실했음을 짐작할 수 있다. 또 『선조실록』 권199 선조 39년 5월조. "내의원에서 아뢰기를, 난리를 겪은 후에 내국의 방서가 남김없이 사라져 약에 대해 의논할 때 참고해 볼 근거가 없을 뿐만 아니라 새로 배우는 이들이 물어볼 데가 없으니 끝내는 고루하게 되어버리는 병폐 를 벗어나지 못합니다. 이번에 흩어지고 없어진 여러 책을 몇 가지나마 모아서 활자를 사용하여 중요한 몇 권의 의서를 인출하고자 하는데, 종이는 본원에서 이미 적절히 준비 했습니다. 그 공정을 계산해 보니 대단치는 않으나 장인의 품삯을 마련할 길이 없어 매우 걱정입니다."는 기록으로 보아 내의원에서도 재정의 문제로 서적 간행에 어려움을 겪고 있었음을 알 수 있다.

적은 책이나 은회한 글처럼 경원시하여 속된 선비들이 팔을 내저어 거부해서 미처 인쇄할 겨를이 없었다는 점이 한스럽다.94)

위의 인용문을 통해 훈련도감에서는 기관 운영비 조달을 위해 책의 수용층의 욕구를 반영하여 서적을 간행·판매하였고, 그 이익으로 운영 경비를 충당하였음을 알 수 있다. 물론 여전히 방각본이라 할 것은 못되지만 이 사례는 서적의 상품화와 판매가 이윤을 창출 할 수 있음을 인식하고 국가기관에서 서책의 판매를 공식적으로 시행한 사례라 주목된다.

한편 17세기는 민간이 서책 간행의 주체로 서서히 등장하는 경향을 보인다. 16세기 중반 이후 설립된 지역 서원의 서적 간행은 16세기 말 이후에 보다 적극적으로 이루어졌으며 문중이나 개인의 간행 활동도 증가하였다.95) 개인 간행으로 알려진 서적으로 사서언해와 『전등신화구해』가 있는데, 특히 사서언해는 책값의 문제로 인해 약서하였다는 기록이 있어 민간에서도 서적의 판매가 이뤄졌음을 짐작케 한다.96)

---

94) 『백사집』 권2 「訓鍊都監印韓昌黎集跋」, "都監自罷屯田 思所以足食者 必毛舉而錐扼之無遺間印諸書 鬻之爲軍儲 後得安平大君所寫印本數書 模刻爲活字 圓轉可愛 首印是書 於是薦紳好事者 爭奔走焉 遂斥賣 消息時權 其贏積其奇羨 庫人告裕 使衆工稱食 皆仰機利 以末取足 猶有餘息 是何但養兵之利 亦寓文於武 相因而相長之者也 獨恨其所印多科程小秩 以求易售至於古經大傳 視若素書隱文 俗士掉臂 故有未遑焉…". 옥영정, 「17세기 출판문화의 변화와 서적간행의 양상」, 『다산과 현대』, 연세대학교 강진다산실학연구원, 2010, 16쪽에서 재인용.

95) 옥영정, 「17세기 개인 출판의 사서언해에 관한 고찰: 1637년 간행의 사서언해를 중심으로」, 『서지학연구』 27, 한국서지학회, 2004.

96) 『맹자언해』 하권 권말 "時用孟子諺解淸濁具備盡美矣 窮儒寒士病其價重 故略書如左 崇禎十年丁丑月日刊(요즘 통용되는 맹자언해는 청탁이 갖추어져 참으로 좋다. 그러나 궁벽한 유생과 가난한 선비가 그 값이 비싼 것을 병으로 여기는 까닭에 이와 같이 약서하였다)". 옥영정, 앞의 책(2010), 21쪽에서 재인용.

17세기는 민간단체, 즉 서당, 향교, 문중 등의 간행 활동도 활성화되기 시작하였는데 현존본 중에 이를 확인할 수 있는 것이 다수 발견되고 있다. 1600년 산양(山陽) 죽천서당(竹川書堂)에서 간행된『소학집설』과 1685년 제주향교에서 간행된『소학언해』, 그리고 1602년 공주목(公州牧) 유성현(儒城縣) 초외촌사(草外村舍)에서 간행된『항적전(項籍傳)』등이 그것이다.97) 민간이 서책 간행의 주체로 등장하게 된 주된 이유는 독서층의 확대와 서적 수요공급의 불균형 때문으로 추정된다. 책의 수요는 점차 늘어가는데 공급이 제대로 이루어지지 않았기 때문이었다.

중앙정부에서 민간으로 서책 간행의 주체가 바뀌었다는 것은 출판체계에서 출판 주체의 간행 의도 외에 상업경제논리와 독자의 요구가 중요한 변인으로 작용하기 시작했음을 시사한다. 또한 앞 시대에 비해 자유로운 출판 및 독서 환경이 조성되고 있었음을 의미한다.

민간출판업자들의 성장으로 서적의 유통체계가 국가주도의 일방적 지배체제에 균열이 생기면서 경제적 이익을 도모하기 위한 서적의 생산이 가속화되었다. 이에 따라 민간출판업자들은 경쟁력 제고를 위해 소비자의 애호도를 충족, 강화할 수 있는 서적을 생산하기에 이르렀다. 17세기에 출판된 방각본은『사요취선』,『명심보감초』,『고문진보대전』,『사문유취초』,『대명율시』,『농가집성』,『신간구황촬요』등이 있는데, 이들은 전주, 태인, 제주 등지에서 간행되어 유포되었다. 이들 방각본은 모든 분야에서 중요하다고 생각되는 사항들을 주제별로 분류 배열하여 해설한 백과사전식 특성을 보이는 서적들이다. 이와 같은 백과사전류의 서적이 방각본으로 출판된 데는 과거

---

97) 옥영정, 위의 글, 22쪽.

시험이나, 농업기술의 보급, 기근과 질병의 해소라는 실용적 목적이 작용했기 때문으로 파악된다.[98] 이러한 변화는 상층의 독점이었던 지식을 민간에 전파하고, 민간에서 서적을 손쉽게 구할 수 있는 환경을 조성하는 데 기여했다.

15~16세기는 서적의 유통시스템을 둘러싼 외부환경이 비교적 안정적이었기 때문에 국가주도의 서적정책이 가능했었다. 그래서 정부 주도하에 활자를 주조하고 서적을 간행하면서 소수 지식인, 상층 지배층에 한해 돌려봄으로써 서적의 유통을 제한했다. 그러나 16세기 말부터 진행된 사회구조의 모순과 전란으로 인한 급격한 사회환경의 변화는 더 이상 국가 주도의 강력한 통제정책을 시행할 수 없게 했다. 유통체계의 재편은 불가피한 것이었으며 국가가 민간의 유통기능을 허용하고 받아들이면서 경제가 활성화되고 유통의 기능이 분업화 전문화되기에 이른다. 생산·공급 논리에 입각한 상류 주도형 유통정책이 통하는 시대는 지나가고 있으며, 서적의 생산−유통−판매가 밀접한 관계를 맺으며 성장하기 시작했다.

출판 혹은 독서에서 실용성을 강조하기 시작했다는 것은 실학사상이 대두되기 시작한 17세기 조선의 사회적 분위기와도 맞물리며, 보관용 서적이 아닌 실생활에 도움이 되는 독서물을 요구하는 독자가 증가했음을 의미한다. 물론 성리학서나 과거시험용 서적의 독자와 실용서적의 독자는 달랐으리라 생각되는데, 이는 서양 서적의 수용 양상을 통해 짐작할 수 있다.

17세기 초부터 중국을 통해 수입되기 시작한 서양 관련 서적들은

---

98) 부길만, 「17세기 한국 방각본 출판에 관한 고찰」, 『출판잡지연구』 10, 출판문화학회, 2002.

17세기 말 이후 연행을 통해 양적, 질적으로 확대되었다. 그러나 여전히 조선의 지배층인 다수의 사대부들에게 독서는 도덕적 수양과 과거중심적인 학문에 치중되어 있었다. 따라서 수입된 서양의 다양한 번역서들이 그다지 주목을 받지 못한 상황이었다. 이전 시기 퇴계 이황과 율곡 이이가 체계화시킨 교육과 독서체제는 17세기에도 여전히 사대부의 교육과 학문의 방향과 원칙의 기준으로 영향력을 미치고 있었으며, 지배층의 독서 대상과 학문의 폭이 좁아지는 결과를 가져왔다.99)

다만 정부차원에서 적극적으로 도입하고자 했던 천문역법은 지식인의 관심 대상이 되어 서양천문, 우주이론을 탐구하는 계기를 제공했다. 반면 불교나 양명학 관련 서적은 독서 대상에서 제외되었고, '군자불기(君子不器)'를 내세워 역학, 의학, 음양학, 율학 등과 관련된 서적들 역시 사대부의 독서대상에서 분리되어 중인신분층의 학문으로 한정시키는 양상으로 바뀌었다.100) 제도적으로 계층에 따라 독서 대상이 되는 책을 분리하였으며, 이는 각 계층의 관심과 독서 취향을 가르는 계기로 작용하게 되었다.

한편 이 시기 출판정책에서 중요한 또 다른 변화는 언해서의 보급과 이를 위해 한글 활자가 제작되어 한글서적의 독자층을 넓혔다는 것이다. 옥영정은 17세기에 들어 언해본 경서가 완성되어 간행 및 보급이 관(官) 주도로 진행되었으며 이것은 한글본이 민간으로까지

---

99) 율곡은 독서 순서를 체계화하여 그 순서를 정해 두었으니 소학, 사서, 오경 외에 역사서, 각종 성리서들, 근사록, 가례, 심경, 이정전서, 주자대전, 주자어류로 확대하였으며, 남은 힘으로는 역사서를 읽어 고금의 역사적 사건의 변천을 통달하여 식견을 기르고, 잠시라도 이단, 잡류, 부정한 책은 엄금해야 한다고 강조하였다(김영, 「조선시대의 독서론연구」, 『한국한문학연구』 12, 한국한문학회, 1989, 214쪽).

100) 홍선표 외, 『17·18세기 조선의 독서문화와 문화변동』, 혜안, 2007, 167~169쪽.

유통되는 데 커다란 역할을 함과 동시에 18세기 한글문화 흥성의 기반으로 작용했음을 밝혔다.[101] 이 시기 관 주도로 간행된 한글 언해서는 주로 사서삼경과 같은 유교경전이나 교화서로 서적의 수용층이 일반 백성은 아니라고 추측된다. 간행된 사서언해는 공식적으로 왕세자와 종친교육에 이용되었고, 각 정부기관이나 관료들을 대상으로 반사되는 경우가 대부분이었기 때문이다. 그러나 관주도의 한글서적의 간행과 보급은 한글 서적의 독서층을 넓히는 데 기여하였으며, 이것은 한글소설의 창작과 유통에 영향을 미쳤을 것으로 보인다.

17세기 사회의 전반적인 변화와 출판정책의 변화와 맞물려 사람들의 의식이 성장, 변화하면서 독자의 생활 혹은 의식수준에 따라 선호하는 독서물이 달라졌다. 이러한 변화에 적응하기 위해 민간업체들은 과거수험서와 실용서적의 출판에서 점차 여가를 위한 서적까지 다양한 내용의 서적을 취급하게 되었을 것이다.

아직까지 소설이 방각본으로 출판되어 일반 대중의 문화상품으로서 기능한 것은 아니었지만 소설독서의 확대와 다양한 소설 작품의 창작은 당시 독자들의 독서 취향이 반영된 것이었으며, 이것은 소설 독자의 확대와 경제적 풍요와 같은 외부 환경 변화가 맞물려 있는 현상으로 이해할 수 있다. 소설 독서가 가능하기 위해서는 소설이 유통될 수 있는 사회, 경제적 여건이 마련되어야 한다. 민간출판이 허용되면서 소설 유통의 장(場)이 마련되는 시기가 바로 17세기이다.

---

101) 옥영정, 앞의 글.

1) 소설의 비상업적 유통

(1) 차람과 필사

17세기에도 소설은 대부분 암암리에 필사되어 유통되었다. 소설 책을 구하는 가장 흔한 방법이 차람 또는 필사였기 때문이다. 사대부 남성들 대부분은 한문해독이 가능했기 때문에 한문소설을 즐겨 읽었으리라 생각된다. 상층 남성 문인들에 의해 열독되었던 한문소설들도 주로 전사와 차람의 형태로 유행했다. 다음은 김집(1574~1665)의 「신독재수택본전기집발문」이다.

> 나는 본래 배우기를 좋아하는데, 잡기는 더욱 좋아한다. 그래서 이 책을 빌려와 정신을 집중하여 꼼꼼하고 자세히 살펴보았는데, 누구의 손에서 전사되어 나왔는지 모르겠다. 혹 연문이 있기도 하고 잘못된 글자가 많았으며, 또 낙자도 있어 문리가 통하지 않았고, 앞뒤가 이어지지 않았다. 그러므로 글자와 의미가 맞지 않는 곳이 자못 많았다. 그래서 간혹 나의 생각을 가만히 덧붙이기도 하고 여러 책을 상고하여 그 번잡하고 어지러운 부분을 다듬고 그 잘못된 글자를 고치고 그 빠진 글자를 보충한 후에야 문리가 통하게 되었으며, 적절하게 풀어내기도 하고 줄이기도 하자 문장이 더욱 명백해지고 의미가 잘 통하게 되었으니, 알기 어려우며 의심스럽고 의아한 곳이 어찌 있겠는가? 또 문리가 갖추어지지 않은 사람이 구를 끊어 상하를 서로 잇는 것을 어려워할 것을 염려하여 뜻이 잘 통하지 않는 곳과 잘 이해되지 않는 곳에 점을 찍어 절구를 표시하여, 뒤의 독자를 기다리니, 이에 유익함이 있기를 바라노라.[102]

김집은 유학자였지만 소설 잡기류를 좋아하였으며, 이들 책을 배움의 일환에서 접했던 것으로 보인다. 그래서 여러 책을 참고하여 문리가 통하도록 글자를 고치고 문맥을 수정하는 등 꼼꼼하게 작품을 읽었고, 뒤에 이 책을 접할 독자들이 이해하기 쉽게 작품을 정리했다. 김집 뿐 아니라 대다수의 사대부 남성들은 주로 한문소설류의 독자들이었으며, 이들이 소설을 읽고 필사한 이유는 지적활동의 소산이었음을 알 수 있다.

필사본은 대개 궁중이나 상층 사대부가에서 호사적 기호품으로 읽히거나 양반가 안방에서 주로 읽혔던 것으로 비영리적인 개별 수요에 의한 유통양상을 띤다.103) 조선 제14대 왕인 선조가 정혜 옹주에게 보낸 서신이나, 인선 왕후가 숙명 공주에게 보낸 서신에 「포공안」, 「녹의인전」, 「하북이장군전」, 「수호전」, 등의 소설이 왕과 옹주, 왕비와 공주 사이에 개인적으로 주고받은 정황이 보인다.

조성기(1638~1689)는 "그의 모친이 아직 읽지 않은 책이 어느 집에 있다는 말을 들으면, 어떻게 해서든지 그것을 구해 오곤 하였다."고 한다. 겸재 조태억(1675~1728)의 모친 역시 소설 읽기를 좋아하여 「서주연의」 십여 편을 필사하였는데, 그의 모친을 따르는 마을의 여인이 이를 빌려다 읽고 돌려주려고 가지고 오던 중 길에서 그 중 한 권을 잃어버렸다. 그런데 얼마 뒤 조태억의 아내가 몸이 불편하여 쉬던 중 무료하여 친척집에서 소설을 빌려다 읽었는데, 거기에 전에 잃어버린 책이 들어 있었다고 한다. 이러한 기록들은 소설을 빌려

---

102) 김집, 「신독재수택본전기집 발문」(무악고소설자료연구회 편, 『한국고소설관련자료집』 I, 태학사, 2001, 135~136쪽).

103) 유탁일, 「고소설의 유통구조」, 『한국고소설론』, 한국고소설학회, 아세아문화사, 2006, 11쪽.

다 읽던 당시의 사정을 알게 해줄 뿐 아니라 필사되어 유통되었음을 증명하는 근거들이라 할 수 있다.[104]

필사와 차람에 의한 유통 방식은 제한된 범위와 관계 사이에서 이루어지는 비상업적 유통 방식이지만, 그렇기에 국가나 지배층의 검열이나 비판에서 자유롭게 유포될 수 있는 장점이 있었다. 인선왕후와 숙명공주 사이에 오고 간 편지나 조태억 기록에 나오는 소설 작품은 모두 중국 소설의 번역물이라 할 수 있다. 이 당시 중국에서 들어온 소설이 국문으로 번역되어 규방 여성들 사이에서 읽혔으며 그 밖의 다른 연의소설들도 일부 번역되어 소개되었으리라 생각된다. 규방 여성들 사이에서 암암리에 필사되어 읽히던 작품이 늘어나면서 조성기와 김만중의 모친의 경우처럼 소설 독서에 대한 욕구 역시 증가하게 되었고 이에 따라『창선감의록』이나『구운몽』같은 창작 소설이 지어졌으리라 여겨진다.

---

104) 조태억,『겸재집』권42「諺書西周演義跋」(『한국문집총간』190, 203쪽). "我慈闈既諺寫西周演義十數編。而其書闕一筴。秩未克完。慈闈常嫌之久。而得一全本於好古家。續書補亡。完了其秩。未幾有閭巷女。從慈闈乞窺其書。慈闈卽擧其秩而許之。俄而女又踵門而謝曰。借書謹還。但於途道上逸一筴。求之不得。死罪死罪。慈闈姑容之。問其所逸。卽向者續書而補亡者也。秩之完了者。今復不完。慈闈意甚惜之。越二年冬。余絜婦僑居 南山下。婦適病且無聊。求書于同舍族婦所。族婦酒副以一卷子。婦視之。卽前所逸慈闈手書者也。要余視之。余視果然。於是婦乃就其族婦。細訊其卷子所逆來。其族婦云。吾得之於吾族人某。吾族人買之於其里人某。其里人於途道上拾得之云。婦乃以前者見逸狀。其告之。且請還之。其族婦。亦異而還之。向之不完之秩。又將自此而再完矣。不亦奇歟。曩使此卷逸於道途。久而人不拾取。則其必馬畜躪之。泥土蝕之。一字片書。不可復覩矣。假使幸而免此患。爲人之所拾取。其拾取者。若蒙不知愛書。則不惟不珍護而 翫賞之。又從而滅裂之殘毀之。以備屋壁間糊塗之用。則其視馬畜躪而泥土蝕。亦奚間哉。且幸而又免此患。得爲好事者之所藏去。其藏去者。若在天之涯地之角。而彼我不相及者。則此卷雖或無恙。吾之見失均也。豈不惜哉。今者逸於道途而馬畜不躪。泥土不蝕。爲人所拾取。而不歸於蒙不知愛書之人。卒爲好事者之所藏去。而又不爲天涯地角彼我不相及者所占。爲吾婦族婦之族人所獲。轉展輪環。卒歸於我。此豈天不使我慈闈下筆。終至於散逸埋沒之地耶。三年之所失。一朝而得之。謂非有數存於其間耶。奇歟奇歟。不可以無識。謹錄其失得顚末如右云爾。"

(2) 인쇄 유통

17세기에도 중국 소설류와 한글로 번역된 교화서들이 간행되었다. 15~16세기에 간행되었던 『태평광기상절』, 『태평통재』, 『유양잡조』, 『열여전』, 『삼강행실』, 『화영집』, 『금오신화』 등이 여전히 독서물로 유통되었으며, 17세기에도 세교를 목적으로 관영에서 중국 소설류와 교화서가 간행되었다. 『오륜전전』, 『전등신화』, 『전등여화』, 『옥호빙』이 재간되었으며, 『정충록』, 『종리호로』, 『효빈집』, 『삼국지연의』, 『세설신어』, 『소설어록해』, 『동국신속삼강행실도』가 17세기에 들어 새로이 간행되었다.105)

일찍이 수십 년 전에 언문 서책 가운데 『오륜전전(五倫全傳)』을 얻어 보았었는데, 그 감탄할 만한 것이 지극했기에 한문으로 번역하여 세상에 널리 알리려 했었지만 뜻한 바를 이루지 못했었다. 그런데 군내에 사는 늙은 선비 손정준이 책 한 권을 소매 속에 넣어 가지고 와서 나에게 보여주었는데, 바로 『오륜전전』이었다. 심히 다행으로 여기고 즉시 관찰사 강유후에게 아뢰어 판각해서 배포하니, 풍속을 교화하는 데 조금이나마 도움이 될 것이다. 을사(1665)년 가을 재령군수 한희설이 삼가 발문을 쓰다.106)

이는 1665년에 한희설이 재령 군수로 재임 당시 쓴 『오륜전전』

---

105) 윤세순, 「17세기 간행본 서사류의 존재양상에 대하여」, 『민족문학사연구』 3, 민족문학사학회, 2008, 132~135쪽 참조.

106) 한희설, 「오륜전전서」(무악고소설자료연구회 편, 『한국고소설관련자료집』 I, 태학사, 2001, 108~109쪽).

서문의 내용으로 언문본을 번역한 한문본『오륜전전』을 관찬으로 간행한 것이다. 관찬으로 간행한 이유는 지식 수용과 교화에 있었겠지만 독자는 한문을 읽을 수 있었던 상층 지식인이었다.

『전등신화』역시 재간되었는데, 현존하는 것은 1614년 간본(연세대학교 소장본)과 1633년 간본(충남대학교 소장본)이다. 또 현존하지는 않지만 1653년 이전에 제주도에서도『전등신화』가 간행된 기록이 있다.

『삼국지연의』는 식자층들의 상당한 관심을 받으며 애독되었고, 이익의 다음 발언을 통해 간행되었을 것으로 짐작된다.

　『삼국지연의』가 지금 인출되어 널리 배포되니, 집에서는 외워서 읽혀지고 과거 시험장에서는 거론되어 출제됨이 계속되었다. 하지만 이것이 부끄러운 일인 줄 알지 못하니 또한 세상이 변했음을 볼 만하다.[107]

『해동문헌총록』에 실려 있는『종리호로』발문을 통해 이 작품이 1622년 평양에서 목판으로 간행되었음을 확인할 수 있다. 또『옥호빙』은 1653년 제주에서 간행된『탐라지』창고조 책판고에 제주향교에 보관된 책판 기록에 제목이 보여 17세기 중반 제주에서도 간행되었음을 알 수 있다.『세설신어(보)』는 이의현의『도곡집』에 처음 등장하는데 1606년 주지번이 사신으로 왔다가 증정하여 문인들 사이에서 유통되며 읽혔다.『동국신속삼강행실도』는 1617년에 왕명에 의해 홍문관 부제학 이성 등이 편찬한 책으로 목판으로 간행되었다.

---

107) 이익,『성호사설』권9상 人事門(윤세순, 앞의 글(2008), 144쪽에서 재인용).

이전에 간행된 삼강행실류와는 달리 우리나라의 충신·효자·열녀를 중심으로 편찬되었다. 각 사람들의 전기 뒤에 한 사람마다 1장의 도화를 붙이고 한문 다음 국문언해를 붙였다. 이들은 모두 관판본으로 장소도 서울에만 국한되어 있지 않고 재령, 순창, 제주, 평양 등 다양하였다.108)

이들 소설류가 간행될 수 있었던 이유는 이 책들이 중국으로부터 들어온 문물이며 새로운 지식을 담보한 서적이었기 때문이었다. 지식의 정보원인 서적이 전쟁으로 소실되었기에 이를 복구하는 차원에서 간행되었으리라 짐작된다. 이 시기에 간행되었을 것으로 추정되는 서적 중에 『소설어록해』라는 어휘집이 있는데, 이 책은 당시 백화문으로 쓰여진 서적을 읽고 이해하기 위한 특별한 어휘집이 필요했음을 암시한다. 그것은 아직 백화소설이 수용 단계에 있었다는 것을 의미하며 이들에 대한 수용 초기 관(官)의 입장은 여타의 다른 소설의 간행 이유인 '지식의 수용' 목적 때문으로 짐작된다.

그러나 관찬본의 경우 보통 100여 본을 넘지 않는 수준에서 간행되었다고 하며,109) 『종리호로』의 경우 언해본을 한역하여 간행한 것, 『전등신화』와 『옥호빙』이 제주향교에서 보관된 책판목록에 이름을 보이는 것으로 미루어 보아 『동국신속삼강행실도』를 제외하고 관찬본의 독자는 상층 지식인에게 한정되었을 것이다. 『동국신속삼강행실도』의 경우 한문과 국문이 공동으로 실려 있고, 그림까지 삽입하여 대규모로 간행한 것은 교화의 목적 때문이었으며, 독자 역시 한문과 한글을 아는 식자층부터 문자를 모르는 일반 백성까지 그

---

108) 윤세순, 위의 글(2008), 140~153쪽 참고.
109) 윤세순, 위의 글(2008), 154쪽.

대상으로 삼고 있음을 알 수 있다. 이러한 간행본 역시 소설 독자를 확보하는 데 기여했을 것이다. 그러나 이것은 이 시기에도 여전히 도서의 유통에서 국가가 독서 목적과 예상 독자에 따라 도서 내용이나 발행부수, 사용 문자를 결정하는 등의 통제권을 행사하고 있었음을 보여주기도 한다.

(3) 낭독에 의한 유통

문자를 알든 모르든 낭독을 통한 소설의 유포는 보다 많은 소설 독자층을 형성하는 데 기여했다. 이들은 소설의 간접 독자였으며 유희와 흥미성에 초점을 두고 소설을 접했다. 다음은 구연에 의한 소설 유통을 뒷받침 하는 자료이다.

『동파지림』에 이르기를, '여항의 어린애들이 천박하고 용렬하게 굴어서 집에서 귀찮게 여겼다. 그래서 돈을 주어 그들로 하여금 모여 앉아 옛이야기들을 듣게 한다. 삼국의 이야기를 들려주는 데에 이르러 유현덕이 패배하는 대목을 듣고서는 얼굴을 찡그리고 눈물을 흘리는 녀석도 있다. 조조가 실패하는 대목을 듣게 되면 즉시 쾌재를 부른다. 이것이 바로 나관중의 『삼국지연의』가 지니고 있는 힘이다. 지금 사람들을 모아 놓고 진수의 『삼국지』나 사마온공의 『자치통감』을 강설하여도 눈물을 흘리는 사람은 없을 것이다. 이것이 통속소설을 짓는 까닭이다'.110)

---

110) 김만중, 『서포만필』 下(성현경, 『한국 옛소설론』, 새문사, 46쪽에서 재인용).

김만중의 시대에 이르면『삼국지연의』와 같은 통속소설이 여항에까지 확대되어 유통되었다. 눈에 띄는 것은 여항의 아이들이 돈을 주고 소설 듣기를 하는 행위인데, 이 시기에 소설이 상업적으로 유통되었음을 보여준다. 구연을 통한 소설의 유통은 민간에 소설이 확산되는 계기를 가져왔고, 상하층이 같은 서적을 다른 방식으로 향유함으로써 그 내용을 공유하고 있었음을 짐작할 수 있다. 또한 김만중과 같은 상층 지식인이 역사서인『삼국지』나『자치통감』보다 소설이 감화력이 있다는 것에 가치를 두도 소설을 읽었다면, 여항의 일반 독자들은 소설을 흥미로운 이야기, 파한에 가치를 두고 향유했던 것으로 보인다. 그렇다고 상층 독자들이 꼭 한문 소설만 읽거나, 지식·교양·교훈에만 목적을 두고 읽은 것은 아니었다.

내가 근래에 천식 때문에 가만히 누워 병을 치료하는 동안, 부인들을 시켜 여항의 한글소설을 읽게 하여 들었다.[111]

이것은 17세기에 상층 사대부가 남성이 한글소설의 독자였음을 보여주는 자료이다. 한글소설의 경우 남성의 독서물로 치기에는 사회적 제약이나 스스로의 검열이 있었다. 따라서 부인들을 시켜 읽도록 함으로써 한가함을 달래는 목적으로 활용했던 것 같다. 같은 사대부 독자라 하더라도, 처한 환경에 따라 소설을 대하는 목적과 태도가 달라졌음을 알 수 있다.

다음은 사대부가 여성이 낭독을 통해 간접 독서를 하는 장면인데, 모두 비전문적인 낭독자에 의해 가정 내에서 소설이 읽혀졌음을 보

---

111)『창선감의록』서두로 조동일,『한국소설의 이론』, 지식산업사, 1977, 422쪽에서 재인용.

여주는 사례이다. 한편 지나가는 사람이 가정 안에서 이뤄지는 소설 독서를 간접 체험하는 모습도 보이는데, 한글소설은 이러한 방식으로 독자를 확보하면서 확산되었음을 짐작할 수 있다.

> 나의 선조 졸수공 행장에 이르기를 대부인은 고금 사적을 널리 듣고 꿰뚫어 모르는 바가 없는 분이다. 연세가 많아서는 누워서 소설 듣기를 좋아하셨으며, 이로서 잠을 막고 근심을 풀 거리로 삼으셨다. 공은 그러므로 소설 몇 편을 만들어드렸다. 세상에 전하는 『창선감의록』, 『장승상전』 등이 그 작품들이다.[112]

> 전면으로 동서 두 방에 등불이 환히 밝아 뒤 쌍창으로 비쳤다.
> 이에 쌍창 밑으로 가서 몰래 동쪽 방을 엿보니 아까 보았던 그 여자가 등불 아래서 언책을 읽는데 목소리는 낭낭히 옥을 깨는 듯싶었다. 젊은이는 창문 밑에 엎드려서 창틈으로 들여다보니 이윽고 늙은 부인네가 그 여자에게 "오늘은 피곤한듯하니 네 방으로 가서 쉬도록 하여라" 하고 말하는 것이었다.[113]

다음은 소설이 한글학습에 활용된 예인데, 한글소설 듣기를 좋아하던 8세 아이가 반나절만에 스스로 한글을 배우고 익히는 과정에서 한글이 소설을 통해 빠르게 전파되었다. 역으로 한글의 확산이 소설 독서 확산에도 영향을 주었음은 짐작 가능하다.

---

112) 조재삼, 『송남잡지』; 김태준, 『조선소설사』, 학예사, 1939.
113) 『기문총화』, 낙선재본 장14 뒤(임형택, 「17세기 규방소설의 성립과 『창선감의록』」, 『동방학지』 57, 연세대학교 동방학연구소, 1988, 28~29쪽에서 재인용).

효종 七年 선생 팔세… 글을 읽는 여가에 꼭 누이들에게 여사고담을 읽어달라고 청하여 듣곤 하였다. 누이들이 귀찮고 괴롭게 여긴 나머지 스스로 읽지 못함을 책망하자 분연히 반절을 써 달라고 했다. 그것을 가지고 방으로 들어가 문을 꼭 닫고 익히더니 반나절만에 나왔는데 언문을 막힘없이 깨치게 되었다.[114]

여항의 간접 소설 독자들의 존재가 기록으로 확인되기는 하지만, 여항의 범위가 모호하다. 따라서 이 시기 소설의 주된 향유층은 역시 사대부 문인과 왕실 여성 그리고 양반가문의 부녀자들이 대다수였다고 생각된다. 이들이 읽은 한문소설이나, 한글소설, 들은 소설의 내용은 수준이 높았으며, 상류계층의 지적 취향이나 여성들의 일상생활에 공감될 만한 것들이었다. 이들은 여가나 휴식을 위해 모여서 낭독의 방식으로 소설을 읽었는데, 그것은 여가 문화이자 그들을 하나로 묶는 문화 행위로 기능했던 것으로 보인다.

2) 매매를 통한 상업적 유통

사회 변화와 유통체계의 재편으로 인해 소설의 유통에도 변화의 조짐이 보이기 시작했다. 그것은 소설이 매매된 사례를 통해 짐작할 수 있다. 그러나 이 시기 소설의 매매는 비공식적이고 개인적인 차원에서 이뤄진 것이었으며, 그것은 15~16세기에도 있었던 일이라 크게 활성화된 것은 아니었다. 그러나 소설이 매매된 구체적 정황이

---

114) 임형택, 「17세기 규방소설의 성립과 『창선감의록』」, 『동방학지』 57, 연세대학교 동방학연구소, 1988, 118쪽에서 재인용.

기록되어 있어 간단히 다루고자 한다.

우리 어머니께서 기왕에 언문으로 『서주연의』 10수 편을 베껴놓은 것이 있었다. 그런데 이것은 한 권이 빠져서 권질을 채우지 못해 어머니께서는 늘 서운하게 여기셨다. 오랜 뒤 한 호고가(好古家)에게 전질을 얻어 부족한 부분을 채워서 그 책이 완전하게 되었다. 얼마 지나지 않아 한 여항의 여자가 어머니께 그 책을 빌려보기를 간청하므로 어머니는 곧 그 전질을 빌려주었다. 이윽고 그 여자가 또 찾아와서 사례하기를,

"빌린 책을 삼가 돌려 드립니다. 그런데 길에서 한 책을 잃어 버렸습니다. 아무리 찾아도 얻지 못하여 죽을 죄를 졌습니다. 죽을 죄를 졌습니다."

어머니께서는 짐짓 용서하시고 잃어버린 책이 어느 것인가 물었더니 바로 나중에 베껴서 채운 그 책이었다. 완질로 갖추어진 책이 이제 다시 불완전하게 되어 어머니께서는 마음으로 애석해 하시었다.

그로부터 2년이 지나서 겨울에 내가 아내를 데리고 남산 아래 우거하고 있을 때였다. 아내가 마침 몸도 성치 않고 무료해서 같은 집에 사는 족부(族父)에게 가진 책이 있느냐고 물었더니 그 족부는 한 권을 아내에게 보여주는 것이었다. 그런데 그 책은 잃어버린 어머니가 쓰신 책이었다. 나를 불러다가 보여주는데 내가 보아도 과연 그러했다. 이에 아내는 그 족부에게 가서 그 책이 어디서 났는지를 자세히 물어 보았더니 족부는 말하기를,

"저는 이 책을 우리 일가 아무에게서 구했는데, 일가 아무는 마을사람 아무에게서 산 것이요, 그 마을사람은 이것을 길에서 주운 거랍니다."

아내가 이에 잃어버린 내력을 이야기해주고 돌려달라고 청하자 그

족부도 또한 신기하게 여기어 돌려주었다. 앞서 불완전한 책이 이제 다시 완전하게 되었으니 참으로 기이하지 않은가?[115)

예에서 알 수 있듯이 필사본 소설을 개인 간에 매매를 통해 습득하는 일이 있었다. 이러한 기록이 많지 않지만 일반 사람들 사이에서 소설책이 매매된 정황으로 보아 당시 돈을 주고서라도 소설책을 읽으려는 독자층이 있었고, 소설의 사회적 수요량이 확대되었음을 짐작해 볼 수 있다.

4. 17세기 소설 독서문화의 특성과 문학사적 의의

고소설사에서 17세기는 이전 시기에 정착된 전기적 세계 전유방식이 해체되며 현실적 삶의 감각과 취향이 대두되던 시대로 소설의 질적 전환기였다. 이 시기 소설사는 전란의 체험으로 인한 급격한 사회경제적 변화, 중국 연의류 소설이나 전기소설의 국문번역 및 창작소설의 등장, 독자층의 확대를 경험했다. 따라서 17세기 소설 독서문화 발전에 영향을 끼쳤을 사회문화적 맥락이나 소설 향유의 문제를 살펴보았다.

그 결과 17세기 소설 독서문화는 전쟁으로 인해 생활 기반 자체를 재구축하는 시대적 사명 속에서 성리학적 사회질서 회복과 가족 공동체 의식 함양의 매개체로 기능했음을 알 수 있었다. 소설 창작의 주체인 상층 남성 문인들은 주변과 타인을 인식하고 자기들의 문화

---

115) 조태억, 『겸재집』 권42 「언서서주연의발」.

세계에 새로운 독자층을 포용함으로써 실추되었던 피지배자에 대한 정치적 지배권을 문화 권력으로 회복할 수 있었다. 무너진 사회 질서에 대한 회복, 가정의 평안과 가문의 부활 등 자신들의 정서적 욕구를 소설 창작에 반영함으로써 문화적 영향력을 행사했다. 국가 재건으로 인한 정책 및 사회경제적 상황의 변화, 민간에 퍼지는 연의소설, 한글해득율의 증가, 성리학적 지배질서 회복을 위한 국가의 교화노력 등은 문화 수용층을 확대할 수 있는 사회문화적 요인으로 작동했다.

당시 소설 독서문화를 향유하는 주체들 사이에는 소설 독서를 바라보는 이중적 시각이 존재했다. 그것은 향유자들 간의 사회적 인식과 읽기·쓰기 능력, 그들을 둘러싼 사회문화적 환경이라는 문화자본에서 기인한 것이었다. 소설 창작 주체인 남성 문인들은 구어와 문어 ―한문, 한글―읽기·쓰기 능력 모두에서 문화적 우위를 차지한 존재들이었다. 소설의 창작자로서 남성 문인들은 지배층으로서의 명예를 회복하고, 사회질서를 재구축하는 사회적 실천행위로써 소설 독서 문화를 주도했다.

그 기저에는 문화의 수용층을 여성으로 확대할 수밖에 없는 사회문화적 요인이 작동했다. 그것은 상층 문인의 자기비판과 반성, 변화를 요구하는 일이었다. 그러나 생활인으로서 여성의 능력과 존재가치를 긍정하면서도 그들은 문화의 주도권을 쥔 지식인들이었다. 주변인이었던 여성을 문화 수용층으로 받아들였지만, 새로운 독자층에게 허용한 독서의 사회적 요소는 정서적·감정적인 내용—공감, 복수, 해피앤드의 치유적 결말 등—으로 국한되었다. 자신들을 중심에 놓고 사회를 재건하고자 했던 욕망을 소설 속 세계에 투영함으로써 여성들의 삶을 가부장적 규범 속에 가두고 모든 고난은 용서,

포용, 희생, 인내, 절제함으로써 극복할 수 있다는 삶의 태도를 긍정하는 방향으로 이끌었다.

독자는 수동적이지 않으며, 주어진 가치·사상을 그대로 수용하는 존재가 아니다. 그러나 17세기 소설 향유의 주체로 새롭게 등장한 여성들은 자기가 원하는 욕구의 표현 방법이나 사회적 실천 행위에서 미숙한 입문자들이었다. 독서 과정에서 주체적인 해석과 재구성 능력이 미숙한 상황에서 이들의 독서는 정서적 공감이나 감각적 쾌감에 치우친 것이었다. 물론 여성들의 소설 독서는 그동안 넘볼 수 없었던 남성 문화와 사회를 간접 체험하는 통로로 기능했고, 사회로부터 고립되었던 여성의 삶을 재발견하고 사회와 소통하고자 하는 욕구를 충족시켰다는 점에서 의의가 크다.

그러나 이 시기 소설 수용의 주체들은 독서문화 입문자들로서 읽기의 시초적 경험, 협소한 문화자본 탓에 문화 권력을 가진 남성사회에 종속되었고, 그들의 세계관을 여과 없이 수용함으로써 사회문화적 삶의 주체로서 소설을 자신들의 것으로 전유하지 못했다. 그래서 공동체적 삶과 통합이 상층 남성의 이념, 가치관을 중심으로 하여 여성의 포용, 인내, 희생을 요구한 형태로 전개되었다는 점도 함께 교육문제로 다룰 필요가 있다.

그럼에도 불구하고 이 시기에 창작되어 유통·향유된 소설들은 독서문화에서 소외되었던 여성을 문화 수용층으로 확대하는 데 기여했다. 또 17세기 사회에서 소설 독서는 무너진 사회의 질서를 재구축하고, 공동체적 삶의 통합과 관계 회복을 고민해야 하는 17세기 사회에서 새로운 공동체적 생활문화로 떠오르고, 삶의 지침이나 단서를 제공했다는 점에서 의의가 있다.

따라서 17세기 고소설 교육에서는 사회문화적 환경과 더불어 새롭게 등장한 여성독자와 국문소설의 내용 등에 초점을 두고 작품을 이해하는 것이 도움이 된다.

제3장 소비적 여가 문화로서의
18세기 소설 독서문화의 흥성

17세기가 소설 독서문화의 전환 배경을 형성하는 시기였다면 18세기는 이를 바탕으로 소설 독서문화가 흥성하여 꽃을 피운 시기라 할 수 있다. 실학·서학 등 새로운 학문의 융성과 대량 유입된 중국소설의 유통, 전문 낭독가에 의한 소설 유통, 세책과 방각본의 출현으로 독자층이 이전과는 비할 수 없이 확대되어 소설의 흥성시대를 열었다. 이 시기 고소설 교육에서는 도시를 중심으로 소비적 여가 문화로 소설 독서가 활성화되는 사회적 배경에 주목할 필요가 있다.

1. 도시공간과 시대적 배경

18세기는 식자층의 전계·야담계 한문소설이 있었지만 상대적으로 국문 소설이 생산·유통의 측면에서 매우 활발히 향유되었다. 그만큼 소설에 대한 수용층이 넓어졌으며, 동시에 독자의 독서 욕구를 충족시켜 줄 수 있는 사회적인 여건이 조성되었음을 알 수 있다. 소설 독서문화가 확산된 사회적 여건은 크게 서울을 중심으로 한 도시의 번영과 문화취향의 변화, 출판·유통환경의 변화, 천주교 전파와 서당 교육의 확산으로 인한 한글 사용의 보편화로 요약할 수 있다. 결국 이들 사회문화적 요인의 영향으로 소설 독서 문화가 구성·전파되었으며 이는 다시 환류되어 사회문화적 여건을 변화시켰다.

조선 사회의 정치·경제·사회·문화의 변화는 18세기에 들어 더욱 가속화되었다. 조선의 주자성리학적 세계관에 기반했던 중세적 질서가 해체되면서 근대적인 요소가 사회 곳곳에서 나타나 성장과 변화를 이끌었다. 18세기 도시경제의 발달은 17세기 농업생산력의 발전과 그에 따른 농민층의 분화, 농촌 장시의 확산과 상품화폐경제의 성장에서 시작되었다. 중국과 일본의 중개무역을 통해 집적된 부와 이윤은 국내의 상품생산과 상업유통을 자극하면서 서울의 도시 경제를 성장시켰다.116) 중개무역의 이익은 국가 재정의 여유를 가져와 점진적으로 추진되고 있던 대동법의 전국적 확대로 이어졌고 이로 인해 공물 대신 쌀과 면포, 동전이 서울로 반입된다. 동전의 유통과 대동법은 서울의 도시화를 촉진했으며, 요역의 금납화로 인해 노동력이 상품화되는 변화가 생겼다. 그로인해 특정 직업이나 재산이 없이도 노동력만 있으면 도시에서 생계를 꾸릴 수 있는 생활 여건이 조성되었다. 이에 따라 서울에는 다양한 부류의 인구가 정착하였으며, 서울의 인구가 18세기 중엽 30만 명 이상으로 크게 증가하고,

---

116) 고동환, 「17세기 서울상업체제의 동요와 재편」, 『서울상업사』, 태학사, 2000.

18세기 후반에 들어와 상업인구가 80% 이상을 차지하게 되면서 서울이 상업도시로 전환되기에 이른다.117) 황윤석(1729~1791)은 『이재난고』에서 18세기 서울에서 생활할 때 화폐를 사용하지 않고 지낸 날이 드물었다고 했다.118) 또 남공철은 "서울에선 돈으로 살아가고 지방에선 곡식으로 살아간다"119)고 하면서 화폐 경제가 일상생활에 주요한 생활수단, 매매수단으로 자리 잡은 현실을 묘사한 바 있다.

교환경제가 발달하면서 보부상의 움직임이 활발해지는데 이들은 상품교환 및 견문 전파의 역할을 담당했다. 교환경제의 발달은 서적 분야에서도 찾아볼 수 있다. 돈을 받고 책을 팔았던 책쾌는 조선 전기에도 있었지만, 18세기에 들면 서울을 중심으로 왕성한 활동을 하면서 서적의 유통과 매매를 활성화시켰다.120) 상업거래가 서울만 못했던 지방에서는 책쾌의 활동이 있었는지 알 수 없지만 당시 지방 장시 풍경으로 짐작건대 보부상이 책쾌와 같은 역할을 수행했을 것으로 보인다.

이러한 사회경제적 변화는 계층의 변화를 가져와 부를 축적한 평민과 중인층이 등장하는 한편, 몰락양반이나 유랑 농민층을 양산하기도 했다. 이러한 계층의 이동은 상하층의 문화를 전이시킴으로써 민중의 문화 향유의 욕구를 자극 하는 동력이 되었다. 예컨대 18세기

---

117) 이에 대한 연구로 고동환, 『조선시대 서울도시사』, 태학사, 2007; 고동환, 『조선 후기 서울 상업발달사 연구』, 지식산업사, 1998을 참조할 것.

118) 정수환, 「18세기 이재 황윤석의 화폐경제생활」, 『고문서연구』 20, 한국고문서학회, 2002, 179쪽.

119) 南公轍, 『金陵集』'擬上宰相書'生民之業 京師以錢 八路以穀'(이민희, 「17~18세기 고소설에 나타난 화폐경제의 사회상」, 『정신문화연구』 32, 한국학중앙연구원, 2009, 138쪽에서 재인용).

120) 이민희, 「조선시대 서적유통 및 매매의 문화적 의미」, 『어문론총』 51, 한국문학언어학회, 2009.

도시민들 사이에 바둑, 화훼, 서책, 고검(古劍)의 수집 등 새로운 감각의 생활 취미가 발생·유행했다. 이러한 도시민적인 향락 소비 생활은 예술품의 수요를 촉진하면서 지식인들 간의 동인적 교류와 예술 취미에까지 영향을 미치게 된다. 그 결과 서울 경기 지역의 경화사족들은 새로운 도시민으로서의 생활방식을 갖게 되고 개성적 문화예술 활동을 전개하게 되었다. 경화사족의 문예 애호풍조는 의관·역관 등의 기술직 중인과 하급관리였던 경아전과 서리들에게까지 퍼지게 된다. 중인계층의 문예활동 참여는 이들의 정신문화의 향유자로서의 사회적 지위 향상이라는 구체적인 의식 변화를 보여준다.

또 이 시기 연행문학이 상업 도시를 중심으로 활성화되고 판소리가 성행하면서 광대나 이야기꾼에 의한 '청문예(聽文藝)'가 발달한다. 또 전기수에 의해『숙향전』,『심청전』,『소대성전』,『설인귀전』등이 인기를 누리며 구연되었다.121) 청문예의 발달은 서민층의 문화 소비를 자극하고 상하층의 문화적 교량 역할을 하면서 소설 독서 계층 확산에 기여했다.

계층 간의 문화적 교류뿐 아니라 사상과 지식의 영역에서도 변화가 시작되었다. 18세기 전후로 중국으로부터 엄청난 양의 서책이 수입되었는데, 그 종류에는 경전 등의 고전저작들과 실용서, 오락과 문화적 취미 생활로 즐길 수 있는 서책들이 많았다. 조선과 청나라간의 문물교류가 활발히 진행되었고 연행에 참여한 조선의 지식인들은 공적·사적으로 서적을 구입하였으며, 그 과정에서 양명학, 고증학, 서학 등을 접한 지식층들 사이에 새로운 학문에 대한 논의가 확대되었다.122) 청나라의 발달된 제도와 문물, 상공업과 기술 등의

---

121) 大谷森繁, 앞의 책, 76쪽 참고.

풍속을 받아들여 사회 발전을 꾀해야 한다고 주장하는 북학파가 등
장하는가 하면 실학에 대한 논의도 활발히 전개 되었다. 또 서학서를
접한 지식인들 중에서 천주교를 사상으로 수용하는 움직임이 나타
났다.

서적을 통한 사상에 대한 고민과 논의는 18세기 문풍의 변화를
가져왔으며, 우리 것에 대한 관심과 더불어 문학에서도 정(情)과 개
성을 긍정하는 방향으로 나아가게 하였다. 또 지배층의 비판적 현실
인식과 자기반성의 계기를 마련했으며, 속어·동요·방언·소설과 희
곡 등 기존 지식인들이 경시하던 것들의 가치를 새롭게 인정하기
시작한다. 이러한 변화는 소품체라는 짧으면서도 자유로운 문체의
유행을 가져왔고 이러한 글쓰기 풍토는 소설의 문체에도 영향을 미
치지 않았을까 짐작된다.

실제로 이 시기에 이르러 창작·역사군담소설, 영웅소설, 가문소
설, 염정소설, 야담계 소설, 판소리계 소설 등 다양한 갈래의 소설들
이 등장했다.123) 이것은 작가의 창작욕구나 실험적 글쓰기가 다양한

---

122) 예컨대 이덕무·박지원·유만주·홍대용 등은 연행을 통해 서적을 구입하고 서책가인 유리
창을 방문하여 서적을 직접 접하였다(남정희, 「공안파 서적의 도입과 독서체험의 실상」,
홍선표 외 지음, 『17·18세기 조선의 외국서적수용과 독서문화』, 혜안, 2006, 23~24쪽).

123) 18세기에 나온 소설이라고 해서 이전 시기와 완전히 단절되어 존재하는 것은 아니다.
이전에 유행했던 작품들이 계속해서 이어졌으며 다양한 방식으로 향유되었다. 조선 후기
에 창작되어 읽힌 소설 작품을 간략히 밝히면 다음과 같다.
　「홍길동전」에서 출발한 영웅소설은 귀족적 영웅소설인 「조웅전」, 「유충렬전」, 「현수문
전」 등과 민중적 영웅소설인 「임진록」, 「박씨전」, 「임경업전」 그리고 여성영웅소설인
「정수정전」, 「홍계월전」, 「황운전」, 「이형경전」 등이 있다. 가정소설에는 계모가 전처소
생의 자식을 학대하는 양상을 보이는 「장화홍련전」, 「김인향전」, 「콩쥐팥쥐」, 「황월선전」
과 같은 계모형과 한 남편을 두고 처첩간에 갈등을 빚는 「사씨남정기」, 「소씨전」, 「소현
성록」, 「일락정기」, 「월영낭자전」, 「정진사전」 등을 들 수 있다. 가정과 가정 간의 관계를
다룬 가문소설은 17세기 이후부터 장편화되었는데 작품의 분량이 많아져서 「완월회맹연
玩月會盟宴」(180책), 「임화정연林花鄭延」(139책), 「유이양문록劉李兩門錄」(77책), 「재
생연록再生緣錄」(52책)과 같이 50책이 넘는 작품이 나왔다. 『금오신화』에 출발점을 두고

방식으로 표출된 것이지만, 그것을 향유 하는 수용층이 확산되었으며 그들의 문화적 욕구와 취향이 소설 쓰기에 반영된 결과이기도 하다. 여기서 한문소설과 국문소설을 구분하여 지도할 필요가 있다. 왜냐하면 국문소설의 경우는 한문소설에 비해 작가의 창작 의식보다는 상업적 이익과 결합하여 독자의 흥미나 요구를 반영한 작품이 많기 때문이다. 17세기의 소설은 한문소설이든 국문소설이든 상층 사대부 남성의 취향과 가치관, 이념이 반영된 작품이 주를 이룬다. 그러나 18세기의 국문소설에서는 상층 남성 문인의 취향과는 별개로 '홍미' 위주의 소비 지향적 작품이 나타났다. 따라서 이 시기 고소설 교육에서는 언어표기에 따라 작가와 독자가 달라지며, 특히 독자층과 향유 방식, 독서태도가 달라진다는 것을 중요하게 다루어야 한다.

한편 지식인들의 사상적 동요와 글쓰기 풍토의 변화를 정통 학문에 대한 위기로 인식한 정조는 이를 대대적으로 단속하면서 문체반정을 통해 글쓰기 검열을 실시했다. 이 시기 한문소설의 창작이 이전이나 이후 시대에 비해 양적으로 열악한 것은 이러한 검열제도의 영향을 받았기 때문으로 이해된다.[124] 상대적으로 비공식 언어로

있는 염정소설 역시 이 시기에 성행하였는데「운영전」,「영영전」,「숙향전」,「숙영낭자전」,「백학선전」,「권익중전」,「윤지경전」,「양산백전」,「옥단춘전」,「이진사전」,「채봉감별곡」등이 있다. 동물을 의인화한 우화소설은 19세기에 이르기까지 활발히 창작되면서 세태변화를 적극적으로 반영하였는데「토끼전」,「두껍전」,「까치전」,「녹처사연회」,「황새결송」,「서대주전」,「장끼전」등이 있다. 세태를 풍자하는 풍자소설로는 대표적으로 연암 박지원의 소설을 들 수 있는데「허생전」,「양반전」,「호질」,「마장전」,「예덕선생전」,「민옹전」,「광문자전」,「김신선전」,「우상전」,「열녀함양박씨전」등이 있다. 판소리가 성행함에 따라 판소리계 소설도 생겨났는데「춘향전」,「심청전」,「홍부전」,「토끼전」,「화용도」,「옹고집전」,「배비장전」,「장끼전」,「숙영낭자전」등이 있다(반교어문학회,「고소설의 사적 전개와 문학적 지향」,『반교어문학총서』3, 보고사, 1990, 22~27쪽).
124) 18세기에도 소설은 문학론의 대상이 아니었기 때문에 한문으로 쓰여졌다 해도 공식적 평가의 대상이 아니었다. 그럼에도 불구하고 소설의 독자층이 확대되는 문제에 대한

창작된 국문소설이나 그 향유자는 검열의 관심 대상이 아니었기에 상업 유통과 교합하여 독특한 소설 독서문화로 자리 잡았다.

18세기에 들어 전기수라는 직업인에 의해 도시 하층민 사이에서 소설 향유가 활성화되고, 소설 유통의 새로운 방식인 세책, 방각본이 등장했다. 소설관련 직업의 등장과 한글 문학이 증가하면서 그동안 문학의 향유에서 소외되었던 서민 독자층이 소설 향유자로 확대되었다. 서적의 새로운 유통 방식은 지배층의 문화와 지식을 평민층에게 보급하는 데 중요한 역할을 하게 된다.

조선 후기 책의 유통도 출판을 통한 보급보다 필사를 통한 보급이 훨씬 많았다. 그래도 누구나 돈을 주고 책을 빌려 읽을 수 있는 세책가가 활성화되었고, 방각본으로 간행된 책들의 판매되었다는 것은 주목할 사실이다. 게다가 이전 시기에는 보이지 않던 한글 출판의 등장은 책의 간행과 보급체제가 대중화되는 계기를 마련한 것이며, 지식이 다양한 계층에게 확산될 환경이 조성되었다는 것을 의미한다. 그만큼 한글로 된 책을 읽는 독자가 많았다[125]는 것인데, 한글 문해율이 이전 시기에 비해 높아진 배경에는 천주교 전파와 서당교

찬반론이 제기되었다. 문체반정의 원인이 소설 때문은 아니었지만, 소설도 패관잡서라 여겨 단속과 배격의 대상이 되었다.

125) 영조 때 인물인 채제공(1729~1799)의 『여사서서』에 보면 "근세(近世)에 여자들이 서로 다투어 능사로삼는 것이 오직 패설(소설)을 숭상하는 일이다. 패설은 날로 달로 증가하여 그 종수가 이미 백종 천동이 될 정도로 엄청나게 되었다. 세책집[僧家]에서는 이를 깨끗이 필사하여, 빌려보는 자가 있으면 그 값을 받아서 이익으로 삼는다. 부녀들은 식견이 없어, 혹 비녀나 팔찌를 팔고, 혹은 동전을 빚내어, 서로 다투어 빌려다가 긴 날을 소일하고자 하니, 음식이나 술을 어떻게 만드는지, 그리고 자신의 베짜는 임무에 대해서도 모르게 되었다."는 기록이 있어 당시 여염집 여인들이 국문 소설과 세책문화에 얼마나 깊이 빠져 있었는지 짐작할 수 있다. 이러한 흐름은 18세기에 여성을 포함한 일반 백성들도 상당부분 한글을 알고 있었을 것이라 추정할 수 있다. 한글을 알고 있는 일반 대중은 흥미를 자극할 수 있고 공감하기 쉬운 소설을 주로 읽었을 것이며 이것이 한글소설의 수요를 증가시키는 원인으로 작용하였을 것이다.

육의 확대라는 사회 변인이 자리하고 있었다.126)

18세기에 이르면 기록문자로서 한글 사용이 급격히 늘어났다. 이 규상은 한글이 조선의 '공행문자(公行文字)'가 될 것이라고 예견하였는데, 간혹 공식문서에까지 한글이 사용되는 것이 조짐이라고 하면서 18세기 중후반에 한글 사용의 급증이라는 지각변동을 목도하였다.127) 한글은 점차 다양한 계층으로 사용 범위를 넓혀 17세기 말부터 18세기에 이르면 「최치원전」, 「숙향전」, 「구운몽」, 「사씨남정기」, 「창선감의록」 등의 장편소설은 물론, 「소현성록」, 「한씨삼대록」 같은 대장편소설 등의 국문 창작 소설이 널리 향유되기에 이르렀다. 이렇게 국문 소설이 많이 창작되고 읽혔다는 것은 한글 문해율이 상당히 높아졌기 때문이었다.

18세기에 이르면 사대부나 여성뿐 아니라, 중인이 문학 활동에 참여함으로써 사회 각 계층의 교육열이 증가한다. 당시 전국에 있는 향교와 학생 수를 고려할 때, 상당히 많은 사람이 훈민정음을 알고 있었으며, 『훈민정음』의 원리에 대한 교육도 받을 수 있었다.128) 또 17세기 이후 서당은 사설 향촌교육기관으로 자리를 잡게 되고, 18세기에는 소규모 자산으로도 운영이 가능한 서당계가 고안됨으로써 경제적 어려움이 있는 평민층들도 서당을 직접 운영할 수 있게 되었다.129) 이에 따라 조선 후기에는 반촌뿐 아니라 민촌에도 서당이

---

126) 문해율에 대한 정의도 여러 가지가 있을 수 있으나, 이 글에서는 단순히 한글을 소리내어 읽고 그 뜻을 이해할 수 있는 능력으로 한정한다.

127) 임형택, 「한민족의 문자생활과 20세기 국한문체」, 『한국문학사의 논리와 체계』, 창비, 2002, 440쪽.

128) 시정곤, 「훈민정음의 보급과 교육에 대하여」, 『우리어문연구』 28, 우리어문학회, 2007.

129) 고동환, 「조선 후기 서울의 공간구성과 공간인식」, 『서울학연구』 26, 서울시립대학교 서울학연구소, 2006.

세워져 평민 자제도 교육을 받아 문해율이 증가했을 것으로 짐작된다. 서울에는 사대부를 제외한 여항인을 가르치는 유명한 사설 서당이 여러 곳 존재했으며, 이몽이, 신의칙과 같이 명성을 얻은 훈장도 있었다. 성균관 전복(典僕) 출신으로 신분이 미천한 정학수는 송시열의 고택에서 서당을 운영했다.130) 그 밖에도 여항이나 서류 출신 지식인이 교육활동을 전개하였는데, 이러한 사례는 지식의 대중화 현상을 뒷받침한다. 이러한 교육열의 증가는 한글문해력 증가에 기여했을 것으로 보인다.

한글 독자층이 많았다는 것은 천주교의 전파과정에서도 확인할 수 있다. 과학기술서의 성격으로 들어온 한문 서학 교리서는 일부 지식인층에 한해서 자생적으로 연구되다가, 1788년에 이르면 한문 교리서를 번역하고 필사한 국문 교리서가 여성과 아이들에게까지 널리 퍼지게 되었다.131) 실록에 따르면 1788년 당시에 이미 서울과 지방의 농부와 촌부까지 언문책을 베껴 읽으며 천주교 신앙이 전파되었음을 확인할 수 있다.132)

---

130) 정순우, 「18세기 서당연구」, 한국정신문화연구원 박사논문, 1985.

131) 이민희, 「18세기 말~19세기 천주교 서적 유통과 국문 독서문화의 상관성 연구」, 『인문논총』 71(4), 2014.

132) 『정조실록』 권26 1788년 8월 2일. "정언 이경명(李景溟)이 상소하기를, "오늘날 세속에는 이른바 서학(西學)이란 것이 진실로 하나의 큰 변괴입니다. 근년에 성상의 전교에 분명히 게시(揭示)하였고 처분이 엄정하셨으나, 시일이 조금 오래되자 그 단서가 점점 성하여 서울에서부터 먼 시골에 이르기까지 돌려가며 서로 속이고 유혹하여 어리석은 농부와 무지한 촌부(村夫)까지도 그 책을 언문으로 베껴 신명(神明)처럼 받들면서 죽는다 해도 후회하지 않으니, 이렇게 계속된다면 요망한 학설로 인한 종당의 화가 어느 지경에 이를지 모르겠습니다. 그러니 조정에서 여러 도의 방백(方伯)과 수령들에게 엄히 신칙하여 다시 성해지는 폐단이 없게 하소서(正言李景溟上疏曰: 今俗所謂西學, 誠一大變怪. 頃年聖敎昭揭, 處分嚴正, 而日月稍久, 其端漸熾, 自都下以至遐鄕, 轉相誑誘, 雖至愚田氓, 沒知村夫, 謄其書, 奉如神明, 雖死靡悔. 若此不已, 則妖學末流之禍, 不知至於何境. 請自朝家, 嚴飭諸路方伯、守宰, 俾無更熾之弊)"."

여성뿐 아니라 지방의 농부와 촌부까지 한글 해독 능력이 있었기에 천주교 신앙이 빠르게 전파된 것인지, 아니면 천주교 교리서를 필사하고 암송하면서 한글을 익힌 독자층이 넓어진 것인지 선후 관계에 대한 견해가 다를 수 있다. 중요한 것은 천주교의 전파 과정에서 한글 독자층이 확대되었고, 이와 맞물려 국문 소설 독서문화가 새로운 유통 방식과 맞물려 활발히 전개되었다는 것이다. 이전까지 개인 간에 국문 소설을 빌려보거나 필사하여 돌려보던 방식에 상업성이 끼어들면서 소설의 생산과 유통 방식이 달라졌다. 따라서 18세기 고소설 교육에서 소설의 생산과 유통 방식의 변화는 소설 양식의 변화로 이어지고, 여기에는 독자의 취향이 반영되었다는 것에 초점을 두어 지도해야 한다.

조선의 서적 유통은 일부 상층 지식인의 것이었고, 그들의 권력 유지 수단으로 기능했다. 그러나 18세기의 서적 유통체계의 변화는 소설 독서문화의 확산을 이끌었고, 지식의 대중화에 기여했다. 상층 지식인뿐만 아니라 중인, 여성에게 독서 문화를 향유할 수 있는 기회를 제공했으며 이러한 상황은 다시 역으로 서적 유통업을 발달케 하여 소설의 생산과 유통 방식의 변화로 이어졌다.

지금까지 18세기 소설 독서문화의 변동을 이끈 사회적 요인을 '서울을 중심으로 한 도시의 번영과 문화취향의 변화, 세책업과 전기수의 활동, 방각본의 등장과 같은 출판·유통체계의 변화, 천주교 전파와 서당교육의 확산으로 인한 한글 사용의 확대'라는 틀에서 살펴보았다. 소설 독서문화를 중심에 두고 이들 외적 조건이 복잡하게 얽히면서 18세기 소설 독서문화의 꽃을 피웠다. 강조하지만, 조선의 소설 독서문화는 사회적 산물이며 사회문화적으로 구성된 것으로, 이러한 사회문화적 맥락을 고려하여 작품을 읽을 때 과거와 현재의 적극적인 의사소통이 가능해질 수 있다. 그렇게 될 때 과거 작품의 현재적 의미나 가치가 새롭게 재구성될 수 있다.

2. 도시민의 여가 문화적·소비적 소설 향유

상층 남성과 상층 여성들은 18세기 이후에도 언제나 소설 향유의 주체였다. 한편 도시문화와 함께 새롭게 소설 독자로 부상한 중인은 이전 시기의 소설 향유자와 구별되는 새로운 독서 취향을 보인다. 그들은 한문과 한글로 된 소설 작품을 읽을 수 있는 능력이 있었으며, 소설 제반 조건 및 흥미에 길들여졌고 경제적 여건이 갖추어진 계층이었다. 또 상업적 이해관계를 통한 접촉이 빈번해지면서 상층이 누리던 문화를 간접적으로 경험한 사람들이었다. 한편 사회 계층의 변동기를 거치면서 상층이 하층이 되기도 하고 하부 계층(상인, 농민들)이 부를 축적하는 기회가 생기기도 했는데, 그로 인해 신분사회에서 벗어나려는 문화적 욕구가 다양해지고 독서문화도 여러 계층으로 전이되었다. 따라서 이 시기 소설 향유의 주체로 중인, 상인에게로 확대되어 전 시기에 비해 다양해졌고, 각자의 위치와 취향에 따라 선택적으로 소설 독서 문화를 누렸다. 이 시기에 등장하는 소설의 성격과 장르적 특성은 이들 소설 향유 주체들의 취향과 관심사, 변동하는 사회 현실을 반영하고 있다.

1) 소설의 향유층과 소설 독서

(1) 상층의 여가 문화로서의 소설 독서

대부분 고소설의 작자는 상층 남성 지식인들이었다. 이들의 소설 향유 목적은 여가·학습·교화·비판 등으로 다양했다. 소설뿐 아니라 책 읽기를 통한 사유적 경험 그 자체가 이들의 삶이고 여가이며, 학습이고 정치였다. 달라진 것이 있다면 상층 지식인이 소설을 대하는 태도인데 소설 독서를 여가를 보내는 문화로 인식하기 시작했다는 것이다. 이때에 들어서면 상층 지식인들 스스로 여가시간에 소설 독서를 즐기거나 여성들의 소설 독서를 그들의 문화로 이해하는 모습이 포착된다.

다음은 정범조가 손수중과 권빈의 묘갈명에 각각 쓴 내용, 이덕수가 쓴 임창택 묘갈명의 일부를 재인용 한 것이다.133) 이들은 어머니의 여가활용에 소설책을 활용했다.

모부인이 늙고 마음을 두지 못하는 것을 생각하고는 언문으로 된 고담과 신괴한 것을 구해다가 곁에서 읽어드림으로써 즐거움의 재료로 삼았다. 그 병수발을 삼년 동안 하였는데, 초조하며 허둥대는 것이 한결 같았다.134)

---

133) 김준형, 「18세기 도시의 발달과 소설 향유의 면모」, 『다시보는 고소설사』(고소설연구총서 08), 2010, 218~219쪽.

134) 丁範組, 『海左先生文集』 29(『한국문집총간』 240) 布隱孫公墓碣銘, "念母夫人 老而意不適, 採諺古談神怪者, 傍誦以資歡笑, 其侍病閱三載, 焦遑如一日."

어머니가 눈병을 앓았을 때 고담을 한글로 번역하여 부녀자로 하여
금 읽히게 함으로써 즐거움을 드리고자 하였다.[135)

어머니가 병에 들자 허리띠를 풀지 않았고, 약용과 음식도 모두 스
스로 끓이고 맛을 본 후에 올렸다. 시간이 있을 때에는 그 곁에서 한글
책을 읽어 주었다. 또한 스스로 새로운 이야기를 지어서 어머니의 마음
을 위로하고 기쁘게 해드리는 데에 힘썼다.[136)

손수증·권빈·임창택은 병든 어머니를 위로하고 즐거움을 드리려
는 목적에서 소설을 읽고, 번역을 하거나 새로운 창작물을 만들었다.
어머니를 비롯한 부녀자들의 소설 독서가 그녀들의 여가문화로 자
리 잡았으며, 상층 남성 문인들은 여성의 소설 독서문화를 이해하고
있었다. 그들은 소설 속 이야기가 즐거움을 제공하고 위로가 될 수
있는 인간사를 담고 있다는 것을 인식했던 것으로 보인다.

어린 아이들은 가볍고 재미있는 이야기를 통해 독서의 흥미와 동
기를 높이기 위해 소설을 읽었다. 궁극적으로는 학습을 위한 목적에
서 읽긴 했지만 가볍게 읽는 소설을 통해 독서에 취미를 붙이는데
활용되었음을 알 수 있다. 따라서 이들의 독서도 여가문화로 이해할
수 있다.

나는 어려서 책 보는 것을 좋아하지 않았는데 아버지는"책을 보며

---

135) 丁範組, 『海左先生文集』 26 西湖處士權公墓碣銘, "母患目眚, 爲諺飜古談, 使婦女通說以娛
意."

136) 李德懋, 『西堂私載』 5(『한국문집총간』 186) 贈司憲府持平林公墓碣銘, "母有病, 衣不解帶,
樂餌飲食, 皆手煮嘗而後進. 暇則讀諺書其側. 又自製新話, 務以慰悅親心."

깊이 생각하는 것은 입에서 읊조리는 것보다 더 유익하거늘, 너는 도리어 그것을 알지 못하는구나."라고 하고, 시장에서 「삼국연의」를 사서 이것으로 번역하며 읽는 재미를 갖게 하였다.137)

이덕무는 중국소설을 읽다가 꾸지람을 들은 경험을 회고한 바 있는데, 이덕무 역시 당시 유행하는 소설의 독자였으나, 당시 지식인층의 독서에 관한 통념을 받아들여 자기 스스로 검열을 통해 소설 독서를 배제한 것으로 보인다. 자기 검열에 의해 소설 독서를 멀리하고자 했으나 소설 독서의 유희적 측면을 인정하고 있음을 알 수 있다.

내가 일찍이 「서유기」, 「삼국연의」를 보는데, 선군께서 보고 문득 꾸짖어 말하였다. "이러한 잡서는 정사를 어지럽히고 인심을 무너뜨리는 것인지라. 내가 네게는 엄한 아비이며 어진 스승이어늘 어찌 자식이자 제자를 나쁜 곳으로 내몰 수 있겠느냐?" 나는 이 가르침을 받들어 다시는 연사(演史)와 패기를 가까이 하지 않았다.138)

소설은 궁중에서도 많이 읽혔는데, 영조 임금도 중국소설 외에도 『구운몽』 등 한국 소설을 읽었다는 기록이 승정원일기에 전한다. 사도세자 역시 소설에 대한 남다른 관심을 보였는데, 『중국소설회모본』의 서문에서 그가 읽은 것으로 추정되는 90여 종의 소설 제목을 기록한 것으로 알 수 있다. 또 유만주는 김성탄의 「수호전」을 읽고 비평의 글을 남겼으며, 조귀명은 「수호전」 평비본의 서문을 베껴놓

---

137) 송명흠, 『櫟泉集』 25(위의 책, 22쪽에서 재인용).
138) 이덕무, 『靑莊館全書』 5, 20쪽(『한국문집총간』 186, 228쪽에서 재인용).

고, 성대중은 「수호전」 그림에 「서구십주수호축후」라는 글을 쓰기도 했다. 이덕무는 소설을 부정적으로 인식하고 비판하였으나 김성탄의 소설본을 탐독하였다. 박지원도 원굉도와 김성탄을 본뜬 글을 썼으며 그 외에도 많은 문인들이 중국소설에 대한 독후 평을 남겼다.139) 이를 통해 중국으로부터 들어온 연의소설이 상층 지배층과 지식인들 사이에서 활발히 독서되고 있었으며, 이들에 의해 한글로 번역, 번안되어 전파되고 있다는 것을 알 수 있다.

당대 유명 문사들은 거의 대부분 「수호전」, 「서상기」, 「삼국지연의」, 「초한전」 등 중국소설의 독자라 할 수 있는데, 그것은 이들 작품을 지식 수용의 측면에서 가장 먼저 원문으로 접할 수 있었기 때문으로 이해된다. 일부의 지식인들은 이들 작품을 통해 새로운 문예적 감각을 익히며 소설 창작과 비평을 발전시켰다. 반대로 허황된 거짓을 확대 재생산하여 세상을 어지럽히는 것으로 보고 소설 독서를 부정적으로 인식한 지식인도 있었는데, 그 이유는 소설의 유희적 효용을 인식했기 때문으로 보인다. 지식인들은 소설의 유희성을 부정적으로 인식했고, 진지한 고민 없이 가볍고 즐겁게 읽을 수 있는 독서를 경계했다.

한편 당시 상층 지식인 남성들 사이에서 전계 소설과 더불어 당시 사회 현실을 바탕으로 한 야담이 지어졌으며, 개성적 문체를 실험한 패관 소품문이 유행한다. 이들 전계 소설과 야담, 소품문에서는 이전까지 문학의 소재로 잘 다루어지지 않던 것들이 등장하면서 당시 현실이 구체적인 언어로 묘사되었다. 예컨대, 도시 취향의 삶이 자주 등장하고, 소외되어 왔던 여성과 중인, 평민들의 일상을 묘사했다.

---

139) 홍선표 외, 『17·18세기 조선의 독서문화와 문화변동』, 혜안, 2007, 43~49쪽 참조.

채제공의 「만덕전」, 이덕무의 「은애전」, 송지양의 「다모전」 등에서는 여성의 특이한 행위를 다루고 있는데, 이 작품들은 이전에 주목하지 않았던 기인, 거지, 협객, 상인, 기녀 등의 인물의 삶을 구체적으로 묘사함으로써 개성화하거나, 당대 현실의 문제점을 드러내고 있다. 실제 존재했던 인물의 삶을 다룬 전에 문학적 표현과 작가 의식이 가미되면서 전계 소설이 다수 창작되었는데 대표적인 작가가 박지원이다.

박지원은 야담계 소설인 「호질」, 「허생전」 등을 통해 당시 사회의 병폐라 생각되는 '양반층의 공허한 관념, 비생산성, 부당한 특권 남용으로 인한 수탈과 횡포' 등의 문제를 폭로하고, 그 속에서 지식인으로서의 자기반성과 더불어 시대의 나아갈 방향을 고민했다. 이러한 소설적 성향은 당시 상하층의 신분갈등과 모순의 심화, 봉건적 신분관계와 성리학적 이념의 동요, 상업의 발달과 물질적 욕망의 증대 등 중세에서 근대로 이행하는 과정에서 야기된 사회적 상황 및 가치관의 변모와 맞물려 있는 것이었다.[140] 박지원은 당시 국내에 잘 알려지지 않은 청나라의 문물과 학계의 동향을 『열하일기』를 통해 소개 했는데, 잡다한 견문들을 시화, 잡록, 필담 등 다양한 형식으로 표현하면서도 현장감을 살린 문체를 활용하였다. 이것은 당시 독자들의 취향을 고려하여 흥미를 끌기 위함이었던 것으로 보인다.

야담계 소설에서도 변화하는 시대에 대한 문제의식이 나타나는데, 부의 축적과 관심, 사람의 본능적 욕구, 세속적 이해관계, 낡은 신분질서의 붕괴, 주인과 노비 사이의 갈등, 도적과 사기꾼, 시정인들의 생활상, 봉건적 수탈과 농민의 저항, 평민 여성의 생활태도,

---

140) 신해진, 『조선조 전계 소설』, 월인, 2003, 21쪽.

특이한 삶을 살아간 기인이나 열사 이야기, 세태에 대한 풍자와 해학 등 매우 다양한 내용을 다루고 있다. 야담계 소설은 시정 주변에 떠돌던 잡다한 이야기가 기록자에게 청취되어 소설로 성립된 것들로 그 이면에는 시정인의 시각 또는 민간적 사유가 짙게 깔려 있다.[141] 야담계 소설은 조선 후기 문학이 상하층 상호교류의 산물이며 그 내용이 역동적으로 전이되고 있었음을 보여준다. 야담계 소설의 작가와 독자층은 창작을 가미한 기록물을 쓰고 읽음으로써 그리고 이야기 전달층은 구승을 통해 당대의 시대상과 현실 문제를 인식하고 있었다. 이러한 상하층의 문화적 교류는 시정을 중심으로 소설 독서에 대한 소비문화가 활성화되면서 가속화되었지만 두 계층의 소통으로 이어지지 못한 것이 한계라 할 수 있다.

이 시기 한문 소설 작가들은 18세기 이전의 조선 세계와 이후의 세속화된 현실의 차이를 포착하여 조선 사회의 제반 문제를 논하기 시작했으며, 비판적 상상력을 통해 자기반성과 현실 변혁의 필요성을 표출했다. 사회의 문제를 논하는 장르로 소설을 적극 활용하고 있다는 것은 소설 독서가 상층 문인들 사이에서 문화로 자리 잡고 있었음을 보여준다. 소설을 대하는 상층 남성 지식인의 의식의 변화와 문화적 취향은 당시의 문화적 풍토와 사회적 환경에 의해 구성된 것이었다. 전시대에도 현실 사회 모순을 담은 작품이 있었지만, 작가가 독자를 고려하여 날카로운 현실인식에 개성적 문체와 허구를 바탕으로 창작한 소설 작품은 18세기 한문소설에서 완성되었다. 그러나 지식인들의 의식변화와 새로운 문예풍조는 지배층에게 위협으로 인

---

141) 이상구, 「17~19세기 한문소설의 전개양상」, 『고소설 연구』 21, 한국고소설학회, 2006, 42~43쪽.

지되었고 새로운 글쓰기 방식은 정조의 문체 검열 정책에 의해 탄압을 받게 된다. 그리하여 한문소설 창작과 유통이 어려워졌고, 상대적으로 검열에서 자유로웠던 국문소설이 성장한 것으로 보인다.

(2) 중인의 학습 및 유희의 소설 독서

중인은 '양반의 후예들로서 조선 초기에는 의(醫)·역(譯)·율(律)·산학(算學) 등에 종사하면서 그 직을 세습하면서부터 차츰 양반의 신분과는 분리되어 차별대우를 받게 된 계층'[142]이다. 전문 기술직에서 비롯된 중인계층은 내부적으로도 다양한 층위를 형성한다. 북촌의 장교(長橋)와 수표교(水標橋) 일대 청계천 양쪽 지역에는 주로 거주했던 역관, 의관, 율관(律官), 도화서원 등 기술직 관리나 아전들과 상당수의 시전상인들, 또 인왕산에서 삼청동 일대, 즉 우대 지역에 집중적으로 거주하던 경아전과 대전별감 등 중앙관청의 실무관리들과 더불어 시전상인들, 이들이 바로 조선 후기 서울의 도시문화를 이끌어갔던 여항인의 핵심이다.[143] 이들이 형성시킨 서울의 도시 문화적 양상은 문화 예술적 욕구의 증대와 유흥문화의 발달로 대변된다. 나아가 이러한 문화가 상업적 이익의 추구와 결합하면서 문화적 향유가 단순한 소비적 향락만이 아니라 경제활동의 일환으로 전개되고 있었다.[144]

이들은 18세기 이후에는 사대부에 버금가는 교양을 지니고 경제

---

142) 신경남, 「조선 후기 애정소설의 생활사적 연구」, 가천대학교 박사논문, 2017, 37~38쪽.
143) 신경남, 위의 논문, 37~38쪽.
144) 고동환, 「조선 후기 서울의 공간구성과 공간인식」, 『서울학연구』 26, 서울시립대학교 서울학연구소, 2006, 24~25쪽.

적 여유를 누리는 정치 세력으로 성장했다. 여항인에는 기술관·서류·서리·역관·경아전·외아전 등이 있었는데, 실무 직위를 이용하여 부를 축적하기 시작하면서 상층 사대부 계층으로 편입되고자 하는 욕망을 문예활동으로 실현했다. 그 구체적인 방편으로 시사(詩社)를 결성하여 시집을 발행하기도 하고, 사대부 사이에서 유행하는 회화나 시조창을 즐기기도 했다. 이들의 문학 활동은 사대부와 서민문화를 아우르며 상하층의 취향을 연결했다. 이들 중에는 중국으로부터 소설을 유입하는 데 중요한 역할을 담당하거나, 중국어에도 능통한 사람들이 많았다. 그래서 소설 창작이나 번역·번안 등 소설 공급면과 아울러 소설 향유자로서도 차차 큰 비중을 차지할 수 있었을 것이다. 이들은 문자가 권력이던 시대에 문자문화에 참여함으로써 사회 지배력에 다가가고자 했던 욕망을 표현했다.

여항인의 소설 독서는 학습을 위한 실용적인 측면에서 시작되었을 것이다. 18세기 후반에 제작된 것으로 알려진 『소설어록해』는 「수호지」, 「서유기」, 「서상기」 등의 어록을 모아 한글로 풀이한 책이다.[145] 중국의 백화소설을 수용하는 과정에서 백화소설을 원서로 읽거나 번역·번안을 할 때 사전 구실을 했던 것으로 보인다. 『소설어록해』는 저자나 편자도 불분명하고 출판도 되지 않은 채 호사가들에 의해 암암리에 전해졌다. 그것은 제작의 주체가 『어록해』의 간행주체에 비해 상대적으로 낮은 지위에 있었거나, 해석의 대상이 되는 원본의 가치가 높지 않았기 때문으로 이해할 수 있다. 아마도 역관 출신의 중인이 중국소설을 번역하거나 중국어 학습을 하는 데 도움이 되고자 저술한 것으로 추정된다. 이러한 정황은 중인들이 소설을

---

145) 두산백과사전, http://www.doopedia.co.kr

학습목적으로 활용했던 것을 보여준다.

한편 여항인은 서울의 상업도시화와 더불어 생겨난 피지배 계층으로 이들의 문화는 기본적으로 소비적이고 유흥적인 성격을 띠었다. 역관을 비롯한 중인들은 중국소설 유통과 문화 교류의 주역이었으며 상업 유통과 자본의 흐름에 민감했으리라 짐작된다.

이들 중인들은 당시 유행하는 중국 소설과 한문소설, 한글소설의 독자였으며 동시에 번역·번안에 참가한 제작자이고, 소설을 구입하여 수요가 있는 곳에 공급한 유통업자였다고 할 수 있다. 이들은 상층의 고급문화와 지적인 취향을 지향하면서도 경제적 흐름에 민감하고 도시 문화를 향유할 수 있는 감각을 지녔다. 따라서 자본의 흐름과 유통에 빠르게 대처하고 그들이 누리는 문화를 상업적으로 이용하는 데 앞장섰을 것으로 생각된다. 소설의 수요가 증가하는 사회적 분위기를 읽은 중인들은 소설 독서를 유희문화로 이해하고 '상업자본'과 연결지었을 것이다. 중인들은 소설의 창작이나 번역, 번안 등 소설 공급과 더불어 소설 향유자로서도 활동했다. 이들 중에는 백화소설에도 능한 사람이 많았는데 시작은 학습이나 실리적 목적에서 시작된 소설 독서라도 소설이 갖고 있는 흥미성으로 인해 유희적 독서가 행해졌으리라 생각된다.

(3) 여성들의 여가문화로서의 소설 독서

여성은 18세기 소설 독자층에서 가장 중요한 역할을 담당했다. 조선은 전통적으로 여성에게 가족의 관습, 전통, 의례를 강요했고, 성리학적 질서 유지를 위한 교화와 계도의 대상으로 인식했다. 여성 독자를 대상으로 한 「오륜전전」이나 「열녀전」과 같은 작품도 교화와 계도의 목적에서 간행된 것이었다. 여성의 삶은 가문과 가정의 테두리에서만 의미와 가치가 부여되었다. 그런데 18세기에 여성 독자는 세속적 취미인 소설 독서에 참여했고 새로운 여성 집단의 문화를 만들었다. 시간적으로나 경제적으로 여유가 많은 여성들은 소설을 읽으며 여가를 보냈다. 필사를 통해 개인 간에 유통되는 소설은 그 수요를 감당하지 못하게 되었다. 늘어난 한글 독자층의 독서 욕구와 상업 자본이 만나면서 새로운 형태의 세책소설이 만들어졌는데, 이것은 그녀들의 소비를 목적으로 설계된 것이었다. 부녀자들은 빚을 내면서까지 소설을 빌려 읽었고 시중에는 천여 종에 이르는 소설이 유통되기에 이른다.

이덕무와 채제공은 당시 사대부 집안에서 유행되고 있던 소설 독서의 문제를 거론하였는데 우려가 될 정도로 여성의 소설 독서가 문화로 정착하고 있었음을 시사한다.

궁중의 여인들은 궁 밖 생활에서 읽던 소설을 입궐해서도 읽는 경우가 많았고, 늘어나는 소설 독서 수요를 맞추기 위해 궁중용 한글소설이 나타난 것으로 파악된다. 세책점은 서울에만 존재했던 것으로 보여 경제적 요건이 충족된 지역과 독서층에서만 유행했던 것을 알 수 있다.

18세기에 유행한 장편 가문소설의 내용은 여성 독자층의 일상적 삶을 반영하면서도 동시에 자극적인 갈등 소재와 대립 관계를 통해 일탈에 대한 무의식적 욕망을 자극했다. 소설은 공적 생활이 어려운 여성들에게 사회생활을 엿볼 수 있는 창이었고, 오락물이었다. 여성들은 개인적 공간에서 소설을 베끼고 돌려 읽으면서 자신만의 문화 공간을 점유했고, 그 속에서 은밀한 쾌락을 즐겼다.

다음은 여성들이 낭독을 통해 간접적으로 소설 독서를 즐긴 풍경을 묘사한 것인데, 이러한 일이 실제로 있었던 것으로 보아 여성들의 소설 독서가 매우 은밀하게 내밀한 공간에서 쾌락을 목적으로 이뤄진 것을 유추해 볼 수 있다.

몇 년 전 어떤 상놈이 10여 세부터 눈썹을 그리고 분을 바르며, 여인들의 언서체를 익혀서 패설을 잘 읽었는데, 목소리가 마치 여자 같았다. (…중략…) 여장을 하고 사대부의 집에 드나들며, 진맥할 줄 안다고 하거나 방물장사를 한다고 하면서 패설을 읽어주기도 하고 (…중략…) 양반집 부녀들이 그를 한 번 보면 좋아하지 않을 수 없어서 간혹 같이 자면서 음행을 저지르기도 하였다.146)

당시 여성들이 즐겨 읽은 국문소설은 다양한 인물들의 구성과 관계의 얽힘으로써 길게 서술되었지만, 유사한 성격의 인물과 사건이 반복되는 특징이 있다. 소설에서 다루는 일상생활에 대한 묘사나 가정 내·가문 간의 갈등, 애정문제는 여성의 취향이 반영된 것이었으며, 유형화된 서사의 구성 방식은 연작을 가능케 하는 창작 논리로 작용했다. 『완월회맹연』처럼 180책의 방대한 작품이 출현한 것은 이러한 여성 취향이 반영된 내용 전개와 유형화된 서사 구성 방식 때문이었다.

황종림(黃鍾林, 1796~1875)이 돌아가신 양어머니 여산 송씨(1759~1821)를 위하여 쓴 『선부인어록』에는 송부인이 소설을 읽을 때 '열 줄을 한 번에 읽어 내리고 하루에 수십 권을 보기도 했다'고 나와있

---

146) 구수훈, 「이순록」, 『패림』(김현주, 「가족 갈등형 고소설의 여성주의적 연구」, 경희대학교 박사논문, 2010).

다. 송부인이 이렇게 소설을 읽던 시기는 대략 18세기 후반(1770년대 또는 1780년대)이었는데, '지렁이가 기어 다니듯 흘려 쓴 알아보기 어려운 한글소설을 한 번에 열 줄씩 척척 읽어 내려가는 모습이 경이로웠다'고 했다. 유만주 또한 "'열 줄을 한 번에 내리 읽는다(十行俱下)'라는 말의 뜻을 정확히 모르겠다. 하지만 부녀자들이 말 하는 것을 들으니, 한글소설을 잘 읽는 사람은 십여 행을 일시에 소리 내어 읽지는 못하더라도 눈으로 보고 이해하며 읽어내려 간다고 한다"[147]고 했다. 또 18세기 후반 유만주의 『흠영』에서 '당시 한글소설이 수만 권 또는 다섯 수레(五車)에 그치지 않는다'고 한 기록에서도 확인된다.[148]

이 기록으로 볼 때 당시 여성들은 국문소설의 서사 패턴에 익숙해져 있었으며, 소설 독법을 숙지할 정도로 소설 독서를 즐겼음을 알 수 있다. 이러한 여성 독자의 등장이 18세기 한글소설의 대중적 확산에 영향을 미쳤다.

한편 여성들 중에는 소설 독서에 탐닉했으나, 그것의 위험과 무용성에 대해 자성적 태도를 보인 사람도 있었다. 다음은 오광운(1689~1745)이 11살에 세상을 떠난 누이동생(1697~1707)을 위해 쓴 행장과 안정복이 쓴 어머니 이씨 행장의 일부로 여성들이 번역 소설과 수백 종의 한글소설을 읽었던 사례를 기록한 것이다.

우리나라 풍속에 번역된 패설이 부녀자들 사이에 전해져 읽히는 것

---

147) 「先夫人語錄」, 영세보장, 태학사, 1998(정병설, 「소설-조선의 영화 또는 텔레비전드라마」, 2014년도 장서각아카데미 왕실문화강좌, 165쪽에서 재인용).

148) 정병설, 「조선 후기 한글소설의 성장과 유통: 세책과 방각을 중심으로」, 『진단학보』 100, 진단학회, 2005.

이 매우 성했다. 누이는 어려서부터 줄줄이 읽으면서 막히는 데가 없었다. 그러다가 우연히 그것이 예에 어긋남을 알고는 문득 책을 덮고 다시 눈길을 주지 않았다.[149]

(내 어머니는) 심지어 한글소설은 무려 수백 종이나 되는 것을 한 번 보면 문득 기억하고 종신토록 잊지 않았다. 그러나 만년에는 항상 말씀하기를 "소설이란 모두 거짓으로 말을 만들어 하나도 진실한 것이 없다. 또한 사람들을 온당치 못한 곳에 빠뜨리니 가히 볼 것은 아니다"고 하였다.[150]

여성들은 한글소설을 읽고, 소설 유희에 빠진 것이 예에 어긋나며, 소설은 사람들을 온당치 못한 곳에 빠뜨리는 것으로 스스로 금하는 태도를 보인다. 소설이 여성의 감성을 자극하고 불온한 상상을 하게 한다는 자기반성과 검열의 기준은 당시 남성사회의 지배질서였다. 여성의 소설 독서는 남성 지식층(지배층)으로부터 가사에 대한 책무를 등한시하며 시간을 낭비하는 일로 비난의 대상이 되었다. 여성에 대한 남성의 관습적 기대로 인해 사대부가 여성은 자신들의 문화적 능력과 영역을 스스로 제한할 수밖에 없었을 것이다. 소설이 예에 어긋난다는 것은 소설이 갖고 있는 쾌락적 성격에서 기인한다. 그것은 여성들 사이에서 자기 검열이 있든 없든 간에 소설독서가 여가를 즐기는 생활문화로 자리 잡았음을 보여준다. 여성들은 자기들만의 시·공간에서 소설을 빌려와 읽었고 필사하거나 교환하면서 자신들

---

149) 오광운, 『藥山漫稿』 20(황수연, 『18세기 여성생활사 자료집』 1, 보고사, 2010).
150) 안정복, 『順菴集』 25(황수연, 『18세기 여성생활사 자료집』 8, 보고사, 2010).

만의 소설 독서문화를 향유했다.

이러한 필사 문화는 여성들의 자발적 독서의 한 단면을 보여준다. 강요하지 않았어도 소설을 찾아 읽고 자발적으로 필사하며 이본 창작에 동참했다. 이러한 여성들의 독서 태도는 오늘날 창작 교육에 적용할 수 있는 교육적 요소이다.

조선 후기에 유행한 국문소설은 다양한 이본이 존재한다. 이본은 소설 독자들이 흥미롭게 읽은 소설을 필사하는 과정에서 나타났다. 이본의 창작과 유포에 참여한 사람들은 소설의 독자에서 나아가 작품의 창작에도 영향을 미쳤다. 이본의 파생은 인간의 본능에 기초하고, 독자의 작가로의 전환이 이루어지며, 놀이성, 창조성, 사회성, 문화성, 자아실현 가능성을 내포한다.151) 따라서 고소설 교육이 문학문화에 적극적으로 참여하는 능동적인 학습자의 모습을 지향한다면 이본의 존재를 통해 작품의 창조적 재구성 활동을 전개할 필요가 있다.

(4) 하층 남성들의 연행에 의한 소설 향유

18세기 기록에 신분이 미천한 직업적인 소설 낭독자가 있었다는 기록이 있다. 조수삼이 소개한 전기수는 서울 중심가 요지를 옮겨 다니며 소설을 읽어주는데, 전기수 주위에 모여들어 낭독을 듣고 돈을 던지는 사람들은 평민 남성이었다. 남성들은 주로 「조웅전」, 「소대성전」, 「임경업전」 등의 영웅·군담소설을 듣거나 읽었다. 영웅

---

151) 김종철, 「소설의 이본 파생과 창작 교육의 한 방향」, 『고소설연구』 7, 한국고소설학회, 1999, 372쪽.

이 고난과 시련을 극복하고 사회적 성공을 이루는 과정, 착한 사람은 복을 받고 악한 사람은 징치되는 권선징악의 결말을 통해 독자들은 심리적 보상을 얻을 수 있었다. 이들 영웅소설은 일정한 서사패턴이 존재했다. 그것은 이야기를 듣고 기억하기 좋기 위한 일종의 서사전략이었다. 이야기를 듣는 사람들은 패턴화된 이야기를 들으며 다음 내용을 예측하기도 하고, 긴장감을 조절하며 흥미롭게 이야기를 즐겼다.

전기수는 동문밖에 살고 있었다. 언과패설을 구송하였는데, 그것은 「숙향전」, 「소대성전」, 「심청전」, 「설인귀전」등이었다. 초하룻날은 첫째 다리에서, 둘째 날은 둘째 다리에서 사흘날은 이현에서, 나흘날은 교동 입구에서, 그리고 엿새 날은 종로 앞에다 자리를 정하곤 하였다. 소설을 읽는 솜씨가 훌륭했기 때문에 많은 사람들이 모여들곤 했다. 대개 이야기가 한참 흥겨울 대목에 이르러서는 문득 멈추고 소리를 내지 않는다. 그러면 사람들은 하회가 궁금해서 서로들 다투어 돈을 던진다. 이것을 요전법이라 했다.[152]

당시 전기수가 들려주는 소설을 즐기는 공간은 사람들이 많은 도심 속 종루와 같은 곳이었다. 도시민들은 개방적인 공간에서 집단적 유희로 소설을 즐겼다. 당시 상업공간으로 발전한 서울은 다양한 계층의 상업 활동이 전개되는 공간이었다. 종루와 같은 곳은 시정인

---

152) 이옥, 봉성문여 중 언패, "傳奇叟居東門外 口誦諺課稗說 如淑香傳蘇大成傳沈淸傳薛仁貴等 傳奇也 月初一日坐第一橋下 二日坐二橋下 三日坐梨峴 四日坐校洞口 五日坐大寺洞口 六日 坐鍾樓前 (⋯중략⋯) 而以善讀故 傍觀匝圍 夫至最喫緊可聽之句節 忽黙而無聲 人欲聽其下回 爭以錢投之 曰此乃邀錢法云".

들이 자유롭게 이동하거나 쉬는 공간이었고, 잡다한 일상사나 흥미로운 이야기들이 오고가는 장소였다. 이러한 공간에서 진행된 소설 독서는 상업적 성격이 강했다. 소설을 읽어주는 사람은 독자들의 흥미를 자극하기 위한 요소를 고려해야 했다. 이야기 구술자의 뛰어난 언술과 감정표현은 청중을 작품에 몰입하게 했고, 종로거리 담배가게에서 소설을 듣다가 영웅이 패하는 장면에서 책 읽는 사람을 청자가 찔러 죽인 일이 생겨나기도 했다.[153] 낭독자의 이야기가 실재처럼 느껴질 정도로 독서장의 분위기가 고조된 것은 전문 낭독가의 실력도 있었지만, 숨죽여 이야기를 경청하는 독자(청자)의 몰입력이 있었기 때문이다. 하층민에게 소설 듣기는 당시 유행하기 시작한 판소리와 같은 집단 여가 문화였다. 개방적인 상업 공간에서 이루어진 소설 독서(듣기) 행위는 잠시 오가는 길에 즐기는 쾌락적 문화행위였다고 할 수 있다.

돈을 내고 유희와 오락을 즐기는 소비적 여가 문화가 서울에 거주하는 하층민에게까지 전이되고 있었다. 상업도시 시정이라는 공간 제약이 있긴 하지만 상층의 독서물이 대중에게 확대되고 있었다는 점에서 의의가 있다.

2) 소설의 내용과 유형

18세기에 주로 읽힌 소설에는 중국에서 유입된 소설이 상당수였던 것으로 보인다. 18세기에 나온 한글소설에는 중국작품의 번역이

---

153) 『정조실록』 권31 정조 14년 8월 무오(무악고서설연구회 편, 『한국고소설관련자료집』 II, 이회문화사, 2005).

나 번안 작품이 많았기 때문이다. 그 밖에 상층 남성 문인들이 창작한 전계 소설, 야담계 소설과 여성들이 즐긴 장편가문소설, 하층 남성이 즐긴 영웅소설이 있다.

상층 남성 문인들이 창작한 전계 소설이나 야담계 소설은 한문으로 쓰여진 데다 필사를 통해 개인 문집에 실려 비상업적으로 유통되었기 때문에 여성이나 일반인들이 접하거나 읽을 수 없었다. 그래서 이들 작품에는 상업성의 개입 없이 당시 사회와 인정세태가 사실적으로 반영되어 있다. 또 지식인으로서 당시 사회에 대한 비판적 진단과 시각이 표현되었다. 변화하는 사회에 대한 지식인의 시각과 입장이 비판적으로 표현된 데에는 당시 사상과 학문의 변화가 영향을 미쳤다. 박지원은 실학에서 추구하던 실용적인 인식을 「허생전」으로 표현하였으며, 당시 신분구조의 변화나 지배층의 도덕적 문제, 사회제도와 관련된 현실적 문제를 「양반전」, 「호질」, 「열녀함양박씨전」과 같은 소설에 담았다. 특히 「허생전」에서는 조선 경제 환경의 열악함과 정치사회제도의 취약점과 모순, 집권층의 무능력과 허위의식을 허생을 통해 비판하고 그 대응책을 제시하고 있다. 18세기 조선의 서울은 화폐경제가 활성화되었다. 그러나 집권층은 과거 인습에 사로잡혀 공리공론만 일삼고 부정부패가 사회에 만연했다. 기본적인 생계를 꾸리기도 어려운 백성들이 늘어났고 유랑하는 사람들은 군도를 형성했다. 몰락 양반이 늘고 신분을 사고파는 일이 나타나기도 했다. 여전히 신분은 중요했지만 돈이 사회적 지위를 결정하는 시대로 접어들었다.

이러한 사회변동에 민감했던 사람들은 당시 새롭게 부상한 중인들과 실학파 지식인들이었다. 중인들은 적극적으로 상업 활동에 진출함으로써 경제적 부를 축적했고, 지식인들은 글을 통해 변화하는 시대에 지식인이 해야 할 역할을 고민했다. 일부의 지식인들은 성리학만 고집하는 문화의 한계를 깨닫고 정신문화와 물질문화를 균형 있게 발전시켜 부국강병과 민생안정을 달성할 방법을 모색했다. 안으로 분열되는 사회를 통합하고 밖으로 급변하는 국제 정세에 대처하기 위한 실천적 학문을 전개한 학자에는 박지원, 정약용, 홍대용, 이덕무 등의 실학파 문인들이었다. 이옥이나 김려와 같은 문인들 역시 시정의 잡다한 이야기들을 이야기에 활용하여 한문단편소설의 영역을 확장하는 데 기여했다. 이들은 중국의 고문에 반대하고 신선한 발상과 사실적 기술방식으로 시와 산문 활동을 전개했다.

이 시기에 창작된 한문소설은 전이나 야담에서 발전한 것으로 당시 사회상을 사실적으로 전달하는 데 목적을 두어 국내에서 실제로 있음직한 사건을 집약해서 표현할 수 있었다.154) 그 결과물이 한문단편소설—전계 소설, 야담계 소설—이라 할 수 있다. 이들 소설은 실제와 허구 사이를 오가며 소설과 실기(實記)의 구분이 모호한 것들이 상당수 존재한다. 그것은 한문으로 글 쓰는 그들의 관습에 새로운 방식으로 표현하고자 하는 문체 실험이 있었기 때문이었던 것으로 보인다.

여성들은 국문 장편소설을 주로 애독하였다. 국문 장편소설은 가문 구성원 혹은 가문 사이에 발생한 갈등과 화합의 과정을 다룸으로써 여성들이 가문 안에서 겪는 삶의 질곡과 애환을 표현하였다. 여성들은 이들 소설을 통해 공감과 위로를 얻었으며, 여성으로서 갖추어야 할 교양을 습득하기도 했다. 인내와 희생, 절제의 삶을 살아야 했던 당시 여성들은 여주인공이 모든 시련을 극복하고 복을 받는

---

154) 조동일, 『한국문학통사』 권3(제4판), 지식산업사, 2005, 496쪽.

장면을 통해 대리 만족과 보상감을 맛볼 수 있었을 것이다. 가정소설에서 확장된 가문소설은 여러 세대와 여러 인물군상이 복잡하게 얽혀 있다. 이야기의 확장은 흥미를 자극하는 데 기여했다. 「완월회맹연」, 「윤하정삼문취록」과 같은 장편 가문소설이 세책점에서 대여되어 읽혔는데 이렇게 긴 소설을 빌려 읽기 위해서는 경제적·시간적 여유가 필요했다. 따라서 국문장편소설은 주로 상층 여성들에게 읽히고, 하층의 여성들은 상대적으로 짧은 소설을 읽거나 들었던 것으로 보인다. 이학규(1770~1835)는 여성 독자들을 묘사하면서 '값비싼 비단 옷을 입은 부녀자들'이 독자였다고 하였는데 18세기 여성독자에는 상층양반계층의 부녀자뿐 아니라 경제적으로 부유하였던 계층의 여성들도 포함되었던 것 같다.

영웅소설은 구전되던 설화나 전기소설, 중국에서 유입된 연의소설이나 재자가인소설 등의 영향을 받아 창작되었다. 영웅소설은 18세기 초에 출현하여 20세기 초반까지 필사본, 세책본, 방각본, 활자본의 형태로 유통되었다. 이 중에는 여성을 주인공으로 하여 당대의 윤리적 틀을 깨고 사회적으로 성공하는 이야기를 담은 소설도 나타났다. 여성 영웅소설은 당시 여성들에게도 인기가 있었으리라 추측된다. 「임경업전」, 「임진록」, 「박씨전」과 같은 역사 영웅소설, 「조웅전」, 「소대성전」, 「유충렬전」 등의 창작 군담 소설이 하층민과 일반 서민 대상으로 인기를 누렸다. 한글소설의 독자는 주로 여성과 하층 남성들이었는데 소설의 내용도 그들의 취향대로 대중 지향적이고 민중적 세계관이 담긴 경우가 많다. 충·효·열 등 유교윤리와 권선징악을 강조하는 작품부터 여성·하층민의 삶의 지혜와 능력을 긍정하는 작품까지 매우 다양한 작품이 대중에게 읽혔다.

3. 필사·낭독에 의한 공간 제한적 상업 유통

18세기 소설은 필사와 낭독에 의한 방식으로 유통되었다. 17세기 소설 향유 방식과 달라진 점이 있다면 유통 방식에 상업성이 개입되었다는 것이다. 18세기에 이르면 서적의 유통이 상업성과 결합하면서 독자의 독서 욕구를 충족할 수 있는 경로를 확대하였고, 이는 소설 독서의 확산에 영향을 미쳤다. 상업성과 결합한 서적 유통의 경로는 크게 중국 사행을 통한 직접 구입과 책쾌를 통한 주문 구입, 세책가를 통한 대여와 방각본의 구입이 있었다. 또 문자 습득의 문제로 소설의 직접 독자가 될 수 없는 일반 서민들을 대상으로 전문 강독사인 전기수가 소설을 낭독하면서 소설이 대중에게 전파되기도 하였다.

사대부를 비롯해서 도시에 살면서 경제적·시간적 여유가 있는 중인계층들은 신지식에 대한 독서 욕구를 충족하기 위해 경전이나 실용서 외에도 취미로 읽을 수 있는 서책을 중국으로부터 구입했다. 중국사행은 외국의 문물을 받아들이는 주요 경로였는데, 일찍이 이수광, 허균, 정두원 등이 사행을 통해 서학서를 들여온 이래 사행을 통해 중국의 문인들과 교류를 통해 서적을 구입하는 일이 확대되었다. 이러한 교류와 도서 유통 양상은 18세기 후반에도 계속되는데, 이덕무, 박제가, 박지원, 유만주, 이서구, 홍대용 등이 모두 사행을 통해 서적을 구입하고 서점을 방문하여 새로운 서적을 직접 구입하여 들어오기도 했다.

조정에서도 중국 서적을 구입하여 올 것을 명하였는데, 규장각으로 보낼 도서를 구하기 위해 조선 학자들이 중국 사람의 도움을 받아 수많은 총서와 백과사전 등을 구하기도 했다. 역관들을 통해 조선의 고위 관료나 재력가들은 중국에서 출판되었던 총서나 유가서류 같은 거질을 조선으로 들여올 수 있었고 그 과정에서 명·청대 문집들과 인기 있는 소설, 천주교 서학서 등이 조선으로 들어왔다.

한편 책쾌라는 서적 중개인은 역관과는 달리 국내에서 서적의 매매를 알선하거나 싼값에 책을 구입하여 이윤을 붙여 되파는 등의 상업 행위를 하기도 했다. 이들은 보부상의 상병조직을 활용하며 전국적으로 산재한 향교, 서당, 일반 가정집 등을 행상하면서 새로운 사상과 지식을 담은 신서류를 보급했다.

임금이 건명문(建明門)에 나아가 책 거간꾼을 잡아들이게 해 책자(冊子)를 사고 판 곳을 추문(推問)하도록 하여 김이복(金履復)·심항지(沈恒之) 등을 차례로 정죄(定罪)하였다. 그리고 또 이희천(李羲天)을 심문하니 이희천이 공초(供招)하기를, "비록 『명기집략(明紀輯略)』을 사서 두기는 하였습니다만 실제로 일찍이 상고해보지는 못하였으며, 박필순(朴弼淳)의 상소 내용을 대략 들은 뒤에 그대로 즉시 불태웠습니다." 하니, 마침내 하교하기를, "아! 지금 진주(陳奏)하려고 하는 때에 우리나라에 사가지고 온 자를 만약 정법(定法)하지 않는다면 무너져 내리는 마음의 아픔과 박절함을 어떻게 이루 말할 수 있겠는가? 차례대로 자세히 묻도록 하라." 하였는데, 과연 이희천 및 책 거간꾼 배경도(裵景度) 등을 찾아내었으니, 그것이 만약 『봉주강감(鳳洲綱鑑)』에 서로 뒤섞였다면 미처 보지 못했다는 것 또한 이상스러운 일은 아니다. 그러나 이것은 망측(罔測)한 책을 서로 사고 판 것이니, 듣고서 마음은 섬뜩하고 뼈가 멍이 든 것 같아 전례를 따라 처리할 수가 없다. 그러니 이희천 및 책 거간꾼 배경도는 장전(帳殿)에서 세 차례 회시(回示)한 뒤에 훈련대장(訓鍊大將)으로 하여금 청파교(靑坡橋)에서 효시(梟示)하게 하여 강변(江邊)에 3일 동안 머리를 달아 놓도록 하고, 그들의 처자[妻孥]는 흑산도(黑山島)에다 관노비(官奴婢)로 영속(永屬)하게 하였으며, 인하여 박필순을 앞으로 나오도록 명하고 이르기를, "상소의 요지[疏槪]를 어떻게 만들었는가" 하자, 박필순이 대답하기를, "선원 계파(璿源系派)의 허위의 역사라고 하였습니다." 하니, 임금이 노여워하여 하교하기를, "그 상소가 아무리 아름답다고 하더라도 지금 상소의 요지를 듣건대 나도 모르게 마음이 내려 앉았다. 상(賞)을 줄 것은 상을 주고 경계할 것은 스스로 경계해야 하는데 이와 같은 큰 요지를 중외(中外)에 반포(頒布)하였으니 이것이 어찌 진주(陳奏)하는 의미이겠는가? 전 승지(承旨) 박필순을 회양부(淮陽府)에다 멀리 귀양보내도록 하라." 하였다.155)

다음은 1752(영조 28)년 이양제 투서사건의 심문과정에서 드러난 이인석과 박섬이 공동으로 운영하는 '약계책방'이 서소문 안에 있었다는 기록이다.

다시 이양제를 신문하니, 이양제가 공초하기를, "금월 15, 16일간에 초정의 언찰을 보았는데, 그 아들 이경명이 가지고 왔기에 서소문 안 박주부(朴主簿) 약계 (藥契)의 책방 바깥채에서 만나 보았습니다. 신은 포도 대장의 집에 두 번 투서한 뒤에는 가평으로 내려가려고 하였고, 요사스러운 술법(術法)은 『열국지(列國志)』와 언문 책 속에 있었습니다." 하였다.156)

---

155) 『영조실록』 116권 영조 47년 5월 26일 병인 1번째 기사.
156) 『영조실록』 76권 영조 28년 4월 18일 기유 10번째 기사.

박섬(朴暹)을 신문하니, 박섬이 공초하기를, "신은 이인석(李寅錫)과 함께 책방을 내고 있는데, 이양제가 아이들을 데리고 『사략(史略)』초 권을 가르친다고 간 뒤에 다시 와서 『대명률(大明律)』을 사 가지고 갔습니다." 하였다.[157]

이렇게 책을 사고파는 행위가 곳곳에서 나타난 것은 서울이 상업 도시로 변했기 때문에 가능한 일이기도 했지만, 서적 유통이 민간에 까지 개방되었기 때문이었다. 또 서적에 대한 민간 수요가 증가했음을 보여주는 증거이기도 하다.

한편 18세기 들어 여성의 소설 독서열과 서울의 상업적인 도시문화가 만나 세책이라는 새로운 유통 매체를 등장시켰다. 채제공의 「여사서서」의 기록과 이덕무의 『사소절』기록을 통해 1740년 전후로 서울에 세책가가 있었음을 알 수 있다.

가만히 살펴보니 근세에 여자들이 서로 다투어 능사로 삼는 것이 오직 패설(소설)을 숭상하는 일이다. 패설은 날로 달로 증가하여 그 종수가 이미 백종 천종이나 될 정도로 엄청나게 되었다. 세책집(쾌가) 에서는 이를 깨끗이 필사하여, 빌려 보는 자가 있으면 그 값을 받아서 이익으로 삼는다. 부녀들은 식견이 없어 혹 비녀나 팔찌를 팔고 혹은 돈을 빚내어 서로 다투어 빌려다가 긴 날을 소일하고자 하니, 음식이나 술을 어떻게 만드는지, 그리고 자신의 베 짜는 임무에 대해서도 모르게 되었다. 그런데 부인(동복오씨)은 홀로 습속의 변화를 탐탁지 않게 여기고, 여공의 여가에 틈틈이 읽고 외운 것이라고는 오직 가히 규중의

---

157) 『영조실록』 76권 영조 28년 4월 19일 경술 2번째 기사.

모범이 될 만한 여성교훈서였다.158)

　　한글소설을 탐독해서는 안 되니, 집안일을 버려두고 여자가 해야 할
일을 게을리 하게 한다. 심지어 돈을 주고 그것을 빌려 읽다가 거기
빠져서 가산을 기울인 사람도 있다.159)

　　세책의 등장은 18세기 서울에 거주하고 있던 사류나 기타 경제적
으로 부유한 계층의 남성과 부녀자들을 대상으로 독서 욕구를 충족
시키며, 개인 필사로부터 상업적인 대량생산의 형태로 유통체계가
바뀌고 있음을 보여준다. 세책의 유통 방식은 수용자의 요구와 출판
업자의 상업적 의도가 맞물려 확대되었지만, 역으로 소설 수용자를
확산시키고 그들의 독서 의욕을 한층 더 고취시켰음은 물론 세책가
를 통한 구작의 대량필사와 아울러 독자층의 다양한 욕구를 충족시
키기 위해 새로운 작품을 창작하는 계기가 되기도 하였다160).

---

158) 채제공, 「여사서서」『번암집』 권33(『한국문집총간』, 민족문화추진회, 1999, 236쪽). "嗚呼
女四書一冊。贈貞敬夫人同福吳氏手蹟也。夫人十五歸于余。二十九。終於京師之桃洞第。時
余趨覲先大夫大比安任所。未及言旋。聞夫人病死。掩涕登途。還舊第。雪積于庭。塵翳于室。
惟數婢守一棺而已。夫人無子女。何從以求其影響。噭噭然躑躅彷徨。忽見諺書一卷顚倒几案
之間。卽夫人所親書女四書而未及了者也。字畫婉婉如見其人。於是收以藏之於夫人所嘗用小
烏几。移置吾寢處之傍。蓋慮其遺佚也。竊觀近世閨閤之競以爲能事者。惟稗說是崇。日加月
增。千百其種。儈家以是淨寫。凡有借覽。輒收其直以爲利。婦女無見識。或賣釵釧。或求債銅。
爭相貰來。以消永日。不知有酒食之議組紃之責者往往皆是。夫人獨能不屑爲習俗所移。女紅
之暇。間以誦讀。則惟女書之可以爲範於閨壼者耳。從以費神精鳩紙墨。偸隙以書。如副課督。
其有味於聖賢之格言如此。不賢而能之乎。此非矣敎及寡妻。實習性然也。其可不傳示吾子孫。
使推此以知夫人之賢有儀也。後數十年。余赴松京留後。偸兒入京第。捲吾日用具以走。小烏
几亦入其中。噫。手筆之猶得以彷象夫人者。今不可復見矣。每念之。不勝愴然。序其事。思至
則觀。"
159) 이덕무, 「婦儀一」, 『사소절』(『청장관전서』, 한국문집총간DB), "諺翻傳奇。不可耽看。廢置
家務。怠棄女紅。至於與錢而貰之。沈惑不已。傾家産者有之。"
160) 大谷森繁, 앞의 책, 81쪽.

세책업자들은 상업이 발달한 도시 공간에서 활동하였으며, 대중의 취향을 고려하여 작품을 제작했고, 이윤을 남기기 위해 책의 내용을 축소하거나 여러 권으로 나누어서 출판하는 전략을 사용하기도 했다.

세책가에서 만들어지고 공급된 한글소설은 중국소설의 번역 혹은 번안 작품뿐 아니라 국내 창작 국문소설과 장편 국문소설이 포함되어 있었다. 1794년 대마도의 역관이 조선의 사신에게 전해들은 이야기를 기록한『상서기문』에는 '조선소설로서「장풍운전」,「구운몽」,「최현전」,「장박전」,「임장군충렬전」,「소대성전」,「소운전」,「최충전」 등이 있었으며, 이 밖에「사씨전」,「숙향전」,「옥교리」,「이백경전」과「삼국지」 등의 언문 번역본이 있었다'161)고 한다. 세책가가 당시 유행하던 소설의 사본을 만들어내는 출판업자 역할을 수행한 유통업자라는 것을 상기해 볼 때 위에서 언급한 중국 번역소설이나 창작 국문소설이 세책가에서 유통되지 않았을까 짐작해 볼 수 있다.

세책가는 중국소설의 번역·번언 작업 및 국문소설 창작에 관여하였고, 이들 작품의 사본을 만들어내는 출판업자의 역할을 수행했다. 또 이것을 독자에게 빌려주거나 판매함으로써 이익을 남기는 서적 유통업자이기도 했다. 세책가의 운영자는 자본의 흐름에 민감한 계층이었다. 세책사업에 관여하는 직업군에는 소설의 창작자인 작가, 전문 필사자, 책의 유통을 담당하는 책거간꾼, 중국소설을 우리말로 번역하는 번역가 등이 존재했다.162) 세책업은 지식층과 상인층, 즉 상하층의 협력으로 일궈낸 새로운 문화사업이었다. 세책업의 등장

---

161) 大谷森繁, 위의 책, 84쪽.

162) 이민희,『조선의 베스트셀러』, 프로네시스, 2007.

은 사회 각 계층에게 문화적 취향에 따른 독서물을 제공하였으며 이로 인해 소설 독서문화가 대중화되는 계기를 마련했다.

18세기 방각본 소설의 등장은 소설의 대중적 향유의 시대가 열릴 수 있는 토대를 마련한 일이었다. 1725년 전라도 나주에서 개인의 영리 목적으로 한문본『구운몽』이 간행되었다. 나주는 전주와 나주를 아울러 칭한 것으로 이곳은 한국 최대의 곡창지대로 농업 중심의 도시였다. 일찍이 목공예와 출판이 성행했으며 경제적 여유가 있는 다수의 지주들이 자리하고 있었다. 방각본 소설은 농한기 소일거리를 제공하는 역할을 하였으며, 완판 소설 대부분이 경판에 비해 장편화로 이루어진 것은 농한기를 보내야 했던 독자의 상황과 밀접한 관련이 있었다.163) 한문본으로 간행된『구운몽』은 한문을 알고 있는 식자층을 독자로 상정한 것이었다. 그렇다 해도 소설이 방각되었다는 것은 곧 국문으로도 방각본이 출판될 수 있는 가능성을 보여준 것이라 할 수 있다.

한글 방각본 소설의 정확한 출현 시기는 정확히 알 수 없으나, 1780년에 간행된『임경업전』, 1785년에 간행된『숙향전』, 1800년 이옥이 경상도 합천에서 본 간행본『소대성전』164) 등이 있어 1780년 전후로 한글 방각본 소설이 간행되어 한글소설 독자가 확대되었음을 짐작할 수 있다.

소설이 방각본으로 간행될 수 있었던 것은 소설 독서에 대한 대중의 요구가 늘고 있었기 때문이었다.『영조실록』1764년 10월 19일조에 보면 활자로 책을 파는 일을 사회 문제라 인식하여 이에 대한

---

163) 임성래,「방각본 소설 등장의 사회 문화적 배경 연구」,『성곡논총』27, 성곡학술문화재단, 1996, 263쪽.

164) 이옥, 실시학사 고전문학연구회 역주,『이옥전집』2, 소명출판, 2001, 85쪽.

논의가 조정에서 나타났다.165) 족보나 문집의 간행을 상업출판인가라는 의문이 제기될 수 있지만 이러한 상황은 국가의 정책과 무관하게 출판에 대한 자본의 침투가 나타나고 있는 상황을 보여준다. 이는 조선 사회의 출판과 독서 문화가 자본과 수용층의 욕구를 중심으로 움직이기 시작했음을 의미한다.

소설의 상업적 유통은 책을 직접 매개로 한 독서 행위에서만 존재했던 것은 아니다. 18세기 서울이 도시공간에는 유흥문화의 하나로 이야기꾼의 활동이 나타났다. 이들은 시장과 시가에서 흥미로 이야기인 소설을 낭독하여 돈을 벌기 시작했다. 18세기 초의 기록에 신분이 미천한 직업적인 소설 낭독자가 있었다는 기록이 여럿 있다. 조수삼이 소개한 전기수는 서울 중심가 요지를 옮겨 다니며 소설을 읽어주며 돈을 버는 직업인을 지칭한 말이었다. 당시 소설은 낭독을 통해 간접적인 독자를 확보하고 있었으며, 낭독이라는 유통체계 덕분에 평민들도 소설 독서문화를 간접적으로 향유할 수 있게 되었다.

소설 독서문화를 향유하고자 하는 대중의 요구가 있었기에 '소설 들려주기'를 업으로 하는 직업이 출현하였고, 이들의 활동을 통해 소설 독자층이 확대되었다. 전기수의 활동 루트는 사람들이 모여드는 교통의 중심지이며 사람들이 많이 오고 가는 번화가였다. 낭독은 문자해독이 어려운 도시민을 대상으로 그들의 여가 시간에 오락거리를 제공해주고 이윤을 추구하는 상업적 문화 사업이었다. 이들 전기수는 대중의 기호에 따라 자유자제로 이야기를 바꾸며, 요전법과 같은 기교를 사용하여 소설을 재료로 상업적 이득을 취했다.

---

165) 정병설, 「조선 후기 한글소설의 성장과 유통: 세책과 방각을 중심으로」, 『진단학보』 100, 진단학회, 2005, 289~290쪽 참조.

낭독된 소설의 대부분은 영웅소설이었는데, 영웅소설의 서사 구조 역시 일정한 패턴(비범한 자질을 지닌 고귀한 신분의 주인공의 탄생 → 위기와 고난 → 구출자와 양육자의 도움과 구출 → 힘과 지혜를 기른 뒤 악의 세력을 무찌르고 성공)을 가지고 있었다. 복잡한 저자거리에서 전기수의 낭독을 듣는 사람들에게 복잡한 상황이나 심리의 묘사는 관심 밖이었을 것이다. 단편의 짧은 구성과 기억하기 쉬운 서사 패턴, 흥미와 긴장을 유발할 수 있는 내용이 청중의 인기를 끌었다. 영웅소설 작품을 읽을 때 이러한 유통 방식과 도시문화를 고려하여 읽어야 한다. 영웅소설의 일정한 패턴을 가지고 권선징악적 주제에 행복한 결말을 갖는 것은 들으면서 내용을 예측하고 기억하기 쉬우며, 절정에 이른 갈등이 행복하게 끝나는 데서 오는 쾌감을 느끼기에 적합했기 때문이었다. 영웅서사의 패턴화된 구조는 당시 유통 환경에서 독자의 흥미를 충족시키는 효과적인 창작 기법이었음을 이해할 수 있다.

한편 바깥 활동이 자유롭지 못한 여성의 경우 강담사를 집에 들여 이야기를 듣기도 하였는데, 낭독을 통한 소설의 유통은 독자의 신분과 성에 관계없이 각계각층의 사람들이 널리 이용한 유통 방식이었던 것 같다. 낭독은 소설이 개인적 욕구 충족을 위한 수단으로서뿐 아니라 집단의 문화 향유 방식이었다.

18세기에는 판소리와 같은 구연 문화가 발달한다. 판소리를 전문적으로 하는 예능인들이 사람들이 많이 모인 장소를 찾아 고수의 장단에 맞춰 창과 아니리, 발림 등을 구사하며 연행하는 문예장르이다. 판소리의 공연장소는 사람들이 모일 수 있는 곳이면 어디든 가능했다. 따라서 판소리의 청중은 신분이나 직업, 남녀노소 구별 없이 각계각층의 사람들로 이루어져 있었다.

판소리가 당대 여러 계층에게 향유될 수 있었던 이유는 판소리 창작의 사회경제적 기반이 탄탄하게 조성되었기 때문이었다. 18세기 조선은 연행문화가 성행 가능한 경제적 기반의 조성은 물론, 이를 향유할 수 있는 문화 수용층이 존재했고, 청중의 문화수준이 성장해 있었다. 판소리는 모이는 사람들의 지적 수준이나 흥미에 따라 그 내용이나 길이가 조정되는 등 매우 유동적인 성향을 지니고 있었다. 낭독을 통한 소설의 유통과 판소리와 같은 공연문화의 발달은 서민의 문화 참여의 기회를 넓혔으며, 소설의 간접 체험을 가능케 하였다.

18세기 소설은 상업적으로 다양한 계층에게 전파되었지만 소설 독서 문화의 향유자들은 도시민에 한정되었다. 방각본이 나타나긴 했지만 도시가 발달한 특정 지역에 한해서 소수의 작품이 유통되었을 뿐이다. 소설은 여전히 필사에 의한 유통이 주를 이루었고 세책을 통해 대량 유통이 가능해 졌다고는 하나 필사본의 유통은 한계가 있었다. 낭독에 의한 소설 유통이 활성화된 장소도 사적 공간인 집안 이거나 개방공간인 도심 한복판으로 제한되어 있었다. 그럼에도 불구하고 소설 유통에 상업성이 개입되면서 상층 남성 문인과 상층 부녀자에 한해서 향유되던 독서문화가 도시민의 여가문화로 자리 잡게 되었다는 점에서 중요한 의미가 있다.

소설을 통해 상층 문인들은 변화하는 사회상과 다양한 인정세태에 관심을 기울이기 시작했으며, 규방에 갇힌 여성들은 소설을 통해 다양한 삶을 간접 체험할 수 있었다. 서울에 거주하는 여항인들은 유흥적, 소비적인 도시 문화의 일부로 소설 독서를 즐겼다. 서울이라는 공간 제한적 한계가 있었지만, 당시 도시민들에게 소설독서는 소비적 여가 문화로 존재했으며, 독자층에 맞게 특성화된 유통 방식은 그들의 소설 독서를 조장했다.

4. 18세기 소설 독서문화의 특성과 문학사적 의의

낭독·세책·출판의 과정을 거쳤던 소설은 상업적인 문학이다. 또 다양한 계층의 참여를 확인할 수 있다. 이를 통해서 소설은 대중문학으로 성장하고 있었다고 할 수 있다. 중세 문학의 폐쇄성을 무너뜨리고, 상하층의 관심사까지 가능한 대로 끌어들여 독자층을 넓히고 있었다는 것에 의미가 있다.

18세기는 전 사회적으로 제도적 안정화가 이루어진 한편 새로운 문물의 유입에 따른 사고의 전환과 더불어 저변으로는 기존 질서와 새로운 질서가 충돌하던 변화의 시기이다.166) 이 시기 소설 독서문화 중 특이할 점은 중인이라는 새로운 계층의 성장과 시정인을 위한 소설독서가 대중적으로 확산되었다는 것이다. 특히 가문을 중심으로 전개되는 대하장편소설과 여성 영웅소설이 등장하여 상층 여성뿐 아니라 하층의 여성들까지 독서문화의 주체로 확대되었다. 뿐만 아니라 세책가, 방각업자, 전기수와 같은 직업이 나타나 상층의 전유물이었던 독서를 일반 평민들에게 전파시켰다.

폐쇄적인 상층의 전유물인 책이 오락물, 유희적 여가의 산물로 판매되기 시작했다는 것은 획기적인 변화였다. 한글로 번역된 소설이 민간에 퍼지면서 한글을 중심으로 하는 독서 공동체가 나타나는 물리적 여건을 조성했다. 이런 현상은 다음 세기 소설을 중심으로 상하층의 문화가 상호 교섭하게 되는 데 중요한 기반이 되었다.

상층 남성 문인들은 변화하는 세태에 대한 관심사를 기존의 한문 글쓰기 관습을 빌어 기록하였고 그 과정에서 「허생전」과 같은 단편

---

166) 조도현, 「고전소설의 변개양상 연구」, 충남대학교 박사논문, 2001.

소설이 창작·유포될 수 있었다. 그 안에는 상업성이 개입될 여지가 없었기 때문에 대중이 읽는 소설처럼 '흥미·오락·유흥'의 성향보다는 지식인의 비판적인 현실인식이 표현되었다. 이들 작품은 상층 문인 사이에서 필사를 통해 전해져 일반 독자들은 읽을 수 없는 상층 남성 문인들만의 독서물로 존재했다.

여성들은 자신들의 취향에 맞게 장편가문소설을 즐겼고, 상업자본의 개입으로 세책문화가 나타났다. 18세기 세책은 부유한 여성들의 여가문화로 자리 잡았다. 신분제의 동요가 시작되면서 부유한 계층에는 중인, 상인들이 포함되었고 그 결과 상층의 전유물이던 독서가 대중에게 전파되었다.

상업도시의 발달로 사람과 돈이 오가는 길목에는 소설을 유희와 오락의 목적으로 즐기는 낭독문화가 성행했다. 눈으로 직접 읽는 독서의 단계는 아니지만 상층에서 즐겨 읽던 중국 소설이나 한글 창작 소설을 일반 평민들도 즐기는 시대가 열렸다. 18세기 소설 독서 문화는 공간제한적인 한계에도 불구하고 대중의 여가문화로 자리 잡았고 상하층의 문화를 하나로 연결할 수 있는 기반을 조성했다는 점에서 의의가 있다.

제4장 상·하층 문화의 교섭과
19세기 소설 독서문화의 통속화

　　19세기 소설사에서 중요한 점은 한글 방각본 소설의 대중적 확산
이다. 이들 소설을 매개로 조선의 독서문화가 상·하층에게 공유되고
확산되었기 때문이다. 이때에 이르면 조선 민중의 교육수준이나 문
화향유에 대한 의식이 높아졌다. 그 결과 세책소설, 방각소설, 개인
필사본 소설, 한문장편소설, 판소리계 소설, 세태소설, 우화소설 등
각계각층의 취향과 환경적 조건을 고려한 다양한 유형의 소설이 유
통·향유되었다. 그간의 야담문학의 집성인『청구야담』,『계서야담』,
『동야휘집』과 같은 야담집의 저술과 한문 장편소설의 창작, 세책소
설과 특히 방각본 소설의 성행은 상·하층 모두가 문자문화를 향유하
는 시대가 전개되었음을 보여준다. 상업자본의 침투가 강해지면서
좀 더 대중적인 국문소설에서 통속화 경향이 짙어졌지만, 상하층의
문화가 소설독서를 매개로 상호교섭 하는 현상이 나타나 시·공간을

넘어 독서문화의 대중화를 이끌어낸 시기가 19세기라 할 수 있다.

여기서는 19세기 소설 독서문화가 대중적으로 확산될 수 있었던 사회문화적 조건을 이해한 후, 이 시기 소설 독서문화의 특징을 알아보겠다.

1. 대중문화의 확산과 시대적 배경

19세기 조선 사회는 정조 사후부터 열강의 제국주의적 침탈로 이어지는 과정에서 다양한 모순이 나타났으며 대중의 문화가 역동한 시기이다. 표면적으로 보수 세력이 정국을 다스렸지만, 민중의 인식 변화와 저항 또한 강하게 표출되었다. 19세기 조선은 정치·경제·사회·사상 등 모든 면에서 기존 체제가 무너지는 현상이 나타났다. 세도정치의 시작으로 매관매직이 성행하고 노론을 제외한 사대부들이 정치권력에서 배제되었다. 고리대가 성행하고 삼정문란과 각종 재난·질병의 발생으로 유랑민이 속출했고, 각지에서 민란이 일어났다. 사실상 신분제가 무너졌으며 신분보다 돈에 의해 지위가 결정되는 시대가 되었다. 살기 어려운 상황에서 『정감록』과 같은 예언서가 유행하였고, 도참사상, 천주교, 동학, 미륵신앙, 무격신앙 등이 확산되는 등 사상의 변화가 나타났다. 이와 같은 사상의 확산은 의지할 곳 없었던 피지배층에게 정신적 위안을 제공하는 문화적 기능을 수행했다. 당연히 이들 사상과 관련한 서적은 국가의 탄압 대상이 되었고, 금서목록에 포함된 것이었으나, 민간과 주변부 지식인들 사이에서 암암리에 확산되고 있었다.

19세기는 신유박해로 시작되었다. 가부장적 권위와 유교적 의례를 거부하는 천주교의 확산은 조선의 지배체제에 대한 위협과 도전이었기 때문이다. 지배체제에 대한 불만은 민란으로 나타났는데 1811년에는 홍경래의 난이, 1862년에는 진주 민란이 일어났다. 지배질서에 대한 저항 이면에는 사회경제적 차별뿐 아니라, 천주교 교리서, 불가서, 도가서, 정감록과 같은 서적의 독서가 자리하고 있었는데 이들 사상서들이 국문으로 번역되어 전파됨으로써 민중의 한글 문해력이 높아졌다. 한글문해력을 갖춘 하층민들이 소설 독자로 성장하게 되었고,[167] 상업화된 도시 속에서 소설 독서문화가 확산되는 데 간접적으로 영향을 미쳤다.

정치·경제·사회적 측면에서의 혼란과는 대조적으로 판소리, 굿, 민화와 같은 서민문화가 발전하였고, 이때에 이르러 소설을 매개로 독서문화가 대중화되었다. 서민문화가 발전한 직접적인 원인은 서울이 상업경제도시로 자리 잡으며 중인 이상의 계층이 누리던 소비적 유흥문화가 하층민에게도 확산됐기 때문이었다. 서울이 상업도시로 변모하면서 서비스업의 성격을 갖는 주점, 음식점, 기방, 색주가도 번창했다. 술 마시고 노는 풍경은 사대부들의 전유물이었지만, 도시화가 진전되면서 점차 과음하는 사대부들은 줄고, 오히려 평민들 사이에 이러한 풍조가 유행하기 시작했다.[168] 18세기부터 진행된 서울의 상업도시화는 19세기로 올수록 완전한 생활 문화로 정착되었다. 당시 서울에서는 화폐로 물품을 구입하는 생활이 보편화되면서 18세기 후반 수공업 제품을 판매하는 시장 및 한양 내 각 지역마

---

167) 이민희, 「18세기 말~19세기 천주교 서적 유통과 국문 독서문화의 상관성 연구」, 『인문논총』 71(4), 서울대인문학연구원, 2014; 이민희, 「조선 후기 서적 통제, 그 아슬한 의식의 충돌과 타협」, 『한국한문학연구』 68, 한국한문학회, 2017.

168) 고동환, 「조선 후기 서울 도시공간의 변동: 상업발달과 관련하여」, 『서울학연구』 52, 서울시립대 서울학연구소, 2013. 160쪽.

다 전문적으로 취급하는 상품의 품목을 달리하는 전문시장이 등장하게 된다.169)

19세기 초 남공철은 "서울은 돈으로 생업을 삼으며, 팔도는 곡식으로 생업을 삼는다"170)고 하였으며, 박제가는 한양으로 모든 물화와 장인들이 모여 이익을 쫓는 곳으로 묘사한 바 있다. 19세기 서울은 도시적 생활과 자본에 의한 생활이 일상적 삶으로 자리 잡은 공간이었음을 보여주는 사례이다. 상업의 발달과 더불어 18세기에 등장한 경화사족은 상업 유통과정에서 발생하는 이윤을 통해 막대한 부를 축적했다. 이들과 더불어 경제적 부와 여유, 지식과 교양을 갖춘 여항인들이 경제의 중심세력으로 떠올랐음은 이미 살폈다. 이들은 19세기에도 여전히 영향력을 행사하였고 독서, 음악, 미술 등 문화 향유의 주체로 기능했다. 소설 독서도 이들에게는 여가문화의 일부분으로 자리 잡았다.

시장경제의 발달로 조선 후기 신분사회 질서를 전복시켜 중인·서민·천민들에게도 부를 축적할 수 있는 기회가 주어졌고 이들의 경제능력의 향상은 신분의 제약을 무너뜨렸다. 18세기 소설 「양반전」에서도 묘사된 것처럼 신분과 경제력은 독립적 관계가 되었으며 기존 지배질서나 문화와는 다른 방식의 문화를 추구하기 시작했다. 19세기는 방각출판이 활성화되면서 '돈'이 있는 사람은 누구나 출판물에 대한 접근이 가능하고 상업적 출판 시장이 조성된 시기였다. 물론 상층 남성 문인은 '돈'이 있다고 해도 세책이나 방각본보다는 필사본을 선호했고, 한문을 모르는 하층민은 한글로 된 책만 읽을 수 있었

---

169) 한기정, 「18~19세기 조선 지식인의 다문화 연구」, 성신여자대학교 박사논문, 2013.
170) 남공철, 『금릉집(金陵集)』, '生民之業 京師以錢 八路以穀'.

을 것이다. 그러나 책의 소유나 독서문화가 상층의 전유물이던 이전 시기들과 비교할 때 상하층 모두가 독서문화를 누릴 수 있는 시대가 되었다는 것은 이 시대의 큰 특징이라 할 수 있다.

홍한주(1798~1868)는 당시 서적이 보편적으로 보급되는 현실을 다음과 같이 언급하고 있다.

지금은 영락대전본 삼경, 사서 및 강목, 주자대전 등을 새긴 목판이 모두 대구와 전주 감영에 있는데, 서울과 지방의 관리와 글을 조금이라도 아는 백성도 쉽게 인출하여 집에 간직한다.[171]

출판인쇄와 서적의 민간유통은 다수의 식자층에게 새로운 문물과 지식을 전파하는 계기를 마련했다. 양반층의 증가와 지식의 확산은 잉여지식인을 다수 배출했고 이들은 문객이 되어 생계를 유지하거나 지식을 팔아 생활하게 되었다. 「옥수기」에 나오는 '두싱은 운유도인이라 일컷고 셜싱은 도계ㄱ되야 근쳐 슈슝산 도원의 우거ㅎ야 칙벽기고 글ㄱ라치ㄴ 삭슬 바다 써 임공의 죠셕지슈를 공괴'한다는 표현은 당시 생활을 위해 책을 베끼는 지식인의 묘습이 묘사되어 있어 당시 사회를 짐작해 볼 수 있다.

18세기부터 시정의 유흥문화에 익숙했던 일반 민중들은 고급문화로 인식했던 독서에 관심을 보이기 시작했다. 소수 특권층의 전유물이었던 책을 읽고 향유하는 것은 그 자체로 결핍된 욕망을 표출하는 행위일 수 있었으며, 동시에 흥미와 오락을 추구할 수 있다는 점에서

---

171) 홍한주, 『지수염필(智水拈筆)』, 김윤조·진재교 역, 『19세기 견문지식의 축적과 지식의 탄생』 하, 소명출판, 2013.

소설 독서는 대중의 여가문화로 인식되기 시작했다. 19세기 연행에 참가했었던 이우준(李遇駿, 1801~1867)은 당시 조선의 문화적 경향을 다음과 같이 언급했다.

내가 일찍이 연경에 들어가 역관들이 중국 상인들과 무역하는 것을 보니 하나도 양생일용의 물건은 없었고 모두 옥·향·비단 등 제반 기화일 뿐이었다. 우리나라 서울의 종로거리에 진열된 백화로서 사람의 이목을 끄는 것은 태반이 연경의 유리창에서 온 것들이다. 복식·기용에 드는 것은 도리어 이문이 적다하여 그리 취해 오지 않는다. 왜와 교역하는 물건도 이와 매 한가지이다.172)

백화소설은 당나라 말기부터 송나라에 거쳐 귀족계급의 몰락과 서민층의 세력 증대로 구전되던 이야기의 필사본이나 그 대본에서 발달한 읽기 쉬운 구어체 소설이다. 이러한 소설류나 비단, 향과 같은 사치품이 일상의 생필품보다 더 이목을 끌었다는 것은 당시 민중의 문화적 향유 욕망이 매우 높고 열기를 띄었다는 것을 보여준다.

그러나 정치적인 측면에서 19세기는 이러한 사회문화적 변동을 뒷받침하지 못하고 오히려 경직된 모습을 보인다. 4차례에 걸친 천주교 박해와 동학에 대한 탄압, 그에 따른 금서조치 등이 이를 말해준다. 또 19세기는 세도정치 체제로 독과점적 권력구조가 사회를 지배하고 있었다. 신유사옥을 거치면서 종교나 사상에 대한 국가적

---

172) 이우준, 『夢遊野談』上 奢儉, "余常入燕見譯員中與群胡貿易, 則無一養生日用之具都是, 具玉香 諸般奇貨. …… 我京種街上擺列百貨娛人耳目者, 太半自燕都琉璃廠而來者也. 至於服食器用之, 反爲少利而不甚取來. 與倭通貿亦與 此一般". 한기정, 「18·19世紀 朝鮮 知識人의 茶文化 研究」, 성신여자대학교 박사논문, 2013에서 재인용.

검열과 탄압도 강해져, 세계사적 흐름을 올바로 수용하지 못했다.

여항문학의 주체인 중인은 자신들의 현실적 처지에 불만을 느끼면서도 체제 순응적 성향에서 벗어나지 못했고 이들의 문학은 점차 유흥과 오락을 추구하는 '통속화' 경향을 띠게 된다. 이전 시기부터 유행한 사치풍의 도시문화들이 19세기에 이르면 시정의 소시민들의 문화로까지 성행하게 되는데, 대표적인 것이 시조창, 풍속화가 있다. 한문학에서 패사(稗史)·소품도 더욱 발전하게 되는데 문인들 사이에서 이런 취미가 점차 유흥적, 소비적 방향으로 이어진다. 19세기 소설들에는 19세기 사회문화의 변화된 모습과, 사치적이고 유흥적인 도시문화의 풍속이 묘사되어 있다. 따라서 이 시기 소설 독서문화의 주체와 그들이 향유한 소설을 통해 19세기 소설 독서문화를 살피는 것은 당대의 삶을 재구하는 데 도움이 될 것이다.

2. 상·하층의 개인 욕망 표출과 재미 추구의 소설 독서

19세기에 들어서면 사대부 작가에 의해 여러 편의 한문 장편소설이 소설사에 나타난다. 대표작품으로 김소행이 지은 「삼한습유」, 심능숙의 「옥수기」, 남영로의 「옥루몽」, 서유영이 지은 「육미당기」, 정태운이 쓴 「난학몽」이 있다. 또 일반 민중들 사이에서 판소리 소설과 더불어 서민의식에 기반한 우화소설이 등장했다. 「심청전」, 「흥부전」, 「토끼전」, 「장화홍련전」, 「장끼전」, 「두껍전」, 「서동지전」과 같은 작품들이 여기에 해당한다. 이들 소설은 구전 설화와도 연계되어 친숙한 표현형식으로 씌어졌으며, 당대 민중의 삶이 반영되어 있다. 부녀자들 사이에서는 가문소설이 꾸준히 애독되었다. 18세기에 창작되어 전해지는 비교적 문학성이 높고 장편에 속하는 작품으로 「완월회맹연」(180책), 「명주보월빙」(100책), 「윤하정삼문취록」(100책), 「명행정의록」(70책), 「화씨충효록」(37책), 「쌍천기봉」(18책) 등은 꾸준히 애독되었다. 또 1894년 이후 외세의 잦은 침략과 국제정세의 변동으로 인해 애국계몽의식이 고조되면서 역사·전기 소설과 몽유록이 지어졌다. 이들 소설은 전대의 소설에서 나타난 특성을 이어받으면서도 변화된 사회에 대한 새로운 문제를 제기하였다. 19세기는 이전 시기에 출현한 세책본 소설과 방각본 소설의 유통이 활발해지고 소설독서가 양적으로 팽창했다. 19세기에 이들 소설들은 18세기의 소설에 비해 통속화 경향이 짙어지는데 이는 소설 창작과 수용에서 상품화 원리가 확산되었기 때문이었다. 그것은 소설을 통해 개인의 욕망을 표현·경험하고자 하는 시도가 많아졌기 때문이기도 하다. 여기서는 19세기 소설 향유자들의 특성과 당시 유행한 소설류에 대해 살핀 후 19세기 소설 독서문화의 특성을 정리하고자 한다.

1) 한문소설 향유 주체와 착종된 욕망 표현으로서의 소설 독서

한문은 어디까지나 한문해독자의 문자문화향유 매체이다. 따라서 19세기에 창작된 한문소설의 독자는 한문을 읽고 쓸 수 있는 상층 남성 문인들이었다. 그러나 18세기부터 진행된 신분제의 변화로 인해 상층 문인의 영역이 상당히 넓어졌기 때문에 19세기의 한문 사용층은 지배층부터 하층의 몰락양반층까지 다양한 분포로 나타났다. 19세기에는 문집류를 비롯하여 필기류의 한문기록물이 다량으로 산출되었다. 이전 시기부터 활발히 전개되던 야담문학은 『청구야담』으로 집대성된다. 그만큼 한문학자들의 자기 표현욕구가 높았으며,

사회와 풍속의 변화, 시정의 이야기기가 주된 관심사였음을 보여준다. 야담사는 『청구야담』이후 통속적 경향이 확대되는데 이원명의 『동야휘집』은 야담의 통속적 변화를 반영하고 있다.173) 이들 야담집의 필사유통은 작품집을 접하는 문인들에게 당시 문학의 통속적 흐름을 전파하는 계기가 되었으리라 짐작된다.

18세기 이덕무는 박제가에게 보내는 서신에서 "중원을 흠모하고 소설을 좋아하는 것이 요즘 고질적인 병폐가 되었다"174)고 하였는데, 이 말을 통해 중국에서 들어온 학풍이 널리 퍼지고 소설 독서가 활발히 전개되고 있었다는 것을 알 수 있다. 소설이 대중적으로 확산되는 19세기에 이르면 소설에 대한 인식 변화가 나타난다. 상층 남성 문인들의 소설 독서나 창작이 활발해진 것이 그 근거이다. 소설은 여가를 위한 독서물로 이해되었고 인정물태의 반영이나 유교 이념에 부합하는 교훈성, 흥미성이 주목받으면서 활발히 전파되었다.

홍희복은 중국소설을 번역하여 『제일기언』이란 이름을 붙였다. 그는 정치적으로 소외되긴 했으나 중국을 자주 왕래할 기회가 있어 중국소설을 직접 구입하여 읽었다. 『제일기언』에는 자신이 일찍이 실학하여 과업을 이루지 못하고 한가한 때가 많아 언문소설을 거의 읽지 않은 것이 없다고 하였다. 또 온 가족이 함께 모여 『제일기언』을 읽으면서 강개 상쾌한 장면에 이르면 탄실하고 담소가 해학한 곳에 이르러는 한바탕 웃을 수 있으면 값이 있다며 소설 독서의 목적이 여가와 오락적 효용에 대해 언급했다.175) 이를 통해 당시 문인들

---

173) 임형택, 앞의 논문, 17쪽.

174) 서경희, 「18·19세기 학풍의 변화와 소설의 동향」, 『고전문학연구』 23, 한국고전문학회, 2003, 407쪽.

175) 홍희복, 『제일기언』 서(정규복, 「제일기언에 대하여」, 『한중문학의 비교연구』, 고려대학

이 소설 독서를 여가 생활 문화로 즐기고 있음을 짐작할 수 있다.

19세기에는 한문중·단편소설 외에도 한문 장편소설이 다수 창작되었다. 목태림(1782~1840)의 「종옥전」, 석천주인의 「절화기담」, 김소행(1765~1859)의 「삼한습유」, 남영로(1810~1857)의 「옥루몽」, 심능숙(1782~1840)의 「옥수기」, 서유영(1801~1874?)의 「육미당기」, 정태운(1849~1909)의 「난학몽」, 이정균(1852~1899)의 「홍무왕연의」, 박태석(?~?)의 「한당유사」, 작자 미상의 「옥선몽」, 「구운기」, 「오유란전」, 「포의교집」, 「낙동야언」 등이 그것이다. 이 중에서 「옥수기」, 「옥루몽」, 「난학몽」은 국문과 한문으로 상호 번역이 이루어져 독자층을 확대뿐 아니라 상하층 문화교류에도 기여했다.176)

한편 몽유록계 소설이 다수 창작되었는데 전 시대에 비해 정치 사회적인 의식이 약화되었다는 공통점이 있다. 김면운(1775~1839)은 「금산몽유록」을 지었고, 김제성은 「왕희전(남호몽록)」, 윤치방(1794~1877)은 「만옹몽유록」을 지었다. 김제성은 과거시험을 보았으나 관직을 지낸 인물은 아니고, 윤치방도 몰락 양반에 가까운 향촌 사족층에 속한다.177) 이들 몽유록은 전대에 비해 개인의 관심을 위주로 서술되고 있다는 특징이 있다.

19세기에도 중국소설이 번역되었는데, 『제일기언』이 대표적이다. 중국소설은 왕실의 후원으로 「홍루몽」 계열의 작품, 「설월매전」, 「여선외사」, 「쾌심편」, 「요화전」, 「충렬오소의」, 「진주탑」 등이 번역되었다. 그러나 이는 독자층을 유지하지 못하고 널리 확산되거나 창작의

교 출판부, 1987, 299쪽).

176) 김경미, 「19세기 소설사의 쟁점과 전망」, 『한국고전연구』 23, 한국고전연구학회, 2011, 334쪽.

177) 심경호, 「조선 후기 시사와 동호인 집단의 문화활동」, 『민족문화연구』 31, 1998.

자양분으로 작용하지 못했다.[178] 그 이유는 당시 독자나 작자들이 중국의 일이나 옛날의 일보다 '지금, 여기'의 문제에 더 관심이 있었기 때문이었다. 그렇다 해도 당시 홍희복 같은 상층 문인들이 한문소설 뿐 아니라 국문소설의 독자이거나 번역가로 소설 독서문화에 참여하고 있었다는 것은 소설이 그만큼 인기가 있었다는 증거이다.

이외 「춘향전」과 「홍길동전」과 같이 판소리나 국문소설을 개작, 한역한 「춘향신설」, 「수산광한루기」, 「위도왕전」과 같은 소설도 나왔다. 이것은 소설을 통해 상하층의 소설적 취향이 교섭하고 있음을 보여준다.

한문 장편소설의 작자층은 심능숙, 서유영, 남영로처럼 상층 사대부에 속하지만 정치적으로 소외된 문인이거나, 김소행 같은 서얼 출신, 정태운, 목태림 같은 몰락양반 혹은 중인 등 다양한 계층이 포함되어 있었다. 이들은 지적인 능력이나 문필력을 갖추었음에도 불구하고 정치적으로 소외된 사람들이었다. 또는 문식력에 비해 경제적 토대가 빈약하여 생계유지를 위해 대가집 문객 또는 겸인으로 활동하기도 했다.

작가 중에는 지방 사족이나 중인층도 다수 포함되어 있었을 것으로 추정된다. 이들은 소설을 통해 현실에서 얻지 못한 결핍과 욕망을 표출한 것으로 보인다. 이들은 소설을 통해 현실세계에 대한 비판적 의식이나 당시 사회의 세태를 배경으로 변하는 남녀관계나 시정의 모습을 형상화하였다. 이 시기 소설에서 보여주는 욕망은 현실에 기반하며 보다 직설적이고 구체적이다. 그것이 가능했던 것은 인간

---

178) 류준경, 「낙선재본 중국 번역소설과 장편소설사」, 『한국문학논총』 26, 한국문학회, 2000(김경미, 앞의 글, 339쪽에서 재인용).

의 정이나 욕망을 긍정하고 소설을 통해 표출하는 것이 자연스럽게 수용되는 문화적 환경이 존재했기 때문이다.

김소행이나 서유영이 소설을 창작한 이유를 통해 당시 문인들이 소설을 창작하고 읽은 이유를 짐작해 볼 수 있다. 「삼한습유」는 김소행이 비 때문에 이웃집에 머물러 있을 때 무료함을 달래기 위해 주위 사람들의 청으로 창작한 소설이다. '전기지문은 지괴에 가까우므로 쓰지 않겠다'고 여러 차례 고사하다가 다른 사람의 이야기를 받아 적는다는 식으로 소설을 썼다.179) 소설을 쓴다는 것을 자랑스럽지 않게 여기면서도 유희적 목적을 위해 소설을 짓는 모습이 나타난다.

서유영이 지은 「육미당기」 서문을 보면 사대부가 양반도 국문소설을 읽었으며 파한을 위해 소설을 창작하고 읽었다는 것을 알 수 있다.

때는 계축(1863)년 섣달, 내가 성남의 直廬에 寓居하면서 긴 밤 잠을 못 이루어 이웃집에서 패관언서를 많이 가지고 있다는 것을 듣고 서너 종류를 빌려와 사람을 시켜 읽게 하고 들었다. 대개 한편의 宗旨가 남녀의 혼인으로 시작하여 규방의 행적을 서술하였다. 서로 약간의 차이

---

179) '일찍이 죽계의 문장을 듣고 從遊한 지 십여 년이 지났으나 나의 淺短之見으로는 끝내 그 끝간 곳을 알 수가 없었다. 甲戌年 봄에 죽계가 비에 발이 묶여 이웃집네 머무른 계기로 인하여 나는 한 편의 奇文을 지을 것을 청하며 이어서 향랑의 義烈 약간을 이야기하였다. 죽계가 사양하면서 傳奇之文은 誌怪에 가까우므로 나는 쓰지 않는다 하였다. 그러자 함께 있던 사람들이 모두 힘써 권하고 나도 固請을 그치지 않았다. 이번에는 글씨를 잘 쓰지 못한다고 하여 사양하였다. 나는 혼연히 붓을 잡고 나아가 이르되, 내가 文에는 비록 재주가 없으나 글씨는 여규가 있다고 생각한다고 하였다. 드디어 文辭의 敏鈍을 보고자 하였다. 그랬더니 다만 난잡한 글씨를 빨리 적기에 힘쓸 뿐이었는데, 항상 그의 말을 받아 적기에 곤란을 당하였다(『삼한습유』 권3末, 無怠居士 '義烈女傳後跋'. 심치열, 「육미당기」의 문화론적 의미 연구」, 『돈암어문학』 15, 돈암어문학회, 2002, 84~85쪽 참고).

가 있는데, 모두 架虛鑿空하여 이리저리 흩어져 갈피를 잡을 수 없고 너더분하고 좀스러워 진실로 취할 것이 없었다. 그러나 인정세태 같은 것에 이르러서는 묘사가 뛰어나 무릇 슬픔과 기쁨의 얻고 잃음의 경계와 현명하고 어리석음과 착하고 악함의 분별은 때때로 사람으로 하여금 보고 느끼게 하는 점이 있었다. 이것이 시정의 부녀자와 어린아이들이 탐독하여 싫증내지 않게 된바 서로 베껴 전하여 마침내 패관언서가 세상에 성행하게 되었다. 내가 이에 그 몇 편을 절충하여 이리저리 흩어져 갈피를 잡을 수 없고 너더분하고 좀스러운 것을 털어내고 간혹 새로운 말을 보태어 한 편의 전기를 만들어 세 권으로 나누어 「육미당기」라 이름 하였다. 대개 괴담을 적은 책의 지괴(志怪)를 취하대 장자의 우언으로 폭넓게 하였으니 뒤에 이를 보는 사람은 바라건대 내가 한가함을 개치기 위해 쓴 글임을 알고 잠시 아무런 생각 없이 이를 듣는 것도 무방하다 할 따름이다.[180]

서유영의 말을 통해 소설의 독자를 인식하고 있으며, 소설을 통해 인정세태를 파악하고 선악의 분별이 가능하다는 효용적 가치를 긍정하고 있음을 알 수 있다. 또 부녀자와 아이들이 소설을 읽는 이유를 '흥미성'에서 찾고 있다. 흥미성의 근원에는 인간의 보편적 욕망이 자리하고 있다는 것을 이 시기 작가와 독자들은 인지하고 있었다.

19세기의 한문중·단편소설은 대체로 조선의 현실과 세태, 인간의 현실적 욕망을 표현하는 데 서술 초점을 맞추고 있다. 또 개인의 감정과 일상생활에 관심을 쏟는데, 이러한 경향은 한문 장편소설에서도 나타난다.

---

180) 심치열, 위의 글, 82쪽.

「옥수기」를 창작한 심능숙은 노론계 문인으로 사대부 가문 출신이지만 그 자신은 상층 중심부에서 소외된 삶을 살았다. 심능숙은 여러 시사에 참여하면서 박지원, 서유영 등과 교유한 것으로 알려졌다. 앞서 살핀 서유영 역시 집권세력이었던 벌열 주변의 문인이었지만 정치·사회적으로 진출하지 못했다. 그는 사대부 계층에 속했으면서도 실학, 도교, 불교, 서학 등 사상적으로 다양한 경향을 가졌으며, 서유구, 정약용, 박규수, 홍한주, 김영작, 홍길주 등의 문인들과 교분이 두터웠다. 서유영도 낙산시사를 결성하여 문예 활동에 참여했는데 시회를 통해 심능숙과도 교분이 있었다. 심능숙이나 서유영은 정치적으로 주변인에 머물렀지만 문화적으로는 중심적인 위치에 있었다. 「삼한습유」를 쓴 김소행은 조선 후기 벌열가문이었던 안동 김씨 가문의 서얼출신이다. 그 역시 신분의 한계로 인해 정치적으로는 나서지 못했지만 문장으로 인정받으며, 홍석주, 홍길주, 홍현주, 김매순 등과 교유했다. 김소행의 '지작기(誌作記)'를 통해 소설을 자기표현의 도구로 파악했음을 알 수 있다.[181] 「옥루몽」을 창작한 남영로는 남구만의 6대손으로 몇 차례 과거에 낙방한 뒤, 제자백가서를 읽으며 청빈으로 일생을 마쳤다.[182]

한문 장편소설의 작가층은 정치적으로 소외된 위치에 있었지만 문화적으로는 중심에서 활동했다. 이들은 시사활동을 통해 자신들의 문재를 발휘하였고 소설을 통해 개인의 욕망을 표현했다. 이들이 창작한 소설은 교유 집단을 통해 필사되어 독서되었을 것으로 보이

---

181) 조혜란, 『삼한습유』, 고려대학교 민족문화연구원, 2007, 192쪽(스스로 꾕변박식하다고 자부해도 세상에 그 재주를 시험해 볼 데가 없으니, 가슴속에 품은 기이함을 한 번 토해내어 보고 싶어서 의열녀를 잠시 빌려, 천하를 놀라게 하고 만세에 드러내고자 하였다).
182) 이병직, 「19세기 한문장편소설 연구」, 부산대학교 박사논문, 2001: 심경호, 「조선 후기 시사와 동호인 집단의 문화활동」, 『민족문화연구』 31, 고려대학교 민족문화연구소, 1998.

는데, 그렇다면 당대 주변부에 위치한 소외된 지식인뿐 아니라 문단의 중심에 있던 사람들도 한문 장편소설의 독자라고 할 수 있다.

19세기 한문 장편소설의 특징 중 하나는 문답형식을 통해 백과전서적인 지식이 구사되고 있다는 점이다. 18세기 조선과 청나라의 문인들의 교류가 활발해지면서 고증학자들의 저서가 국내에 소개되었고, 지식인들 사이에서 고증학의 박학적 경향이 유행한다. 홍대용이나 박지원, 이덕무, 박제가 등 위항지식인들은 이들 학문에 대한 탐구에 적극적인 인물들이었다. 이들과 19세기 한문 장편소설의 창작자들의 교유관계로 미루어 본다면, 19세기 소설 작자층의 학문적 경향이 주자학 외에도 다양한 분야에 걸쳐있었음을 알 수 있다.

19세기 학계는 고증학이 성행하고 있었는데 청을 비롯한 외래 문물의 대량 유입과 장서가의 출현, 박학적 교양을 기본 소양으로 인식하는 분위기가 여항의 문인들에게까지 만연되어 있었다. 박학을 과시하는 희작적 성격의 글도 쓰이게 되는데,[183] 이러한 경향은 소설뿐 아니라 판소리, 시가, 가사, 잡가 등에도 영향을 미쳤다. 경화사족의 문화를 경험한 김소행, 남영로, 서유영, 심능숙 같은 작가들은 문화 중심에 있는 인물들과 교유함으로써 직·간접적으로 다방면의 서적을 읽었을 것으로 보이며, 교유하는 지식인들을 독자로 상정하고 소설을 창작·유포함으로써 자신들의 능력을 표현하고자 했다.

19세기 한문 장편소설의 작가들은 소설을 통해 자기 자신의 문재(文才)를 표현하고, 현실의 모순과 사상·철학·학문적 견해를 담고자 했다. 그들에게 소설은 자신의 세계관을 펼치고 문예적 성취 욕망을 펼칠 매개체였다. 이 시기 한문 장편소설은 기본적으로 유교적 세계

---

183) 서경희, 앞의 논문, 401~402쪽.

관을 바탕으로 하고 있지만 유교사회의 모순을 직시하고 그 대안으로 도교적·불가적 지향을 보여주기도 한다.

「삼한습유」처럼 중세적 세계관에 대해 강한 비판적 태도를 보이는 작품도 등장했다. 지배질서에 반하는 사상서가 공식적으로 읽힐 수 없는 조선의 서적 정책으로 볼 때 이들 소설은 문제작이라 할 수 있다. 그럼에도 불구하고 작가를 밝히면서 문인들 틈에서 독서되었는데 그것은 이들 작가들이 정치적으로 영향력이 없는 계층에 속해 있었기 때문에 가능한 것이었다. 그리고 이들의 문제의식은 소설이라는 허구적 매체로 인해 여가 문화적 산물로서 인식되었던 것 같다. 소설을 대상으로 한 독서나 그에 따른 비평은 어디까지나 사적인 시공간에서 이뤄지는 활동이었다. 이들의 글이나 독서는 체제 밖의 것으로 검열의 대상에서 다소 떨어져 있었다. 정치적으로 소외되었지만 독서나 문화적으로는 오히려 기득권을 가진 지배집단보다 훨씬 더 풍부한 경험이 가능했었기에 한문으로 장편소설을 창작할 수 있었다.

「난학몽」의 작가 정태운은 사대부 가문의 후손이나 집안이 몰락하여 여러 지역을 떠돌며 서당의 훈장 생활을 했다. 정태운의 현실은 정치적으로든 문화적으로든 소외된 주변부에 위치하고 있었다. 그렇기에 중심에 들고자 하는 그의 욕망이 소설 속에 표현되었음을 짐작할 수 있다. 「난학몽」의 중심 서사가 유교적 이념으로 귀결되는 것도 작가의 욕망과 관련지어 살펴볼 수 있다. 한편으로 소외되고 힘없는 여성과 하층민(시비, 노복)들의 역할이 확대되어 그들의 현실적 욕망이 표현되어 있다. 현실적으로 소외된 위치에 있었기 때문에 소외된 인물들의 정서와 생활에 관심을 갖고 그들의 결핍된 처지를 소설에 담을 수 있었으리라 생각된다. 「난학몽」은 가문소설, 영웅소설 등 기존의 소설 양식의 서사 기법을 차용하고 있는데, 당시에 유행하던 국문소설 독서의 영향을 받은 것으로 짐작된다.

한문소설의 향유자들은 소설의 창작과 수용을 통해 현실의 결핍된 욕망을 적극적으로 표출했고, 등장인물의 삶에 자신을 이입함으로써 간접적으로 욕망을 해소할 수 있었다. 한문소설의 향유자들에게 소설은 자아표현의 도구이면서 유희를 제공하는 오락물이었고, 현실 불만에 대한 비판적 의식과 인간의 본능적 욕망이 착종된 문예물로 기능했던 것으로 보인다.

2) 국문소설 향유 주체와 재미 추구의 독서

이 시기에 주로 향유된 국문소설은 장편가문소설, 영웅소설, 판소리계 소설 등이 있다. 가문의식을 주요 이데올로기를 담은 국문장편소설은 부녀자들에게 인기가 있었는데 19세기에 새로 창작되었다고 추정되는 작품은 「하진양문록」이 있으나 대다수는 이전 시기에 유행하던 소설이 계속해서 읽혔다. 홍희복의 「제일기언」 서문을 통해 당시 중국 번역소설이나 「명주보월빙」, 「완월회맹」, 「임화정연」, 「유씨삼대록」, 「조씨삼대록」, 「화산선계록」 등의 국문장편소설, 「숙향전」, 「풍운전」과 같은 소설들이 시중에서 널리 읽혔다는 것을 알 수 있다. 또 심능숙의 「옥수기」 발문에서는 「임화정연」과 「명행정의」를 예로 들어 장편을 연작으로 짓는 풍조가 있다고 했다. 이들 작품은 일 없는 선비와 재주 있는 여자들이 지어 그 수가 매우 많아졌다고 하여[184] 19세기 소설 창작층을 짐작할 수 있다. 한편 이들 소설의

---

184) 조동일, 『한국문학통사』 권3, 지식산업사, 2005, 537쪽.

독자를 부녀자나 무식천류라 하여 그들이 보는 내용이 대동소이함을 언급하였는데 이것은 당시 유행하는 소설의 내용이 상호교섭을 통해 유사하게 인식되었던 현상을 보여준다.

즉 이 시기에 창작·수용된 국문소설은 상하층 모두의 문화 향유물로 자리 잡았고 가문소설이나 영웅소설이나 중국 번역소설의 내용이 유사한 패턴으로 재생산되었음을 보여준다. 이런 현상은 일반 대중들에게 익숙한 패턴의 소설 독법이 만들어졌으며 동시에 소설이 새로울 것 없이 통속화·세속화되어 가는 경향을 보인다.

19세기는 한글 문해층이 넓어졌기 때문에 국문소설의 향유 주체역시 어느 한 계층이라고 정해 말할 수 없다. 앞서 상층 남성 문인들역시 국문소설의 독자임을 밝혔는데, 이 시기에 이르면 상하층 남녀모두 한글을 해독할 수 있는 사람이었다면 국문소설의 독자였다고말할 수 있다. 또 한글을 해독하지 못한 사람들이더라도 낭독을 통해소설을 간접적으로 접할 수 있는 환경이 조성되었기 때문에 이 시기소설의 향유층은 매우 넓었다고 생각된다. 그러나 독자층에 따라선호하는 소설의 유형은 차이가 있었다.

국문소설 창작에 관여한 사람들은 대부분 이름을 밝히지 않았다.그들은 몰락 양반층이거나 낭독, 세책, 출판에 관여한 상인이나 역관출신, 판소리 광대, 상층 여성 등 다양한 층을 이루고 있었다고 짐작되나 알 수 없다. 전문 직업 작가와 세책가 경영자들이 여성독자의요구와 취향을 고려해 창작에 개입했던 것으로 보인다. 이들은 창작에 개입했으면서 동시에 국문소설의 독자이기도 했음은 물론이다.

국문 장편소설은 낙선재본 소설, 가문소설, 대하소설 등으로 불리는데, 이들은 한 작품이 15권에서 40권 이상 되는 거질이고 등장인물역시 수십 명에서 수백 명에 이를 만큼 다양한 인간의 삶을 보여주고 있다. 이렇게 긴 분량의 소설을 읽기 위해서는 시간적·경제적 여유가 있어야 했기 때문에 국문 장편 소설은 대부분 궁중 여인이나 상층 부녀자들 사이에서 애독되었다. 다양한 인물들이 생생히 묘사되고 선악의 갈등은 재미와 흥미를 유발한다. 가문 창달과 계승이라는 유교사회 질서를 가치에 두고 남녀 주인공의 결합과 시련, 극복 과정은 시간의 흐름에 따라 주인공의 행복한 결말로 맺어진다. 이러한 서사 공식에 익숙한 독자들은 부담 없이 소설 독서를 즐길 수 있었다. 가문 내에서 일어나는 일은 여인들이 실제 생활에서 경험하는 일들이었고 가문의 창달과 번영을 위해 여성의 희생과 인내를 강요하는 당대 질서 안에서는 그러한 고충을 마음 놓고 표현하는 것이 어려웠다. 여성들은 소설 독서를 통해 위로 받기도 하고 억눌렸던 욕망을 간접적으로 표출할 수 있었을 것이다.

다음은 19세기 국문 장편소설 향유의 모습을 살필 수 있는 자료이다.

그 후 칠십녀년 간에 다만 유식ᄌ들이 셔로 젼ᄒ로 등초ᄒ야 샹류 가뎡에셔ᄂ 대긔 이쳑으로써 부녀ᄌ의 경뎐갓치 슝샹ᄒ야 착ᄒ 일에도 이 글을 위ᄒ야 사모ᄒ고 악ᄒ 일에도 이 글을 위ᄒ야 중계ᄒ야 은연히 가뎡간 부녀ᄌ 사샹과 풍속을 감화케 홈이 젹지 아니ᄒ니라[185]

상류 가정에서 경전처럼 다루며 읽히고 가정과 부녀자의 사상과 풍속을 감화하게 하는 데 주된 독서 목적이 있었다. 조선 후기 사대

---

185) 남영로, 「옥루몽」, 『구활자본 고소설전집』 10권, 인천대학교 민족문화연구소, 1983, 3쪽; 이기대, 「19세기 한문장편소설 연구: 창작 기반과 작가의식을 중심으로」, 고려대학교 박사논문, 2003, 194쪽에서 재인용.

270   제2부 맥락지식으로서 소설 독서문화의 전변 양상

부가의 여성들은 『소학』, 『내훈』, 『내칙』, 『여사서』, 『열녀전』 등의 수신서(修身書)를 비롯하여, 『논어』, 『예기』 등 경서와 『십팔사략』 등 역사서를 읽었다. 그 밖에 사상서, 문집류, 시문류, 소설류 등을 두루 읽고 외웠기에 소설을 읽으면서 독서경험과 지식들을 활용했을 것으로 보인다. 여성들에게 허용된 독서는 당대 유교적 가치를 긍정하는 내용을 다루고 있다. 소설 속에도 철저히 이념화된 주인공들의 삶을 보여주고 있다. 대부분의 여성들은 주인공의 삶에 감정이입을 하면서 기쁨과 아픔에 공감했겠지만 한편으론 시도하지 못하거나 접하지 못한 일탈된 삶과 바깥 사회의 모습을 간접적으로 접함으로써 일탈에서 오는 해방감을 느꼈을 것이다. 19세기에 등장한 여성영웅의 이야기는 이러한 여성독자들의 욕망을 대변해준다.

이러한 향유층의 욕구에 부응하기 위해 소설 창작에 관여한 사람들—작가, 출판업자, 유통업자 등—은 선악의 대비를 극단적으로 설정하거나 환상적인 도술이나 약을 사용하기도 하고 도사나 유모, 시비 등 주변인물을 동원하여 사건을 복잡하게 만듦으로써 서사의 흥미를 높였다.

국문 장편소설은 서사의 재미를 돋우고 상업적 이익을 늘리기 위해 연작형태로 분량이 확대되고 내용도 점차 통속화되는 경향이 나타났다. 연작형태의 소설은 「소현성록」-「소씨삼대록」, 「명주보월빙」-「윤하정삼문취록」, 「유효공선행록」-「유씨삼대록」, 「성현공숙렬기」-「임씨삼대록」, 「현몽쌍룡기」-「조씨삼대록」, 「임화정연」-「쌍성봉효록」, 「보은기우록」-「명행정의록」, 「현씨양웅쌍린기」-「명주기봉」, 「명주옥연기합록」-「현씨팔룡기」 등이 있다.

사상과 풍속에 대한 감화, 이념적 교화는 비단 상층의 여성에게만 적용된 것은 아니었다. 국문소설의 내용들은 대개가 유교사회의 이

넘을 충실히 구현하는 주인공들의 삶을 다루고 있다. 주인공의 고난 극복 과정에 감정이입하면서 알게 모르게 독자들은 주인공의 가치관이나 행동양식을 배우게 되었을 것이다. 『삼강행실도』나 『삼강오륜도』 등을 통해 지속적으로 강조되었던 열녀 이데올로기는 왕실과 상층 여성들이 지켜야 할 덕목이었다. 그런데 19세기 「춘향전」이나 「옥단춘전」과 같은 소설에서는 기녀까지 열녀로서의 삶을 가치 있는 것으로 내면화하여 저항하는 모습이 나타난다. 이것은 하층 여성이 유교적 가치관을 자신의 삶으로 수용하고 있음을 의미한다. 춘향이 정절을 지키고, 한 남자에 대한 신의를 지키고자 한 행동은 상층 여성이었다면 당연히 칭송받을 일이었다. 그것이 문제가 되어 갈등을 유발하게 된 이유는 춘향의 신분이 기생이었기 때문이다. 그럼에도 기생인 춘향은 상층문화를 내면화하고 실천함으로써 당시 여성이 오를 수 있는 최고 지위를 획득한다. 그것이 가능한 일이라는 인식이 사회적으로 공감을 얻었고 대중의 욕망을 자극했기에 「춘향전」이 애독될 수 있었다.

19세기에 들어 하층민들은 그동안 상층이 추구해온 삶의 가치인 유교적 덕목을 자신의 삶의 가치로 인식하기 시작했다. 그것은 하층민이 누리지 못했던 상층의 삶을 모방함으로써 상층민처럼 인간으로서 대우받고 싶은 욕망의 표현이라 할 수 있다. 상층민과 같은 경제적 풍요와 사람다운 대접을 받고자 하는 욕망이 국문소설의 주인공에게 투영되었고 그것은 당시 독자의 기대와 욕망이 반영된 것이었다.

그러한 기대와 욕망은 영웅소설에도 반영되어 나타났다. 19세기에는 「유충렬전」, 「조웅전」, 「홍계월전」 등의 영웅소설이 창작되었고, 이전에 유행했던 영웅소설이 세책과 방각본을 통해 공간을 넘어 유포되었다. 영웅소설은 「삼국지」 같은 중국소설의 영향과 전쟁 경험과 밀접한 관계가 있고, 유교적 충군사상을 형상화한 소설이다. 가문소설과 마찬가지로 영웅소설에서도 국난극복과 결연을 통한 가문의 영속을 위해 주인공의 위기와 시련의 극복과정이 주된 서사로 기술된다. 완판본은 남성영웅 서사가 확장되고 국가적·중화주의적 충절이 부각되는 반면 경판본은 가문서사가 강화되고 여성의 능동적이고 적극적인 실천력이 부각됨을 밝힌 바 있다.186) 이는 지역에 따라 소설을 향유하는 계층과 그들이 선호하는 소설 취향이 달랐음을 보여준다.

19세기 소설사에서 판소리 창본과 판소리계 소설은 서로 교호하는 지점을 보이면서 형성되었을 뿐 아니라 19세기 문화적 장을 재현하는 역사적 서사 장르로 존재했다. 판소리와 판소리계 소설은 유통의 측면에서 상호 영향을 주고받았다. 19세기에 들어 판소리 안에서도 유파가 분리되고, 상류층이 판소리 애호가로 등장하면서, 판소리 광대의 신분 변화가 나타났으며, 광대의 사승관계가 얽히고 지역간 교류도 활발해졌다. 장면의 확대와 더늠의 개발이 왕성해지면서 판소리는 화려한 예술로 발전했다. 판소리의 이러한 변화는 세책 「심청전」, 「춘향전」, 「흥부전」, 「토끼전」과 같은 판소리계 소설의 전파와 이본 형성에 영향을 미친 것으로 보인다. 판소리는 하층민의 문화가 상층으로 전이된 것인데, 그 과정에 중인의 중개가 있었다. 중인은 신분이 갖는 성격상 상층의 문화와 하층민의 문화를 모두 공유할 수 있었다. 또 판소리는 개방적 성향으로 인해 당시 유행하던 타장르—시조, 가사, 잡가, 민요, 가면극, 무가, 소설 등—의 여러 구

---

186) 엄태웅, 「방각본 영웅소설의 지역적 특성과 이념적 지향」, 고려대학교 박사논문, 2011.

성 요소가 혼용되어 나타난다. 그것은 청중들의 호응과 관심을 유발하는 요소로 상업적 흥행과 연결된다. 특히 기존의 호응이 많은 관습화된 서사 구조와 화소를 적극 활용하는 것과 비장과 골계라는 상투적인 정서를 활용하는 것도 역시 이러한 상업성과 관련된다.[187]

중등학교 교과서에서는 판소리계 소설의 형성과정을 '근원설화 → 판소리 → 판소리계 소설'의 도식으로 가르친다. 그러나 판소리계 소설은 세책가에서 대중의 오락용 독서물로 창작한 소설이고, 판소리는 소리꾼과 고수가 음악적 이야기를 엮어 연행하는 장르이다. 판소리는 여러 사람이 모인 장소에서 부르는 노래로 대중의 몰입과 반응을 이끌어 내기 위해 흥미 있는 가사가 필요했다. 당시 유행하는 소설의 재미있는 대목을 판소리 가사로 편입하는 것은 한 가지 전략이었을 것이다.[188]

19세기 판소리계 소설을 교육하기 위해서는 이러한 판소리와 소설의 관계뿐 아니라 상하층이 소설 독서를 매개로 사상이나 생활방식 등을 교류하는 풍경을 이해해야 한다. 세책본, 방각본 소설은 작가가 중요하지 않은 시대에 대중이 즐기던 상업적 오락 독서물이었다는 것을 이해한다면, 유교적 제약이 강한 시대를 살던 대중의 '욕망'을 읽을 수 있다.

판소리계 소설은 유교적 윤리에 기반을 두면서도 인간의 보편적 욕망을 표현하고 있다. 서민들의 입담과 거친 표현들이 여과 없이 반영되다가도 고사나 다양한 전고들이 나열되기도 한다. 판소리소설의 언어적 이중성은 상하층이 모두 즐긴 문학의 특징을 보여주는

---

187) 장영창, 「판소리 문화 확산에 관한 연구: 복잡계 이론을 중심으로」, 경희대학교 박사논문, 2012.

188) 이윤석, 『조선시대 상업출판: 서민의 독서, 지식과 오락의 대중화』, 민속원, 2016 참조.

것이다. 「심청전」에는 부모에 대한 효, 「춘향전」에는 사랑과 신의, 지조와 절개, 「흥부전」에는 형제간의 우애, 「토끼전」에는 삶의 지혜와 임금에 대한 충성 등이 표현되어 있다. 이러한 보편적 가치와 사상은 당시 독자들에게 익숙한 삶의 방식들이었기에 대중의 호응을 얻을 수 있었다. 그러면서도 임기응변적이고 재기발랄한 담화형식, 재담과 유머, 풍자와 해학 등의 요소는 흥미를 자극하기에 충분하다. 판소리계 소설은 독자에 따라 이본이 다양하게 나타났는데, 이본의 존재는 다양한 계층이 판소리계 소설의 창작과 수용에 관여했음을 증거 한다. 중요한 것은 이들 소설을 통해 향유자들은 당시 사회의 풍조와 인물의 세계관을 공유했으며 소설을 통해 욕망을 표출·해소했다는 것이다.

세태소설이나 우화소설의 경우는 당시 세태를 좀 더 구체적으로 묘사, 풍자함으로써 당시 사회와 인물의 욕망이 전면에 나타나고 있다. 대표적인 작품으로 「배비장전」, 「삼선기」, 「이춘풍전」, 「오유란전」, 「정향전」, 「옹고집전」, 「까치전」, 「장끼전」, 「두껍전」, 「서동지전」, 「서대주전」, 「황새결송」 등이 있다. 세태소설은 특정 시기의 풍속이나 세태의 한 단면을 묘사함으로써 당대 사회의 모순이나 부조리를 풍자와 해학으로 표현한 서민문학이다.

우화소설은 동식물 혹은 사물이 주인공이 되어 인간의 삶을 풍자하는 것이 특징인데 시대적 분위기나 권력 횡포를 간접적·우회적으로 비판하고 있다. 세태소설과 우화소설의 유행은 공동사회에서 이익사회로의 전환, 기존 가치질서의 붕괴 등의 사회 변화를 반영하며, 당시 사회모순에 대한 서민의 불만을 간접적으로 보여준다. 이들 소설을 읽으며 독자들은 재미뿐 아니라 기존 가치에 대한 비판·풍자를 통한 정신적 해방감, 일종의 카타르시스를 경험했을 것으로 보인다.

19세기 소설은 작가와 독자의 기대·욕망을 반영하여 생산·출판·
유통되었고 독자의 취향과 언어 환경에 따라 내용의 변개를 겪으며
입맛에 맞게 향유되었다.

같은 텍스트가 다양한 계층의 독자에게 수용되었고 비록 양과 질
의 차이는 있다 해도 소설독서문화를 상하층 남녀 모두가 향유하는
시대가 열렸다. 사회로부터 소외된 계층의 사람들은 소설 독서를
통해 지배층의 세계관을 습득하면서 한편으로 비웃음과 냉소를 통
해 지배체제로부터 벗어나고자 하는 인식을 발전시켰다. 지배층이
이단사상에 대한 검열을 강화하고 독서와 글쓰기를 통제했음에도
불구하고 그들의 관심 밖의 영역인 국문 소설독서를 통해 대중들은
문화공동체를 형성했다. 19세기 소설 속 개인들은 집단의 가치를
존중하면서도 개인의 욕망과 정체성에 관심을 기울이기 시작했다.
소설 독서는 '재미'있는 일탈이면서 동시에 억압된 자아를 표현하는
매개가 되었다고 할 수 있다.

3) 19세기 소설의 내용과 유형

이 시기에 창작된 소설은 당시 사회세태나 개인생활을 반영하고
그 속에서 살아 숨 쉬는 주인공의 욕망을 그 자체로 전경화하고 있다
는 특징이 있다. 표면적으로는 유교적 가치질서를 옹호하면서도 이
면적으로 사회 모순과 불합리, 지배층의 부정적 특성을 부각함으로
써 억압된 욕망을 표현한다. 19세기 소설 독서의 기본 목적은 '흥미'
와 '유희'에 있었고 작품의 내용도 통속적 경향이 강화되었다. 이는
사회문화적 환경이 소설 독서에 영향을 미쳤기 때문이다. 빠르게

변화하는 시정세태나 일상생활에 대한 관심은 소설 내용으로 반영되었고, 소설에는 이러한 사회상이 묘사되어 나타났다. 이 시기 창작·유포되어 읽힌 대표적인 소설유형으로는 한문 장편소설, 세태소설, 국문 장편소설, 영웅소설, 판소리계 소설 등이 있다. 여기서는 대표적인 작품 몇 가지를 살핌으로써 19세기에 애독된 소설의 유형과 내용을 통해 당시 소설 독자들의 취향을 알아보도록 하자.

18세기 대표 장르로 자리 잡은 국문 장편소설이나 영웅소설이 19세기에도 계속해서 창작·향유되었는데, 이전 시대 작품 내용이 반복, 변형되는 형태로 재생산 되며 통속적인 경향을 띠게 된다. 이는 소비적·향락적인 도시민들의 취향이 상업자본과 연결되며 나타난 현상이다. 세태풍자소설은 19세기 사회 경제적 변화 속에서 적응하지 못하고 지위를 상실한 채 향락과 사치를 일삼았던 남성들의 무능함을 비판적으로 나타냈다. 무능력한 남성들과의 관계에서 여성들은 춘풍의 처(妻)처럼 가정 경제를 일으키기도 하고, 옥단춘처럼 몰락한 남성을 도와 그를 성공으로 이끌면서도 애정을 성취하기도 한다. 세태소설은 여색에 관심이 없다는 주인공이 주변 인물들의 공모로 호색적 성격이 폭로되어 비웃음을 산다는 공통점이 있다. 경박한 한량들은 화폐가 지배하는 사회에서 비판, 풍자의 대상이 되며 권위의 무너짐을 통해 '재미'를 주기도 한다.

이들 소설에 반영된 당시 사회는 성실한 사람이 잘사는 사회가 아니라 오히려 투전과 골패나 하고 주색잡기나 하는 졸부들이 활개 치는 사회였다. 더구나 이들이 벼슬자리까지 얻을 수 있다는 사실에서 당시 사회의 불합리와 부패성, 모순을 단적으로 엿볼 수 있으며 권세가나 지체 높은 양반의 자제가 아닌 이춘풍 같은 사람이 벼슬자리를 넘본다는 사실로 보아 관료층의 부정부패가 성행한 혼란한 사회임을 알 수 있다.

한편 우화소설에도 조선사회가 내포하고 있는 가치와 사대부 의식을 사물이나 동물에 가탁하여 인간사회가 안고 있는 모순을 비판하고 있다. 우화소설과 세태소설의 반영된 지배층의 위선과 허세, 물질만능주의, 여성 삶의 억압, 가부장제의 모순 등 19세기 일상생활의 모습과 유흥풍조를 엿볼 수 있다. 당시 독자들도 이들 소설이 갖고 있는 풍자적, 유흥적 측면에 공감했기에 이들 소설이 민간에서 널리 읽힐 수 있었다.

한문소설 중에는 개인의 '성'적 욕망을 표현한 작품이 있다. 「절화기담」의 순매는 불륜인줄 알면서도 자신의 현실을 벗어나고 싶은 욕망 때문에 이생과 성적인 관계를 맺고자 한다.

"…… 낭군께서 저를 그리워하고 잊지 않으심을 저도 알고 있었습니다. 비록 목석같은 마음이라 해도 어찌 마음에 느껴지는 게 없었겠습니까? 하지만 낭군께서는 이미 부인이 있고 저도 남편이 있습니다. 나부가 스스로 정절을 바르게 한 것을 지키지 못함이 한스럽지만, 탁문군이 스스로 사마상여를 찾아갔던 일과 같은 것은 정말이지저도 해보고 싶었습니다. ……"

"…… 인생은 물거품 같고 풀 위의 이슬과 같은 것! 청춘은 다시 오기 어렵고 좋은 일도 늘 있는 것은 아니지. 그러니 하룻밤의 기약을 아끼지 말고 삼생의 소원을 이루는 것이 어떠하냐."

"내 너와 더불어 틈을 타서 즐거움을 맛보는 것 또한 아름답지 않은가."189)

---

189) 『절화기담』(김경미·조혜란, 『19세기 서울의 사랑』, 여이연, 2003, 49~50쪽에서 재인용.

중매를 통하지 않고 스스로 결혼 상대를 고르고 싶었다는 개인적 의지와 욕망도 이 말을 통해 느낄 수 있다. 이생과 순매의 만남과 어긋남의 반복은 이 작품의 주된 서사이다. 둘의 만남과 어긋남의 과정을 통해 성에 대한 욕망을 표현했다. 이들의 사랑은 매우 충동적이고 통속적이다. 공적으로 표현하기 어려운 성적 욕망을 직접적으로 표현할 수 있었던 것은 당시 향락적 유흥적 도시문화적 배경이 자리하고 있었기 때문이다.

「포의교집」도 「절화기담」처럼 남녀의 불륜을 소재로 한 작품이다. 주인공 초옥이 이생과의 사랑을 욕망하는 이유는 자신을 알아주는 지기(知己)라고 생각했기 때문이었다. 포의교(布衣交)는 가난한 시절의 사귐, 신분이나 지위·이해관계를 떠난 교제를 의미한다.[190] 여성이지만 자신의 문학적 재능을 인정받고 싶은 욕망이 초옥에게 간절한 것이었다. 그러나 이생은 초옥을 육체적 욕망의 대상으로만 바라보았기 때문에 둘의 욕망이 충돌하고 틀어진다.

작가는 초옥을 통해 당시 개인의 능력이나 재주보다 타고난 신분과 지역 같은 환경이 당대에서 중요한 영향을 미치는 현실에 대해 비판적 시각을 반영했다.

초옥은 자신에게 씌워진 굴레를 벗어나기 위해 다양한 방법으로 자살을 기도하는데 구출과 자살시도가 반복되는 과정을 통해 현실 제약을 벗어나고자 하는 초옥의 욕망과 벗어날 수 없는 현실상황이 더욱 강조되어 나타난다.

한편 남주인공 이생도 자신의 욕망을 거침없이 표현하는 인물로

절화기담의 내용은 이 책을 참고함).

190) 정은영, 「조선 후기 한문서사의 성 담론: 「절화기담」, 「포의교집」, 「북상기」, 「백상루기」를 중심으로」, 한양대학교 석사논문, 2009.

묘사된다. 이생의 사랑은 신의를 바탕으로 한 사랑이 아니라 개인적이고 충동적 욕망으로 묘사되는데 이는 당시 도시민의 쾌락적, 충동적 욕망 의식이 반영된 것이다.

전계 소설, 야담계 소설과 같은 한문소설은 중국 소설의 영향을 받으며 형성되었으나 점차 독자적 발전과정을 거쳐 이 시기에 이르면 독자적인 내용과 형식을 갖춘 소설로 발전한다. 소설의 등장인물도 역사적 인물의 서사에서 점차 여러 계층의 삶을 사실적, 구체적으로 형상화하기에 이른다. 이것은 국문소설과는 매우 대조적인 특성이다.

이러한 차이는 국문소설과 한문소설 향유층의 취향이 서로 다르기 때문에 나타나는 결과이다. 한문소설은 국내에서 실제로 있었던 일 혹은 있음직한 일을 꾸며 소설화하는 경향이 나타났다. 한문소설의 작가는 당시 사회 현실 모순에 대한 뚜렷한 비판의식과 현실 변혁의지를 소설에 투영했다. 한문소설이 지닌 이러한 특성에서 우리는 역사적 기록문에서는 발견할 수 없는 민족 문화 혹은 정신사적 측면을 살필 수 있을 것이다.[191]

한문소설은 국문소설의 형성과 발전 과정에 영향을 미쳤다. 19세기에 이르면 하나의 작품이 한문과 국문으로 쓰여져 각자에게 맞는 독자에게 읽혔다. 표현 언어는 다르지만 하나의 작품을 상·하층이 공유하는 시대가 되었다는 것을 알 수 있다.

---

191) 한국민족문화대백과사전, 한문소설의 특징과 의의 참조.

3. 인쇄에 의한 소설의 대량 유통

19세기 중·후반 서울에는 수만 책의 세책소설이, 전국적으로 십만 이상의 방각소설이 유통되었다.[192] 그러나 현전하는 자료를 보면 세책소설과 방각소설보다 개인 필사본 소설이 압도적 비중을 차지하고 있다. 한글 해득자가 많아지면서 한글소설은 출판을 통해 하층의 독자에게 전파되었고 많은 책을 찍어냄으로써 지역의 경계를 넘어 확산되었다.[193]

19세기는 책을 매개로 조선의 문화가 공유되고 확산되는 시기라 할 수 있다. 그리고 문자문화의 중심에는 한글독서가 자리하고 있었다. 예컨대 『규합총서』처럼 여성이 한글로 장편의 저술을 남기기도 했고, 전성기에 만 오천 명을 넘었던 신자를 위해 많은 천주교 서적이 한글로 간행·유포되기도 했다. 또 동학가사처럼 종교 교리가 한글로 표현되어 전파되었으며, 『여와록』같은 새로운 한글소설이 창작되기도 했다. 또 1861년에는 『신미록』처럼 당대사를 방각본으로 출간하는 경우까지 나타났다.[194]

책을 대여해주는 세책본과 상업적 목적으로 출간된 방각본 소설의 향유층은 상하남녀 모두로 확대되었다. 19세기 말 20세기 초에 만들어진 것으로 보이는 세책장부에 기록된 대출인들은 최상위 계층, 관료 계층, 일반 서민 계층, 무관 계층, 상인 계층, 하층민 등인데 가장 많은 비중을 자지하는 것은 상인과 일반 서민 계층이다. 방각본

---

192) 정병설, 『조선시대 소설의 생산과 유통』, 서울대학교 출판문화원, 2016, 109쪽.
193) 정병설, 「조선 후기 한글소설의 성장과 유통: 세책과 방각을 중심으로」, 『진단학보』 100, 진단학회, 2005, 293쪽.
194) 정병설, 위의 글, 294쪽.

소설의 독자는 다른 소설 독자에 비해 하층이 주로 향유했는데, 이것도 지역에 따라 차이가 있다. 경판 방각본은 처음에는 한문을 읽을수 있을 정도의 중하층 남성을 대상으로 출판되다가 1850년 이후에는 주로 하층 남성, 중하층 여성을 주 구매대상으로 출판된 것으로추정되고 있다. 세책본이 주로 서울을 중심으로 유통되었다면 방각본은 서울을 넘어 전주, 안성 등의 지역으로 광범위하게 유통되었다.

세책점은 18세기 중반부터 서울을 중심으로 성행하였고 19세기에이르면 가장 번성하게 된다.

> 서책은 결코 상인만이 가지고 있는 것이 아니다. '세책가'도 상당히있어, 그 곳에는 특히 대중의 서적, 즉 인본 또는 사본의 대개는 한글로쓰인 이야기책, 노래책이 구비되어 있는 바, 이 집 책은 서점의 매품보다도 정성스럽게 되어 있어 종이도 상질로서 인쇄되어 있는 일이 많다.195)

소설책 이외에도 다양한 종류의 책을 빌려주기도 하고, 판매도겸하였으나 대여용 한글 필사본 소설책이 가장 중요한 영업품목이었다. 약 120종 이상의 고전소설이 세책점을 통해 유통, 향유되었고그 대다수는 이미 창작된 민간 필사본 중 인기가 높던 작품이었다.세책점에서 유통된 소설은 대부분 한글소설이었고 한문소설은 문인들 사이에서 필사 유통된 것으로 보인다. 방대한 양의 장편소설이세책을 통해 읽혔는데 독자의 흥미를 끌기 위해 서사가 중첩되고다양한 흥미소가 반영되어 그 내용도 점차 통속화된 것이 이 시기

---

195) 19세기 세책의 실태에 대한 모리스 꾸랑의 기술로 大谷森繁, 앞의 책, 111쪽에서 재인용.

세책본 소설의 특징이라 할 수 있다.

방각본소설은 19세기 중엽 이후부터 상업 도시문화가 발달한 서울, 전주, 안성 지역을 중심으로 간행되었다. 경판으로 간행된 방각소설은 「강태공전」, 「곽분양전」, 「구운몽」, 「금방울전」, 「금향정기」, 「김원전」, 「김홍전」, 「남정팔난기」, 「당태종전」, 「도원결의록」, 「백학선전」, 「사씨남정기」, 「삼국지」, 「삼설기」, 「서유기」, 「설인귀전」, 「소대성전」, 「수호지」, 「숙영낭자전」, 「숙향전」, 「신미록」, 「심청전」, 「쌍주기연」, 「양산백전」, 「양풍전」, 「옥주호연」, 「용문전」, 「울지경덕전」, 「월봉기」, 「월왕전」, 「이해룡전」, 「임장군전」, 「임진록」, 「장경전」, 「장백전」, 「장자방전」, 「장풍운전」, 「장한절효기」, 「장화홍년전」, 「적성의전」, 「전운치전」, 「정수정전」, 「제마무전」, 「조웅전」, 「진대방전」, 「징세비태록」, 「춘향전」, 「현수문전」, 「홍길동전」, 「황운전」, 「흥부전」 등이 있다. 초기에 출판할 때는 권당 30여 장의 분량을 기준으로 방각하다가 차츰 상업성이 개입되면서 15~16장으로 축소되었다. 반면에 완판 방각소설은 오히려 장수가 늘어나는 차이가 있다.196)

방각본설은 상설시장에서 매매되기도 하고 보부상이나 책쾌에 의해 독자에게 공급되었다. 방각소설의 출현은 일부 계층의 소유로만 여겨졌던 문학 활동이 대중화된 것을 의미한다. 방각본 소설 대부분은 서민층의 요구에 부응해 나타났는데 흥미로운 것은 이들 소설 중에는 한문본도 있고, 한문본이 한글로 번역된 작품도 다수 포함되어 있다는 것이다. 이것은 당시 소설 독서를 통해 상하층의 문화가 상호교섭하고 있었음을 보여준다. 19세기는 방각본의 시대라 할 정

---

196) 이상택, 『한국 고전소설의 세계』, 돌베개, 2005, 243쪽.

도로 민간의 출판활동이 성행했다. 방각본으로 유통된 소설은 대부분 한글소설이었고, 대중의 오락, 유희물로 유통되었다. 그러다보니 저본에 비해 통속적이고 흥미위주의 내용으로 흐를 수밖에 없었다.

중국소설의 번역본이나 창작소설의 원고를 세책업자가 기획·제작하였고 세책을 축약해서 방각업자가 방각본으로 만들어 판매했다. 세책집에서 빌린 필사본과 방각업자가 만든 방각본은 민간에서 만든 상업 출판물이었다. 세책과 방각본의 한글소설은 서민과 여성층의 인기 있는 오락물이었다.197) 한글소설의 대량 유통을 통해 민간의 한글 해독률이 높아졌고 소설독서가 대중의 문화로 자리하는 데 기여했다. 방각본으로 출간된 소설을 상층 문인이 읽거나 관심을 두지는 않았겠지만, 세책이나 방각본의 저본이 근본적으로 상층 문인의 독서물이었다는 점에서 19세기는 소설을 통해 상하층 남녀가 모두 소설의 향유자였다고 할 수 있다. 또 방식의 차이는 있었지만 같은 내용의 작품을 독서 대중이 공유하는 시대가 되었다.

4. 19세기 소설 독서문화의 특징과 문학사적 의의

19세기는 한문장편소설, 판소리계 소설, 세태소설, 우화소설 등이 세책본, 방각본, 개인 필사본의 방식으로 각계각층의 취향과 환경적 조건에 맞게 유통·향유되었다. 소설을 대상으로 한 독서가 소규모의 제한적인 사람들이 즐기는 문화를 넘어서 상·하층이 함께 누리는

---

197) 최유희, 「조선시대의 상업출판 들여다보기」, 『한국민족문화』 64, 부산대학교 한국민족문화연구소, 2017, 345~346쪽.

문화로 자리 잡은 시기가 바로 19세기이다.

대중문화에 대해 체계적 이론 접근을 시도한 그람시는 대중문화를 사회의 지배력과 피지배력 사이의 교통 장소로 인식했다. 그에 따르면 대중문화는 지배적, 종속적, 저항적 문화와 이데올로기적 요소들이 뒤섞이며 조절되는 특성을 지닌다.198) 이렇게 본다면 19세기 소설은 통속적 감상물로만 존재하는 것이 아니라 적극적으로 상하층 문화교섭을 이끌어낸 의사소통양식의 매개체로 이해할 수 있다. 그 속에는 소설 향유자들의 욕구와 삶에 대한 대응 방식이 담겨 있기도 하다. 소설이 많이 읽히고 소비된 현상은 19세기에 절정을 이루었다. 조선시대 기득권을 가진 양반사대부들의 전유물이었던 소설 독서문화, 소비적 여가문화가 공간과 대상을 넓혀 확산되고 있었다. 19세기 소설 독서문화가 적극적으로 향유된 이유는 '여가=소비=유흥'을 사회문화적으로 향유하는 것이 중요한 삶의 방식이 되었기 때문이다. 또 신분, 계급, 친족이라는 유교사회의 집단적, 봉건적, 공동체적 삶의 방식이 '돈'에 의해 와해되고 '개인, 자아'에 대한 인식이 대두되었기 때문이다. 그러한 변화의 기저에는 상업 화폐 경제체제와 한글 문해력의 증가라는 사회적 현상이 자리하고 있었다. 이러한 사회변화는 소설의 통속화를 가속화하는 기제이면서 동시에 독자의 욕망을 해소하는 장을 마련했다.

19세기는 신분제적 경계가 모호해지고 신분적 이질성이 희박해지면서 상하층의 경계도 불분명해진다. 상층이 몰락하여 평민 부호보다 못한 처지로 전락하기도 하고, 판소리 광대가 신분 상승을 이룬 시기가 바로 19세기이다. 기존의 질서로는 이해하기 힘든 사회 변화

---

198) 장미진, 「일상의 즐거움, 대중예술의 의미」, 『대중예술의 이해』, 집문당, 2003, 28쪽.

로 인해 가치관의 혼란과 윤리적 삶의 근간이 흔들리기도 하였다. 이 시기 소설이 담고 있는 성 담론이나 세태 풍자적 요소는 이러한 가치관의 혼란과 착종현상을 보여준다.

이 시기 소설의 특징은 당시 사회세태나 개인생활을 반영하고 그 속에서 살아 숨 쉬는 주인공의 욕망을 그 자체로 전경화하고 있다는 특징이 있다. 또 세태를 비판하고 체제를 풍자하면서도 해학과 여흥을 통해 모순된 현실을 극복하려는 움직임도 나타난다. 소설 향유의 주체들은 소설 독서를 통해 일종의 일탈과 정신적 해방감을 맛볼 수 있었다. 19세기 대중의 소설 독서열은 세책본과 방각본 소설의 성행으로 이어졌고, 상업 유통의 활성화는 소설 독서의 확대로 환류되었다. 상업자본의 특성상 흥행과 재미위주로 소설의 통속화 경향이 나타났지만 상·하층의 문화가 소설독서를 매개로 교섭되는 계기를 마련했다는 점에서 의의를 찾을 수 있다.

19세기 고소설 교육에서는 언어표기와 출판·유통 방식에 따라 달라지는 소설의 작가와 독자의 특성에 주목할 필요가 있다. 특히 상업유통이 활성화된 사회문화적 환경이 소설에 미친 영향—소설의 대량유통, 상하층의 문화 교섭과 재미추구의 독서 경향 등—을 구체적 작품을 통해 이야기할 수 있어야 한다.

제3부 소설 독서문화 이해를 바탕으로 한 고소설 교육의 실제

3부에서는 제1부와 2부에서 살핀 소설 독서문화의 전변 양상과 고소설 독서와 관련된 맥락 요소들을 바탕으로 고소설 읽기의 실제적 적용과정을 살핀다. 우선 소설 독서문화 맥락을 활용한 고소설 읽기 교육을 위해 학습자가 어느 고소설 작품이든 작품 이해를 위해 알아야 할 요소를 쉽게 활용할 수 있도록 고소설 읽기의 원리를 선행조직자와 맥락 요소로 나누어 제시한다.

　학습자가 소설 사회사적 맥락을 활용해서 작품을 읽도록 하기 위해서 적어도 교사는 작품의 배경지식이 되는 요소들을 꿰고 있어야 한다. 작품 외적 맥락과 관련된 핵심 요소를 뽑아 시각자료로 제시하면, 그것을 활용하여 작품 이해를 위해 탐구적 질문을 제공할 수 있고, 적절한 배경지식을 제공할 수 있을 것이다. 교사가 작품 해석에 관여하는 다양한 요소를 작품 읽기에 적용하도록 안내한다면 고소설에 대한 학습자의 배경지식 활성화, 문학사적 지식 학습, 작품 내용에 대한 심층적 이해가 가능해질 것이다.

읽기의 실제에서 다룰 작품은 그 동안 교과서에서 많은 빈도로 수록되었거나 시대적 소설 독서문화의 특성을 잘 드러낼 수 있다고 생각되는 「이생규장전」, 「춘향전」이다. 궁극적으로 작품분석과 작가, 시대에 대해 분절된 지식으로 학습하는 기존 방식보다, 맥락지식을 활용한 읽기 방식이 학습자의 작품 이해에 더 유용한 방식임을 드러내고자 한다.

제1장 맥락 중심 고소설 작품 이해의 원리

1. 작품 이해를 위한 선행조직자

읽기란 독자가 자신의 배경지식을 적극적으로 활용하여 글의 의미를 능동적으로 이해하고 재구성하는 사고의 과정이다. 배경지식이란 우리 기억 속에 이미 들어 있는 지식과 경험의 총체를 의미하는데 학습자들은 고소설에 대한 배경지식이 부족하거나 왜곡된 부분이 많다. 따라서 교사는 학습자의 배경지식을 활성화·확대하기 위한 선행조직자를 제시해줄 필요가 있다. 읽기는 크게 읽기 전 – 중 – 후의 과정을 거쳐 진행되는데 사회문화적 맥락에 대한 선행조직자는 읽기의 모든 단계에서 학습자에게 유의미한 지식을 제공할 수 있다. 작품 외적 맥락을 바탕으로 작품을 해석하는 활동을 수행하고자 할 때 고려해야 할 요소가 바로 선행조직자이다.

선행조직자란 오슈벨(Ausubel)이 제시한 인지전략으로 만약 기존 지식과 새로운 정보 간에 연결이 이루어지면 학습경험은 보다 의미 있게 된다는 가설에 근거한다. 선행조직자는 간단한 문장이나 질문, 지도나 도표, 개념도나 인지도 등 다양한 형태로 제시될 수 있다. 따라서 선행조직자를 설계함에 있어, 기존 지식에 대한 언급을 통해 새로운 정보와 관련된 기존 지식을 회상하게 하고, 새로운 정보에 대한 개념적 개요의 제시를 통해 선행지식과 새로운 정보간의 연결을 촉진하는 것이 중요하다. 오슈벨은 선행조직자를 활용한 유의미 학습모형을 세 단계—선행조직자 제시 → 학습과제나 자료 제시 → 인지적 조직(지식구조)을 견고하게 하기—로 제시하고 있다.[1] 여기에 적용하기를 더하여 학습자 스스로 학습한 내용을 구체적 작품으로 적용할 수 있다면 유의미한 학습이 일어날 것으로 기대된다.

고소설 교육에 앞서 문학사의 흐름을 도표로 정리한 시각 자료를 제시하여 시대별 고소설 작품 현황이나 특징을 한눈에 파악함으로써 소설 독서문화의 시대별 양상을 개관하는 데 도움을 줄 수 있다. 고소설의 사적 흐름과 문학 사회사적 기반의 변화 지점을 확인하면서 변화의 원인을 탐구하는 것도 도움이 된다. 고소설의 사적 흐름과 관련된 선행조직자를 구성할 때 다음 사항을 포함하는 것도 유용할 것이다.

첫째, 조선시대 소설은 18세기에 급격히 양이 증가했다.

둘째, 조선 전기에는 한문소설이 주를 이루다가 조선 후기에 들면서 국문소설이 증가했다. 17세기 한문소설의 창작, 한문·국문이 모두 있는 소설의 양적 증가는 소설에 대한 사회적 인식·독서문화의

---

1) 국립특수교육원, 『특수교육학 용어사전』, 하우, 2009.

변화를 보여준다.

셋째, 15~16세기 소설은 한문으로 창작되었다. 따라서 주 독자층은 한문 해독이 가능한 상층 남성 지식인들로 추정해 볼 수 있다. 17세기 국문소설이 창작되어 한문 사용 능력자뿐 아니라 한글 문해가 가능한 사람들도 독자로 편입되었음을 추론할 수 있다. 또 국문소설이 창작되었다는 것은 새로운 독자층이 나타났다는 것으로 문자 언어생활에서도 변화가 나타났음을 보여주는 자료로 활용될 수 있다.

넷째, 한문소설의 작가는 이름이 알려진 경우가 있지만 한글소설의 작가는 김만중을 제외하고 작가가 알려져 있지 않다. 사실 현전하는 「홍길동전」과 허균이 지었다고 추정하는 「홍길동전」은 같은 것이 아니라는 것이 정설이며, 최근 한문본 「홍길동전」은 허균의 작품이 아니라 황일호(1588~1641)의 작품이라는 주장이 제기되었다.[2] 김만중의 소설도 한문으로 먼저 지어졌을 수 있어 순수한 한글소설이라고 단정 짓기 어려운 면이 있다. 그렇다고 하면 한글소설의 작가는 거의 무명(無名)작가의 창작물이라고 할 수 있다. 그 원인은 소설 창작과 독서를 부정적으로 인식한 당대 사회적 분위기의 영향 때문으로 이해된다. 그럼에도 불구하고 한글소설이 많이 창작, 유통된

---

2) 大谷森繁, 『조선 후기 소설독자 연구』, 고려대학교 민족문화연구소, 1985, 34쪽. 허균이 지었다고 하는 「홍길동전」은 우리가 알고 있는 작품과는 거리가 먼 작품이라는 것은 주지의 사실이다. 그동안 허균의 작품으로 알려졌던 「홍길동전」은 작자 논란이 계속 있었다. 최근 이윤석은 「홍길동전」이 허균(1569~1618)이 지은 것이 아니라고 발표했다. 주장에 따르면 한문 「홍길동전」의 이름은 「노혁전」으로 지소 황일호(1588~1641)의 작품이다. 「노혁전」은 황일호가 전주 판관으로 읽하던 1626년 전라감사 종사관 임계에게 이야기를 듣고 적은 것으로 알려졌다. 황일호는 「노혁전」 앞부분에서 "노혁의 본래 성은 홍(洪)이고 이름은 길동이니 실로 우리나라 망족(望族 명망 있는 집안)이다. 불기(不羈 구속을 받지 않음)의 재주를 품었으며 글에 능했다"고 노혁이 홍길동임을 분명히 했다. 또 '한글 「홍길동전」은 세상에 전하는 홍길동 이야기를 바탕으로 1800년 무렵 알 수 없는 어떤 작가가 창작했다'고 하였다(경인일보 기사, 2019.4.24).

원인이 무엇인지 질문하여 당대인에게 소설독서가 어떤 의미였는지 유추해 볼 수 있다. 그와 반대로 18세기 박지원의 한문단편소설, 19세기 서유영, 심능숙, 김소행 같은 문인들의 한문 장편소설 창작을 근거로 조선 후기로 갈수록 소설 창작에 대한 남성 문인들의 의식변화를 짐작할 수 있다. 그 원인을 사회문화적 상황과 관련지어 보는 것도 의미 있는 활동이 될 것이다.

다섯째, 조선시대의 소설은 '필사'를 통한 유통 방식이 주류를 이뤘으며 후대로 올수록 방각에 의한 목판본과 활자본이 늘어나는 양상을 보인다. 필사본도 비영리적 개인 필사가 주를 이루었으나 18세기부터 영리적 목적성을 띤 세책본이 활발히 유통된다. 소설 유통망의 확대 원인이 무엇일지 질문함으로써 18세기 이후 조선사회의 상업화, 도시화와 관련지어 해석해 보는 활동이 가능하다.

한편 인쇄에 의한 유통은 방각본과 활자본 순으로 확대되었으며, 소설을 비루하게 인식했던 조선 전기에 관판으로 인쇄된 소설이 있어 주목된다. 민간 판본이 아니기 때문에 소설 독서의 대중화와는 거리가 먼 자료이지만, 15~16세기에 소설집이 관판으로 간행될 수 있었던 이유에 대한 문제제기는 가능하다. 그 이유는 『금오신화』나 『기재기이』를 지은 작가와 연관지어 보는 활동이 가능하다. 또 이들 작품의 문학적 특성이 당대 지식인에게는 익숙한 글쓰기 관습이었다는 내용으로 연계하여 전기(傳奇)소설과 몽유록계 소설의 특성을 파악해 볼 수 있다.

또 필사본·목판본·활자본이 모두 존재하는 작품과 한문본·국문본이 모두 있는 작품의 경우 상·하층 모두에게 인기가 있었음을 짐작해 보는 자료로 활용될 수 있다.

여섯째, 18세기 이후부터 소설의 향유 방식이 필사유통, 인쇄유통,

낭독, 연행에 의한 유통 등 다양한 방식으로 전개되었다. 이것은 소설 향유층의 증가, 향유 방식과 독서 태도의 문제와 연관지어 살필 수 있는 맥락요소로 유의미하다.

일곱째, 시기별로 15~16세기는 전기소설, 17세기 몽유록계 소설, 몽자류 소설, 가정·가문소설, 18세기 야담계 소설(전계 소설), 국문장편소설, 영웅소설, 19세기 판소리계 소설, 세태소설, 우화소설, 한문장편소설이 창작·향유되었다. 시대와 갈래를 향유 계층의 특성(취향)과 관련지어 살필 수도 있다.

이상의 자료를 표로 만들어 활용하거나, 소설사 흐름도를 활용해 가시적으로 확인할 수 있는 내용—언어표기, 시대, 갈래, 소설 향유층과 향유 방식—의 차이를 분석하고 그러한 차이가 나타나는 사회문화적 원인을 발견하는 학습은 학습자들의 문학사적 배경지식을 활성화하는 데 도움이 될 것이다.

이렇게 생성된 소설사에 대한 선행지식과 경험을 능동적으로 이용하여 작품을 이해하는 전략에는 질문생성하기가 있다. 교사는 고소설 읽기 전·중·후에 질문을 생성할 수 있다. 읽기 전 질문생성 활동에서 앞서 제시한 선행조직자를 활용해 볼 수 있다. 이때의 질문은 고소설에 대한 선행지식을 활성화하고 이해하지 못하는 정보를 점검하는 안내 역할을 한다. 따라서 교사는 선행조직자를 활용하여 학생들이 작품을 이해하는 데 도움이 될 만한 유용한 질문을 읽기 단계별로 생성하도록 안내하거나, 배경지식을 제시해주어야 한다.

즉 교사가 작품에 참고할 만한 지식을 알기 쉽게 이야기해주거나, 자료를 제공할 필요가 있다. 교사는 읽기의 단계별로 적절한 질문을 통해 학습자 스스로 맥락적 의미를 구성할 수 있도록 해야 한다. 선행조직자를 활용하고 읽기 단계를 고려하여 교사가 사용할 수 있는 적절한 질문의 예는 다음과 같은 것들이 있다.

- 표기 언어가 무엇인가? 한문인가? 국문(한글)인가?
- 작가는 누구인가?
- 독자는 누구인가? 독서 목적이나 취향은 어떠한가?
- 창작시대는 언제인가?
- 갈래는 무엇인가?
- 유통 방식은 무엇인가?
- 독서 방식은 어떠한가? 묵독인가? 낭독인가? 개인독서인가? 집단독서인가?
- 인물-사건-구성-배경분석을 통해 파악한 주제는 무엇인가?
  - 중심 내용 정리하기
  - 사건 전개 방식 파악하기
  - 인물의 성격 파악하기
  - 주제 파악하기
- 작품에 나타난 정서와 욕망을 작품, 시대와 관련지어 이해할 때 작품의 사회적 의미, 문학사적 의미는 무엇인가?

작품 읽기 후 선행조직자나 사진과 같은 보조 자료를 참고하며 이들 질문을 단계별로 제시하여 답을 구성하도록 안내할 수도 있다. 몇 단계의 질문을 하는 것만으로도 학습자들은 작품 분석에 앞서서 작품이 창작되고 수용된 당대의 분위기를 추론할 수 있고, 이렇게 활성화된 맥락 지식을 활용하여 작품의 표면적 주제는 물론, 이면적 주제까지 구성해낼 수 있을 것이다. 또한 그 작품의 의미를 문학사의 공시적·통시적 갈래와 관련을 통해 문화적 소통 현상으로 이해할 수 있을 것이다.

2. 맥락 요소를 고려한 고소설 읽기의 단계

학습자들이 고소설을 읽고 당대 문화적 코드로 작품을 이해하기 위해서는 작품에 쓰인 언어, 작가, 독자, 시대, 갈래, 유통·독서 방식, 태도와 같은 사회문화적 맥락요소를 파악해야 한다. 교사는 고소설을 읽고 작품 이해와 관련된 활동이나 질문을 단계적으로 제시함으로써 학습자의 의미구성에 필요한 정보를 제공해야 한다. 작품 이해와 관련된 맥락 요소는 맥락지식,[3] 콘텍스트적 지식[4]과 유사한 개념으로 이해될 수 있다.

앞서 제1부 2장에서 살폈던 작품 창작, 전승 등 작품의 존재방식이나 문학적 관습, 언어, 내용에 대한 지식(어휘), 작가와 독자 등 작품 향유에 참여한 주체, 주체들의 상황—창작 동기와 효용, 언어 능력, 경제적 배경, 계층 등—에 대한 문학사적 사실과 관련된 외적 요인들을 의미한다. 학습자들이 고소설 작품을 읽고 구체적인 작품 내용을 파악하기에 앞서 이러한 맥락 요소들을 먼저 살핀다면 그 지식을 활용하여 작품 내용을 당대의 상황 맥락과 관련지어 더 적극적이고 심층적으로 읽어낼 수 있을 것이다.

제2부 맥락 지식으로서의 고소설 독서문화의 전변 양상과 관련하여 학습자들에게 고소설 작품을 읽게 한 후 작품 이해를 위해 확인해

---

3) 김봉순, 「읽기 교육 내용으로서의 지식」, 『국어교육학연구』 25, 국어교육학회, 2006, 65쪽.
4) 류수열, 『문학@문학교육』, 역락, 2009, 18~19쪽.

야 할 요소가 무엇일까? 아마도 가장 먼저 작품의 언어 표기의 확인부터 살필 필요가 있다. 고소설의 경우 기록문자가 한문이냐, 한글이냐에 따라 작품의 내용뿐 아니라 작가, 독자, 시대, 갈래, 유통과 독서방식에서 큰 차이가 나타나는 것을 확인했다. 따라서 작품을 읽은 후에 읽은 작품이 한문소설인지 한글소설인지를 먼저 따져보아야 한다.

한문과 국문에 대한 조선의 사회적 인식은 매우 상반되었다. 언어에 대한 사회적 인식은 작품의 창작과 수용, 향유자의 취향과 태도에 영향을 미쳤다. 또 여기에는 당대 독서에 영향을 주는 글쓰기·읽기·담화관습이 반영된다. 구전과 기록의 특성은 기록문학인 한문소설과 국문소설의 구분에 적용될 수 있다.[5] 국문은 문자이면서 한문과 달리 일상적이고 구체적인 언어표현이 가능하다. 그래서 읽기와 쓰기는 가능하지만 듣거나 말하는 의사소통이 어려운 한문을 보완해 왔다. 한문은 조선사회에서 상층의 언어, 대체로 남성 문인·학자들의 지적 의사소통 수단이자 당대 지배 권력의 핵심이었다. 한문과 국문이라는 언어표기의 차이는 상하층 사이의 사회문화적 거리를 상징하는 것으로 이해할 수 있다.

한문으로 쓰인 글은 공식적 권위를 가졌고, 보편불변의 진리를 표현하는 글로 이해되었다. 그것은 규범적, 본질적, 영구불변, 추상적, 관념적, 이념적 특성을 지녔으며, 공식적 문서나 보존가치가 있는 서책을 만드는데 사용되었다. 당연히 사용층은 상층 남성 문인,

---

5) 김영희는 구전과 기록의 교섭을 세 가지 층위에서 설명함으로써 구전문학적 전통이 문학사 전체를 아우르는 창작의 원천이자 저류로서 시가나 소설 등 다양한 역사적 장르의 탄생을 촉진하거나 풍부하게 만드는 토대가 되었음을 논한 바 있다(김영희, 「고소설과 구전서사를 통해 살펴보는 '구전'과 '기록'의 교섭과 재분화: 임경업 이야기를 중심으로」, 『온지논총』 36, 온지학회, 2013, 203쪽).

일부 상층 여성과 한문을 알고 있는 하급 관료들로 한정되었다. 소설이 한문으로 쓰여진 경우 대부분 삶에 대한 심층적·철학적 성찰의 태도가 나타나거나, 뚜렷한 현실인식을 바탕으로 한 사회 모순 비판, 바람직한 유교사회 구현을 위한 방안 등이 나타난다.

한문소설의 작가들은 소설이 허구성을 바탕으로 인간의 보편적 진실성·도덕적 감화 기능이 있음을 인식하고 작품을 창작했다. 혹은 탁월한 능력이 있음에도 불구하고 현실적 한계·모순으로 인해 재능을 펼치지 못하는 현실에 대한 심리적 보상을 위해 소설을 쓰기도 했다. 실제로 김시습이나 허균, 이옥, 김소행 같은 작가들은 방외인의 삶을 살았거나 서출이라는 신분으로 인해 벼슬길에 나가지 못했다. 이들의 소설은 상업성과는 무관한 작품들이며 사회비판적 인식이나 세태 풍자적 성격이 강하게 나타난다.

한문소설은 우리가 알고 있는 것과 달리 구성면에서 일대기 형식을 다루기도 하지만, 주인공의 일생을 부분적으로 다루거나 특정 사건이나 문제 상황을 다룬 작품이 더 많다. 또 결말 처리를 모두 행복하게 끝맺고 있지 않다. 오히려 현실적인 삶의 모습을 사실적으로 묘사함으로써 현실의 한계에 대한 비판적 인식을 표출하고 있다. 등장인물도 재자가인의 면모를 지닌 상층 남녀를 등장시키기도 하지만, 현실에서 찾아볼 수 있는 기생, 말거간꾼, 거지, 상인, 승려, 하인 등 다채로운 인물들이 주인공인 작품이 많다. 지배층, 지식인층으로서의 사회적 역할을 고민했기 때문에 민중의 삶에 관심을 기울인 흔적으로 짐작된다. 배경 역시 중국뿐 아니라 우리나라를 배경으로 실제로 있었던 것과 같은 사건들을 표현한 사례가 많다.

반면 한글로 쓰여진 글은 비공식적 지위를 갖는 속된 글로 인식되었다. 그것은 구체적이고 일상적, 현실적인 특성이 있고, 주로 편지와 같은 개인적·실용적인 글쓰기, 한문학습의 보조물, 소설·시가의 창작에 활용되었다. 그러다 보니 여성이나 하층민이 주로 사용하였고, 상층 남성 문인이나 하급 관료들의 경우 학습 또는 비공식적인 용도로만 제한적으로 활용했다.

한글소설의 경우 불합리한 제도나 사회모순을 드러내는 글이라 하더라도 결과적으로 행복한 결말에 이르는 유형적 내용이 다수를 차지한다. 왜 그런 것일까? 그것은 현실적 고난을 소설을 통해서라도 위로받고 싶은 민중의 희망이 반영된 것일 수도 있고, 창작자의 계층의식이 반영된 것일 수도 있다. 선악의 대결을 통한 권선징악의 처리 방식, 영웅의 일대기 형식, 일상적 구어체의 표현 등은 흥미를 유발하면서도 기억과 전달을 용이하게 하기 위한 문학적 관습으로 이해할 수 있다. 문해력이 낮은 당시 하층민은 낭독에 의해 집단으로 소설을 향유했기 때문에 이와 같은 특징이 나타났다. 또 한글소설의 경우 유교이념의 충실한 내용으로 봉건사회 질서를 옹호하는 작품이 다수인데, 그 이유를 공동체적 질서 유지의 측면에서 생각해 볼 수도 있다.

소설의 가치를 인정하지 않는 한문학 문화권 내의 분위기나 한글에 대한 사회적 인식으로 인해 한문소설은 국문소설에 비해 작품수가 현저히 적다. 또 조선시대 창작된 국문소설의 작자가 미상인 이유도 이러한 인식에서 기인한다. 그럼에도 불구하고 소설은 문자언어 능력을 갖춘 사람들에 의해 꾸준히 창작되고 확산되었다. 그 이유에 대해 학습자들이 탐구하고 논의하면 작품에 대한 새로운 시각이 생길 수 있다. 예컨대 한문을 모르는 독자들에게 어떤 교훈을 전달하고 깨달음을 유도하기 위해 상층 문인이 한글로 소설을 지었다면 그 소설의 성향은 어떠할지, 상층 문인이 상층 문인을 독자로 상정하고

소설을 지었다면 이유는 무엇인지, 상업적 이익을 얻기 위해 소설을 써야 한다면 어떤 문자로 어떤 독자를 고려하여 어떤 내용으로 쓰는 것이 유리할지 등에 대해 생각해 본 후 해당 작품을 살핀다면 흥미롭게 내용을 이해할 수 있을 것이다.

또 소설의 언어표기를 기준으로 고소설 작품을 바라보면 표기문자에 따라 작가와 독자, 창작 시기, 갈래적 특성, 유통 방식을 짐작해 볼 수 있다. 이때 교사는 그 내용을 직접 설명하는 것이 아니라 학생들이 질문하고 답하는 과정을 통해 스스로 답을 유추하도록 하거나 관련 정보를 안내할 필요가 있다.

〈맥락요소 1〉

언어표기에 따라 작품의 담화적 특성이 달라지는 것처럼 소설 향유층에 따라 같은 주제나 제재를 다룬 작품도 다른 특성을 나타낸다. 그것은 작품 창작에 독자요인이 중요하게 반영되기 때문이다.

고소설의 작가는 크게 유명(有名)작가와 무명(無名)작가로 구분할 수 있다. 이름이 있든 없든 이들은 글 쓰는 능력을 갖춘 사람들이었다. 작가와 독자도 언어 능력에 따라 한문과 한글을 모두 읽고 쓸 수 있는 사람과 한문은 모르고 한글만 사용 가능한 사람들, 듣기만 가능한 사람들로 나누어 살필 수 있다. 한글 창제 후 국가주도로 경전번역이나 교화서의 편찬, 구비문학의 기록 등의 사업이 진행된 사실들로 미루어 보아 당대 한문 사용능력자들은 한글사용능력을 갖추고 있었던 것으로 보인다. 또 한글소설이 중국소설의 번역을 통해 확산된 점으로 보아도 미루어 짐작할 만하다. 그렇게 본다면 초기 고소설의 작가나 독자는 당연히 한문과 한글을 사용할 수 있는 상층 남성 문인들에 국한된다. 이들에 의해 중국소설이 읽히고, 한문소설 창작이 시작되었다.

중·고등학교 과정에서 다루는 고소설 작품 목록에서 유명(有名)작가를 뽑아 시대별로 정리하면 다음과 같다.

15~16세기: 김시습, 채수, 신광한, 임제
17세기: 이항복, 권필, 허균, 조위한, 김만중, 조성기
18세기: 박지원, 이옥, 이덕무
19세기: 남영로, 심능숙, 김소행, 서유영

이들 외의 한문소설의 작가는 알려지지 않았는데, 아마도 소설에 대해 부정적 인식이 강한 사회적 분위기 때문인 것으로 보인다. 그런 사회적 분위기 속에서도 한문으로 소설을 지은 것은 당대 현실에 대한 비판, 모순을 고발하려는 현실인식이 강했거나, 중세적 사고의 한계를 벗어나 인간적, 사회적 진실을 드러내려는 욕구가 강했던 것으로 짐작된다.

실명으로 한글소설을 지은 작가는 17세기 김만중이 있다. 김만중의 한글소설은 당시 시대사회적 분위기나 독서문화로 볼 때 거부감 없이 받아들여진 것을 보면, 그 내용이 지배적 가치에 부합되었기 때문일 것이다.

한문과 한글을 모두 아는 상층 남성 문인 중에는 한글소설의 작가

가 존재했으리라 생각된다. 그러나 한글이나 소설에 대해 부정적인 사회인식 때문에 실명을 밝히지 못했을 것이다. 17세기 이전과 18세기 이후에 창작된 소설은 갈래나 내용에서 차이가 나타나므로 그 점을 중심으로 학습자들이 작가의 계층이나 글 쓴 의도를 추론해 볼 수 있도록 해야 한다.

한문은 모르고 한글만 아는 작가는 중인 이하의 낮은 신분의 사람 이었을 것이다. 이들은 18세기부터 주로 상업적, 경제적 목적을 위해 흥미 위주의 소설을 지었다. 한편 상층 여성 중에서 여가를 보내거나 교양을 쌓는 등 비상업적 목적으로 작품을 창작한 사람들이 있다. 「완월회맹연」을 쓴 안겸제의 모친 이씨 부인과 같은 부류가 여기에 속한다.

한문 소설 작가의 작품은 대부분 비상업적으로 필사 유통되었기 때문에 독자층이 상층 문인들로 제한되어 있었다. 김만중과 조성기 가 지은 한글소설은 상층 사대부가의 여성들 사이에서 필사 혹은 낭독을 통해 독서되었으나 그 범위가 가정 내의 일원이나 일가친척, 친분 있는 사람들로 제한된다.

〈맥락요소 2〉

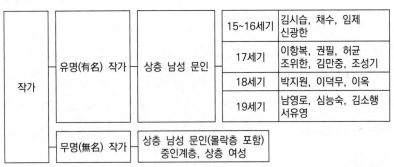

작가	유명(有名) 작가	상층 남성 문인	15~16세기	김시습, 채수, 임제 신광한
			17세기	이항복, 권필, 허균 조위한, 김만중, 조성기
			18세기	박지원, 이덕무, 이옥
			19세기	남영로, 심능숙, 김소행 서유영
	무명(無名) 작가	상층 남성 문인(몰락층 포함) 중인계층, 상층 여성		

한문소설의 독자는 위로는 왕으로부터 아래로는 서리까지 그 범위가 넓었을 것으로 보인다. 하지만 한글소설 독자의 경우 16세기 「설공찬전」이나 「오륜전전」과 같이 한글로 번역된 소설의 독자가 있었지만 그 범위를 어디까지 볼 수 있을지 논란이 있다. 15~16세기에 상층 남성 문인이 쓴 소설, 혹은 번역소설을 읽을 수 있는 독자는 상층 남성 문인과 친분이 있는 사람들이거나 접촉 가능한 계층, 그 책의 명성이나 존재 유무를 아는 소수의 제한된 사람들이었을 것이다. 그러다 17세기에 들어 사대부가의 상층 여성을 중심으로 한글소설 독자가 늘어났고, 18세기 이후 일반 하층 남성, 여성으로까지 독자가 확대된다. 그러나 상층 남성 문인이 창작하고 읽었던 소설과 상층 여성이 읽었던 소설, 하층 남성과 여성이 읽었던 소설은 그 내용이나 작품에 대한 사회적 인식이 달랐기 때문에 향유층에 따른 작품의 거리에 대한 안내가 필요하다.

18세기 이후 유행한 한글소설은 지식인이나 상층 남성과는 무관한 사대부가의 여성 혹은 도시 서민의 독서물이었다. 반대로 한문으로 지어진 소설들은 여성이나 하층민의 독서와는 별개의 것이었다. 시대별 소설 향유 주체에 대한 이해를 명확히 해야만 고소설의 특성을 종합적으로 이해할 수 있다. 그것을 이해한다면, 우리가 알고 있는 것처럼 고소설의 내용이 천편일률적으로 권선징악의 행복한 결말을 지향하거나 전형적 인물, 일대기적 구성, 우연적, 비현실적 내용으로만 구성된 것이 아니라는 것을 이해할 수 있을 것이다.

한편 듣기만 가능했던 독자들이 있다. 이들은 직업적 낭독가(전기수)나 비직업적인 구연자에가 들려주는 이야기를 들은 사람들로 17세기에도 그 존재가 나타나 실제로 소설의 내용을 들어 알고 있는 사람들은 조금 더 넓었으며 18세기 이후 도시가 발달하면서 더 확대되었다. 따라서 고소설을 보다 깊이 이해하기 위해서는 추론된 소설 향유자들의 취향과 문자해득력 등을 고려하여 이해할 수 있도록 가르쳐야 한다.

〈맥락요소 3〉

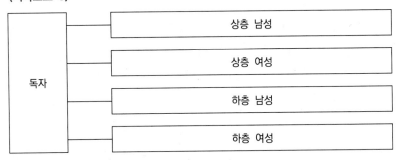

〈맥락요소 4〉

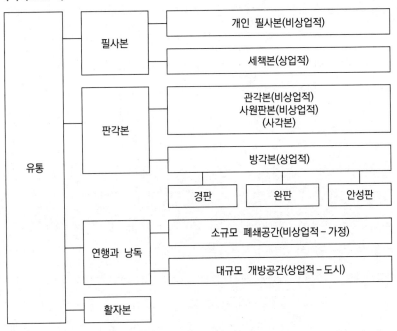

〈요소 5〉

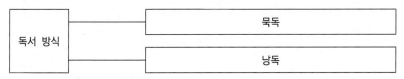

고소설 유통 방식의 차이는 소설 향유층과 그들의 독서 목적, 취향, 독서 태도의 차이를 낳는다. 따라서 교사는 유통 방식에 따른 작품의 의미를 파악하는 학습활동을 제시해야 한다. 고소설은 유통 방식에 따라 필사본, 목판본, 활자본, 연행과 낭독에 의한 유통으로 나눠볼 수 있다. 필사본이라 하더라도 개인 필사냐 세책이냐에 따라 창작 유통된 시대와 향유 주체, 독서 목적이 달라진다. 예컨대 「장화홍련전」의 경우는 한문본과 국문본 사이의 내용적 차이가 매우 크고, 경판본 방각 소설과 완판본 방각 소설도 같은 작품이면서 분량과 내용면에서 차이가 나타나기 때문이다. 유통 방식에 따라 독서 방식이나 태도도 다르고, 이본의 문제가 발생하기 때문에 학습자들이 파악해야 할 중요한 요소이다.

판각본은 판에 새긴 인쇄본을 통칭하는 말인데 판의 재료에 따라 목판본, 토판본, 석판본으로 나뉜다. 토판본과 석판본으로 인쇄된 소설은 알려지지 않았기 때문에 목판본만 대상으로 한다. 목판본도 출판 주체에 따라 관각본, 사원각본, 사각본, 방각본으로 나뉘는데, 소설은 관각본과 방각본만 논의 대상이 된다. 관각본으로 간행된 소설은 15~16세기 김시습의 『금오신화』, 신광한의 『기재기이』가 있다. 그 외의 나머지 목판본은 모두 방각본으로 영리 목적으로 운영한 방각소에서 간행했다. 소설이 관각본으로 간행된 것은 이례적인 사건이므로 15~16세기에 소설이 간행될 수 있었던 이유를 당대의 독서문화와 관련지어 살필 수 있어야 한다.

18세기 나주에서 한문본 「구운몽」이 방각본으로 간행된 사례가 있어 상층 지식인도 방각본을 읽은 것으로 보이나, 대부분의 목판본으로 간행된 한글소설은 하층 서민들의 유희와 여가 목적으로 간행된 통속소설이며, 서울과 안성, 전주와 같은 도시를 중심으로 유통되었다. 방각본의 경우에도 경판과 안성판은 축약본이 많았고, 완판의 경우 장편이 많다. 전주의 경우 제지업이 발달하여 판목 및 각수 확보가 용이했고, 판소리의 본거지로 서사물에 대한 일반인들의 관심이 높았기 때문으로 이해된다.

한글소설의 창작과 유통은 세책과 방각본의 등장으로 활성화되었다. 중국소설의 번역본이나 창작소설을 세책업자가 기획, 제작하고 그 내용을 축약해서 방각업자가 방각본으로 판매했다. 세책과 방각본 한글소설은 여성들과 하층 서민에게 애독되었다. 17세기 궁중과 상층 여성들 사이에서 필사되어 읽히던 중국 번역소설이나 창작소설이 18세기 이후 세책집을 통해 유통되면서 일반 서민계층의 여성들에게도 확산되었다. 방각본 소설의 경우 18세기 초에 「숙향전」이 있었다고 하지만 실제 남아 있는 한글 방각본 소설은 1780년에 간행된 「임경업전」이다. 또 이옥이 봉성문여에서 「소대성전」을 보았다는 기록으로 보아 방각본 한글소설은 18세기 후반 이후에 활발히 유통되었던 것으로 보인다. 따라서 유통 방식을 살피면 작품의 시대를 추론할 수 있는 장점이 있다.

한편 한문본 고소설은 대개 개인적으로 제한된 공간에서 묵독을 통해 향유되었다면 한글소설은 낭독이나 연행을 통해 집단적으로 향유되었다. 17세기는 가정이라는 한정된 공간에서 가족이나 친지, 이웃 등 사적인 관계에 있는 사람들을 중심으로 소규모 집단의 소설 읽기가 행해졌다. 그러다 점차 저자(市)라는 열린 공간에서 일반 대중들이 다수 소설을 향유했다. 18세기 이야기판을 중심으로 야담이 구연되었는데 여러 계층의 구성원들이 한 이야기판에 모여 이야기 구연을 들으면서 하나의 이야기를 공유했다.

18세기를 전후하여 야담이 유행하고 사대부들에 의해『삽교만록』,『학산한언』,『천예록』,『동야휘집』,『청구야담』,『동패락송』과 같은 야담집의 창작되었다. 상층 지식인들의 야담에 대한 관심과 향유가 야담집 발달로 이어지게 된 것이다. 야담집은 후에 한글로 번역되어 궁중의 여인이나 상층 사대부가의 여성들에게도 읽힌다. 그 번역의 과정에서 일부는 '자아와 세계의 날카로운 대립을 화해의 분위기로 전환'하거나 '여성의 존재를 적극적 능동적으로 묘사'하고 '스토리 라인을 단순화'하는 등 독자층을 고려한 변개가 이뤄지기도 하였다.6) 일반화할 수는 없지만 독자취향이 작품의 변개 과정에 반영된다는 것에 초점을 둘 필요가 있다.

따라서 고소설을 올바로 이해하기 위해서는 유통과 독서 방식을 살필 수 있도록 교사의 안내가 필요하다. 필사유통이라면 개인필사본인지 상업성이 가미된 세책본인지, 판각본이라면 관각본인지 방각본인지, 방각본이라면 경판, 안성판, 완판 중 어디에 속하는지, 그 특성은 어떠하며 작가와 독자의 계층, 성별은 어떤지, 어떤 목적과 방식으로 작품을 향유했는지 확인하도록 해야 한다. 왜냐하면 작품에 따라서는 이본을 살펴야 향유자와, 그들의 독서문화를 올바로 파악할 수 있기 때문이다. 그리고 그러한 특성이 당대 사회문화적

---

6) 이강옥, 「이중언어 현상과 고전문학의 듣기·말하기·읽기·쓰기에 대한 연구」, 『어문학』 106, 한국어문학회, 2009, 76쪽에서 재인용.

맥락과 어떻게 연관되는지 파악하는 경험을 하도록 지도해야 작품을 올바로 이해할 수 있다.

〈맥락요소 6〉

시대	15~16세기	17세기	18세기	19세기
갈래	전기소설 불교소설 몽유록계 소설 천군소설	→(전기소설) 전계 소설→ 몽자류소설 가정소설	→전계 소설 야담계 소설→ →가문소설 (국문장편소설)→ 영웅소설→	→야담계 소설 →영웅소설 →가문소설 판소리계 소설 세태소설 우화소설 한문장편소설

  시대에 따른 소설 갈래의 변천과 갈래 간의 차이를 파악하는 것은 작품에 대한 문학사적 안목을 함양할 수 있다는 점에서 중요하다. 앞서 시대별 독서문화의 전변 양상을 통해 시대별 소설의 특징과 대표적인 갈래들을 살펴보았다. 그 결과 소설 형성기인 15~16세기는 상층 남성 문인을 중심으로 중국에서 유입된 서적이나 개인 문집을 검토하고 고찰하는 과정에서 소설이 창작되었으며, 비공식적인 방식으로 향유되었음을 확인하였다. 전기소설이나 몽유록, 천군소설과 같은 소설이 창작될 수 있었던 것은 그런 종류의 책이 많이 읽혔거나 그들의 글쓰기 방식이 거기에 익숙했기 때문이었다. 그것은 당시 작가들의 취향이기도 한데, 그 취향에는 당대의 독서 문화적 환경—서적정책과 언어 능력 등—이 영향을 미쳤다.

  그러나 전후 복구 시기인 17세기에 들면 독서 문화적 환경이 이전과 달라진다. 목활자 인쇄가 민간에 허용되면서 출판 환경의 변화 조짐이 나타났고, 사회경제구조 및 계층의 재편이 진행되었다. 사회 안정과 경제회복을 위한 조선 정부의 권농정책, 한글교화서·실용서의 유포, 중국서적의 다량 유입과 그 과정에서 진행된 중국연의소설의 번역·번안·유통, 초등교육기관인 서당의 증가, 장시의 활성화 등은 이 시기 출판과 독서문화 환경을 변화시켰고 한글문해율을 높이는 데 기여했다. 그 결과 여가문화로서 소설 독서를 즐기는 풍경이 상층 사대부가 여성들을 중심으로 등장했다. 한편 조선사회는 전란 이후 관료체제의 붕괴와 신분질서의 동요, 각종 민란과 아사자의 속출 등 민족국가의 존폐 위기를 경험했다. 지배층은 와해된 민족의식을 고취하고 정서적 공감대 형성을 통해 공동체적 문화를 조성하고, 사회를 통합해야 했다. 17세기에 창작된 가정소설, 장편가문소설 등은 그러한 시대적 상황 속에서 창작되었다. 이 시기 소설의 관심은 '가족 공동체', '역사적 사건'의 문제로 집중된다. 교사는 이들 소설의 갈래적 특성을 가문의 재구성, 예법의 강화라는 사회적 이슈와 연관 지어 살필 수 있도록 교수학습활동을 구성해야 한다.

민간출판이 활성화되고, 세책업자와 전기수 같은 직업인이 등장하면서 18세기의 소설 독서문화는 좀 더 다양한 계층에게로 확산되었다. 상업경제가 발달하면서 임노동자가 증가했고 자본을 중심으로 계층의 이동이 나타나기 시작했다. 도시의 발달과 함께 소비 지향적 문화가 조성되었고 출판시장의 형성으로 독자의 관심을 반영한 소설이 시장에 유통되었다. 소설 독서 문화 소비의 중심 세력은 신흥 부르주아 계층인 중인과 중상층 여성이었다. 소설의 내용은 이들 소비 지향의 계층을 겨냥하여 창작되었고, 가문소설과 영웅군담소설이 대거 유통되었다. 이 시기 등장한 소설의 인기 요인은 평범한 인물의 성공담이나 영웅의 이야기, 애정의 문제, 신분모순과 갈등의 문제, 부도덕한 인물에 대한 풍자, 처첩간의 갈등 등 독자의 삶과 밀접한 관련을 맺으면서도 흥미를 자극할 수 있는 내용들이다.

한편 청에서 유입된 새로운 지식—서학, 실학, 양명학, 고증학 등
—과 문화는 지식인들에게 새로운 독서 문화적 취향을 제공했다.
상업적·소비적 독서와는 무관한 야담과 한문단편소설이 창작되어
세태를 묘사하고 사회모순을 풍자·비판하였는데, 박지원의 「허생전」,
「양반전」, 「호질」, 이옥의 소설이 대표적이다. 이 시기 국문소설의
흥성에 비해 한문소설 창작이 저조한 이유는 여전히 소설에 대한
상층 남성 문인들의 부정적 시각 때문이었다. 또 새로운 사상을 담은
서적의 수입과 소품문 유행에 대응한 국가정책도 영향을 미쳤을 것
이다. 당시 지식인들의 독서와 한문 글쓰기에 대한 법적 규제가 엄격
했기 때문이다.

박지원, 이옥의 야담계 소설, 전계 소설이 창작될 수 있었던 것은
급격한 사회경제적 환경의 변화—상업 자본의 대두, 천주학 등 새로
운 학문의 전래, 실학의 활성화 등—때문으로 이해된다.

19세기는 소설을 매개로 조선의 독서문화가 대중에게 공유되고
확산되는 시기라 할 수 있다. 19세기는 정치적으로 혼란기로 민중의
현실인식이나 문화향유에 대한 의식이 높아졌다. 그 결과 세책소설,
방각소설, 국문 장편소설, 한문 장편소설, 판소리계 소설, 세태소설,
우화소설 등 각계각층의 취향과 환경적 조건을 고려한 다양한 유형
의 소설이 유통·향유되었다.

그간의 야담문학의 집성인 『청구야담』, 『계서야담』, 『동야휘집』
과 같은 야담집의 저술과 한문 장편소설의 활발한 창작, 세책소설과
특히 방각본 소설의 성행은 19세기는 상·하층, 남녀 모두가 소설
독서 문화를 향유하는 시대로 이행하는 모습을 보여준다. 18세기
소설 독서가 필사나 낭독에 의해 제한된 공간에서 향유되었다면,
이 시기의 소설은 인쇄에 의해 대량 유통되었다. 그 결과 소설 독서

문화가 서울을 넘어 광범위하게 확대되었다. 또 한문소설과 국문소설의 상호번역을 통해 계층 간 독서문화의 상호교섭 현상이 나타났다. 홍희복은 조선 후기로 오면서 국문 장편소설과 영웅소설이 동일한 평가를 받았으며, 그것은 국문 장편소설과 영웅소설의 담당층이나 작가층이 서로 근접해 간 결과로 볼 수 있음을 지적한 바 있다.[7] 그러나 소설을 중심으로 상하층 문화의 교섭이 전개되면서 한편으로 소설의 상업화·통속화 경향이 짙어졌다. 그 이유는 상업자본의 침투와 소설의 상품화 현상이 이전 시기에 비해 강화되었기 때문인데 그만큼 소설독서가 대중문화로 확산되었음을 보여준다.

소설사 교육이 개별 작품론이나 작가론을 넘어 향유된 상황이나 사회경제적 관계 속에서 시대별 갈래의 유향과 변화 양상이 이해될 때 학생들에게 보다 의미 있는 접근이 될 수 있다.

지금까지 고소설 작품 이해를 위해 알아야 할 요소를 크게 언어표기, 작가와 독자, 유통과 독서 방식, 시대와 갈래로 정리해 보았다. 이들 요소를 읽기 이해 과정에 적용하면 첫 단계는 개별 작품을 꼼꼼하게 읽는 것이다. 그리고 작품을 언어표기에 따라 분류한 후 작품의 성격(내용)을 추론해 보는 것이다. 그 다음은 언어 능력과 작품의 내용적 취향을 기준으로 작가와 독자를 추론해 보는 단계로 나아간다.

1단계와 2단계를 거치면 작품이 창작된 대략적인 시대와 작품의 갈래상의 특징을 파악할 수 있다. 작가의 이름을 알 수 있거나 임·병 양난과 같이 역사적으로 큰 사건을 다룬 작품의 경우 시대와 갈래를 파악하는 것이 쉬울 수 있다. 반면 이러한 요소가 보이지 않을 경우

---

7) 전성운, 『조선 후기 장편국문소설의 조망』, 보고사, 2002, 141~142쪽.

소설에 반영된 시대·갈래적 특성을 살펴 역으로 시대를 추론해야 한다. 이때 소설 속 인물의 세계관, 현실(현실인식), 인물의 특성(성격, 행동, 대화), 사건(갈등 양상), 시공간적 배경, 표현 방식(내용 구성, 전개 방식, 문체 등) 등의 내용이 추론의 근거가 된다.

그러나 임·병 양난을 소설적 배경으로 한다고 해서 모두 17세기의 산물이 아닐 수도 있기 때문에 이들 요소와 제2부에서 논의한 시대별 소설 독서문화를 연결지어 이해하도록 안내가 필요하다. 3단계는 바로, 시대별 소설 독서문화의 양상과 서사 내용의 관련성을 파악하는 것이다. 네 번째는 앞에서 파악한 내용으로부터 작품 전체의 주제 파악 및 문학사적 의의를 판단하는 단계이다. 그리고 마지막 단계는 학습자 스스로 다른 작품 읽기에 적용하는 활동을 하거나, 현재의 삶과 관련지어 창조적으로 재구성해 봄으로써 내면화하는 단계이다. 시대별 소설 독서문화와 작품의 내용, 형식, 표현상의 특성의 관련성을 바탕으로 개별 작품이 소설사에서 어느 위치에 있었는지를 살피면 당대의 관점에서 작품의 내용을 좀 더 생동감 있게 이해할 수 있을 것이다.

위에서 제시한 고소설 읽기의 단계를 보기 쉽게 정리하면 〈표 1〉과 같다.

작품 읽기는 질문생성 후에 진행될 수도 있고, 활동에 앞서 진행될 수도 있기 때문에 단계를 구분하지 않고 1단계에 포함하였다. 또 시대와 갈래 특성을 파악하는 활동은 2단계에서 바로 확인할 수 있는 경우도 있고, 3단계의 활동을 거쳐야만 되는 경우도 있어 점선으로 표시하였다. 마찬가지로 작품의 추론과 비판적 읽기의 단계인 2~5단계의 활동은 상호 의견을 교환하는 과정에서 얼마든지 그 단계가 넘나들 수 있다는 점을 고려하여 점선으로 표시했다.

〈표 1〉 고소설 읽기의 단계

단계			교수-학습 활동
읽기 전			• 학습 내용 및 학습자 특성 분석 • 질문생성하기, 예측하기를 통해 배경지식 활성화하기
읽기 중	1단계	사실적 읽기	• 작품 읽기 • 줄거리 파악하기 • 작품의 내용 파악하기
	2단계	추론적 읽기	표기언어, 작가와 독자 추론하기
	3단계		시대와 갈래 특성 파악하기
	4단계	비판적 읽기	시대별 소설 독서문화의 양상과 서사 내용의 관련성 파악하기
	5단계	감상적 읽기	전체 주제 및 문학사적 의의 파악하기
	6단계	창조적 읽기	내면화하기 – 창조적 재구성
읽기 후			평가, 읽기 과정 점검

학습자가 개별 작품을 맥락 활성화를 통해 이해하고 감상하기 위해서는 사실적·추론적·감상적·비판적 읽기 능력이 요구되는데, 이들 능력은 위의 단계를 활용한 읽기를 통해 길러질 수도 있다. 추론적 질문의 과정에서 작품 내용에 대한 사실적 이해 활동이 필연적이기도 하지만 읽기의 과정에서 상상, 추론을 위해 가능한 지식과 정보를 활용하고, 활동 결과의 적절성과 타당성을 따져보아야 하기 때문이다.

읽기는 크게 '읽기 전-읽는 중-읽기 후'의 단계로 전개된다. 교사는 고소설을 읽기 전에 단원 학습 내용분석, 학습자 특성 분석 및 전체 교수학습 계획을 세워야 한다. 또 작가, 작품의 언어 표기, 갈래, 시대, 독자, 출판·유통 방식 등을 미리 정리하고 이들 요소를 어느 단계에서 어떤 방식으로 탐색할 것인지 질문 전략 계획을 세워야 한다. 질문하기 활동은 학습자들 스스로 자기 이해를 점검하게 하고, 작품에 대한 흥미와 관심을 갖게 할 수 있다. 또 다른 사람의 생각과 말에 귀를 기울이게 하는 효과가 있다. 교사는 선행조직자에 있는 요소를 질문형식으로 바꾸어 고소설 독해에 적용하여 학생들에게 제시한다. 작품을 읽기 전에 배경지식을 쌓는 차원에서 작품 외적 맥락에 대한 질문을 하고, 글을 개별적으로 읽는 과정에서 스스로 그 요소를 연관짓도록 하는 방법도 있고, 작품을 모두 읽은 후 개별 반응을 살핀 후에 질문전략을 활용할 수 있다. 그러나 학습자 스스로 작품을 이해하기 전에 작품에 대한 정보를 지나치게 많이 주는 것은 학습자의 자발적이고 적극적인 해석을 저해할 수 있고, 자칫 지식교육이 될 수 있다는 점에서 주의가 필요하다. 가능하면 학습자 반응을 수용한 후에 작품 이해를 위한 요소를 질문하여 학습자 스스로, 학습자끼리 소통을 통해 작품 이해의 폭을 넓힐 기회를 주는 것이 좋다.

고소설 작품은 학생 스스로 읽고 사실적 수준의 이해가 되었는지 확인하는 과정이 필요하다. 줄거리를 말해보거나, 간단한 형성평가를 볼 수도 있고, 만다라트 기법[8]을 활용하여 핵심어를 중심으로 상호 토론을 통해 내용을 이해하도록 할 수도 있다. 독해력이 낮은 학생들뿐 아니라 글 읽기를 즐기는 학생들도 생소한 어휘로 인해 고소설 읽기를 어려워하는 경향이 있다. 따라서 앞 뒤 관계에 의해 논리적으로 글을 구조화하여 정리하도록 학습지를 마련할 필요가

---

8) 만다라트는 아이디어 발상법으로 기본적으로 브레인스토밍 기법을 따르는 기술이다. 1987년 일본의 디자이너인 '오타니 쇼헤이'가 만든 발상기법으로 본질을 뜻하는 만달(Manda)+소유를 뜻하는 라(Ra)가 섞인 만달라(Mandala)는 목적을 달성하다는 의미인데 여기에 기술(Art)이라는 단어를 합성하여 만다라트라는 단어가 만들어졌다. 즉, 만다라트란 '목적을 달성하는 기술 혹은 틀'이라는 뜻이다. 큰 목표(핵심어)를 정중앙에 두고 그것을 이루기 위한 세부 목표(세부 내용)을 연상하여 작성하는 방법으로 전개된다(마츠무라 야스오, 한원형·조혜숙 옮김, 『만다라차트 실천법:인생을 바꾸는 9칸 적기』, 시사문화사, 2018).

있다. 짝 토론이나 모둠학습은 글의 구조와 내용, 주제의 관계를 생각하면서 깊고 넓게 읽기에 도움이 될 수 있다.

읽은 후 활동에서는 소설을 읽으며 새롭게 알게 된 점, 느낀 점 등을 바탕으로 몇 줄의 평을 말하거나 평을 글로 써보게 하여 작품의 의미를 내면화할 수 있는 기회를 제공해야 한다. 예컨대 18~19세기 독자는 작품의 필사를 통해 이본 창작에 적극적으로 가담했다. 고소설의 이본 파생 양상을 교육적 제재로 활용하고 학습자가 이본을 창작해 보는 활동을 하는 것도 의미 있는 활동이 될 것이다.[9] 읽기 중이나 후 활동은 비판적 읽기, 창의적 읽기를 포괄하는 활동이다. 교사는 선행조직자나 맥락요소와 관련된 지식을 사실적—비판적—창의적 읽기 활동 단계에 맞춰 적절히 제시하도록 교수－학습을 계획해야 한다.

문제는 앞서 제시한 선행조직자나 맥락요소와 관련된 지식이 교사 주도로 설명된다면 의미있는 활동으로 내면화되기 어려울 것이다. 따라서 교사는 이들 지식을 활성화하기 위해 다음과 같은 교수－학습 원리를 기억해야 한다.

첫째, 학습자 참여 중심의 활동이 되어야 한다.

둘째, 배경지식 활성화를 위한 선행조직자나 맥락요소와 관련된 지식은 가급적 단계별로 적정 수준에서 짧게 제시해야 한다.

셋째, 교사가 답을 제시하기보다 학습자가 자료를 활용하여 작품 이해에 도움이 되는 맥락 요소를 발견할 수 있도록 해야 한다.

넷째, 작품의 사실적 이해에서 학습자 스스로 질문을 만든 후 짝

---

9) 김종철, 「소설의 이본 파생과 창작 교육의 한 방향」, 『고소설 연구』 7, 한국고소설학회, 1999, 373쪽.

토론이나 모둠활동을 통해 답을 찾는 활동을 활용할 수 있다.

다섯째, 읽기의 마지막 단계는 공시성·통시성을 고려하여 다른 작품 읽기 활동을 하거나, 작품에 대한 이해와 감상을 바탕으로 한 창조적 글쓰기 과제를 제시하는 것도 효과적이다.

제2장 고소설 읽기의 실제

　여기서는 김시습의 「이생규장전」, 「춘향전」을 대상으로 맥락 요소를 고려한 읽기를 적용해 보고자 한다. 「이생규장전」과 「춘향전」은 1차 교육과정부터 2015개정 교육과정에 이르기까지 교과서에서 중요하게 수록되어 온 작품들이다. 두 작품은 언어표기, 작가와 독자의 취향, 출판·유통과 독서 방식, 독서 태도 면에서 차이가 나타난다. 두 작품이 창작된 시대의 독서문화적 맥락이 다르기 때문이다. 따라서 두 작품은 각 시대의 소설 독서문화적 맥락에서 이해해야 하는 것이 당연하다. 그러나 학습자들은 이 두 작품을 '고전문학(고소설)'이라는 범주로 묶고 기존에 알고 있던 고전문학의 특징―재자가인형 주인공, 비현실적 우연적 사건 전개, 행복한 결말, 평면적 구성 등―의 틀에서 이해하려는 경향이 관찰되었다. 두 작품은 맥락의 차이뿐 아니라 시간의 간극도 큰 작품이다. 그 차이로 나타나는 소설의 특징은 무엇인지, 누가 왜 창작했고, 누가 어떤 방식으로 읽었는지 작품의 향유 맥락을 이해해야 작품의 의미나, 주제가 좀 더 심도 있게 이해될 것으로 생각된다. 학습자가 작품을 읽을 때 '맥락'의 중요성을 인식하고 이를 활용할 수 있도록 고소설 읽기의 교수–학습 과정은 맥락 중심 학습 모형의 틀을 활용하였다. 맥락 중심 교수학습 절차는 앞서 제시한 고소설 읽기의 6단계와 다음(〈표 2〉)과 같이 연관될 수 있다.

〈표 2〉 맥락 중심 고소설 읽기 교수–학습 모형

읽기 단계			교수–학습활동	보조 자료
맥락 분석	읽기 전		배경지식 활성화, 질문하기, 예측하기	선행 조직자 / 맥락 요소
작품 내적 맥락 추론	읽는 중	사실적 읽기	• 작품읽기(각자읽기) • 줄거리 파악하기 • 작품의 내용, 형식, 표현상의 특징 파악하기 • 핵심내용 정리하기 • 기억에 남는 장면과 이유 정리하기 • 소집단 토의·토론 활동 • 작품 내적 맥락의 정교화 및 내용 정리	
외적 맥락 추론 하기		추론적 읽기	〈'지금 여기', '나[우리]'와 '그때 거기', '그(들)'의 텍스트 및 맥락 비교하며 읽기〉 • 표기언어, 작가와 독자 추론하기	
		비판적 읽기	• 시대·갈래 특성 파악하기 • 유통 방식(매체)·독서태도 파악하기	
		감상적 읽기	• 소설 독서 문화적 맥락과 작품의 관련성 파악하기 • 전체 주제(의도, 숨겨진 주제) 및 문학사적 의의 파악하기 • 공감, 동일시, 감정을 주는 부분에 대해 생각 나누기	
창조적 재구성		창조적 읽기	감상문, 비평문 쓰기, 장르 바꿔 쓰기, 이본 쓰기 등	
평가	읽은 후		상호텍스트성&점검	

앞서 제시한 읽기의 6단계 중 2~5단계는 소설 독서문화의 맥락요소를 활용하는 단계로 맥락 중심 읽기의 핵심 단계라 할 수 있다.

학습자 수준을 파악하여 스스로 맥락적 지식·정보를 찾고 '학생-학생', '교사-학생' 간의 상호 의사소통 과정을 통해 작품의 숨은 의도나 주제를 파악할 수도 있고, 교사가 맥락을 제공하여 질문을 통해 반응을 유도하면서 정리할 수 있다. 위의 절차를 따라서 작품을 읽되, 교사가 제시하는 시대별 소설 독서문화를 작품과 연결지어 이해하는 것이 작품 이해에 도움이 됨을 확인하기 위해 앞서 제시한 선행조직자와 맥락요소를 읽기 중 단계에 적용하기로 한다.

1. 「이생규장전」 읽기

1) 읽기 전

(1) 단원 학습 내용 분석

15세기 김시습이 창작한 「이생규장전」은 『금오신화』에 수록되어 있는 5편의 한문 소설 중 두 번째 이야기로, 죽음을 초월한 남녀 간의 사랑을 그린 전기(傳奇)소설이다. 이 작품은 홍건적의 난을 기점으로 하여 전반부와 후반부로 나뉜다. 전반부는 '이생과 최랑의 만남-이별-결혼'의 서사로 여성의 적극적인 노력으로 사랑이 이뤄진다는 점이 주목할 만하다. 후반부는 '홍건적의 난으로 인한 최랑의 죽음-죽은 아내와의 재회-이별'의 서사로 비현실적 이야기가 전개된다. 이것은 세계의 횡포에 맞서는 인간의 강한 의지를 형상화했다는 점에서 의의가 있다.

이 작품은 '재자가인적 인물의 묘사, 한문 문어체의 사용, 사물을 미화시켜 표현, 일상적·현실적 세계보다 비현실적이고 신비로운 내용을 형상화'하고 있다는 점에서 전기(傳奇)소설의 일반적 특성을 보인다. 또 다수의 한시가 삽입되어 인물의 심리나 분위기를 묘사하여 서정적이고 낭만적인 느낌을 준다. 중국『전등신화』의 영향을 받았지만 작품 배경, 플롯, 소재와 표현 양식, 문체 등에서 작가의 개성과 독창성이 나타난다. 소설의 발달 과정에서 볼 때 설화, 가전의 전통에서 나아가 내용, 형식면에서 진일보하여 소설 양식을 확립했고, 이후 소설 창작에 영향을 미쳤다.

(2) 학습자 맥락 분석

① 대상: 고등학교 1학년 4명(여)

② 학습자 특성
학업 성취 수준이나 동기가 낮고, 고소설뿐 아니라 읽기 자체에 흥미를 느끼지 못함. 학년 수준의 교과 학습에 어려움이 있어 수업 중 잠을 자거나 다른 활동을 하기도 하며, 때로 수업에 불참하기도 함. 학습 효능감 및 자존감 향상을 목적으로 집단학습 프로그램인 '문학치유 프로그램'에 참여하였음. 프로그램을 통해 협력적 토의·토론에서 활용하는 다양한 글쓰기 방법—한 줄 글쓰기, 핵심어로 말하기, 광고 만들기, 문장이어쓰기 등—을 체험하여 알고 있음.

③ 고소설에 대한 사전 지식 확인
1. 읽어 본 고소설 중 기억나는 작품은 무엇인가?
2. 그 중에서 마음에 드는 작품을 하나 선택해서 어떤 부분이 인상 깊

은지 말해 보자.

3. 고소설에 대해 어떻게 생각하는가? 왜 그렇게 생각하는가?

4. (고소설 목록 제시 후) 이 중에서 알고 있는 작품이 있는가?

5. 알고 있는 수준은 어느 정도인가?

　예) 제목만 알고 있는가? 줄거리는? 작가, 사회…)

1~3번은 포스트잇에 간단히 적게 한 후 돌아가며 발표하게 하였다. 4번과 5번의 경우 알고 있는 작품이 거의 없고, 알고 있다고 해도 제목을 들어본 수준이었다. 1~3번에 대한 학습자 반응은 다음과 같았다. 다소 거친 표현을 단어 수준에서 순화하였지만 거의 그대로 서술하였다.

1. 읽어 본 고소설 중 기억나는 작품은 무엇인가?
• 학생 1(이**): 홍길동전, 토끼와 거북이, 홍부전, 심청전
• 학생 2(심**): 은혜 갚은 까치, 홍길동전, 심청전, 춘향전, 흥부와 놀부
• 학생 3(김**): 흥부와 놀부, 모르겠다. 관심 없다.
• 학생 4(김**): 홍길동전, 춘향전, 속미인곡

학생들은 대체로 「홍길동전」, 「춘향전」, 「심청전」, 「흥부전」 등 판소리계 소설을 기억하고 있었다. 「토끼와 거북이」, 「은혜 갚은 까치」처럼 어린 시절 전래 동화나 우화 등을 배운 경험을 떠올리기도 했다. 학생 4의 경우 「속미인곡」을 말했는데 최근에 중간고사 시험범위였다고 하였다. 「속미인곡」의 갈래는 소설이 아니라 가사라고 간단히 언급하였다. 학생들은 주로 수업시간 교과서로 배운 작품을 언급했다. 따로 고소설을 찾아 읽은 경험은 없느냐는 질문에 '만화책

도 안 읽는데 왜 그런 걸 읽느냐는 반응을 보였다. 4명 모두 고소설에 대한 사전지식이 부족하고, 흥미, 관심, 학습동기가 매우 낮다는 것을 알 수 있다.

2. 그 중에서 마음에 드는 작품을 하나 선택해서 어떤 부분이 인상 깊은지 말해 보자.

- 학생 1(이**): 흥부전 – 놀부가 박을 타면서 벌 받는 장면에서 통쾌함을 느꼈다. 나쁜 짓 하면 벌을 받았으면 좋겠다. 요즘은 나쁜 짓 하는 애들이 더 잘 지낸다. 짜증난다.

- 학생 2(심**): 심청전 – 심청이가 아버지 때문에 죽게 되는 장면이 생각난다. 무능한 아버지 때문에 자식이 고생이 많고 희생하는 게 속상하다.

  (추가질문: 하늘을 감동시켜 복을 받는 것으로 끝나는데 어떻게 생각하는가?)

  그건 구라(거짓말)니까 그냥 위로하는 것 같다. 실제면 죽었을텐데 죽고 나면 무슨 소용인지 모르겠다.

- 학생 3(김**): 모르겠다. 관심없다. 재미없다.

  (추가질문: 친구들의 말 중에서 공감되거나 떠오르는 생각을 한 가지만 말해보자.)

  이**이 한말(흥부전)에 공감이 간다. 옛날이야기는 다 행복하게 잘 살았다고 하는데 실제로는 그런 일이 일어나지 않는 것 같다.

  (추가질문: 그럼 왜 실제로는 일어나기 힘든 일을 꾸몄을까? 흥부전은 실제로 당시에 인기가 많았다고 하던데.. 너희들도 흥부전은 다들 알고 있고)

  글쎄요. 그냥 답답하고 짜증나니까 가짜라도 혼내주고 싶었겠죠.

(추가질문: 그럼 흥부전은 놀부가 욕심 부리다가 벌 받는 이야기가 중심인가? 벌 받으니까 착하게 살라고?)

그렇죠.

(추가질문: 그럼 왜 제목이 놀부전이 아니고 흥부전인가? 그리고 나중에 놀부도 반성하고 흥부랑 오래오래 행복하게 살게 되던데?)

흥부가 착하게 살아서 복 받으니까 흥부처럼 착하게 살아야 복을 받는다는 건가 보죠.

그리고 형제인데 또 매 맞고 거지돼서 사는 꼴을 또 나몰라라 하면 흥부도 또 나쁜 놈 되는 거니까 같이 행복하게 살았다고 했겠죠.

• 학생 4(김**): 홍길동전－아버지를 아버지라 못부르고, 형을 형이라 부르지 못한다는 내용만 기억나요.

그래서 집나간 내용이잖아요. (이하 줄거리 기억 안남)

(추가질문: 그 내용은 어떻게 기억을 하고 있니? 집 나가는 부분이 어떤 점에서 인상 깊었을까?)

집 나가는 부분이 인상깊거나 그런게 아니라 그냥 그 부분이 생각났어요. 시험에 나왔나?

인상 깊은 장면에 대한 생각을 표현할 때 학생들은 현재 자신의 상황 맥락에 근거해서 발표하였다. 학생 1의 경우 친구들 사이에서 소외를 경험하고 있었는데 그 때문에 학교에 잘 나오지 않고 나오더라도 출석 확인 후 상담실 혹은 보건실에서 시간을 보내는 일이 많은 상황이었다. 자신의 입장에서 볼 때 가해자라고 생각되는 아이들은 잘 지내는데, 자신의 편은 없고 늘 우울하다고 하였다. 그런 자신의 처지와 상황이 작중 인물과 사건에 이입되어 이해되고 있음을 알 수 있었다. 학생 2의 경우 부모님과의 갈등을 경험하는 아이이다. 부모님에 대한 부정적 인식을 바탕에 두고 「심청전」에 대한 감상을 표현했다.

학생 3의 경우 평소 말투가 호의적이지 않고 많은 상황에서 부정적으로 표현하는 습관이 있다. 관심을 주면 태도가 부드러워지기도 하지만 대체로 '하기 싫다. 모른다. 글쎄요. 별로' 등의 부정어를 사용한다. 하지만 글 이해력과 표현 능력이 있어서 독후 활동에서 친구들의 모범이 된다. 학교생활에 적응하지 못하는 과정에서 방어 본능이 언어표현이나 태도에 반영된 것으로 보인다. 처음에는 '관심 없다. 모른다'는 반응을 보였지만 추가 질문을 할수록 구체적인 이해에 다가가는 모습을 보였다. 무관심을 관심으로 전환할 수 있는 질문전략이 중요함을 알 수 있다.

학생 4는 학습하고자 하는 욕구, 인정받고 싶은 욕구가 강한 아이이다. 다른 학생들과 달리 학습에 투자하는 시간도 많다. 그러나 학습 방법을 잘 모르고, 누적된 학습 결손으로 인해 또래 수준의 학습이 어려운 상황이다. 최근 독해력과 쓰기, 발표하기에서 향상을 보이고 있다. 그러나 시험 불안이 높고, 시험 결과에 따라 감정기복이 심해 관심이 필요하다. 「홍길동전」은 수업시간에 다뤘던 내용을 기억하고 있는 것으로 보인다.

3. 고소설에 대해 어떻게 생각하는가? 왜 그렇게 생각하는가?
- 행복하게 끝난다.
- 주인공은 멋지고 예쁘다. 선남선녀다.
- 악인은 꼭 벌을 받는다.

- 비현실적이다. 단순하다.

- 말이 너무 어렵다. 한자가 많다.

- 아무 생각 없다 등

고소설의 특징에 대해 학생들이 알고 있는 내용을 묻기 위해 넣은 문항이다. 학생들이 보인 반응은 유사했는데 이러한 반응은 고전문학을 교육할 때 특히 소설을 교육할 때, 고전소설과 현대소설을 비교·대조하는 과정에서 습득된 것으로 생각된다. 맥락을 중심에 두고 소설을 읽는 과정을 통해 학습자들이 고소설에 대해 갖고 있는 잘못된 인식을 수정할 수 있을 것으로 기대된다. (이 글의) 학습자들은 고소설뿐 아니라 읽기자체에 관심이 부족하고, 학습 자발성이 떨어지기 때문에 작품 읽어오기 과제를 제시하는 것은 도움이 되지 않는다. 수업 중에 소리 내어 함께 읽기를 진행하는 것이 바람직해 보인다.

(3) 학습 목표 및 차시별 학습 내용

학습 목표			• 소설 독서 문화적 맥락을 활용하여 작품을 이해하고 감상한다. • 작품을 읽고 다양한 시각에서 재구성하거나 주체적인 관점에서 창작한다.
차시	주요 학습 내용	학습자료	지도 및 유의점
1	*작품 내적 맥락 추론하기	작품 전문 연꽃 발상지/ 학습 활동지	• 학습자의 시각에서 작품의 내용, 주제, 형상화의 방법 등을 통해 작품을 감상하도록 지도하며 작품 해석에 대한 이견이 있는 경우 특정한 해석에 치우치지 않고 다양한 해석 가능성을 열어 두도록 한다. • 감상 결과를 공유할 때는 합리적이고 타당한 근거를 함께 제시하고 생각을 나눔으로써 타자에 대해 개방적이고 포용적인 자세를 갖추도록 지도한다.
2	*작품 외적 맥락 추론하기	학습 활동지	• 소설 독서문화 맥락요소를 제시할 때 지식 교육이 되지 않도록 유의한다.

학습 목표	• 소설 독서 문화적 맥락을 활용하여 작품을 이해하고 감상한다. • 작품을 읽고 다양한 시각에서 재구성하거나 주체적인 관점에서 창작한다.		
차시	주요 학습 내용	학습자료	지도 및 유의점
3~4	*창조적 재구성	이본자료/ 상호텍스트 자료	• 내용, 형식, 맥락, 매체 등을 바꾸어 봄으로써 기초적인 문학 생산 능력을 기르고 문학적 표현의 동기를 신장하도록 지도한다.

(4) 교수 – 학습 과정안

작품명	이생규장전(김시습)	
학년	고등학교 1~3학년	
수업 목표	• 소설 독서문화적 맥락을 활용하여 작품을 이해하고 감상한다. • 작품을 읽고 다양한 시각에서 재구성하거나 주체적인 관점에서 창작한다.	

수업 단계		교수 – 학습 과정	자료, 유의점
1차시	읽기 전		
	맥락분석	▶학습 내용 분석 ▶학습자 특성 분석 ▶고소설에 대한 지식 진단 • 읽어 본 고소설 중 기억나는 작품은 무엇인가? • 그 중에서 마음에 드는 작품을 하나 선택해서 어떤 부분이 인상 깊은지 말해보자. • 고소설에 대해 어떻게 생각하는가? • 왜 그렇게 생각하는가? • (고소설 목록제시) 이 중에서 알고 있는 작품이 있는가? • 알고 있는 수준은 어느 정도 인가? 예: 제목만 알고 있는가? 줄거리를 말할 수 있는가? 작가, 사회…)	*고소설에 대한 학생들의 흥미도, 작가에 대한 지식 등을 진단 한 후 맥락 정보 제시 순서 조정 *포스트잇
	학습 목표 확인하기	학습 목표 확인하기	
	학습순서 안내하기	• 작품 읽기 • 연꽃 발상지를 활용하여 「이생규장전」의 '핵심어' 정리하기 • 작품 내용 및 자신이 느낀 생각 정리하기 • 정리 내용 발표하기&작품에 대한 반응 공유하기 • 작품 내용 정교화 및 정리하기 • 내면화하기–(창의적 활동)	

작품명	이생규장전(김시습)	
학년	고등학교 1~3학년	
수업 목표	• 소설 독서문화적 맥락을 활용하여 작품을 이해하고 감상한다. • 작품을 읽고 다양한 시각에서 재구성하거나 주체적인 관점에서 창작한다.	
수업 단계	교수-학습 과정	자료, 유의점
1차시	작품 내적 맥락 추론 하기	내용 파악하기 & 작품에 대한 자신의 반응 정리하기

수업 단계		교수-학습 과정	자료, 유의점
1차시	작품 내적 맥락 추론 하기	내용 파악하기 & 작품에 대한 자신의 반응 정리하기	• 작품 읽기: 소그룹 활동—소리 내어 함께 읽기 ※개별 활동(묵독) 가능 • 연꽃 발상지를 활용하여 「이생규장전」의 '핵심어' 정리하기 예) • 내용 정리하기 ◦ 이 작품을 통해 작가가 말하고자 했던 중심 생각(주제)은 무엇인가? ◦ 이 작품을 왜 썼을까? ◦ 누가 이 글을 왜 읽었을까? ◦ 이 작품을 읽고 독자는 어떤 생각을 했을까? ◦ 이 책은 어떻게 독자에게 전해졌을까? 또 얼마나 많은 사람들이 읽었을까?	연꽃 발상지 / 활동지
2차시		반응 공유하기 (소집단 토의토론) &내용 정교화	• 자신이 정리한 '연꽃 발상지'의 내용을 발표하고, 핵심어로 그 단어를 선택한 이유에 대해 말한다. • 친구들의 발표를 들으며 궁금한 사항을 질문하거나, 잘못 읽은 부분에 대해 수정한다. • 작품의 주제, 창작동기, 독자, 출판/유통과 관련하여 정리한 내용을 공유한다. • 친구들과 의견을 교환한 후 중심 내용을 정리한다.	내용 정리 학습지

작품명	이생규장전(김시습)
학년	고등학교 1~3학년
수업 목표	• 소설 독서문화적 맥락을 활용하여 작품을 이해하고 감상한다. • 작품을 읽고 다양한 시각에서 재구성하거나 주체적인 관점에서 창작한다.

수업 단계			교수-학습 과정	자료, 유의점
3차시	작품 외적 맥락 추론하기	소설 독서문화적 맥락을 활용하여 의미 추론하기	• 교사는 작품 이해에 도움이 되는 선행조직자, 작품 외적 요소에 대한 정보를 제공하며 질문을 통해 학생들의 반응을 심화·확장 유도 • 선행조직자 제시: 작품의 표기 언어, 작가, 독자, 창작 시기, 출판·유통 방식을 확인하도록 한다. • 맥락 요소를 고려하여 단계적으로 문제 해결을 위한 질문하기 *언어표기로 본다면 한문소설인가? 국문소설인가? *작가는 누구인가? *예상독자는 누구인가? *어떤 방식으로 유통되었는가? *유통 방식으로 미뤄볼 때 작품 내용이나 독서 방식, 독서태도는 어떠한가? *창작시대와 갈래적 특성은 어떠한가? • 시대별 소설 독서문화의 양상과 서사 내용의 관련성 파악하기 • 전체 주제 및 문학사적 의의 파악하기 [유의점]작품에 나타난 정서와 욕망을 작품, 시대와 관련지어 이해할 때 작품의 사회적 의미, 문학사적 의미를 파악할 수 있도록 소설독서문화의 전변과 관련된 맥락, 작가적 맥락 등에 대해 정보 제공 시 지식 전달 위주의 수업이 되지 않도록 유의	금오신화 원본 사진
4차시	창조적 재구성	창조적 재구성	창의적 활동	
	읽기 후	평가	상호텍스트성 & 읽기 과정 점검	

(5) 평가 방법 및 유의사항

• 양적 평가보다는 질적 평가를 활용한다.

• 단편적인 지식을 평가하기보다 작품 전체에 대해 맥락 지식을 활용하여 추론적, 비판적, 창의적 사고를 발휘하도록 하는 데 평가의 중

점을 둔다.

• 작품에 대한 전체적인 감상 능력을 측정한다.

• 작품의 수용활동은 감상 내용 발표하기나 비평문 쓰기 등의 영역 통합적 방법을 활용하여 수용의 창의성과 적절성을 평가하고 활동의 결과를 상호 공유하여 문학 소통이 활발하게 이루어지도록 안내한다.

2) 읽기 중

(1) 작품 내적 맥락 추론하기: 사실적 독해

이 단계에서는 '작품 읽기, 줄거리 파악하기, 작품의 내용, 형식, 표현상의 특징 파악하기, 소집단 토의·토론을 통해 작품 내적 맥락 정교화하기, 작품 내용 정리하기 등의 활동이 전개된다.

대부분의 교과서에서 학습활동으로 제시한 것처럼「이생규장전」은 이생과 최랑의 만남과 헤어짐의 반복을 통해 내용이 전개되고 있다. 이 점에 중점을 두어 학생들과 함께 혹은 소집단별, 개별적으로 작품 읽기를 진행하고, 줄거리를 파악한다.

개성에 살던 이생이 글공부를 다니다 귀족 집안의 최랑이라는 아름다운 처녀를 발견하고 사랑의 마음을 담은 시를 써서 담 너머로 던진다. 그 뒤 그들은 사랑하는 사이가 되었지만 이생 부모의 반대로 이별하게 된다. 최랑과 최랑 부모의 노력으로 결국 두 사람은 부부가 되고 이생은 과거에 합격한다. 그러나 얼마 안 되어 홍건적의 난이 일어나 최랑이 정절을 지키려다 죽고 만다. 실의에 빠져 살던 어느 날 최랑이 환생하여 이생을 찾아와 두 사람은 다시 행복한 나날을 보낸다. 3년이 지난 어느 날 여인은 자신의 해골을 거두어 장사 지내 줄 것을 부탁하며 이생과 이별한다. 이생은 아내의 말대로 시체를 거두어 장사 지내고 얼마 후 이생도 병이 들어 세상을 떠난다.

교사의 지식 전달 위주의 수업이 되지 않기 위해서는 학습자가 주체적으로 읽기에 참여해야 한다. 작품을 직접 읽는 것은 독자로서 작품과 소통하는 것이고 그 과정에서 작품 이해뿐 아니라 작품에 대한 자신의 생각이나 느낌을 찾을 수 있기 때문이다. 읽기의 방법은 개별적으로 읽어올 수도 있고, 소집단을 구성하여 집단 내에서 소리 내어 읽는 방법도 있다. 줄거리를 요약하거나 말해보는 것도 읽은 내용을 정리할 수 있다는 점에서 유용한 활동이다. 학습자 분석을 통해 학습자가 어느 정도 배경지식이 있고, 학습에 능동적이라면 읽기 과제를 미리 제시한 후 수업을 진행하고, 그렇지 않고 고소설 독해 자체를 어려워하거나 부담감을 갖고 있다면 교사나 동료 학습자와 함께 소리 내어 읽는 것이 학습자 참여를 높이는 데 도움이 된다.

필자는 방과 후 프로그램 시간을 활용하여 평창 관내에 있는 고등학교 1학년 학생 4명과 함께 「이생규장전」을 소리 내어 읽고 독후 활동을 진행했다. 읽기에 참여한 학생들은 학습 성취수준이나 동기가 낮고, 고소설뿐 아니라 읽기 자체에 흥미를 느끼지 못하는 학생들이다. 고등학교 학생들이 고소설에 흥미를 느끼지 못하는 가장 큰 원인이 어려운 어휘와 표현에 있다는 점을 고려하여 소설을 읽는 중간 중간 현대말로 변환하며 전문 읽기를 진행했다.

작품 외적 맥락 요소를 배제한 채 학생들이 글을 읽고 느낀 감정을 자유롭게 표현하고 반응할 수 있도록 '만다라트'를 변형한 활동지를 통해 작품 이해를 위한 핵심 단어를 정리하도록 하였다. 연상되는 단어를 찾고 정리하는 활동을 통해 작품 전체 내용을 떠올려 볼 수도 있고, 내용의 인과관계나 중요도를 판별해 볼 수 있다는 점에서 유의미한 활동이다.

'핵심어 찾기'는 학생의 중요도 판정이 어떤 과정을 거쳐 정리된 것인지를 파악할 수 있다. 또 핵심어를 선정한 이유를 설명하는 과정에서 작품 부분의 내용을 전체와의 관계 속에서 이해하고 있는지 확인할 수도 있다. 게다가 학습이나 글쓰기, 읽기에 흥미가 부족한 학습자들도 '단어'만 적는 활동이기 때문에 인지적 부담 없이 활동에 참여 할 수 있다는 장점이 있다.

연상되는 핵심어 채우기 활동이 끝나면 학습자 상호간의 활동을 비교해 본다. 학생들은 상호간의 활동을 비교함으로써 자신의 반응

〈표 3〉 학습자 활동 예시: 이○○

이생 아버지	전쟁		애절함		아픔
반대 이별	(홍건적)		사랑	
죽음	운명		목표		호기심

이별		사랑
이생규장전 이생규장전	
최랑		이생

일편	정조		비겁함		슬픔
단심 최랑		이생	
의지	자유		눈치 소심		호기심

을 수정할 수도 있고, 자신과 타인의 생각이 다를 수 있다는 것을 체험할 수 있다. 학습자들은 상호 소통을 통해 자신이 미처 발견하지 못했거나 놓친 내용을 확인할 수 있고 상대 반응에 대해 궁금한 점을 질문하거나 오류를 수정하면서 좀 더 명확히 내용을 이해할 수 있다.

이○○은 「이생규장전」을 읽고 가슴 아픈 남녀 주인공의 사랑과 이별이 가장 중요한 내용이라고 생각이 들어서 '최랑, 이생, 사랑, 이별'을 핵심단어로 적었다. 핵심어에서 연상되는 단어들과 그것을 떠올린 이유를 설명하는 과정에서 자연스럽게 줄거리와 핵심사건, 갈등의 원인, 인물의 성격이나 대응 방식 등이 거론되었다. 학생은 이생이 호기심에 여성이 머무는 '담'을 엿본 것이 인연이 되어 둘이 사랑하게 되었지만, '남이 알까 두려워하는 모습', '아버지가 지방으로 내려가라고 했을 때 거역하지 못하고 순종하는 모습', '홍건적의 침입 때 혼자 몸을 피하는 모습' 등에서 이생이 비겁하고 소심하며 남의 눈치를 많이 보는 것 같고, 그래서 이생과 연관어로 '비겁함, 소심, 눈치, 호기심'을 적었다고 하였다. 또 마지막에 사랑하는 사람을 따라서 죽는 모습에서 '슬픔'을 느꼈다고 하였다. 최랑과의 연관어로는 '일편단심, 정조, 의지, 자유'를 적었다. 이유는 살아서도 죽어서도 이생만 일편단심 사랑하고, 죽더라도 정조를 지키려 한다는 점, 이생과 만남을 이루기 위해 부모에게 자신의 생각을 말하고 홍건적 앞에서 저항하는 의지가 있다는 점, 먼저 이생에게 시를 지어 마음을 표현한다는 점에서 자유로움을 느꼈다고 했다. 최랑과 이생의 성격 차이의 이유를 질문하자 '부모님의 영향이 있는 것 같다'. '이생은 엄격한 가정에서 자랐고, 최랑은 외동딸로 귀하게 자라서 자아가 강한 것 같다'는 반응이 나왔다. 또 이별의 원인인 '이생 아버지의 반대, 전쟁, 최랑의 죽음, 운명-명이 다함'을 핵심어로 찾아내었다. 또 이 두 사람이 만남과 헤어짐의 반복을 겪으면서도 계속해서 만나는 모습에서 '사랑'이 둘의 목표인 것 같고, 호기심에서 시작된 사랑이 너무 슬프고 아프게 끝난 것 같다고 느낀 점을 표현하였다.

〈표 4〉 학습자 활동 예시: 심○○

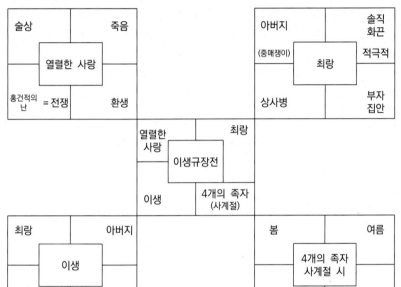

심○○은 「이생규장전」을 읽고 핵심어로 '열렬한 사랑', '최랑', '이생', '4계절이 담긴 족자'를 뽑았다. 귀신이 되어서도 만나서 사랑을 이루는 모습이 인상적이었다고 했다. '4계절이 담긴 족자'에 대한 부연설명에서 계절의 흐름에 따라 시를 읊는 장면이 있었는데, 각 계절의 변화와 풍경이 머릿속에 그려지고 외로움 같은 것이 느껴졌다고 했다.

'이생'과 연관된 단어로는 '최랑'. '아버지', '지방파견(유배)' '먼저

dash(구애)'를 적었다. 최랑과 사랑을 하다가 아버지에게 걸려 지방으로 쫓김을 당했기 때문이라고 했다. 먼저 'dash'는 '이생이 담을 엿보고 시를 지어 최랑을 꼬신 것'으로 오독한 것이다. 이 것은 심○○이 설명할 때 다른 학생들이 내용을 수정해주었다.

최랑과 관련된 단어로는 '아버지(중매쟁이)', '솔직, 화끈, 적극적', '부자 집안', '상사병'을 적었다. 이생보다 부잣집에서 귀하게 자라서 그런지 솔직하고, 화끈하며 적극적인 성격인 것 같기 때문이라고 했다. 학생 자신 같았으면 부모님께 절대 말하지도 못하고 슬퍼하는 모습도 보일 수 없었을 텐데 원하는 사랑이 이뤄지지 않자 상사병이 나서 누워 있는 것도 적극적이고 솔직한 성격 때문인 것 같다고 하였다. 그만큼 이생을 사랑하는 마음이 깊은 것 같다고도 했다.

최랑의 아버지가 중매쟁이를 여러 차례 보내서 딸의 병을 낫게 하는 모습에서 아버지가 둘의 사랑을 이어주는 것이 감동적이라고 했다. 처음에는 아버지보다 '중매쟁이'를 더 중요한 사람이라고 생각했으나, 옛날에는 체면 때문에 자기가 직접 중매를 서지 못하고 하인 같은 '중매쟁이'를 대신 보냈던 것 같다고 수정했다. '열렬한 사랑'과 연관된 단어로는 '술상', '홍건적의 난=전쟁', '죽음', '환생'을 적었다. 향아를 시켜 '술상'을 보게 한 후 깊은 사랑을 했고, 전쟁 때문에 죽었는데도 환생해서 다시 만나 사랑을 한다는 점에서 둘의 사랑은 죽어서도 이뤄야 하는 강한 어떤 것 같다고 말했다.

김○○은 「이생규장전」을 읽고 핵심어로 '최랑, 이생, 시, 인연'을 적었다. 이생이 담을 엿본 후에 최랑과 시를 주고받으며 인연이 맺어졌기 때문이라고 했다. 이생과 연관된 단어는 '유배, 효, 중매쟁이, 애틋함'을 적었다. 이생은 최랑에 대한 애틋한 마음이 있는데도 아버지에 대한 효심 때문에 '유배(지방으로 내려 보낸 것을 유배라고 표현함)'

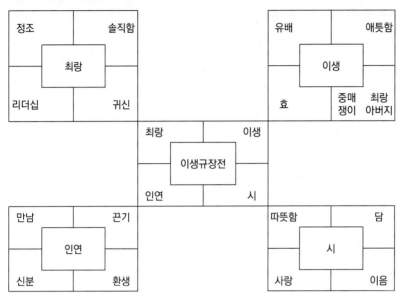

를 가면서도 거역하지 못했기 때문이다. 그래도 중매쟁이 덕분에 사랑이 이어져서 중매쟁이를 중요한 단어라고 생각했다. 중매쟁이를 시켜서 혼사 문제를 논의하라고 한 사람이 최랑의 아버지였다는 것에 대한 학습자들 간의 이야기가 오간 후 중매쟁이보다 '최랑 아버지'가 더 중요한 것 같다며 의견을 수정했다.

'최랑'과 관련된 단어는 '정조, 솔직함, 리더십, 귀신'이라고 하였다. 여자가 먼저 감정 표현을 하기 어려웠던 시대였는데 먼저 적극적으로 사랑을 표현하고, 부모에게 솔직하게 상황을 설명한 점에서 그러하다고 했다. 귀신이 되어서도 사랑하는 사람을 찾아오는 걸 보면 생각한 것을 끝까지 실천하는 리더십이 있는 것 같다고 하였다. '인연'에서 연상되는 단어는 '만남, 끈기, 신분, 환생'을 적었다. 부모의 방해가 있고 전쟁으로 인해 죽었으면서도 환생을 통해 둘의 만남이 끈질기게 이어지는 것 때문이라고 했다. 둘의 사랑은 죽어도 이어지는 인연이 있거나 운명적으로 정해진 것 같다고 하였다. 이생 아버지가 계속 혼인을 거절하는 것은 최랑의 집이 더 잘사는 집이었기 때문이라고 생각해서 둘은 '신분'이 차이가 난다고 생각했고, 사랑이 신분보다 중요하다는 것을 보여주는 것 같다고 하였다.

마지막으로 '시'와 관련된 단어는 '따뜻함, 담, 사랑, 이음'을 적었다. 담을 사이에 두고 시를 주고받았기 때문에 이 둘의 사랑이 이어진 것이고 시의 내용이 따뜻한 둘의 사랑을 표현한 것 같다고 했다. '시'에 대한 느낌을 말할 때 조○○은 '시'의 내용이 외롭고 슬프게 느껴졌다고 했다. 새소리가 구슬프게 들린다거나 외로움이라는 단어가 있었다고 했다.

〈표 6〉 학습자 활동 예시: 김○○

김○○은 「이생규장전」의 내용을 잘 표현할 수 있는 핵심어로 '이생, 최랑, 홍건적 침입, 이생 부(父)'라고 하였다. 이생과 최랑의 아름다운 사랑이 이생의 아버지와 홍건적의 침입 때문에 방해를 받기 때문이라 했다. 김○○은 이생 아버지와 홍건적의 침입을 사랑의 장애물로 표현하였다. '어느 것이 더 힘든 장애물이냐'고 묻자 홍건적의 침입은 사람을 죽게 했기 때문에 더 큰 장애물이라고 했다. 전쟁으로 인해 사랑하는 사람들이 헤어지고 가족은 몰살되었다. 그래서 전쟁의 비극성을 알리는 작품인 것 같다고 했다. 그러자 동료 학생들은 전쟁으로 인해 사람들이 죽었지만 이생과 최랑이 귀신이 돼서도 만나는 걸 보면 전쟁보다 둘의 사랑이 영원하다는 의미가 더 크다고 하였다. 즉 전쟁의 비극성을 고발하는 내용보다는 남녀 간의 사랑이 더 중요한 메시지인 것 같다는 의견으로 결론을 맺었다.

　이생과 연관된 단어는 '학문, 시, 담, 밀당'을 찾았다. 공부하러 오가는 사이에 담을 통해 시를 주고받으며 사랑을 하는데, 마음이 있으면서도 최랑 보다 소극적인 태도를 보여 밀당을 하는 것 같다고 말했다. 최랑과 관련된 단어는 '누각, 외동딸, 외로움(상사병), 시'를 적었다. 귀족의 외동딸이기 때문에 아들처럼 공부도 배우고 개인 누각도 갖고 있고 좋은 집에서 아름다운 경치를 보면서 '시'를 읊는 모습 때문이라고 하였다. 또 최랑이 외로워서 상사병이 났기 때문에 이생과 사랑이 이어졌다고 생각되어 '외로움(상사병)'을 적었다고 했다. 학생들은 최랑의 솔직, 적극적, 주체적, 개방적인 태도는 신분이 높고 귀하게 자란 환경 때문이라고 했다. 반면 이생과 이생의 아버지는 가문의 차이를 생각하지 않을 수 없고, 상대적으로 자신들의 처지가 부족하다고 생각했기 때문에 적극적으로 마음을 표현하지 못한 것이라고 하였다.

홍건적의 침입과 관련해서는 '정조, 죽음, 도피, 해골'을 떠올렸는데 홍건적의 침입 때 최랑이 정조를 지키려다 죽임을 당했고, 혼자 도피해서 살아남은 이생이 나중에 해골을 잘 묻어주고 최랑을 따라 죽는 모습이 생각났기 때문이라 했다. 이생 부(父)와 관련해서는 '자식존중, 엄격, 불행, 현명'을 적었다. 이생의 아버지는 학업에 정진해야 하는 아들이 부모 몰래 연애를 한다는 것을 알고 훈육을 한다. 그 모습이 엄격해 보였고, 한편으로는 지방으로 보내어 관심을 다른 곳이 두게 한 점이 현명하다고 생각했다. 그러나 그것 때문에 최랑과 이생은 불행하게 되었기 때문에 '불행'을 적었다. 그래도 결국은 이생과 최랑의 만남이 성사되게 허락을 하는 모습에서 자식의 삶을 존중하는 것 같다고 했다.

작품을 읽고 작품에 대한 자신의 반응을 '핵심어'로 정리하여 발표하고, 동료 학생과 반응을 공유하면서 학생들은 자신의 읽기를 점검할 수 있고, 「이생규장전」의 내용을 다음과 같이 정리할 수 있었다.

	「이생규장전」, 담의 상징적 의미와 제목의 이해
제목	: 규장(窺墻)은 '담 안을 엿보다'라는 의미로 이생이 담을 엿본 이야기로 해석할 수 있다. 작품의 제목은 이생과 최랑의 사랑이 시작되는 순간을 표현했다. '담'은 둘의 사랑을 이어주는 매개물임과 동시에 둘 사이에 놓인 장애물을 상징한다. 그것은 당대 유교적 사회 질서(가문의 차이), 홍건적의 난, 삶과 죽음의 거리 등을 의미한다. 제목을 통해 작가는 가문의 차이나 전쟁 등 현실적 시련과 죽음까지도 초월하여 사랑을 성취하는 남녀의 이야기를 형상화하고 있다.

배경	공간	송도 낙타교, 선죽리, 개성(고려의 서울)
	시간	신축(공민왕 10, 1361)년

인물	이생: 18세. 풍모가 맑고 자질이 뛰어남. 국학에서 공부하다 담을 통해 최랑과 몰래 사랑을 나눔. 소문이 날까봐 두려워하는 소극적 면모. 전란 후 이산. 귀신이 된 최랑과 해후하여 행복하게 지내다가 최랑의 명이 다하여 이생을 떠나자. 얼마 후 병들어 죽음
	최랑: 15~16세. 자태가 아름답고 수를 잘 놓으며 시를 잘 지음. 홍건적의 침입 때 정절을 지키려다 죽임을 당해 귀신이 됨. 이생을 찾아옴

사건 전개	(만남)이생과 최랑이 담을 사이에 두고 만남 (이별)이생이 아버지에 의해 시골로 쫓겨남 (만남)최랑 부모의 주도로 이생과 최랑이 혼인함 (이별)홍건적의 난으로 이생과 최랑이 이별하고 최랑은 죽음 (만남)이생이 죽은 최랑을 만나 3년간 행복한 시간을 보냄 (이별)최랑이 저승으로 돌아가고 이생도 죽음 ☞'만남과 이별'이 반복되는 서사구조
현실 – 현실 대응 방식, 인물의 성격	이생 아버지의 반대로 이별했으나, 최랑과 최랑 부모의 노력으로 사랑성취 홍건적의 난으로 이산, 최랑의 죽음, 귀신과의 사랑 ⇨ 비현실적 문제해결 ⇨ 비극(죽음) ☞이생: 부모의 반대를 이기지 못하고 순응함, 현실에 소극적으로 대응 　용기가 부족함. ☞최랑: 적극적으로 부모를 설득하여 사랑을 성취함. 　이생과의 신의를 지키기 위해 적극적으로 저항하다 죽음 　죽음이라는 운명을 거스르면서도 이생과 만남 　현실에 적극적으로 대응
삽입시의 기능	쓸쓸한 분위기 조성. 인물의 심리 묘사, 사건 전개의 매개

작품의 사실적 읽기 활동을 마친 후 맥락 요소를 활용하여 작품을 이해하는 것이 그렇지 않을 때와 어떤 차이가 있는지를 확인하기 위해 다음과 같은 질문을 했다.

▷ 이 작품을 통해 작가가 말하고자 했던 중심 생각(주제)은 무엇인가?

▷ 이 작품을 왜 썼을까?

▷ 누가 이 글을 왜 읽었을까?

▷ 이 작품을 읽고 독자는 어떤 생각을 했을까?

▷ 이 책은 어떻게 독자에게 전해졌을까? 또 얼마나 많은 사람들이 읽었을까?

물음에 대해 학생들은 다음과 같은 반응을 보였다.

▷ 이 작품을 통해 작가가 말하고자 했던 중심 생각(주제)은 무엇인가?

☞ 남녀 간의 슬픈 사랑

☞ 영원한 사랑의 추구

☞ 인연은 뗄레야 뗄 수 없고 운명은 거스를 수 없다는 것

▷ 이 작품을 왜 썼을까?

☞ 이 둘의 사랑이 안타까운 생각이 들어서 위로해주려고

☞ 사랑 얘기는 호기심이 생기고 재미있어서

☞ 남녀 사이에 사랑과 믿음이 중요하다는 것을 알리기 위해서

☞ 자유로운 연애가 금기시 되던 시절에 신분, 계급을 초월한 진취적인 사랑을 해보고 싶어서

☞ 사랑(＝정)이 최고라는 것을 알려주고 싶어서

☞ 사랑, 믿음, 인간 사이의 정을 쉽게 여기지 말라는 교훈을 주고 싶어서

▷ 누가 이 글을 왜 읽었을까?

☞ 일반 사람들(백성, 평범한)이 심심할 때 읽었을 것 같다. 사랑 이야기라서 누구나 좋아하고 쉽게 이해했을 것 같다.

☞ 딱히 할 일이 없으니까

☞ 읽을 것이 그것뿐이라서

☞ 흥미가 있어서

☞ 책 좋아하는 사람들, 귀신·사랑 이야기를 주로 다루는 작가가 읽었을 것 같다.

▷ 이 작품을 읽고 독자는 어떤 생각을 했을까?

☞ 둘의 사랑이 비극적으로 끝나서 슬펐을 것 같다.

☞ 진정한 사랑은 죽음도 갈라놓을 수 없다는 것을 느꼈을 것 같다.

☞ 최랑을 더 적극적이고 주도적으로 표현해서 여자들이 좋아했을 것 같다. (대리만족)

☞ 사랑하는 사람은 무슨 일이 있어도 언젠가는 다시 만난다는 생각을 하게 되었을 것 같다.

☞ 실제로 환생이 가능하고 귀신이 있다면 나도 사랑하는 사람을 찾아가 저승에 가기 전까지 함께하고 싶다.

☞ 너무 애틋하고 슬픈 사랑이라는 생각을 했을 것 같다.

▷ 이 책은 어떻게 독자에게 전해졌을까? 또 얼마나 많은 사람들이 읽었을까?

☞ 공부하는 사람들이 읽었을 것 같다. 일반인이 읽기에는 어려운 단어가 너무 많다.

☞ 우연히 이 책을 읽은 사람이 추천해주고, 추천이 또 추천이 되어 책을 읽는다는 사람들은 다 읽었을 것 같다.

☞ 시가 너무 많아서 글을 읽는 것이 어려웠다. 그때도 어렵게 생각한 사람들이 많았을 것 같다.

교재에 작품 저자인 김시습에 대한 정보가 있음에도 불구하고 학생들은 김시습이 살았던 당대 사회문화적 맥락이나, '문인', '방외인' 등에 대한 외적 정보를 활용해서 작품을 이해하는 것이 아니라 작품 자체의 내용 위주로 작품의 의미를 이해하고 있는 특징이 나타났다. 『금오신화』는 들어본 적이 있는 것 같은데, '김시습'이 누군지 모르고 있었다. 고소설의 작가나 창작 시기, 작품 내용에 대해 전혀 모르는 학습자들의 경우 문학사적 지식이나 작품 외적 맥락을 작품 읽기에 앞서 제시하면 고소설 작품의 내용을 감상하기도 전에 흥미를 상실하고 만다. 맥락 지식을 작품 이해에 활용하는 것이 아니라 암기해야 할 지식으로 받아들이기 때문이다.

학생들이 소설을 읽는 과정에서 '시'를 읽는 순서가 되면 한숨을

쉬거나 답답해 하는 모습이 관찰되었다. 흥미롭게 줄글을 읽다가도 '시'가 나오면 내용의 흐름이 끊긴다고 했다. 「이생규장전」 읽기 활동을 마치면서 가장 어려웠던 점이 무엇인지를 묻자 '시가 너무 많아서 글의 흐름이 중간 중간 끊겼다.', '이야기 부분은 무슨 내용인지 쉽게 알 수 있는데 '시'는 한 번 읽고는 무슨 말을 하는지 하나도 모르겠다.', '혼자 읽었으면 한자어도 많고 무슨 말인지 몰라서 끝까지 읽지 않았을 것 같다.'는 반응을 보였다.

학습자들이 개별적으로 정리한 핵심어와 연관단어에 대해 근거를 들어 설명하고 발표하는 과정에서 학습자 상호간의 소통이 활발히 전개되었으며, 이해하기 어려웠던 내용이나 미처 생각지 못한 내용에 대해 보충하는 경험을 통해 작품 자체의 내용은 어느 정도 파악될 수 있다. 또 잘못 이해한 부분도 소통의 과정에서 수정할 수 있다. 필자와 함께 작품을 읽은 학생들은 초기 진단에서 고소설에 대한 지식, 관심, 흥미, 읽고자 하는 동기가 모두 낮았다. 그랬음에도 불구하고 '핵심어'로 말하기 과정에 흥미롭게 참여했다. 작품의 내용을 사실적 측면에서 충실히 읽었다면 작품을 둘러싼 맥락요소를 활용하여 보다 심층적인 이해에 도달할 수 있도록 다음 단계 학습으로 넘어간다.

(2) 외적 맥락 추론을 통해 작품 이해하기

「이생규장전」의 이해를 위해 고려해야 할 맥락 요소를 단계별 질문을 통해 파악하면 다음과 같다. 여기서 제시하는 질문은 순차적 단계를 거치는 것은 아니기 때문에 학습자의 이해 여부를 고려하여 질문의 순서를 고려할 필요가 있다. 또한 질문에 대한 답을 학습자 스스로 찾거나 협동을 통해 찾을 수 있도록 교사는 선행조직자를 참고하여 맥락 정보를 질문으로 제시하는 정도로만 개입한다.

〈요소 1〉 언어표기로 본다면 한문소설인가? 국문소설인가?

언어표기 —— 한문소설

〈요소 2〉 작가가 누구인가?

작가 —— 김시습

김시습은 생육신의 한사람으로서 조선 세종·성종 연간의 문인 학자이며 자는 열경(悅卿), 호는 매월당(梅月堂)·동봉(東峰)이다. 그는 어려서부터 시문과 학문에 밝아 5세에 이미 신동으로 소문이 나서 천재로 이름났으나 과거에는 응시하지 않았다. 매월당은 척불숭유의 사상적 격류 속에서 뛰어난 문학자로서 고려시대에 이미 패관문학에서 꿈틀거리고 있던 소설적 창작 활동을 발전시켜 본격적인 우리 고대소설을 개척한 점에서 그의 문학적 의의는 높이 살 만하다.

김시습은 1481년 47세 때에 환속했다. 그는 끝까지 절개를 지켰으며 유·불·선의 정신을 이를 포섭한 사상과 탁월한 문장으로 일세를 풍미하다, 충청도 형산 무량사에서 59세의 생애를 끝마쳤다. 1455년 수양대군의 왕위찬탈 소식을 듣고는 중이 되어 방랑하면서 평생을 방외인으로 살다갔다. 현실계와 초현실계의 자유로운 넘나듦 속에서 인간성을 긍정하고 유·불·도의 사상을 자유로이 섭취하여 다양한 내용을 결구한 것이 바로 『금오신화』이다.10)

『금오신화』는 작가가 밝혀진 한문소설이다. 교사는 『금오신화』의 원문 표기 사진, 작가의 생애에 대한 정보를 제공하거나 찾도록 해서 창작 당시의 맥락을 이해하도록 안내하는 것이 좋다. 교사가 작품의 원본 사진을 보여주면 학생들이 작품 창작당시 '한문'으로 기록되어 전해졌다는 사실을 시각적으로 확인할 수 있어 효과적이다.

학생들은 작품 읽기 단계를 통해 빈번한 한문 투의 미사여구 사용과 양홍과 맹광, 포선과 환소군 등의 고사 인용, 한시의 삽입 등이 소설의 해독과 내용이해를 어렵게 한다는 것을 경험했다. 교과서에 실린 「이생규장전」의 경우 원문을 읽기 쉽게 현대어로 번역하여 제시했음에도 불구하고 해독의 어려움이 있다. 「이생규장전」은 창작 당시 한문으로 쓰였고, 출판되어 상업적으로 유통된 책이 아니었기 때문에 그것을 읽을 수 없는 사람들이 대부분이었다. 돈이 있어도 김시습과 친분이 없거나 김시습이 작품을 공개하지 않는 한 접할 수 있는 길이 없기 때문이다.

학생들은 김시습의 시대와 지금은 독서환경이 달랐다는 사실을 이해해야 한다. 조선사회는 한문을 읽고 쓸 수 있는 사람들이 한정되어 있었고, 그들은 당시 문화 권력을 소유한 사람들이었다. 그들은 정치권 내에 있든 밖에 있든 소수의 엘리트 집단이었고, 그들은 '한문'이라는 문자문화를 향유하는 주체였다. 당시 상층 남성 문인들의 공식적 글쓰기는 '한시'였다. 소설은 상층 남성 문인들에게 하찮고 비루한 글이라는 인식이 있었기 때문에 '소설 책'은 공식적으로 출간되거나 읽는 것이 어려웠다. 『금오신화』와 관련된 이러한 독서문화

---

10) 우한용 외, 『한국 대표 고전소설』1, 빛샘, 2003; 『고등학교 문학』II, 해냄에듀출판사, 'III. 한국문학이 걸어온 길'의 중단원 '3. 조선 전기 문학' 단원 보충 자료 참고(조정래 외, 『고등학교 문학』, 해냄에듀, 155쪽).

맥락을 고려하여 작품을 살펴야『금오신화』가 당대 독자들에게 어떤 의미로 읽혔을 지를 이해할 수 있다.

교사는 작가에 대한 자료를 학생이 찾아 발표하게 하거나 재미있게 이야기해 줌으로써『금오신화』를 창작할 당시의 작가적 상황을 짐작케 한 후 작가의 현실 인식, 처지 등을 추론해 보도록 안내해야 한다. 이것은 작품 내용과 창작 당시 작가의 의식, 상황을 연관짓는 활동이기 때문이다. 이를 통해 학생들은 김시습(1435~1493)이 조선 전기의 학자이며 생육신의 한사람으로 어릴 때부터 시와 경서에 능통하여 천재로 불렸으나, 단종 폐위를 계기로 승려가 되어 전국을 유랑하며 불우한 생을 살았음을 알게 된다. 또한 김시습이 꿈꿨던 이상적 유교국가에 대한 가치가 현실적 제약으로 인해 좌절되었어도 현실과 타협하지 않고 끝까지 자신의 신념을 지키며 살았던 태도를 이해할 수 있을 것이다. 김시습과 얽힌 일화—'오세라는 별명에 얽힌 이야기, 서거정과의 갈등, 땅문서 소송, 사육신과의 일화, 결혼과 가족의 죽음' 등—를 재미있게 이야기해주는 것도 김시습에 대해 이해할 수 있는 단서를 제공해줄 수 있다.

『금오신화』에는 한문학의 전통적 글쓰기 관습이 반영되어 있어 당시 독서인들의 취향을 살필 수 있다.『금오신화』에 실린 다섯 편의 작품은 몽유록, 전기 양식의 서술 형식이 활용되었고, 작품에 따라 한시가 삽입되어 인물의 심리를 묘사하거나 낭만적인 분위기 등을 조성하고 있다. 한시 외에도 축문이나 제문이 활용되기도 한다. 등장인물들 간의 심오한 논의나 대화가 문답식으로 전개되기 한다. 작품 창작에 반영된 다양한 글쓰기 방식은 당시 문인들이 보편적으로 활용하는 글쓰기 전략이었을 것이다.

『금오신화』는『전등신화』에 대한 김시습의 독서체험이 실험된 작품집이다. 그러나 『전등신화』의 모방작이 아니라 당시 독서 문화적 환경과 김시습의 주체적인 시각이 반영된 창작물이다. 「이생규장전」을 비롯한 『금오신화』에 수록된 작품은 우리나라를 배경으로 서사가 전개되는데 이는 작품을 통해 우리나라의 풍속과 사상, 정서를 표현하고자 했던 작가의 의식을 엿볼 수 있는 부분이다. 이러한 내용을 작품과 관련짓기 위해서 당시 독서 문화적 상황을 이해할 필요가 있다.

작가가 소설을 창작할 당시에는 중국에서 전기(傳奇)문학이 많이 들어와 읽혔고 문인들 사이에선 필기·잡록류의 저술이 유행했다. 성임이 편찬한 『태평광기상절』, 『태평통재』, 서거정의 『골계전』, 『태평한화』, 강희맹의 『촌담해이』, 성현의 『용재총화』도 이 시기 작품이다. 조선 전기의 잡록에는 당시 문학, 풍습, 설화, 음담패설까지 백성들의 삶과 친숙한 이야기들이 다수 포함되어 있다. 한문으로 쓴 책을 백성들이 읽지는 않았지만 지배층이 기층민의 문화와 이야기에 귀를 기울였다. 이들은 학문을 통해 수신하고 나아가 치국을 위해 민심을 살폈다. 이러한 잡록이나 개인 문집에는 학문과 세상에 대한 지식인의 생각과 가치가 반영되었고, 문인들은 서로서로 문집을 읽고 비평을 하거나 서문을 써 주며 생각을 교환했다. 그것은 그들만의 독서토론 문화로 기능했는데 그러는 과정에서 김시습의 작품집인 『금오신화』도 지인들 사이에서 돌아가며 필사를 통해 암암리에 전파되었을 것이다. 그것은 소설이기보다는 김시습이라는 문인의 지적 산물이라는 인식에서 수용되었고, 작가가 지닌 문인으로서의 능력을 알고 있는 지식인들이 김시습의 사상, 철학, 학문을 이해하기 위한 목적에서 읽힌 것이었다.

학생들이 이러한 당시 문인들의 독서문화를 이해한다면 15세기에 소설이 창작되게 된 사회문화적 배경을 이해할 수 있을 것이다. 그러면 「이생규장전」의 내용이 단순한 사랑이야기가 아닐 수도 있다는 생각을 갖게 될 것이다.

「이생규장전」의 주인공들은 비현실적 만남을 통해 현실적 요구와 사회적 이상을 성취하고 있다.[11] 이것은 현실에서는 남녀주인공들의 현실적 욕망·사회적 이상이 성취될 수 없는 것임을 역설적으로 보여준다. '신의, 사랑, 지조, 단란한 가정' 등 작품에서 추구하는 욕망은 누구나 보편적으로 생각하는 가치이다. 평범한 삶의 가치는 두 주인공을 둘러싼 세계의 횡포에 의해 현실에서 여러 차례 훼손된다. 그럼에도 불구하고 시련을 극복하고 두 인물이 만나 사랑하는 모습은 그들의 욕망, 이상이 반드시 지켜져야 할 삶의 가치임을 상기시킨다. 이생과 최랑의 만남은 세계의 횡포에 맞선 자아의 의지가 강력한 것임을 보여주며, 이 때문에 「이생규장전」은 자아와 세계의 상호우위에 입각한 대결이라는 소설이 될 수 있었다. 작품에서 형상화된 인물들의 갈등은 현실과 이상 사이의 갈등 속에서 방황한 작가의 생애와 관련이 깊다. 주인공들은 작가의 의식과 소망이 투영된 인물이며, 그들이 처한 배경은 작가가 살고 있던 당대의 사회로 볼 수 있는 것이다. 그렇게 본다면 「이생규장전」은 남녀 간의 사랑을 빌어 작가가 고뇌한 현실적 갈등을 환상적, 초현실적 시공(時空)을 이용하여 예술적으로 형상화한 작품으로 이해할 수 있게 된다.

---

11) 이완근, 이학준의 희망의 문학 참고(http://www.seelotus.com).

〈요소 3〉 예상 독자는 누구인가?

「이생규장전」을 읽을 수 있는 독자는 한문을 읽고 쓸 수 있는 사람이어야 했다. 또 작품에 쓰인 한문 투의 미사여구나 고사의 내용, 한시의 의미를 해석할 수 있을 정도의 지적 소양을 갖춘 인물들이다. 조선사회에서 한문 독서가 가능한 사람은 상층 남성 문인들이었다. 그들에게 책은 선진 문물과 세상사에 대한 정보를 전달하는 지식·정보의 매개체였다. 조선 건국 후 지배층은 중앙집권적 국가체계와 유교사회 구축을 위해 다양한 서적을 수입했다. 왕부터 관직에 있는 상층 남성 문인들은 수입된 다양한 서적을 가장 먼저 접하는 독자였고, 그렇게 익힌 지식을 사회시스템에 적용하기 위해 노력했다. 그 틈에 섞인『전등신화』와 같은 전기류나 소설도 지식과 교양을 쌓는 목적에서 독서되었을 것이다. 책이 귀하고 한문해독이 가능한 사람이 제한적이었던 시대였기 때문에 유교경전, 성리학서 뿐 아니라 불교·도교와 관련된 서적, 전기류나 소설이 모두 독서의 대상이 될 수 있었다. 접할 수 있는 모든 종류의 책을 읽을 수 있었던 것도 상층 남성 문인들이었고,『전등신화』,『전등여화』,『태평광기』,『삼국지연의』 등이 사람의 마음과 뜻을 잘못되게 한다며 경계해야 한다는 금서 논의도 이들로부터 나온 것이었다.

학생들에게 고소설에 대한 생각을 물으면 '행복한 결말, 주인공의 재자가인(才子佳人)적 면모, 영웅의 등장, 지배층과 양반사회의 모순 비판, 충·효·열 등 유교사상의 강조' 등의 특징을 말한다. 그러면서 지배층과 신분사회에 반감을 품은 서민층이 작가와 독자일 것으로 생각한다. 고소설을 배우며 은연중에 양반, 지배층은 모순 덩어리, 일반 백성은 사회를 비판적으로 인식하는 정의로운 존재로 이중적 시각을 갖게 된다. 그것이 사실이더라도 학생들이 좀 더 객관적인 시각에서 작품을 감상할 수 있도록 교사의 안내가 필요하다.

　김시습은 '충'이라는 당대 지배적 가치 질서가 세조의 왕위 찬탈로 인해 무너지는 것을 경험했고, 15~16세기를 살았던 당시 지식인들은 지식이나 사상, 삶의 가치가 절대적이지 않다는 인식의 혼란을 겪었다. 모든 사회는 그 사회 구성원들의 오랜 경험이 축조되어 있고 선과 악, 옳고 그름, 아름답고 추함의 가치를 판별하는 지혜가 담겨 문화를 형성한다. 그러나 이러한 가치나 삶의 지혜는 중립적이지 않다. 그것은 그 사회의 질서, 그 틀을 주도하는 특정 부류의 욕구가 반영되어 보편적으로 받아들여지는 인식이다. 대다수의 사람들이 당대에 지배적으로 존재하는 이러한 가치나 질서에 순응하고 살았더라도, 그 중에는 김시습처럼 지배적인 가치와 질서의 문제를 인식하는 '문제적 개인'도 존재했다. 김시습처럼 현실과 이상의 모순에서 오는 갈등을 견디지 못해 평생을 방랑하며 살 수는 없었어도, 또 그러한 비판적 인식을 『금오신화』와 같은 작품집으로 남기지 않았어도 이러한 인식에 공감하고 동조하는 지식인들은 다수 존재했을 것이다.

　16세기에 『금오신화』가 관판으로 인쇄되었다는 것은 『금오신화』 창작 이후 이 작품집이 상층 남성 문인들 사이에서 관심 있는 독서 대상이었음을 보여준다. 이념적이거나 실용적인 서적은 아니지만 김시습의 높은 학문적 성취를 흠모하는 문인들이 이 글의 독자가 되었을 것이다. 처음에는 김시습과 교유하는 몇몇 지식인들 사이에서만 읽히던 글이었으나 '사람의 마음을 감동시키고 변화시킬 수 있는 글이면 그것이 허황되거나 괴이한 이야기라 해도 가치가 있다'는 인식이 문인들 사이에서 공감대를 형성하는 시기가 되면서 『금오신화』의 독자층이 넓어졌고, 그러한 관심은 작품집 간행으로 이어진다. 관판으로 간행되었다는 것이 국가 공인을 의미하는 것은 아니었지만 이 책이 왕실을 비롯해 상층 남성 문인을 독자층으로 볼 수 있는 증거는 될 수 있다.

『금오신화』의 독자에 대한 이해는 학생들이 「이생규장전」을 다르게 읽을 수 있는 가능성을 제공한다. 학생들은 인물의 정서를 제대로 파악하기 위해 글을 읽으면서 가장 방해가 된다고 생각했던 '한시'를 다시 살피고 그 뜻을 이해하려 노력하는 모습을 볼 수 있었다. 지금은 '한시'를 제외한 산문 부분이 더 편하고 재미있게 읽히지만, 당시 사람들은 '한시'에 더 집중했을 수도 있다는 관심의 차이를 이해할 수도 있다.

〈요소 4〉 어떤 방식으로 유통되었는가?

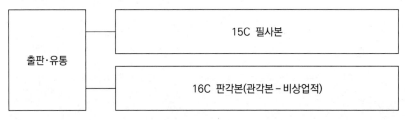

출판·유통	15C 필사본
	16C 판각본(관각본 – 비상업적)

『금오신화』의 유통 방식은 선행조직자를 통해 간단히 찾도록 하여, 필사본으로 창작되었고, 16세기에 관판으로 인쇄 유통된 사실을 확인한다. 이를 통해 필사본으로 창작, 유통되던 초기에는 김시습과

교유하던 문인들 사이에서만 암암리에 읽히던 것이 점차 독자층을 넓혔고, 관판으로 인쇄되면서 상층 남성 문인들의 관심 독서물이 되었다는 사실을 확인한다.

〈요소 5〉 유통 방식으로 미뤄볼 때 작품 내용이나 독서 방식, 독서태도는 어떠한가?

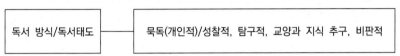

독서 방식/독서태도	묵독(개인적)/성찰적, 탐구적, 교양과 지식 추구, 비판적

『금오신화』필사를 통해 독자에게 전해졌기 때문에 초기의 독자는 김시습과 친분이 있고 신의가 있는 지인이었을 것임을 확인했다. 김시습이 당대 최고의 엘리트였다는 점을 감안하면 당대 지식인들을 사이에서 김시습의 작품(글)은 매우 가치 있고 읽고 싶은 독서물이었을 것이다. 16세기에 관판으로 인쇄되었다는 것은 공식적으로 인정할 만큼의 가치가 있었음을 보여준다. 즉『금오신화』는 당시 소설집이 아닌 당대 최고의 문장가인 김시습의 사상과 학문, 철학이 담긴 작품집으로 받아들여졌다. 미쳤다는 소리를 들을 정도로 기이한 행동을 하며 방랑의 삶을 살았어도 김시습의 학자로서의 능력과 사상적 깊이는 지식인들에게 존숭과 탐구의 대상이었을 것이다. 김안로, 퇴계 이황, 어숙권, 이수광, 김인후, 김집과 같은 당대 최고의 문인들도『금오신화』의 독자였다는 것이 이를 뒷받침 한다. 이들은 『금오신화』를 교양과 지식 추구의 대상으로서 성찰적, 탐구적, 비판적 자세로 독서했다. 그리고 작품에 대한 이해에서 머물지 않고 자신의 문집을 통해 비평문을 작성했다. 이러한 독후 행위나 독서태도를 근거로 당시 소설 향유층의 독서목적이 지식, 정보의 습득과 교양

추구, 자기 학문·사상에 대한 정리와 탐구 등에 있었음을 추론할
수 있다.

〈요소 6〉 창작 시대와 갈래적 특성은 어떠한가?

시대/갈래	15C 전기(傳奇)소설

「이생규장전」은 15세기에 창작되었으며 이승 사람과 저승 사람의
생사를 초월한 사랑을 다룬 전기(傳奇)소설이다. 전기소설은 주로
재자가인(才子佳人)형 인물이 주인공으로 등장하며 죽은 사람과 사랑
을 나누는 등의 비현실적이고 신비로운 세계를 다루고 있다. 또 한문
문어체를 통해 사물을 미화시켜 표현하거나 한시 삽입을 통해 인물
의 심리나 낭만적 분위기를 묘사하기도 한다. 전기(傳奇)란 비현실적,
초월적 시·공간에서 기이한 사건의 경험 서사로 전개되는 양식으로
현실과 초현실을 구분 없이 일원적으로 인정하는 구조이다.[12] 이러
한 구조는 현실적으로 실현되기가 어려운 인간적 욕구를 비현실적
시간과 공간에서 해결할 수밖에 없는 전근대적 사회의 한계를 극복
하는 하나의 방법이었고 당시 소설 향유자들의 독서 취향이 반영된
것이었다.

당시 유행하던 서적을 통해 15~16세기 독자들에게는 귀신이나
용궁, 꿈을 빌어 이야기하는 방식이 자연스럽게 소통되는 것이었음
을 이해할 필요가 있다. 비현실적 이야기를 통해 욕망을 표현하는
것이 통속적이라거나 재미를 추구하려는 서사장치라기보다는 당시

---

12) 희망의 문학, http://www.seelotus.com

의 글쓰기 관습이었음을 이해해야 한다. 이러한 요소가 '재미나 오락'을 위한 장치로 받아들여지고, 남녀 간의 사랑이야기가 세속적이고 저속하다는 생각은 조선 후기 소설 창작에 상업성이 개입하면서의 일이었다. 학생들에게 갈래적 특성이나 글쓰기 관습과 관련된 맥락정보를 제공함으로써 「이생규장전」이 읽히던 독서문화를 이해하는데 도움을 줄 수 있다.

(3) 시대별 소설 독서문화의 양상과 서사 내용의 관련성 파악하기

지금까지 작품을 읽고 본문 내용을 파악하고, 작품에 대한 자신의 반응을 정리한 다음 동료 학생들과 작품에 대한 반응을 공유함으로써 작품 내용을 명료화했다면 이제는 작품에 대한 반응을 심화·확장하기 위해 '시대별 소설 독서문화의 양상과 작품의 관련성을 파악'하는 활동을 한다. 이 단계는 1~2단계를 거치면서 자연스럽게 연결되기도 하므로 그 단계를 정확하게 순서화할 필요는 없다. 중요한 것은 학생들이 작품 자체의 내용과 당시의 소설 독서문화를 연결지어 이해할 수 있도록 안내하는 것이다.

1단계와 2단계에서 정리한 작품 내용과 작품 외적 맥락을 관련지어 이해할 수 있도록 교사는 다음과 같은 탐구적 질문을 활용할 수 있다.

☞ 15~16세기 상층 남성 문인들은 소설에 대해 부정적 인식을 갖고 있었다. 또 독서의 목적이나 취향은 지식과 교양을 함양, 학문과 사상에 대한 탐구에 있었다. 그런데 당대 최고의 엘리트 문인인 김시습이 남녀 간의 사랑, 그것도 당대 규범에서 허용하기 어려운 자유연

애에 대한 이야기를 창작한 이유는 무엇인가? 게다가 『금오신화』
당대 지배층인 상층 남성 문인들을 중심을 필사 유통되다 관판으로
간행될 정도 서적으로서의 가치를 인정받았다. 이것이 가능했던 이
유는 무엇일까?

☞ 작품에 반영된 역사적 상황이나 사회문제는 「이생규장전」 창작 당
시의 상황과는 차이가 있다. 또 귀족계층의 최랑과 사대부 계층으로
보이는 이생의 문벌차이의 문제, 홍건적의 난과 같은 사회문제나
이데올로기로 인한 시련을 다루면서도 그것에 대한 비판이나 문제
의식을 전면에 드러내지 않는다. 오히려 그 문제는 주인공들의 만남
과 사랑의 성취를 극대화하기 위한 단순한 서사 장치로 느껴지기도
한다. 그럼에도 불구하고 이 작품이 15~16세기 당대의 사회문제나
이데올로기와 밀접한 관련이 있다면 어떤 점에서 그러한가?

학생들과 수업을 진행하면서 생각의 변화가 있는지 확인하기 위해
앞에서 했던 질문을 다시 제시했다. 학생들의 반응은 다음과 같다.

▷ 이 작품을 통해 작가가 말하고자 했던 중심 생각(주제)은 무엇인가?
　☞ 남녀 간의 영원한 사랑의 추구
　☞ 외부 시련에도 굽히지 않는 자아 의지, 굳은 신념
▷ 이 작품을 왜 썼을까?
　☞ 단순히 남녀 간의 변하지 않는 사랑을 표현하는 것을 넘어 세조의
　　왕위찬탈을 외부 폭력(=시련)으로 비판하고, 그러한 상황에 동
　　조하는 사람들에게 변하지 않는 신념의 중요성을 알려주기 위해
　　서
　☞ 죽어서도 자신은 지조를 지키고 신념대로 살겠다는 굳은 의지를

보여주기 위해서

☞ 최랑을 통해 이생의 성격이 변한 것처럼 자신의 소신 대로 살지 못하고 주어진 규범에 순응하며 살아가는 지식인들에게 변화가 필요하다는 것을 알려주기 위해서

▷ 누가 이 글을 왜 읽었을까?

☞ 상층 남성 문인, 지식인, 지배층

▷ 이 작품을 읽고 독자는 어떤 생각을 했을까?

☞ 진정한 사랑, 신념은 죽음도 갈라놓을 수 없다는 것을 느꼈을 것 같다.

☞ 이생처럼 변하지 못하고 불의한 현실에 순응하며 사는 삶을 반성하는 사람이 생겼을 것 같다.

☞ 김시습이 왜 『금오신화』를 썼을까 고민했을 것 같다. 기이한 행적을 통해 김시습이 가졌던 독특한 사고방식이나 생각을 이해하기 위해 노력했을 것 같다.

▷ 이 책은 어떻게 독자에게 전해졌을까? 또 얼마나 많은 사람들이 읽었을까?

☞ 김시습과 알고 지내던 문인 사이에서 필사 유통되다가 16세기에 관판으로 간행되어 왕, 상층 남성 지식인 대부분이 독자가 되었다.

학생들은 '처음에는 남녀 간의 사랑이야기인줄만 알았는데 시대, 사회문화적인 배경을 알고 다시 작품 내용을 생각해 보니 보다 깊은 뜻이 담겨 있는 것 같다고 했다. 이생이나 최랑을 김시습이나 다른 사람(임금이나 동료 지식인 등)으로, 홍건적의 난을 세조의 왕위찬탈에 대입해서 생각해 보기도 했다. 소설이 없었던 시대에 주류 문학인 한시가 아닌 새로운 방식으로 글쓰기를 시도해서 『금오신화』를 창

작한 것은 상층 남성 문인이 임금이나 지배층의 잘못을 직설적으로 비방하거나 잘못되었다고 말하는 것은 위험한 일이었기 때문이었다. 그래서 사랑이야기나 귀신, 환생 등 비현실적인 이야기로 꾸민 것이라고 창작의도를 추론하기도 했다. 19금에 가까운 자유로운 연애 이야기가 당시 사람들에게 자극적인 흥미를 제공했을 것이라고 생각했는데 사회비판이나 작가의 가치·신념이 담긴 이야기일 수도 있다고 생각하니 작품을 다시 꼼꼼하게 읽어봐야겠다는 생각이 들었다고 했다. 마치 역사 이야기를 배운 것 같은 느낌이 들기도 했다. 작품을 둘러싼 사회문화적 맥락을 알고 다시 작품을 보니 작가가 세상을 우회적으로 비판하고 있다는 생각이 들었다. 사랑이야기로만 생각했을 때보다 더 다양한 의미가 있다는 생각이 들었다. 세상과 타협하지 않는 의지를 우회적인 글로 표현하는 능력이 대단하게 느껴졌다.' 등 다양한 반응을 보였다.

이러한 질적 반응을 근거로 작품 외적 맥락에 대한 정보를 알고 작품을 읽는 것이 작품 이해를 좀 더 풍성하고 심도 있게 할 수 있다는 것을 확인했다. '만약 작품을 개별적으로 읽고 내용을 정리하는 시간을 주지 않고, 처음부터 교사가 작품 외적 맥락 지식을 전달하고 소설을 읽었다면 어땠을까? 맥락 지식을 사전에 알고 소설을 읽는 것이 좋았을까? 아니면 개별적인 생각을 정리하고 친구들과 이야기를 공유한 후에 질문과 병행하여 작품과 관련된 역사적, 사회문화적, 작가적 맥락 정보를 알게 되는 것이 좋을까?'라는 질문에 학생들은 모두 후자가 좋은 것 같다고 하였다.

이유는 교사가 미리 정보를 제공해주면 아무것도 모르는 상황에서 그 정보들을 또 암기하고 알아야 하는 지식으로 받아들였을 것 같기 때문이다. 그런데 작품 내용을 나름대로 이해한 후 친구들의 생각을 들으면서 '나와 다른 친구의 이해, 생각'을 비교할 수 있었다고 하였다. 그 과정에서 잘못 읽은 내용을 수정하기도 하고 좀 더 나은 해석이 있을 수 있다는 것을 깨달았다. 그 과정도 좋았는데, 이후에 듣게 된 사회문화적 맥락이나 역사적 배경, 작가에 대해 알게 되면서 또 다른 내용으로 작품이 읽혀졌다고 말했다. 개별적 작품 이해에서 집단적 작품 이해와 공감대를 형성한 후 이것이 사회문화적 맥락으로 확장되자 더 깊고 넓은 이해가 가능해진 것이다.

고소설을 교육하는 이유는 학습자들이 고소설에 관심을 갖고 주체적으로 찾아 읽으며 작품을 통해 자아를 성찰하고 시공을 초월하여 타자를 이해하는 태도를 갖게 하는 것이다. 궁극적으로 고소설의 가치를 알고 즐겨 읽을 수 있는 독자가 되도록 길을 열어주는 것이 고소설 교육의 목표이다. 지금과는 다른 사고로, 다른 방식의 문화적 삶을 살았던 사람들의 이야기를 학생들이 자신의 삶으로 받아들여 가치 있는 것으로 내면화하기 위해서는 작품을 둘러싼 외적 맥락을 이해해야 한다. 작품 속 인물들이 살았던 시대, 사회문화적 배경뿐 아니라 작품의 작가와 독자, 출판과 유통에 대한 맥락을 이해할 때 작품의 의미는 매우 다양하게 이해될 수 있다.

작품에 쓰인 언어도 처음에는 생소하고 어렵게 느껴지지만 몇 차례 읽기 경험이 누적되면 그 당시 용어에 익숙해 질 수 있다. 가독성을 높이기 위해 현대어로 읽기 쉽게 풀이한 자료는 처음 고소설을 접하는 학생들을 대상으로 활용하는 것이 좋다. 그러나 어느 정도 경험이 누적되면 원문은 아니더라도 그 당시 표현을 살린 자료를 읽는 것도 가능하다. 학생들은 함께 소리 내어 읽든 개별적 독서를 하든, 작품에 대한 개별 반응을 동료 학생과 공유하는 과정을 통해 오독을 수정할 수 있고 그 과정에서 작품 내용을 꼼꼼하게 다시 살펴 작품 이해의 폭을 넓힐 수 있기 때문이다.

무엇보다 중요한 것은 학생이 읽기에 참여하고, 작품 감상에 주도적으로 참여할 수 있는 기회를 제공하는 것이다. 그리고 고소설 이해와 감상에 필수적인 작품 외적 맥락에 대한 지식과 정보를 스스로 혹은 교사의 조력을 통해 활용하는 역량을 기르는 것이다. 교사가 일일이 단어 뜻이나 문장의 의미를 해석해주지 않아도 학생들은 현재 자신의 삶의 경험에 비추어 작품을 읽을 수 있다. 교사는 수업 구조화를 통해 학생들이 작품을 실제로 읽고, 개인 반응을 정리하여 발표할 기회, 동료 학생과 공유·소통할 수 있는 시간을 마련해야 한다. 또 작품을 심화·확장하여 이해할 수 있도록 다양한 사회문화적 맥락 정보를 제공하여 학습자가 다양한 시각에서 작품에 접근하도록 도와주어야 한다. 그러기 위해서 적어도 교사는 시대별 소설 독서문화의 전변 양상을 이해하고, 적재적소에서 그 내용을 활용할 수 있는 역량을 키워야 한다.

(4) 전체 주제 파악 및 문학사적 의의 판단하기

작품 이해의 마지막 단계는 작품의 주제를 파악하고 문학사적 위치나 의의를 정리하는 것이다. 이 작품은 유교적 규범이 엄격한 사회에서 두 사람의 남녀가 자유롭게 인연을 맺고 마침내 부모의 허락을 받아 사랑을 성취하는 내용을 담고 있다. 그러나 이러한 낭만적 사랑보다 중요한 문제는 '최랑의 죽음'으로 인한 이별이다. 죽음으로 인한 이별은 현실에서 극복 불가능한 시련이다. 그래서 최랑이 환생한다는 비현실적 상황을 통해 문제를 해결할 수밖에 없다. 작가는 죽은 자가 돌아오고 마침내 산 사람이 그를 따라가 삶과 죽음을 함께한다는 설정을 통해 운명이라는 세계의 횡포에 굴하지 않고 욕망을 성취하고자 하는 강한 극복의지를 표현했다. 그래서 이 작품의 일차적 주제는 죽음을 초월한 남녀 간의 사랑이라 할 수 있다.

그러나 이러한 인물 유형은 당대의 사대부나 양반 가문의 여성과는 거리가 있다. 이들은 사회적 질서와 이념에 순응하지 않고 적극적으로 자신의 욕망을 실현하고자 한다. 그들의 사랑은 부모가 정해준 배필을 자신의 상대로 순순히 받아들이는 당시의 사회 관습에서 벗어나 있다. 특히 최랑은 한시를 지을 정도로 재주가 뛰어나며, 자신의 욕망 성취를 위해 매우 적극적 행동을 한다. 이해 비해 '조신몽'의 인물들이나 '김현감호'에 등장하는 인물들은 주어진 상황을 적극적으로 타개해 나아가는 행위를 하지 않는다. 조신은 사랑하는 여인과 애정을 성취하기 위해 부처님께 빌었을 뿐이며 김현이나 호녀 역시 주어진 운명에 순응하는 태도를 보인다.

이 작품은 비현실적이고 환상적인 이야기지만, 그 속에는 작자 자신의 현실주의적이고 진보적인 세계관이 반영되어 있다. 「이생규장전」은 이생이 여자가 머무는 곳의 담 안을 엿본 이야기이다. 이생이 담 안을 엿봄으로써 최랑과 사랑이 맺어졌다. 그러나 작품을 읽다 보면 주인공의 비중으로 따졌을 때 '최랑'이 더 중요한 인물처럼 보인다. 주저하는 이생의 생각을 변화시키고 적극적으로 자신의 생각을 표현하는 의지적 모습을 보이기 때문이다. 그런데도 제목은 '최랑'의 이야기가 아닌 '이생'의 이야기에 주목하고 있다. 그것은 이생의 성격이 변화하는 지점에 작가의 의도가 담겨 있기 때문일 수 있다. 두 사람의 애정 성취를 제약하는 장애물은 문벌의 차이나 전쟁, 운명과 같은 세계의 횡포이다. 두 사람은 끝까지 만남을 지향하는 태도를 보여줌으로써 세계의 횡포에 대응한다. 이것이 이 작품을 소설이게 하는 요소라 할 수 있다.

이런 점을 고려할 때 작품의 또 다른 주제는 비극적 현실 인식과 환상을 통해서라도 현실적 문제(장애)를 극복하고자 하는 의지가 될 수 있다. 작가는 현실에서 세계와 운명의 횡포, 그로 인한 현실의 결핍 욕망과 비극적 현실 인식으로 인해 때로는 현실에 순응하고 그러면서 고뇌하는 '이생'을 형상화했다. 하지만 이생이 작품 말미에서 보여주는 행동은 이생의 성격 변화를 보여준다. 그동안 현실에 순응하고 대항하지 못해 피하던 이생은 자신의 목표도 결국 '최랑과의 사랑'이라는 가치임을 깨닫게 되면서 귀신인줄 알면서도 그 사랑을 적극 받아들이는 의지를 보여주었다.

귀신과의 사랑은 차치하고 귀신을 따라 '죽음'이 의지가 될 수는 없다고 할 수도 있다. 그러나 이생이 깨달은 삶의 가치는 최랑과의 사랑이었고, 현실에서 그녀가 사라지자 이생도 현실적 삶을 포기한다. 삶의 목표를 상실하자 시름시름 앓다가 죽음으로써 그녀를 따른 것이다. 그것은 삶의 의지가 없다기보다는 삶의 가치를 위해 그러한 가치가 존재하는 세계가 '죽음'의 공간이더라도 그 길을 따르겠다는 의지로 해석할 수 있다. 주어진 현실에 끝까지 대항하고자 하는 의지를 죽어서도 사랑을 이루려는 남녀의 모습을 통해 보여주고자 한 것이다. 남녀의 사랑을 삶의 가치나 이상, 목표의 상징으로 본다면 '삶의 목표, 이상 추구를 위해 어떤 시련에도 굴하지 않는 자아 의지'를 이 작품의 주제로 이해할 수 있다.

『금오신화』는 「만복사저포기」, 「이생규장전」, 「취유부벽정기」, 「남염부주지」, 「용궁부연록」 5편이 수록된 소설집이다. 최초의 소설이든 아니든 『금오신화』속에는 개성적 인물이 등장한다. 또 전대 작품에서 찾아보기 어려웠던 자연이나 배경에 대한 묘사가 풍부하고 뚜렷한 작가의 창작 의도가 반영되어 있다. 현실 속의 제도(규범), 전쟁(폭력), 인간의 운명 등과 강력히 대결하려는 인간의 의지를 표현하고 있다는 점에서 높이 평가되며 이후 소설 창작에 많은 영향을 끼쳤다는 점에서 문학사적 의의가 있다. 이러한 문학사적 의의를 학습자가 스스로 깨달을 수 있도록 교사는 탐구적 질문을 읽기의 각 단계마다 적절히 제공해야 한다.

(5) 창조적 재구성

작품 내면화하기는 작품에 대한 학습자의 주체적인 창조적 재구성 과정이다. 주제, 인물, 사건, 배경 등을 토대로 다른 작품과 관련지어 보면서 작품에 대한 이해를 높이고, 현실 세계나 자신의 삶에 투영해 봄으로써 반응을 심화하는 것이다.『금오신화』의 다른 작품을 읽고「이생규장전」과 비교할 수도 있고, 자신의 시각에서 읽은 점을 감상문으로 작성하여 친구들과 돌려볼 수도 있다. 어떤 주제에 대해 토의·토론 활동을 하는 것도 좋고, '원하는 소망(욕망=목표=이상=삶=꿈)이 현실적으로 이뤄질 수 없는 상황이라면?' 식의 열린 질문을 통해 창의적인 글쓰기 활동을 할 수도 있다. 문학사적 시각에서 전대의 작품인「최치원」이나「김현감호」같은 작품과의 비교를 통해 소설이라는 갈래 특성을 파악하는 활동이나「주생전」과의 비교를 통해 전후 발전관계를 정리할 수도 있다. 혹은 장르 바꿔 쓰기나 비평문 쓰기 활동도 가능하다.

맥락 중심 교수학습 방법을 고소설 읽기에 적용할 경우 학생들은 작품에 대한 자신의 반응을 정리할 수 있고, 발표를 통해 또래 학습자와 이해한 내용을 공유, 수정, 확대할 수 있다는 장점이 있다. 짝

토론과 모둠 활동은 교사가 일일이 어휘나 문구를 해석해주지 않아도, 학생들은 작품 전체의 내용을 정리할 수 있다. 학습자 간 작품에 대한 의견 교환 후 작품에 대한 사실적 이해가 끝나면 교사는 탐구적 질문을 제공한다. 이때 경험하는 선(先) 이해 활동 내용과 탐구적 질문사이에서 일어나는 인지적 갈등은 학습자에게 사고 경험을 제공할 수 있을 것이다.

예를 들어 「이생규장전」을 남녀 간의 단순한 사랑이야기로 생각하고, 당시 일반 백성들이 재미를 위해 읽었을 것이라고 생각했던 학생과 최랑을 더 적극적으로 표현해서 여자들이 좋아했을 것 같다고 했던 학생은 '한문'으로 창작되었다는 말을 듣고 독자층을 수정했다. 소설이라는 인식 없이 작품을 이해했을 것이라는 당대 시대적 배경을 언급하자 학생들은 작가의 삶과 시대 배경을 작품 이해로 끌어들였다. 기본 지식을 활용하여 학생들이 자신의 사유체계로 작품을 가져와 이해할 수 있다면 '고전' 작품도 현대를 살아가는 학생들에게 의미 있는 대상이 될 수 있다. 중요한 것은 학생 스스로 작품을 감상하고 나눌 수 있는 기회를 제공해야 한다는 것이다. 작품을 꼼꼼히 읽고 동료 간, 교사-학생 간 토론이나 주고받는 질문을 통해 학생들은 작품의 주제, 창작 배경, 작가의 삶, 문학사적 배경에 대한 이해가 깊어질 수 있고, 상상력을 키우는 경험을 하게 될 것이다. 따라서 교사는 적절한 타이밍에 사회문화적 관점에서 작품을 이해할 수 있도록 작품 이해를 위한 선행조직자를 제공하거나, 적절한 질문을 던지는 촉진자, 안내자가 되어야 한다.

2. 「춘향전」 읽기

「춘향전」은 소설을 읽지 않았어도 개략적인 줄거리나 핵심 인물의 성격을 알고 있는 사람이 많다. 그러면서도 개별 이본의 존재나 작품을 구성하는 세부 이야기를 정확히 모르고 있는 작품이기도 하다. 교과서에는 완판본 「열녀춘향수절가」 84장본을 대상으로 춘향과 이몽룡이 만나고 헤어지는 장면이나 옥중 만남장면, 암행어사출두 장면이 주로 실려 있다. 따라서 학생들은 서사의 시대적 상황을 제시한 작품 첫 부분이나 이몽룡의 퇴사 후의 내용은 존재 유무조차 모르고 있다. 또 중간 서사도 월매가 기자 정성을 하여 춘향을 갖게되는 장면은 요약적으로 제시되고, 중간 중간 삽입된 '시조, 가사, 잡가 등'도 생략되어 작품 전체 양상을 제대로 모르는 경우가 많다. 따라서 가능한 전문을 읽되 여의치 않을 경우 교사가 이에 대한 배경지식을 안내해야 한다.

「춘향전」도 반응중심 교수학습 모델을 활용하여 사실적 읽기에서 점차 추론적·비판적·창조적 읽기 단계로 읽기의 깊이가 심화되도록 교수─학습을 진행한다. 작품읽기의 단계는 학습자들의 반응을 고려하여 순서를 조정할 수 있다. 「이생규장전」 읽기와 마찬가지로 작품을 먼저 읽은 후 개별적인 감상을 정리하여 공유한 뒤, 작품 이해의 내용을 작품 외적 맥락과 연관지어 이해하는 활동으로 전개한다.

1) 읽기 전

(1) 단원 학습 내용 분석

「춘향전」은 봉건 사회에서 신분을 초월한 남녀 간의 사랑을 다룬 대표적인 판소리계 소설로, 소재의 현실성, 배경의 향토성, 표현의 사실성, 개성적 인물의 창조성, 주제의 다층성 측면에서 국문소설의 백미로 평가된다. 이 작품은 이본(異本)이 무려 120여 종에 이를 정도로 사람들의 호응을 많이 받았다. 이 작품은 남원 부사의 아들 이몽룡과 퇴기의 딸 춘향의 신분을 초월한 사랑을 형상화하여 그 이면에서는 양반과 상민 사이의 사회적 불평등을 비판하고 있다. 신분제도의 불평등을 비판하는 것은 춘향이 기생의 딸 신분으로 한 고을의 수령인 변학도 앞에서 인격을 주장하고 정절을 내세우는 부분에서 절정을 이룬다. 기존 질서 앞에 굽히지 않는 춘향의 사랑은 남녀 간의 사랑문제만이 아닌 사회적으로 이미 봉건적 유교 관념이나 제도를 벗어난 것이다. 따라서 이 작품은 우리 민중의 사회적 비판의식을 반영하고 있는 것으로 이해된다.

우리가 읽는 완판본 「춘향전」은 인기 있는 작품들을 골라 목판을 이용해 상업적으로 출판한 방각본의 형태로 유통된 것이다. 조선 후기는 소설이 양적으로 증가하고 향유층이 확대되어 소설 독서가 대중의 여가 문화로 자리 잡았다. 이 시기에 소설을 읽어 주고 보수를 받던 직업적인 낭독가나 세책가, 방각본이 등장 하여 소설이 상업적으로 유통되었다. 그 배경에는 도시문화의 발달이 존재한다. 「춘향전」은 이러한 사회문화적 배경을 염두에 두고 읽어야 한다.

(2) 학습 대상 분석(생략)

(3) 학습 목표 및 차시별 학습 내용 분석

학습 목표			• 소설 독서 문화적 맥락을 활용하여 작품을 이해하고 감상한다. • 작품을 읽고 다양한 시각에서 재구성하거나 주체적인 관점에서 창작한다.
차시	주요 학습 내용	학습자료	지도 및 유의점
1	*작품 내적 맥락 추론하기	작품 전문 연꽃 발상지/ 학습 활동지	• 학습자의 시각에서 작품의 내용, 주제, 형상화의 방법 등을 통해 작품을 감상하도록 지도하며 작품 해석에 대한 이견이 있는 경우 특정한 해석에 치우치지 않고 다양한 해석 가능성을 열어 두도록 한다. • 감상 결과를 공유할 때는 합리적이고 타당한 근거를 함께 제시하고 생각을 나눔으로써 타자에 대해 개방적이고 포용적인 자세를 갖추도록 지도한다.
2	*작품 외적 맥락 추론하기	학습 활동지	소설 독서문화 맥락요소를 제시할 때 지식 교육이 되지 않도록 유의한다.
3~4	*창조적 재구성	이본자료/ 상호테스트 자료	내용, 형식, 맥락, 매체 등을 바꾸어 봄으로써 기초적인 문학 생산 능력을 기르고 문학적 표현의 동기를 신장하도록 지도한다.

(4) 평가 방법 및 유의사항

• 양적 평가보다는 질적 평가를 활용한다.

• 단편적인 지식을 평가하기보다 작품 전체에 대해 맥락 지식을 활용하여 추론적, 비판적, 창의적 사고를 발휘하도록 하는데 평가의 중점을 둔다.

• 작품에 대한 전체적인 감상 능력을 측정한다.

• 작품의 수용활동은 감상 내용 발표하기나 비평문 쓰기 등의 영역 통합적 방법을 활용하여 수용의 창의성과 적절성을 평가하고 활동의 결과를 상호 공유하여 문학 소통이 활발하게 이루어지도록 안내한다.

2) 읽기 중

(1) 작품 내적 맥락 추론하기: 사실적 독해

대부분의 교과서에서는 「춘향전」에서 몽룡과 춘향이 옥에서 재회하는 장면과 사또의 생일잔치 때 시를 지은 후 암행어사 출두하는 장면을 수록하고 있다. 내용의 긴장과 갈등의 해소 과정을 흥미롭게 전달하는 부분이기 때문이다. 그러나 가능한 전문을 제시하여 학생들과 함께 혹은 소집단별, 개별적으로 작품 읽기를 진행하고, 줄거리를 파악한다. 교과서 해당 부분을 다룬 영화의 일부를 보여주어 읽은 내용의 장면을 시각적으로 제시하는 것도 줄거리 파악에 도움이 될 수 있다.

「춘향전」은 이본의 수, 유통의 범위, 대중적 인기도면에서 고소설의 백미로 꼽힌다. 교과서 수록 빈도수만 보더라도 「춘향전」의 중요도를 짐작할 수 있다. 이 작품의 이본은 100여 종이 넘는데, 그만큼 대중의 인기가 많았음을 의미한다. 「춘향전」은 판소리 「춘향가」, 고소설 「춘향전」뿐 아니라 신소설로도 각색되었고(이해조, 「옥중화」), 현제명의 의해 오페라로도 만들어졌으며, 영화 「춘향뎐」에 이르기까지 다양한 예술 양식을 통해 대중과 소통하는 작품이다. 이렇게 대중적인 관심을 받는 이유는 권력과 사회 횡포에 맞서 사랑이라는 삶의 가치를 실현하는 주인공의 모습과 남녀의 '만남－사랑－이별－고난－사랑의 성취'라는 통속적 이야기가 지니는 '재미' 때문이다.

따라서 다른 고소설에 비해 학생들이 느끼는 작품에 대한 거리가 가깝고, 내용 이해도 쉽게 할 수 있다. 줄거리는 대략 다음과 같다.

조선 숙종 때 남원 부사의 아들 이몽룡과 퇴기 월매의 딸 성춘향이 단옷날 광한루에서 만서 서로 사랑하다가 남원부사가 임기를 끝내고 서울로 돌아가자 두 사람은 이별한다. 춘향이 남원 신임 사또인 변학도의 수청을 거절하고 일부종사를 주장하다가 옥에 갇혀 죽을 지경에 이른다. 한편 이몽룡은 장원급제 후 전라 어사가 되어 돌아와 탐관오리를 숙청하고 춘향과 재회한다. 춘향은 정렬부인에 오르고 둘은 백년해로하는 행복한 결말을 맺는다.

작품의 전체 줄거리를 파악하는 활동은 학생이 줄거리를 말해 보거나, 형성평가, 빈칸 채우기, 핵심어 찾고 이유 말하기 등을 활용할 수 있다. 중요한 것은 교사가 줄거리를 말해주지 않고, 학생들이 작품을 읽은 반응을 표현하도록 하여 학생 상호간의 의사교환을 통해 각자가 이해한 내용을 정리하도록 안내하는 것이다. 이 활동을 통해 「춘향전」의 주된 인물과 성격, 사건(갈등 양상, 갈등의 원인-해결), 사회적 배경 등을 정리할 수 있을 것이다.

배경	공간	전라도 남원	시간	조선시대 후기-숙종조
인물	• 춘향: 유교적 이념에 충실한 정절형 인물. 신분의 제약을 뛰어넘어 이몽룡과의 사랑을 성취하며, 의지적 진취적 시대의식을 지님 • 이몽룡: 민중들의 기대와 열망을 실현하는 인물. 사랑의 약속을 지키는 능력과 의리가 있는 인물 • 월매: 수다스럽고 이해 타산적이며 모성애가 강하고 현실적인 인물 • 향단: 의리와 분별이 있고 다정다감하며 충직한 계집종형 • 방자: 양반을 풍자하며 희극미를 강조하여 작품에 활기를 불어넣는 개성적 인물 • 변학도: 극악무도하다기보다는 어리석고, 조소의 대상이 되는 부패한 지방수령의 전형			
사건	• 춘향과 이몽룡의 사랑과 이별 • 변학도의 학정 • 변학도의 생일잔치 • 어사출두 • 춘향과 이몽룡의 재회와 행복한 결말			

배경	공간	전라도 남원	시간	조선시대 후기-숙종조
갈등	* 춘향과 변학도의 갈등: 이몽룡에 대한 절개를 지키려는 춘향과 관리의 권력을 이용하여 춘향을 취하려는 변학도 사이의 갈등 ☞ 탐관오리의 수탈에 대한 저항, 신분제도에 대한 저항 * 이몽룡과 변학도의 갈등: 탐관오리를 응징하려는 이몽룡과 권력형 부조리의 표상인 변학도 사이의 갈등 ☞ 정의의 승리(권선징악), 탐관오리에 대한 징계 * 춘향과 사회의 갈등: 퇴기 월매의 딸이라는 신분적 제약을 벗어나고자 하는 춘향과 신분을 차별하는 사회제도와의 갈등☞이몽룡과의 사랑을 성취, 정실부인으로 신분상승, 여성의 인간적 해방, 인간평등 추구			
표현상의 특징 파악하기	예) 모든 수령 도망갈 제 거동 보소. 인궤 잃고 강정 들고, 병부 잃고 송편 들고, 탕건 잃고 용수 쓰고, 갓 잃고 소반 쓰고, 칼집 쥐고 오줌 누기 ☞ 반복과 열거를 통한 속도감, 우스꽝 스러운 행동 묘사, 해학, 희화화 예) "이봐 춘향아! 네가 이게 웬일이냐! 나를 영영 안 보려느냐! '하량의 해질 무렵 쓸쓸한 구름이 일어나네.'는 소통국의 모자 이별, '먼길 떠난 임 가신 관산 길이 몇 겹이냐?'는 오희 월녀 부부 이별, '머리에 수유꽃을 꽂았으나 형제 하나가 모자라는구나!'는 용산의 형제 이별, '서쪽으로 양관을 나서면 아는 사람도 없겠네.'는 위성의 붕우이별. 그런 이별 많아도 소식 들을 때가 있고 상면할 날이 있었느니라. 내가 이제 올라가서 장원 급제 출신하여 너를 데려갈 것이니 울지 말고 잘 있거라! 울음을 너무 울면 눈도 붓고 목도 쉬고 골머리도 아프니라. 돌이라도 망주석은 천만 년이 지나가도 광석 될 줄 몰라 있고, 나무라도 상사목은 창 밖에 우뚝 서서 일 년 봄이 다 지나되 잎이 필 줄 몰라 있고, 병이라도 상사병은 오매불망 죽느니라. 네가 나를 보려거든 설워 말고 잘 있거라!" ☞ 판소리로 연행될 때 등장인물들의 대사는 창으로 불렸는데, 대사가 길게 서술된 것은 등장인물인 이몽룡의 격해진 감정, 이별의 슬픔을 고조시키기 위한 것이다. ※상투적 표현이나 한자어, 장면의 극대화, 해학과 풍자, 장황한 상황 묘사, 이중적인 언어 등 판소리계 소설의 표현상의 특징이 드러나는 부분을 살핀다.			
작품에 드러나는 사회상	* 양반, 중인, 평민, 천민 등으로 계급을 구분하는 신분 제도가 있었다. * 신분의 변동이 생겼다. * 지배층의 학정으로 백성이 고통 받았다. * 돈이 중요해졌다… 등등			
주제	표면적 주제				이면적 주제
주제	여성의 굳은 절개, 신분을 초월한 남녀 간의 사랑				* 신분 제약을 벗어난 인간 해방 * 불의한 지배 계층에 대한 항거 * 바람직한 삶의 가치 회복

(2) 외적 맥락요소 파악을 통해 작품 이해하기

1단계 사실적 이해 활동을 통해 정리한 내용을 좀 더 깊이 이해하기 위해 고려해야 할 맥락 요소를 파악하면 다음과 같다.

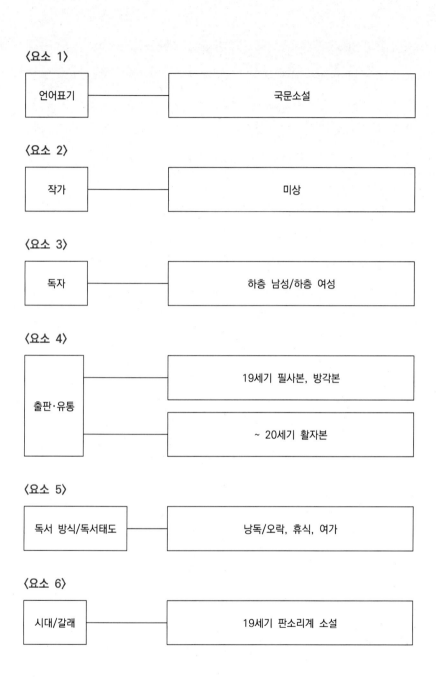

〈요소 1〉

| 언어표기 | 국문소설 |

〈요소 2〉

| 작가 | 미상 |

〈요소 3〉

| 독자 | 하층 남성/하층 여성 |

〈요소 4〉

| 출판·유통 | 19세기 필사본, 방각본 |
| | ~ 20세기 활자본 |

〈요소 5〉

| 독서 방식/독서태도 | 낭독/오락, 휴식, 여가 |

〈요소 6〉

| 시대/갈래 | 19세기 판소리계 소설 |

「춘향전」은 판소리 사설을 기록하면서 발달한 판소리계 소설로,

국문으로 기록되었다고 알려졌다. 하지만 최근에 「춘향전」은 19세기 상업화된 도시공간에서 발달한 세책가에서 상업적 이익을 목적으로 창작한 통속소설로 보는 견해가 있다.13) 소설 「춘향전」은 판소리 춘향가(「만화본 춘향가」(1754))의 사설이 문자로 기록되어 독서의 대상이 된 것을 말하는데 춘향가는 판소리가 등장한 18세기 초부터 연행되기 시작한 것으로 추정된다. 상하층 모두 춘향가를 즐겨 듣는 가운데 소설 춘향전이 등장했고 국문필사본만 100여 종 이상으로 고소설 중 이본이 가장 많은 작품이다. 고소설이 필사되거나 방각본 또는 활자본으로 간행되는 과정에서 차이를 보이는 작품이 나타난다. 주인공의 이름, 내용, 제목, 주제, 표기, 문자 등에서 차이를 보이더라도 등장인물과 그 인물을 중심으로 전개되는 사건의 줄거리가 유사한 작품을 이본으로 본다. 이본 발생 원인을 생산자의 측면에서 보면 의도적으로 변화시킨 것과 무의도적으로 변화시킨 것으로 나눌 수 있다. 의도적으로 변화시킨 경우 생산자와 수용자의 문학적 소양이나 의식에 따라 일어나는 것이다.14)

　판소리계 소설 이본의 존재는 이들 작품의 높은 인기도를 보여주면서 창조적 재생산이 활성화되었던 당대의 문화를 보여준다. 각 이본이 대상으로 한 독자가 달랐고, 향유층의 취향에 맞게 선택 향유되었다는 점에서 「춘향전」 이본은 각각의 작품을 하나의 창작물로 인정해야 한다. 따라서 19세기 판소리계 소설을 교육하기 위해서는 19세기 소설 문화의 특징인 상업성, 통속성, 대중성 등에 초점을 맞춰 작품을 읽을 필요가 있다.

---

13) 이윤석, 『조선시대 상업출판: 서민의 독서, 지식과 오락의 대중화』, 민속원, 2016 참조.
14) 최운식, 『한국 고소설 연구』, 보고사, 2006.

「춘향전」은 대중의 오락적 독서를 위한 통속소설이며 한글로 창작되었다. 한글이라는 표기 매체의 특성상 민중의 취향과 욕망을 담지하고 있고, 구체적인 삶의 현장과 일상의 이야기를 표현했다. 게다가 세책본과 방각본, 활자본으로 출판·유통되어 서울 지역을 넘어 상·하층 남녀 대중에게 향유된 작품이다. 판본에 따라 내용이 축소, 삽입, 변개되어 나타나는데 해당 지역의 독자 특성이 작품의 창작과 변용에 영향을 미쳤을 것이다.

판소리계 소설은 독자의 욕망이나 취향을 적극 반영하며 다양한 이본으로 재창작 되었고, 판소리가 유행하면서 대중에게 더 넓게 확산되었다. 1754년 만화본(晚華本)「춘향가」가 기록되어 있는데 이 자료는 춘향가의 내용을 한시로 번역해 놓은 것으로 18세기에 판소리가 하층뿐 아니라 상층에서도 유행하고 있었음을 보여준다. 19세기에 이르면 판소리와 판소리계 소설은 상호 교섭적 영향 하에 성장하며, 상하남녀노소 모두가 즐기는 문화물로 자리했다. 특히 판소리는 구연예술인데 사람이 많이 모이는 곳에서 불렸다. 판소리의 공연 장소는 도시와 농촌, 관가나 민가, 실내와 실외를 막론하고 사람들이 많이 모이는 곳은 어디든 가능했다. 조동일은 이에 대해 다음과 같이 설명했다.

판소리는 놀이채를 지불할 청중이 있으면 어디서든지 부를 수 있다. 광대들은 고기잡이 철이면 어촌으로, 추수 때에는 농촌으로 다녔으며, 장터에서 소리를 팔기도 하고, 부자나 양반집 잔치에서도 과거 급제자가 놀이를 벌일 때에도 판소리를 불렀다. 때로는 관가에서도 소리를 자랑했고, 임금 앞에 서는 영광을 차지하기도 했다.15)

19세기에 이르면 관가나 양반가의 연회에서 판소리 창자들이 초청되어 구연한 자료도 있어 판소리가 상당기간 상하층 남녀 모두에게 인기를 끌었음을 알 수 있다. 판소리는 놀이채를 받고 소리를 하는 공연예술이다. 따라서 대중의 흥미를 끌면 끌수록 이익이 많아진다. 따라서 당시 유행하는 통속소설의 흥미로운 부분을 가져와 창으로 불렀을 가능성이 있다. 또 그렇게 소리로 불리면서 대중에게 더 친숙하게 유포되어 그것이 소설 독서에도 영향을 주었을 것이다. 유통 방식도 다양하여 필사되기도 하고, 상업자본과 결합한 방각본으로 후대에는 활자본으로 간행 유통되었다. 뿐만 아니라 한역되어 상층 문인들의 독서물이 되기도 했다.

애초에 구연된 작품이었기 때문에 「춘향전」에는 대중의 흥미를 이끌어 낼 수 있는 요소가 곳곳에 나타난다. 춘향과 몽룡이 만나 사랑가를 부르며 노는 장면부터, 헤어지는 상황에서 구구절절 읊는 이별가, 매를 맞으며 부르는 십장가 등이 그러한 요소들이다. 또 곳곳에서 나타나는 반복과 열거를 통한 장면의 확대나 구구절절한 상황 묘사 등도 독서 대중의 흥미를 자극하는 요소들이다. 따라서 이러한 표현이 작품의 분위기나 성격형성에 미치는 효과를 살피도록 안내한다.

판소리계 소설의 내용과 주제도 상하층의 문화적 취향이 모두 반영되어 내용, 표현면에서 이중적인 성향을 가진다. 문체 역시 운문과 산문이 혼합되어 있으며, 세련된 한문투가 구사되는가 하면 사투리나 하층민이 사용했던 속어나 육담이 어우러져 있다. 당대 민중의 삶의 애환과 사회의 모순이 반영되어 있으며 해학과 풍자의 표현

---

15) 조동일, 『한국문학통사』권3, 지식산업사, 2005, 582쪽.

방식, 반복과 열거를 통한 장면의 확대, 작품 이해를 돕기 위한 편집자적 논평 등이 자주 활용된다. 중간 중간 가요가 삽입되어 분위기를 형성하거나 작중 인물의 심정·생각을 전달하기도 한다. 이러한 요소들은 이 작품이 낭독을 통해 유통되었으며 대중의 호응과 이해를 얻고자 사용했던 장치들이었음을 보여준다.

학생들은 판소리(판소리사설)와 판소리계 소설의 특성을 정확히 이해하지 못한다. 교과서에 실린 판소리 사설('흥보가')과 판소리계 소설('흥부전')을 아무 정보 없이 보여주자 학생들은 같은 작품으로 인식했다. 교과서 속 학습활동도 둘의 차이가 크게 나지 않는다. 따라서 이에 대한 정보를 교사가 제공해주고 둘을 갈래상의 차이를 생각해 볼 기회를 줄 필요가 있다. 그리고 판소리와 판소리계 소설이 상호 영향을 주고받으며 발전했다는 것을 작품을 통해 이해하도록 안내해야 한다.

19세기 소설사에서 판소리 창본과 판소리계 소설은 서로 교호하는 지점을 보이면서 형성되었을 뿐 아니라 19세기 문화적 장을 재현하는 역사적 서사 장르로 존재했다. 19세기에 들어 판소리 안에서도 유파가 분리되고, 상류층이 판소리 애호가로 등장하면서, 판소리 광대의 신분 변화가 나타났으며, 광대의 사승관계가 얽히고 지역 간 교류도 활발해졌다. 장면의 확대와 더늠의 개발이 왕성해지면서 판소리는 화려한 예술로 발전했다. 판소리의 이러한 변화는 「심청전」, 「춘향전」, 「흥부전」, 「토끼전」과 같은 판소리계 소설로 창작되기도 하고, 독자들에게 다시 필사되어 다양한 이본형성에 영향을 미쳤다.

판소리는 하층민의 문화가 상층으로 전이된 것인데, 그 과정에 신재효와 같은 중인이 중개가 되었다. 중인은 신분이 갖는 성격상 상층의 문화와 하층민의 문화를 모두 공유할 수 있었다. 또 판소리는 개방적 성향으로 인해 당시 유행하던 타 장르—시조, 가사, 잡가, 민요, 가면극, 무가, 소설 등—의 여러 구성요소가 혼용되어 나타난다. 그것은 청중들의 호응과 관심을 유발하는 요소로 상업적 흥행과 연결된다. 춘향가에 차용된 기존 가요의 장르는 시조가 12편, 십이가사에서 8편, 잡가에서 13편, 가면극에서 21편, 민요에서 20편, 무가에서 18편, 다른 판소리에서 형성된 가요가 26편이다. 이렇게 기존의 호응이 많은 관습화된 서사 구조와 화소를 적극 활용하는 것과 비장과 골계라는 상투적인 정서를 활용하는 것도 역시 이러한 상업성과 관련된다.16)

판소리는 유교적 윤리에 기반을 두면서도 인간의 보편적 욕망을 표현하고 있다. 서민들의 입담과 거친 표현들이 여과 없이 반영되다가도 고사나 다양한 전고들이 나열되기도 한다. 판소리의 유행과 더불어 발달한 판소리계 소설에도 이러한 판소리의 이중성(주제, 언어, 표현 등에서)이 반영되어 있는데 이것은 상하층이 모두 즐긴 문학의 특징을 반영하는 것이다.

「춘향전」에 담긴 사랑과 신의, 지조와 절개라는 보편적 가치는 당시 독자들이 추구하는 삶의 가치였기 때문에 대중의 호응을 얻을 수 있었다. 그러면서도 임기응변적이고 재기발랄한 담화형식, 재담과 유머, 풍자와 해학 등의 요소는 흥미를 자극하기에 충분하다. 이들 소설을 읽거나 들으면서 독자(청중)들은 억압된 욕망을 표출·해소했다. 「춘향전」 읽기 교육에서는 '대중성, 통속성(흥미 추구), 상하층 문화의 교섭, 인쇄에 의한 대량 유통 등'의 19세기 소설 독서문화

---

16) 장영창, 「판소리 문화 확산에 관한 연구: 복잡계 이론을 중심으로」, 경희대학교 박사논문, 2012; 전경욱, 「춘향전의 사설형성원리」, 『민족문화연구총서』 54, 고려대학교 민족문화연구원, 1990, 40쪽.

의 특성과 관련짓는 활동이 요구된다.

(3) 시대별 소설 독서문화의 양상과 서사 내용의 관련성 파악하기

19세기의 소설사적 배경을 교사가 이야기로 제시하거나 학습 보조 자료를 활용하여 안내한 뒤 학습 활동을 전개하기보다는 학생 스스로 작품에 대한 생각을 정리할 기회를 주는 것이 바람직해 보인다. 학습활동은 개별, 모둠활동으로 진행하되 인물, 사건, 표현상의 특징을 교사가 설명해주는 것이 아니라 탐구적 질문을 통해 학습자가 해결하도록 안내한다.

「춘향전」의 내용을 1~2단계에서 추론한 내용과 관련지어 살필 때 다음과 같은 유도 질문을 활용할 수 있다.

Q. 조선은 신분제와 유교적 가부장제가 근간이 되는 사회였다. 그런데 작품에는 기생신분이면서도 상부의 명령을 어기는 춘향이 등장하고, 심지어 춘향과 몽룡은 부모의 허락도 없이 인연을 맺는다. 게다가 춘향은 지조와 절개를 지킨 덕분에 신분상승을 하였다. 이런 요소가 독자에게 어떤 효과를 주었을까? 또 이러한 작품 내용을 조선 후기 사회문화적 상황과 관련지어 본다면 작품의 주제는 무엇일까?

Q. 춘향의 이야기는 판소리 「춘향가」부터 신소설 「옥중화」, 소설 「일설 춘향전」, 영화 「성춘향」, 연극 「춘향전」, 오페라 「춘향전」, 시 「춘향유문」, 「춘향이 마음」, 영화 「춘향뎐」, 드라마 「쾌걸춘향」 등 다양한 방식으로 전승, 재창조되었다. 이 작품이 오늘날에도 가치를 지닐 수 있는 까닭은 무엇인가?

Q. 춘향은 기생이면서도 기생이 아니다. 기생으로서 가지는 자유분방

한 성격과 동시에 양반가의 여성이 중시하는 교양과 품위 정절을 고수하려는 성격도 갖고 있다. 춘향의 성격이 이중적으로 묘사되는 이유는 무엇인가? 그 이유를 판소리의 문학적 관습과 연관지어 생각해 보자.

Q. 「춘향전」에서 가장 중심적으로 드러나는 갈등은 무엇인가? 그것을 사회적 배경과 연관지어 해석해 보자.

Q. 신관사또와 춘향의 갈등 과정에서 이몽룡의 역할과 성격은 어떠하며 작품에 어떤 기여를 하는가?

Q. 「춘향전」의 이본군은 변개를 거치며 확산되는데 춘향의 신분이 기생에서 점차 양반의 서녀로 격상되기도 한다. 그 이유를 독자와 관련지어 생각해 보자.

Q. 「춘향전」에 나타나는 판소리계 소설의 표현상의 특징—상투적 표현이나 한자어, 장면의 극대화, 해학과 풍자, 장황한 상황 묘사, 이중적인 언어 등—을 작품의 유통, 수용 맥락과 관련지어 생각해 보자.

「춘향전」은 학생들에게 잘 알려진 소설이다. 작품을 모두 읽지 않은 상황에서도 줄거리를 이야기 하는 학생도 있고, 등장인물들의 성격이나 작품 내에서의 역할을 어느 정도 알고 있는 경우가 많다. 그러나 실제로 「춘향전」을 처음부터 끝까지 읽을 기회는 거의 없다. 보통 춘향이와 몽룡이 만나고 헤어지는 장면이나, 암행어사 출두 부분이 교과서에 수록될 뿐이다. 따라서 학생들의 개별반응을 집단을 통해 공유한 후에는 「춘향전」의 유통 상황이나 이본의 종류, 특성에 대해 탐구할 기회를 제공해야 한다. 직접 작품을 읽는 것이 어렵다면 교사가 이야기를 통해 이본의 차이를 설명할 필요가 있다.

「춘향전」을 읽고 학생들이 보인 특이한 반응은 가장 마음에 드는 캐릭터로 춘향이나 몽룡을 택하는 학생보다 월매를 택한 학생이 많다는 것이다. 물론 4명의 학생의 반응만으로 일반화할 수 없는 일이므로 예외적인 반응임을 밝힌다. 학생들이 월매를 마음에 들어 하는 공통적인 이유는 현실에 있을 것 같은 캐릭터이기 때문이다. 자신은 퇴기지만 자신의 딸은 양반의 자식처럼 귀하게 키웠다. 당시 법으로 기생의 딸은 기생임에도 불구하고 자신의 신분을 물려주지 않으려 노력한 것 같다고 했다. 또 몽룡과 춘향이 연을 맺을 때는 적극 반기고, 이몽룡이 거지꼴로 왔을 때는 구박을 한다. 자식의 신분상승, 현실적 이익이 가장 중요한 어머니의 모습이 있고 자기감정에 솔직한 사람이라고 했다. 변학도에 대해서는 예나 지금이나 지배층이 횡포를 부리는 일은 변하지 않는 것 같다며 부정적인 태도를 보였으며, 몽룡이나 춘향 같은 인물은 현실에서 보기 힘들지 않나 하는 반응이 있었다. 학생들은 지금 현대 사회의 기준과 가치로 과거의 작품을 이해한다. 춘향의 저항의 의미가 가슴 깊게 와 닿지 않는 것이다. 최근의 미투 운동과 관련지어 지금도 여성의 인권이 유린되는 일이 사회 문제가 되고 여성이 사회적으로 목소리를 모아 문제를 제기하기까지 얼마나 큰 어려움이 따르는지에 대해 이야기를 나누면서 19세기 춘향의 시대에 대한 이야기를 간접적으로 제시하자 흥미를 보였다. 특히 신분상 기생인 월매가 거지꼴을 한 이몽룡을 괄시하는 것이 가능해진 시대가 되었다는 점, 다시 말해 신분보다 돈과 지위가 중요한 시대가 되었다는 점을 강조하자 작품에 대한 관심이 높아졌다. 이러한 활동 후에 작품을 다시 살펴 춘향전의 내용 중 당시 사회상을 잘 보여주는 대목을 찾아보는 활동을 하자 좀 더 적극적으로 활동에 참여하였다.

(4) 전체 주제 파악 및 문학사적 의의 판단하기

학생들은 「춘향전」을 읽기 활동을 통해 정절을 지키는 춘향의 모습, 춘향의 저항과 몽룡의 한시 부분을 통해 '인간존중사상'을, 어사출두 장면에서는 '권선징악'이라는 교훈을 찾아냈다. 신분제의 동요가 일던 당시 사회문화적 상황을 살핀 후에는 신분 상승 욕구와 자유연애 사상, 저항정신, 시련을 극복해 내는 의지 등 조선 후기 민중의 삶과 의식의 성장을 주제 파악에 관련짓는 모습이 관찰되었다. 사랑이라는 인간 보편 정서를 바탕으로 일상의 삶과 밀접한 현실의 내용을 다루었다는 점에서 당대를 넘어 현재까지 읽히며 재창조되고 있다는 것도 살필 수 있었다.

「춘향전」은 지조와 절개, 신의라는 유교적 가치를 지향하면서도 사회적으로 봉건적 유교 관념이나 제도를 이탈하고 있는 작품이다. 이러한 특성은 19세기 소설사의 특징이기도 하다. 19세기는 신분제적 경계가 무너지고 신분적 이질성이 희박해지면서 상하층의 경계도 모호해지던 시대였다. 기존의 질서로는 이해하기 힘든 사회 변화로 인해 가치관의 혼란과 윤리적 삶의 근간이 흔들리기도 하였다. 조선은 신분, 계급, 친족이라는 유교사회의 집단적, 봉건적, 공동체적 삶의 방식이 '돈'에 의해 와해되고 '개인, 자아'에 대한 인식이 대두되는 변화를 경험했다. 그 기저에는 상업 화폐 경제체제와 서민의식의 성장이 자리하고 있었고, 이러한 변화상이 「춘향전」에 반영되어 나타났다. 「춘향전」을 심도 있게 읽기 위해서는 19세기 사회문화 변동을 이해해야 한다.

조선조 후기 사회는 봉건사회의 해체와 근대의식의 성장을 경험하는 시대였다. 「춘향전」은 조선 후기사회의 신분변동이 진행되는 사회적 상황을 보여준다. 춘향은 천민출생인 기생이면서 양반이 되고자 하는 신분상승의 꿈을 표현할 수 있었던 것은 신분제가 흔들리던 조선 후기의 사회적 성격을 반영한다. 춘향과 몽룡의 현실적 욕망이나 삶의 가치는 인간의 보편적 정서인 '사랑'에 있다. 이는 15세기에 지어진 「이생규장전」의 이생과 최랑의 삶의 가치, 목표과 같은 것이다. 그러나 이 두 쌍의 사랑은 사회적으로 다른 의미를 지닌다. 19세기 당시 서울은 향락과 소비의 도시였다. 기생집과 같은 유흥업소가 흥행했고, 연행문화가 발달했다.

양반이 기생을 취하는 일은 당시 사회적 관습으로 보았을 때 어려운 일이 아니었다. 관기는 오래전부터 있었고 지배층과 기생 사이의 사랑은 흔한 이야기였다. 그러나 기생이 신분 차이를 극복하고 양반과 결혼해서 첩이 아닌 정부인이 되는 일은 전무후무한 사건이었다. 이생과 최랑의 경우 최랑의 가문이 이생의 가문보다 월등히 높았다. 이생도 사대부가의 아들이었지만 가문의 차이가 원인이 되어 사랑이 맺어지는데 장애가 생겼다. 지배층에 속하는 신분임에도 혼사 갈등이 존재하던 사회가 조선이다.

그런데 기생이 지조와 절개를 논하고, 나아가 정부인이라는 여성으로서 최고의 지위를 얻는 일이 작품에서 형상화되었다. 오늘날에도 혼인은 사회 경제적 조건이 중요한 장애가 될 수 있다는 점에서 미루어 보아도 상당히 진취적인 생각이 표현된 것이다. 이것은 단순히 신분제도의 변화와 그로인한 신분상승의 의미만 있는 것은 아니다. 기생이기 이전에 인간다운 삶을 살고 싶은 자아의 의지가 춘향에게 투영되었기 때문에 춘향이 문제적일 수 있는 것이다.

인간다운 삶의 추구, 인권의 존중과 추구는 춘향뿐 아니라 이몽룡과 변학도를 통해서도 파악할 수 있다. 이몽룡과 변학도는 둘 다

지배층에 속한다. 이들이 조선사회에서 특권을 누릴 수 있는 이유는 그럴만한 이유가 있기 때문이었다. 신분제의 변동이 있기 전까지 조선의 모든 계층은 신분제를 숙명으로 받아들였다. 그 중에 나라의 부국강병을 위해 신분이 아닌 능력에 따라 인재를 등용해야 한다고 생각했던 비판적 지식인들이 있었다. 그러나 일부 지식인들을 제외하고 대다수의 지배층은 신분제의 특권을 누리며 상하관계의 질서가 당연한 것으로 인식했다.

피지배층의 경우도 가혹한 수탈이나 지배층의 횡포로 인해 도적이 되거나 민란을 일으킨 사람들도 신분질서 자체를 부정하지 않았다. 비판적 지식인인 허균도 신분질서 자체를 부정한 것이 아니라 능력 있는 인재들이 신분으로 인해 차별을 받아선 안 된다는 것을 주장한 바 있다. '왕후장상의 씨가 따로 있지 않다'는 신분제 자체를 부정하는 발언은 19세기에 와서야 등장했다. 신분질서에 순응하는 사람들의 의식에는 지배층의 책무, 지배층다운 면모, 도덕적 기준들이 존재했다. 특권을 누리는 만큼 사회에 공헌하는 바가 크고, 백성의 삶의 안정에 기여한다고 믿었다. 도덕적으로 존경할 만한 '성인, 군자'에 대한 상(象)이 있었던 것이다. 그런데 임병 양난을 겪으면서 믿었던 지배층에 대한 권위, 책임, 신뢰, 도덕성 등이 무너지기 시작했다.

18세기 조선의 상업이 발달하면서 서민의 각성수준이 높아지고 '돈'에 의해 사회질서가 재편되면서 이러한 무너짐은 가속화되었다. '기생'도 사람이라는 인식, 원하는 삶을 살고자 하는 권리가 있고 그것을 훼손하고자 하는 자아 밖 세계가 있다면 '죽을 각오'로 대항하겠다는 의지를 춘향이 보여준 것이다.

이몽룡의 경우 세계의 횡포로부터 춘향과 수탈당하는 고을 민중을 구해주는 역할을 한다. 이몽룡은 당대인이 바라는 지배층의 상이고 염원이었다. 지배층이라면 응당 백성의 입장을 대변하고 그들의 평안과 삶의 질 향상을 위해 봉사해야 한다. 이몽룡은 양반출신이면서도 계급을 초월한 사랑을 실천하는 인물이다. 이도령은 경판본에서는 방탕한 양반자제로 등장하고, 완판본에서는 의리와 책임감 강한 인물로 묘사된다. 서민들의 이상이 반영된 서로 다른 두 이본에 대한 정보를 제공하여 이본의 내용이 달라진 이유를 독자와의 관계에서 파악할 수 있어야 한다.

이본의 차이를 떠나 마지막 장면에서 이몽룡은 정의를 구현하는 인물로 묘사된다. 지배층이라면 응당 모든 백성이 인간다운 삶을 누릴 수 있도록 애써야 한다는 것을 보여준다. 역으로 변학도처럼 지배층이더라도 반상의 제도를 철저히 지키면서 그것을 악용하여 개인적 이득을 추구하고 일반 백성의 인권을 유린하는 지배층은 사회에서 자리할 수 없다는 것을 보여준다. 책무를 다하지 못하거나 도덕적 결함이 있을 때 얼마든지 응징할 수 있다는 인식이 당시 사회 전반의 공감대를 형성했으며, 이것은 사회가 변화했음을 보여주는 것이다. 변학도와 같이 당연히 누려왔던 특권이 당연하지 않은 사회로 변하고 있었고, 그 특권에는 피지배층을 인간답게 대우해야 한다는 인권존중 사상이 포함되기 시작했다. 지배층은 이 소설을 통해 삶의 성찰하고 돌아볼 수 있었고, 피지배층은 소설을 통해 대리만족과 카타르시스를 경험했을 것이다.

조동일은 이 작품의 주제에 대하여 "열녀의 교훈은 표면적 주제이고, 인간적 해방의 사상은 이면적 주제이다. 열녀의 교훈은 작품의 표면에 설명되어 나타나 있으나, 인간적 해방의 사상은 명확한 설명으로서가 아니라 갈등으로 구현되어 있으며, 표면적 주제의 뒤에 숨겨져 있어서 쉽게 드러나지 않는다"고 하였고, 이상택은 "열녀 갈등은 주인공의 신분적 동기화를 성취하기 위한 방어 동기로서, 수단적 갈등이며, 궁극적인 주제는 춘향의 신분적 동기화의 성취라 할 수 있다. 「춘향전」의 궁극적인 가치는 봉건적·사회적 도그마로부터의 인간 옹호 또는 인간 해방이라는 안티테제를 제기하였다는 점에서 찾을 수 있다"고 하였다. 이를 통하여 볼 대 이 작품은 정조 혹은 정절 문제를 통해 합리적인 당위 규범과 불합리한 존재 규범, 새 시대 윤리와 낡은 시대 윤리 사이의 갈등을 통해, 현재에 있는 것은 속박·차등·예속이라고 하는 불합리한 규범이고, 자유·평등·해방이라고 하는 인간다운 삶의 추구, 인권의 성장을 제시하는 작품이라고 할 수 있다.

「춘향전」은 소재를 현실 세계에서 취했으며, 배경도 전라도 남원 고을이라는 현실적 공간으로 설정하여 리얼리티를 획득하고 있다. 또한 작품의 구성과 인물의 설정에 있어서도 성춘향과 이몽룡을 비롯하여 향단, 방자, 월매, 변학도, 농민 등 각계각층의 많은 인물들이 등장하며 이들은 모두 다 자기의 고유한 얼굴을 가지고 서로 관계를 맺는다. 암행어사 출두를 계기로 하여 위기가 해소되고, 강자가 약자로, 또 약자가 강자로 되는 극적 전환이 이루어진다. 또한 화사한 기녀 춘향/남루한 수인 춘향, 거지 이몽룡/어사 이몽룡이라고 하는 대조법과 반전의 장치가 돋보인다. 독자 역시 이와 같은 극적 반전과 함께, 공통의 심리적 체험을 하여 공감대 형성을 이루는 것이다. 그리고 이것은 곧 개성적 인물의 창조와 연결되는 바, 각이한 정황에서의 자연 묘사와 초상 묘사, 심리 묘사도 잘 주어져 등장인물의 성격을 창조하여 주제를 더욱 부각시켰다. 그리고 이 작품은 다른 고소설들과 비교해서도 다양한 표현을 사용하고 있는데, 과장과 예리화의 수법, 풍자적 수법, 대조와 비약의 수법, 구어체에 의한 대화법 등 묘사 표현적 수법들도 다양하게 활용함으로써 작품의 예술성을 높여주고 있다. 인물의 묘사 방법에서도 작가가 인물의 외모와 성격을 직접 설명하고 있는 묘사 방법을 주로 구사하고 있다.

「춘향전」은 다양한 독자층의 욕망과 취향이 반영되어 창작되었기 내용과 표현면에서 다층성이 강하다. 기생의 신분으로 정절을 지킨 춘향이 양반집 자제인 이도령과 사랑을 하다가 결혼을 하여 신분상승을 이루고 부귀영화를 누린다는 이야기는 서민들의 꿈을 충족시키기 위해 설정된 것이고 정의로운 지배층에 의해 불의한 관료가 징치되는 모습을 통해 '왕도정치가 구현'되길 바라는 상층 남성의 욕망이 투영된 것일 수 있다. 「춘향전」은 다른 소설에 비해 소재를 현실세계에서 취했으며, 배경을 현실적 공간으로 설정하는 등 리얼리티를 획득하고 있다. 그리고, 당대의 시대 상황을 반영하고 상·하층의 보편적 욕망과 이상향을 그리고 있기 때문에 동시대의 다른 작품보다 널리 읽혀왔고, 현대까지도 다양한 장르로 재해석되어 시대를 초월한 사랑을 받고 있다는 점에서 문학사적으로 높이 평가된다.

17세기만 해도 신분을 초월한 사랑이 해피앤딩으로 끝나는 사례가 없었다. 신분이라는 세계의 횡포, 장애는 조선 사회 내내 존재했고 그것에 대한 문제제기는 조선 전기부터 있었다. 그럼에도 불구하고 세계에 끝까지 저항하고 모순된 세계를 깨고자 하는 내용은 나타나지 않았다. 「이생규장전」의 이생은 세계에 끝까지 굴하지 않는 의지를 보였지만 '죽음'을 맞았다. 「홍길동전」의 길동도 세계의 횡포에 맞서 싸우지만 충, 효를 거스르진 못했다. 여성이 남성보다 우월한 능력을 발휘하며 국난을 해결하는 「박씨전」에서도 지배층을 징치하는 것이 아니라 포용하며 섬기는 내용으로 전개된다.

19세기는 상황이 달라졌다. 지배층이더라도 잘못이 있으면 징치하고, 잘못을 비판한다. 하층민이더라도 인간으로서의 존엄성이 훼손된다면 스스로 권리를 주장할 수 있다는 인식이 생겼다. 民의 각성의식이 성장했기 때문이다. 이러한 인식의 변화 이면에는 사회문화적 환경의 변화가 있었다. 학습자가 「춘향전」을 당대 사회문화적 맥락과 연관지어 살필 때 19세기를 좀 더 깊이 이해할 수 있고, 그 시대를 살았던 사람들의 삶이 더 쉽게 이해되고, 풍부하게 읽을 수 있다. 따라서 교사는 탐구적 질문을 통해 학습자가 작품을 사회문화적 맥락이나 당대의 독서문화와 관련지어 작품을 이해하도록 안내할 필요가 있다.

(5) 창조적 재구성

작품의 상황을 새롭게 설정하여 이야기를 재구성하는 창조적 읽기 활동은 결말 바꿔 쓰기, 광고 만들기, 만화나 시 등 다른 갈래로 변형해보기, 등장인물에게 편지쓰기, 비평글쓰기 활동이 있다. 혹은 '이몽룡이 과거에 급제하지 못했다면?', '춘향이 살기 위해 마지막 순간에 훼절했다면?', '춘향과 이몽룡이 오늘날 환생했다. 어떤 사건이 펼쳐질까?' 등의 추론적 질문을 동해 창의적 반응을 유도할 수도 있다.

「춘향전」은 고대소설 가운데 가장 널리 알려진 작품이고 그동안 교과서에서도 빠짐없이 수록되어 왔을 정도로 문학사적 가치가 높은 작품이다. 또 다양한 계층의 욕망이 반영되어 있기에 독자층이 넓다. 따라서 「춘향전」이 대중적 인기를 얻을 수 있었던 내용, 형식, 표현면의 특징에 주목해서 현대에 맞게 재구성해낼 수 있다면 학생들의 적극적인 읽기를 유도할 수 있을 것이다.

「춘향전」의 다양한 이본을 교육제재로 활용하여 창작의 방향을 지도할 수도 있다.17) 다음은 학생들이 「춘향전」을 읽고 맥락을 바꾸어 창조적으로 재구성한 결과물이다. 〈사례 1〉은 돌아가며 이어쓰기를 진행했다. 주제는 그대로 두고, 작품의 내적 맥락을 변형하여 새로운 사건을 추가하고, 이어쓰기를 통해 새로운 결말을 유도했다. 흥미로운 것은 이어쓰기의 과정에서 학습자 간에 협력적 의사소통이 나타났다. 예를 들어 앞뒤 문맥에 맞지 않으니 '이 표현을 다르게 고치는 것은 어떨까?' '중간에 이 내용을 첨가하면 어떨까?' 하는 논의가 이어졌고, 최종적으로 낭독을 통해 어색한 문맥이나 내용을 수정하기도 했다. 원작과 다르게 이몽룡의 적극적인 문제해결 능력이 나타나고, 백성들의 각성과 저항의지가 반영되었다.

〈사례 2〉와 〈사례 3〉은 개별적인 글쓰기의 결과물이다. 〈사례 2〉의 경우 결말 부분을 다르게 변형하고, 새로운 사건이 시작되는 것에서 재창작을 하였다. 「사씨남정기」를 읽어본 적이 없는데도 이어지는 내용이 처첩간의 갈등을 다루고 있다. 〈사례 2〉를 읽어 줄 때 나머지 학생들은 '완전 막장'이라면서도 매우 흥미롭게 들었다. 자극적이고 흥미로운 요소가 국문 소설의 흥행을 이끈 한 요소가 될 수 있음을 알 수 있었다. 학생은 사극을 통해 보았던 내용을 떠올리며 썼다고 하였다. 〈사례 3〉은 주인공들의 이름만 따서 현대물로 재창작했다. 학생은 자신이 경험하고, 주변에서 일어나는 학교폭력 이야기로 각색했다. 최근 방영된 '아름다운 세상'이라는 드라마를 보고 비슷한 이야기를 썼다고 했다. 이 글을 읽어줄 때 친구들은 '맞아',

---

17) 김종철, 앞의 논문, 359쪽.

'진짜 그래요'라는 반응을 보였다. 그리고 마지막 특강 장면에서 핸드폰 하고 있는 건 정말 '리얼'이라고 말했다. 학생들은 자신들의 시대적 상황과 문제를 맥락화하여 작품을 창작하고, 이해하고 있었다. 고소설을 통해 자신들의 삶의 문제에 대해서도 고민할 수 있는 시간이었다.

신분제도가 사라진 지금 사회에도 여전히 사회적 지위, 경제적 차이, 혹은 특정 집단의 힘이 우리 삶에 불평등으로 작용하는 일이 존재한다. 사회적 존재로서 개인은 타인 혹은 사회적 환경과 연관되면서 신념대로 살아가는 것이 어렵기도 하다. 「춘향전」을 통해 학생들은 인간성을 훼손하는 '제도, 폭력, 강압, 불의'의 불합리성과 그에 맞선 저항정신의 가치를 수용했다. 특히 〈사례 3〉을 함께 읽으며, 주변에서 일어나는 '언어폭력, 왕따 문제, 방관자적 태도, 교육적 가치를 전달하는 특강 상황에서 핸드폰을 하는 행위' 등에 대해 비판하기도 하고, 반성하기도 했다.

작품을 통해 과거의 가치를 점검하고 이를 통해 지금을 돌아보며 현재 삶의 가치나 방향을 고민하거나 변화시킬 수 있다면 맥락 중심 고소설 읽기의 가치가 충분하지 않을까 생각된다.

다음은 학생 개인이 쓴 결과물을 낭독하여 읽은 후 더 나은 내용과 표현에 대해 다 함께 논의 후 수정한 결과물이다. 필자는 표현이 거친 단어를 순화하고 주−술 호응이 안 되거나 맞춤법이 틀린 부분에 한해서만 수정하고 학생들이 제출한 내용을 그대로 실었다.

〈사례 1〉 작품 내적 맥락을 바꾸어 이어쓰기

과제: 작품 내적 맥락을 바꾸어 새롭게 창작하기

※ 다음 문장 뒤에 이어질 내용을 이어서 써 봅시다.

"서울로 올라간 몽룡은 열심히 공부했지만 과거에 낙방하고 만다."

춘향과 헤어진 후로 과거시험에 합격하여 다시 남원으로 돌아가겠다는 몽룡의 꿈이 무너졌다. 아무것도 이루지 못하고 춘향이 앞에 나타난다면 춘향도 실망할 것 같았다. 그래도 몽룡은 춘향이 너무 보고 싶었다. 한번만 볼 수 있다면 다시 마음을 잡고 공부할 수 있을 것 같다. 몽룡은 아버지한테 들키지 않으려고 허름한 옷으로 바꿔 입었다. 그리고 얼굴만 딱 한번 보고 오려고 남원을 찾아간다. 그런데 뜻밖에 춘향이 옥에 갇혀 있다는 사실을 알게 되어 그녀를 찾아간다. 몽룡과 춘향은 철창을 사이에 두고 서로를 안으며 울면서 이야기 한다.

"춘향아 이게 무슨 일이냐? ㅠ.ㅠ"고 몽룡이 묻자 춘향이 대답한다.

"저는 잘 지냈습니다. 서방님은 어찌 이런 모습으로 나타나셨습니까?" 하고 묻자 몽룡은 머뭇거리며 그동안 있었던 일들을 모두 춘향에게 이야기해준다.

춘향은 그동안 변학도 사이에서 있었던 일을 이야기 한 후 몽룡에게 자신이 죽으면 시신을 잘 거두어 달라고 말한다. 이에 몽룡은 자신이 처한 현실이 괴로울 뿐이다. 자신을 위해 목숨까지 바치며 정절을 지키고 있는 춘향을 보니 서울 생활에 대한 회의와 반성의 감정이 몰아쳤다. 과거에 떨어진 자신이 밉고 하찮게 느껴졌다.

자신에게 닥친 죽음을 예견한 춘향은 몽룡에게 앞으로의 일을 당부한다.

"서방님, 저는 죽어 묻히지만 서방님께서는 건강히 천수를 누리시길

바랍니다. 저를 묻고 서울로 가시거든 다시는 저를 생각지 마시고 학문에 정진하시어 원하시는 꿈을 이루소서. 높디높은 지위에 오르시거든 다시는 저와 같은 비참한 죽음이 더 생기지 않게 모두가 평등하게 살 수 있는 그런 사회를 만들어주십시오."

이 말을 들은 몽룡은 호통을 치며 "이게 무슨 말이냐. 무슨 그런 소리를 하느냐..."라며 폭풍눈물을 흘린다. 몽룡은 "춘향아... 너 없이 사는 나는 아무 의미가 없다..." 하고 또 눈물을 보인다. 그러자 춘향은 눈물을 닦아주며 이렇게 말한다.

"그러니 의미를 찾으셔야지요. 평생 저희는 같이 할 수 없는 운명인가 봅니다. 받아들입시다." 하며 춘향은 몽룡에게서 등을 돌린다.

춘향과 헤어지고 돌아온 몽룡은 춘향을 살릴 방법을 고민한다. 문득 운봉 영감이 떠올랐다. 운봉은 사려깊고 신중한 인물이다. 불의에 적극 나선 적은 한번도 없지만 그래도 성품이 곧고 생각이 있는 사람이니 나를 도와줄 것이다. 운봉을 만나러 가기 전 몽룡은 춘향을 찾아가 나를 믿어달라는 말을 하고 운봉을 찾아간다.

몽룡은 운봉에게 변사또 생일잔치 도중에 춘향 석방을 요구해 달라고 부탁한다. 하지만 운봉은 선뜻 대답할 수 없다. 자칫하면 수령을 없애려는 역모에 가담했다는 죄로 사형 당할지도 모른다. 몽룡은 주변 수령들을 한 명 한 명 찾아가 설득하고 있다고 말한다. 다함께 힘을 모으면 탐관오리 변학도를 몰아낼 수 있다고 설득했다. 고민 끝에 운봉도 주변 마을의 수령들을 설득해 보겠다고 약속했다. 운봉도 마침 변학도가 자꾸 뇌물을 요구해서 스트레스를 받고 있었다. 그리고 몽룡의 뒤에는 그의 아버지가 있다. 남원 부사로 있다가 임금의 부름을 받고 이 나라 영의정이 되었다. 못돼먹은 변학도의 비위를 맞추며 힘들게 사느니 몽룡을 믿어보는 것이 좋을 것 같았다.

한편 몽룡은 방자에게 돈을 주어 음식을 마련하게 한 뒤 마음 맞을 것 같은 마을 사람들을 한 곳에 모은다. 몽룡은 죄 없는 사람들이 변학도의 폭압으로 살 수 없는 지경인데 앉아서 당하고 있다가는 다들 피해자가 될 것이라고 변학도를 물리치자고 설득한다. 사람들은 자기들도 죽겠다면서 농민봉기를 하자고 똘똘 뭉쳤다.

이런 사실을 모르는 변학도는 그저 생일잔치를 벌일 생각만 하고 있었다. 내심 춘향 고것이 어쩔 수 없는 척 자기에게 넘어오면 좋겠다고 생각했다. 안 넘어오면? 죽여 버리겠다고 생각했다.

생일날 잔치가 절정에 이르자 변학도는 춘향을 대령하라 명한다. 춘향에게 수청을 들겠냐고 물었지만 춘향은 빨리 죽여 달라고 말했다. 변학도는 춘향을 매우 치라고 명령한다. 피가 터지도록 맞아도 끝까지 빨리 죽이라고 말하는 춘향한테 변학도도 질려버렸다. 그냥 죽여 버리라고 명령을 했다. 바로 그때!

군중 속에서 몽룡이 소리친다. "이놈! 백성을 잘 다스리라고 앉혀 놓은 자리에 앉아서 기생이나 찾고, 백성들을 수탈하는 개돼지 같은 변학도 네-이놈! 어찌 죄 없는 사람을 고문하고 매질하고 죽이려드느냐! 하늘이 무섭지 않느냐!"

그 소리를 듣고 변학도는 화가 머리 끝까지 치밀고 기가막혀 잠시 멍하니 있다가 포졸들에게 몽룡을 잡으라고 명령한다. 그때 백성들이 너도나도 들고 일어나 몽룡과 춘향을 감싸며 대체 무슨 죄가 있다고 사람을 죽이려 드느냐며 따진다. 그동안 폭탄 세금이며 노동력 착취 때문에 불만이 쌓였었는데 이젠 죄 없는 사람도 막 죽이는데 어떻게 살겠냐며 죽기 살기로 저항한다. 포졸 틈에도 백성을 지지하는 사람들이 있어 변학도의 명령을 무시하고 백성 편에서 창을 들고 같이 외쳤다.

운봉은 이때다 싶어 수령들을 동원하고 다 함께 변학도를 질타한다.

운봉은 포졸들을 시켜 변학도를 잡아서 꿇린다. 변학도는 갑자기 죄인이 되어 옥에 갇히고 춘향은 무사히 풀려나 몽룡의 간호를 받는다.

운봉은 임금에게 변학도의 폭정에 대한 상소를 올리고, 몽룡의 아버지인 영의정에게 그간의 있었던 일을 전한다. 임금은 변학도를 파직하고, 운봉을 남원의 수령으로 명한다. 영의정은 남원으로 내려와 운봉에게 그간의 있던 일을 치하한다. 춘향의 높은 절개에 대한 이야기는 임금의 귀에까지 들어갔고 영의정도 이를 기특하게 생각하였다. 그래서 몽룡에게 과거공부를 게을리 하지 않겠다는 약속을 받고 몽룡과 춘향을 결혼시킨다. 둘은 아들딸 많이 낳고 검은 머리가 파뿌리 될 때까지 행복하게 살았다고 한다.

〈사례 2〉 결말에서 새로운 사건이 전개되는 상황 설정 후 재창작한 사례
과제: 맥락을 바꾸어 새롭게 창작하기

춘향과 몽룡이 부부가 되어 서울로 올라와 평화로운 생활을 보낸다. 그러던 어느 날.....

오랫동안 아기가 없자 몽룡의 어머니는 가문의 후사를 위해 첩을 들일 것을 명령한다. 춘향도 몽룡을 설득하여 첩을 들이라 한다. 그 첩은 꾀와 욕심이 많은 추향이란 아이였다. 사실 추향은 부잣집 딸이었는데, 아버지들끼리 모임이 있던 날 함께 온 몽룡을 보고 한눈에 반했었다. 몽룡이 과거에 합격하면 아버지가 몽룡과 결혼시켜 준다고 약속을 했었다. 그런데 어디서 듣도 보도 못한 춘향이 나타나 몽룡과 결혼했다. 그래서 이를 갈고 있었던 차에 몽룡이 첩을 들인다는 소리를 듣고 아버지를 졸라서 결혼하게 된 것이다. 아버지는 절대 첩으로 보낼 수 없다고 했지만 추향의 고집을 꺾을 수 있는 사람은 아무도 없었다.

게다가 몽룡은 집안도 빵빵하고, 외모도 학식도 훌륭해서 허락해준 것이다. 결혼한 후로 추향은 춘향을 쫓아낼 생각만 했다. 어느 순간부터 춘향은 삶이 힘들어지기 시작했다.

추향은 결혼할 때 금은보화를 시어머니한테 갖다 바쳤다. 몸종도 많이 데리고 오고, 비단옷도 장신구도 많았다. 이몽룡의 가마도 새로 바꿔주고, 백마에 금으로 된 안장까지 선물했다. 게다가 추향은 상냥하고 예뻐서 호감형이었다. 온 집안사람들이 추향의 이야기만 했다. 그러다 차츰 춘향과 비교하기 시작했다. 춘향도 절개가 높고, 아름답고 교양도 있지만 기생딸이고, 추향은 예쁘고, 상냥하고, 집안도 좋고 뭐하나 빠지는 것이 없다고 수군거렸다.

한번은 춘향이 음식을 하고 있는데 첩인 추향이 춘향이 옆으로 오더니 뜨거운 물을 춘향이 쪽으로 쏟았다. 깜짝 놀란 춘향은 순발력을 발휘하여 몸을 피했으나 들고 있던 음식을 모두 쏟아버렸다. 소리를 듣고 달려온 종들과 몽룡 앞에서 추향은 오히려 너무 놀란 척을 하며 "어머 형님 조심하셔야지요. 하마터면 제가 끓는 물에 데일 뻔 했잖아요.. 어머 어째....저 많은 음식을...아까워서..."라며 마치 자기가 다칠 뻔 했다는 식으로 거짓말을 하였다. 그리고 몽룡과 둘이 있을 때 사실은 춘향이 일부러 자기에게 물을 끼얹으려 했다고 이간질을 한다.

화가 난 몽룡은 춘향에게 확인하지만 춘향은 아니라고 극구 부인한다. 몽룡도 춘향을 믿지만 요 근래 계속해서 이런 일이 반복되는 것이 짜증이 났다. 사실 춘향은 결혼 후 너무 규범을 지키려고 애를 쓰고 있었다. 처음 만났을 때 자유롭고 쾌활하던 모습은 없고, 이것도 안 된다 저것도 안 된다 공부해라..는 식으로 잔소리만 늘었다. 그때 들어온 첩 추향은 애교도 많고, 이쁘고, 상냥하다. 게다가 양가집 규수인데도 몽룡과 말도 타고 술도 마셔주고 마음이 잘 맞는다. 춘향에게 몽룡은 권태기를 느끼고 있었다.

그날 이후 춘향은 되도록 추향과 엮이지 않으려고 추향을 피해 다녔다. 춘향의 곧은 품성과 바른 행동 때문에 추향은 춘향을 쫓아낼 기회를 찾지 못했다. 그러던 어느 날 추향은 친정에 들렀다가 뉴페이스를 발견한다. 추향 아버지가 시장에 나갔다가 강도를 만났는데 그때 아버지를 구해준 은인이고 이름은 변복이라 했다. 변복은 고아로 자라 뜻을 펼치지 못하고 친척집에서 지내고 있었는데, 추향의 아버지가 거처를 마련해주고 공부도 시키고 있다고 했다. 변복은 얼굴이 하얗고 귀티가 나며, 키도 크고 매우 아름답게 생긴 남자였다. 추향은 몽룡과 변복을 비교하기 시작했다. 몽룡도 어디서 꿀리는 사람이 아닌데 변복과 비교하면 변복이 좀 더 곱다는 생각이 들었다. 게다가 생긴 건 곱상한데 무술도 잘하고 카리스마도 넘쳤다. 추향은 변복이 계속 생각나서 친정에 자주 들르게 된다. 한번은 추향이 계단을 급히 내려오다 발을 헛디뎠는데 마침 변복이 안아서 무사할 수 있었다. 그 사건 이후로 더 마음이 갔다. 변복도 추향을 좋아하는 눈치였다. 자주 만나 시간을 보내다 보니 둘은 사랑하는 사이가 되었다. 추향은 시댁에서 뭐라 할까봐 올 때마다 보물을 갖다 바쳤다.

사실 변복은 변학도의 아들이었다. 몽룡이 백성들과 이웃마을 수령들을 동원해 아버지를 파직시킨 데 대해 복수심을 품고 서울로 올라왔다. 몽룡과 춘향의 사랑이 얼마나 갈지 똑똑히 지켜보겠다고 생각했던 변복은 몽룡이 첩을 들인다는 소릴 듣고 일부러 추향 아버지와 추향에게 접근한 것이었다.

추향의 몸종들로부터 춘향과 몽룡, 추향의 이야기를 전해 듣고 있던 변복은 추향을 이용해서 춘향과 몽룡에게 복수하기로 계획을 세웠다. 그래서 추향이 온다는 소식에 일부러 주변에서 눈에 띄게 행동했던 것이었다.

그런데 꼬리가 길면 밟힌다고 몽룡은 춘향을 의심하기 시작했다. 얼굴도 자주 볼 수 없을뿐더러 자기를 봐도 시큰둥하고, 자꾸 아파서 친정에서 쉬고 싶다고만 했다. 또 춘향이 괴롭히는 건 아닌가 생각했지만 둘은 문제없이 지내는 것 같았다. 또 춘향이 친정으로 쉬러 갔다는 소리를 듣고 정말 크게 아픈 것인지 걱정이 되어 하루는 말도 없이 춘향의 친정으로 찾아갔다. 그리고 춘향과 변복이 바람을 피우는 장면을 목격했다. 화가 머리끝까지 난 몽룡은 그 자리에서 둘을 죽이려고 했지만 양반이라 큰소리를 내고 싶지 않아서 일단 조용히 집으로 돌아왔다. 그 모습을 춘향의 몸종이 보고는 춘향에게 알렸다.

춘향은 앞으로 다가올 일이 두려워 변복과 상의해서 몽룡을 죽이자고 했다. 변복은 드디어 기회가 왔다고 생각했다. 춘향이 집으로 돌아오자 몽룡은 자결하라 명한다. 춘향은 거짓으로 뉘우치는 척 하며 죽어 마땅하다고 순순히 따른다. 그러면서 마지막으로 부모님께 거짓이더라도 부부로 행복하게 지낸다는 것을 보여주다가 죽고 싶다고 했다. 자는 듯 죽으면 친정에서도 시댁에서도 돌연사했다고 믿을 것이라 했다. 그래서 그날 밤은 둘이 같은 방에서 지내고 새벽쯤 약을 먹는 것으로 했다. 춘향은 마지막이라며 술상을 차렸고, 몽룡은 같이 있는 것조차 끔찍했지만 부모님을 생각해서 한번만 참기로 했다. 그리고 술을 받아 마셨는데 그 안에는 독이 들어 있었다. 자는 듯 죽은 사람은 춘향이 아니라 몽룡이 되었다. 그리고 그 시각 춘향은 딸과 함께 잠자리에 들었다가 수상한 그림자가 문에 비치는 것을 보았다. 섬뜩한 생각이 들어 춘향은 딸을 병풍 뒤에 눕히고 밖으로 나왔다. 그러나 아무도 없었다. 돌아서 들어왔는데 뒤에서 누가 목을 졸랐다. 바로 변복이었다.

다음날 몽룡의 집은 초상집이 되었다. 몽룡과 춘향이 한날한시에 죽었기 때문이다. 몽룡은 돌연사로, 춘향은 자결한 것으로 알려졌다. 몽룡이 죽었다는 소식을 듣고 사람들이 정신없는 틈에 춘향이 너무도 속상한 나머지 죽음을 선택했다고 믿었다. 추향은 아버지를 설득해서 변복과 결혼할 수 있게 부탁한다. 젊은 나이에 본부인도 아니고 첩으로 혼자 살아야 하는 딸이 불쌍해서 추향 아버지는 추향을 친정으로 부르고 추향이 죽었다고 거짓 장례를 치른다. 갑자기 아들과 두 며느리의 장례를 치른 몽룡의 아버지와 어머니는 병에 걸려 몸져눕는다.

복수에 성공한 변복은 추향과 결혼해서 행복하게 살게 된다. 그런데 아무도 몰랐다. 춘향과 몽룡이 죽던 날 춘향의 딸은 병풍 뒤에서 변복이 어머니를 죽이고 있는 것을 지켜보았다. 그리고 그가 떨어뜨리고 간 작은 복주머니에는 변복 사랑 추향이라는 수가 놓여져 있었고 그 속에 추향과 변복이 주고받은 음모론이 담긴 편지가 들어 있었다. 춘향의 딸은 남장을 하고 유명한 도사를 찾아가 공부도 하고 무술을 익힌다. 7년 후 장원급제를 한 춘향의 딸은 임금을 가까이서 만날 수 있게 되었다. 그리고 자신은 춘향과 몽룡의 딸이라고 말한다. 과거에 있었던 일을 말하며 원수를 갚아 달라고 한다. 증거품인 복주머니와 편지도 전한다. 편지 안에는 추향이 거짓으로 죽었다고 하자는 내용도 있었다. 임금은 분노했고 추향의 집을 검문하여 추향, 변복, 추향 아버지를 모두 잡아들여 사형에 처한다.

춘향의 딸은 부모의 억울함을 풀고, 학문과 무예 실력을 인정받아 조선 최초의 여성 판사가 되었다. 그래서 억울한 일을 당하는 사람들을 많이 도와주었다고 한다.

〈사례 3〉 시대적 배경을 달리하여 작품 창작하기

과제: 작품 외적 맥락을 바꾸어 새롭게 창작하기

 남원고에 입학한 몽룡과 춘향은 학교에서 알아주는 커플이다. 서로 전교 1, 2등을 다투는 수재에 성품도 착하고 성실하여 인기가 많다. 둘은 평범한 가정에서 자라 어린 시절부터 단짝이었다. 방자라는 아이는 어릴 때 몸이 약해 친구들에게 자주 놀림을 받았다. 그때마다 몽룡과 춘향, 향단이가 도와주고 지켜주었다. 넷은 한 반에 배정되었다. 어느 날 서울에서 변학도라는 아이가 전학을 왔다. 준수한 외모에 공부도 잘한다고 해서 금세 친구들이 많이 생겼다. 변학도는 춘향을 보고 한눈에 반한다. 그런데 몽룡, 향단, 방자와 절친이라 끼어들 틈이 없었다. 한편 향단이에게는 망나니 오빠가 있는데 이름은 봉춘이다. 봉춘이는 남원고 짱이다. 성격도 괴팍하고 못됐다. 향단이처럼 예쁘고 착한 아이에게 봉춘 같은 오빠가 있다는 것이 친구들은 늘 안타까웠다. 그러던 어느 날 봉춘은 오토바이를 타고 등교하다가 골목에 서있는 외제차를 긁었다. 차에서 내린 아저씨가 뭐라고 하기 전에 뒷자석에 있던 변학도가 자기 친구라며 그냥 보내주자고 말한다. 봉춘은 변학도를 찾아왔고 어려운 일 있으면 말하라고 하였다. 아이들은 봉춘이 변학도를 괴롭히러 온줄 알고 향단이에게 이 사실을 알렸고, 향단이는 변학도에게 대신 사과한다. 변학도는 이를 계기로 향단이와 친해졌다. 자연스럽게 몽룡, 춘향, 향단, 방자, 변학도는 친구가 되었다.

 다섯 명은 방과 후에 분식도 먹고, 시험공부도 같이 하면서 더욱 가까워졌다. 향단은 변학도가 마음에 들었다. 그래서 용기를 내어 고백했다. 그런데 변학도는 사실 춘향을 좋아한다고 말했다. 하지만 몽룡이와 가깝게 지내는 것 같아서 마음을 숨긴 것이라 했다. 향단은 춘향과 몽룡은 어릴 때부터 친구고 지금은 서로 좋아하는 사이다. 저 둘은 헤어지지 않을 것이니 마음을 돌려달라고 말한다. 향단은 춘향에게 질투가 났다. 공부도 잘하고, 잘생긴 남친도 있는데 자기가 좋아하는 변학도까지 춘향을 좋아하니 부럽기도 하면서 속이 상했다.

향단이는 저녁을 먹으면서 푸념하듯 춘향이 부럽다, 나는 춘향에 비하면 정말 하찮고, 비교가 된다며 하소연을 한다. 망나니지만 봉춘은 향단을 끔찍하게 아낀다. 봉춘은 춘향이 때문에 향단이가 비교 당하고 힘들어 하는 꼴이 싫었다. 그래서 향단이에게 춘향이를 괴롭혀 주겠다고 말한다. 향단이는 됐다고 말했지만 내심 춘향도 자기처럼 마음 아팠으면 좋겠다는 생각을 하게 된다.

봉춘은 일진 여친을 시켜 춘향이 여러 남자를 만나고 다닌다는 소문을 퍼뜨리게 한다. 그리고 춘향인 듯 아닌 듯 남녀 학생이 안고 있는 사진을 춘향이 반 단톡에 올리고, 춘향이가 어떤 애랑 안고 있는 거 몰카다~라고 쓴다. 모두 춘향이가 아니라며 누가 이런 장난을 하냐고 했지만 사진을 올린 아이는 어제 내 친구가 봤다며 보내준 거라고 말했다. 사실 그 아이는 몽룡을 좋아하던 차에 아는 언니로부터 그 사진을 받았던 것이었다. 몽룡이가 그런 아이와 사귄다는 것을 참을 수가 없었다. 그래서 단톡방에 공개했던 것이었다. 다행히 사진은 삭제되었고 춘향이 아니라고 말하면서 사건은 정리됐지만 춘향이가 행실이 나쁘다는 소문은 계속해서 돌았고 몽룡을 좋아하는 아이들 사이에서는 춘향이에 대한 뒷담화가 돌았다.

향단, 방자, 몽룡, 변학도는 신경 쓰지 말라고 말한다. 향단은 봉춘이 한말이 떠올라서 마음이 불안했다. 쉬는 시간에 봉춘을 찾아가 오빠가 한 짓이냐고 따져 묻는다. 둘이 말다툼을 하는 곳 뒤편에 변학도가 있었다. 사실 변학도는 봉춘이 향단이 오빠라는 사실을 알고 몽룡과 춘향을 갈라 놓을 수 없으면 춘향이를 괴롭혀 달라고 말했다. 자신과 좋아할 수 없는데 다른 사람과 사귀는 걸 용서할 수 없다면서..

씩씩하던 춘향이도 강도 높은 소문과, 친구들의 냉담한 태도로 인해 점점 지쳐가고 있었다. 학교에도 나가기 싫었다. 몽룡이 신경 쓰지 말라고 했지만 교실에 앉아 있는 것 자체가 괴로울 뿐이었다. 쉬는 시간에 화장실을 다녀오니 책상과 교과서에 낙서가 되어 있고, 가방에 쓰레기가 가득했다. 위선자, 거짓말쟁이, 여우같은 년, 얼굴이 아깝다 등 입에 담지 못할 욕들이 가득했다. 춘향은 교실에 있을 수 없어서 운봉 선생님께 확인증을 받아 보건실에 갔다. 보건실에는 벌써 누워있는 아이가 있었다.

침대에 앉아 있다 보니 저절로 눈물이 흘렀다. 우는 소리에 깼는지 덮고 있는 이불을 걷으며 옆자리에 누웠던 아이가 일어났다. 그 아이는 늘 혼자 있는 아이였다. 같은 반인데도 인사를 하거나 말을 걸어 본 적이 없었다. 예전에 같은 학년 남학생에게 성추행을 당했다고 학폭으로 신고를 했었는데 남학생은 잘못이 없다고 끝까지 말했고 결국 이 아이가 행실이 이상해서 그런 거 아니냐며 오히려 욕을 먹었다. 남학생은 이상한 애랑 엮이는 바람에 피해를 당했다며 주변의 위로를 받았다. 그때는 딱히 신경 쓰지 않았는데, 어쩐지 이 아이도 자기처럼 억울한 일을 당한 것은 아닌가 하는 생각이 들었다. 자기도 가만히 있다가는 이 아이처럼 되겠구나 하는 생각도 했다. 춘향은 가만히 있을 수 없었다. 그래서 처음 이상한 사진을 올린 아이를 찾아갔다. 그 사진을 보내준 친구가 누군지 말하라고 해도 말해주지 않았다. 춘향은 경찰에 신고해서 조사하겠다고 말한다. 그러자 그 아이는 눈물을 흘리며 왜 협박을 하냐고 나도 친구한테 받은 건데 친구를 팔아야 하냐면서 억울함을 호소했다. 그럴수록 춘향 주변의 친구들은 춘향을 험담하고 멀어졌다.

향단은 점점 불안해졌다. 자기의 경솔한 말 한마디가 이렇게 큰 사건이 될지 몰랐다. 그래서 몽룡에게 고백한다. 차마 춘향에게는 말할 수 없었다. 몽룡이 봉춘을 찾아가 이제 그만하라며 오해를 풀어달라고 말한다. 봉춘은 나이도 한 살 어린 몽룡이 학교 짱인 자기를 찾아와 이래라저래라 하는 것도 어이가 없고, 춘향이 남친인 것도 못마땅하고 이래저래 맘에 들지 않았다. 그래서 본때를 보여주고 싶은데 몽룡의 아버지는 경찰이다. 그래서 직접 손을 쓸 수 없었다. 후배들을 시켜 몽룡이의 친한 친구인 방자를 끌고와 때리고 돈을 뺏은 후에 몽룡이 덕에 맞는 줄 알라고 한다. 몽룡이와 춘향이가 그만 나대면 너도 놓아준다는 협박과 함께.

방자는 이 사실을 친구들에게 말할 수 없었다. 그러나 피멍이 들어 있는 방자를 보고 몽룡과 춘향, 향단은 그간의 사실을 물었고, 몽룡과 춘향이 신고한다며 사실을 캐러 다닐 때마다 괴롭힘을 당했다는 것을 알게 된다. 향단은 뒤늦게 반성하며 춘향에게도 사과를 하고 봉춘에게도 그만하라고 말하지만 봉춘은 멈추지 않았다. 향단은 친구들을 볼 면목이 없어서 학교를 나오지 않고 있다. 몽룡은 아버지에게 도움을 요청했고 사진과 소문을 처음 유포한 사람을 밝혀냈다. 운봉 선생은 고민이 생겼다. 학교폭력위원회를 열어야 하는데 가해자가 한사람이 아니었기 때문이었다. 많은 학생들이 소문을 믿고 춘향을 왕따 시키는 데 가담했다. 소문은 꼬리를 물고 퍼져서 사실처럼 되었다. 아니라고 밝혀졌는데도 아직 춘향이 그랬다며? 걔가 원래 그런 애라던데 몰랐어? 라는 말이 오가고 있다. 학생들을 면담하면 모두들 '저는 누가 이렇다고 해서 그런 거에요.. 제가 말한 거 아이에요..'라며 변명을 한다. 피해자는 있는데 가해자는 없다고 한다. 최초로 사진을 넘겨준 아이는 전 정말 춘향이라고 안하고 춘향이 같은데...라고 했어요...라며 또 책임을 떠 넘겼다.

선생님들은 다 같이 회의를 했고, 경찰서에 의뢰하여 언어폭력과 사이버 폭력에 대한 특강을 요청했다. 경찰서에서 나오신 강사님은 앞에서 열심히 이야기를 하고 있고, 학생들은 특강을 들으며 핸드폰을 하고 있다.

3) 읽기 후: 읽기 과정 점검 및 평가

평가는 '소설 독서 문화적 맥락을 활용하여 작품을 이해하고 감상할 수 있는가. 작품을 읽고 다양한 시각에서 재구성하거나 주체적인 관점에서 창작할 수 있는가'에 목표를 두고 과정평가 를 활용한다. 나아가 학생들이 창작한 글을 대상으로 맥락을 분석해 보고, 어떤 생각으로 창작했는지, 그 생각을 더 효과적으로 전달할 수 있는 표현은 무엇인지, 읽는 사람은 내용을 어떻게 받아들일지, 누가 읽는 것이 좋은지, 더 많은 사람들에게 읽히기 위한 방법은 무엇인지, 그렇게 했을 때 어떤 변화가 나타날지 등에 대한 생각을 말이나 글로 표현하는 것도 하나의 방법이 될 수 있다. 그 밖에 이본쓰기, 장황한 수사 새로 쓰기, 놀이와 창조의 즐거움으로 「십장가」 다시 쓰기, 서사의 빈틈 채우기, 비평문쓰기, 감상문쓰기, 장르 바꿔 쓰기, 만화로 표현하기 등 다양한 방법이 평가에 활용될 수 있다. 중요한 것은 그렇게 창작된 작품이 내적·외적 맥락에 비추었을 때 타당한지, 어떤 깨달음이나 감동을 주는지를 학습자가 경험하게 하는 것이다. 작품의 수용과 창작활동에서 사회문화적 맥락을 활용할 수 있다면 고소설을 대상으로 다양한 논의가 오갈 수 있고 그 과정에서 삶, 사회, 역사를 바라보는 폭넓은 안목이 형성될 것으로 기대된다.

맥락을 활용한 고소설 읽기 교육의 가치

지금까지 조선시대의 소설 형성과 발전과정을 통시적으로 살핌으로써 소설 독서문화의 전변 양상을 이해하고, 이것을 고소설 교육에 적용해 보았다. 시대별 소설 독서문화 형성에 영향을 미친 작품 외적 맥락을 고려하여 당시의 창작－유통－향유의 소통 맥락 속에서 작품을 읽을 경우 의미나 내용이 더 깊이 있고 다양하게 해석되고 그것이 향유된 문화에 대한 이해도 높아진다는 것을 확인 할 수 있었다.

기존의 고소설 교육은 중요 작가나 작품 자체에 대한 해석에 중점을 두어, 학습자의 자발적 독서와는 무관한 지식교육으로 인식되어 왔다. 문학교육에서 전개된 형식주의, 구조주의적 접근 방식은 학습자의 주체적 문학향유를 어렵게 한다는 비판으로 이어졌고 최근에는 학습자 중심의 능동적 의미구성이나 창조적 재구성 역량이 주목되면서 문학교육에서도 변화가 나타나고 있다. 고소설 교육에서도 이러한 변화를 받아들여 문화론적·문학사적 안목을 바탕으로 한 읽기 교육이 필요하다. 이 글에서는 작품 외적 맥락을 활용하여 고소설을 읽을 때 문화론적·문학사적 안목이 형성될 뿐 아니라 학습자가 고소설에 담긴 삶의 가치를 이해하고 내면화하는 데 도움이 되며, 작품을 매개로 과거와 현재의 소통이 가능해짐을 밝히고자 하였다.

변화와 속도에 대한 예측이 불가능한 시대. 교육이 개인의 경쟁력을 높이는 수단인 시대에서 고소설 교육이 지속가능한 교육이 되려면 어떻게 해야 하는가. 고소설의 형식적, 장르적 특성이나 창작 동기나 시대적 배경을 지식으로 배우는 것으론 한계가 있다. 지식자체가 문제가 아니라 그것을 다루는 방식에 변화가 필요하다. 교사는 학습자가 지금과는 다른 표기법과 생소한 어휘, 시대적 간극으로 인해 느끼는 고소설에 대한 거부감을 줄이고, 작품의 창작·유통·향유된 실상을 당대 문화적 맥락으로 이해할 수 있도록 교수—학습 방안을 마련해야 한다. 고소설 코칭 전문가가 되려면 교사가 먼저 작품 이해의 맥락적 지식으로 활용되는 시대별 소설 독서문화의 전변 양상을 꿰고 있어야 한다. 그리고 고소설을 읽은 후 작품 이해에 도움이 될 만한 작품 외적 맥락 자료나 탐구적 질문을 단계적으로 제시함으로써 학습자의 의미구성에 필요한 정보를 환기해주어야 한다. 학습자가 소설 독서문화를 구성하는 맥락 요소—소설 향유층의 독서 취향(목적), 독서 내용을 결정짓는 사회제도, 독자층의 문자 해독 능력, 출판·유통과 관련된 사회 경제적 환경—를 바탕으로 작품을 읽을 수 있다면 작품에 대한 심층적 이해가 가능해질 것이다.

학습자가 읽어야 할 고소설은 개별적으로 존재하는 산물이 아니라 당대의 사회문화적 관점, 현상과의 유기적 관련 속에 존재한다. 따라서 작품이 창작·유통·향유된 실상을 당대 문화적 맥락으로 이해할 수 있다면 개별 작품의 의미가 다채롭게 다가올 뿐 아니라 그것이 향유된 사회문화에 대한 이해를 높일 수 있다. 또한 시대별 독서문화의 변화과정에 대한 통시적 이해는 문학사 교육·비평교육의 일환이 될 수 있다. 작가가 작품을 쓰지만 그것은 독자에 의해 읽히고 의미가 부여될 때 비로소 가치를 지닌다. 학습자가 시대별 소설 독서

문화 맥락에 따라 텍스트의 내용이나 소설 향유자의 취향, 기회 등이 어떻게 달라지를 살핀다면 과거의 작품이라 할지라도 현재적 가치가 재구되리라 생각된다. 따라서 앞으로의 고소설 교육에서 '소설 독서 문화 맥락'을 활용한다면 작품이 창작·유통·향유된 실상을 당대 문화적 코드로 소통하고 현재적 관점에서 이해하는 데 도움이 될 것이다.

참고문헌

1. 자료

교육과학기술부, 『국어과교육과정』, 교육과학기술부 고시 제2012-14호[별책 5].

교육과학기술부, 『국어과교육과정』, 교육과학기술부 고시 제2015-74호.

고형진 외, 『국어』, 동아, 2017.

김동환 외, 『국어』, 교학사, 2017.

류수열 외, 『국어』, 금성, 2017.

민현식 외, 『국어』, 좋은책신사고, 2017.

박안수 외, 『국어』, 비상교육, 2017.

박영목 외, 『국어』, 천재교육, 2017.

박영민 외, 『국어』, 비상교육, 2017.

신유식 외, 『국어』, 미래엔, 2017.

이삼형 외, 『국어』 지학사, 2017.

이성영 외, 『국어』, 천재교육, 2017.

정민 외, 『국어』, 해냄에듀, 2017.

최원식 외, 『국어』, 창비, 2017.

김동환 외, 『문학』, 천재교과서, 2018.

김창원 외, 『문학』, 동아출판, 2018.

류수열 외, 『문학』, 금성출판사, 2018.

방민호 외, 『문학』, 미래엔, 2018.

이숭원 외, 『문학』, 좋은책신사고, 2018.

정재찬 외, 『문학』, 지학사, 2018.

조정래, 『문학』, 해냄에듀, 2018.

최원식 외, 『문학』, 창비, 2018.

정호웅 외, 『문학』, 천재교육, 2018.

한철우 외, 『문학』, 비상교육, 2018.

남영로, 「옥루몽」, 『구활자본 고소설전집』 권10, 인천대학교 민족문화연구
　　　소, 1983.

정민 역, 『石洲集』, 태학사, 2009.

조혜란 역, 『삼한습유』, 고려대학교 민족문화연구원, 2007.

채제공, 『번암집』 권33(『한국문집총간』, 민족문화추진회, 1999).

허균, 『성소부부고』 권13(『한국문집총간』 74).

국사편찬위원회, 『조선왕조실록』, http://sillok.history.go.kr

한국고전종합DB, http://db.itkc.or.kr

2. 단행본

고동환, 『조선시대 서울도시사』, 태학사, 2007.

고동환, 『조선 후기 서울 상업발달사 연구』, 지식산업사, 1998.

고동환, 「17세기 서울상업체제의 동요와 재편」, 『서울상업사』, 태학사, 2000.

국립특수교육원, 『특수교육학 용어사전』, 하우, 2009.

권태을, 『식산 이만부 연구』, 오성문화사, 1990.

강만길 외 편, 「조선 후기 향촌사회구조의 변동」, 『한국사』 9, 한길사, 1999.

강명관, 『조선시대 책과 지식의 역사』, 천년의 상상, 2014.

강명관,『조선시대문학예술의 생성 공간』, 소명출판, 1999.

강명관,『책벌레들 조선을 만들다』, 푸른역사, 2007.

강현두,『현대사회와 대중문화』, 나남, 2000.

김광순,『천군소설연구』, 형설출판사, 1982.

김경미·조혜란,『19세기 서울의 사랑』, 여이연, 2003.

김상욱,「소설 담론의 이데올로기와 소설교육」,『소설교육의 방법연구』, 서울대학교 출판부, 1996.

김성우,『조선 중기 국가와 사족』, 역사비평사, 2001.

김치수,『문학사회학을 위하여』, 문학과 지성사, 2015.

김풍기,『조선 지식인의 서가를 탐하다』, 푸르메, 2009.

김현·김윤식,『한국문학사』, 민음사, 1996.

大谷森繁,『조선 후기 소설독자 연구』, 고려대학교 민족문화연구소, 1985.

류수열,『문학@문학교육』, 역락, 2009.

류탁일,「고소설의 유통구조」,『한국고소설론』, 아세아문화사, 1991.

무악고소설자료연구회 편,『한국고소설관련자료집』I, 태학사, 2001.

문화체육관광부,『2013년 독서진흥에 관한 연차보고서』, 문화체육관광부, 2013.

박인기,『문학을 통한 교육』, 삼지사, 2005.

배우성,『독서와 지식의 풍경』, 돌베개, 2015.

부길만,『조선시대 방각본 출판 연구』, 서울출판미디어, 2003.

박희병,『한국전기소설의 미학』, 돌베개, 1997

반교어문학회,「고소설의 사적 전개와 문학적 지향」,『반교어문학총서』3, 보고사, 1990.

성현경,『한국 옛소설론』, 새문사, 1995.

소재영,『고소설 연구』1, 국어국문학회, 태학사, 1997.

세책고소설연구회 편, 『세책고소설연구』, 혜안, 2003

사재동, 『한국문학유통사의 연구』, 중앙인문사, 1999.

사재동, 「고전소설 판본의 형성·유통」, 『고소설의 저작과 전파』, 아세아문화사, 1994.

신해진, 『조선조 전계 소설』, 월인, 2003.

엄태웅, 『방각본 영웅소설의 지역적 특성과 이념적 지향』, 고려대학교 민족문화연구원, 2016.

우쾌제, 「구활자본 고소설의 연구 현황」, 『고소설의 연구방향』, 새문사, 1990.

유탁일, 「고소설의 유통구조」, 『한국고소설론』, 한국고소설학회, 아세아문화사, 2006.

육영수, 『책과 독서의 문화사』, 책세상, 2010.

윤재민, 「한국 한문소설의 유형론」, 『동아시아문학 속에서의 한국한문소설 연구』, 고려대학교 민족문화연구원, 2002.

이대규, 『국어교육론』, 교육과학사, 2001.

이민희, 『16~19세기 서적중개상과 소설, 서적 유통 관계 연구』, 역락, 2007.

이민희, 『조선의 베스트셀러: 조선 후기 세책업의 발달과 소설의 유행』, 프로네시스, 2007.

이민희, 『세책, 도서 대여의 역사』, 커뮤니케이션북스, 2017.

이상택, 『한국 고전소설의 세계』, 돌베개, 2005.

이상택, 『한국 고전소설의 이론』 1, 새문사, 2003.

이옥, 실시학사고전문학연구회 역주, 『이옥전집』 2, 소명출판, 2001.

이윤석, 『조선시대 상업출판: 서민의 독서, 지식과 오락의 대중화』, 민속원, 2016.

이재룡, 「조선 초기 경제관계 기초 자료 초록 주해」, 『조선 전기 경제구조 연구』, 지식산업사, 2001.

이주영, 『구활자본 고전소설 연구』, 월인, 1998.

이창헌, 『경판방각소설 판본 연구』, 서울태학사, 2000.

이태진, 「16세기 국제교역의 발달과 서울상업의 성쇠」, 『서울상업사』, 태학
　　　사, 2000.

임형택, 「18~19세기 이야기꾼과 소설의 발달」, 『고전문학을 찾아서』, 문학과
　　　지성사, 1976.

임형택, 「한민족의 문자생활과 20세기 국한문체」, 『한국문학사의 논리와 체
　　　계』. 창비, 2002.

장미진, 「일상의 즐거움, 대중예술의 의미」, 『대중예술의 이해』, 집문당, 2003.

장효현, 『한국고전소설사연구』, 고려대학교 출판부, 2002.

전성운, 『조선 후기 장편국문소설의 조망』, 보고사, 2002.

전지영, 「조선 후기 사회변동, 음악 '토대'의 변화」, 『다시 보는 조선 후기
　　　음악사』, 북코리아, 2008.

정규복, 「제일기언에 대하여」, 『한중문학의 비교연구』, 고려대학교 출판부,
　　　1987.

정병설, 『조선시대 소설의 생산과 유통』, 서울대학교 출판문화원, 2016.

정재찬, 『문학교육의 현상과 인식』, 역락, 2004.

정창권, 『홀로 벼슬하며 그대를 생각하노라』, 사계절출판사, 2003.

조동일, 『한국문학통사』 권1~권5(제4판), 지식산업사, 2005.

조동일, 『문학연구의 방법』, 지식산업사, 2000.

조동일, 『한국소설의 이론』, 지식산업사, 1977.

조동일, 『소설의 사회사 비교론』 1~3, 지식산업사, 2001.

로제샤르티에 굴리엘모카발로, 이종삼 옮김, 『읽는다는 것의 역사』, 한국출
　　　판마케팅연구소, 2006.

최미숙 외, 『국어 교육의 이해』, 사회평론, 2016.

최완기,「임노동의 발생」,『조선시대 서울의 경제생활』, 서울시립대학교 서울학연구소, 1994.

최용철,「중국 금서소설의 국내전파와 영향」,『동방문학 비교 연구총서』3, 한국동방문학 비교연구회, 1997.

최운식,『한국 고소설 연구』, 보고사, 2004.

한국고소설학회 편,『다시 보는 고소설사』, 보고사, 2007.

한상권,『16세기 대중국 사무역의 전개』, 김철준박사 화갑기념사학논총, 지식산업사, 1984.

홍선표 외,『17·18세기 조선의 독서문화와 문화변동』, 혜안, 2007.

홍선표 외,『17·18세기 조선의 외국서적수용과 독서문화』, 혜안, 2006.

3. 논문

고동환,「조선 후기 서울의 공간구성과 공간인식」,『서울학연구』26, 서울시립대학교 부설 서울학연구소, 2006, 1~48쪽.

고동환,「조선 후기 서울 도시공간의 변동: 상업발달과 관련하여」,『서울학연구』52, 서울시립대학교 부설 서울학연구소, 2013, 149~175쪽.

권미숙·서인석,「경북 북부 지역의 고전소설 유통과 글패」,『고전문학과 교육』17, 한국고전문학교육학회, 2009, 255~285쪽.

김경미,「19세기 소설사의 쟁점과 전망」,『한국고전연구』23, 한국고전연구학회, 2011, 329~357쪽.

김경미,「19세기 한문소설의 새로운 모색과 그 의미」,『한국문학연구』1, 고려대학교 민족문화연구원 한국문학연구소, 2000, 203~234쪽.

김균태,「현대의 독자와 과거의 문학」,『고전문학과 교육』16, 한국고전문학교육학회, 2008, 5~27쪽.

김미선,「맥락 중심 문학 교육 방법 연구」, 부경대학교 박사논문, 2010.

김미선, 「17세기 한글 산문의 발전과 「소현성록」」, 고려대학교 박사논문, 2017.

김미정, 「문학 사회사적 측면에서 본 15~16세기 소설 독서문화 연구」, 『문학
교육학』 57, 한국문학교육학회, 2017, 9~51쪽.

김봉순, 「읽기 교육 내용으로서의 지식」, 『국어교육학연구』 25, 국어교육학
회, 2006, 39~73쪽.

김성수, 「조선시대 국가 중앙인쇄기관의 조직·기능 및 업무활동에 관한 연구」,
『서지학연구』 42, 한국서지학회, 2009, 169~198쪽.

김성우, 「17세기의 위기와 숙종대 사회상」, 『역사와 현실』 25, 역사비평사,
1997, 12~71쪽.

김순희, 「石洲 權韠의 『石洲集』 考察」, 『서지학연구』 51, 한국서지학회, 2012,
315~339쪽.

김영, 「조선시대의 독서론연구: 퇴계와 율곡의 경우를 중심으로」, 『한국한문
학연구』 12, 한국한문학회, 1989, 203~225쪽.

김영희, 「고소설과 구전서사를 통해 살펴보는 '구전'과 '기록'의 교섭과 재분
화: 임경업이야기를 중심으로」, 『온지논총』 36, 온지학회, 2013, 197
~246쪽.

김인아, 「백호 임제의 시문학 연구」, 조선대학교 박사논문, 2004.

김진선, 「창선감의록에 나타난 가족윤리 연구」, 한국외국어대학교 석사논문,
2002.

김진영, 「고소설의 낭송과 유통에 대하여」, 『고소설연구』 1, 한국고소설학회,
1995, 63~94쪽.

김진영, 「고전소설의 경제적 유통과 그 의미」, 『어문연구』 72, 어문연구학회,
2012, 161~184쪽.

김종철, 「17세기 소설사의 전환과 '가(家)'의 등장」, 『국어교육』 112, 한국어
교육학회, 2003, 399~444쪽.

김준형, 「18세기 도시의 발달과 소설 향유의 면모」, 『고소설연구』 26, 한국고소설학회, 2008, 91~118쪽.

김항수, 「16세기 사림의 성리학 이해: 서적의 간행·편찬을 중심으로」, 서울대학교 석사논문, 1981.

김혁배, 「18,9세기의 한글소설과 유통」, 『문학과 언어학회』 8, 한국문화융합학회, 1987, 113~136쪽.

김현양, 「16세기 소설사의 지형과 위상」, 『민족문학사연구』 25, 민족문학사학회 민족문학사연구소, 2004, 12~37쪽.

김현주, 「고소설의 문화론적 독법」, 『시학과 언어학』 4, 시학과언어학회, 2002, 22~50쪽.

譚妮如, 「원명청시기 금서 소설·희곡 연구」, 전남대학교 박사논문, 2009.

민유기, 「한국의 도시사 연구 지형도와 향후 전망」, 『도시연구: 역사, 사회, 문화』 창간호, 도시사학회, 2009, 11~41쪽.

류준경, 「낙선재본 중국 번역소설과 장편소설사」, 『한국문학논총』 26, 한국문학회, 2000, 109~133쪽.

박수진, 「고전소설 교수 행위에 대한 연구」, 한국교원대학교 박사논문, 2018.

박인기, 「독서문화의 형성과 비평의 작용」, 『독서연구』 24, 한국독서학회, 2010, 8~48쪽.

박인자, 「문학 독서의 사회·문화적 모델과 맥락 중심 문학교육의 원리」, 『문학교육학』 25, 문학교육학회, 2008, 427~450쪽.

박정민, 「조선 전기 한글 명문이 있는 자기의 특징과 의미」, 『미술사와 문화유산』 1, 문화유산연구회, 2012, 143~164쪽.

박평식, 「조선 전기 경상의 상업활동」, 『동방학지』 134, 조선시대사학회, 2006, 115~170쪽.

박형우, 「고전 자료와 독서 교육」, 『독서연구』 11, 한국독서학회, 2004, 207~

228쪽.

박희병, 「조선 후기 전의 소설적 성향 연구」, 서울대학교 박사논문, 1991.

백두현, 「한국을 중심으로 본 조선시대 사람들의 문자생활」, 『서강인문논총』 22, 서강대학교 인문과학연구소, 2007, 157~203쪽.

부길만, 「17세기 한국 방각본 출판에 관한 고찰」, 『출판잡지연구』 10, 출판문화학회, 2002, 65~84쪽.

송재용, 「「미암일기」에 나타난 서적 및 출판 관련 사항 일고찰」, 『동아시아고대학』 36, 동아시아고대학회, 2014, 103~129쪽.

시정곤, 「훈민정음의 보급과 교육에 대하여」, 『우리어문연구』 28, 우리어문학회, 2007, 33~65쪽.

신경남, 「조선 후기 애정소설의 생활사적 연구」, 가천대학교 박사논문, 2017.

신양선, 「조선초 국내의 서적보급정책」, 『역사와실학』 17·18, 역사실학회, 2000, 131~154쪽.

신재홍, 「고전문학 읽기자료의 몇 가지 문제점」, 『독서연구』 2, 한국독서학회, 1997, 181~198쪽.

심경호, 「조선 후기 시사와 동호인 집단의 문화활동」, 『민족문화연구』 31, 1998, 99~254쪽.

심치열, 「「육미당기」의 문화론적 의미 연구」, 『돈암어문학』 15, 돈암어문학회, 2002, 69~98쪽.

안세현, 「15세기 후반~17세기 전반 성리학적 사유의 우언적 표현 양상과 그 의미」, 『민족문화논총』 51, 고려대학교 민족문화연구원, 2009, 215~251쪽.

안재란, 「사회 문화적 맥락을 반영한 소설 읽기 지도」, 『독서연구』 22, 한국독서학회, 2009, 245~277쪽.

옥영정, 「17세기 개인 출판의 사서언해에 관한 고찰: 1637년 간행의 사서언해를 중심으로」, 『서지학연구』 27, 한국서지학회, 2004, 187~209쪽.

옥영정, 「17세기 출판문화의 변화와 서적간행의 양상」, 『다산과 현대』 3, 연세대학교 강진다산실학연구원, 2010, 51~77쪽.

우정임, 「조선 전기 성리서의 간행과 유통에 관한 연구」, 부산대학교 박사논문, 2009.

유승현·민관동, 「조선의 중국고전소설 수용과 전파의 주체들」, 『중국소설논총』 33, 한국중국소설학회, 2011, 175~205쪽.

윤세순, 「16세기 중국소설의 국내 유입과 향유 양상」, 『민족문학사연구』 25, 민족문학사연구소, 2004, 134~161쪽.

윤세순, 「17세기 간행본 서사류의 존재양상에 대하여」, 『민족문학사연구』 3, 민족문학사연구소, 2008, 132~159쪽.

윤세순, 「조선시대 중국소설류의 국내 유입에 대하여」, 『동방한문학』 66, 동방한문학회, 2016, 147~168쪽.

윤현이, 「장르지식을 활용한 장편가문소설의 읽기 전략 연구: 「창선감의록」, 「소현성록」, 「명주보월빙」 읽기를 중심으로」, 강원대학교 박사논문, 2018.

이강옥, 「이중언어 현상과 고전문학의 듣기·말하기·읽기·쓰기에 대한 연구」, 『어문학』 106, 한국어문학회, 2009, 57~97쪽.

이기대, 「19세기 한문장편소설 연구: 창작 기반과 작가의식을 중심으로」, 고려대학교 박사논문, 2003.

이기대, 「고전소설 낭독의 관련 기록과 현재적 전승 양상」, 『어문연구』 79, 어문연구학회, 2014, 277~308쪽.

이민희, 「17~18세기 고소설에 나타난 화폐경제의 사회상」, 『정신문화연구』 32(1), 한국학중앙연구원, 2009, 129~154쪽.

이민희, 「18세기 말~19세기 천주교 서적 유통과 국문독서문화의 상관성 연구」, 『인문논총』 71(4), 서울대학교 인문학연구원, 2014, 9~43쪽.

이민희, 「조선 후기 서적 통제, 그 아슬한 의식의 충돌과 타협」, 『한국한문학연구』 68, 한국학문학회, 2017, 115~154쪽.

이병직, 「19세기 한문장편소설 연구」, 부산대학교 박사논문, 2001.

이상구, 「17~19세기 한문소설의 전개양상」, 『고소설 연구』 21, 한국고소설학회, 2006, 23~60쪽.

이승수, 「「호질」과 「허생전」의 독법 하나: 김성탄 서사론의 적용」, 『고소설 연구』 20, 한국고소설학회, 2005, 179~204쪽.

이윤석, 「한글 고소설의 탄생과 유통」, 『인문과학』 105, 연세대학교 인문과학연구소, 2015, 5~37쪽.

이재기, 「맥락 중심 문식성 교육방법론 고찰」, 『청람어문교육』 34, 청람어문교육학회, 2006, 99~128쪽.

임성래, 「방각본 소설 등장의 사회 문화적 배경 연구」, 『성곡논총』 27, 성곡학술문화재단, 1996, 243~266쪽.

임주탁, 「맥락 중심 문학교육과 비판적 문학교육」, 『문학교육학』 40, 한국문학교육학회, 2013, 89~130쪽.

임형택, 「17세기 규방소설의 성립과 『창선감의록』」, 『동방학지』 57, 연세대학교 동방학연구소, 1988, 103~176쪽.

임형택, 「19세기 문학사가 제기한 문제점들」, 『국어국문학』 149, 국어국문학회, 2008, 5~22쪽.

서경희, 「18·19세기 학풍의 변화와 소설의 동향」, 『고전문학연구』 23, 한국고전문학회, 2003, 389~420쪽.

장경남, 「임진왜란 실기의 소설적 수용 양상 연구」, 『국어국문학』 131. 국어국문학회, 2002, 373~402쪽.

장영창, 「판소리 문화 확산에 관한 연구: 복잡계 이론을 중심으로」, 경희대학

　　교 박사논문, 2012.

장효현, 「「최척전」의 창작 기반」, 『고전과 해석』 창간호, 고전한문학연구학
　　회, 2006, 149~165쪽.

정수환, 「18세기 이재 황윤석의 화폐경제생활」, 『고문서연구』 20, 한국고문
　　서학회, 2002, 147~182쪽.

정재훈, 「조선 중기 사족의 위상」, 『조선시대학보』 73, 조선시대사학회, 2015,
　　43~70쪽.

전경욱, 「춘향전의 사설형성원리」, 『민족문화연구총서』 54, 고려대학교 민족
　　문화연구원, 1990, 1~272쪽.

정려기, 「17세기 서당교육과 민족의식」, 『교육논총』 1, 동국대학교, 1981, 682
　　~720쪽.

정병설, 「조선 후기 한글 출판 성행의 매체사적 의미」, 『진단학보』 106, 진단
　　학회, 2008, 145~164쪽.

장효현, 「조선 후기 한글소설의 성장과 유통: 세책과 방각을 중심으로」, 『진
　　단학보』 100, 진단학회, 2005, 263~297쪽.

정수복, 「뤼시앙 골드만의 문학 사회학의 불연속성」, 『현상과인식』 5, 한국인
　　문사회과학회, 1981, 128~159쪽.

정순우, 「18세기 서당연구」, 한국정신문화연구원 박사논문, 1986.

정환국, 「「설공찬전」 파동과 16세기 소설인식의 추이」, 『민족문학사연구』
　　25, 민족문학사학회, 2004, 38~63쪽.

조도현, 「고전소설의 변개 양상 연구」, 충남대학교 박사논문, 2001.

조윤형, 「고소설의 독자 연구」, 『독서연구』 17, 한국독서학회, 2007, 331~358쪽.

주형예, 「19세기 판소리계 소설 「심청전」의 여성 재현」, 『한국고전여성문학
　　연구』 14, 한국고전여성문학회, 2007, 488~518쪽.

최기숙, 「17세기 장편소설 연구」, 연세대학교 박사논문, 1998.

최광석, 「맥락을 활용한 고전문학 교수·학습 방법론」, 『문학교육학』 30, 한국 문학교육학회, 2009, 211~240쪽.

최유희, 「조선시대의 상업출판 들여다보기」, 『한국민족문화』 64, 2017, 343~ 349쪽.

최인자, 「문학 독서의 사회·문화적 모델과 '맥락' 중심 문학교육의 원리」, 『문 학교육학』 25, 문학교육학회, 2008, 427~450쪽.

최창헌, 「고등학교 문학 교육 형성의 역사적 연구: 교수요목에서 제7차 교육 과정까지의 문학 영역 및 문학 과목의 내용 변모를 중심으로」, 강원 대학교 박사논문, 2015.

최호석, 「방각본 출현의 경제성 시론」, 『우리어문연구』 17, 우리어문학회, 2004, 361~388쪽.

한기정, 「18~19세기 조선 지식인의 다문화 연구」, 성신여자대학교 박사논문, 2013.

홍정원, 「구조 분석을 통한 국문장편소설의 교육적 활용 방안 연구」, 강원대 학교 박사논문, 2017.

부록

1. 2015 개정 교육과정 문학 교과서 단원별 학습 목표에 따른 교과서 학습활동 현황

작품명	출판사		소단원 학습 목표, 학습활동
춘향전	*금성	학습목표	• 조선시대 한국문학의 전개 양상과 그 특징을 이해할 수 있다. • 대표적인 작품에 담긴 삶과 세계의 모습에 주목하며 작품을 감상할 수 있다. • 작품을 감상하며 우리 고전 소설의 전통과 계승에 대해 탐구한다.
		학습활동	1. 「춘향전」의 주요 인물들 사이에서 일어나는 사건의 전개나 갈등의 해결 양상을 정리해 보고, 그 의미를 추측해 봅시다. *춘향&몽룡:　　*춘향&변사또:　　*몽룡&변사또 2. 「춘향전」의 전승 과정을 중심으로 조선 후기의 소설 향유 방식과 그 특성에 대해 탐구해 봅시다.

갈래	설화	판소리	소설
전승 과정	「염정설화」 「열녀설화」 「관탈민녀설화」 등	「춘향가」	「춘향전」
언어	음성언어		
향유 방식		노래(창)를 부르고 들음	글로 읽거나 낭독을 들음
특성	전문성이 없어도 연행하고 들을 수 있음	• 문자를 몰라도 향유 가능함 • 일회적으로만 들을 수 있음	

3. 「춘향전」에 나타난 우리 고전 소설의 특징을 탐구하고 「춘향전」이 어떻게 계승되는지 살펴봅시다.
1) 「춘향전」에 대한 학생들의 반응이 다음과 같다고 할 때, 그 근거나 특성을 추측해 봅시다. 그리고 이와 유사하거나 대비되는 다른 작품의 사례도 더 찾아 비교해 봅시다.

	「춘향전」에 대한 학생들의 반응		다른 작품의 경우
	근거	특성	
인물	몽룡은 미남자로 글재주가 뛰어나고 춘향은 덕행이 뛰어나고 미모까지 빼어나	주인공들이 비범한 인물들이라 할 수 있겠어	
결말 구조	결국 장애를 극복하고 몽룡과 춘향의 사랑이 이뤄지는 것으로 마무리되고 있어		「운영전」 두 사람의 사랑이 신분의 차이로 인해 이루어지지 못함
주제		인간의 도리에 대한 탐구가 나타나 있어	
표현	암행어사 출두 소리에 변 사또 생일잔치에 모여 있던 사람들이 우왕좌왕 하는 부분이 재미있음		

2) 「춘향전」은 현대에 들어와서도 다양하게 재창조되면서 꾸준히 사랑받고 있다. 그 구체적인 사례를 더 찾아보고 「춘향전」이 꾸준히 사랑받는 까닭을 추측해 봅시다.

*동아	학습 목표	• 문학사의 흐름을 고려하여 작품을 감상할 수 있다. • 작품에 담긴 의미와 문학사적 의의를 이해한다.
	학습 활동	1. 제시된 속담을 활용하여 어사출두가 이루어진 날의 각 인물의 모습을 표현해 보자 • 꿩 먹고 알 먹기 • 자다가 봉창 두드린다. • 눈치가 참새 방앗간 찾기 • 하늘이 무너져도 솟아날 구멍이 있다. 2. 이 작품은 주요 인물 간의 관계를 바탕으로 다양한 주제를 이끌어낼 수 있다. 이 작품에서 가장 중요하다고 생각하는 주제가 무엇이라고 생각하는지 친구들과 의견을 나눠보자. *춘향&몽룡: 신분이 다른 춘향과 몽룡의 사랑→신분을 초월한 사랑 *춘향&변사또: 변사또의 수청을 거부하는 춘향→여성의 정절 *몽룡&변사또: 어사출두 이후 파직되는 변 사또→탐관오리에 대한 응징 3. 이 작품을 바탕으로 판소리계 소설의 특징을 탐구해 보자. (1) 판소리계 소설의 특징 파악하기 • 운문적 요소: 열거, 대조 • 풍자 (2) 인물에 대한 평가(편집자적 논평)가 어떻게 드러나는지 말해보고 판소리계 소설의 서술상 특징 정리하기 (3) 결말 부분을 통해 당시 사회상 추측하기 • 신분제도의 붕괴, 권선징악 4. 채만식이 쓴 현대소설 「태평천하」의 일부를 보고 작품에 사용된 서술 방식과 인물을 비판하는 방식을 확인해 보자. (1) 판소리 사설조의 서술방식 정리하기 • 독자에게 말을 건네는 듯이 서술하고 있다. 예) ~니다, ~지요 등의 종결 표현 (2) 윤직원 영감은 부정적 인물로 비판의 대상이 된다. 윤 직원 영감을 어떠한 방식으로 비판하고 있는지 이야기해 보자.

	학습 목표	옛이야기의 고유의 특성과 흐름을 고려하여 작품을 감상한다.
*지학사	학습 활동	[이해 활동] 1. 등장인물과의 가상 인터뷰 내용이다. 질문에 대답하면서 작품 내용을 정리해 보자. • 춘향에게: 옥중에서 걸인이 되어 나타난 이몽룡을 봤을 때 어떤 생각과 마음이 들었나요? • 몽룡에게: 본관 사또 생일날, 화려한 잔치를 보고 어떤 생각과 마음이 들었나요? • 변 사또에게: 암행어사가 출두했을 때, 어떤 생각과 마음이 들었나요? • 마을주민에게: 암행어사가 된 이몽룡과 춘향이 상봉하는 모습을 보며 어떤 생각과 마음이 들었나요? 2. 다음을 참고하여 「춘향전」의 주제를 파악해보자(인물의 관계에 따라). (이몽룡) ㉠ (춘향) ㉡ (변 사또) 3. 가. 나를 중심으로 「춘향전」에 드러난 표현상의 특징과 효과를 이해해 보자. 가. "너의 서방인지 남방인지 걸인하나가 내려왔다." 나. 모든 수령 도망갈제 거동보소~~~ (…중략…) "어 추워라. 문 들어온다 바람닫아라. 물 마르다 목 들여라." (1) 가와 나에 드러난 표현의 의도와 효과에 대해 생각해 보자. (2) (1)과 같은 표현상의 특징이 두드러지게 나타나는 다른 문학 작품이나 텔레비전 프로그램, 영화 등을 찾아 친구들에게 소개해 보자. 4. 「태평천하」를 「춘향전」과 비교하여 감상하고 표현상의 측면에서 드러나는 한국문학의전통을 탐구해 보자. (1) 「춘향전」의 다음 부분에서 두드러지게 나타나는 표현상의 특징이 「태평천하」에서도 잘 드러난 부분을 찾아 적어 보자. (서술자 개입) (2) 「춘향전」과 「태평천하」의 서술자가 등장인물(본관 사또, 윤 직원)을 대하는 태도를 살펴보고, 한국문학의 전통이 어떻게 이어지고 변화하였는지 말해보자.
*창비	학습 목표	• 문학사의 흐름을 고려하여 대표적인 한국문학 작품을 감상한다. • 문학의 수용과 생산 활동을 통해 다양한 사회·문화적 가치를 이해하고 평가한다.
	학습 활동	[이해 활동] 1. 이 작품의 내용을 핵심 단어를 활용하여 정리해 보자. (옥방, 걸인, 한시, 어사출두, 정렬부인) 2. 〈보기〉를 참고하여 다음 대목에 나타난 판소리계 소설의 표현상의 특징을 적어보자. • 운율감, 상투적 표현, 한자어의 빈번한 사용, 장면의 극대화, 해학과 풍자 등 [목표 활동] 3. 이 작품의 주제를 사회·문화적 상황과 관련지어 다양하게 파악해 보자. (2) (1)에서 파악한 주제 중에서 내가 가장 중요하다고 생각되는 것을 말해보자. 4. 다음은 춘향 이야기의 전승 과정을 정리한 표이다. 이 이야기가

이렇게 재창조 되는 이유를 생각해 보고, 오늘날에도 가치를 지닐 수 있는 까닭을 친구들과 이야기해 보자.

[적용 활동]

5. 이 작품의 상황을 새롭게 설정하여 이야기를 재구성해 보자.
(1) 다음 상황 중에 하나를 택하거나 새로운 상황을 자유롭게 설정해 보자.
• 몽룡이 과거에 급제하지 못했다면?
• 등장인물들이 오늘날 태어났다면?
(2) (1)을 바탕으로 이야기를 재구성하고 그 줄거리를 써 보자.

[소단원 점검]

*천재 (박)	학습 목표	• 문학사의 흐름을 고려하여 춘향전을 감상할 수 있다. • 춘향전에 나타난 한국문학의 고유한 특성을 이해한다.
	학습 활동	[내용 학습] 1. 이 소설의 중심사건을 다음과 같이 정리해보자. 　　　　언제, 어디서, 누가, 무엇을, 어떻게, 왜 2. 등장인물들의 성격과 당대의 사회상 등을 파악하고, 작품의 주제를 알아보자. (1) 등장인물들의 관계를 살펴 주요 인물의 성격 파악해보자. *춘향: 이몽룡과 서로 믿고 사랑함. 변학도의 수청을 거부함. 기생 월매의 딸: 성격=＿＿＿＿＿＿＿＿ *이몽룡(어사또): 춘향과 서로 믿고 사랑함. 암행어사가 되어 변학도를 심판함: 성격=＿＿＿＿＿＿＿＿ *변학도(남원부사): 이몽룡을 거지로 알고 박대하고, 춘향에게 수청을 강요함: 성격=＿＿＿＿＿＿＿＿ (2) 이 작품에 드러난 당대의 사회상은 어떠한가? (3) (1), (2)를 바탕으로 하여 이 작품의 주제가 무엇이라고 생각하는지 친구들과 자유롭게 의견을 나누어 보자. [목표 학습] 1. 한국문학의 흐름을 고려하여 설화「도미의 아내」와「춘향전」을 비교하여 감상해보자. (1) 위 설화의 주요 인물인 '도미', '도미의 아내', '왕'의 관계를 설명해 보자. (2) (1)의 활동을 바탕으로 하여 설화「도미의 아내」와「춘향전」이 어떤 점에서 유사한지 말해보자. 2.「자료」를 참고하여 한국문학에 나타난 풍자와 해학을 알아보자. (가) 모든 수령 도망갈제~ (…중략…) "어 추워라. 문 들어온다 바람닫아라. 물 마르다 목 들여라." (나)「봉산탈춤」"양반나오신다~ (…중략…) 개잘량이라는 '양'자에 개다리 소반 '반'자 쓰는 ~" (다) 김유정「봄봄」'나'가 장인에게 얻어맞다가 '점순'의 지지를 기대하고 장인의 수염을 잡아채는 장면 (1) 가~다가 웃음을 유발하는 까닭이 무엇인지 대상에 대한 서술자나 등장인물의 태도는 어떠한지 정리해보자. (2) 위와 같이 대상에 대해 웃음을 유발하는 표현 방식의 효과가 무엇인지 말해보자. (3) 다음과 같이 오늘날의 소설이나 드라마, 영화, 텔레비전

		프로그램, 만평 등에서 풍자나 해학의 방법이 쓰인 장면을 찾아 발표해보자.
		[마무리 활동] • 「춘향전」에서 명대사를 뽑아 실감나게 읽어보자. • 「춘향전」이 오늘날에도 다양하게 재창작되고 있는 까닭은 무엇일까?
*해냄	학습 목표	• 이야기 문학의 흐름을 고려하여 대표적인 한국문학 작품을 감상할 수 있다. • 작품을 감상하며 한국 이야기 문학의 고유한 특징을 이해할 수 있다. • 주체적인 관점에서 작품을 해석하고 평가하며 문학을 생활화하는 태도를 지닌다.
	학습 활동	[이해 활동] 1. 핵심어를 활용하여 작품의 내용을 시간 순서대로 정리해보자. 2. 판소리계 소설이 갖는 표현상의 특징과 이에 해당하는 구절을 연결해 보자 (의태어나 의성어, 편집자적 논평, 언어유희, 판소리 창자의 어투) [목표 활동] 1. 작품의 주제를 파악하기 위해 학생들이 토론한 내용이다. 가장 타당하다고 생각하는 주장의 근거를 제시해 보자 *이 작품의 주제는 탐관오리를 징치하는 것으로 볼 수 있다. 왜냐하면 *춘향과 이몽룡의 지고지순한 사랑이다. 왜냐하면_____ *춘향의 신분 상승 욕망을 주제로 볼 수 있다. 왜냐하면_____ 2. 웃음을 유발하는 장면에서 알 수 있는 우리 이야기 문학의 특징을 살펴보자. 3. 일제 강점기를 배경으로 한 채만식의 「태평천하」를 읽고 「춘향전」과 비교해보자. (1) 위 장면에서 윤직원의 현실 인식이 드러난 표현을 찾아보자. (2) 작가가 윤직원을 통해 드러내고자 하는 바가 무엇인지 생각해보자. (3) 「춘향전」과 「태평천하」에 공통으로 드러나는 우리 이야기 문학의 특징이 무엇인지 말해 보자. [적용 활동] 1. 「춘향전」이 오늘날에도 재생산되는 이유를 생각해 보자. 2. 「춘향전」 외에 오늘날에도 재생산할 수 있는 고전 작품을 골라 보고 그 이유를 말해 보자.
비상	학습 목표	• 한국문학과 외국문학을 비교해서 읽고 한국문학의 보편성과 특수성을 파악한다. • 한국문학과 외국문학을 균형 잡힌 시각으로 감상한다.
	학습 활동	[감상모으기] 1. 성춘향과 줄리엣의 말을 바탕으로 작품(가) 「춘향전」과 (나) 「로미오와 줄리엣」의 공통점과 차이점을 살펴보자. (1) 작품 가와 나에서 공통적으로 다루고 있는 주제가 무엇인지

생각해 보자.

(2) 제시된 항목에 따라 작품 가와 나의 차이점을 이야기해 보자.
• 작품에 나타난 사회적 배경은 어떠한가
• 작품 속 남녀 주인공의 사랑을 방해하는 요인은 무엇인가
• 제시된 말에 나타난 성춘향과 줄리엣의 태도는 각각 어떠한가

2. 1의 활동을 바탕으로 한국문학으로서 「춘향전」이 지니는 보편성과 특수성을 말해보자.

3. 한국문학이 다른 나라 사람들에게 사랑 받은 경우를 조사해보고 그 이유가 무엇일지 이야기해 보자.

[감상다지기]

4. 다음 작품을 감상하고, 한국문학의 갈래적 특수성에 대해 생각해 보자.

> 정인지 외, 「용비어천가」

(1) 각 장의 중심 내용을 파악해 보자
제1장: 제2장:
(2) 다음 설명을 바탕으로 「용비어천가」가 지닌 한국문학의 갈래적 특수성을 말해 보자.
[감상의 정리] 「춘향전」, 「로미오와 줄리엣」 작품해제
[지식창고] 판소리계 소설의 개념과 특징
[더 읽어보기] 판소리 사설 「춘향가」, 「베니스의 상인」

신사고 *춘향가	학습 목표	• 한국문학과 외국문학을 비교해서 읽고 한국문학의 보편성과 특수성을 파악할 수 있다. • 공간적·시간적으로 다양한 한국문학의 양태를 중심으로 발전상을 탐구할 수 있다.
	학습 활동	[이해하기] 1. 「춘향가」를 읽고, 등장인물과 사건 전개 과정에 유의하여 다음 활동을 해 보자. (1) 춘향과 이 도령이 만나게 된 과정을 다음과 같이 정리해 보자 ☐ → 춘향이 단옷날에 그네를 뛰러 나온 것을 보고 이 도령이 춘향에게 반함 → ☐ ↓ ☐ ← 방자가 춘향에게 편지를 전하고 춘향이 담장에서 정한 날에 이 도령이 춘향을 찾아감 ← ☐ (2) 인물들의 대화에서 춘향과 이 도령의 성격이 잘 드러나는 말을 찾아보고, 그들의 성격을 말해 보자. 2. 「로미오와 줄리엣」을 읽고, 인물들이 처한 상황을 중심으로 다음 활동을 해 보자. (1) 로미오가 자신을 향한 줄리엣의 마음을 알게 된 과정을 간단히 정리해 보자. ☐ → ☐ → ☐ (2) 줄리엣이 다음과 같이 말한 이유를 파악해 보자. 줄리엣: 아 로미오, 로미오! 왜 당신은 로미오예요」 아버지를 잊어요 그 이름은 버려요 그것이 싫다면 날 사랑한다고 맹세해

요. 그럼 내가 캐풀렛 성을 버릴거야.

3. (가)는 「춘향가」 (나)는 「로미오와 줄리엣」의 일부이다. 다음 활동을 통해 「춘향가」가 지닌 문학의 보편성을 이해해 보자.

> (가) 판소리 사설 「춘향가」 중에서
> (나) 「로미오와 줄리엣」 중에서

(1) (가), (나)에 공통적으로 사용된 표현 방식을 파악한 후, 그러한 표현 방식을 통해 나타내고 있는 것이 무엇인지 생각해 보자.
(2) 두 작품에서 공통적으로 다루고 있는 주제가 무엇인지 말해 보자.
  **주제:
(3) (1)과 (2)의 활동 결과를 바탕으로, 「춘향가」가 지닌 문학의 보편성을 이야기해 보자.

4. 다음 활동을 통해, 「춘향가」에 나타난 한국문학의 특수성을 이해해 보자.
(1) 「춘향가」에서 춘향과 이 도령이 처음 만난 날은 언제이며, 이날에 행하는 풍속으로 어떤 것이 있는지 조사해 보자.
(2) 「춘향가」와 「로미오와 줄리엣」에서 남녀 주인공의 사랑을 방해하는 요인을 파악하고, 이를 통해 당시의 시대적 상황이 어떠했을지 추측해 보자.

	사랑을 방해하는 요인	시대적 상황
춘향가		
로미오와 줄리엣		

(3) 「춘향가」와 「로미오와 줄리엣」은 모두 공연 예술에 속한다. 공연 예술로서 두 작품이 지닌 특징을 찾아보자.
(4) 앞의 활동을 참고하여 한국문학으로서 「춘향가」가 지닌 특수성에 관해 모둠별로 토의해 보자.
[갈무리] 「춘향가」와 「로미오와 줄리엣」 작품 해제
[더 읽을 거리] 「옥단춘전」, 제인 오스틴, 『오만과 편견』

이생규장전	금성	학습 목표	• 한국문학의 주요 갈래와 갈래별 전개 양상을 이해할 수 있다. • 두 주인공의 만남과 이별의 반복 구조에 주목하여 작품 읽기 • 설화 문학의 특성과 비교하며 읽기
		학습 활동	[한눈에 보기] • 이 작품의 사건 전개 과정을 '만남'과 '이별'을 중심으로 정리해 보자. • 「이생규장전」이라는 제목에 포함된 '담장'의 상징적 의미를 다음과 같이 규정할 때, 이에 대한 주인공의 대응 방식이 어떠했는지 파악해보자. 표⬇ [초점활동] 1. 「이생규장전」은 전기적 요소뿐 아니라 현실주의적 요소도

상징적 의미	남과 여를 분리하는 경계	생과 사를 분리하는 경계
남	담장 너머를 엿보다가 결국 담을 넘어가서 여자를 만남	
여		생과 사의 섭리를 초월하였으나 그 섭리를 받아들이고 남자를 설득하려 함

지니고 있다. 아래 단서를 활용하여 현실주의적 요소를 배경과 사건 면에서 찾아보자.

요소	단서	현실주의적 요소
배경	중국을 배경으로 설정한 영웅소설이나 가문소설과 비교됨	
사건	실제로 일어난 역사적 사건을 소설의 서사적 계기로 삼고 있음	

2. 한국문학의 특질 중에는 '한'이 언급되기도 한다. 이 작품에서는 '한'의 생성과 해소가 어떠한 방식으로 형상화되고 있는지 추론해 보자.

한의 생성 원인	삶의 현실에서 만나는 예기치 않은 죽음과 이별
한의 해소 방법	

[확장활동]

3. 이 작품은 우리나라 소설사에서 소설적 형상화가 잘 이루어진 최초의 작품으로 평가받고 있다. 어떤 면에서 그러한 평가를 받고 있는지 다음 설화와 견주어서 탐구해 보자.

「우리 임금님 귀는 당나귀 귀」

(1) 두 작품을 다음 기준에 따라 비교해 보자

비교 기준	이생규장전	임금님 귀는 당나귀 귀
사건과 인물 심리 묘사의 구체성	구체적임	
사건 전개의 인과성		

(2) (1)의 탐구 결과를 바탕으로 소설이 설화에 비해 더 발전된 서사 갈래라고 하는 이유를 설명해 보자.

동아	학습 목표	• 조선시대 문학의 갈래별 전개 양상을 이해하고 작품을 감상한다. • 조선시대의 문학 작품에 반영된 역사와 사회의 양상을 이해하고 작품을 감상한다. • 조선시대 문학의 보편성과 특수성을 탐구한다. • 조선시대의 문학을 통해 한국문학의 전통과 발전 양상을 이해한다.
	학습 활동	[이해하기] 1. 「이생규장전」의 사건과 인물에 주목하여 아래의 활동을 해 보자. (1) 이생과 최 여인이 겪은 세 번의 이별의 원인과 그에 대한 두 인물의 대응 방식을 정리해 보자. (1)을 바탕으로 이생과 최 여인의 성격을 파악해 보자. [깊이 읽기] 2. 다음 글을 읽고 「이생규장전」의 특징에 주목하여 아래의 활동을 해 보자. (1) 윗글을 참고하여 「이생규장전」에서 비현실적이거나 환상적인 요소를 찾아보고, 이러한 요소가 어떠한 역할을 하는지 생각해 보자. (2) 이 작품이 지니는 가치에 대해 이야기해 보자. [엮어 읽기]

		3. 다음은 희곡 「로미오와 줄리엣」의 결말 부분이다. 문학의 보편성의 관점에서 「이생규장전」과 비교하며 읽고, 아래의 활동을 해 보자. (1) 위 작품과 「이생규장전」에서 남녀 주인공의 사랑을 방해하는 요소가 무엇인지 비교해 보자. (2) 위 작품과 「이생규장전」이 행복한 결말이었다면 주제에 대한 독자의 감동이 어떻게 달라지겠는지 친구들과 이야기해보자. [작품감상] 1. 작품해제 2. 전기소설의 개념정리 3. 더 찾아 읽기 • 구성면: 「운영전」 • 결말: 「숙영낭자전」 • 인물: 「만복사저포기」
비상	학습 목표	• 조선시대 문학의 갈래별 전개와 구현 양상을 탐구하고 감상한다. • 조선시대 문학 작품에 반영된 시대 상황을 이해하고 문학과 역사의 상호 영향 관계를 탐구한다.
	학습 활동	[감상 모으기] 1. 이 작품을 감상하고, 작품의 주요 사건과 관련하여 등장인물의 특징을 파악해 보자. 표 (아래) *이 서생의 특징 *최 여인의 특징 2. 작가가 이 작품에 최 여인의 노래를 삽입한 이유는 무엇일지 생각해 보자. 3. 이 작품에 나타난 전기적 요소를 찾아보고, 작가가 전기적 요소를 활용한 이유에 대해 생각해 보자. 4. 다음 설화 「호원」와 비교하여, 「이생규장전」이 설화가 아니라 소설로 분류되는 이유를 생각해 보자. [감상다지기] 5. 이 서생이 죽지 않았다고 가정하고 「이생규장전」의 결말 부분을 자유롭게 상상하여 바꾸어 써 보자. [감상의 정리] 작품해제 [지식창고] 전기소설의 개념과 특징 [더 읽어보기] 「운영전」, 「채봉감별곡」
미래엔	학습 목표	• 문학 작품과 관련된 작가의 맥락을 고려하여 작품을 이해하고 감상한다. • 문학 작품과 관련된 사회·문화적 맥락을 고려하여 작품을 이해하고 감상한다.

학습 활동 내 표:

	시련의 원인	시련의 결과
첫 번째 시련	이 서생의 부모가 집안의 문벌 차이를 이유로 혼인을 반대함	
두 번째 시련		최 여인이 홍건적에게 죽임을 당함
세 번째 시련		

		• 문학 작품과 관련된 상호 텍스트성의 맥락을 고려하여 작품을 이해하고 감상한다
	학습 활동	1. 「이생규장전」을 감상하고 다음 활동을 해보자. (1) 이 작품의 주요 사건을 다음과 같이 정리해 보자. 홍건적에 의해 최씨가 죽음→( )→수년간 같이 지냄 →( )→이생은 최씨를 잊지 못하다 죽음 (2) 이 작품에 나타난 비현실적인 내용이나 상황을 말해 보자. 2. 사회·문화적 배경의 맥락에서 이 작품이 지는 의미를 생각하며, 다음 활동을 해 보자. (1) 이 작품에 나타난 당시 사회·문화적 상황은 어떠했을지 정리해 보자. *역사적 배경과 관련된 상황: *남녀간의 애정과 관련된 인식: *당시 여성상과 관련된 가치관: (2) 다음 내용에 나타난 최 씨의 성격을 알아보자. 그리고 (1)에서 정리한 사회·문화적 상황에서 이러한 성격이 갖는 의의는 무엇인지 생각해 보자. 본디 양가의 딸로~수놓기, 바느질 시서, 인의의 방도를 배울 뿐~당신께서 붉은 살구꽃이 핀 담장안을 한 번 엿보신 후 제가 스스로 푸른 바다의 구슬을 바쳤지요 3. 다음은 고전소설 「최척전」의 줄거리이다. 「이생규장전」과 비교하면서 감상해보자. (1) 두 작품의 내용상 공통점과 차이점은 무엇인지 정리해보자. *공통점- *차이점- (2) (1)에서와 같이 문학 작품을 다른 작품과 비교하며 감상했을 때 어떤 효과가 있는지 생각해 보자. [감상이 있는 책갈피] • 「이생규장전」에 대한 나의 생각을 간단히 정리하기 • 나의 책방 키우기: 김시습의 「만복사저포기」, 「운영전」 읽기
창비	학습 목표	• 주요 작품을 중심으로 한국문학의 갈래별 전개와 구현 양상을 탐구하고 감상한다.
	학습 활동	[이해 활동] 1. 다음은 이 작품의 주요 사건을 만남과 이별을 중심으로 정리한 것이다. 빈칸에 알맞은 내용을 채워보자. 만남: 이별: 2. 이 작품에 삽입된 시와 노래가 어떤 역할을 하고 있는지 말해 보자. [목표 활동] 3. 다음 상황에서 보여주는 '이생'과 '최 씨'의 대응 방식을 바탕으로 인물의 성격을 파악해 보자. 이생: 부모의 뜻에 따라 영남으로 떠남, 난리를 겪는 상황에서 혼자 몸을 피함: 성격→ 최씨: 성격 → 4. 〈보기〉는 이 작품의 작가인 김시습에 관한 내용이다. 이를 참고하여 작가가 최씨를 통해 말하고자 한 바를 추측해 보자. 5세 때 신동이라는 소문이 국왕이 세종에게까지 알려졌으며,

세종에게서 장래에 크게 쓰겠다는 졉를 받았다.
21세 때 수양 대군이 단종을 몰아내고 왕권을 잡았다는 소식을 듣고, 그 길로 보던 책을 불사르고 승려가 되어 전국을 방랑하였다.

[적용학습]
5. 다음은 드라마 '도깨비'의 시놉시스이다. 글을 읽고 전기적 요소가 현대에까지 문학을 비롯한 다양한 영역의 소재로 다루어지는 까닭을

2. 내적 맥락 추론하기: 사실적 독해 단계에서 활용

○ 연꽃 활동지1): 핵심어 찾기, 핵심어와 연관된 생각, 느낌 정리하기

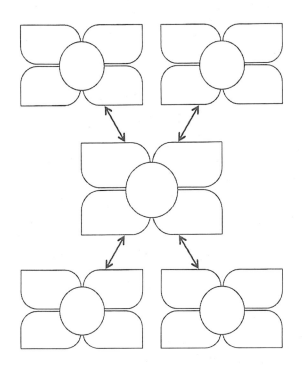

---

1) 김지영 외, 「생각의 힘을 기르는 토론 교실」, 강원토론교육연구회, 2016.

○ 낱말 – 빙고 활동지

※ 작품을 읽으면서 이해되지 않는 낱말 혹은 중요하다고 생각되는
　낱말 적고 빙고게임~!
※ 게임이 끝나면 생각을 교환하며 낱말의 의미 파악하기

낱말 – 빙고

3. 내적 맥락 추론 활동 후 내용 정리 활동지

♠ 작품을 읽고 물음에 대한 생각을 문장으로 쓰시오.
▷ 이 작품을 통해 작가가 말하고자 했던 중심 생각(주제)은 무엇인가?
▷ 이 작품을 왜 썼을까?
▷ 누가 이 글을 왜 읽었을까?
▷ 이 작품을 읽고 독자는 어떤 생각을 했을까?
▷ 이 책은 어떻게 독자에게 전해졌을까? 또 얼마나 많은 사람들이 읽었을까?

지은이 김미정

강원대학교 국어교육과에서 박사학위를 받았다. 중등학교와 대학교에서 국어를 가르치며 고전텍스트를 문화맥락으로 이해하고 현재와 소통하기 위한 교육 방법에 관심을 갖고 연구중이다. 읽는다는 것은 서로 다른 삶의 조건과 살아가는 방식을 이해하는 것이며 인간을 이어주는 일임을 교육을 통해 전하고 싶다.

소설 독서문화 맥락을 활용한 고소설 읽기 교육

©김미정, 2022

1판 1쇄 발행_2022년 10월 20일
1판 1쇄 발행_2022년 10월 30일

지은이_김미정
펴낸이_양정섭

펴낸곳_경진출판
　　　등록_제2010-000004호
　　　이메일_mykyungjin@daum.net
　　　사업장주소_서울특별시 금천구 시흥대로 57길(시흥동) 영광빌딩 203호
　　　전화_070-7550-7776　팩스_02-806-7282

값 26,000원
ISBN 979-11-92542-05-8 93810